W0460762

BASTEI
LÜBBE
TASCHENBUCH

Bisher erschienene Titel der Autorin:

Im Land der weißen Wolke
Das Lied der Maori
Der Ruf des Kiwis
Das Gold der Maori
Im Schatten des Kauribaums
Die Tränen der Maori-Göttin
Die Insel der tausend Quellen
Die Insel der roten Mangroven
Die Zeit der Feuerblüten

Alle Titel auch als Hörbuch und als E-Book erhältlich

Die Weiße-Wolke-Trilogie umfasst die Bände:
Im Land der weißen Wolke
Das Lied der Maori
Der Ruf des Kiwis

Die Kauri-Trilogie besteht aus den Romanen:
Das Gold der Maori
Im Schatten des Kauribaums
Die Tränen der Maori-Göttin

Die Insel-Saga enthält die Bände:
Die Insel der tausend Quellen
Die Insel der roten Mangroven

Die Feuerblüten-Trilogie umfasst bislang:
Die Zeit der Feuerblüten

Alle Bücher sind in sich abgeschlossen.

Über die Autorin:

Sarah Lark, geboren 1958, studierte Psychologie und promovierte über das Thema »Tagträume«. Nebenbei arbeitete sie lange Jahre als Reiseleiterin. Schon immer war sie fasziniert von den Sehnsuchtsorten dieser Erde. Ihre fesselnden Neuseelandromane wurden allesamt Bestseller und finden auch international ein großes Lesepublikum. Ihre Karibikschmöker DIE INSEL DER TAUSEND QUELLEN und DIE INSEL DER ROTEN MANGROVEN kamen ebenfalls direkt auf die Bestsellerliste.
Sarah Lark ist das Pseudonym einer erfolgreichen deutschen Schriftstellerin. Sie lebt in Spanien und arbeitet zurzeit an ihrem nächsten Roman. Unter dem Autorennamen **Ricarda Jordan** entführt sie ihre Leser auch ins farbenprächtige Mittelalter.

SARAH LARK

Das Gold der Maori

Roman

BASTEI LÜBBE
TASCHENBUCH

BASTEI LÜBBE TASCHENBUCH
Band 26088

1. Auflage: Juni 2014

Dieser Titel ist auch als Hörbuch und E-Book erschienen

MIX
Papier aus verantwortungsvollen Quellen
FSC® C006701
FSC www.fsc.org

Vollständige Taschenbuchausgabe
der bei Bastei Lübbe erschienenen Taschenbuchausgabe

Copyright © 2010 by Bastei Lübbe AG, Köln
Dieses Werk wurde vermittelt durch
die Literarische Agentur Thomas Schlück GmbH, 30827 Garbsen.

Lektorat: Melanie Blank-Schröder
Landkarte: Reinhard Borner
Titelillustration: © shutterstock / PILart /Ralph Loesche / Vilor
Umschlaggestaltung: Kirstin Osenau
Satz: Druck & Grafik Siebel
Gesetzt aus der Adobe Caslon Pro
Druck und Verarbeitung: CPI – Ebner & Spiegel, Ulm
Printed in Germany
ISBN 978-3-404-26088-1

Sie finden uns im Internet unter
www.luebbe.de
Bitte beachten Sie auch: www.lesejury.de

Danksagung

Ein Buch wie dieses kann man nicht allein machen.

Ich danke deshalb allen, die mitgeholfen haben, besonders meiner Lektorin Melanie Blank-Schröder, meiner Textredakteurin Margit von Cossart und meinem wundertätigen Agenten Bastian Schlück. Aber auch den Grafikern, die den Umschlag entworfen und die Karten gezeichnet haben, der ideenreichen Marketingabteilung – und natürlich dem Vertrieb und all den Buchhändlern, die das Buch schließlich auf den Markt bringen. Klara Decker hat sich wie immer als Testleserin verdient gemacht und fand Antworten im Internet, wenn ich mit der Recherche nicht weiterkam. Die Pferde haben es nie ausgenutzt, wenn ich beim Reiten gedanklich nach Neuseeland abdriftete. Und die Hunde holten mich immer wieder zurück – spätestens zum Füttern.

Ich denke an Jacky und Grizabella.

Sarah Lark

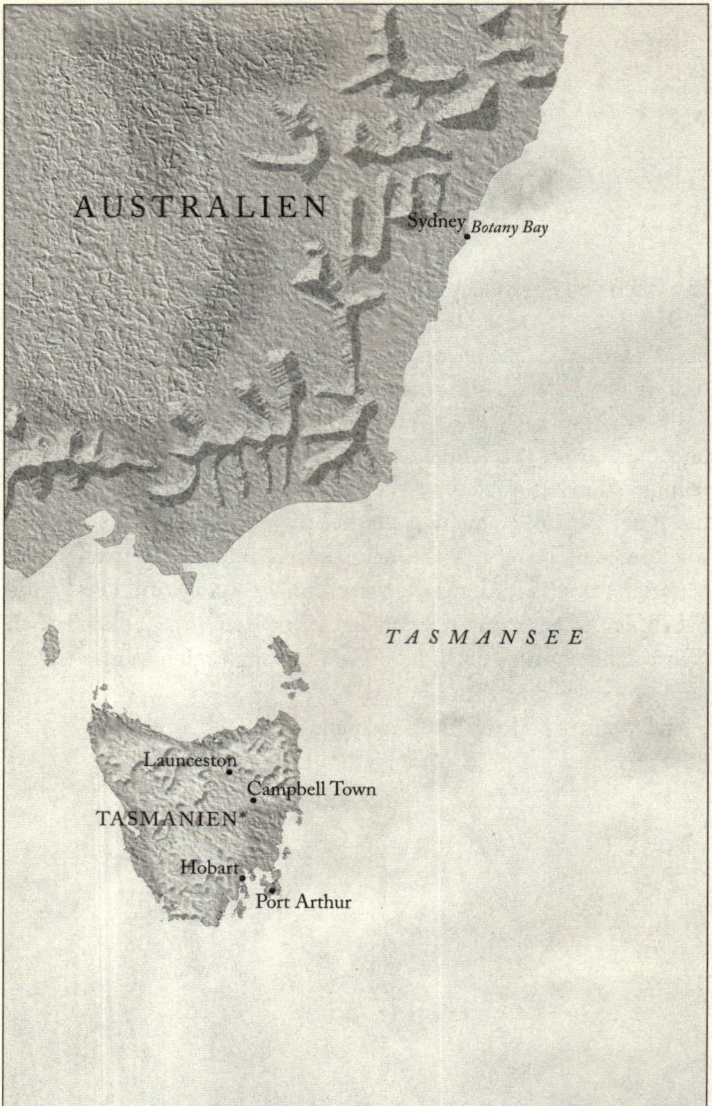

*Bis zum Jahr 1856 nannte man die Insel Van-Diemens-Land.

NEUSEELAND
Cape Reinga
Bay of Islands
Auckland
NORDINSEL
TASMANSEE
Nelson
Blenheim
Kaikoura
Canterbury Plains
Christchurch
Lyttelton
Bridle Path
SÜDINSEL
Queenstown
Lake Wakatipu
Gabriel's Gully
Waikouaiti
Waimea Ebene
Tuapeka*
Dunedin
N
*Tuapeka heißt heute Lawrence.

Würde

Irland, Wicklow County
1846 – 1847

Kapitel 1

Mary Kathleens Herz klopfte heftig, aber sie zwang sich, langsam zu gehen, bis sie außer Sicht des Herrenhauses war. Nicht dass ihr wirklich jemand nachgeblickt hätte. Und selbst wenn die Köchin etwas ahnte – gegen das, was die alte Grainné vom Haushalt der reichen Wetherbys abzweigte, zählten zwei Teekuchen gar nichts.

Mary Kathleen fürchtete denn auch keine wirklichen Verfolger, als sie sich jetzt zitternd hinter eine der Steinmauern kauerte, die hier, wie überall in Irland, die Felder begrenzten. Sie boten Schutz gegen den Wind und neugierige Blicke, aber vor ihren Schuldgefühlen konnten sie Kathleen nicht schützen.

Sie, Mary Kathleen, die Musterschülerin des Bibelunterrichts von Father O'Brien, sie, die bei der Firmung stolz den Namen der Gottesmutter ihrem eigenen vorangesetzt hatte – sie hatte gestohlen!

Kathleen konnte immer noch nicht fassen, was da über sie gekommen war, aber als sie das Tablett mit den Teekuchen in die Räume der vornehmen Lady Wetherby getragen hatte, war ihr Verlangen geradezu übermächtig geworden. Scones, frisch gebacken aus weißem Mehl und nicht minder weißem Zucker, serviert mit Marmelade, die nicht einfach aus Beeren gekocht worden, sondern in hübschen kleinen Gläsern aus England gekommen war. Laut der Aufschrift, die Kathleen mühsam entzifferte, wurde sie aus »Orangen« hergestellt. Was immer das war – sicher schmeckte es köstlich!

Kathleen brauchte all ihre Kraft, die Kuchenplatte vorsichtig zwischen Lady Wetherby und ihrer Besucherin auf dem Teetisch zu platzieren, zu knicksen und höflich »Bitte sehr, Madam!« zu flüstern, ohne dabei zu sabbern wie der Hund des Schäfers. Bei dem Gedanken daran musste sie hysterisch kichern. Aber sie war fast ein bisschen stolz auf sich gewesen, als sie zurück in die Küche ging – wo die alte Grainné sich gerade eines der leckeren Küchlein schmecken ließ. Natürlich ohne Kathleen oder dem Küchenmädchen auch nur einen Krümel davon abzugeben.

»Mädchen!«, pflegte Grainné zu predigen, »ihr könnt eurem Herrgott schon genug dafür danken, dass ihr diese Anstellung im Herrenhaus ergattert habt. Da fällt immerhin mal ein Kanten Brot für euch ab. Jetzt, in der Zeit, in der die Kartoffeln auf den Feldern verfaulen und die Menschen hungern, kann das euer Leben retten!«

Kathleen sah dies durchaus ein – ihre Familie war ohnehin vom Glück begünstigt. Als Schneider verdiente ihr Vater immer ein wenig Geld. Die O'Donnells waren nicht allein auf die Kartoffeln angewiesen, die Kathleens Mutter und die Geschwister auf ihrem winzigen Acker zogen. Wenn die Not zu groß wurde, nahm James O'Donnell von seinen wenigen Ersparnissen und kaufte Lord Wetherby oder seinem Verwalter Mr. Trevallion eine Handvoll Korn ab. Kathleen hatte keinen Grund zu stehlen – und doch hatte sie es getan.

Warum mussten Lady Wetherby und ihre Freundin aber auch zwei der Teekuchen übrig lassen? Warum hielten sie kein Auge darauf, während Mary Kathleen den Tisch abräumte? Die Damen waren ins Musikzimmer gegangen, wo Lady Wetherby Klavier gespielt hatte. Die restlichen Scones interessierten sie nicht, und Grainné, das hatte Kathleen gewusst, würde auch nicht misstrauisch werden. Lady Wetherby war jung und ein Leckermaul. Sie ließ selten Naschereien zurückgehen.

Also hatte Kathleen es getan. Sie hatte die Scones in den Taschen ihrer schmucken Dienstbotenuniform und später zwischen den Falten ihres verschlissenen blauen Kleides versteckt – und zu guter Letzt einen weiteren Diebstahl begangen, indem sie das fast leere Marmeladenglas einsteckte, statt es auf Grainnés Geheiß auszuspülen. Nun war das eine lässliche Sünde, sie würde es sauber zurückbringen, wenn sie es ausgekratzt hatte. Der Diebstahl der Scones jedoch würde ihr auf der Seele brennen, bis sie am Samstag bei Father O'Brien beichten konnte. Wenn sie sich überhaupt traute, es zu beichten. Sie wusste, dass sie vor Scham im Boden versinken würde.

Mary Kathleen bereute ihre Sünde jetzt schon zutiefst – obwohl sie die Scones noch nicht einmal gegessen hatte. Aber sie verzehrte sich nach ihrem Geschmack und ihrem Duft. Gott, hilf mir!, durchfuhr es sie, während sie überlegte, ob sie die Sünde abschwächen konnte, indem sie ihren jüngeren Geschwistern die Teekuchen schenkte. Das wäre zumindest tätige Reue gewesen – und eine viel härtere Strafe als das Herunterbeten von zwanzig Ave Maria. Aber die Kinder würden sich zweifellos mit ihrer Leckerei großtun, und wenn Kathleens Eltern von der Sache erführen …

Nein, das kam nicht infrage!

Und dann wurde es noch schlimmer! Während Kathleen fromm darüber nachdachte, wie sie ihre Sünde büßen konnte, blitzte ein Wunsch in ihr auf, der ihr Herz angstvoll schneller schlagen ließ. Oder schuldbewusster? Oder einfach … freudiger?

Sie konnte die Teekuchen mit Michael teilen! Michael Drury, dem Bauernsohn von nebenan, der mit seiner Familie in einem noch winzigeren, noch verräucherteren und noch armseligeren Cottage wohnte als Kathleen. Michael hatte an diesem Tag sicher noch gar nichts gegessen, außer vielleicht ein paar Kornähren, auf denen die Jungen herumkauten, während sie die Ernte für Lord Wetherby einbrachten. Schon das galt als ein Verbrechen, das Mr. Trevallion mit Schlägen ahndete, wenn er sie dabei erwischte.

Das Korn war für die Herren, die Kartoffeln waren für die Knechte. Und wenn die Kartoffeln auf den Feldern verfaulten, dann mussten die Bauern eben sehen, wo sie blieben. Die meisten fanden sich damit ab. Michaels Mutter zum Beispiel sah die rätselhafte Kartoffelfäule als Strafe Gottes und versuchte in täglichen Gebeten herauszufinden, was den Herrn so erzürnt hatte, dass er dieses Elend über sie brachte. Michael und ein paar andere junge Männer erregten sich über Mr. Trevallion und Lord Wetherby, die erfreut eine reiche Weizenernte einfuhren, während die Kinder der Pächter verhungerten.

Mary Kathleen dachte versonnen an Michaels verwegenen Gesichtsausdruck, wenn er auf die Landlords schimpfte, seine gerunzelte Stirn unter dem wirren, dunklen Haar und das Blitzen seiner leuchtend blauen Augen. Ob Gott es wirklich als Buße ansah, wenn sie die Scones mit ihrem Freund teilte? Zweifellos stillte sie damit seinen Hunger – aber auch ihr Verlangen, mit dem großen, hageren jungen Mann zusammen zu sein. Seine tiefe Stimme betörte sie. Sie sehnte sich nach der Berührung seiner Hände und danach, sich in seinen Armen zu verlieren.

Als die Zeiten noch besser gewesen waren, hatte Michael zusammen mit seinem Vater und dem alten Paddy Murphy zum Tanz aufgespielt – am Samstagabend oder beim alljährlichen Erntefest. Die Dörfler hatten die Beine geschwungen, getrunken und gelacht, und später am Abend hatte Michael Drury Balladen gesungen und Kathleen O'Donnell dabei angesehen …

Aber inzwischen hatte niemand mehr die Kraft zu tanzen. Und Kevin Drury und Paddy Murphy waren längst in den Bergen verschwunden. Gerüchten zufolge betrieben sie dort eine florierende Whiskeybrennerei. Man sagte, dass Michael die Flaschen unter der Hand in Wicklow verkaufte. Kathleens Vater wollte jedenfalls nichts mit den Drurys zu tun haben, und er hatte seine Älteste streng gerügt, als er sie am Sonntag nach der Kirche mit Michael sprechen sah.

»Aber ich glaube, Michael will um mich werben!«, hatte Kathleen errötend protestiert. »Ganz … ganz offiziell und ehrenvoll …«

Schneider O'Donnell schnaubte, seine hohe, schlanke Gestalt bebte vor Missbilligung. »Wann hat ein Drury jemals etwas offiziell und ehrenvoll betrieben? Die ganze Familie besteht nur aus Lumpenpack: Fiedler und Flötenspieler und Whiskeybrenner. Galgenvögel allesamt. Schon den Großvater wollten sie in die Kolonien schicken. So wenig ich die Engländer schätze: Hier hätten sie eine gute Tat begangen! Aber der Kerl ist ja ab nach Galway und von da aus Gott weiß wohin. Desgleichen sein nichtsnutziger Sohn! Kaum wird denen der Boden zu heiß, da verziehen sie sich – wobei keiner weniger als fünf Kinder hinterlassen hat! Lass die Augen von dem Drury-Jungen, Kathie, und erst recht die Finger! Du kannst hier jeden haben, hübsch wie du bist!«

Kathleen war wieder errötet, aber dieses Mal aus Scham darüber, dass ihr Vater sie hübsch nannte. Das war in Father O'Briens Augen schon anrüchig genug. Eine Jungfrau solle tugendhaft sein und fleißig, sagte er immer, und auf keinen Fall solle sie ihre Reize zur Schau stellen.

Wobei es in Mary Kathleens Fall nicht einfach war, das zu vermeiden. Sie konnte sich ja nicht ständig verstecken, um den Männern den Blick auf ihr zartes Gesicht, ihr honigblondes, weiches Haar und ihre aufreizend grünen Augen zu verwehren. Mit dem dunklen Grün der Glens vor Sonnenuntergang hatte Michael deren Farbe verglichen. Und manchmal, wenn sich Freude und Überraschung in Kathleens Augen spiegelten, erkannte er Funken darin, die wie das erste Grün des Frühlings auf den Weiden leuchteten.

Oh, Michael verstand sich auf Schmeicheleien! Und Kathleen wollte nicht glauben, dass er wirklich so ein Galgenvogel war, wie ihr Vater meinte. Schließlich arbeitete er jeden Tag hart auf den Feldern von Lord Wetherby. Zudem fiedelte er am Wochenende in Wicklows Pubs, wohin er weit laufen musste, wenn ihm nicht jemand sein Maultier oder seinen Esel lieh. Manchmal fand sich Roony O'Rearke, der Gärtner der Wetherbys, dazu bereit. Roony galt als Säufer, aber Kathleen wollte eine Verbindung zwischen schwarz gebranntem Whiskey und dem Verleih von O'Rearkes Esel gar nicht erst annehmen!

Das Mädchen stand auf und machte sich auf den Weg ins Dorf. Ein Wäldchen trennte das Anwesen der Wetherbys von den Cottages ihrer Pächter. Die Landlords mochten nicht direkt von ihrem

Besitz auf die Behausungen ihrer Knechte und Hausangestellten blicken. Langsam fühlte Kathleen sich besser – was sicher auch damit zu tun hatte, dass sie ihre Schritte nicht direkt in Richtung Dorf und zum Cottage ihrer Familie wandte, sondern zu den oberhalb der Hütten gelegenen Weizenfeldern. Die Männer würden dort noch arbeiten, aber langsam ging die Sonne unter. Trevallion musste sie bald nach Hause schicken.

Die Dämmerung stürzte den eifrigen Verwalter stets in einen Zwiespalt: Einerseits reichte das Licht noch zum Arbeiten, und Lord Wetherby hatte schließlich nichts zu verschenken, andererseits begünstigte das Zwielicht Diebstähle. Die Arbeiter ließen Ähren in ihren Taschen verschwinden oder versteckten sie hinter den Steinmauern, um sie später in der Dunkelheit zu holen.

Kathleen hoffte, dass Trevallion seine Männer an diesem Abend früh heimschickte, auch wenn dann noch ärgerer Hunger in den Cottages herrschte. Schließlich warteten die Familien hoffnungsvoll auf die Ausbeute der Väter und Brüder. Nicht einmal Father O'Brien konnte das Vorgehen der Pächter ernsthaft verdammen, obwohl er ihnen natürlich stets Sühnegebete auferlegte, wenn sie ihre kleinen Diebstähle beichteten. Die braven Familienväter verbrachten folglich den halben Sonntag auf Knien in der Kirche. Junge Männer wie Michael streiften derweil über die Felder und versuchten, ungeachtet der Augen des Lords und der Lady, die den Sonntag mit Freunden zum Ausreiten und Jagen nutzten, noch ein paar Ähren zu stibitzen.

Und tatsächlich schien der Vollmond, der gerade über den Bergen aufging, um die Dämmerung abzulösen, Trevallions Furcht vor Diebstählen zu verstärken. Die Männer, ihre Frauen und Kinder würden die versteckten Ähren im Mondlicht leicht finden, das wusste er, und ein paar ganz Verzweifelte würden versuchen, die Nacht zu Raubzügen zu nutzen. Kathleen vermutete, dass der übereifrige Verwalter ein frühes Abendbrot und ein Nickerchen plante, bevor er die halbe Nacht Patrouille ritt.

Das junge Mädchen musste sich bezwingen, nicht vor Trevallion auszuspucken, als er ihr hoch auf dem Bock des letzten Erntewagens sitzend entgegenkam, während die übermüdeten Arbeiter sich zu Fuß von den Feldern nach Hause schleppten.

»Holla, die kleine Mary Kathleen!«, begrüßte der Verwalter sie leutselig. »Was suchst du hier, Goldlöckchen? Hat man dich im Haus schon entlassen? Einen schönen Lenz macht ihr euch da in der Küche! Ich wette, die alte Grainné versorgt nicht nur sich, sondern die Familien all ihrer Kinder und Kindeskinder mit dem Brot Seiner Lordschaft!«

»Seine Lordschaft isst wohl mehr Kuchen …«, tönte es aus der Gruppe der Landarbeiter, die müde hinter Trevallions Wagen herschlurften.

Kathleen erkannte die Stimme Bill Raffertys, eines Sohnes der Köchin Grainné. Billy war nicht der Klügste, aber bauernschlau, und er gefiel sich in der Rolle des Narren.

»… was Sie am besten wissen sollten, Trevallion!«, fuhr Billy fort. »Oder essen Sie nicht an seinem Tisch?«

Die Bemerkung wurde mit lautem Gelächter quittiert. Tatsächlich behandelte der englische Lord seinen irischen Verwalter kaum besser als seine Pächter. Natürlich hatte Trevallion eine Sonderstellung und musste nicht hungern. Aber die Achtung seines Herrn genoss er nicht, und auf keinen Fall war die Rede davon, ihn womöglich selbst in den Adelsstand zu erheben, wie es Verwaltern sehr großer Besitzungen ab und an zuteil wurde. Lord Wetherby war von Adel, seine Familie galt in England jedoch als unbedeutend. Die Besitztümer in Irland stammten aus der Mitgift seiner Gattin und waren eher klein.

»Mein Tisch ist jedenfalls reich gedeckt!«, gab Trevallion zurück. »Auch mit Kuchen, kleine Kathleen, falls du dir also einen Mann wünscht, der dir etwas bieten kann …«

Kathleen errötete zutiefst. Aber nein, der Kerl konnte nichts von den Teekuchen wissen, die Löcher in die Taschen ihres Kleides zu brennen schienen! Sie durfte sich nur nicht schuldbewusst zeigen! Tugendhaft schlug sie die Augen nieder. Kathleen antwortete grundsätzlich nicht, wenn Trevallion sie ansprach, erst recht nicht, wenn er solch ungehörige Anspielungen machte. Zu oft hörte man von Mädchen, die dem Laster in den Armen der Verwalter ihrer Herren verfielen – wobei Kathleen sich nicht vorstellen konnte, dass es sich hier um die Sünde der Wollust handelte.

Trevallion hatte eigentlich nichts an sich, was ein Mädchen reizen konnte. Er war klein, drahtig und rothaarig wie ein Leprechaun, aber ihm fehlte der Witz der mythischen Waldschrate, denen die etwas begüterteren Iren Häuser in ihren Gärten bauten, um sich ihrer Hilfe bei der Landarbeit – und mehr noch beim Whiskeybrennen – zu versichern. Finsterster Aberglaube natürlich, wie Father O'Brien erklärte, bevor er den jüngsten Kindern im Unterricht das nächste Märchen über die frechen, grün gewandeten Gesellen erzählte.

Über Trevallion gab es nichts derart Komisches zu berichten. Er war vollkommen unterwürfig gegenüber der englischen Herrschaft und hart und boshaft gegenüber deren Pächtern. Selbst wenn der Lord und die Lady gar nicht auf ihren Besitztümern in Irland weilten, was die meiste Zeit des Jahres betraf, ließ er nicht, wie andere Verwalter, fünfe gerade sein. Besonders in Zeiten wie diesen schauten sie schon mal weg, wenn die Männer auf Jagd gingen oder ein Teil des Obstes und Gemüses aus den Gärten der Herrschaft in den Töpfen der Pächterfrauen landete. Trevallion kämpfte um jede Karotte, jeden Apfel und jede Bohne vom Land seines Herrn, der eigentlich nur zur Ernte und zur Jagdsaison erschien. Die Menschen hassten ihn, und wenn sich ein Mädchen einem Mann wie ihm hingab, so geschah es sicher nicht aus Liebe, sondern nur aus Not.

»Oder hast du gar einen Galan hier auf den Feldern?«, fragte Trevallion jetzt mit tückischem Blinzeln. »Gibt es da etwas, das ich wissen müsste als Ohr und Auge des Herrn?«

Hochzeiten mussten vom Landlord genehmigt werden, und der hörte natürlich gern auf die Einflüsterungen Trevallions.

Kathleen würdigte auch diese Fragen keiner Antwort.

»Nun, ich denke, ich werde demnächst mal ein Wörtchen reden mit O'Donnell, dem Schneider …«, bemerkte Trevallion noch, bevor er Kathleen endlich gehen ließ. Sie sah aus den Augenwinkeln, wie er sich die Lippen leckte.

Kathleens Herz klopfte heftig. Der Kerl wollte nicht wirklich um sie werben? Ihr Vater sprach immer wieder von einer »guten Partie«, mit der Kathleen dank ihrer Schönheit ihr Glück machen würde, solange sie nur brav und tugendhaft auf den richtigen Mann wartete. Aber damit war doch nicht Trevallion gemeint? Bevor sie diesen Widerling heiraten würde, nähme sie den Schleier!

Kathleen blieb mit gesenktem Kopf am Wegrand stehen und ließ den Erntewagen und die Männer vorbei. Sie wusste, dass Michael sich bald unauffällig absetzen würde, und ging weiter, bis sie Schutz hinter den Steinmauern fand, die das frisch abgeerntete Feld einfassten. Das Mädchen begann, das Land auf vergessene Ähren abzusuchen.

Wie erwartet wurde Kathleen nicht fündig – Trevallion war gründlich. Sie verspürte glühende Wut auf den bösartigen kleinen Mann, als sie jetzt die ersten hungrigen Kinder vom Dorf zu den Feldern hinaufkommen sah. Alle würden versuchen, hier noch letzte Reste von Weizen zu finden, und alle würden enttäuscht werden.

In diesem Moment lachte Kathleen jedoch das Glück. Michael näherte sich, scheinbar ziellos schlendernd, dem Stoppelfeld. Er sah natürlich die Kinder und Frauen, weshalb er so tat, als bemerke er Kathleen nicht. Stattdessen winkte er ihr nur unmerklich zu, ihm zu folgen. Kathleen tat es unauffällig, sie wusste ohnehin, wohin er sie führte.

Ihr Schlupfwinkel war eine winzige Bucht, unterhalb der Siedlung bei den Feldern am Fluss. Hier stand hoch das Schilf am Ufer, und eine mächtige Weide ließ ihre Äste ins Wasser hängen. Sie schützten den kleinen Strand vor neugierigen Blicken vom Wasser aus, wie das Schilf die Verliebten von Land aus versteckte. Kathleen wusste, dass es Sünde war, sich hier mit einem jungen Mann zu treffen – dazu mit einem, den James O'Donnell gar nicht billigte, obwohl er so schöne Worte sprechen konnte. Aber irgendetwas in ihr bestand darauf, es trotzdem zu tun. Irgendetwas wollte den freudlosen Tagen der Arbeit im Herrenhaus und der abendlichen und in der letzten Zeit zudem vergeblichen Schufterei auf dem Land ihres Vaters ein bisschen Glück abringen …

Michael saß rittlings auf einem niedrigen Ast des freundlichen Baumes, als Kathleen eintraf. Seine Augen leuchteten bei ihrem Anblick auf. Er löste sich mit geschmeidigen Bewegungen von seinem erhöhten Sitz.

»Das süßeste Mädchen Irlands – und es gehört nur mir!«, rief er bewundernd mit seiner weichen Stimme. »Man preist die irischen Rosen, aber nur wer die Lilien kennt, kann ermessen, was Schönheit ist!«

Kathleen errötete und senkte den Blick, aber Michael griff nach ihren Händen und küsste sie. Er zog sie an sein Herz und damit auch das Mädchen näher zu sich. Sehr vorsichtig und sehr zärtlich küsste er seine Stirn und wartete, bis es ihm letztlich auch die Lippen bot. Michael legte sanft seine Arme um Kathleen.

»Vorsichtig!«, wisperte sie nervös. »Du … ich hab was mitgebracht, und ich will nicht, dass du es zerdrückst!«

Bevor Michael sie an sich pressen konnte, nestelte sie die Teekuchen aus der Tasche ihres Kleides, dazu das Marmeladenglas. Der junge Mann, heißhungrig nach der schweren Arbeit von Sonnenaufgang bis Sonnenuntergang, musterte das Gebäck mit begehrlichen Blicken. Aber Michael Drury war nicht gierig. Er ließ sich Zeit mit Genüssen aller Art und deponierte die Leckerei zunächst auf einem großen Blatt in einer Astgabel der Weide. Dann fuhr er fort, Kathleen zu küssen, langsam, vorsichtig.

Kathleen hatte nie Angst vor ihm gehabt. Die Wisperei der anderen Mädchen, die teilweise schon verlobt waren und sich vor der Hochzeitsnacht fürchteten, verstand sie nicht. Michael, darauf vertraute sie fest, würde ihr niemals wehtun. Auch jetzt verlor sie sich kurze Zeit in seiner Umarmung, seinem erdigen Geruch nach der Arbeit auf dem Feld, seiner kühlen Haut, auf der sein Schweiß schon getrocknet war. Aber dann löste sich Michael. Eindringlich schaute er auf Kathleens gestohlene Scones.

»Das riecht gut!«, seufzte er.

Sie lächelte und war plötzlich gar nicht mehr so hungrig.

»Du riechst gut!«, flüsterte sie.

Michael schüttelte lachend den Kopf. »Weit gefehlt, meine Liebste, ich stinke! Und ich denke, ich sollte mich waschen, bevor du mich wie einen Gentleman zum Tee bittest …«

Bevor Kathleen widersprechen konnte, hatte Michael sein schlichtes, schmutziges Hemd schon abgeworfen. Kathleen versuchte wegzusehen, als er nun auch aus seinen verwaschenen Hosen schlüpfte, aber sie schaffte es nicht. Der Anblick seiner kräftigen Beine, seines flachen Bauches und der muskulösen Arme gefiel ihr. Michael war schlank, aber er wirkte nicht halb verhungert wie viele andere Pächter. Die Fiedelei in Wicklow schien sich zu lohnen. Kathleen hätte ihn zu gern einmal in die Pubs begleitet.

Sie lachte und hockte sich auf den Strand, als Michael sich prustend in den Fluss gleiten ließ. Er tauchte unter, um auch sein Gesicht und seine Haare zu waschen, und schwamm dann wie ein Fisch in die Mitte des Flusses.

»Warum kommst du nicht auch, es ist wunderbar kühl!«, rief er dem Mädchen zu.

Aber Kathleen schüttelte den Kopf. Nicht auszudenken, wenn jemand sah, wie Kathleen O'Donnell nackt oder halbnackt im Fluss schwamm – dazu nicht an den bekannten und allgemein respektierten Badestellen der Mädchen, sondern hier, abseits des Dorfes, bei Vollmond und mit einem Mann!

»Komm du heraus, bevor ich die Scones allein esse!«, neckte sie ihn.

Michael folgte dem Ruf sofort. Er schüttelte sich das Wasser aus dem fülligen dunklen Haar und ließ sich neben das Mädchen auf den steinigen Strand fallen. Kathleen reichte ihm seinen Kuchen und das Marmeladenglas, in das sie eben ihren Finger versenkt hatte, um die letzten Reste herauszuholen. Sie strich sie auf ihren Scone und biss ein winziges Stück davon ab. Es war das Beste, was sie je gegessen hatte! Die Orangenkonfitüre war süß, aber auch leicht bitter. Der Teekuchen zerging auf der Zunge …

Zärtlich blickte Kathleen zu Michael hinüber, der sein Stück mit kaum weniger Andacht kaute. »Geschenkt oder gestohlen?«, fragte er.

Kathleen wurde schon wieder rot. »Sie … sie waren sozusagen … hm … übrig …«, murmelte sie.

Michael küsste ihre Lippen, noch die Süße der Orange schmeckend. »Also stibitzt!«, neckte er das Mädchen. »Das macht sie umso süßer! Aber was wird Father O'Brien dazu sagen?«

»Vielleicht beichte ich es gar nicht!«, erwog Kathleen. Sie wusste, dass Michael es mit der Beichte nicht allzu genau nahm.

Michael lachte und steckte das letzte Kuchenstück in den Mund. Dann ließ er sich niedersinken und zog Kathleen mit sich. Er begann, ihren Brustansatz zu liebkosen. An seinen Fingern war noch klebrige Konfitüre, und er hielt sie ihr zum Abschlecken hin, als sie sich beklagte.

»Nicht, Michael!« Kathleen wehrte sich, als Michael nun Anstalten machte, ihr Kleid weiter aufzuknöpfen. »Das geht nicht!«

Michael ließ sich nicht stören. »Aber Kathleen, Liebste! Du musst sowieso beichten. Und das wirst du auch, ich kenne dich doch. Father O'Brien wird auf jeden Fall schockiert sein. Also, warum bieten wir ihm nicht noch ein bisschen mehr, damit er richtig was vergeben kann?«

Kathleen richtete sich unwillig auf. »Gott vergibt! Nicht der Priester. Und Gott vergibt nur, wenn man aufrichtig bereut. Aber dies hier …«

Egal, was sie mit Michael tat, sie würde es nie bereuen!

Michael streichelte ihr Haar und ihr Gesicht und brachte sie schnell dazu, sich wieder auf dem Strand auszustrecken.

»Kathleen, ich möchte dich ja zu meiner Frau machen! Ich möchte dir meinen Namen geben – auch wenn ich fürchte, dass er nicht viel wert ist. Gib mir noch ein bisschen Zeit, Kathleen. Schau, ich spare …«

»Du sparst?«, unterbrach ihn Kathleen und fuhr dabei erneut auf. »Wovon um Himmels willen kannst du etwas sparen, Michael Drury? Und erzähl mir jetzt nichts vom Fiedeln in den Pubs!«

Michael zuckte die Schultern. »Du willst das nicht wissen, Mary Kathleen – zumindest Mary will es nicht wissen, Kathleen mag ja neugierig sein!« Er zog sie mit ihrem Firmnamen auf, seit sie ihn gewählt hatte. »Aber es ist nichts … nichts, wofür man sich schämen muss!«

»Es ist Whiskey, stimmt's?«, fragte Kathleen wütend. »Und du schämst dich wirklich nicht dafür, dass du Gerste und Weizen und was weiß ich alles vergären lässt, um Whiskey draus zu brennen? In Zeiten, in denen die Kinder verhungern?«

Michael zog sie beschwichtigend an sich. »Ich brenn's doch nicht, Liebste!«, versuchte er das Mädchen zu besänftigen. »Wenn ich's in die Hand kriegte, tät's keinem mehr gut, das kannst du mir glauben. Aber wenn ich's nicht verkauf, dann tut's jemand anderes. Der alte O'Rearke würd's nur zu gern selbst machen, den Esel hat er ja, um die Fässer nach Wicklow zu bringen. Aber dem trauen sie nicht, dem alten Säufer …«

»Wer sind ›sie‹?«, fragte Kathleen ungehalten.

Michael zuckte die Achseln. »Die Männer aus den Bergen. Liebste, es ist wirklich besser, wenn du das nicht alles weißt. Aber ein paar Pennys fallen immer dabei ab. Das meiste kriegt meine Mutter – unsere Kartoffeln sind alle verfault, und ohne das Whiskeygeld würden meine Geschwister verhungern.«

»Deine Mutter nimmt sündiges Geld?«, wunderte sich Kathleen.

Michael zog die Augenbrauen hoch. »Bevor sie ihre Kinder zu Grabe trägt …«

Kathleen wurde langsam klar, weshalb Mrs. Drury so viel Zeit in der Kirche verbrachte.

»Aber ein bisschen bleibt noch für mich, Kathleen!«, sprach Michael eifrig weiter. »Und für dich! Wenn es genug ist, hauen wir hier ab. Amerika! Sagt dir das was? Das gelobte Land. Die Sonne scheint das ganze Jahr über, und es gibt Arbeit für alle! Wir werden reich da drüben!«

»Und die Schiffe, die einen hinbringen, nennt man Coffin Ships, weil sie schwimmenden Särgen gleichen, lange bevor sie da anlegen in … in New York oder wie es heißt … Ich weiß nicht, ob ich das will, Michael!«

Kathleen schmiegte sich an Michael. Sie wusste gar nicht mehr viel, wenn sie bei ihm war, das Denken fiel ihr schwer in seinen Armen. Aber Amerika machte ihr Angst. Sie wollte Irland nicht verlassen. Und andererseits wollte sie nichts mehr, als mit Michael zusammen zu sein. Sie wollte seine Hände und seine Lippen auf ihrem Körper spüren, und sie wollte ihm erlauben, ihr Kleid weiter zu öffnen und sie weiter zu liebkosen. Kathleen wünschte sich viel mehr Zärtlichkeiten, als Father O'Brien jemals vergeben konnte! So viel verbotene Liebe, dass Gott selbst sie womöglich strafen würde. Es gab Schlimmeres als fünfzig Ave Maria auf einer harten Kirchenbank …

Kathleen richtete sich auf. Sie hatte der Versuchung schon viel zu oft nachgegeben. Weiter würde sie in dieser Nacht nicht gehen.

»Ich muss nach Hause …«, sagte sie leise, in der Hoffnung, dass es nicht zu bedauernd klang.

Aber Michael nickte nur und half ihr, das Kleid zu glätten und das Laub aus ihrem Haar zu zupfen. Dann begleitete er Kathleen ins Dorf – furchtsam, im Schatten der Steinmauern. Die Menschen auf den Feldern sollten sie nicht sehen – weder die Diebe, die ihre Ausbeute des Tages nach Hause trugen, noch die Frauen und Kinder, die nach jedem kleinen Körnchen suchten – und erst recht nicht Ralph Trevallion, der rastlos über die Felder Seiner Lordschaft ritt, um irgendeinen kleinen Sünder zu erwischen.

Jetzt wichen die hellen, mondbeschienenen Weizenfelder des Landlords den Äckern der Pächter. Kleiner, ärmlicher und nicht golden leuchtend. Die Fäule hatte nicht nur die Knollen, sondern auch die Blätter der Kartoffelpflanzen schwarz verfärbt. Die absterbenden Pflanzen warfen im Mondlicht gespenstische Schatten. Kathleen nahm Michaels Hand. Sie meinte, den Tod zu spüren.

Schließlich trennten sie sich an der Weggabelung zwischen ihren Gehöften – dem kleinen Haus der O'Donnells und der winzigen, verfallenden Hütte der Drurys. Es war spät. Die Familienmitglieder hatten sich bereits auf ihre Schlafmatten auf den Boden gelegt – das wussten die beiden jungen Leute. Es gab keine Betten für alle. Kathleen hatte fünf, Michael sieben Geschwister, und selbst wenn sie sich Bettgestelle hätten leisten können, wäre nicht einmal genug Platz gewesen. Im Cottage der O'Donnells brannte immerhin ein Feuer, irgendetwas würde Kathleen vielleicht noch zu essen bekommen. Bei den Drurys war es dunkel.

Aber es war Freitag. Am kommenden Morgen zog Michael mit seiner Fiedel und O'Rearkes Esel in die Stadt. Und irgendwo auf dem Weg nach Wicklow würden sich die Satteltaschen wie durch Geisterhand mit Whiskeyflaschen füllen …

Kapitel 2

»Nein, Vater, ich will nicht! Ich mag ihn nicht! Das kannst du mir nicht antun!«

Kathleen sprach verzweifelt auf ihren Vater ein und schüttelte heftig den Kopf. Manchmal wünschte sie sich, weniger schön zu sein. In Michaels Armen war sie stolz darauf, aber sonst machte es nur Ärger.

»Nun stell dich nicht so an, Kathie, du musst ihn ja nicht gleich heiraten!«, fuhr James O'Donnell sie an.

Es war ihm sichtlich nicht recht, dass seine älteste Tochter hier mit ihm stritt, vor dem Haus und in Anwesenheit der meisten ihrer jüngeren Geschwister. Die Kinder hatten sich schon bei der Ankunft des Besuchers aufgeregt am Feuer versammelt, an dem die Mutter ein paar der wenigen genießbaren Früchte der Kartoffelernte briet.

Wenn eben möglich, kochten die Pächter vor ihren Cottages, um die Stuben so wenig wie möglich zu verräuchern. Besonders bei Wind und Regen zog der Rauchabzug ungenügend. Und nun duftete die Pfanne obendrein nach dem Speck, den der Mann mitgebracht hatte. Die Kinder verstanden nicht, was Kathleen da so verstimmte.

»Mr. Trevallion hat ganz höflich gefragt, ob er dich nach der Kirche nach Hause bringen darf«, fügte die Mutter hinzu. »Warum sollten wir ihm das verwehren?«

»Weil man den Rohling von Rechts wegen nicht einmal in die Kirche hineinlassen sollte!«, wütete Kathleen. »Das Baby der O'Learys ist gestern gestorben – weil Mrs. O'Leary keine Milch mehr hatte. Mit dem da …«, sie wies wütend auf den Rest der Speckseite und das Säckchen Mehl, das ihre Mutter fast ehrfürchtig betrachtete, »… hätt man's vielleicht retten können. Aber unglücklicherweise mag Mr. Trevallion ja nicht Sarah O'Leary zur Messe begleiten, sondern mich!«

»Zu unserem Glück, mein Kind«, bemerkte der Vater. »Und ich bin gar nicht so böse darüber, dass du den Mann nicht magst. So wirst du ihm zumindest nichts erlauben, was nicht schicklich ist …«

»Zumindest nichts, bis er einen ganzen Schinken vorbeibringt?«, fragte Kathleen frech.

Die Ohrfeige ihres Vaters traf sie so hart und überraschend, dass sie erschreckt zurücktaumelte.

»Du versündigst dich, Mary Kathleen!«, sagte die Mutter. Es klang allerdings nicht sehr überzeugend. Offensichtlich relativierte sich Sünde beim Anblick von Speck. »Aber so ganz Unrecht hast du nicht, wenn du bei der Liebe auch ein bisschen an die Speisekammer denkst. Leidenschaft vergeht, Kathie. Nur deine Kinder liebst du ewig, egal, von wem du sie empfängst. Und du wirst deinem Mann dankbar sein, wenn er sie ernähren kann. Bei Mr. Trevallion bist du da auf der sicheren Seite. Ob wir ihn nun mögen oder nicht.«

»Aber ich will mich nicht verkaufen!« Kathleen warf zornig ihre blonden Locken zurück und wich vorsichtshalber einer weiteren Ohrfeige aus. »Wenn ich Kinder bekomme, dann nur von einem Mann, den ich liebe! Sonst … sonst geh ich ins Kloster!«

Obwohl ihr beim Duft der Bratkartoffeln mit Speck das Wasser im Mund zusammenlief, wandte Kathleen sich auf dem Absatz um und lief hinaus. Nein, sie wollte nichts von dem Essen, mit dem Trevallion sich ihre Begleitung beim Kirchgang erkauft hatte! Was sie wollte, war Michael! Sie musste ihm davon erzählen!

In ihrem Zorn und ihrer Verwirrung gab sie sich dem Wunschtraum hin, dass er sofort ins Haus des Verwalters laufen und ihn zum Zweikampf fordern würde. Wie es damals im alten Irland gewesen war, in den Sagen und Märchen von Rittern und Helden, die Father O'Brien manchmal erzählte, wenn er ein bisschen zu sehr dem Whiskey zugesprochen hatte, den die Leprechauns mitunter an der Schwelle zum Pfarrhaus deponierten.

Mary Kathleen lächelte beim Gedanken an den alten Priester, der es sicher nicht billigte, dass Trevallion Ansprüche auf sie erhob. Aber andererseits billigte Father O'Brien auch die Begleitung durch Michael nicht. Vielleicht, dachte das Mädchen, sollte ich ihm die Idee mit dem Kloster vortragen und behaupten, dass ich mich berufen fühle. Womöglich schirmt er mich dann gegen weitere Bewerber ab – oder er nimmt mich gleich in der nächsten Woche mit in die Abtei nach Wicklow.

Kathleen wanderte ziellos über die Felder am Fluss. Sie waren noch nicht abgeerntet, und sie lief Gefahr, Trevallion auf einem Patrouilleritt in die Arme zu laufen. Andererseits waren Michael und seine Freunde sicher bei einer heimlichen Ernte im Schutz der Steinwälle und der Weiden am Wasser. Tatsächlich erklang der Ruf einer Lerche, als Kathleen den Weg zu den abgelegensten Feldern betrat. Eine Lerche im Stimmbruch!

Kathleen schaute sich mit hochgezogenen Brauen um und entdeckte Jonny, Michaels jüngeren Bruder, in der Krone einer Eiche. Er grinste ihr verschwörerisch zu.

»Ich bin der Wächter, Kathleen!«, strahlte er.

Kathleen verdrehte die Augen. »Du bist im Blattwerk tatsächlich kaum auszumachen, besonders in diesem leuchtend roten Hemd«, bemerkte sie. »Und dieser Vogelruf … täuschend ähnlich. Mach bloß, dass du runterkommst, Jonny Drury! Trevallion lässt dich auspeitschen, wenn er dich erwischt.«

Jonny ließ sich die Laune nicht verderben. Mit gespielt ernstem Gesichtsausdruck und brav gesenktem Blick verbeugte er sich in Kathleens Richtung und wäre dabei fast vom Baum gefallen.

»Is' nich' verboten, Mr. Trevallion, dass 'n Junge am Sonntagnachmittag im Baum sitzt und 'n Vogel nachmacht!«, jaulte er mit unnatürlich hoher Stimme. »Schau'n Sie, Mr. Trevallion, hier hab ich 'ne Schleuder. Ich ruf nach 'nem Weibchen, und wenn's kommt – ein Stein und wir haben Fleisch im Topf!«

Kathleen musste lachen. »Das erzähl ihm bloß nicht! Garantiert legt er's als Verstoß gegen die Jagdverordnung aus, und du wirst gehängt. Wo ist Michael, Jonny? Unten am Fluss? Mit den anderen Jungs?«

»Glaub ich nicht«, sagte Jonny. »Die anderen sind schon zurück ins Dorf. Mit ein paar gefundenen Ähren …« Der Junge zwinkerte wichtig. »Brian hat 'ne ganze Garbe geschnitten! Das gibt feines Mehl, Kathleen!«

Brian gehörte ebenfalls zur Familie Drury, aber die Geschichte von der ganzen Garbe Weizen glaubte Kathleen nicht. Niemals hätten es die Jungen gewagt, am helllichten Tag so viel Korn zur Seite zu bringen – nicht einmal mit einem so fähigen Wächter wie dem kleinen Jonny. Die sonntäglichen Raubzüge auf den Feldern retteten keine Familie vor dem Verhungern. Es war mehr ein Spiel – den halbwüchsigen Jungen gefiel es, Trevallion an der Nase herumzuführen.

»Aber Michael hat nichts geschnitten«, verriet Jonny. »Der war böse! Hat nur auf das Korn eingeschlagen, als wollt er das ganze Feld umhauen … Kann's sein, dass er böse auf dich war, Kathie?«

Kathleen schüttelte den Kopf. »Ich hab keinen Streit mit deinem Bruder«, antwortete sie.

Jonny grinste. »Du bist gut Freund mit ihm, ja?« Er kicherte vielsagend und schaukelte auf seinem Ast hin und her. »Wenn du mir auch mal so'n Teeküchlein mitbringst, wie neulich Michael, dann verrat ich dir auch, wo er ist. Und ich bleib hier und halte Wache für euch. Ist das was?«

»Woher weißt du …?« Kathleen errötete.

Konnte es sein, dass die frechen kleinen Jungen ihr Stelldichein mit Michael belauscht oder gar beobachtet hatten?

»Der Wächter weiß alles!«, erklärte Jonny wichtig. »Ich wusst sogar, dass du kommst! Und ich weiß, wo Michael auf dich wartet. Komm, ein Teeküchlein aus der Küche vom Herrenhaus … dann sag ich's dir!«

Kathleen schüttelte den Kopf. »Das brauchst du mir nicht zu sagen, das kann ich mir selbst denken.«

Sie spürte plötzlich ein übermächtiges Verlangen, sich in Michaels Arme zu werfen. Zumal sie ihm wahrscheinlich nicht einmal erzählen musste, was zwischen ihren Eltern und Ralph Trevallion vorgefallen war. Er musste das Treffen belauscht oder davon gehört haben. Es sprach sich ja in Blitzesschnelle herum im Dorf, wenn der Verwalter sich dazu herabließ, eine Pächterfamilie am Sonntag zu besuchen und ihr obendrein Speck mitzubringen. Aber Michael konnte doch nicht glauben … er konnte nicht annehmen, sie hätte der Vereinbarung zugestimmt!

Kathleen fasste einen Entschluss. »Kein Küchlein aus der Küche, Jonny«, verhandelte sie, »aber einen Apfel aus dem Garten des Landlords. Wenn du hierbleibst und dein Wächteramt ernst nimmst. Ich treffe Michael am Fluss – und wenn du irgendwen kommen hörst, machst du die Lerche. Oder vielleicht … kannst du nicht vielleicht einen Vogel nachahmen, der tagsüber singt?«

Nachdem Jonny ihr zugesichert hatte, auch den Kuckuck täuschend ähnlich imitieren zu können, lief Kathleen hinunter zum Fluss. Es war ein sonniger Nachmittag, und der Vartry River zog sich wie ein Strom flüssigen Silbers durch die sattgrüne irische Landschaft. Das Mädchen fand den Weg durch das Schilf am Ufer wie im Schlaf. Niemals hätten die kleinen Jungen sich hier ungehört anschleichen können. Auch Kathleens Annäherung blieb nicht unbemerkt.

»Kathie?«, fragte Michael, noch bevor sie die winzige Bucht erreichte.

»Michael!«

Kathleen wollte sich in die Arme ihres Freundes werfen, aber er umfasste sie nicht mit der üblichen Wärme. Sie holte tief Luft. Sie musste es ihm gleich sagen, nicht, dass er sich wirklich erzürnte.

»Michael, ich hab nichts damit zu tun! Ich geh nicht mit Trevallion!«, versicherte sie ihm. »Niemals! Ich … ich will doch nur dich, Michael!«

Michael sah Kathleen an. Er sah verletzt aus, wütend. Sein Gesicht strahlte nicht wie sonst bei ihrem Anblick, und er hatte auch keine schönen Worte auf den Lippen. Dennoch küsste er Kathleen jetzt – sehr viel härter, sehr viel fordernder als sonst. Das Mädchen erschrak zuerst, aber dann erwiderte es den Kuss mit der gleichen Leidenschaft. Und tatsächlich hatte sich etwas in Michaels Blick verändert, als er danach von Kathleen abließ. Sie sah Übermut in seinen Augen, die Freude an der Herausforderung und dem Kampf.

Einen Herzschlag lang verspürte Kathleen Furcht. Er würde Trevallion doch nicht wirklich fordern?

Aber Michael legte nur die Arme um sie, hob sie wortlos auf und bettete sie in ein Nest aus Schilf und Gras, abgeschirmt von Weidenästen, die so tief hingen, dass nur schemenhaft grünlich goldenes Licht einfiel. Kathleen dachte an die bunten Glasfenster der Kirche und das farbige Leuchten, das während der Messe von ihnen ausstrahlte. Sie dachte an eine Hochzeit.

»Ich will deine Frau sein, Michael!«, versicherte sie ihm noch einmal.

Jetzt, jetzt musste er ihr doch wieder schmeicheln, sie streicheln und küssen …

»Beweis es mir!«, sagte Michael in einem Ton, der ihr fremd war.

Kathleen sah ihn hilflos an. Aber sie wehrte sich dieses Mal nicht, als er begann, ihr Kleid zu öffnen.

Es gab keine Möglichkeit für Kathleen, Ralph Trevallion davon abzubringen, sie nach der sonntäglichen Messe zu begleiten. Sie bemühte sich zwar, ihm keine Umwege zwischen Kirche und Dorf zu erlauben, und ließ nicht von ihren Eltern und Geschwistern, aber das schien den Verwalter nicht zu stören. Er ging artig neben ihr her, sagte ihr ein paar Freundlichkeiten und plauderte mit der Mutter und dem Vater. Für James O'Donnell wurde der Gang durchs Dorf zum Spießrutenlaufen. Die anderen Bauern billigten nicht, dass der

Schneider sich mit dem Verwalter unterhielt und womöglich gar plante, familiäre Bande zu schließen.

»Kannst du nicht allein mit dem Mann um das Dorf herumgehen wie die anderen Mädchen mit ihren Galanen?«, fragte O'Donnell seine Tochter scharf, nachdem sie zum dritten Mal mit Trevallion durch den Ort gezogen waren.

»Er ist nicht mein Galan!«, erwiderte Kathleen verärgert. »Und wenn du nicht mit ihm gesehen werden willst – ich will es erst recht nicht!«

Auch Trevallions Geschenke beachtete Kathleen nicht – ihre Mutter hingegen schätzte den Verwalter gerade deshalb. Die O'Donnells hatten nun stets genug Mehl, um Brot zu backen, und jeden Sonntag etwas Fleisch im Topf.

Michael Drury beobachtete das Geschehen mit hilfloser Wut. Es gab nichts, was er tun konnte. Er musste zusehen, wie Trevallion Kathleen den Arm bot, wie er neben sie trat, wenn der Priester die Gemeinde nach der Messe verabschiedete, wie er sie stolz durch die Menge führte, die ihm mürrisch Platz machte. Doch am Nachmittag und an den langen Spätsommerabenden nach der Arbeit erhob Michael seine Ansprüche in den Feldern am Fluss. Er wartete meist schon auf Kathleen und sehnte sich nach dem Ruf des Kuckucks, mit dem Jonny sie eifrig ankündigte. Sie kam zu ihm, wann immer sie konnte. Mitunter brachte Kathleen Brot oder Obst mit. Michael nahm es gern an, wenn sie es im großen Haus stibitzt hatte – aber nicht, wenn es aus den Händen Trevallions kam. An seinen Geschenken, so ließ er Kathleen wissen, würde er ersticken.

Kathleen zuckte die Achseln und aß das Brot selbst. Sie war in der letzten Zeit ständig hungrig – auf Nahrung ebenso wie auf Zärtlichkeiten. Sie wusste, dass sie mit Michael sündigte, und schämte sich auch dafür, allerdings immer erst hinterher, wenn der Rausch verebbte. Während Michael sie liebte, und auch wenn sie bei der Arbeit oder nachts auf ihrer Schlafmatte an ihn dachte, fühlte sie sich nicht schuldig, sondern gesegnet. Etwas so Wundervolles, so Beglückendes konnte keine Sünde sein – zumal Gott es ja durchaus erlaubte, wenn man nur vorher in die Kirche ging und einander Eide schwor. Wozu Kathleen und Michael jederzeit bereit gewesen wären.

Einmal stibitzte das Mädchen sogar eine Kerze aus dem Herrenhaus, und die beiden sprachen sich feierlich die Trauformel vor. Aber sie wussten natürlich, dass dies nicht galt. Sie waren nur wie Kinder, die Heiraten spielten. Wenn es gelten sollte, so brauchten sie die Erlaubnis der Eltern, des Landlords – und den Segen Father O'Briens, und all das würden sie nie bekommen.

»Wir heiraten in Amerika!«, tröstete Michael Kathleen, als diese sich deswegen wieder einmal grämte. »Oder in Kingstown oder Galway vor der Überfahrt.«

Kathleen protestierte inzwischen nicht mehr, wenn er von ihrem wundervollen, gemeinsamen Leben am anderen Ende des Wassers schwärmte. Sie hatte sich für ihn entschieden, sie wollte mit ihm leben, wo auch immer. Und Amerika war besser als das Kloster – in Irland die einzige Möglichkeit, einer Heirat zu entfliehen.

Der Sommer näherte sich seinem Ende, und es wurde kalt und regnerisch. Selbst unter den dicksten Decken, die Michael irgendwo aufgetrieben hatte, blieb es feucht und ungemütlich in ihrem Liebesnest am Fluss. Aber auch die Spaziergänge nach der Kirche wurden kürzer. Man verkroch sich in den Häusern und Cottages, zumal den meisten Menschen auch einfach die Kraft fehlte, irgendetwas anderes zu tun. Nachdem es seit Wochen immer weniger zu essen gab, verloren selbst die Jungen langsam die Lust, um Mädchen zu werben, und die Mädchen, mit einem jungen Mann zu kokettieren.

Der Hunger hielt die Pächter Lord Wetherbys in eisernem Griff, der Lord selbst bekam davon allerdings nicht viel mit. Er saß längst mit seiner Lady in seinem Landhaus in England, trank Tee vor dem Kamin und freute sich über die reiche Ernte auf seinen irischen Besitztümern. Womöglich war ihm nicht einmal klar, dass den Pächtern und Tagelöhnern keine solche Segnung zuteil geworden war. Das Korn war gesund, was sollte Wetherby sich da über Kartoffeln Gedanken machen?

Die wenigen Kartoffeln, die nicht verfault waren, waren längst verzehrt. Man hatte nichts einlagern können, nicht einmal Saatkartoffeln für das nächste Jahr. Die würde man kaufen müssen, und Gott allein wusste, von welchem Geld! Um den Winter zu überstehen, sammelten die Kinder Eicheln im Wald, die ihre Eltern dann schroteten. Die Glücklichen, wie Kathleens Familie, streckten damit Roggen- oder Weizenmehl, die anderen backten ihr Brot aus dem gehaltlosen Eichelschrot. Die Ärmsten, die kaum die Kraft aufbrachten, in den Wald zu gehen und Eicheln zu sammeln oder Wurzeln auszugraben, kochten Suppe aus dem dürftigen Gras, das am Wegrand stand. Die letzten trockenen Brennnesseln waren heiß begehrt, die Menschen rissen sich selbst um die Stängel.

Ab und zu verteilte Father O'Brien Spenden in der Kirche. Es hieß, dass in England für die Iren gesammelt würde, ein Teil des Segens käme sogar von Landsleuten aus dem fernen Amerika. Allerdings war es nie genug, um auch nur wenige Tage satt zu werden. Die Bäuche wurden einmal gefüllt, aber dann schmerzte der Hunger umso mehr.

Michael Drurys Familie kam recht und schlecht über die Runden. Michael fiedelte in Wicklows Pubs, aber auch den Städtern fehlte es an Geld für Vergnügungen. Die Preise für Lebensmittel stiegen im gleichen Maße, in dem die Menschen verhungerten, sogar den Whiskeybrennern in den Bergen fehlte es an Rohstoffen. Michael hätte deutlich mehr Whiskey umsetzen können, als er erhielt.

Bei all dem war es einzig Mary Kathleen, der die Strapazen der Hungersnot kaum anzusehen waren. Während die Menschen um sie herum abmagerten, sah sie blühend aus und schien sogar an Gewicht zuzulegen. Das lag aber nicht an den reichen Gaben Trevallions. Die alte Grainné kochte für den Verwalter, solange die Wetherbys nicht da waren, und es hätte ihm Spaß gemacht, Kathleen mit den Pasteten und Kuchen zu füttern, die übrig blieben. Das Mädchen blieb jedoch standhaft und nahm nichts von ihm an. So wurde der Segen erfreut von Mrs. O'Donnell begrüßt und gerecht an alle Geschwister verteilt. Dick werden konnte man dabei nicht.

»Es ist meine Liebe, die dich schöner macht!«, behauptete Michael, als sie sich an einem der wenigen trockenen Sonntage am Fluss trafen und zumindest ein wenig spazieren gingen.

Die Landschaft war im Eis erstarrt, die Weide schien ein Brautkleid zu tragen, und die Kälte drang durch Kathleens dünnes Schuhwerk. Es wäre viel zu kalt gewesen, sich im Schilf auszustrecken. Draußen war es nur auszuhalten, wenn man sich bewegte. Michael und Kathleen schritten also rasch nebeneinander her – auch in dem Wunsch, das Dorf möglichst bald hinter sich zu haben. Die Klatschbasen verkrochen sich an Tagen wie diesen hinter dem Ofen, aber man wusste nie, ob vielleicht Father O'Brien auf dem Weg zu einem Kranken oder Sterbenden vorbeikam.

Erst als das junge Paar sich schon ein ganzes Stück vom Dorf entfernt hatte, wagte Kathleen, sich in Michaels Arme zu schmiegen. Seine Zärtlichkeiten hielten sie warm. Seine Hände stahlen sich unter ihren fadenscheinigen Umhang und ihr leichtes Kleid, sie streichelten ihre Schultern und ihre Brüste.

»Du bist wie eine Blume, die selbst im Winter erblüht!«, flüsterte er, »weil dein Gärtner dir schmeichelt, dich pflegt und sich nach deiner Blüte verzehrt!«

Kathleen biss sich auf die Lippen. »Meinst du wirklich, ich … ich …«, sie errötete, »… ich würde fraulichere Formen annehmen?«, drückte sie sich schließlich züchtig aus. »Ich meine …«

»Deine Brüste scheinen mir entgegenzuwachsen!«, lachte Michael. »Weiß Gott, sie waren immer schön und fest, aber jetzt – fühlst du, dass ich sie nicht mehr mit einer Hand umfassen kann?«

Michael liebkoste sie, und seine Finger wanderten erneut tiefer. »Alles an dir ist fest und warm … ich sehne mich danach, mich an dich zu schmiegen und …«

Kathleen schob ihn von sich. »Michael …«, sagte sie dann besorgt. »Ich … ich weiß nicht viel darüber, aber ich seh doch die Mädchen, die heiraten und dann … und dann gesegneten Leibes sind. Und ich seh auch meine Mutter, wenn sie wieder ein Kind trägt. Deshalb … Michael, ich … so schön das ist mit deiner Liebe, aber … aber wenn ein Mädchen an Gewicht zunimmt, obwohl es nichts im Magen hat, dann hat es oft was im Bauch …«

Kathleen wagte nicht, ihn anzusehen. Michael ließ verblüfft von ihr ab.

»Du meinst, es könnte sein, dass du ein Kind bekommst?«, fragte er ungläubig. »Aber … aber wie … Es ist zu früh, Kathleen! Ich hab das Geld für Amerika noch nicht zusammen!«

Kathleen stieß hörbar die Luft aus. »Da wird sich das Kind bloß nicht drum scheren, Michael Drury! Und ganz sicher mag's auch nicht auf einem Coffin Ship zur Welt kommen. Wir werden heiraten müssen, Michael! Sehr bald – und hier.«

»Aber Kathleen! Jetzt … hier … wo sollen wir wohnen? Was wird dein Vater sagen? Er wird es doch gar nicht erlauben …« Michael war sichtlich verwirrt.

»Er wird's erlauben müssen!«, beharrte Kathleen bitter. »Oder mit der Schande leben. Natürlich könnt ich mich auch rasch noch Trevallion hingeben und dann sagen, dass es seines ist. Aber so viel Zeit haben wir nicht!«

Michael fuhr auf. »Dieser Laffe soll mein Kind großziehen? Nur über meine Leiche! Pass auf, Kathleen … ich … du meinst … es gibt gar keine andere Möglichkeit?«

Kathleen blitzte ihn an. »Du denkst nicht daran, das Kind in mir zu töten, Michael Drury!«

Michael schüttelte reumütig den Kopf. »Aber es … es kann doch sein, dass du dich irrst.«

Kathleen zuckte die Schultern. »Das kann sein. Ich glaub's bloß nicht. Ich hab mir bis heute was vorgemacht, Michael, aber jetzt, da du es auch gemerkt hast … und es geht schnell, Michael. Schneller als bei den meisten Mädchen. Bald sehen es alle …«

Michael lief ein paar Schritte von ihr weg, verwirrt, unsicher. Er schwieg, was Kathleen Angst machte. Schweigen war nicht seine Art.

»Freust du dich denn gar nicht, Michael?«, fragte sie leise. »Willst du denn kein Kind? Ich dachte … also natürlich ist es zu früh und eine Sünde und eine Schande, und alle Leute werden sich die Mäuler zerreißen. Aber es ist doch … wir können endlich heiraten, Michael! Auch wenn es meinem Vater nicht passt. Wenn's gar nicht anders geht, wird Father O'Brien ein Wort mit ihm reden. Oder willst du mich nicht heiraten, Michael?« Kathleens Stimme klang erstickt.

Das schien Michael aufzuwecken. Reumütig kam er zu ihr zurück und nahm sie mit gewohnter Zärtlichkeit in die Arme. »Um Himmels willen, Kathleen, natürlich will ich dich heiraten! Nichts mehr als das. Und ich will auch das Kind. Es ist nur … es ist nur … zu früh …« Michael seufzte, dann straffte er sich. »Pass auf, Kathleen, gib mir zwei oder drei Wochen, ja? Bis dahin bist du dir sicher und bis dahin … inzwischen organisiere ich was. Ich bring das Geld für Amerika auf, Kathleen, ich will nicht hier zu Kreuze kriechen und vor den Priester geschleift werden wie ein armer Sünder. Ich will nicht, dass sie über dich reden – jetzt noch nicht! Später natürlich schon, wenn wir ihnen Geld schicken aus Amerika oder sie besuchen, und du trägst seidene Kleider und ein samtenes Hütchen!« Er lachte. »Ja, das würde mir gefallen! Wir fahren mit einer Kutsche und zwei Pferden durch dieses armselige Kaff und lachen auf Trevallion herunter, oder wir kaufen die ganze Weizenernte seines verdammten Lords auf und verteilen sie an die Leute!«

Kathleen konnte nicht anders, sie lachte mit. »Und ob dir das gefallen würde, Michael Drury. Du bist ein Aufschneider! Aber mir wird's schon reichen, wenn uns der alte O'Rearke mit seinem Eselskarren zur Kirche fährt, und ich komm als Mrs. Drury wieder raus!«

Michael küsste sie. »Diese spezielle Kirche und diesen besonderen Esel kann ich dir nicht versprechen, Liebste. Aber eine Kirche finden wir, wo wir in Würde und Stolz den Bund der Ehe schließen können!« Er richtete sich auf und schien dabei um etliche Zoll zu wachsen.

»Ich, Michael Drury, werde Vater! Ein erhebendes Gefühl! Und ich weiß auch schon, dass es ein Sohn wird. Ein hübscher Junge mit meinem Haar und deinen Augen …« Seine Augen strahlten jetzt so freudig, wie Kathleen es erhoffte, seit sie die Schwangerschaft erahnte.

»Und wenn's ein Mädchen wird?«, fragte sie trotzdem provozierend. »Magst du's dann gar nicht, Michael Drury?«

Michael wirbelte sie lachend herum. »Wenn's ein Mädchen wird, müssen wir noch schneller reich werden. Um einen Turm zu bauen, in dem wir sie einmauern können. Denn deine Tochter wird so schön werden, dass jeder Blick auf sie einen Menschen lähmt und zu ihrem Sklaven macht!«

Hand in Hand wanderten sie über die Felder am Fluss und träumten von ihrem neuen Leben. Kathleen mochte nicht daran denken, wie Michael das Geld für die Reise und die Hochzeit auftreiben wollte. Sie wusste nur, dass sie ihm vertraute. Sie wollte – sie musste ihm vertrauen!

Kapitel 3

Mitte Dezember, als das Wasser des Vartry River an den Ufern gefror und die Hungersnot in Irland am größten war, verschwanden drei Säcke Gerste und Roggen aus der Scheune Trevallions. Das Getreide lagerte dort für die Pferde des Landlords. Er unterhielt drei kräftige Hunter, die mit Heu allein nicht abzuspeisen waren wie die Maultiere und Esel der Bauern.

Ralph Trevallion bemerkte den Diebstahl nicht sofort – erst als der Sack leer war, aus dem die Tiere derzeit gefüttert wurden, ging er in die Scheune, um Nachschub zu holen, und zählte die Vorräte. Dann aber kannte seine Wut keine Grenzen. Der kleine Verwalter galoppierte ins Dorf und stellte die Pächter zur Rede. Er thronte auf dem Rücken des größten Jagdpferdes und sah mit flammenden Blicken auf die Männer und Frauen hinab.

»Ich werde nicht ruhen, bis ich den Dieb gefunden habe!«, geiferte er. »Der Kerl wird von Haus und Hof vertrieben werden und seine nichtsnutzige Familie mit ihm! Und ihr werdet mir dabei helfen! Ja, schaut nicht so, genau das werdet ihr tun! Ich nehme ab heute Hinweise entgegen, und ihr habt eine Woche Zeit, mir den Dieb zu liefern. Wenn ihr ihn nicht findet, geht ihr alle! Glaubt bloß nicht, ich könnte das dem Lord gegenüber nicht verantworten. So ein Pack wie ihr streunt haufenweise auf den Straßen rum, ich hab die Häuser im Handumdrehen wieder voll – und allein mit Männern, Leute! Nicht mit Familien, deren zehn Bälger wir auch noch durchfüttern müssen!«

Die Menschen blickten verängstigt zu Boden. Trevallion hatte Recht. Den Landlord scherte es nicht, wer seine Felder bearbeitete.

Die Straßen von Wicklow waren voller Männer auf der Flucht vor der Hungersnot. Die Kinder waren ihr längst zum Opfer gefallen, oft auch die Frauen. Sie blieben einfach am Straßenrand liegen und starben, wenn sie nichts mehr zu essen fanden.

»Nun halt aber ein, Ralph Trevallion!«, meldete sich Father O'Brien mit strenger Stimme. »Es waren doch nur ein paar Säcke Korn, Viehfutter, wie du selbst sagst. Eine Schande, dass du es nicht längst gespendet hast, siehst du denn nicht, was hier vorgeht? Können deine Gäule kein Heu fressen?«

»Und meiner Treu, wir wissen nichts!«, fügte Ron Flannigan hinzu, ein älterer Vorarbeiter. »Wir backen unser Brot alle im gleichen Ofen, Mr. Trevallion, und glauben Sie mir, jeder hier würd's riechen, wenn in irgendeinem Haus ein Brei gekocht oder Getreide geröstet würde. Wir träumen von solchen Düften, Herr!«

Trevallion funkelte ihn an. »Mir ist ganz gleich, wovon ihr träumt! Ich kann euch nur versichern, dass ich eure ärgsten Albträume wahr werden lasse, wenn ihr nicht spurt. Eine Woche, Leute! Dann werdet ihr mich zu spüren bekommen!«

Damit wendete er sein Pferd und ließ ein Dorf voller verwirrter, verzweifelter Bauern und Pächter zurück.

»Wir haben doch nichts gemacht …«, rief Flannigan ihm noch nach und wiederholte den Satz dann ein weiteres Mal, leise und hoffnungslos.

Father O'Brien schüttelte den Kopf. Dann entdeckte er Kathleen, die mit ihren Eltern etwas abseits gestanden hatte. »Mary Kathleen, du musst mit ihm reden!«, sagte der Priester leise zu ihr. »Du … er bringt dich am Sonntag heim mit dem Segen deiner Eltern und …« Der alte Priester ließ einen vielsagenden Blick über Kathleens Gestalt schweifen. »Du scheinst ihm auch sonst nahezustehen«, bemerkte er. »Auf dich wird er hören. Bitte ihn um Gnade für die Pächter. Um … um seines Kindes willen.«

Kathleen errötete zutiefst. »Father … Father … welches … welches Kindes? Ich … ich hatte nie mehr zu tun mit Ralph Trevallion als jeder andere hier!«

Der Priester sah dem Mädchen in die Augen. Sein Blick war fragend, streng – aber Kathleen erkannte auch Mitleid darin. Ob für sie oder für die Pächter, das Kind oder gar Trevallion, dessen Hoffnungen auf Kathleens Liebe zerstört werden würden ... Kathleen wusste es nicht, sie hielt dem Blick auch nicht länger stand. Es war nicht Trevallion, mit dem sie sprechen musste, es war Michael!

Wo steckt er überhaupt?, dachte Kathleen voller Ungeduld. Während Trevallions Ausbruch hatte sie ihn nicht gesehen. Aber sie war fest davon überzeugt, dass ihr Geliebter irgendetwas mit dem Diebstahl des Korns zu tun hatte. Es musste etwas damit zu tun haben, an Geld für die Hochzeit zu kommen und die Überfahrt nach Amerika. Aber es durfte nicht sein, dass unschuldige Menschen dafür zahlten! Michael musste das Korn zurückgeben. Es musste sich eine Möglichkeit finden, es ebenso unauffällig wieder in die Scheune zu schaffen, wie es verschwunden war.

Unter dem forschenden Blick des alten Priesters zog sich Kathleen zurück. Wenn Michael bereits geflohen war, wenn er nichts dem Zufall überließ, würde er sie zweifellos irgendwann abholen. Hoffentlich war es dann nicht schon zu spät. Womöglich hatte er die Säcke bis dahin längst nach Wicklow oder sonst wohin verkauft!

Während die Dörfler noch diskutierten, rannte Kathleen hinunter zum Fluss. Sie hatte eigentlich nicht viel Hoffnung, dass Michael sich bei dieser Kälte in ihrem Liebesnest verborgen hielt, aber sie wollte immerhin versuchen, ihn zu finden. Als sie Jonnys Eiche passierte, erklang kein Vogelruf, dennoch hörte sie Stimmen, sobald sie dem Schlupfwinkel näher kam.

»So wenig?«, fragte Bill Rafferty anklagend. »Vier Pfund? Das kann nicht dein Ernst sein. Ich dachte, wir machen halbe halbe!«

»Wollt ich ja auch ...«, seufzte Michael. »Aber mehr als zwölf haben sie nicht bezahlt. Und ich brauche die acht Pfund. Mit meinen Ersparnissen reicht das für die Überfahrt. Und Kathleen und ich ...«

»Ach, Kathleen und du? Und was ist mit mir? Keine goldenen

Strände von Amerika für Billyboy? So war das aber nicht geplant, Michael!« Raffertys Stimme klang drohend.

»Bill! Ich hab's dir doch gesagt! Du kriegst meinen Job als Verteiler. Ab nächste Woche fließt der Whiskey wieder – und in einer Qualität, wie es seit Jahren keinen gab! Roggen und Gerste, Bill! Mensch, sonst arbeiten die doch nur mit vergorenen Kartoffeln! Jedenfalls kannst du die besten Pubs beliefern, du wirst ein Vermögen verdienen!« Michael redete mit Engelszungen.

»Und warum machst du's nicht selbst?«, fragte Rafferty misstrauisch.

»Na, weil ich doch wegmuss, Bill! Kathleen …«

Kathleens Herz klopfte. Würde er jetzt ihr Geheimnis ausplaudern? Aber diese beiden jungen Männer teilten wohl sehr viel dunklere Geheimnisse als das des Kindes unter ihrem Herzen.

Sie konnte nicht anders, sie trat aus dem Schilfdickicht.

»Ist das wahr, Michael? Für Whiskey? Du hast das Korn gestohlen, um Whiskey daraus brennen zu lassen? Während um dich herum die Kinder verhungern?«

Michael und Bill fuhren zusammen. Als sie Kathleen erkannten, blickten sie sowohl schuldbewusst als auch trotzig zu ihr hinüber.

»Wo hätt ich's denn sonst verkaufen sollen?«, fragte Michael. »Die hätten mich doch gleich erwischt, wenn ich's irgendwo angeboten hätte. Die Männer in den Bergen … sie sind verschwiegen, keine Angst, dass sie der Obrigkeit nur ein Wort sagen. Die haben ihre Ehre, Kathie. Keiner wird verraten, keiner wird betrogen …«

»Außer Billy Rafferty«, brummte Bill. »Mit mir könnt ihr's ja machen.«

»Ach, halt den Mund, Bill!«, fuhr Michael ihn an. »Du hast reichlich Geld dafür bekommen, drei Säcke Getreide auf einen Esel zu verladen. Den Rest hab ich gemacht, wie du weißt. Und jetzt pack dich und denk an den schönen Gewinn am Wochenende in Wicklow. Kannst gleich diesen Samstag übernehmen. Aber denk dir eine gute Ausrede aus. Spielst du nicht Flöte? Dann sag, ich hätte dir einen Job im Pub besorgt!«

Widerstrebend zog sich Rafferty zurück. Einerseits hätte er wohl gern weiter über mehr Geld verhandelt, andererseits gefielen ihm die Gewitterwolken auf Kathleens Gesicht nicht. Eine Standpauke von einem Weib war das Letzte, was er jetzt brauchte. Und eigentlich war ihm sowieso mehr nach Feiern zumute als nach Streiten. Vier gute englische Pfund auf der Hand! Er war reich! Billy Rafferty vergaß seinen Ärger und schlenderte pfeifend zurück zum Dorf.

»Du willst diesen Dummkopf mit Whiskey nach Wicklow schicken?«, fragte Kathleen entsetzt. »Michael, der fliegt auf, wenn er das Zeug nur auspackt! Wenn er's nicht gleich auf dem Weg aussäuft und dran krepiert ... Aber gut, von mir aus, mir ist's egal, ob sich Billy Rafferty unglücklich macht! Aber du und ich ... Michael, wir können nicht zulassen, dass Trevallion sämtliche Familien im Dorf auf die Straße setzt!«

Atemlos berichtete Kathleen von Trevallions Auftritt vor der Kirche.

Michael biss sich auf die Lippen. »Das macht er nicht wirklich ...«, meinte er. »Aber du hast Recht – wir sollten uns davonmachen, bevor womöglich einer was ahnt und ihm verrät. Am besten, wir verschwinden gleich heute Nacht.« Michael versuchte, tröstend den Arm um sie zu legen.

Kathleen schüttelte ihn ungehalten ab. »Und ob Trevallion das macht!«, fuhr sie ihn an, entsetzt über Michaels Kaltblütigkeit. »Erst recht, wenn ich ihm auch noch davonlaufe. Er macht sich Hoffnungen – wohl mehr, als ich gedacht hab, wenn ich Father O'Brien richtig verstanden habe. Es wird ihn wütend machen, wenn ich plötzlich verschwinde. Dann treibt er's noch schlimmer mit dem Dorf!«

Michael schüttelte den Kopf. »Nein. Wenn ich verschwinde, wird er wissen, wer das Korn gestohlen hat. Also braucht er die anderen nicht zu bestrafen.« Michaels Augen blitzten auf. »Ich bring ihm glatt noch 'ne Flasche Whiskey in die Scheune. Als Dankeschön!« Er lachte.

Kathleen fand das alles nicht komisch. »Michael, so geht es nicht! Wir können unser Glück nicht auf dem Unglück der anderen aufbauen, wo sollen die denn hin? Es gibt doch nirgendwo Arbeit! Schlimm genug, dass du gestohlen hast, und noch schlimmer, dass Trevallions Korn im Kessel der Schwarzbrenner landet anstatt in den Mägen der Kinder!«

Michael zuckte die Achseln. »Ich werde es beichten«, behauptete er. »Irgendwann. Aber Kathleen, ich denke jetzt zuerst an unser Kind! Und das soll in einem besseren Land aufwachsen, wo es nicht hungern muss! Das Korn krieg ich eh nicht mehr aus dem Kessel zurück in die Säcke. Also willst du nun mit mir gehen oder nicht?« Er zog sie in die Arme.

Kathleen überließ sich kurz Michaels tröstlicher Umarmung und seinen Zärtlichkeiten. Aber dann fand sie in die Wirklichkeit zurück.

»Natürlich komme ich mit dir!«, sagte sie nicht mehr ganz so ungehalten wie zuvor. »Aber nicht gleich. Nicht in dieser Woche, in der's im Dorf und in Trevallions Kopf heißer kocht als im Kessel der Schwarzbrenner. Father O'Brien hat Recht: Ich sollte Trevallion schöntun. Versuchen, ihn abzulenken, ihn auf andere Gedanken zu bringen. Ja, so machen wir's, so können wir das Dorf retten! Du verschwindest, bevor die Woche um ist, Michael! Begleite deinen dummen Freund am Samstag nach Wicklow und bleib gleich da! Dann wird man dich verdächtigen, die Pächter sind aus dem Schneider …«

»Und du?«, fragte Michael misstrauisch. »Dich soll ich mit Trevallion allein lassen?«

Kathleen verdrehte die Augen. »Herrgott, Michael, ich werde mich ihm nicht gleich hingeben! Ich mach einen Spaziergang mit ihm ums Dorf, schmeichle ihm ein bisschen, mach ihm Hoffnungen … Und dann komme ich nach Wicklow, sobald sich die Wogen geglättet haben. Sag mir nur, wo ich dich finde!«

Kathleen fühlte sich besser, nachdem sie diesen Plan geschmiedet hatte. So würde es gehen. Wenn nur Michael mitspielte!

Michael kaute nachdenklich auf seiner Unterlippe herum. Der erste Plan gefiel ihm deutlich besser. Aber das Dorf war auch seine Heimat. Die Menschen dort lagen ihm am Herzen. Seine Mutter und seine Geschwister … aber die würde man sowieso von Haus und Hof vertreiben, wenn man Michael als Schuldigen ausmachte. Michael tat das leid – aber seine Mutter wusste, wo sein Vater sie erwartete. Gut, sie würde nicht mehr jeden Tag in der Kirche beten können, aber dafür bekamen die Kinder in den Bergen sicher mehr zu essen.

»Also schön«, sagte er widerwillig. »Eine Woche, Kathleen. Aber keinen Tag länger. Du findest mich in Barney's Tavern. Das ist ein Pub in Wicklow, in der Mainstreet, nicht zu verfehlen.«

Trevallion nutzte die »Woche der Wahrheit«, wie er sie nannte, um die Pächter noch einmal gründlich zu schinden. Jetzt im Winter fiel wenig Landarbeit an, und die Hungersnot hatte die Leute so geschwächt, dass man ihnen kaum etwas abverlangen konnte. Aber in dieser Woche ließ Trevallion sie alle antreten. Sie mussten die Ställe ausmisten, Steine heranschleppen, um die Mauern um die Felder zu erweitern, und Holz hacken für die Kamine im Herrenhaus.

»Ob der Lord da ist oder nicht, die Feuerstellen müssen beschickt werden!«, rechtfertigte sich Trevallion. »Sonst bildet sich noch Schimmel in den Wänden! Und das Haus darf nicht auskühlen, womöglich entscheidet sich Seine Lordschaft doch noch, hier das Weihnachtsfest zu verbringen!«

Das war bisher nie geschehen, aber diesmal hätten die Dörfler es sich fast gewünscht. Womöglich hätte ja Lord Wetherby eher mit sich reden lassen als sein übereifriger Verwalter. Grainné behauptete, zumindest die Lady sei gnädig. Auch Kathleen hatte die junge Adlige zwar als ziemlich oberflächliches, aber doch recht gutmütiges Geschöpf kennen gelernt. Sie sah sicher nicht untätig zu, wie die Kinder ihrer Bauern verhungerten.

Und zweifellos hätten die Pächter im Fall einer Anwesenheit Seiner Lordschaft ein Weihnachtsgeschenk erhalten. Ein Säckchen

Mehl oder Zucker pro Familie fielen fast immer an. Sofern die Herren Weihnachten auf ihren Ländereien verbrachten, verteilte die Lady diese Liebesgaben gewöhnlich selbst, und ganz bestimmt rechnete Trevallion die kleinen Zuwendungen auch mit Wetherby ab, wenn der in England weilte. Tatsächlich wanderten sie jedoch in die Tasche des Verwalters. Gerade in diesem Jahr, in dem er lauthals verkündete, dass der Lord tief enttäuscht sei und die Pächter insofern nicht mit Anerkennungen zu rechnen hätten.

Michael war halb erfroren und erschöpft vom Steineschlagen in der Kälte, als er sich am Samstagabend endlich den Esel des Gärtners holte. Dummerweise sahen ihn dabei einige der Pächter und registrierten, dass sich diesmal Billy Rafferty, die Tin Whistle in der Manteltasche, hinter ihn aufs Maultier schwang.

»Wo willst du denn hin, Rafferty?«, fragte Ron Flannigan argwöhnisch. »Ein Zug durch die Pubs in Wicklow? Hast du Geld zu vertrinken, Bursche?«

Michael schüttelte den Kopf, wies auf Billys Flöte und antwortete für seinen Freund. »Ich brauch ihn für die Musik, Ron. Zu zweit ist mehr Geld zu machen, einen Fiedler allein bezahlen sie schlecht.«

Flannigan runzelte die Stirn. »Und da nimmste ausgerechnet den schlechtesten Flötenspieler mit? Wer soll denn Billy fürs Pfeifen bezahlen, dem gibt man doch eher was, damit er wieder aufhört!«

Die anderen Pächter lachten.

Michael lachte mit. »'n bisschen schräg kommt doch immer gut an, Ron!«, behauptete er. »Ich weiß schon, was ich tu …«

Ron Flannigan sah ihm lange nach. »Und ob du's weißt …«, murmelte er schließlich.

Kathleen fiel das Tändeln schwer, aber sie zwang sich, Ralph Trevallion zu umgarnen. Sie lächelte ihm zu, als er am Sonntag in die Kirche trat, an den Frauen vorbeiging und sich in der ersten Bank auf der Seite der Männer niederließ. Father O'Brien predigte über

Verzeihen und Nachsicht. Letztlich, so endete er, sei doch nur Gott der wahre Richter, und ihm könne kein Sünder entgehen, auch wenn er sich der weltlichen Gerichtsbarkeit entzog. Der alte Priester zwinkerte Kathleen sogar zu, als sie sich gleich nach der Messe zu Trevallion gesellte und freundlich mit ihm sprach. Ob er sich damit der Sünde der Kuppelei schuldig machte?

Kathleen belustigte das. Sie bemühte sich, das Aufleuchten ihrer Augen, das Lächeln ihrer Lippen und die leichte Röte auf ihren Wangen für Trevallion zu bewahren. Erstmalig erlaubte sie ihm, sie rund um das Dorf spazieren zu führen, und stimmte ihm mit schmeichelnden Worten zu, wenn er immer wieder schilderte, wie nützlich er Seiner Lordschaft sei, wie sicher seine Stellung als Verwalter und wie geachtet die Frau sein würde, die er letztlich für die Ehe wählte.

Kathleen war erschöpft von all dem Lächeln und den Lügen, als Trevallion sie endlich wieder vor dem Haus ihrer Eltern ablieferte. Während des Spaziergangs hatte sie ein seltsames Gefühl gehabt. Es war fast, als sei sie nicht allein mit dem Verwalter gewesen, sie meinte, beobachtet worden zu sein. Ob Michael Jonny auf sie angesetzt hatte?

Das konnte gut sein: Ihre Mission bei Trevallion zu akzeptieren war ihren Liebsten hart angekommen. Und Kathleen ihrerseits machte sich Sorgen um Michael. Billy Rafferty war am Morgen in der Messe gewesen. Sichtlich verschlafen kniete er neben seiner Mutter, die ziemlich verärgert wirkte. Kathleen konnte sie verstehen. Gerade in diesen Zeiten galt es als schändlich, wenn man sich betrank. Michael war das auch in all den vergangenen Monaten nie passiert. Es passte nicht zu seinem Alibi als Fiedler. Natürlich spendierten die Pub-Besitzer den Musikern mal ein Bier, aber wer sich mit Whiskey betrank, behielt den Job nicht lange.

Billy Rafferty schien nicht so weit zu denken. Jegliches strategisches Handeln war ihm fremd – Kathleen hielt ihn weiter für die schlechteste Wahl als Nachfolger für Michael im Whiskey-Geschäft.

Aber für Michaels Sache mochte sich Billys Brummschädel als gar nicht so schlecht erweisen. Der Priester und die anderen Dörfler würden aus seinem Zustand schließen, dass auch Michael am Abend zuvor getrunken hatte und deshalb nicht zur Messe kam. Erst am kommenden Morgen bei der Arbeit würde man ihn endgültig vermissen.

Vor dem Haus der O'Donnells überreichte Trevallion Kathleen noch ein Säckchen Weizenmehl. »Ich weiß, du willst es nicht annehmen, Mary Kathleen«, sagte er förmlich. »Damit keiner glaubt, du lässt dich kaufen. Aber ich wünschte doch, du würdest einmal so viel für mich empfinden, dass meine Geschenke unwesentlich würden, verglichen mit meinem Kuss …«

Der Verwalter näherte sich ihr, aber Kathleen schreckte zurück. Sie empfand Panik bei dem Gedanken an einen Kuss Trevallions – und das nicht nur, weil sie sich vor seinen Lippen auf den ihren ekelte. Tatsächlich hatte sie auch Angst vor jenem Unsichtbaren, der sie vielleicht verfolgte. Der kleine Jonny würde nichts Gefährliches tun – von ihm war höchstens ein sehr dummer Jungenstreich wie ein Schuss aus seiner Schleuder zu erwarten. Er traf sowieso nie. Aber was wäre, wenn es der ältere Bruder, Brian, wäre, der sie verfolgte?

Was, wenn Michael selbst es war?

Kathleen schlug die Augen nieder. »Mr. Trevallion«, sagte sie leise. »Bitte … bitte, Sir, ich bin erst sechzehn Jahre alt. Das … das ist zu jung für … für die Liebe …« Sie errötete zutiefst.

Trevallion lächelte. »O ja … ich vergaß … Mary Kathleen …«

Kathleen wusste nicht, ob er es zärtlich meinte oder spöttisch.

»So ist es sicher nur ein Gerücht, dass du dich zu einem der Jungen aus dem Dorf hingezogen fühlst?« Es klang drohend.

Kathleen versuchte, den Kopf noch demütiger zu senken – und hob dann doch den Blick. Sie schaffte sogar ein spitzbübisches Lächeln.

»Sir, ich mag mich sonstwo hingezogen fühlen«, meinte sie. »Aber meine Mutter hat mich gelehrt, beim Gedanken an die Liebe auch die Speisekammer im Blick zu behalten.«

Trevallion lachte schallend. »Was bist du doch für ein reizendes Mägdelein, Mary Kathleen!«, bemerkte er.

Dann griff er in die Tasche und fügte dem Mehlsäckchen, mit dem Kathleen unentschlossen spielte, noch ein kleines Paket Zucker hinzu. »Hier! Aber es kann nicht süßer sein als deine Lippen!«

Kathleen dankte dem Himmel, als sie endlich in ihr kleines Elternhaus entfliehen konnte – ungeduldig erwartet von ihrer Familie, die entzückt sein würde von Trevallions Werbung.

Zucker und Mehl. Kathleen konnte nun selbst Scones backen. Aber sie würden dennoch bitter schmecken.

Am Montag nach Michaels Verschwinden versah Kathleen wie immer Dienst im Herrenhaus. Gemeinsam mit Grainné befeuerte sie die Kamine, deren Flammen gespenstische Schatten an die Wände warfen.

Immerhin hatten die Frauen es warm – und Trevallion behelligte sie nicht. Kathleen fand zudem Muße, die schweren Samtvorhänge und wuchtigen, wertvollen Möbel der Wetherbys zu betrachten – einmal wagte sie es sogar, sich in einen der Sessel zu setzen und sich einen Nachmittagstee vorzustellen, zu dem sie Freundinnen eingeladen hatte. Wenn Michael Recht behielt, würde sie auch einmal solche Möbel und Gardinen besitzen, und ein Hausmädchen würde ihre Öfen befeuern. In der neuen Welt würden sie frei sein, sie konnten Geld verdienen, reich werden …

Kathleen gab sich ein paar Herzschläge lang ihren Träumen hin – oder besser Michaels Träumen. Sie selbst brauchte gar kein Herrenhaus, keine schweren Sessel und Seidentapeten. Kathleen wäre mit einem Cottage zufrieden gewesen, einem kleinen, gemütlichen Haus, efeuumwachsen, mit einem hübschen Garten, in dem sie Gemüse anbauen konnte und Blumen pflanzen. Es sollte eine gute Stube haben und einen Schlafraum, eine Küche – und vielleicht noch ein Zimmer für die Kinder. Nicht nur einen winzigen, von der einzigen Feuerstelle verräucherten Raum wie im Haus ihrer Eltern …

Kathleen wurde jäh bewusst, dass sie vom Hause Ralph Trevallions träumte! Der Verwalter bewohnte genau solch ein Cottage, etwas abseits vom Dorf und vom Herrenhaus.

Aber nein! Sie schalt sich ihrer Gedanken. Kein Haus würde sie je dazu bringen, einen Schinder wie Trevallion zu heiraten! Ganz abgesehen davon, dass sie Michaels Kind unter dem Herzen trug.

Während Kathleen sich etwas schwerfällig aus dem Sessel erhob, um wieder an ihre Arbeit zu gehen, wurden im Haus Stimmen laut.

»O nein, Herrgott! Oh, barmherziger Himmel!« Grainné. Die alte Köchin und Haushälterin schrie und klagte, als habe man ihr das Herz gebrochen.

Kathleen rannte die Treppe hinunter und fand Grainné im Vestibül des Hauses auf eine der untersten Treppenstufen niedergesunken, jammernd und flehend.

»Ich kann's nicht ändern, Grainné«, sagte Ron Flannigan und legte ihr linkisch die Hand auf die Schulter. »Ich dachte nur, ich sag's dir selbst. Bevor Trevallion dir's steckt. Und bevor … bevor …«

»Bevor die Miliz kommt? Bevor sie … o nein, sie dürfen nicht … sie werden mich doch nicht hinauswerfen? Mein Haus abreißen? Barmherziger Heiland, Ron, ich hab noch acht andere Kinder!«

Ron Flannigan schüttelte kaum merklich den Kopf. In seiner Stimme und in seiner gesamten Haltung lag ehrliches Bedauern. »Das weiß ich doch, Grainné. Du bist eine gute Frau, und es sind alles gute Kinder. Aber du weißt, wie das Gesetz lautet …«

»Englisches Gesetz!«, spuckte Grainné aus. »Ron, ich hab den Wetherbys gedient. So viele Jahre, ich war immer treu, hab nichts gestohlen … na ja, nichts anderes als mal ein paar Bissen Brot. Wenn der Lord nur hier wäre! Wenn ich mich der Lady zu Füßen werfen könnte! Sie hätte Erbarmen, bestimmt!«

»Was ist denn geschehen?«, fragte Kathleen. »Was kann denn so furchtbar sein, Grainné, dass …«

Ein Blick in Ron Flannigans Gesicht ließ sie verstummen. Jedes aufmunternde Wort war in diesem Augenblick unangebracht.

»Sie haben Billy Rafferty verhaftet«, erklärte Ron. »Sie legen ihm den Diebstahl von Trevallions Korn zur Last …«

»Aber er war's nicht!«, heulte Grainné. »Herrgott, ihr kennt doch meinen Billy! Ein kleiner Angeber, aber ein Gockel, der nur kräht. Der käm doch nie auf die Idee, dem Herrn sein Korn zu stehlen! Wo sollt er's denn überhaupt verkaufen?«

»Das wissen wir nicht«, sagte Ron ernst. »Aber sie haben Geld bei ihm gefunden. Mehr als drei Pfund, das kann er nirgendwo sonst verdient haben. Bestimmt nicht mit dem Flötenspiel …«

»Das Flötenspiel!«, rief Grainné. »Der Fiedler, der Drury-Bengel! Dem würd ich's zutrauen, der …«

»Michael Drury ist verschwunden«, meinte Ron. »Und – ja, es ist anzunehmen, dass er auch damit zu tun hatte. Aber dein Billy war Samstag in Wicklow, Grainné, und kam betrunken heim. Und gestern Abend hat er wieder gebechert, mit Freunden, er hat das halbe Dorf eingeladen. Heute Morgen bei der Arbeit stanken sie alle nach Fusel, und dein Billy torkelt noch. Wundert's dich, dass Trevallion da nachfragte? Verraten hat ihn jedenfalls keiner, falls du das denkst, Grainné. Obwohl er einiges ausgeplaudert hat, gestern Nacht, mit seinen Saufkumpanen am Feuer. Von Whiskey, vom Schwarzbrennen, von seinem wunderbaren neuen Job in Wicklow …«

»Barmherziger Himmel, wenn er das den Rotröcken erzählt!« Grainné bekreuzigte sich beim Gedanken an die englischen Soldaten.

Ron seufzte. »Das werden sie schon aus ihm rausprügeln«, meinte er. »Aber vielleicht ist's besser für ihn, wenn er auspackt. Bisher legen sie ihm alles allein zur Last. Wenn sich nun aber herausstellt, dass der Drury-Junge mit drinsteckt …«

Kathleen fuhr es eiskalt über den Rücken. Billy würde Michael verraten. Das war so sicher wie das Amen in der Kirche. Womöglich würde er auch sie verraten, er wusste doch, warum Michael den Diebstahl gewagt hatte. Und vor allem … Barmherziger Himmel, hoffentlich wusste er nichts von Barney's Tavern!

Kathleens Gedanken arbeiteten in rasender Geschwindigkeit.

Sie musste Michael warnen. Sie musste nach Wicklow, bevor die Rotröcke Billy verhörten. Und am besten blieb sie dann gleich bei ihm. Hier konnte sie ohnehin nichts mehr tun. Es lag jetzt ganz in den Händen von Billy Rafferty, ob man auch ihre Familie von Haus und Hof vertrieb. Denn wenn Trevallion herausbekam, dass sie mit Michael geflohen war, würde er die O'Donnells der Mitschuld bezichtigen.

Kathleen rannte hinaus. Grainné würde sie nicht suchen, die hatte jetzt andere Sorgen als die Kamine im Herrenhaus. Und Ron hatte sie kaum wahrgenommen, er schien nichts zu wissen von ihr und Michael. Wenn sie nur wüsste, wie sie nach Wicklow kommen konnte …

Kopflos rannte Kathleen hinaus auf die Straße. Immerhin hatte sie gerade noch daran gedacht, ihren Schal gegen die Winterkälte überzuwerfen. Es gab ein paar kleine Dinge aus ihrem Elternhaus, die sie gern mitgenommen hätte, aber das ging nun natürlich nicht mehr. Ihre Mutter und Geschwister waren sicher zu Hause, und sie würden ihr ansehen, wie es um sie stand.

Kathleen sagte ihnen allen im Geiste Adieu. Dann marschierte sie entschlossen in Richtung Wicklow. So schwer konnte es nicht sein, den Weg zu finden.

Kapitel 4

Die Straße nach Wicklow tat sich breit vor Kathleen auf, aber der Weg war weit, viel weiter, als sie gedacht hatte. Kathleen lief so schnell sie konnte. Ihr war klar, dass ein Reiter sie dennoch leicht einholen würde – genau genommen waren bereits zwei an ihr vorbeigeritten. Waren es Boten der Miliz? Aber die hätten eigentlich uniformiert sein müssen. Kathleen versuchte, ruhig zu bleiben, und wanderte weiter. Es würde dunkel werden, bevor sie die Stadt erreichte.

Plötzlich hörte sie ein Fuhrwerk hinter sich heranrollen. Sie warf einen halb furchtsamen, halb hoffnungsvollen Blick auf den Bock. Womöglich brachte man Billy schon ins Gefängnis nach Wicklow. Aber dann sah sie zwei kräftige Schecken vor dem Wagen, und auch der Mann auf dem Bock war ihr bekannt. Ian Coltrane, der Sohn des Viehhändlers.

»Nanu, wen haben wir denn da?« Ian grinste zu ihr hinunter. »Wenn das nicht die kleine Kathleen O'Donnell ist? Wohin des Weges, Süße?«

Kathleen zwang sich zurückzulächeln. Ian Coltrane war ein hübscher Bursche, ein dunkler Kerl mit blitzenden Augen. Er sah Michael sogar ein bisschen ähnlich, nur dass seine Augen schwarz waren wie Kohle. Die Leute munkelten denn auch, die Coltranes hätten Tinkerblut.

Ian sah nicht nur aus wie ein Zigeuner, er verhielt sich auch so. Während Patrick Coltrane, sein Vater, mit Schafen und Rindern handelte, hatte sich Ian auf den Pferdehandel spezialisiert. Er musste damit recht guten Profit machen, denn seine karierte Jacke war nicht nur halbwegs neu, sondern auch warm und wattiert, seine

Hosen waren aus Leder und seine Stiefel fest und robust. Kathleen betrachtete sie fast neidvoll. Ihre eigenen Schuhe waren verschlissen und nicht warm genug, ihre Füße fühlten sich jetzt schon wie Eisklumpen an.

»Nach … nach Wicklow …«, antwortete sie. »Ich … ich will eine Tante besuchen. Sie ist erkrankt …«

Ian grinste. »Und da hat dich deine Mutter mit ein bisschen Brot und Whiskey hingeschickt, ja? Und mit einem wollenen Umhang?«, bemerkte er mit Blick auf Kathleens leere Hände und ihre für eine solche Reise im Winter viel zu dünne Kleidung.

Kathleen errötete. Natürlich, daran hätte sie denken müssen! Die O'Donnells waren zwar arm, aber eine Kleinigkeit hätte ihre Mutter sicherlich irgenwoher organisiert und irgendein Mantel hätte sich dennoch finden lassen, um das Mädchen besser auszustatten in der Kälte; für einen Besuch in der Stadt hätte Kathleen auch ihr Sonntagskleid getragen.

»Wir … wir haben nichts zu verschenken«, erklärte sie kurz. »Es geht mehr um … um seelischen Beistand …«

Ian lachte. »Den könnt ich auch gebrauchen!«, neckte er sie. »Also wenn du mir ein bisschen davon geben magst – neben mir ist noch ein Platz frei.« Er klopfte auf den Bock.

Auf dem zweirädrigen Karren war auch hinten eine Sitzbank, die Kathleen weitaus lieber eingenommen hätte. Aber da lag Sattelzeug und Geschirr herum, und in ihrer misslichen Lage konnte sie nicht wählerisch sein. Sie kletterte also auf den Bock und nahm neben Ian Platz. Der ließ die Schecken daraufhin wieder antraben. Hinter dem Wagen her liefen noch zwei weitere Pferde und ein Maultier.

»Und … und du?«, fragte Kathleen, obwohl es sie nicht im Geringsten interessierte. »Wo willst du hin?«

Ian hob die Brauen. »Wonach sieht's denn aus? Meinst du, ich fahre die Gäule spazieren? Pferdemarkt in Wicklow. Morgen früh auf dem Platz am Kai. Ich hoff, dass ich die drei da zu Geld mach …«

Kathleen warf einen Blick auf die Pferde. Eines davon kannte sie.

»Der Rappe ist aber nicht mehr jung«, merkte sie an.

Das Pferd hatte schon den Karren des Schusters gezogen, als Kathleen ein kleines Mädchen gewesen war. Oder täuschte sie sich doch? War das Pferd des Schusters nicht schon ergraut um die Augen herum? Und hatte es nicht einen Satteldruck auf seinem Rücken, der weiß verfärbt war? Der Rappe hinter dem Karren war schwarz und glänzte.

»Der? Der ist sechs Jahre alt und keinen Tag mehr!« Ian tat beleidigt. »Guck dir die Zähne an, wenn du mir nicht glaubst!«

Kathleen zuckte die Achseln. Die Zähne hätten ihr nichts gesagt, aber sie hätte schwören mögen, dass sie diesem Pferd als kleines Mädchen Löwenzahn gepflückt hatte, wenn es vor der Schusterwerkstatt auf seinen Herrn wartete. Zu besseren Zeiten, als die Menschen das Unkraut am Weg noch nicht selbst zu Suppen verkochten. Das Pferd hatte eine Art gezwirbelten Schnurrbart über den Nüstern. Kathleen hatte das vorher nie bei einem anderen Tier gesehen, und der Schuster musste das auch als Besonderheit empfunden haben, sonst hätte er das Pferd nicht Blackbeard getauft. Aber Kathleen wollte nicht streiten, dazu war sie viel zu froh über die Mitfahrgelegenheit. Die Schecken vor dem Wagen trabten munter dahin. Sicher brauchten sie kaum mehr als eine oder zwei Stunden nach Wicklow.

Kathleen versuchte also, das Gespräch von den Pferden ab und auf unverfängliche Themen zu bringen. Sie fragte nach Ians Vater, dessen Geschäfte nach Auskunft seines Sohnes eher schlecht gingen.

»Hat doch keiner Geld im Moment«, meinte der Junge wegwerfend.

Ian mochte um die zwanzig Jahre alt sein. Etwas älter als Michael. Auch sein Vater war Pächter bei Lord Wetherby, aber er war viel bessergestellt als die anderen. Patrick Coltrane arbeitete seine Pacht nicht ab, er bezahlte sie aus den Erlösen seines Viehhandels, und er war auch nicht abhängig von der eigenen Kartoffelernte. Sein Land diente vor allem der Tierhaltung. Die eigene Nahrung baute er nicht oder nur teilweise selbst an.

»Zumindest nicht für Kühe und Schafe …«, fügte Ian fast verächtlich hinzu. »Was soll'n die auch fressen? Die Leute buddeln doch selbst die letzten Wurzeln aus dem Boden.«

»Aber Pferde kann man verkaufen?«, wunderte sich Kathleen.

Ian lachte. »Ein paar reiche Herren gibt es immer … in Wicklow und Dublin braucht mancher ein Pferd – oder will eins. Man muss ihm nur klarmachen, das mache den Krämer zum Lord! Und auf dem Land sind die Gäule zurzeit billig …«

Kathleen überlegte, wie viel Ahnung diese Krämer wohl von Pferden hatten. Womöglich kauften sie wirklich den alten Blackbeard, wenn Ian ihnen weismachte, der Gaul käme aus den Ställen Lord Wetherbys.

»Aber auf die Dauer bleib ich nicht hier!«, verriet Ian ihr schließlich. »Nicht viel Geld in diesem Land. Genug zum Leben, aber wenn man ein bisschen mehr will … nein, mich zieht's übern großen Teich! Ich will mein Glück machen!«

»Wirklich?«, fragte Kathleen, plötzlich sehr interessiert.

Der Pferdehändler war der Erste, der nicht aus purer Not von Auswanderung sprach, sondern sich ehrlich auf das neue Land zu freuen schien.

»Ein … ein Freund von mir spricht auch davon«, sagte sie. »Und ich … ich …«

Ian warf ihr einen Seitenblick zu. »Du hättst auch Lust? Also, damit bist du die Ausnahme. Die meisten Mädels, denen man von der neuen Welt erzählt, kriegen nur das große Zittern …«

»Na ja, die Überfahrt …«

Ian schnaubte. »Die Überfahrt! Gut, es wird sicher ein bisschen ungemütlich, und viel zu beißen wird's auch nicht geben. Aber verglichen mit dem, was du hier zu beißen kriegst … obwohl du mir noch ganz gut genährt aussiehst, Süße! Ein hübsches Mädchen! Und eins mit Schneid …«

Eine Weile fuhren sie schweigend weiter. Dann betrachtete Ian Kathleen, die vor Kälte zitterte, mit neuem Interesse.

»Ist dir kalt, Süße?«, fragte er scheinbar fürsorglich und zog eine Decke hervor. Er legte sie Kathleen um die Schultern, wobei er sie etwas näher an sich zog. »Komm, ich wärm dich!«

Kathleen war froh, dass sie eben das Ortsschild nach Wicklow passierten.

»Und es muss ja auch gar nicht Amerika sein …«, sprach Ian angelegentlich weiter, während seine Hand unter der Decke über Kathleens Schulter in ihren Ausschnitt wanderte.

Kathleen rückte energisch von ihm ab.

»Kannst du … kannst du mich hier bitte rauslassen?«, fragte sie.

Ian lachte. »Hier? Aber wir sind fast noch in der Wildnis, Süße …«

Tatsächlich war dies ein Vorort, in dem hübsche Cottages und Gärten zwischen kleineren Feldern lagen. Von der Innenstadt, dem Kai und Barney's Tavern mochten sie noch zwei oder drei Meilen entfernt sein.

»Meine Tante … wohnt hier irgendwo«, behauptete Kathleen.

»Ach ja, die Tante …«, spottete Ian. »Soll ich dich nicht vor die Haustür fahren?«

Kathleen schüttelte den Kopf. »Nein … nein danke. Du hast schon genug … also, ich hab genug … ich hab deine Hilfe schon genug in Anspruch genommen. Den Rest des Weges kann ich laufen. Vielen Dank, Ian!«

Ian zog die Brauen hoch und die Zügel an. Das Gespann stoppte sofort. »Wenn du drauf bestehst … dein Wunsch sei mir Befehl! Und vielleicht sieht man sich ja mal im Dorf!« Er tippte an seine Mütze.

Kathleen kletterte vom Bock und zwang sich, ihm zuzulächeln. »Sicher, am … am Sonntag in der Kirche … wenn du mal da bist …«

Patrick und Ian Coltrane waren gerade an den Wochenenden

oft auf Viehmärkten unterwegs. Weshalb Ian wohl auch nichts von ihrem Verhältnis zu Ralph Trevallion wusste. Er hätte sie sonst sicher damit aufgezogen.

Ian grüßte noch einmal und ließ die Pferde dann antraben. Kathleen hoffte inständig, ihm nie wieder zu begegnen.

Auf dem Bock des Pferdewagens hatte sie fast noch mehr gefroren als beim Laufen. Sie musste sich jetzt, ganz steif und erschöpft, zwingen, einen Fuß vor den anderen zu setzen. Aber sehr weit konnte es ja nicht mehr sein.

Tatsächlich war es noch nicht einmal völlig dunkel, als Kathleen die Hauptstraße erreichte. Schon der erste Passant, den sie nach Barney's Tavern fragte, wies ihr den Weg.

»Kannste nicht verfehlen, Kleine, grad da hinter der ersten Biegung. Aber was willste in dem Schuppen? Da kannste in anderen mehr verdienen!«

Kathleen hätte im Boden versinken können, als ihr erst im Weitergehen klar wurde, wofür der Mann sie gehalten hatte! Sie beschleunigte noch einmal ihren Schritt. Als sie den Pub schließlich erreichte, war sie außer Atem. Sie fror kaum noch.

Aufatmend stieß das Mädchen die Tür auf und wurde von einem Schwall warmer, abgestandener Luft, stinkend nach Whiskey, Bier und Tabak überfallen. Kathleen kämpfte gegen die Übelkeit an, die sie jäh erfasste. Es sah nicht so aus, als würde aus dem Baby ein Mann werden, der sein halbes Leben im Pub verbringen wollte!

»Welch Glanz in unserer armseligen Hütte!«, begrüßte sie ein kleiner, rundlicher Mann hinter dem Tresen. »Goldene Locken, Alabasterhaut … und Augen so grün wie Irlands Weiden. Wenn du ein Trugbild bist, Schönste, darfst du bleiben. Aber sonst ist das hier nur für Jungs, sorry!«

Die meisten Pubs ließen keine Frauen ein.

Kathleen zwang sich zu einem weiteren Lächeln. »Ich bin Kathleen O'Donnell«, stellte sie sich vor. »Ich muss zu Michael Drury.«

Der kleine Dicke musterte sie anerkennend. »Barney«, stellte er sich vor. »Du bist das Mädchen, mit dem er wegwill?«, fragte er dann. »Respekt, Respekt, aber du hättst dir auch 'nen Besseren angeln können! Wie wär's mit mir, Hübsche? Ich kann dir wenigstens was bieten. Ein Pub läuft immer!«

Kathleen fühlte Ärger in sich aufsteigen. Es reichte ihr. Sie wollte nicht mehr lächeln und niemandem mehr schöntun. Sie wollte Michael!

»Hören Sie!«, sagte sie in bestimmtem Ton. »Hören Sie, ich muss Michael warnen. Die Rotröcke sind hinter ihm her. Also bitte treiben Sie jetzt keine Spielchen …«

Der Dicke wurde schlagartig ernst.

»Die Miliz, Mädchen? Verdammt, ich wusste, dass da was faul ist. Aber nein … ›Nur ein Zimmer für ein paar Tage, Barney! Nur bis mein Mädchen sich da loseisen kann. Ist ja nicht einfach, für so ein Mädchen, der Abschied von der Familie …‹ Mit Engelszungen hat er geredet. Und ich hab mich einlullen lassen. Dafür schleppt er mir jetzt die Rotröcke ins Haus. Michael!« Barney brüllte nach hinten, in einen Raum hinter dem Schankraum.

Als niemand antwortete, lief er hinaus. Kathleen überlegte nicht lange. Sie folgte ihm durch die schmierige Küche in einen Flur, von dem mehrere Türen abgingen.

»Michael!« Barneys Ruf war nicht zu überhören, und tatsächlich öffnete sich schließlich eine der Türen. Michael trat heraus.

»Geht's noch ein bisschen lauter, Barney?«, fragte er unwillig, aber dann sah er Kathleen hinter dem dicken Barmann.

»Kathleen! Ich nehm alles zurück, Barney, sie rechtfertigt jede Lautstärke. Eigentlich sollten ihr Trompeter und Trommler voranschreiten, wohin immer sie geht, damit Unwürdige ihren Blick abwenden können, bevor sie erblinden vor so viel Schönheit! Kathleen, das ist ja viel schneller gegangen, als ich in meinen kühnsten Träumen erhofft hatte!« Michael machte Anstalten, sie in die Arme zu nehmen, aber sie zwang sich, ihn zurückzustoßen.

»Michael, dafür ist keine Zeit! Sie haben Billy verhaftet. Und er wird reden! Wir müssen fort!«

»Sie haben Billy …? Verdammt, dieser kleine Dummkopf!

Konnte die Finger nicht vom Whiskey lassen, ja? Dabei hab ich ihn gewarnt … ich …«

»Michael!« Kathleen schrie fast. »Weiß er von diesem Versteck?«

»Das würd mich jetzt auch interessieren!«, bemerkte Barney mit dem Blick eines wütenden Bullterriers.

Michael zuckte die Achseln. »Ich mag was erwähnt haben. Zumindest … nun ja, wir waren Samstag hier, nicht? Wenn er ihnen alle Pubs nennt …«

»Ich bin ruiniert!«, jammerte Barney. »Ich muss die Flaschen wegschaffen! Wenn sie die hier finden … erst recht, wenn sie dich finden … Mach bloß, dass du wegkommst, Michael Drury!«

Michael begann, seine Sachen zusammenzusuchen. Aber noch während er sein Bündel schnürte und Barney mit dem zweiten Arm voller illegal erworbener Whiskeyflaschen über den Flur eilte, schoss ein kleiner Junge durch die Küche herein.

»Barney, Daddy schickt mich. Weißt schon, der Wirt vom Finest Horse. Die Roten sind da, wegen des Whiskeys. Und wegen Michael Drury. Du sollst …«

Barney rief erneut den Himmel zu Hilfe und rannte umso schneller, während Michael sich umsah wie ein gehetztes Wild. »Kathleen, wir müssen hier raus! Schnell, das Finest Horse ist zwei Häuser weiter, wenn sie da fertig sind, kommen sie hierher. Pass auf, du verschwindest als Erste. Vorn heraus, durch den Schankraum …«

»Und du?« Kathleen stand wie erstarrt da.

»Ich nehm den Hinterausgang. Wir treffen uns dann am … am Kai, ich find dich schon.« Michael warf sein Bündel über die Schulter, aber dann schien ihm etwas einzufallen. Er nestelte eine Börse aus der Tasche und drückte sie Kathleen in die Hand. »Hier … nimm das! Schnell, worauf wartest du?« Michael schob sie in den Flur.

»Aber … aber …«

»Kein Aber, geh, Kathie, wir treffen uns später!« Michael drückte dem kleinen Jungen ein Geldstück in die Hand. »Hier, Harry. Bring die Lady in Sicherheit!«

Aus dem Schankraum waren jetzt Stimmen zu hören. Laute, befehlsgewohnte Stimmen. Michael rannte über den Korridor, der kleine Harry, ein rothaariges, gewitztes Kerlchen mit dem sanften, rundlichen Gesicht eines Cherubs, zog Kathleen in die andere Richtung. Sie hatte eben noch Zeit, ihren Schal über ihr Haar zu streifen, als sie sich auch schon zwei rotberockten Milizionären gegenüberfand. Die Männer stießen sie rüde beiseite und begannen, die Türen zu den Hinterzimmern aufzureißen. Kathleen folgte Harry wie betäubt in den Schankraum, wo sie gleich wieder eine Woge von Übelkeit erfasste. Diesmal nicht nur aufgrund des Gestanks, sondern auch vor Angst. Zwei weitere Soldaten hielten die um diese frühe Stunde noch spärlichen Zecher in Schach.

»Ausweisen! Niemand verlässt den Raum, bevor wir wissen, wer er ist und woher er kommt!«, brüllte einer von ihnen.

Ein paar Männer nestelten Papiere heraus, andere gaben mündlich Auskunft. Kathleen erblasste vor Entsetzen. Sie konnte sich nicht ausweisen. Man würde sie verhaften, man würde herausfinden, woher sie kam und sie als Michaels Komplizin einsperren.

Aus dem Hof hinter der Schänke waren Schreie zu hören. Aber Michael war doch fortgelaufen … Kathleen zitterte.

Aber dann fühlte sie Harrys kleine, warme Hand in der ihren. »Nun komm schon, Mommy, hier ist er doch nicht!«, sagte der Kleine mit süßer Stimme. »Hier ist nur die Polizei! Schau nur, Mommy, welch schmucke Uniformen sie haben!«

Der kleine Junge schaute die Männer mit unschuldiger Bewunderung an, kniff Kathleen allerdings gleichzeitig in die Hand.

»Weinen!«, zischte er.

Kathleen schluchzte auf. Es fiel ihr erheblich leichter als das gezwungene Lächeln in den Stunden zuvor.

Harry zog sie Richtung Ausgang. »Gütige Herren, lasst uns durch!«, wandte er sich dann ehrfürchtig an den vierschrötigen Milizionär, der die Tür bewachte. »Wir haben unseren Daddy hier nicht gefunden. Aber wir müssen weitersuchen, sonst versäuft er noch das ganze Geld, das uns der Großvater gegeben hat!«

Der Junge zupfte nachdrücklich an Kathleens Kleid. Sie musste mitspielen! Sie konnte es dem Kind nicht allein überlassen, sie hier herauszulügen.

Kathleen wimmerte. »Auf Pferde wollt er's verwetten«, klagte sie. »Könnt Ihr Euch das vorstellen, Ihr Herren? Und dabei war's doch für unsere Schulden … Und die Pacht, liebe Herren! Wenn wir Paddy nicht bald finden, wirft uns der Landlord auf die Straße …«

Harry weinte jetzt ebenfalls. Sein Geheule hätte Steine erweichen können. Der Milizionär gab die Tür frei. Das Heulen fiel ihm wohl auf die Nerven, und an der Frau zeigte er kein Interesse. Billy schien Kathleen also nicht erwähnt zu haben, als er Michael verraten hatte. Wenigstens etwas …

»So hau schon ab, Weib«, brummte der Soldat. »Und ich hoff für dich, dass du den Kerl findest … aber so sind sie, eure Paddys und Kevins … Saufen und Wetten, Nichtsnutze allesamt!«

Kathleen hörte nicht länger hin. Sie schaffte es kaum, einen kleinen Dank zu stammeln, als Harry sie unter vielen »Vergelt's Gott, Ihr Herren!« aus dem Pub zog. Draußen verstummte sein Geheule sofort.

»Wo willste denn jetzt hin?«, fragte er Kathleen.

Michael war durch den Korridor geflohen. Die Hintertür war leicht zu finden – schließlich rannte Barney hier schon das dritte Mal mit Flaschen heraus und ohne wieder herein. Allerdings öffnete sich die Tür nicht wirklich in die Freiheit, sondern nur in einen hoch gemauerten Hof.

Michael blinzelte ins Zwielicht, während er ins Freie hastete. Es musste eine Tür oder ein Tor geben. Aber der Hof war mit Gerümpel, mit leeren Flaschen und Fässern, alten Tischen und Stühlen vollgestellt. Barney schien alles hier herauszuschaffen, was er nicht mehr gebrauchen konnte, aber aus irgendwelchen Gründen nicht wegwerfen wollte. Im Halbdunkel konnte man kaum etwas erkennen. Aber da, da war der Ausgang!

Michael rannte auf ein solides hölzernes Tor zu, warf sich dagegen – und fand es verschlossen. Verzweifelt suchte er nach dem Griff, vielleicht steckte ja ein Schlüssel …

»Barney!«

Es war zwecklos. Barney war entweder wieder im Pub und heuchelte Unschuld, oder er war durch eben dieses Tor hier weg. Wohl wissend, dass er Michael den Wölfen zum Fraß vorwarf, wenn er hinter sich abschloss.

Hinten im Haus durchsuchten die Rotröcke die Zimmer. Es war nur eine Frage der Zeit, bis sie auch auf den Hof kommen würden. Michael musste einen raschen Entschluss fassen. Verstecken oder versuchen, über die Mauer zu entkommen? Ersteres war sinnlos, die Männer würden den Pub durchsuchen. Auch und gerade die Gelasse im Hof, wo sonst versteckte man gestohlenen Whiskey? Aber über die Mauer mochte ein Fluchtweg führen. Wenn er auf eines der Fässer stieg … oder noch besser, ein Fass auf einen der alten Tische wuchtete …

Michael arbeitete in rasender Eile. Leider brach der erste Tisch schon unter dem Fass zusammen. Der zweite hielt. Michael kletterte hinauf, aber vom Tisch auf das Fass zu gelangen, forderte einen Balanceakt. Und da waren auch schon die Soldaten. Michael betete, dass sie ihn in der Dunkelheit nicht sofort entdeckten, aber die zwei Männer trugen Laternen.

»Da ist er!«

Michael erkletterte das Fass mit dem Mut des Verzweifelten und stemmte sich hoch, um über die Mauer klettern zu können. Aber dann ertönte ein Schuss. Michael roch Pulverdampf, ließ aber nicht nach in seinen Bemühungen.

Dennoch – es war zu spät. Einer der Soldaten war bereits bei ihm und stieß den Tisch und das Fass mit einem Fußtritt unter ihm weg. Michael versuchte, sich am First der Mauer festzuhalten, aber der Stein war schlüpfrig vom Eisregen der letzten Tage. Die

Finger des jungen Mannes rutschten ab, und er fiel schwer auf den Boden.

»Michael Drury?«, fragte der Soldat und riss ihn hoch.

Michael sprach kein Wort.

»Ich weiß nicht«, flüsterte Kathleen. »An … an den Kai. Wenn Michael …«

»Wenn sie den mal nicht schnappen«, meinte Harry pessimistisch. »Ist besser, wir kriegen das erst raus. Bevor er ihnen sagt, dass du am Kai auf ihn wartest.«

Kathleen fuhr auf. »Er würde mich nie verraten!«

Harry zuckte die Schultern. Dabei schien er zu überlegen. »Pass auf, Lady, folg mir, ich bring dich zu Daisy. Da fällst du nicht auf … na ja, schon ein bisschen, so wie du aussiehst. Aber wird schon werden. Zeig ihr bloß nicht die Börse, sonst bist du sie los …«

Der Kleine schob sie energisch in eine Seitengasse, aber Kathleen wehrte sich, als sie aus Barney's Tavern Lärm vernahm.

Ein Schuss …!

»Michael … Michael, ich muss zu ihm …«, jammerte Kathleen.

Harry hielt sie mit ungeahnter Kraft am Kleid fest. »Nichts da, jetzt hab ich dich da rausgehauen, und du willst wieder rein? Biste verrückt? Womöglich jagen sie mich auch noch, wenn du dich zu erkennen gibst!«

»Aber ich …«

Immerhin war Harry genauso neugierig, wie Kathleen verzweifelt. Er zerrte sie zumindest nicht weiter, sondern hielt sie nur hinter der Ecke fest. Die beiden spähten hinüber zum Pub, aus dem jetzt Rufe und weiterer Lärm zu hören waren. Und dann ging die Tür auf. Zwei Rotröcke schleppten einen Mann heraus. Er wehrte sich. Michael war gefesselt, aber offensichtlich unverletzt.

»Sag ich doch, dass sie den kriegen«, bemerkte Harry. Dann nahm er Kathleens Hand. »Komm jetzt, dem kannste nicht mehr helfen. Sie hängen ihn schon nicht gleich! Kannst morgen fragen, wo sie ihn hingebracht haben. Aber jetzt erst mal weg hier!«

Kathleen konnte nicht mehr denken. Sie war starr vor Angst und Grauen über Michaels Schicksal. Was würden sie mit ihm machen? Hatte Harry das ernst gemeint mit dem Hängen? Sie würden doch niemanden dafür hängen, dass er drei Säcke Korn gestohlen hatte!

Harry zog sie in einen Hauseingang, über dem ein rot bemaltes Schild hing, auf dem »Daisy's« stand. Mehr nicht, aber man brauchte nicht viel Fantasie, um sich auszumalen, was sich dahinter verbarg.

Kathleens Entsetzen wurde immer größer.

»Aber das ist … ich kann doch nicht …«

»Miss Daisy tut nichts«, beruhigte sie der Junge. »Und die Mädchen erst recht nicht. Jedenfalls beklaun sie keine Armen, und mir geben sie immer Zuckerstangen. Also, komm!«

Kathleen betrat den dunklen Flur hinter der Eingangstür mit klopfendem Herzen, aber um diese frühe Stunde war hier noch nichts los. Harry lotste sie eine Stiege hinauf, die zu einem weiteren, engen Korridor führte, von dem mehrere Zimmer abgingen. Hinter einer der Türen erklang Lachen und Plaudern. Harry klopfte, stieß die Tür aber auf, als darauf niemand reagierte.

»Miss Daisy? Hier is'n Mädchen, vom Land. Gehört zu den Whiskeybrennern, das Liebchen von Michael Drury. Den haben sie grad mitgenommen, und jetzt weiß sie nicht, wo sie hinsoll.«

Kathleen hielt den Kopf gesenkt, spähte aber doch ängstlich unter ihrem Schal hervor. Ihr Blick fiel auf einen Raum voller Spiegel, Flitter und Tand. Es schien eine Art Ankleidezimmer zu sein. Vier oder fünf Mädchen, nur leicht bekleidet, waren zu Kathleens Schrecken gerade dabei, sich mithilfe knallroter Strapse und Rüschenkleidern in schrillen Farben in bunte Nachtvögel zu verwandeln. Ein Mädchen schnürte sich, eines malte sich vor einem der Spiegel das Gesicht an.

So oder ähnlich stellte sich Kathleen den Weg zur Hölle vor. Die Mädchen wirkten allerdings keineswegs diabolisch, sondern sahen ganz gewöhnlich aus. Einige waren auch nicht mehr so jung, wie sie auf den ersten Blick gewirkt hatten. Besonders die Frau, die sich jetzt Harry zuwandte, hatte die vierzig bestimmt bereits überschritten.

»Und wir soll'n sie jetzt verstecken? Was bin ich? Ein Hotel?«

»Nicht verstecken«, flüsterte Kathleen. »Keiner … keiner sucht mich. Und ich wollte auch gar nicht … ich … ich kann gleich wieder gehen …« Sie wandte sich um.

Die Frau lachte. »Ach, und wohin willst du gehen? Kleine, allein auf der Straße, in dem Viertel … da nehmen sich die Kerle zu gern umsonst, wofür sie hier bezahlen müssen. Und den Michael kenn ich, das ist ein ehrlicher Junge. Der Whiskey war immer erste Sorte, grad der letzte …«

Kathleen seufzte. An dieses Etablissement hatte Michael seinen Schwarzgebrannten also auch geliefert. Wie mochten die Frauen dafür bezahlt haben? Sie fühlte fast etwas wie Wut in sich aufsteigen.

Miss Daisy – die ältere Frau schien die Besitzerin des Bordells zu sein – brachte das Wort Whiskey auf einen Gedanken. Sie förderte rasch eine Flasche unter einem der Schminktische hervor, goss ein Glas ein und reichte es Kathleen.

»Hier, trink mal! Siehst ja aus, als hättste ein Gespenst gesehen.«

»Ich muss dann wohl gehen«, meinte Harry.

Miss Daisy lächelte ihn an und holte aus dem gleichen Versteck eine Zuckerstange. »Aber nicht ohne eine kleine Wegzehrung, mein Kleiner!«, lachte sie. »Der einzige Mann, den wir hier alle lieben«, erklärte sie dann, an Kathleen gewandt. »Die Mädchen streiten sich jetzt schon drum, wer ihn mal als ›Jungfrau‹ ins Bett kriegt!«

Kathleen errötete wieder, aber Harry grinste die gutmütige Bordellbesitzerin an.

»Nichts da, Miss Daisy, ich such mir 'n anständiges Mädchen, wie Michael es gemacht hat. Das hat er mir auch gesagt: Harry, hat er gesagt, such dir 'n gutes Mädchen! Und dann hat er mir vorgeschwärmt von seiner Liebsten und ihren schönen Augen, grün wie Irlands Glens, und ihrem goldenen Haar …«

Miss Daisy lachte noch lauter und zog Kathleen spielerisch den Schal vom Kopf. Kathleen wehrte sich instinktiv, aber er fiel doch auf ihre Schultern herab und gab den Blick auf ihr Haar und ihr Gesicht frei.

Miss Daisy pfiff durch die Zähne, auch ein paar der Mädchen gaben bewundernde Laute von sich.

»Du meine Güte!«, stieß die Bordellbesitzerin aus. »Da kommt ein Mädchen vom Land, und man erwartet ein verhuschtes Mäuschen! Aber es erscheint eine wahre Prinzessin. Hat dich gut gefüttert, dein Michael …«

Miss Daisys prüfender Blick wanderte weiter über Kathleens Körper. Kathleen zog den Schal tiefer. Ihr Bauch war eigentlich noch ziemlich flach, aber schon ihre Gestik ließ die erfahrene Miss Daisy die richtigen Schlüsse ziehen.

»Oh, meine Kleine! Da hab ich schon gehofft, ich könnt dich vielleicht anwerben … aber du wärst mir nicht lange von Nutzen. Ist Michael der Glückliche?«

Kathleen fuhr auf. »Natürlich Michael! Was denken Sie? Ich … wir … wir wollten heiraten … in Amerika … wir …«

Plötzlich konnte sie weinen. Sie schluchzte in den Whiskey, den Daisy ihr hinhielt, und schließlich nahm sie tatsächlich einen Schluck. Es war der erste in ihrem Leben, und er brannte wie Feuer in ihrer Kehle. Kathleen hustete.

»Tja, das wird jetzt wohl nichts mehr«, konstatierte Miss Daisy. »Den Jungen siehst du so bald nicht wieder – zumindest nicht in Freiheit. Im Gefängnis kannst du ihn besuchen, wenn du dem Wärter ein paar Pennys gibst. Aber bis sie den rauslassen … wenn überhaupt, ist das Kind groß.«

»Wenn überhaupt?«, fragte Kathleen entsetzt. »Meinen Sie, sie hängen ihn? Herrgott, sie können doch keinen dafür hängen, dass er drei Säcke Korn genommen hat!«

»Geklaut hat er auch noch?«, seufzte Daisy. »Kindchen, Kindchen … Aber nein, hängen werden sie ihn nicht. Nur abschieben. Botany Bay, Van-Diemens-Land … Nie gehört, Kleine?«

Kathleen versuchte, gleichzeitig zu nicken und den Kopf zu schütteln. Natürlich hatte sie von den Kolonien gehört. Von Australien, wohin die Engländer Sträflinge als Zwangsarbeiter schickten. Aber das … das konnten sie doch mit Michael nicht machen!

»Wenn du mehr als sieben Jahre kriegst, hast du Pech gehabt«, meinte Daisy. »Und das brummen sie ihm locker auf. Zumal wenn er auch noch geklaut hat. Schade um den Jungen … Und um dich tut's mir auch leid. Kannst trotzdem dableiben, wenn du willst. In welchem Monat bist du überhaupt? Ist doch noch früh, nicht? Das kannst du auch noch wegmachen lassen.«

Kathleen starrte sie an. Ihr Kind wegmachen lassen? War die Frau von Sinnen?

»Ich kenn 'ne Frau, die macht das gut. Beißt selten eine ins Gras dabei … Aber gut, gut, ich seh schon, kommt nicht infrage. Wird dir noch leidtun, Kleine.«

Kathleen begann wieder zu weinen. Jetzt scharten sich auch die anderen Mädchen um sie. Eines legte tröstend den Arm um die Fremde. Kathleen blickte schaudernd in ihr grell geschminktes Gesicht, sah unter all dem Puder und der Schminke aber auch die Züge einer älteren Frau, die sehr viel mütterlicher wirkte als Daisy.

»Nun lass das kleine Ding doch erst mal zur Ruhe kommen!«, beschwichtigte sie. »Die weiß doch gar nicht, was sie will …«

»Michael!«, schluchzte Kathleen. »Ich will Michael … und das Kind braucht ihn … sie können doch nicht …«

»Ruhig … ruhig …« Die Frau wiegte sie beruhigend hin und her. »Was hältst du davon, wenn wir deinen Michael morgen suchen?«

Kathleen sah hoffnungsvoll zu ihr auf.

»Suchen? Sie meinen, besuchen? Wo? Im …«

»Im Gefängnis, Kleine, sprich es ruhig aus. Und erst mal müssen wir ihn finden, kann sein, dass sie ihn hier festhalten, kann auch sein, dass sie ihn zurück in euer Dorf bringen. Oder nach Dublin.

Glaub ich aber nicht, zumindest nicht so schnell. Jedenfalls hörn wir uns um. Vielleicht kannst du ihn ja sehen. Aber jetzt wein mal nicht mehr, ist nicht gut für den kleinen Wurm da drinnen, wenn die Mommy traurig ist …«

Die Frau nahm eins der schmierigen Schminktücher vom Tisch und wischte Kathleen die Tränen ab. »Ich bin übrigens Bridget«, sagte die Frau. »Du musst nicht so förmlich mit mir reden. Und wie heißt du?«

»Kathleen …«, flüsterte Kathleen. »Mary Kathleen.«

Sie hatte den Schutz der Gottesmutter noch nie so dringend gebraucht.

Kathleen schlief den Schlaf der Erschöpfung im Ankleidezimmer der Huren auf einem Berg getragener, nach Schweiß und billigem Parfüm stinkender Rüschenkleider. Sie hüllte sich in ihren Schal, die verschlissene Decke, die Bridget ihr gebracht hatte, ließ sie schaudernd liegen. Dabei roch das Ding eigentlich sauber.

Aber Kathleen hätte am liebsten gar nichts von all dem angefasst, was hier sicher sündige Verwendung fand. Ein paarmal schreckte sie trotz aller Müdigkeit auf, wenn Männer lachten oder Frauen kreischten. Ihre Stimmen klangen umso ausgelassener und betrunkener, je länger die Nacht voranschritt.

Bridget wirkte allerdings gar nicht besonders mitgenommen, als sie Kathleen am nächsten Morgen weckte, sondern hellwach und munter. Sie sah zudem viel vertrauenerweckender aus als am Abend zuvor. Das auffällige rote Kleid hatte sie mit einem ganz normalen blauen getauscht, und sie trug einen ordentlichen Hut auf ihrem braunen, dick gelockten Haar. Hätte sie auch noch auf die Puderschicht verzichtet, mit der sie wohl die Spuren zu vieler, zu langer Nächte zu verbergen suchte, so hätte man sie für eine gänzlich normale Hausfrau halten können.

»Dann komm, Mary Kathleen!«, sagte sie lächelnd. »Wollen wir mal sehen, was wir für deinen Michael tun können …«

Kathleen fuhr sich nervös durch ihr üppiges goldfarbenes Haar. Es musste schrecklich aussehen. Genau wie ihr verschlissenes und nun auch noch schmutziges und zerknittertes Kleid. Wie hatte sie nur auf diesem Haufen Wäsche einschlafen können! Sicher roch sie jetzt auch nach dem schrecklichen Parfüm.

Bridget reichte Kathleen grinsend einen Kamm. »Nimm schon, Kleine, keine von uns hat Läuse. Du magst das hier alles schockierend finden, aber es ist ein ganz netter kleiner Puff. Da kannst du weiß Gott Schlimmeres finden! Nicht mal Daisy ist so hart, wie sie tut …«

»Aber … aber … wo … wo sind sie jetzt?«, stammelte Kathleen. »Die ganzen Mädchen … und die Männer?«

Bridget lachte. »Die Freier sind gottlob zu Hause! Hier lassen wir keinen schlafen. Und die Mädchen sind auf ihren Zimmern. Die meisten hatten 'ne lange Nacht. Ich nicht so, auf mich stehn sie nicht mehr. Aber Daisy lässt mich trotzdem bleiben. Ein oder zwei Kerle pro Nacht sind fast immer zu voll, um zu sehen, wie alt eine ist, und ich mach's auch schon mal etwas billiger. Sonst putz ich hier ein bisschen und schau nach dem Rechten. Fertig, Kleine? Wir sollten im Zuchthaus vorbeigucken, bevor sie deinen Schatz womöglich nach Dublin verlegen.«

Kathleen hatte notdürftig ihr Haar gerichtet und versteckte sich nun wieder unter ihrem Schal. Das erwies sich als sinnvoll, als sie neben ihrer neuen Freundin auf die Straße trat, denn es war bitterkalt.

»Dein Schatz wird frieren in seiner Zelle«, meinte Bridget mitleidig. »Hast du 'n bisschen Geld?«

Kathleen wusste nicht, was sie darauf antworten sollte. Einerseits hatte Harry sie gewarnt, von ihrer Börse zu erzählen, aber andererseits wirkte Bridget nicht wie eine Diebin.

»Ich frag nur, weil die Officer käuflich sind«, erklärte Bridget, der die Zurückhaltung des Mädchens wohl auffiel. »Der Knast hier in Wicklow – das kann die Hölle sein oder 'n ordentliches Zimmer. Aber wer 'n Feuer haben will und anständig was zu beißen, der muss zahlen. Ist wie im Hotel. Für 'n Besuch musst du auch zahlen. Aber das ist billig, den Penny schenk ich dir …«

Kathleen empfand eine Woge von Zuneigung und Scham. Diese Frau, die sie gar nicht kannte, wollte ihr wirklich hart erarbeitetes Geld für sie weggeben. Und als Dank dafür schaute sie auf sie herab und misstraute ihr!

»Ist nicht nötig, ich hab Geld!«, erklärte Kathleen schnell. »Aber … aber vielen Dank. Und du … du … ich glaub auch nicht, dass du in die Hölle kommst!«, stieß sie hervor.

Bridget lachte schallend. »Kindchen, da war ich schon! Immer rein und wieder raus!«, sagte sie. »Öfter, als du denken kannst. Wenn der Herrgott oder der Teufel da nach dem Tod noch was draufsetzen wollen, dann müssen sie sich verdammt anstrengen!«

Kathleen versuchte zu lächeln, aber sie war entsetzt. Bridget schien so eine ehrenhafte Frau zu sein – aber sie lästerte Gott und forderte den Teufel heraus!

Bridget führte Kathleen durch die kleine Hafenstadt, sie durchquerten auch etwas weniger ärmliche Viertel. Wicklow Gaol, das berüchtigte Gefängnis lag am Südende neben dem Gerichtsgebäude.

Kathleen war müde und verfroren, als sie ankamen.

»Da, schau! Unser neues Zuchthaus, gerade mal zehn Jahre alt. Der alte Bau wäre beinahe zusammengebrochen, schließlich haben sie ihn abgerissen. Ganz modern ist es jetzt da … man prügelt nicht mehr so viel, sondern schickt die Kerle in die Tretmühle. Das wär menschlicher, meinen sie. Nur der Kerker soll noch genauso gruselig sein wie der alte …«

Kathleen verstand nicht genau, wovon Bridget sprach, aber die schmucklose Fassade des von hohen Steinmauern umgegebenen Gebäudes jagte ihr Angst ein.

Bridget merkte davon nichts. Sie steuerte zielstrebig das Wachhäuschen an und bat beherzt um Einlass. Der Pförtner schien sie zu kennen.

»Na, Bridie? Ham'se wieder 'nen Verehrer von deinen Püppchen eingebuchtet? Oder den eigenen Liebsten?«, neckte er sie.

Bridget grinste. »Nöö, Warden! Ich lach mir höchstens 'nen Rotrock an. Wenn schon Galgenstrick, dann soll er auch was auf der Tasche haben!«

Der Mann lachte gutmütig, dann ließ er sie ein. Kathleen folgte Bridget über einen tristen Gang ins Hauptgebäude, wo die alte Hure mit einem Wärter sprach. Sie scherzten miteinander. Er wurde allerdings ernst, als sie Michaels Namen erwähnte.

»Der Gauner aus Wicklow County? Der Schwarzbrenner?«

»Michael ist kein Schwarzbrenner!«, warf Kathleen ein.

Bridget gebot ihr mit einer raschen Handbewegung Schweigen. Dem Wärter gegenüber zog sie die Brauen hoch. »Das Mädel ist nicht bei sich …«, bemerkte sie kurz.

Der Mann achtete denn auch nicht weiter auf Bridgets Begleitung, sondern fuhr gleich fort.

»Der Kerl ist ein harter Brocken, Bridie! Den haben sie verprügelt bis aufs Blut, gleich gestern Abend. Die Miliz war wütend, weil er sich der Verhaftung widersetzt hat. Hat ihnen wohl 'ne harte Zeit gemacht, sie mussten ihn den ganzen Weg herschleifen, von selbst is' er keinen Schritt gegangen. Und er kann schweigen! Kein Wort bislang, trotz all der Schläge. Dabei wollten sie natürlich rauskriegen, wo das Nest von den Schwarzbrennern ist. Whiskey haben sie gefunden, in verschiedenen Pubs – wenn auch kaum so viel, wie der Kerl verkauft hat. Aber wichtiger wär die Destille.«

»Michael weiß gar nicht …« Kathleen versuchte es noch einmal.

Jetzt wurde der Mann aufmerksam. »Bist wohl mit von der Partie, Mädchen, was?«, fragte er argwöhnisch. »Hast 'n bisschen beim Brennen geholfen?«

»Ach, Bockmist, die Kleine weiß gar nichts!«, erklärte Bridget resolut. »Kommt direkt aus ihrem Dorf am Vartry River, da hat der Kerl ihr nach allen Regeln der Kunst den Hof gemacht. Und nun fällt sie aus allen Wolken. Das ist ein anständiges Mädchen, Officer. Sie sollten sie umsonst zu ihrem Liebsten lassen, bestimmt hat sie 'n guten Einfluss auf den Burschen.«

Der Wärter lachte. »Du versuchst es mit allen Tricks, Bridie! Aber mir ist's ehrlich gesagt ganz schnuppe, ob der Kerl redet oder nicht. Der hat seine Fahrkarte nach Van-Diemens-Land sowieso in der Tasche – oder wo man die Sträflinge jetzt hinschickt, Botany Bay ist ja wohl geschlossen. Ob die Kleine also mit ihm betet oder rasch noch ein paar Küsse tauscht – macht einen Penny!«

Kathleen nestelte ein paar Münzen aus ihrer Tasche – sie hatte sie vorher der prall gefüllten Börse entnommen, die tief in ihren Kleidern verborgen bleiben sollte. Sie holte Luft.

»Miss Bridget sagt, Sie könnten auch sonst vielleicht etwas für Michael tun?«, fragte sie leise. »Eine bessere Zelle … besseres Essen …?«

Der Officer zuckte die Schultern. »Erst muss er aus dem Kerker raus, kleine Lady. Solange sie sich da mit ihm vergnügen, kann ich nicht viel machen. Und wenn er weiter so verstockt ist, geht das bis zur Verhandlung. Aber danach bleibt er noch ein paar Monate hier – die Schiffe fahren nicht vor März, im Winter ist die See zu rau. Die Zeit kann ich ihm wohl versüßen …«

»Jetzt bringen Sie ihn erst mal her!«, entschied Bridget. »Oder muss das Mädchen in den Kerker?«

Der Wärter nickte schulterzuckend. »Geht nicht anders, der Kerl ist angekettet. Aber jetzt ist eine gute Zeit, die Miliz ist beim Frühstück – und das spülen die gern mit ein paar Whiskeys runter. Also komm, Kleine!«

Kathleen folgte dem Mann zitternd durch zugige Gänge und über Treppen in das Kellergewölbe. Jeder Schritt erzeugte einen schaurigen Hall. Sie sprach kein Wort, der Officer schwieg ebenfalls. Er schien froh zu sein, dass sie kaum jemandem begegneten. Nur einmal kam ein anderer Gefängniswärter vorbei, der einen Trupp abgerissen aussehender Sträflinge vor sich her trieb. Die Männer wagten nicht aufzusehen, lediglich verstohlene Seitenblicke trafen Kathleens Gestalt, die sie so gut wie möglich unter ihrem Schal verbarg.

»So … hier …«

Der Gang vor den Kerkerzellen war nur spärlich mit Ölfunzeln erleuchtet. In den Zellen selbst herrschte fast völlige Dunkelheit. Man ließ den Gefangenen lediglich eine Kerze, um ihr Gelass zu erleuchten. Kathleen blinzelte ins Halbdunkel, als sie eingelassen wurde.

»Wart gerade mal«, brummte der Mann dann und holte eine

der Laternen aus dem Gang in die Zelle. »Hier, weil du's bist. Sollst deinen Liebsten ja wenigstens sehen können. Kostet nur einen halben Penny mehr!«

»Aber dann müssen Sie die Lampe auch hinterher drinlassen!«

Kathleen wusste nicht, wie ihr geschah. Sie hätte nie geglaubt, dass sie den Schneid aufbringen würde, so etwas zu sagen. Aber Michael … schon der erste Blick auf seine auf einem Haufen Stroh ausgestreckte Gestalt ließ sie erschauern. Sie musste um ihn kämpfen. Er hatte niemanden außer ihr.

»Weil du's bist?«, fragte seine dunkle Stimme argwöhnisch, als der Wärter gegangen war. »Was hast du getan, dass man dich hier einließ, Kathie?«

Kathleen hatte sich bereits neben ihm ins Stroh gekauert. Sie konnte es kaum erwarten, Michael in die Arme zu schließen und ihn zu küssen. Aber jetzt blitzte sie ihn wütend an.

»Was denkst du denn, Michael Drury? Dass ich mich benehm wie ein leichtes Mädchen, nur weil ich jetzt für alle nur die Liebste eines Gauners bin?«

»Kathleen …« Michael richtete sich auf. »Verzeih mir, Kathleen … es war … es war eine lange Nacht.«

Er versuchte, sich an die Wand zu lehnen, aber sie sah, dass sein Hemd am Rücken klebte und dass Blut durch den Stoff gesickert war. Und jetzt bemerkte sie auch die Ketten an Michaels Armen und Beinen.

»Sie haben … dich ausgepeitscht?«, fragte sie.

Michael schüttelte den Kopf. »Lass das jetzt, Kathleen, reden wir nicht darüber. Ich kann dir nur sagen, dass es mir leidtut. Es war … Herrgott, das Letzte, was ich wollte, war, dich in Verruf zu bringen! Ich wollte dich heiraten, Kathleen. Ein neues Leben beginnen, unser Kind mit dir aufziehen. Und nenn mich nicht ›Gauner‹, Kathie! Ich hab niemandem etwas getan, mich nie geschlagen, nie betrogen – jeder hier wird dir sagen, dass ich ein ehrlicher Mann bin …«

Kathleen lächelte schwach. »Wenn du nicht gerade Korn stiehlst und Schwarzgebrannten verkaufst …«

»Und ist es nicht unser Recht als Iren, unseren eigenen Whiskey zu brennen in unserem eigenen Land? Sollten wir nicht das Korn essen – oder daraus Gebrautes trinken! –, das wir selbst gesät und geerntet haben? Wenn Irland den Iren gehörte, gäbe es keine Hungersnot! Nein, Kathleen, ich schäme mich nicht! Und du sollst dich auch nicht für mich schämen!«

Michael nahm sie bei den Schultern und sah ihr fest in die Augen. Kathleen spürte beinahe Angst. So ernst hatte er noch nie mit ihr gesprochen.

»Sie werden mich fortschicken, Kathleen«, sagte Michael. »Ich kann dich nicht heiraten und zu einer ehrbaren Frau machen. Obwohl du für mich, Mary Kathleen, mehr als nur ehrbar bist – du bist heilig! Und du wirst unser Kind in Würde aufziehen. Ich vertraue auf dich!« Er küsste ihre Stirn, als wolle er den Bund besiegeln.

Sie nickte stumm.

»Was ist mit dem Geld, Kathleen? Hast du es?«, fragte Michael dann.

»Ja«, gab sie leise zurück. »Was soll ich jetzt bloß tun?«, fügte sie hinzu.

Er zog sie an sich und schloss sie in die Arme. Seine Zärtlichkeiten waren sanft und tröstlich. Aber sie gaben keine Antwort.

Ein Penny für den Officer bedeutete eine Stunde, und Kathleen und Michael nahmen in dieser kurzen Zeit Abschied für immer. Sie sprachen nicht viel, aber sie berührten einander. Michael legte die Hand auf den Leib seiner Liebsten, als könne er das Kind schon spüren.

»Willst du es Kevin nennen?«, fragte er. »Nach meinem Vater?«

Kathleen fragte sich, ob sie wirklich wollte, dass ihr Sohn nach einem Whiskeybrenner hieß, aber dann sagte sie sich, dass dies ein schöner Name war, ein heiliger Name. Sie dachte an all die Geschichten um den heiligen Kevin, die Father O'Brien je erzählt hatte. Daran, dass er stark gewesen war und schön, aber auch so sanft und klug, dass ihm Seeungeheuer wie Lämmchen zu Füßen lagen und die Vögel in seinen Händen brüteten.

Also nickte sie und überließ sich ein letztes Mal Michaels Küssen. Es würde für ein ganzes Leben reichen müssen. Kathleen versuchte, nicht zu weinen, als sie ihn schließlich verließ.

»Ich möchte ein Lächeln in Erinnerung behalten!«, flüsterte Michael.

Kathleen lächelte unter Tränen. Aber dann fiel ihr etwas ein. Mit einer raschen Bewegung wickelte sie sich eine Strähne ihres Haares um die Hand und riss sie ab – wie sie es oft gesehen hatten, wenn die Männer die Mähnen der Pferde kürzten.

»Hier …«, sagte sie. »Ich weiß nicht, ob du sie behalten kannst. Aber wenn …«

Michael führte das Haar an seine Lippen. »Ich werde darum kämpfen!«, sagte er schlicht und versuchte dann, auch sich eine Strähne abzureißen. Sein Haar war jedoch nicht lang genug. So biss er die Zähne zusammen und riss sich das Haarbüschel einfach aus.

»Michael …«, rief Kathleen erschrocken. Sie wollte nicht, dass er noch mehr Schmerzen litt.

»Für dich, meine Liebste. Vergiss mich nie!«

Der Officer räusperte sich, als Kathleen Michael noch einmal küsste – züchtig auf die Stirn, er sollte kein Zeuge ihrer Zärtlichkeiten werden.

Michael hielt ihre Hand, bis sie sich ihm schließlich entzog. »Ich werde dich immer lieben!«, versprach sie mit fester Stimme.

»Ich komme zurück!«, rief er ihr nach, als sie schon in den Gang trat. »Wohin sie mich auch schicken, ich komme wieder!«

Kathleen wandte sich nicht um. Sie wusste, dass sie geweint hätte, und das wollte sie nicht.

Du wirst unser Kind in Würde aufziehen, ich vertraue auf dich, hatte Michael gesagt. Sie hatte etwas versprochen, und sie musste es halten.

»Und nun?«, fragte Bridget.

Sie hatten Wicklow Gaol verlassen, und Bridget hatte das Mädchen in die nächste Garküche geschleppt, die bereits geöffnet war.

Kathleen war beängstigend blass, Bridget fand, sie brauche einen heißen Tee – am besten mit einem Schuss Whiskey.

Nun nippte sie unschlüssig an dem kochend heißen Getränk.

»Was kann ich denn tun?«, fragte sie mutlos. »Ich weiß nur … ich weiß nur, dass ich das Kind nicht wegmachen lasse. Das … wie konnte Daisy nur daran denken? Bridget, ich … ich glaube nicht, dass ich zu Daisy zurückmöchte …«

Bridget zuckte die Schultern. »Daisy ist nicht schlecht. Und sie wollte dir nichts Böses, glaub mir. Sie weiß nur zu gut, worauf du dich einlässt, wenn du einen Bastard zur Welt bringst. Denn so werden sie dein Kind nennen, Kleines, egal in wie viel Liebe es gezeugt wurde. Und das ist nicht schön für das Kind, Kathleen. Ich bin selbst ein Bastard! Und ich hab oft gedacht, es wär ein Segen gewesen, hätt mich meine Mom in ihrem Leib getötet. Aber wie auch immer, keiner zwingt dich dazu. Zuallerletzt Daisy. Ob du allerdings dorthin zurücksolltest …«

Kathleen sah Bridget mit großen Augen an. Diese fuhr unbeirrt fort zu reden.

»Schau, Kleines, im Grunde hast du drei Möglichkeiten. Die eine ist, du bleibst hier. Bei Daisy, sie hat dir das Angebot ja gemacht. Du bist bildschön, Mädchen, sie würde ein Vermögen mit dir verdienen, und das ginge auch ein paar Jahre gut. Du könntest das Kind irgendwo in Pflege geben und dafür zahlen …«

»Aber dann seh ich's doch gar nicht!«, protestierte Kathleen. »Dann ziehen andere Leute es auf!«

Bridget zuckte die Schultern. »Im Hurenhaus kannst du's auch nicht zu 'nem guten Christen erziehen.«

»Und die anderen Möglichkeiten?«, fragte Kathleen verzagt.

»Nun, die eine ist, du gehst zurück in dein Dorf. Und das Klügste wär, du suchst dir da einen, der gebrauchte Ware nimmt …«

»Was meinst du damit?«, fragte Kathleen.

»Einen Mann, der dich heiratet. Trotz des Kindes. Du bist so schön, es muss reihenweise Kerle geben, die dich begehren. Das Kind müssen sie dann halt als Zugabe nehmen. Zumal du doch auch nicht ohne eine gewisse Mitgift kommst, oder?« Bridget sah Kathleen scharf an. Sie musste etwas von Michaels Geld ahnen.

Kathleen nickte. »Das schon«, gab sie zu. »Aber ich liebe Michael … ich kann doch mit keinem anderen …«

»Du glaubst gar nicht, Kleines, was der Mensch alles kann!«, unterbrach Bridget sie bitter. »Aber gut, du kannst auch unverheiratet bleiben. Deine Eltern werden dir wahrscheinlich das Leben zur Hölle machen, aber wenn du Glück hast, schmeißen sie dich nicht gleich raus. Wenn doch, bleibt noch eine andere Möglichkeit.«

»Welche?« Kathleen klammerte sich an den letzten Strohhalm.

»Nimm das Geld und kauf dir eine Schiffspassage!«, sagte Bridget. »Geh nach Amerika, wie ihr es geplant hattet. Aber ich sag's dir gleich, keiner weiß, was dir da geschieht. Ich nicht und niemand sonst, egal was die Leute reden. Kann sein, dass es wirklich das gelobte Land ist, in dem Honig aus den Quellen fließt. Kann aber auch sein, dass es noch mieser und dreckiger ist als hier. Gerade für Mädchen. Ich hab noch nie von 'nem Land gehört, in dem ein Mädchen frei war. Es ist ein Risiko. Wenn du's eingehen willst – bis das nächste Schiff geht, bringen wir dich schon irgendwie durch.«

Kathleen dachte nach, und ihr Herz klopfte heftig. Sie fürchtete sich. Vor den Coffin Ships, vor dem unbekannten Land … Auch in Amerika, vermutete sie, galt es als Schande, ein Kind ohne Mann aufzuziehen.«

»Du könntest sagen, du wärest Witwe.« Bridget schien ihre Gedanken zu lesen.

Kathleen fuhr eine Idee durch den Kopf. Vielleicht ein Ausweg – für sich selbst und ihre neue Freundin.

»Würdest du mitkommen, Bridget?«, fragte sie leise. »Ich habe … wir hatten Geld für zwei Passagen. Ich würde für dich zahlen. Und ich wäre … ich wäre nicht so allein …«

Bridget dachte einen Herzschlag lang nach, dann schüttelte sie den Kopf. »Nein, Kind«, sagte sie leise. »Ich hab nicht den Mut. Ich glaub nicht mehr an die Neue Welt, Kleines, nicht an den Himmel und nicht an Vergebung, aber auch nicht an Schande. Was kann das arme Kind dafür, dass sein Vater gestohlen hat? Noch dazu aus den edelsten Beweggründen. Aber das rettet dich nicht. Und ich hab nicht die Kraft für eine neue Hölle. Wer weiß, was da am anderen Ende der Welt auf uns lauert?« Bridget seufzte. »Was ich hier hab, weiß ich. Nicht das Paradies, aber besser als so manches andere. Ich wag's nicht, das aufs Spiel zu setzen. Aber hör nicht auf mich, Kathleen! Wahrscheinlich bin ich nur zu alt. Wenn ich noch mal sechzehn wäre ... vielleicht würd ich's tun. Aber jetzt nicht mehr, Kleines. Tut mir leid.«

Die ältere Frau legte tröstend ihre Hand auf Kathleens Arm. Kathleen seufzte. Sie wusste, dass sie allein es nicht wagen würde. Amerika war nie ihr Traum gewesen, es war Michaels Traum. Mit ihm wäre sie gegangen. Ohne ihn war es hoffnungslos.

Kathleen wählte also den zweiten Weg. Nachdem sie sich von Bridget verabschiedet und noch tausendmal bedankt hatte, machte sie sich auf den langen, steinigen Heimweg in ihr Dorf. Diesmal hielt kein Karren neben ihr, und es war ihr auch recht. Sie hatte keine Eile, anzukommen. Man würde sich sowieso die Mäuler darüber zerreißen, wo sie gewesen war und was sie getan hatte.

Als sie auf halbem Wege war, kam ihr ein Wagen der Rotröcke entgegen. Sie erkannte Billy Rafferty angekettet in dem vergitterten Planwagen. Offensichtlich schaffte man auch den zweiten Dieb nach Wicklow. Billy lag im Stroh und schaute blicklos vor sich hin. Kathleen zog den Schal über ihr Gesicht. Billy Rafferty ging sie nichts an.

Im Dorf verursachte ihre Rückkehr weniger Aufsehen, als sie gedacht hatte. Tatsächlich konzentrierte sich die Aufmerksamkeit der Dörfler eher auf Grainné Rafferty und ihre Familie als auf sie. Die alte Köchin traf das Gesetz mit aller Härte, und Trevallion, der Einzige, der noch Einspruch hätte erheben können, kannte keine Gnade.

Die Miliz hatte am Nachmittag das Haus der Raffertys gestürmt und Grainné und ihre Kinder hinausgetrieben. Die Köchin weinte und bettelte, aber die Schergen der Krone stellten sich taub und stumm. Als die Familie mit den wenigen Besitztümern, die sie rasch hatte retten können, im Freien stand, rissen sie die Wände des Cottages ein und steckten die Trümmer in Brand.

Bridie und ihre Kinder blieben schluchzend zurück. Sie hatten nicht einmal die Möglichkeit, bei irgendeinem anderen Dörfler vorübergehend unterzukriechen. Bis zum Abend mussten sie Wetherbys Land verlassen.

»Schuld daran ist nur dieser Drury …«, wimmerte Grainné und wies auf die anderen rauchenden Trümmer, die einmal die Hütte der Drurys gewesen waren. Allerdings hatten Fiona Drury und ihre Kinder Trevallion nicht die Freude gemacht, die Zwangsräumung abzuwarten. Gleich in der Nacht nach Billys Verhaftung hatten sie sich in die Berge davongemacht.

»Taten immer so christlich, aber letztlich waren sie das gleiche Pack wie ihre Vorväter!«, schimpfte Grainné.

Dabei war Fiona sicher ebenfalls weinend gegangen. Michaels Mutter hatte nie in den Bergen leben wollen. Aber immerhin hatte sie eine Zuflucht gehabt, für Grainné gab es keine Hoffnung.

»Vielleicht findest du ja eine Anstellung in der Stadt«, tröstete Kathleens Mutter. »Die Mädchen sind doch auch bald alt genug, in Stellung zu gehen …«

Die Frauen des Dorfes schoben sich nacheinander schüchtern an die Verfemten heran und steckten ihnen kleine Geschenke zu. Mrs. O'Donnell gab schweren Herzens das letzte Säckchen Korn aus den Geschenkvorräten Trevallions.

Grainné nickte tapfer. Dann zog sie ihren Kindern voraus ins Ungewisse.

Kathleen ertrug die Vorwürfe ihrer Mutter und die Ohrfeigen ihres Vaters ohne Klagen. Sie erzählte nicht, wo sie gewesen war, die Eltern konnten es sich ohnehin an den Fingern einer Hand abzählen.

»Und Trevallion weiß inzwischen auch, was da ablief!«, erregte sich die Mutter. »Der wäre eine so gute Partie gewesen, Kathleen! Aber nein, du musstest dich mit einem Gauner einlassen, einem Dieb und Schwarzbrenner! Das wird dauern, Kathleen, bis darüber Gras gewachsen ist! Hoffen wir mal, dass du wenigstens noch Jungfrau bist …«

Kathleen ließ auch dies unkommentiert. Ihre Mutter würde früh genug merken, dass die Sache nicht so glimpflich abgelaufen war, wie sie hoffte.

Kapitel 6

Die Tage im Kerker waren die Hölle, und es wurde nicht dadurch besser, dass man Billy Rafferty zwei Tage nach Michaels Verhaftung in das Verlies neben ihn sperrte. Im Gegenteil, jetzt hörte Michael auch noch Billys Schreien und Weinen während der Verhöre. Immer wieder versuchten die Ankläger, irgendwelche Informationen aus den Delinquenten herauszuprügeln, aber Michael blieb standhaft, und Billy hatte längst alles gesagt, was er wusste.

Michael ertrug es kaum, die Peitschenhiebe zu hören, die trotzdem auf den Rücken seines Freundes einprasselten; sie schmerzten ihn fast mehr als die Schläge, die er selbst bezog. Billys Verrat hatte er längst vergeben. Es war seine eigene Schuld gewesen. Billy konnte weder mit Geld umgehen, noch wäre er fähig gewesen, das Geschäft mit dem Whiskey weiterzubetreiben. Ihn in den Diebstahl hineinzuziehen war fahrlässig gewesen.

Michael hätte sich besser einen Helfer aus den Bergen geholt oder mit seinen jüngeren Brüdern gearbeitet. Jonny und Brian konnten schweigen. Aber letztlich war er doch davor zurückgeschreckt, die Kinder zum Diebstahl zu verleiten. Bei Billy dagegen war nicht viel Überredungskunst nötig gewesen. Der hatte sich begeistert beteiligt – und das hatten sie nun davon.

Michael selbst galt im Gefängnis bald als hoffnungslos verstockt. Man strich ihm selbst die kargen Portionen Porridge zusammen, von denen die Gefangenen in Wicklow Gaol lebten. Weihnachten 1846 verbrachte er bei Wasser und verschimmeltem Brot im stockdunklen Kerker, dachte an Kathleen und hörte auf Billys Schluchzen in der Zelle nebenan. Verzweifelt klammerte er sich an die schönen Bilder der Vergangenheit. Er beschwor Kathleens weißen Körper im Gras in den Feldern am Fluss, rief sich jeden Kuss in Erinnerung, jede Zärtlichkeit, und dachte an das Kind in ihrem Leib. Es durfte nicht so enden! Michael war entschlossen, zu Kathleen zurückzukehren, auch wenn man ihn ans Ende der Welt verschiffen würde.

Zum Jahresende ließ der Eifer der Rotröcke nach, weitere Geständnisse von Michael und Billy zu erzwingen. Stattdessen erschien ein geschniegelter Mann, dessen Anzug allerdings schon bessere Tage gesehen hatte, und stellte sich als ihr Anwalt vor. Michael hörte, wie Billy ihm noch einmal unter Tränen die gesamte Geschichte erzählte. Er selbst blieb auch dieses Mal stumm. Er glaubte nicht daran, dass der windige Advokat irgendetwas für ihn tun konnte. Auf Diebstahl stand Verbannung. Man würde sie verurteilen. Und das Strafmaß war mehr oder weniger gleichgültig. Wer einmal in Australien landete, kam nie wieder zurück.

Bis jetzt, dachte Michael starrsinnig. Er würde es schaffen. Es gab kein Gefängnis, dem man nicht entfliehen konnte. Um ein ganzes Land vermochte niemand Mauern zu ziehen, und wenn dieses Australien eine Insel war, so würde er eben schwimmen!

Michael sehnte sich danach, Kathleen wenigstens schreiben zu können. Wie die meisten Kinder im Dorf beherrschte er diese Fähigkeit zumindest in Ansätzen, Father O'Brien pflegte die Jungen und Mädchen zu unterrichten. Aber solange er im Kerker saß, war nichts zu machen. Selbst wenn Michael noch einen Penny gehabt hätte, um die Wachen zu bestechen, so hätte er zuerst um eine Lampe bitten müssen. In seinem Verlies konnte er kaum die Hand vor Augen sehen. Und sosehr er Kathleen liebte – er wusste nicht, ob er Feder und Papier wirklich ein paar Scheiten Holz vorgezogen hätte, mit denen man die eisig kalten Zellen hätte heizen können.

Der Anwalt verriet den Häftlingen nun aber wenigstens den Termin ihrer Verhandlung. Anfang Januar würde man sie verurteilen, gleich nebenan im Courthouse. Bei Billy verursachte die Nachricht neue Tränenströme, aber Michael freute sich darauf. Wenn sie erst verurteilt waren, gab es keinen Grund, sie weiter zu quälen. Man würde sie nicht mehr schlagen und zudem in die Zellen oberhalb des Kellers verlegen, wo es sicher wärmer war und das Essen vielleicht besser. Michael schöpfte wieder Hoffnung – und stand seine Verhandlung schließlich stoisch durch, ohne ein Wort zu sagen.

»Ihr könnt das Strafmaß verkürzen, indem ihr euch reuig zeigt!«, bemerkte der Richter, ein kleiner, dünner Mann mit riesiger weißer Perücke, der Michael entfernt an Trevallion erinnerte.

Billy fiel daraufhin fast vor ihm auf die Knie, und auch im Gerichtssaal erhob sich Weinen und Klagen. Grainné Rafferty und zwei ihrer jüngeren Söhne waren anwesend, aber Michael hatte die rundliche Köchin auf den ersten Blick kaum erkannt. Grainné wirkte verhärmt und abgemagert, ihre Kleider fleckig und zerrissen. Offensichtlich hatte man sie des Dorfes verwiesen, und sie schlug sich auf der Straße durch. Michael fragte sich, wie eine Frau dort Geld verdienen konnte, ohne sich zu verkaufen. Schuldbewusst dachte er an Grainnés Töchter, die nicht mitgekommen waren. Standen sie an irgendeiner Ecke am Kai und boten den Matrosen ihre Körper an?

Michaels Eltern waren auch nicht erschienen, aber als er zum dritten Mal die Blicke über die Leute im Gerichtssaal schweifen ließ – da etliche Häftlinge rasch nacheinander verurteilt werden sollten, waren es viele –, entdeckte er Brian und Jonny in der hintersten Reihe. Jonny grinste ihm zu und imitierte ein Käuzchen. Michael lächelte, als die Leute darüber erschraken. Nein, es war besser, die beiden dort unten zu wissen und nicht womöglich in Ketten an seiner Seite!

Als der Richter Michaels Gesichtsausdruck sah, wurde er ärgerlich. Er beschuldigte ihn wütend der Missachtung der Gerichtsbarkeit, aber Michael ließ seine Schmähungen genauso an sich abprallen wie vorher die vorgeblich väterlichen Ermahnungen. Die englischen Besatzer konnten ihn misshandeln, verurteilen und in die Verbannung schicken, aber sie konnten ihn nicht zwingen, sie ernst zu nehmen.

Schließlich kam es zur Verkündung des Urteils. Billys sieben Jahre Verbannung stellten keine Überraschung dar. Das war das übliche Strafmaß für Diebstahl. Michaels zehn Jahre empfanden zumindest die Iren im Publikum als zu hart, aber die Gerichtsdiener drohten mit Schlägen, als Unmut aufkam.

Michael nahm das Urteil schweigend entgegen. Er regte sich erst, als man die Häftlinge herausführte und Jonny sich zu ihm vordrängte.

»Jonny! Was ist mit Mom? Sind alle wohlauf?«

Der kleine Junge nickte. »Ja, Michael. Sie wünscht dir alles Gute, aber der Weg war zu weit. Und sie nimmt dir nichts übel.« Er grinste. »Im Gegenteil, würd ich fast sagen, Poppy und sie sind ein Herz und eine Seele. Würd mich nicht wundern, wenn's übers Jahr noch ein Geschwisterchen gäbe …«

»Jonny!« Michael lachte nun wirklich, wenn auch gepresst. »Und … und Kathleen?«, fragte er leise.

Die Jungen lebten zwar nicht mehr im Dorf, aber er war überzeugt davon, dass Jonny Kontakt zu seinen alten Freunden hielt.

Der Kleine zuckte die Schultern. »Weiß nicht. Ich hab sie nicht mehr gesehen. Und die anderen aus dem Dorf auch kaum. Scheint, als ließen die O'Donnells sie nicht auf die Straße. Aber man munkelt natürlich was. Stimmt's denn, was Pat Minoghue sagt? Ist da was Kleines unterwegs?«

Michael biss sich auf die Lippen. Kathleens Geheimnis war also gelüftet – natürlich, sie musste inzwischen im fünften Monat sein. Ewig ließ sich eine Schwangerschaft nicht verheimlichen. Und natürlich waren ihre Eltern wütend und bestraften sie, hatten sie aber immerhin nicht weggeschickt.

Michael wusste nicht, ob er darüber erleichtert oder enttäuscht war. Natürlich würde alles einfacher sein, wenn Kathleen im Dorf auf ihn wartete. Aber ein Rauswurf hätte sie vielleicht ermutigt, es doch allein in der Neuen Welt zu versuchen. Womöglich war's näher von Australien nach Amerika! Vielleicht konnte er direkt dahin flüchten!

»Sag ihr, dass ich an sie denke!«, rief er seinem Bruder zu, während die Wachen ihn jetzt weiterzogen. Bisher hatten sie das Gespräch gnädig zugelassen – vielleicht aus Überraschung darüber, dass ihr verstockter Häftling tatsächlich sprechen konnte. Aber die Grüße an die Geliebte wurden ihnen dann doch zu viel.

»Was geschieht denn jetzt?«, fragte Billy kurze Zeit später.

Tatsächlich hatte man die Männer nicht zurück in den Kerker gebracht. Endlich griffen auch die Hafterleichterungen, die Kathleen mit Bridgets Hilfe für Michael ausgehandelt hatte. Der käufliche, aber umgängliche Wärter hatte sich überreden lassen, sie auf Billy auszudehnen. Er erhielt sein Geld von der alten Hure, die sogar im Gerichtssaal gewesen war, als man Billy und Michael verurteilte. Sie gab bereitwillig einen Penny mehr für Michaels verzweifelten Komplizen aus.

Kathleen hatte der guten Bridie reichlich Geld hinterlassen – und zudem bedauerte sie den jungen Mann und seine Familie. Seit dem Prozess teilte er mit Michael und zwei anderen Männern eine halbwegs geräumige Viererzelle. Es gab täglich ein paar Scheite Holz und ausreichend zu essen.

»Jetzt warten wir«, erklärte einer ihrer Mitgefangenen, »bis das nächste Schiff nach Australien geht. Und das kann dauern. Wenn der Winter lang ist, schicken sie erst im Mai eins rüber.«

»Kommt wahrscheinlich auch drauf an, wie schnell sie's vollhaben«, mutmaßte der andere. »Wenn der Knast aus den Nähten platzt, segeln sie – ist denen doch egal, ob der Kahn untergeht!«

Letzteres hielt Michael für unwahrscheinlich. Die Sträflinge mochten der Englischen Krone gleichgültig sein, aber so ein Schiff war wertvoll und seine Besatzung bestand aus Engländern, wahrscheinlich erfahrenen Seeleuten. Die würden sich nicht auf einem Seelenverkäufer verdingen. Michael hatte nie von einem Gefangenenschiff gehört, das gesunken war.

Die Hälfte der Häftlinge in Wicklow Gaol verbüßte kürzere

Haftstrafen und wurde zu Arbeiten herangezogen. Meist einfache und eher langweilige Tätigkeiten wie das Erstellen von Zündhölzern. Die andere Hälfte wartete auf ihre Verschiffung – und es waren meist die härteren Jungen und schwereren Verbrecher, die man nach Australien abschob. Natürlich bestand auch hier der größte Teil aus Dieben, die oft pure Not zu ihren Taten getrieben hatten. Aber es waren auch Schläger und Mörder unter ihnen, die ständig Streit suchten. Die Langeweile tat ihr Übriges, es gab Schikanen, Schmähungen und Schlägereien.

Und es gab drakonische Strafen, wenn jemand erwischt wurde. Michael, der als Unruhestifter galt, da er weder bereit war, die Wachen mit Ehrfurcht zu behandeln, noch sich von anderen Häftlingen herumstoßen zu lassen, machte sehr bald damit Bekanntschaft.

Die Wachmannschaft des Wicklow Gaol wäre ihn lieber heute als morgen losgeworden.

Inzwischen waren die ersten Monate des Jahres 1847 vergangen. Anfang März wurden Michael und die anderen Häftlinge, deren Deportation in diesem Frühjahr geplant war, zum Gefängnisarzt befohlen. Ein deutliches Zeichen dafür, dass es bald losging – man stellte den ersten Transport zusammen. Es wurden nur gesunde und halbwegs belastbare Männer verschickt. Die Reisebedingungen waren schließlich kein Zuckerschlecken, und England wollte sich nicht vorwerfen lassen, den Tod der Häftlinge in Kauf zu nehmen. Mit Verlusten war allerdings immer zu rechnen. Die drangvolle Enge auf den Schiffen, die mangelhafte Ernährung und Versorgung mit Süßwasser begünstigten Seuchen, Entzündungen und Fieberkrankheiten.

Dr. Skinnings, ein hochgewachsener Engländer, der mit seinem roten Haar und seinen Sommersprossen auch als Ire durchgegangen wäre, betrachtete denn auch besorgt die blutigen Striemen auf Michaels Rücken.

»Das muss aber noch abheilen, bevor wir Sie auf See schicken können«, bemerkte er. »Offene Wunden entzünden sich da schnell.«

Michael lachte bitter. »Dann sagen Sie mal Ihren Freunden vom Wachdienst, sie sollten mich ein paar Tage mit ihren Aufmerksamkeiten verschonen! Ich bin nicht schuld an den offenen Wunden, das dürfen Sie mir glauben.«

Während der Arzt ihn untersuchte, seine Lungen und sein Herz abhorchte, ließ Michael wache Blicke über das Krankenrevier schweifen. Er dachte seit Wochen an Flucht – eigentlich seit er den Kerker verlassen hatte. Aber Wicklow Gaol erwies sich als modernes und sicheres Gefängnis. Die Mauern waren hoch und dick, die Wärter aufmerksam. Bislang hatte sich keine Möglichkeit gefunden, herauszukommen.

Die Häftlinge, die zum Teil seit Jahren in Wicklow einsaßen, bestätigten Michael diese Ahnung. Seit dem Neubau des Gefängnisses zehn Jahre zuvor war noch nie jemand geflohen. Aber vielleicht boten die Räume des Arztes ja eine Möglichkeit! Michael war nicht so leicht bereit, aufzugeben. Sehr gut sah es allerdings auch hier nicht aus. Wenn er den Grundriss des Hauses richtig einschätzte, lag das Krankenrevier nicht an einer Außenmauer. Selbst wenn er durch ein Fenster hätte fliehen können, hätte er sich nur im Hof des Gefängnisses wiedergefunden. Zudem waren die Fenster in den Arbeitsräumen des Arztes genauso vergittert wie die im Häftlingstrakt.

Etwas allerdings war Michael aufgefallen und hatte seine Begehrlichkeit geweckt. Auf dem Schreibtisch des Arztes lagen Feder und Papier – und zudem gab es einen Schreibblock und einen Bleistift auf dem Medikamentenschrank neben der Waage. Wahrscheinlich notierte der Arzt sich hier, was er dem Schrank entnommen hatte oder auch mal das Gewicht eines Häftlings. Für die Deportierten gab es dafür allerdings Formblätter.

Dr. Skinnings trug gerade säuberlich Michaels Daten ein. Der junge Mann ergriff seine Chance. Rasch ließ er den Bleistift und zwei Blätter Papier in den Taschen seiner weiten Gefängnishose verschwinden. Er lächelte den Arzt fügsam an, als der sich ihm wieder zuwandte. Dr. Skinnings schaute streng.

»Was haben Sie da gerade genommen?«, fragte er mit fester Stimme. »Lügen Sie nicht, ich hab's gesehen. Sie können es mir gleich wiedergeben, oder ich lasse die Wachen kommen. Letzteres wäre nicht gut für die Heilung Ihres Rückens …«

Michael spürte, wie Röte in seinem Gesicht aufstieg. Nun würde ihn also auch dieser Arzt für einen gemeinen Dieb halten …

Wortlos zog er die Blätter und den Bleistift aus der Tasche und legte sie auf den Schreibtisch des Arztes.

Dr. Skinnings runzelte die Stirn. »Papier und Bleistift? Nichts aus dem Schrank?«

Michael schaute verwundert auf die Flaschen und Pillendosen im Regal. »Was sollte ich denn damit?«, fragte er verblüfft.

Dr. Skinnings zuckte die Achseln. »Keine Ahnung. Sich berauschen? Sich umbringen? Die Männer versuchen es immer wieder – dabei können die meisten nicht mal lesen, was auf den Flaschen steht. Aber das ist bei Ihnen anders, nicht wahr?«

Michael nickte. »Lesen könnt ich's«, gab er Auskunft. »Aber das ist doch alles … Latein, oder?«

Der Arzt stimmte zu. »Latein oder manchmal auch Griechisch. So so, das erkennen Sie also auch. Sie sind ein kluger Kopf, Michael Drury. Nur schade, dass Sie damit wohl ständig durch die Wand wollen! Wozu brauchen Sie das Schreibzeug? Hoffen Sie, dass Sie jemand von draußen befreit? Gehören Sie einer Organisation an, die womöglich Anschläge auf das Gefängnisschiff plant? Sie können es mir gegenüber zugeben, oder die Wärter werden es aus Ihnen herausprügeln!« Dr. Skinnings musterte Michael mit hochgezogenen Brauen.

Michael lachte. »Aus mir prügelt keiner was raus, Doktor!«, sagte er gelassen. »Ich kann schweigen und, wenn es sein muss, sterben. Aber hier gibt's kein düsteres Geheimnis. Ich hab keine Freunde draußen mit Wunderwaffen. Nur ein Mädchen in einem Dorf am Vartry River, das schwanger geht mit meinem Kind. Ich würd ihr gern einen Abschiedsbrief schreiben, ihr ein bisschen Hoffnung machen …«

Dr. Skinnings schüttelte den Kopf. »Hoffnung auf was, Drury? Glauben Sie, Sie kämen zurück? Herrgott, Drury, benutzen Sie doch Ihren Verstand! Niemand kommt zurück, Sie werden den Rest Ihres Lebens in Australien verbringen, in Westaustralien oder Van-Diemens-Land. Aber das muss gar nicht so schlimm sein. Sie sind doch jung – nicht mal zwanzig Jahre alt! Natürlich haben Sie zehn Jahre Strafe zu verbüßen, aber danach können Sie sich als freier Siedler um Land bewerben. Es gibt dort drüben Land im Überfluss, Drury! Und die zehn Jahre … ich werde in meinem Bericht erwähnen, dass Sie lesen und schreiben können. Das macht sie wertvoll, man kann Sie für qualifiziertere Tätigkeiten einsetzen als zum Roden von Land! Selbstverständlich nur, wenn Sie sich gut führen. Nutzen Sie die zehn Jahre, Drury! Lernen Sie dieses neue Land kennen, sehen Sie die Strafe nicht als Fluch, sondern als Chance für einen Neuanfang!«

Michael schüttelte den Kopf. »Und was sage ich Kathleen?«, fragte er. »Ich hab ihr die Ehe versprochen!«

Skinning zuckte die Schultern. »Vergessen Sie das Mädchen! Das klingt hart, aber es ist der beste Rat, den ich Ihnen geben kann. Sie werden sie nicht wiedersehen. Und nun nehmen Sie sich ordentliches Briefpapier und Feder und Tinte, und schreiben Sie ihr einen schönen Brief. Sagen Sie Lebewohl, aber machen Sie ihr keine Hoffnung!«

Michael durfte seinen Brief gleich in der Praxis abfassen, während Dr. Skinnings die nächsten Häftlinge untersuchte. Der Arzt hatte ihm versprochen, ihn anschließend zu befördern – kostenlos. Ein paar der korrupten Wärter gaben zwar ebenfalls Briefe auf, verlangten dafür aber ein horrendes Entgelt, und Michael vertraute ihnen nicht. Natürlich war es auch nicht sicher, ob dieser Arzt den Brief ungelesen weitergab. Aber Michael wollte sich trotzdem nicht vorschreiben lassen, was er Kathleen schrieb.

»Vertraue auf meine Liebe, Mary Kathleen, und gib sie auch

unserem Kind weiter. Ich weiß zwar noch nicht, wie ich es bewerkstelligen werde, aber ich komme zurück!«

Einige Tage später wurden die zur Deportation verurteilten Häftlinge auf Planwagen verladen und zum Kai gefahren. Michael hatte hier noch einmal auf eine Fluchtmöglichkeit gehofft, aber die Wärter waren auf der Hut. Unruhestifter wie Michael wurden noch im Gefängnis an Händen und Füßen gefesselt und mussten sich mit klirrenden Ketten als Erste auf die Wagen schleppen. Drinnen zog man ihre Ketten durch speziell angebrachte Ringe im Boden der Gefährte. Um flüchten zu können, hätten die Häftlinge die Wagen zerlegen müssen.

Billy Rafferty schluchzte schon wieder, als er neben Michael auf das dreckige Stroh sank, mit dem die Planwagen ausgelegt waren.

»Jetzt ist es endgültig aus«, weinte er. »Jetzt schicken sie uns weg, wir werden unser Land nie wiedersehen …«

»Ich schon!«, sagte Michael bestimmt und umklammerte Kathleens Locke, die er sicher im Ärmel seines Hemdes versteckt hielt. »Ich werde Irland wiedersehen und Kathleen heiraten. Sie können mich keine zehn Jahre lang in Ketten schmieden!«

Kapitel 7

Kathleens Schwangerschaft war inzwischen nicht mehr zu übersehen. Irgendwann hatte ihre Mutter aufgehört, sie anzuschreien, und ihr Vater verzichtete darauf, sie weiter zu prügeln. Es nutzte schließlich doch nichts. Die ersten Monate, in denen ein gnädiges Geschick noch für einen natürlichen Abgang des Kindes hätte sorgen können, waren längst vorbei. Statt zu streiten und zu lamentieren straften die Eltern und Geschwister das Mädchen jetzt mit Schweigen und Verachtung, im Dorf tuschelte man hinter ihrem Rücken.

Kathleen hatte das Haus deshalb so selten wie möglich verlassen. Oft war sie allein in dem stickigen Cottage. Nachdem der ärgste Frost vergangen war, verlagerte sich das Leben der Pächter wieder nach draußen. Die drangvolle Enge in den kleinen, verräucherten Hütten machte allen zu schaffen.

Kathleen, die sich ständig müde fühlte, verbrachte jedoch ganze Tage träumend und trauernd auf ihrem Lager – bis ihre Mutter eines Tages ein Machtwort sprach und sie zum Aufstehen zwang.

»Mach dich wenigstens ein bisschen nützlich!«, befahl sie böse und wies auf Webstuhl und Spinnrad. »Oder pack dich mit deinem Bankert! Der wird uns noch genug kosten!«

Kathleen schleppte sich also ans Spinnrad, aber wenn ihre Mutter hinausging, suchte sie Michaels Börse unter ihrem Strohsack heraus und zählte das Geld. Es wurde Frühling … es würden Schiffe nach Amerika fahren … Wenn sie nur etwas mehr Mut und Kraft aufbringen könnte! Aber wie es schien, raubte ihr das Kind in ihrem Leib die letzte Energie – oder waren es die Verachtung und Bosheit der Menschen um sie herum, die sie erschöpften? Der Einzige im Dorf, der Kathleen ein bisschen Freundlichkeit entgegenbrachte, war Father O'Brien. Der alte Priester hatte wohl schon viele Mädchen fallen sehen, oder er sah zumindest ein, dass es für Vorwürfe längst zu spät war.

Als Kathleen ihm unter Tränen ihre gesamte Geschichte beichtete, versuchte er sogar eine Intervention beim Gefängnisgeistlichen von Wicklow.

»Wenn Michael wirklich willig ist, dich zu heiraten – vielleicht kann er euch ja trauen!«, meinte Father O'Brien und gab Kathleen damit einige Tage lang Hoffnung. Aber die Nachricht seines Amtsbruders kam postwendend. Er würde von einer Verheiratung der Häftlinge vor der Deportation energisch abraten.

»Es liegt wohl kein Segen darin, eine Ehe zu stiften, die nie mehr vollzogen werden kann«, schrieb er Father O'Brien. »Im Gegenteil, wir würden die Sünde damit regelrecht herausfordern. Der junge Mann wird für immer in den Kolonien bleiben und die junge Frau in Irland. Sollen sie da keusch bleiben, ihr Leben lang? Natürlich wäre das wünschenswert, aber das Fleisch ist schwach. Mit einer Verheiratung vor der Deportation nähren wir zudem die Hoffnung, der Mann könnte zurückkommen. Er wird sich in der Neuen Welt also nicht eingliedern, wir fördern Aufsässigkeit und Widerstand, zumal Michael Drury wohl ohnehin nicht zu den fügsamsten und gottesfürchtigsten Menschen zählt. Es wäre also besser, diese Kathleen O'Donnell fände sich mit ihrem Schicksal ab und sähe es als Buße für ihre Sünde. Sie mag anderen Mädchen ihres Dorfes als abschreckendes Beispiel dienen.«

Father O'Brien erwartete Tränen bei Kathleen, als er ihr die Ansicht seines Amtsbruders vortrug. Ihre Augen blieben jedoch trocken – der Priester erkannte darin eher Wut als Trauer oder gar Reue.

»Und was ist mit dem Kind, Father?«, fragte sie schließlich hart. »Dem die Kirche hier den Vater und den ehrlichen Namen verweigert? Soll ich's gleich auf den Namen ›Abschreckendes Beispiel‹ taufen lassen?«

O'Brien zuckte die Achseln. Er hätte sie für die Schmähung seiner Kirche tadeln können, aber er unterließ es. Im Grunde seines Herzens musste er Kathleen sogar Recht geben.

In den ersten Märztagen war es sonnig, und Kathleen fühlte sich auf einmal fast an den vergangenen Herbst und die glücklichen Tage mit Michael erinnert. Es hielt sie jetzt kaum noch in ihrer dunklen Hütte, sie wäre gern hinausgegangen. Aber ihre Mutter hatte eben reichlich Wolle zum Verspinnen gebracht, um sie tagelang zu beschäftigen.

Kathleen überlegte eben, ob sie sich das Spinnrad vor das Cottage ziehen sollte oder ob sie damit nur den Hohn und Spott der vorübergehenden Dörfler auf sich zog, als es an der Tür klopfte. Verwundert sah sie Ian Coltrane vor dem Haus stehen.

Der junge Pferdehändler lächelte ihr zu. »Einen guten Tag wünsche ich, Mary Kathleen O'Donnell«, sagte er förmlich.

Kathleen verbeugte sich leicht und erwiderte den Gruß. »Was führt dich her, Ian Coltrane?«, fragte sie, nicht unfreundlich, aber reserviert. »Wir haben kein Pferd zu verkaufen, und mein Vater wird wohl auch keins kaufen wollen.«

Ian grinste anzüglich. »Ein Pferd wohl nicht, Mistress …«, bemerkte er. »Aber deshalb komme ich auch nicht. Ich wollte zu dir, Kathleen … Aber sollten wir nicht hineingehen oder auf den Dorfplatz? Es könnt ein schlechtes Licht auf dich werfen, wenn man dich hier allein mit mir plaudern sieht.«

Kathleen fragte sich, ob er das ernst meinte. »Mich kannst du nicht mehr in Verruf bringen, das ist längst geschehen«, sagte sie wegwerfend. »Mich schert nicht, was die Leute sagen. Also, was treibt dich her, Ian Coltrane?«

Ian lächelte. »Nun, ich muss wieder nach Wicklow in diesen Tagen. Und ich wollt dir eine weitere Mitfahrt anbieten … Falls du … falls du deine Tante noch einmal besuchen möchtest.«

Kathleen senkte den Kopf. Verhöhnte er sie? Nun, sie würde sich nichts anmerken lassen! Sie wollte sich nicht schämen!

»Meine Tante ist längst gesund«, wehrte sie ab.

Ian zuckte die Achseln. »Das ist schön für sie«, sagte er artig. »Aber vielleicht treibt dich ja noch etwas anderes nach Wicklow. Man sagt, es segle ein Schiff ab von dort, bestimmt für London …«

Kathleen runzelte die Stirn. »Es segeln ständig Schiffe ab von Wicklow«, meinte sie.

Ian nickte, und in seinen schwarzen Augen blitzte etwas auf. Schalk, Mutwillen oder ein Anflug von Bosheit? »Aber nicht jedes hat verurteilte Kerle an Bord auf dem Weg nach Australien. Und ich hab mir sagen lassen, dass dich einer von denen interessiert. Einer, der speziell auf diesem Kahn nach London segelt …«

»Nach London?«, brach es aus Kathleen heraus. »Sie schicken Michael nach London? Und von dort aus weiter nach … nach … Glaubst du, ich könnte ihn noch mal sehen?« In ihrer Erregung fasste sie nach Ians Arm.

»Weiß ich nicht«, meinte Ian kurz. »Ich weiß nur, dass ich am Montag früh nach Wicklow fahr, zum Pferdemarkt. Und wenn ich dich irgendwo treff, vor dem Dorf, dann nehm ich dich gern mit.«

Kathleen überlegte. Es würde gewaltigen Ärger geben, wenn sie weglief, ohne ihren Eltern etwas zu sagen. Womöglich würden sie sich anschließend weigern, sie wieder aufzunehmen. Aber das wäre erst recht der Fall, wenn sie die Fahrt ankündigte. Und was versprach sich wohl Ian Coltrane von dem Angebot? Der fuhr sie doch nicht aus reiner Nächstenliebe in die Stadt!

»Was kriegst du dafür, Ian?«, fragte Kathleen misstrauisch.

Ian zuckte die Schultern. »Ich werd goldenes Haar im Wind wehen sehen und grüne Augen leuchten. Vielleicht hör ich sogar einen Dank von zarten roten Lippen …«

»Ach, lass das jetzt!«, sagte Kathleen unwillig. »Du brauchst mir nicht zu schmeicheln. Und ich sag's dir auch gleich: Mehr als ein paar Blicke und ein paar Worte hab ich nicht zu vergeben. Egal, was die Leute sagen.«

Ian verbeugte sich galant. »Niemals käm ich auf den Gedanken, Unsittliches von dir zu fordern, Mary Kathleen«, sagte er dann grinsend. »Im Gegenteil, ich schätze dich sehr. Ein so artiges Mädchen, das sich gleich wie sie geht und steht auf den Weg macht, um Krankenpflege zu leisten bei der alten Tante …«

Kathleen presste ihre Lippen zusammen. Ihr Instinkt sagte ihr, dass es keine gute Idee war, Coltranes Angebot anzunehmen. Aber ihr Herz brannte darauf, Michael noch einmal zu sehen, selbst wenn es nicht möglich sein würde, mit ihm zu reden. Ja, sogar wenn sie nur das Schiff sähe, auf dem man ihn fortbrachte … sie verzehrte sich nach seiner Nähe.

»Ich … überleg's mir …«, beschied sie Ian.

Coltrane lachte. »Ich wart auf dich!«

Kathleen schlich sich bei Morgengrauen aus dem Haus, als sie meinte, Ians Wagen durchs Dorf fahren zu hören. Der zweirädrige Karren, an den diesmal zwei Esel gebunden waren, wartete tatsächlich am Ortseingang.

»Hast ja nicht lange überlegen müssen!«, neckte Ian, als Kathleen auf den Bock kletterte. »Aber ich kann's verstehen, dass einer gern Schiffe absegeln sieht … und noch schöner wär's, mitzusegeln …«

Seine schwarzen Augen nahmen einen träumerischen Ausdruck an. Er wirkte dabei viel jünger, kindlich und ehrlich.

Kathleen achtete nicht darauf. »Brauchst nur drei Säcke Korn bei Trevallion mitzunehmen«, meinte sie patzig. »Schon hast du deine Gratispassage.«

Ian lachte. Dann begann er, vom Pferdemarkt in Wicklow zu reden. Jetzt, im Frühjahr, kauften die Leute Arbeitstiere, und er erhoffte sich für die Esel einen guten Preis. Das erzählte er zumindest Kathleen. Das Mädchen warf einen flüchtigen Blick auf die Tiere und meinte, in einem davon den Esel des Gärtners zu erkennen. In der letzten Zeit hatte der alte O'Rearke ständig über das

Tier geschimpft, es sei alt und es ginge lahm. Jetzt wirkte es aber ganz munter und zog auch kein Bein nach. Ian Coltrane schien ein Händchen dafür zu haben, seine Ware zu verjüngen …

Er lachte schallend, als Kathleen dazu eine Bemerkung machte.

»Ja, so kann man's nennen!«, bemerkte er und begann dann schamlos, mit seinen Erfolgen zu prahlen.

Kathleen hörte nicht zu. Sie hatte keine Lust, sich zu unterhalten, ihre Gedanken waren allein bei Michael, und sie hütete den Brief, den Father O'Brien ihr am Tag zuvor gegeben hatte, wie einen Schatz.

»Ich sollt's ja nicht unterstützen«, hatte der alte Priester fast bedauernd gesagt, als er Kathleen nach der Messe zurückhielt. »Mein Amtsbruder, über den das hier weitergeleitet wurde, riet mir, es wegzuwerfen. Aber ich hab wohl ein zu weiches Herz …«

Damit drückte er dem Mädchen den Brief in die Hand, verstohlen und rasch, sodass ihre Eltern sicher nichts davon bemerkten. Kathleen hatte das Schreiben stundenlang mit sich herumgetragen, bis sie endlich allein war. Es musste von Michael sein, und sie wollte Ruhe und Zeit haben, seine Abschiedsworte zu lesen. Sie wärmten dann auch ihr Herz. Michael hatte sie nicht vergessen! Er würde zurückkommen. Und sicher wäre es ihm ein Trost, sie in der Menge zu sehen, wenn sein Schiff absegelte. Michaels Brief gab den letzten Ausschlag, Ians Angebot anzunehmen.

Ian setzte Kathleen am Kai ab, bevor er mit seinen Eseln weiterfuhr. Auf dem Rückweg wollte er sie wieder abholen.

»Verzeihung, Sir, welches ist das Schiff nach London?« Kathleen wandte sich schüchtern an einen der Seeleute, die eben einen Kutter entluden. Der Mann grinste sie an.

»Das Gefängnisschiff?«, fragte er vielsagend. »Kannste nicht verfehlen, Mädchen, siehste da, wo all die Leute stehen? Die hoffen auch, noch 'n Blick auf die Galgenvögel für Van-Diemens-Land zu werfen. Ist's dein Bruder oder dein Liebster, Herzchen?«

Der Matrose ließ seinen Blick anzüglich über Kathleens Figur wandern.

»Oh, gar der Gatte!«, grinste er. »Tja … von dem wirste nicht mehr viel haben in diesem Leben. Aber falls du 'n Neuen suchst … an dir hätt ich wohl Freude, Süße! So'n hübsches Ding, da nimmt man den Braten im Ofen glatt in Kauf …« Er fasste nach ihrem Arm.

Kathleen riss sich los und rannte in die angegebene Richtung. Tatsächlich warteten hier schon um die fünfzig Menschen, unter ihnen Grainné Rafferty. Als Kathleen sich zu ihr gesellen wollte, spuckte sie vor ihr aus.

»Da schau, die Hure, die meinen Billy ins Unglück gerissen hat!«, kreischte sie. »Die feine ›Mary Kathleen‹, die den Verwalter haben konnte, aber den letzten Gauner in ihr Bett nahm. Trevallion will dich jetzt wohl nicht mehr, was? Dich sollten sie wegschicken, nicht meinen Billy, der sein Lebtag lang nichts Böses getan hat!«

Grainné schimpfte und heulte, während die umstehenden Leute Kathleen eher mitleidig betrachteten. Schließlich gelang es ihr, sich von der alten Köchin zu entfernen – ohne zu erfahren, wo Grainné und ihre Familie jetzt lebten und wie es ihnen erging.

Inzwischen war es hell geworden, aber es war kein strahlender Frühlingstag, sondern ein regnerischer grauer Morgen. Kathleen fror in ihrem dünnen Umstandskleid. Es hatte ihrer Mutter gehört und sie durch alle fünf Schwangerschaften begleitet. Inzwischen war es verschlissen, und Kathleens Schal hielt sie auch nicht warm. Dazu spürte sie langsam Hunger, sie war ohne Frühstück von zu Hause fortgelaufen.

Das Kind in ihrem Leib regte sich protestierend. Am Kai tat sich nichts. Zwar wuchs die Menge der Wartenden noch an, aber die Gefangenen waren nirgends zu sehen. Immerhin zeigten sich gegen Mittag Matrosen an Deck, die sich anschickten, auf Anweisung des Ersten Offiziers die Segel zu richten. Und dann, als Kathleen schon ganz zitterig wurde vor Hunger und Kälte, näherte sich ein Zug von Planwagen. Das Mädchen zählte sechs Gefangenentransporte – auf dem Bock Gefängniswärter, dazu Miliz, die den Zug bewachte. Die Soldaten waren schwer bewaffnet und postierten sich jetzt zwischen der Menge der Wartenden und den Planwagen. Kathleens Hoffnung, noch ein paar Worte mit ihrem Geliebten wechseln zu können, sank.

Hinzu kam, dass die Wagen so nah wie möglich ans Schiff herangefahren wurden. Die Gefangenen hatten nur noch wenige Schritte über Land zu gehen, bevor man sie an Deck schleifte. Einige warfen sich schluchzend zu Boden, um noch einmal irische Erde zu küssen. Andere bewegten sich stoisch, ohne zurückzusehen. Wieder andere versuchten verzweifelt, ihre Angehörigen in der Menschenmenge am Kai zu erspähen.

Den Männern aus dem letzten Wagen blieb keine dieser Möglichkeiten. Schwer an Händen und Füßen gefesselt, schleppten sie sich aufs Schiff, rüde angetrieben von den Wärtern, die brüllend auf sie einprügelten. Kathleen schrie auf, als sie Michael unter diesen Unglücklichen erkannte. Sie rief seinen Namen, aber auch alle anderen in der Menge schrien nach ihren Männern, Brüdern und Söhnen. Die Gefangenen konnten die Stimmen ihrer Lieben unmöglich heraushören.

Michael sah sich nicht um. Er konnte schließlich nicht ahnen, dass sie am Kai war. Als er mit seinen Ketten im Bauch des Schiffes verschwand, brach Kathleen schluchzend zusammen.

»Nun, wein mal nicht, Kleine, ist nicht gut für dein Baby!«, sagte eine mitfühlende Stimme neben ihr. »Und darauf musst du aufpassen, das hast du wenigstens noch von ihm!«

Eine verhärmte, aber mütterlich wirkende Frau half ihr auf und führte sie zur Kaimauer, wo sie sich niedersetzen konnte.

Kathleen sah sie verständnislos an. Es tat gut, dass jemand etwas Freundliches über das Kind sagte, das da in ihr wuchs. Und die Frau hatte Recht! Sie hatte Michael verloren, doch das kleine Wesen in ihr war ein Stück von ihm! Sie sollte sich darüber freuen, statt mit ihrem Schicksal zu hadern.

»Und … Sie?«, stammelte sie und wies auf das Schiff, das nun ablegte.

Die Frau verstand sofort. »Mein Sohn …«, sagte sie leise. »Und er lässt mir keinen Enkel zurück. Hat zwei Kinder gehabt, aber … die Hungersnot … Schließlich hat er dann ein Schaf gestohlen – ein bisschen Fleisch, hat er gedacht, könnt das letzte Kind am Leben halten. Aber er war halt kein geschickter Dieb … Sie haben ihn eingesperrt, und ich hab seine Frau und das Kind begraben … was sind das nur für Zeiten, Mädchen …«

Die alte Frau legte den Arm um Kathleen, und gemeinsam sahen sie, wie sich das Schiff vom Land entfernte. Erst als es den Hafen verließ, nahm es langsam Fahrt auf. Der Regen tat sein Übriges dazu, es rasch im Dunst verschwinden zu lassen. Kathleen weinte lautlos. Die Frau neben ihr hatte keine Tränen mehr. Keine von beiden hörte das Fuhrwerk, das sich seinen Weg durch die sich nun langsam zerstreuende Menge bahnte.

»Fertig?«, fragte Ian Coltrane.

Kathleen fuhr auf. »Ich … ich …« Sie meinte, der Frau neben sich etwas erklären zu müssen. Aber die zuckte nur die Schultern.

»Schon recht, Kleines, ist richtig, dass du nach vorn siehst. Und muss ja ein guter Kerl sein, wenn er dich herfährt, damit du dem anderen Lebwohl sagen kannst …« Die Fremde umarmte das Mädchen noch einmal liebevoll und mütterlich, dann stand sie auf. »Ich muss nun auch gehen. Gott mit dir, Kind!«

Aufgewühlt, zitternd vor Kälte und schwach vor Hunger erkletterte Kathleen den Bock des Fuhrwerks. Ian reichte ihr schweigend eine Decke, in die sie sich wickeln konnte. Unter dem Sitz verwahrte er eine Tüte mit heißen Fleischpasteten und einen Krug Bier.

»Nimm dir!«, sagte er kurz.

Kathleen biss heißhungrig in den sicher teuren Leckerbissen und fragte sich das Gleiche, über das sich auch die Frau am Kai Gedanken gemacht hatte: Warum tat Ian all das für sie?

Während des ganzen Weges befürchtete Kathleen, dass Ian doch noch seinen Lohn als ihr Fuhrmann einforderte. Sie hätte ihn kaum daran hindern können, außer ihnen war an diesem nassen, ungemütlichen Tag niemand unterwegs. Aber nichts geschah. Ian akzeptierte sogar ihr anhaltendes Schweigen. Als sie das Dorf fast erreicht hatten, wagte sie es, ihn noch einmal zu fragen.

»Ich bin dir keine gute Gesellschaft, Ian Coltrane. Es tut mir leid. Und zudem werden die Leute reden, wenn du mit mir gesehen wirst. Was gibt dir das?«

Ian sah sie forschend von der Seite an. »Vielleicht will ich ja, dass du denkst, ich wär ein netter Kerl!«

»Was schert dich, was ich denke?«, fragte Kathleen müde. »Und was schert mich, ob du ein netter Kerl bist oder …« Beinahe wären ihr die Worte »ein Rosstäuscher« herausgerutscht, aber sie hielt sich gerade noch zurück.

Ian zuckte die Achseln. »Ich wollt jedenfalls, dass du ihn absegeln siehst«, meinte er dann. Das Funkeln in seinen Augen strafte seine zur Schau getragene Gelassenheit Lügen. »Du weißt jetzt, dass er weg ist, und kannst ihn vergessen.«

Kathleen sagte nichts dazu, aber sie war froh, als die ersten Häuser des Dorfes hinter der Wegbiegung auftauchten und sie somit einen Vorwand hatte, abzusteigen. Ian Coltrane war ihr unheimlich. Aber sie brauchte sich jetzt ja nicht mehr mit ihm zu befassen.

Das Mädchen wanderte die letzten Schritte durch den Regen und dachte an die Worte der alten Frau. Michael war fort, aber er hatte ihr das Kind hinterlassen. Ein Band, das immer zwischen ihnen bestehen würde. Und sie hatte sein Versprechen, zurückzukehren … Kathleen summte ein Wiegenlied, als sie das Dorf erreichte.

Der Empfang in der Hütte ihres Vaters ernüchterte Kathleen sofort wieder. Natürlich hatte sie mit Schwierigkeiten gerechnet, aber der brutale Schlag ins Gesicht, mit dem ihr Vater sie empfing, traf sie doch unerwartet. Sie schreckte zurück und wäre beinahe gefallen.

»Woher hast du das Geld, du kleine Hure?« James O'Donnell wedelte mit Michaels Börse vor ihrem Gesicht herum. »Hortest einen Schatz in meinem Haus und sagst nichts davon! Wo kommt's her, Kathleen, was hast du dafür gemacht? Ist das Hurengeld?«

Kathleen schluchzte auf. Die Worte schmerzten mehr als der Schlag. »Es kommt von Michael«, brachte sie schließlich heraus. »Und es gehört dem Kind … Du hast kein Recht …«

»Ich hab alles Recht der Welt!«, brüllte O'Donnell sie an. »Dem Bankert soll ich ja wohl auch noch Vormund sein! Also, von Michael kommt's. Und wo hat der es her? Schwarzbrennen, Diebstähle …«

»Wird's davon weniger wert?«, fragte Kathleen.

Sie wusste, es klang frech und aufmüpfig, aber tatsächlich war sie nur müde. Sie wollte das hier hinter sich haben. Sollte er das Geld nehmen, sollte er sie verprügeln. Wenn sie nur irgendwann auf ihrem Strohsack niedersinken und sich die Decke über den Kopf ziehen dürfte.

Aber dann ließ sich ihre Mutter vernehmen. »Ist doch gleich, wo's herkommt«, meinte Erin O'Donnell mit schmalen Lippen. »Wichtig ist, wo's hingeht. Verstehst du nicht, James? Dies Geld ist ein Gottesgeschenk. Es rettet unsere Ehre!«

O'Donnell sah sie mit gerunzelter Stirn an, Kathleen blickte gänzlich verständnislos.

Erin O'Donnell griff sich an die Stirn. »Herrgott, James! Dies sind vierundzwanzig gute englische Pfund! Damit kaufen wir ihr einen Ehemann!« Sie nahm ihrem Mann die Börse aus der Hand und warf sie triumphierend vor Kathleen in die Luft, um sie dann gleich wieder aufzufangen. »Dieses Geld, meine süße Mary Kathleen, ist deine Mitgift!«

Ian Coltrane erschien am nächsten Sonntag weniger auffällig gewandet als sonst in der Kirche. Er hatte sein kariertes Jackett mit einem dunklen, gediegenen Rock vertauscht. Nach dem Gottesdienst bat er James O'Donnell artig um eine Unterredung.

Und kurze Zeit später, vor dem Feuer in dessen ärmlicher Hütte, hielt er um Mary Kathleens Hand an.

»Ich kann Ihre Tochter ernähren, James O'Donnell, besser als die meisten Kerle hier. Noch wohn ich im Haus meines Vaters, aber ich kann ein paar Stallräume fertig machen für uns … wird ja eh nicht für lange sein …«

»Nicht für lange?«, fragte O'Donnell streng. »Was soll das nun wieder heißen? Du planst wohl keine Ehe auf Zeit?«

Ian lachte. »Nein, ich wollt Ihre Kathleen schon auf ewig! Die fasst mir kein anderer mehr an, das schwör ich! Aber hier in diesem Drecksnest wollt ich nicht verkommen. Ich hab genug von Hungersnot, Mr. O'Donnell. Und genug von englischen Herren, denen ich schöntun muss, um meine Handelslizenz zu behalten. Von Pacht und Steuern, die das bisschen auffressen, was man verdient! Ich will nichts sagen gegen Irland, Mr. O'Donnell. Ist ein schönes Land, man könnt's lieben, wenn man denn dürfte. Aber ich hab kein Talent zum Aufrührer und auch nicht zum Speichellecker. Das heißt, ich muss gehen. Und ich bin bereit …«

»Nach Amerika?«, fragte Erin O'Donnell. »Mr. Coltrane, das mag sich für Sie ja nach Abenteuer anhören, aber die Hälfte der Auswanderer stirbt doch schon auf dem Schiff! Und Kathleen … Sie wissen, dass sie schwanger ist?« Kathleens Mutter wurde rot.

Kathleen selbst hatte der Unterhaltung schweigend gefolgt. Sie wollte etwas sagen, aber ihre Kehle war wie zugeschnürt.

Ian Coltrane zog die Augenbrauen hoch. »Das weiß ich, Mrs. O'Donnell, ich bin ja nicht blind. Und nicht dumm. Auf die schwimmenden Särge zieht mich nichts. Und auch nicht in die Fabriken in New York. Ein Vetter von mir ist dort und schreibt mitunter. Eine andere Art von Hölle als hier, aber auch eine Hölle. Nein, Mrs. O'Donnell, ich will mein Glück machen. Ich will in ein neues Land, ein ganz neues, wo keiner vor einem Iren ausspuckt und ihn ›Paddy‹ nennt … Und die Schiffe dorthin werden besser überwacht. Die Reise ist weiter, aber die Krone sendet Inspektoren, die sich die Verpflegung und die Unterkünfte genau anschauen. Es geht ja auch nicht in ein fremdes Land, das England nichts angeht – die Briten bleiben Bürger, wir Iren werden es. Ist natürlich etwas teurer als das gute alte Amerika, deshalb muss ich auch noch sparen. Aber in einem, spätestens in zwei Jahren …«

James O'Donnell runzelte die Stirn. »Und wie heißt dieses gelobte Land?«, fragte er skeptisch. »Von dem keiner hier je gehört hat?«

Ian lächelte. Dabei leuchteten seine Augen – und Kathleen wusste plötzlich, was sie so verschreckte. Als er zuvor von Heirat gesprochen hatte, war kein Strahlen in seinen Augen gewesen. Ian hatte mehr lauernd geblickt, ein Händler, der ein Geschäft anging. Ein Rosstäuscher, der seine wahren Motive verbarg.

»Neuseeland!«, sagte Ian. »Vor hundert Jahren entdeckt, glaub ich. Soll ein bisschen so aussehen wie unser Land, aber kaum besiedelt. Ein paar Indianer oder so … aber friedlich, jedenfalls meistens. Da wo ich hinwill, gibt's gar keine, da gibt's nur Schafe. Ideal für Viehhandel und Zucht, man muss alles Getier einführen, im Land selbst gibt's nur Vögel …«

»Und wo soll das liegen?«, brachte Kathleen nun erstmalig ein Wort heraus. »Wem gehört es?«

»Keinem gehört's!«, trumpfte Ian auf. »Na ja, es ist 'ne englische Kolonie oder so, aber jeder kann hin. Und wo's liegt? Weit … sehr weit weg, irgendwo in der Südsee … Aber ist ja auch egal, der Kapitän wird wohl wissen, wo er hinsegelt. Und für uns gibt's Land und Freiheit und ein neues Leben! Dreizehn Pfund kostet die Passage … das Geld für eine hätt ich schon. Aber ich würd Ihre Kathleen gern mitnehmen, James O'Donnell …«

»Und ihr Kind?«, fragte Erin hart.

Ian zuckte die Schultern. »Das wird ja wohl zur Welt kommen. Wo auch immer. Aber besser ist's, es kommt in einem Land zur Welt, das den Namen Drury nie gehört hat. Nur werd' ich das Geld leider so rasch nicht auftreiben. Aber ich versprech dir, Kathie, dass wir weg sind, bevor's das Wort ›Bastard‹ versteht.«

Kathleen fühlte sich seltsam berührt. Machte Ian sich wirklich Sorgen um ihr Kind? Würde er es als das seine aufziehen? Mit allen Konsequenzen? Sie wünschte sich, ihm trauen zu können.

Erin O'Donnell holte tief Luft und warf Kathleen und ihrem Gatten triumphierende Blicke zu.

»Darum mach dir keine Sorgen, Ian Coltrane. Dieses Mädchen kommt mit einer Mitgift, und zwar nicht nur mit einer, die schreit und in die Hosen macht. Du kannst deine Passage buchen, Ian. Aber erst bestellst du das Aufgebot und siehst zu, dass du dein Jawort sprichst. Bevor Kathleen aus allen Kleidern platzt!«

Erst einmal platzte Kathleen allerdings vor Wut. »Und ich?«, rief sie böse. »Werde ich nicht gefragt?«

Drei Paar kalte Augen blickten sie an. Verständnislos? Oder mitleidlos?

»Nein«, sagte James O'Donnell kurz. »Zumindest nicht, bevor du vor dem Priester stehst. Und gnade dir Gott, wenn du dann nicht …«

Erin O'Donnell schnaubte. »Da mach dir mal keine Sorgen«, höhnte sie. »Jasagen kann sie. Gehapert hat's mit dem Nein!«

Während die Eltern mit Ian auf den Handel anstießen, den sie eine Brautwerbung nannten, rannte Kathleen hinaus. Sie mochte nichts von dem Whiskey, den Ian mitgebracht hatte, und an dessen Flaschenform Kathleen genau den Schwarzgebrannten zu erkennen meinte, den Michael unters Volk gebracht hatte. Stattdessen drängte es sie verzweifelt, mit jemandem zu reden. Mit irgendjemandem, der es gut mir ihr meinte. Kathleen sehnte sich nach Michael. Oder nach Bridget, dem alten Freudenmädchen. Die Frau vom Kai … es wäre wunderbar, jetzt mit ihr reden zu können …

Schließlich stand sie vor dem Pfarrhaus von Father O'Brien. Der Priester lächelte, als sie aufgelöst, mit wirrem Haar und verweintem Gesicht vor seiner Tür stand.

»Komm doch herein, Mary Kathleen!«, sagte er freundlich. »Du weißt, dass du hier willkommen bist. Willst du beichten, mein Kind? Du warst gestern nicht da …«

»Was hab ich schon zu beichten, Father?«, stieß Kathleen hervor. »Meine alten Sünden sieht mir jeder an. Und neue anhäufen … am Spinnrad und am Webstuhl geht das kaum.«

»Auch in Gedanken kann man sündigen, Mary Kathleen«, meinte Father O'Brien mit gespielter Strenge. »Aber tritt erst einmal ein, du frierst doch in deinem dünnen Kleid.«

Mary Kathleen betrat das winzige Pfarrhaus, das kaum komfortabler war als das Cottage ihrer Familie. Auf dem Tisch standen ein Glas und eine Whiskeyflasche – ebenfalls mit ziemlicher Sicherheit aus der Erzeugung der Drury-Familie.

»Möchtest du?« Der Priester wies auf den Alkohol. »Siehst aus, als könntest du es gebrauchen. Was ist los, Mary Kathleen?« Er schob ihr einen Stuhl an den Tisch.

Kathleen setzte sich. Dann holte sie tief Luft. »Ian Coltrane will mich heiraten!«, stieß sie hervor.

O'Brien hörte sich ihre etwas wirre Erzählung von Michaels Geld und Ians Plänen schweigend an. »Ja, meinst du denn, der junge Coltrane wusste von der Börse?«, fragte er schließlich. »So, wie du es darstellst …«

Kathleen zuckte die Schultern. »Ich weiß es nicht, Father. Eigentlich ist es nicht möglich. Aber Ian … er ist unheimlich, Father. Manchmal meine ich, er wüsste alles …«

Der Priester lachte. »Das ja wohl doch nicht, Kind. Es sei denn, du willst ihm unterstellen, mit dem Leibhaftigen im Bunde zu stehen. Und das kann ich mir kaum vorstellen. Auch wenn er zweifellos ein Gauner ist. Das Maultier, das er William O'Neill angedreht hat … Aber lassen wir das. Du hast nicht viel Auswahl, Mary Kathleen, wenn du für das Kind einen Vater willst.«

»Aber das Kind hat einen Vater!«, rief Kathleen. »Michael will zurückkommen. Er hat es versprochen! Und dann … dann findet er mich womöglich nicht. Dann bin ich womöglich in diesem, diesem …«

»Neuseeland«, half der Pfarrer aus. »Aber damit wärest du deinem Michael ein gutes Stück näher, Kind. Obwohl sich natürlich allein der Gedanke an einen anderen verbietet, nachdem du Ians Frau geworden bist.«

»Näher?« Kathleen richtete sich auf.

Der alte Priester sah belustigt, wie Leben und Kampfgeist in die grünen Augen des Mädchens zurückkehrten. »Komm, schau's dir mal an, Kathleen!« O'Brien suchte einen Globus aus dem Schrank, in dem er die Utensilien für seinen Schulunterricht aufbewahrte. »Da, sieh, hier ist Irland. Und dort ist London, wo sie deinen Michael jetzt hinbringen. Von da aus geht es nach Australien. Hier: durch den Kanal, in den Atlantik, herum um Afrika, vorbei an Madagaskar. Und dann hier, quer über den Indischen Ozean. Hier ist Botany Bay, Kathleen, und Van-Diemens-Land. Das ist eine Insel, dem Festland vorgelagert. Hier, siehst du es?«

Kathleen folgte dem Finger des Priesters, der den unendlich langen Weg auf dem Globus nachzeichnete. Sie verlor dabei alle Hoffnung. Niemals, niemals würde Michael den Weg nach Irland zurückfinden! Es war völlig unmöglich. Man mochte aus einem Gefängnis fliehen können, aber nicht um die halbe Welt segeln – ohne Geld und Pässe und Papiere.

»Und da unten!« Father O'Brien wies auf zwei im Verhältnis zu Australien winzige Inselchen, südöstlich des Kontinents. »Hier ist Neuseeland.«

Kathleen betrachtete die Länder fasziniert. »Das ist … das ist ja ganz nah!«, rief sie aufgeregt.

Der Priester zuckte die Schultern. »Etwas über zweitausend Meilen, Kathleen. Wenn dir das nah erscheint … aber näher als Irland ist es allemal, wie gesagt.«

»Und das Land … ich hab vorher nie was davon gehört. Diese Inseln in der Südsee … sind die nicht voller Menschenfresser?«

O'Brien lachte. »Also diese hier ist wohl eher voller Protestanten – die sich im Allgemeinen als schwerer zu missionieren erweisen! Die meisten Einwanderer sind Engländer und Schotten, auch ein paar Deutsche. Von Eingeborenen hab ich bislang gar nichts gehört. Und viele Siedlungen gibt es auch noch nicht, nur ein paar Walfangstationen … Seehundfänger … Glücksritter. In deren Lagern sähe ich dich eher ungern, Kathleen. Aber da zieht's den Ian auch kaum hin, die kaufen schließlich keine Pferde …«

»Ian sprach von den … Canterbury Plains …«, erinnerte sich Kathleen.

Der Priester nickte erfreut. »Ja, davon habe ich gehört, die Church of England plant da wohl Stadtgründungen, die Gegend soll sich für Viehzucht sehr gut eignen. Könnte er regelrecht ehrlich werden, dein Ian, wenn er sich ein bisschen anstrengt. Sein Geld verdient er da allemal. Also überleg's dir, Mary Kathleen. Und hab keine Angst, ich trau dich keinem Mann an, der dir zuwider ist, egal, was deine Eltern wünschen. Denk darüber nach. Wie gesagt, viele Möglichkeiten hast du nicht.«

Kathleen seufzte. Dann warf sie noch einmal einen Blick auf den unendlich langen Weg von Irland nach Australien – und den vergleichsweisen Katzensprung, der Australien mit Neuseeland verband.

»Ich hab's mir überlegt, Father!«, sagte sie dann. »Ich will nach Neuseeland!«

Der alte Priester schüttelte den Kopf. »So ist es falsch, Kathleen«, sagte er leise. »Richtig heißt es: Ich will Ian Coltrane zum Mann nehmen. In guten und in bösen Tagen …«

Father O'Brien traute Ian und Kathleen zwei Wochen später in seiner kleinen Kirche. Kathleen hatte vorher alle möglichen Ausflüchte erdacht, um die Hochzeit zu verschieben. Sie wollte erst in ihrer neuen Heimat heiraten und verstieg sich schließlich sogar zu dem Argument, da könnte sie es womöglich in Weiß tun. Ihre Mutter winkte mit einem Blick auf ihren schon wohlgerundeten Bauch höhnisch ab.

»Kommt nicht infrage, Mary Kathleen!«, sagte sie streng. »Du kannst nicht mit Ian reisen, ohne verheiratet zu sein. Und wer soll euch da unten trauen? Ein Reverend der Anglikaner? Am besten ein Blinder, dem die Schwangerschaft nicht auffällt? Und was ist, wenn das Kind unterwegs kommt? Willst du auf dem Ozean entbinden, und der arme Bankert hat dann nicht nur keinen Vater, sondern auch kein Heimatland?«

»Er bekommt einen Vater, deshalb machen wir ja all das ...«, brummte Kathleen. Sie sah ein, dass ihre Einwände kindisch waren. Father O'Brien hatte Recht: Neuseeland bedeutete, sie musste heiraten. Bei aller räumlichen Nähe würde sie Michael so fern sein, wie es nur eben möglich war.

Kathleen schämte sich natürlich zu Tode, als sie schließlich, immerhin in einem neuen, weit geschnittenen grünen Kleid, mit Ian vor den Altar trat. Wobei Father O'Brien sie sicher mehr dafür verdammt hätte, dass sie Michaels Brief und seine Haarlocke vorher in ihren Ausschnitt gesteckt hatte und nun über dem Herzen trug. Im Grunde betrog sie ihren Mann damit schon jetzt, aber es würde ja nie jemand erfahren. Mary Kathleen beichtete längst nicht mehr jeden sündigen Gedanken.

Ian hatte großzügig bestimmt, einen Teil ihrer Mitgift für eine richtige Feier zu verwenden, und so stopfte das gute Essen zumindest den ärgsten Spöttern das Maul. Es war aber ohnehin gleichgültig, was man im Dorf über Kathleens Verbindung mit Ian redete. Schon drei Tage nach der Hochzeit würde das junge Paar nach Dublin aufbrechen. Von dort aus ging am nächsten Tag ein Segler nach London. Und am 5. April würde die *Primrose* von London nach Port Cooper aufbrechen, einem Hafen nahe dem zukünftigen Viehzuchtgebiet Canterbury Plains.

Kathleen hatte sich vor der Hochzeitsnacht mit Ian nicht allzu sehr gefürchtet. Sie hatte zwar einige Bedenken gegenüber ihrem neuen Ehemann, aber sein Körper stieß sie nicht ab, und ihre Erinnerungen an die Liebe mit Michael waren nur die besten. Sie hatte auch gehofft, Ian würde sie vorerst schonen, das Kind in ihrem Leib musste doch ein Hindernis sein. Ian ließ sich davon jedoch nicht abschrecken. Er nahm seine junge Frau gleich in der ersten Nacht in Besitz.

Natürlich drückte er das nicht so aus, aber für Kathleen fühlte es sich genauso an. Der Handel war vollzogen, der Handschlag erfolgt, und nun konnte das Pferd geritten werden. Ian tat Letzteres mit wenig Zartgefühl. Er verzichtete auf Zärtlichkeiten und drang sehr schnell in seine Frau ein.

Als Kathleen vor Überraschung und Schmerz stöhnte, fuhr er sie an. »Was soll das? Du willst mir doch wohl nicht vormachen, du seist noch Jungfrau!«

Kathleen schwieg daraufhin und lag still, bis es vorbei war. Sie hoffte, es hatte dem Kind nicht geschadet, aber sie machte sich keine größeren Sorgen. In den winzigen Cottages der Pächter blieb den Kindern nicht verborgen, wenn ihre Eltern miteinander schliefen – so sehr die sich auch bemühten, jedes Geräusch dabei zu verbergen. Und Kathleens Vater hatte bis ans Ende der Schwangerschaften ihrer Mutter auf seinem Recht bestanden. Erin O'Donnell hatte es hingenommen, jetzt nahm Kathleen es hin – und sie hatte das Gefühl, damit endlich mal einer Sünde zu entgehen:

Sie würde niemals an Michael denken können, während Ian ihr beilag.

Güte

England, London
Van-Diemens-Land
Neuseeland, Port Cooper
und
Canterbury Plains
1847–1850

Kapitel 1

Lizzie Owens wäre gerne gut gewesen. Sie wusste auch halbwegs, wie man das anstellte; der Pastor im Waisenhaus hatte schließlich endlos darüber gesprochen. Gute Mädchen stahlen nicht, sie erzählten keine Lügen, und sie gaben sich Männern nicht gegen Geld hin. Dafür waren sie dann allgemein geschätzt, Gott sah wohlgefällig auf sie hinab, und nach dem Tod kamen sie in den Himmel.

Lizzies Dilemma war nur, dass sie gerade erst siebzehn Jahre alt war und so schnell noch nicht in den Himmel wollte. Ein Verzicht auf all die verbotenen Dinge hätte allerdings einen baldigen Hungertod nach sich gezogen, und Hannah, Toby und Laura hätte es gleich mitgetroffen. Lizzie konnte es drehen und wenden, wie sie wollte. Sie kam ums Stehlen, Lügen und Huren einfach nicht herum und würde dafür in der Hölle enden. Wenn auch immerhin nicht so bald.

An diesem Tag, Anfang 1847, erwachte sie wie immer hungrig, und obendrein war es kalt. Vor allem, nachdem sie ihre verschmutzte, dünne Decke abgestreift und die Kinder vorsichtig zur Seite geschoben hatte. Toby und Laura pflegten sich im Schlaf an Lizzie zu schmiegen, seit Hannah ihren Liebsten Lucius mit in den Holzverschlag in Whitechapel gebracht hatte. Als ob das zugige, gerade mal gegen Regen schützende Loch in der Nische zwischen zwei Steinhäusern nicht ohnehin schon zu klein für vier Menschen gewesen wäre.

Lizzie jedenfalls hasste es, wenn sie mit ihren Freiern hinter einem fadenscheinigen Vorhang verschwinden musste, während Hannah nebenan für die Kinder kochte. Immerhin schaffte sie es, die Zähne zusammenzubeißen und zu schweigen, wenn die Freier sie benutzten. Hannah gelang das nicht, weshalb Lizzie stets versuchte, mit den Kindern hinauszugehen. Manchmal sang sie ihnen auch vor, aber dann pflegten sich die Männer zu beschweren. Mit Lizzies Stimme war kein Staat zu machen.

Nun war das aber ohnehin egal, denn neuerdings hatte Hannah Lucius, und die Kinder bekamen unweigerlich mit, was die beiden in dem zweiten Bett neben der Tür miteinander trieben.

»Aber dafür kriegen sie einen Vater!«, erklärte Hannah unerschütterlich. »Lucius wird Geld abgeben, und er wird uns beschützen!«

Dabei war Lucius meist schon mittags zu betrunken, um aufrecht zu gehen. Er hätte sich nicht einmal selbst verteidigen können. Wenigstens war er kaum in Gefahr, schließlich war bei ihm nichts zu holen. Gerade gestern hatten sie wieder darum gestritten, dass er nicht arbeitete.

Ungläubig ließ Lizzie jetzt den Blick über die fleckige Matratze schweifen, die Hannah und Lucius teilten. Sie hatte eigentlich erwartet, die beiden dort eng umschlungen liegen zu sehen, aber tatsächlich umarmte Hannah nur ihre fadenscheinige Decke. Also hatte Lizzie sich den Lärm am frühen Morgen nicht eingebildet! Lucius musste aufgestanden und zur Arbeit gegangen sein!

Etwas zu verdienen war eigentlich nicht schwierig. Für Männer gab es fast jeden Tag Arbeit am Hafen. Die Schiffe aus oder nach Übersee mussten be- und entladen werden, und dafür wurden Tagelöhner eingestellt. Allerdings musste man sich bei Tagesanbruch am Kai einfinden – und das schafften Nichtsnutze wie Lucius höchstens einmal im Monat.

Lizzie warf sich erst ihr Schultertuch über und tastete sich dann zum Herd. Sie atmete auf, als sie darin noch etwas Glut fand. Zwei Scheite Holz waren auch noch da, sie würden für ein bisschen Wärme sorgen, bis die Kinder aufstanden. Und im Laufe des Tages würde die Sonne sie wärmen.

Lizzie reckte sich. Überhaupt, kein schlechter Tag! Es regnete nicht, die Eimer, die sie unter das tropfende Dach gestellt hatten, waren leer. Und am Abend war auch noch ein Stück Brot da gewesen. Sie konnte sich damit stärken und dann zum Hafen hinunterschlendern.

Nachts mochten Schiffe angelegt haben – voller Matrosen, ausgehungert nach weiblichen Körpern. Hannah, die gern lange schlief, glaubte es ihr nicht, aber Lizzie fand morgens oft die besten Freier, und meistens brauchte sie die Kerle nicht mal mit heimzunehmen. Vor Tau und Tag vermieteten die Stundenhotels ihre Zimmer billig.

Lizzie suchte nach dem Brot, wurde aber nicht fündig. Je länger und fahriger sie im Schrank danach tastete, desto mehr erhärtete sich ihr Verdacht. Dieser verfluchte Lucius! Da fraß er seiner Freundin und ihren halb verhungerten Bälgern noch das letzte Stück Brot weg!

Lizzies erster Impuls war, Hannah zu wecken und ihr harsche Vorwürfe zu machen, aber sie konnte sich gut vorstellen, wie die Freundin darauf reagieren würde: »Soll er mit leerem Magen zur Arbeit gehen? Wenn er schon mitten in der Nacht aufsteht, um Geld zu verdienen …«

Mit Hannah war zurzeit nicht zu reden. In ihrer Liebe zu Lucius war sie wie von Sinnen. Dabei bezweifelte Lizzie, dass der Kerl am Abend auch nur einen Penny nach Hause bringen würde. Bestenfalls teilte er die letzte Flasche Gin mit Hannah und Lizzie. An die Kinder dachte er nie.

Lizzie jedenfalls musste ihre Pläne ändern. Sie war routiniert im Aufreißen von Männern, aber um das Lächeln auf ihr Gesicht zu zaubern, das sie in den Augen der Kerle schön erscheinen ließ, brauchte sie ein bisschen Kraft. Dazu mochten die Freier es nicht, wenn ihr Magen knurrte, während sie sich auf ihr abmühten. Lizzie musste etwas essen. Wenigstens einen kleinen Bissen Brot …

Seufzend suchte sie nach ihrem Kleid und ihrem Hütchen und dankte dem Himmel, dass Lucius zumindest das Waschwasser hatte stehen lassen, das sie am Tag zuvor herangeschleppt hatte.

Vom Waschen hielt er nichts. Lizzie spritzte sich also bibbernd das kalte Nass ins Gesicht, rubbelte sich trocken und bürstete ihr Haar.

Sie versuchte stets, adrett auszusehen, wenn sie aus der Hütte ging, und verzichtete zumindest tagsüber auf die grelle Schminke ihrer Zunft. Auch das schadete ihr nicht, so mancher Freier mochte es, ein scheinbar ehrbares Mädchen abzuschleppen, das obendrein so jung aussah, wie es war. Lizzie kontrollierte ihr Aussehen in der Spiegelscherbe, die der kleine Toby irgendwo im Müll gefunden und ihr geschenkt hatte.

Toby war gerade erst fünf Jahre alt, aber er wusste schon ganz gut, was wertvoll war. Wenn man ihn in die Mülltonnen der Reichen kriechen ließ, fand er Glas und Altmetall, das man verkaufen konnte, und trug damit mehr zum Lebensunterhalt der Familie bei als Lucius. Hannah wusste das und setzte das Kind dazu oft einfach auf der Straße aus – wieder etwas, wofür Lizzie ihr Vorwürfe machte. Der Junge war noch zu klein, um sich anderen Straßenkindern gegenüber durchzusetzen. Und schlimmer noch, er konnte gestohlen werden! Es gab Banden in London, die Kleinkinder zu Taschendieben und Bettlern abrichteten. Lizzie graute davor.

Sie schob das niedliche Hütchen zurecht, das sie im letzten Jahr auf dem Altkleidermarkt gekauft hatte. Eigentlich hätte sie es sich nicht leisten können, aber die Marktfrau war ihrem Lächeln verfallen und hatte es ihr zu einem Spottpreis abgegeben. Lizzie probierte ihr Lächeln vor der Spiegelscherbe. Aber ohne ein Gegenüber und ohne ein Frühstück ging es nicht …

Das Mädchen seufzte und wünschte sich wieder mal, schön zu sein. So schön wie Hannah, bevor sie erst zwei Kinder geboren und sich dann dem Gin und Kerlen wie Lucius hingegeben hatte. Hannah war kurvenreich, hellhäutig und mit einer Fülle roten Haares gesegnet, ihre Augen leuchteten blau, ihre Lider waren schwer – eine Frau, der Männer kaum widerstehen konnten.

Lizzie dagegen war zierlich, ihr Körper knabenhaft schlank. Sie hatte kleine Brüste und bezweifelte, dass diese noch wuchsen. Ihr Gesicht war dafür rund – obwohl ihre Wangen eingefallen und meist bleich waren. Lizzies Nase passte von den Proportionen eigentlich ganz gut dazu, zumindest, wenn man sie von vorn ansah. Von der Seite schien sie etwas zu lang zu sein, vorwitzig, aber nicht neckisch. Das Haar der Siebzehnjährigen war leicht kraus, aber von langweiligem Dunkelblond, die Wimpern und Brauen so hell und spärlich, dass sie kaum erkennbar waren, wenn Lizzie sie nicht mit Ruß nachzog. Und ihre Augen zeigten ein Allerweltsblau.

Lizzie war kein Mädchen, das auf den ersten Blick auffiel – aber sie besaß ein seltsames Talent, das sie trotzdem überleben ließ. Sie hatte die Fähigkeit, mit einem Lächeln die Sonne aufgehen zu lassen. Manchmal schien die Luft um sie herum zu vibrieren, wenn sie lächelte. Von ihren Augen ging ein Strahlen aus, das die Menschen einfach erwidern mussten – egal ob Männer, Frauen oder Kinder. Ihre Herzen schienen sich zu erwärmen, sie sprachen Lizzie an und scherzten mit ihr, Kaufleute gaben ihr Dinge billiger oder schenkten sie ihr sogar.

Lizzies Lächeln konnte Türen öffnen, die Mädchen wie ihr sonst verschlossen blieben, es konnte Menschen verzaubern. Mancher bösartige, brutale Freier hielt inne und näherte sich ihr plötzlich mit Respekt und Vorsicht, wenn sie es schaffte, ihm ihr Lächeln zu schenken. Und mancher Geizhals überlegte es sich, Lizzie um ihr sauer verdientes Geld zu prellen, wie er es sonst mit Huren tat. Manchmal nahmen die Männer das Mädchen nach getaner Arbeit sogar mit in eine Garküche und kauften ihm Pasteten und Gin – nur um ein dankbares Lächeln zu sehen.

Leider hatte sie diese Fähigkeit, Menschen zu bezaubern, nicht von Kindheit an besessen. Lizzie träumte oft davon, wie anders ihr Leben hätte verlaufen können, wenn sie ein süßes, unwiderstehliches kleines Ding gewesen wäre. Hätte sie die Menschen im Waisenhaus betörend anlächeln können, hätten sich vielleicht sogar Eltern für sie gefunden. Es kamen immer mal Paare vorbei, die ein kleines Kind adoptieren wollten. Nicht als Arbeitskraft, sondern wirklich als zu verwöhnendes Püppchen.

Die kleine Lizzie, gefunden auf einer Straße im East End, wo sie sich heulend, rotzend und schreiend an die Hosenbeine und Röcke der Passanten klammerte, war jedoch ein dürres, aufmüpfiges Kind, das keiner haben wollte. Ihr Lächeln hatte sie erst später entdeckt, mit dreizehn oder vierzehn, als sie schon längst wieder auf der Straße lebte.

Sie wusste noch, dass sie damals Altkleider auf dem Müll gesucht hatte, um sie zu verkaufen, und wie sie mit den mühsam verdienten Pennys in einen Süßwarenladen gegangen war. Sie hätte Brot kaufen sollen, aber es gelüstete sie so sehr nach Zucker, dass sie nicht widerstehen konnte. Vor lauter Glück über den Anblick all der Wunderdinge in den Gläsern und Schalen hatte sie den Verkäufer angelächelt – und war prompt mit einem ganzen Beutel voller Süßkram gegangen. Es waren gebrochene Zuckerstangen gewesen und verklebte Bonbons – nichts, was der Mann noch hätte verkaufen können. Aber er hätte es Lizzie nicht zu schenken brauchen.

Sie erinnerte sich heute noch an sein Lächeln als Antwort auf das ihre. »Hier«, hatte er gesagt, »Süßes für die Süße!«

Lizzie ließ den Spiegel sinken und machte sich auf den Weg. Wo trieb sie jetzt nur etwas zu essen auf? Sie überlegte, erst zum Kai zu gehen und es doch mit einem Freier zu versuchen, aber schon bei dem Gedanken daran drehte sich ihr der Magen um. Zumal sie jetzt auch die Düfte aus der Bäckerei, drei Straßen entfernt von ihrem Verschlag, in ihren Bann zogen.

Lizzie konnte nicht anders, sie musste dem Geruch nach frischem Brot folgen. Dabei wäre es sehr viel klüger gewesen, sich an die Hintertür heranzuschleichen und es da mit Betteln zu versuchen. Vielleicht hatte die Bäckersfrau ja noch einen Rest Brot vom Vortag übrig, und womöglich war dies ihr freundlicher Tag. Das kam vor – ab und zu hatte sie Hannah schon mal etwas gegeben, wenn Toby und Laura allzu verhungert ausgesehen hatten. Aber Lizzie ritt der Teufel. Sie betrat den Laden durch die Vordertür.

Der Bäcker stand persönlich da, was gut war. Männer fielen eher auf Lizzies Charme herein, ob das mit dem Lächeln klappte oder nicht. Vor ihr war noch ein anderer Kunde, der zwei Wecken kaufte.

Lizzie wartete ab, bis der Bäcker ihn bedient hatte, dann lächelte sie und grüßte höflich. Sie merkte allerdings sofort, dass die Magie an diesem Morgen nicht glückte. Sie schaffte ein nettes Lächeln, mehr kaum.

Der Bäcker reagierte dennoch freundlich. »Na, schönes Kind, womit kann ich Sie glücklich machen?«

Womit man sie glücklich machen konnte? Lizzie ließ den Blick heißhungrig über all die Backwaren in den Regalen gleiten. »Ein Brot …«, sagte sie sehnsüchtig. »Und zwei von den Schnecken, für die Kinder … Milchbrötchen …«

Lizzie meinte es nicht ernst, aber sie flüsterte ihre Sehnsüchte einfach heraus. Es war so warm hier drinnen, roch so paradiesisch … Das Mädchen war völlig überrascht, als der Bäcker eine Tüte über den Tresen reichte.

»Hier. Macht drei Penny.«

Lizzie nahm die Tüte an. »Ich …«, flüsterte sie. »Ich hab bloß kein Geld. Geht es … ist es möglich, dass ich später noch einmal vorbeikomme?«

»Du hast kein Geld?« Die vorher so freundliche Miene des Bäckers verdüsterte sich. »Kleine, du hast kein Geld, und ich hab nichts zu verschenken. Was also machst du hier? Gib das Brot zurück und mach, dass du fortkommst! Später bezahlen … da kann ich's gleich abschreiben!«

Lizzie erwachte aus ihren Träumen. Was machte sie nur für einen Unsinn? Aber die Tüte in ihrer Hand war Wirklichkeit. Und der Tresen war hoch, der Mann konnte nicht darüber hinwegspringen.

Das Mädchen drückte das Brot und die Teilchen an sich. »Tut … tut mir leid …«, stammelte sie. »Aber ich … ich komm nachher mit dem Geld …« Damit rannte sie aus dem Laden.

Der Bäcker schrie ihr nach. Lizzie hörte das Wort »Diebin«, aber sie achtete nicht darauf und rannte, so schnell ihre Füße sie trugen, die Straße hinunter. Nicht in Richtung ihres Verschlages, da hätte man sie womöglich finden können, sondern zum Markt.

Bestimmt herrschte dort schon reges Treiben, sie konnte in der Menge untertauchen und dann auf Umwegen zurück nach Hause gehen.

Lizzie empfand Angst, aber auch ein prickelndes Gefühl der Macht. So einen dreisten Diebstahl zu begehen, hatte sie sich noch nie getraut. Aber es schien gut zu gehen. Der Bäcker kam ihr so schnell nicht nach, und die wenigen, frühen Passanten schienen noch zu müde zu sein, um auf die Jagd zu gehen … Doch dann stand plötzlich ein feister, hünenhafter Constable vor ihr wie eine Mauer. Sie hatte in diesem Viertel Londons noch nie einen Polizisten gesehen. Ein unglücklicher Zufall … ein …

»Nun, wir haben's aber eilig, Hübsche!« Der Polizist hielt das zierliche Mädchen mit einer Hand fest. »Wartet dein Mann auf die Einkäufe, ja?«

Lizzie versuchte ihr Lächeln. »Meine Kinder, Sir … ich … ich … sie sollen doch was im Bauch haben, bevor sie zur Schule gehen …«

»So so, Kleine, Kinder hast du schon, die zur Schule gehen. Artig, artig. Und dein Mann verdient sicher ordentlich Geld – und der Ruf von dort hinten gilt einem ganz anderen Weib!« Der Polizist wies in die Richtung der Bäckerei, aus der immer noch Schreie drangen.

Die Bäckersfrau kam auf die Straße und rannte auf Lizzie und den Constable zu. »Das ist sie! Klar, das ist sie!«, rief sie. »Schleifen Sie die kleine Diebin ruhig noch mal rein, Constable, damit mein Mann sie sieht. Muss ja alles seine Ordnung haben. Aber ich kenn das Flittchen. Läuft hier ganz hoffärtig herum, man könnt meinen, es sei ein ordentliches Mädchen. Aber tatsächlich hurt sie, das weiß jedes Kind. Wie mein Mann überhaupt drauf reinfallen konnt' … Aber ein hübsches Gesichtchen, und schon werden die Kerle schwach … Lassen Sie das Biest ja nicht los, Constable, sie rennt sonst noch weg …«

Lizzie machte keine Anstalten, wegzulaufen. Es wäre ohnehin sinnlos gewesen, der Polizist war viel stärker als sie. Wenn in diesem unseligen Augenblick überhaupt noch etwas half, so bitten und betteln.

»Meister, so hören Sie doch!« Der Bäcker schien noch am ehesten ansprechbar. »Ich hab geträumt, ich wollt nichts bestellen, was ich nicht bezahlen kann. Ich wollt gleich bitten, es anzuschreiben. Aber die Kinder … Herr, wenn Sie zulassen, dass man mich festnimmt, dann kriegen die nichts in den Bauch. Und ich hätt das Geld vorbeigebracht, sicher! Ich bin nicht … so eine … Ich bin ehrlich, ich …«

Die Bäckersfrau quittierte Lizzies Worte mit einem höhnischen Lachen.

Der Bäcker stieß scharf die Luft aus. »So, hungrige Kinder also! Und da hätte nicht ein Brot gereicht, Mädchen? Da musstest du Kuchen kaufen und Brötchen?«

Lizzie biss sich auf die Lippen. »Ich wollte nicht …«

»Also wollen Sie den Diebstahl jetzt anzeigen oder nicht?«, fragte der Polizist.

Die Bäckersfrau riss Lizzie erst mal die Tüte aus der Hand, die sie immer noch umklammert hielt.

»Natürlich wollen wir! Das wäre ja noch schöner! Und gucken Sie sich die Schnecken an und die Küchlein! Ganz zerdrückt, das kann man doch nicht mehr verkaufen! Und obendrein hurt sie, ich sag's Ihnen, Constable. Fragen Sie nur ein bisschen herum!«

»Bitte!« Lizzie wandte sich ein letztes Mal an den Gatten der zänkischen Frau.

Aber auch er kannte keine Gnade. Der Bäcker nickte.

»Schaffen Sie ihm das dumme Ding aus den Augen, bevor er noch schwach wird!«, keifte sein Weib weiter.

Lizzie schloss die Augen. Sie konnte jetzt nur noch auf einen gnädigen Richter hoffen. Und auf Hannah. Wenn die ihre Version mit den Kindern wenigstens bestätigte …

Das Newgate-Gefängnis war verdreckt und überfüllt. Lizzie meinte, kaum atmen zu können, als man sie in einen länglichen, hohen

Raum stieß, der nur durch ein kleines vergittertes Fenster weit oben etwas erhellt wurde. Mindestens fünfzehn weitere Frauen waren darin untergebracht, und für alle zusammen gab es nur einen Abort in einer Ecke, der bestialisch stank. An Mobiliar enthielt der Raum eine Pritsche, die zwei kräftige Frauen besetzt hielten. Einige standen an die Wände gelehnt – anscheinend in der Hoffnung, an diesem Tag noch herausgelassen zu werden –, andere saßen auf dem mit schmutzigem Stroh bedeckten Boden. Lizzie stellte sich an die Tür und senkte den Blick. Im Stroh gab es Flöhe, da war sie sich sicher. Sie hasste Flöhe!

Eine keifende Stimme ertönte mit einem Mal von irgendwoher aus der Zelle. »Ich werd verrückt! Lizzie Owens, die sich immer für was Besseres hielt!« Lizzie sah auf. Candy Williams, ein Freudenmädchen aus ihrem Viertel, grinste sie an. »Was hast du angestellt?«

»Beim Brotklauen erwischt«, gestand Lizzie müde.

Warum sollte sie es leugnen? Zudem war Candy nicht bösartig. Diese Sprüche waren einfach etwas, das sie für Neckerei hielt.

Ein paar der Frauen lachten.

»Du bist echt ein Dummchen!«, bemerkte eines der Weiber auf der Pritsche. »Wenn du schon klaust, dann muss sich das auch lohnen! Schau, die da …«, sie wies auf ein schönes, dunkelhaariges Mädchen, das teilnahmslos ins Leere starrte, »die hat 'ne goldene Uhr stibitzt. Wär beinah gut gegangen … aber der Hehler hat sie verpfiffen …«

»Mein Mann wird mich rausholen …«, flüsterte das Mädchen.

Erneutes, wieherndes Gelächter.

»Dein feiner Galan hat dich wahrscheinlich erst reingeritten!«, lachte die Dicke auf der Pritsche. »Hat der nicht den Deal mit dem Hehler gemacht? Konnte er's nicht auf sich nehmen? Nee, Mädchen, der hat sich auf deine Kosten reingewaschen!«

»Was … was passiert einem denn so, wenn man ein Brot stiehlt?«, fragte Lizzie leise.

Die Dicke grinste. »Das Gleiche, als wenn du 'ne Uhr klaust. Diebstahl ist Diebstahl. Kommt natürlich auch auf den Anwalt an. Wenn der deine Kinder auflaufen lässt, und die heulen 'n bisschen …«

»Sie hat gar keine Kinder!«, verriet Candy.

Die Dicke runzelte die Stirn. »Nich'? Hab ich dich nich' mal mit zwei Bälgern auf der Straße gesehen? Wollt dich noch ansprechen, für meinen Puff, irgendwie haste was … Aber mit Bälgern nehm ich keine, das gibt nur Ärger …«

Lizzie erinnerte sich jetzt auch, die Frau schon einmal gesehen zu haben. Franny Gray, ihr gehörte ein Freudenhaus in der Hanbury Street.

»Wie … wie kommen denn Sie hierher?«, fragte sie abwesend. »Ich dachte … ich dachte, wenn man ein Haus hat …«

Die Huren auf der Straße hatten die Mädchen von Franny Gray immer ein bisschen beneidet. Und erst recht natürlich die Besitzerin des Freudenhauses, die das Geld zu scheffeln schien.

»Die Fragen stell ich hier, Kleine!«, stellte Franny klar. »Und um mich brauchst du dich auch nich' zu sorgen. Ich bin schneller hier raus, als du Piep sagen kannst … wenn auch nich' so schnell, wie Velvet den Kerlen die Uhren aus der Tasche zieht …« Sie wies wieder auf die Dunkelhaarige. Die anderen lachten. Dann fuhr sie an Lizzie gewandt fort: »Also, woher waren die Bälger? Geklaut? Zeigst denen, wie man's macht? Verkaufst sie gar schon? Kleine, so hätt ich dich nun doch nicht eingeschätzt …«

Franny runzelte missbilligend die Stirn.

Lizzie fuhr auf. »Reden Sie nicht so mit mir!«, sagte sie böse. »Als ob ich … als ob ich … Herrgott, ja, ich hure, und manchmal stehle ich auch, aber das heißt doch nicht, dass ich Kinder auf den Strich schicke! Die Kleinen gehören Hannah – der Rothaarigen, die auf der Dorset Street anschafft. Mit der wohn ich zusammen, und die Bälger … Verflucht, die Bälger dauern mich …«

Damit wandte Lizzie sich ab. Sie konnte sich zu gut vorstellen, was aus Toby und Laura werden würde, wenn Hannah sich allein um sie kümmern musste.

Candy lachte. »Ich sag's doch, Franny, ein Herzchen! Eine, die der Heiligenschein drückt. Wird dir bloß nicht helfen, Lizzie. Und auf die Hannah, da würd ich mich auch nicht verlassen …«

Letzteres sollte sich leider bewahrheiten. Lizzie hatte gehofft, dass Hannah sie bald besuchen käme – Verhaftungen sprachen sich schnell herum im Viertel, und jeder wusste von Hafterleichterungen, die man jemandem mit ein paar Penny erkaufen konnte. Wäre Hannah den Schergen in die Hände gefallen, so hätte Lizzie sicher einen Freier mehr gemacht, um ihr mit Geld aushelfen zu können. Hannah ließ sich jedoch nicht blicken. Dafür erschienen zwei Wärterinnen und ließen Franny frei.

»Hat sich als Irrtum erwiesen, die Sache mit der Geldbörse von diesem Gentleman«, verriet die eine unwillig. »Der Herr hat sie wohl verlegt … jedenfalls hat er sie wieder und bedauert das Missverständnis.«

Franny machte das Siegeszeichen und rauschte hinaus. Lizzie fragte sich, wie sie die Sache geregelt hatte – noch dazu aus dem Gefängnis heraus. Aber wahrscheinlich war sie auf solche Dinge vorbereitet. Der bestohlene Freier hatte sein Geld wohl zurückerhalten. Wie Frannys Leute ihn auch noch dazu gebracht hatten, sich zu entschuldigen, entzog sich Lizzies Verständnis!

Sie selbst erhielt erst am nächsten Tag Besuch – nach einer höllischen Nacht in der Gemeinschaftszelle. Frannys Pritschenanteil war gleich wieder belegt worden – diesmal aber von einer weniger umgänglichen Person als der Bordellbesitzerin. Der neue Boss der Zelle war Ringerin und ein offensichtliches Biest. Sie machte direkt Anstalten, die anderen zu terrorisieren.

»Wir sollten versuchen, hier rauszukommen!«, seufzte Candy. »Morgen wird sie besseres Essen wollen, und dann nimmt sie uns alles weg, was sich zu Geld machen lässt …«

»Aber wir haben doch gar nichts …«, wunderte sich Lizzie.

Candy lachte höhnisch. Dies war nicht ihr erster Gefängnisaufenthalt. Sie hatte schon einmal zwei Jahre wegen Hurerei gesessen und erwartete diesmal ein ähnliches Urteil. Womöglich schickte man sie sogar als Wiederholungstäterin in die Kolonien.

»Wir haben zumindest noch unsere Kleider«, meinte sie. »Wenn du dich mal umguckst …«

Lizzie ließ die Blicke über die anderen Frauen in der Zelle schweifen. Einige trugen nur noch verschlissene Unterröcke, über die sie schamhaft ihre löcherigen Umhängetücher zogen. Immerhin war es nicht kalt in der Zelle, die vielen Körper hielten sie warm.

»Und dein Hütchen … damit solltest du's gleich morgen bei einem der Wärter versuchen. Das mag der gar für seine Frau mitnehmen. Jedenfalls kannst du Glück haben, und er schließt dich woanders ein.«

Lizzie war willig, sich von ihrem Prunkstück zu trennen. Aber bevor sie in Verhandlungen mit einem der Wärter eintreten konnte, wurde sie herausgerufen.

»Elizabeth Owens!«, las eine gelangweilte Wärterin von einem Blatt Papier vor. »Dein Anwalt wartet draußen. Red mit ihm, heute Nachmittag ist Verhandlung!«

Das ging wenigstens schnell. Lizzie schöpfte neue Hoffnung. Vielleicht kam sie ja wirklich bald frei. Das eine Brot … es konnte nicht sein, dass man sie genauso streng bestrafte wie die Juwelenräuberin Velvet.

Der Anwalt war völlig desinteressiert an Lizzies Geschichte. Wie Lizzie gleich erfuhr, vertrat er nicht nur sie, sondern auch Candy, Velvet und eigentlich alle anderen Frauen, die kein Geld hatten, sich einen besseren Verteidiger zu leisten.

»Kann schon sein, dass der Richter mildernde Umstände einräumt«, meinte er gelassen. »Aber verlassen würd ich mich nicht drauf. Die Gefängnisse sind voll …«

»Aber wenn er mich rauslässt, wird doch ein Platz frei!«, sagte Lizzie verblüfft.

Der Anwalt lachte. »Mädchen, sie können euch doch nicht einfach laufen lassen! Wo kämen wir da hin, wenn ihr stehlen und huren dürftet, und am nächsten Tag ließen wir euch wieder frei. Nein, das vergiss mal schnell wieder! Wenn der Richter milde ist, kriegst du fünf Jahre …«

»Fünf Jahre? Fünf Jahre Gefängnis für ein Brot?« Lizzie starrte den Mann entsetzt an.

»War ja wohl mehr als ein Brot. Soweit ich weiß, hast du einiges an Leckereien mitgehen lassen, das zieht nicht mit dem Mundraub … Insofern glaub ich auch nicht, dass der Richter Milde walten lässt. Das läuft auf sieben Jahre hinaus, Mädchen, und sieben Jahre heißt Deportation.«

»Sie … Sie meinen, sie schicken mich in die Kolonien?« Lizzie konnte es nicht glauben.

»Darauf wird's hinauslaufen. Also richte dich drauf ein!«

»Aber kann man denn gar nichts machen? Wenn der Richter die Kinder sieht … Barmherziger Gott, es wird sich doch keiner mehr um die Kinder kümmern, wenn ich weg bin …«

Lizzie hatte nicht weinen wollen, sie hatte eigentlich eher versuchen wollen, zu lächeln. Aber jetzt rannen ihr doch die Tränen aus den Augen. Vor Australien fürchtete sie sich nicht wirklich. Es konnte nicht schlimmer sein, als es in London war. Aber Toby und Laura … und sieben Jahre … sieben Jahre Gefängnis – sie würde alt sein, wenn sie herauskam!

Der Anwalt zuckte die Schultern. Aber Lizzie war jetzt entschlossen, zu kämpfen. Sie zog ihr Hütchen aus der Tasche ihres Kleides.

»Hier, Sir! Ich hab kein Geld, aber Sie können das hier verkaufen!«

Der fadenscheinige Anzug des Anwalts sah aus, als stamme er ebenso vom Kleidermarkt wie Lizzies Sachen, und er war schlechter erhalten.

»Das bringt ein paar Pennys! Aber bitte gehen Sie in die Whitechapel Road und reden Sie mit meiner Freundin. Sie soll die Kinder ins Gericht bringen, sie soll für mich aussagen! Bitte! Sie sind doch mein Anwalt! Sie müssen mir helfen!«

Der Verteidiger nahm den Hut wortlos entgegen, klopfte den Staub ab und steckte ihn ein. »Ich seh, was ich tun kann«, sagte er, »aber versprechen kann ich nichts …«

Zumindest hielt der Mann Wort. Als Lizzie mit gefesselten Händen in den Gerichtssaal geführt wurde, saß Hannah mit versteinertem Gesicht im Zuschauerraum, die Kinder neben sich. Toby und Laura wollten Lizzie etwas zurufen, aber Hannah stieß sie rüde an. Lizzie erkannte jetzt auch Lucius neben ihrer Freundin. Sein Gesichtsausdruck verhieß nichts Gutes.

Der Gerichtsdiener nahm Lizzie die Fesseln ab und stieß sie auf die Anklagebank. Eingeschüchtert stand sie dem Richter gegenüber, der in seiner dunklen Robe und der weißen Perücke wie ein Wesen aus einer anderen Welt wirkte.

»Name?«, fragte der Protokollführer.

»Elizabeth Owens«, antwortete Lizzie leise.

»Geboren?«

»Im Jahr 1830, glaub ich.«

Der Richter runzelte die Stirn. »Wo?«

»In London, nehm ich an …«

»Gibt's irgendetwas, das du sicher weißt?«, fragte der Richter sarkastisch.

Lizzie senkte den Blick. »Nein«, sagte sie dann.

»Mit Frechheit kommst du hier nicht weiter, Mädchen!«, rügte der Protokollführer.

»Ich bin nicht frech!«, verteidigte sich Lizzie. »Ich bin nur Waise. Obwohl ich auch das nicht genau weiß. Ich kenn selbst meinen Namen nicht, man nannte mich ›Owens‹, nach dem Mann, der mich bei der Polizei abgab. Er hätt mich auf der Cavell Street gefunden, sagte er. Ich glaub, das stimmt. Ich glaub, ich erinnere mich. Aber ich weiß es nicht sicher. Sie sagen, ich war so drei Jahre alt …«

»Nun, der Straße bist du ja treu geblieben«, bemerkte der Richter. »Hat man nicht versucht, dich im Waisenhaus zu einem besseren Menschen zu erziehen?«

»Doch, Sir«, antwortete Lizzie.

»Und?«, fragte der Richter. »Weshalb bist du dann hier?«

»Sie haben's nur versucht, Sir«, antwortete Lizzie demütig.

Im Saal wurde gelacht.

Der Richter klopfte unwillig auf den Tisch. »Was soll das heißen, Mädchen?«

»Ich bin weggelaufen, Sir«, bekannte Lizzie. »Weil … ich wollte schon ein gutes Mädchen sein, aber ich wollte nicht dauernd Prügel kriegen. Ich war immer die Kleinste, Sir, ich bekam nicht viel zu essen … und jetzt … bitte, Sir, Sie müssen mir glauben. Ich stehl sonst nicht. Ich wollte anschreiben lassen, und ich wollte auch nur ein Brot … Bitte … Schauen Sie sich doch die Kinder an. Man sieht weiß Gott, dass die nichts zu beißen kriegen!«

Hannah schien bei diesem Ausbruch empört aufspringen zu wollen, aber jetzt ergriff erst mal Lizzies Anwalt das Wort.

»Euer Ehren, die Frau macht mildernde Umstände geltend. Sie hat das Brot nicht für sich gestohlen, oder zumindest nicht nur für sich, sondern für zwei hungernde Kinder, um die sie sich sorgt …«

»Die aber nicht ihre eigenen sind?«, fragte der Richter ungläubig.

»Nein, Euer Ehren, sie gehören zu einer Freundin, und die Familie ist anwesend. Wollt Ihr sie dazu hören, Sir?«

Der Anwalt wies auf Hannah, die sich jetzt nicht mehr bremsen ließ.

Sie sprang auf die Füße. »Das ist eine bodenlose Unverschämtheit, Euer … Herr … äh … Richter … der Polizei zu sagen, dass ich meine Kinder hungern lass! Ich musst mich glatt rechtfertigen vor so einem Kerl vom Waisenhaus, der mir reinreden wollt in meine Erziehung! Dabei sorg ich gut für die Kleinen, und ich werd jetzt auch heiraten, damit sie 'nen richtigen Daddy kriegen …« Hannah wies auf Lucius, der gerade tatsächlich nicht betrunken schien. »Und ein hübsches Haus wird er uns kaufen und schöne Kleider! Die müssen nicht hungern, die Kleinen!«

Hannah setzte sich und blitzte Lizzie an. Lizzie meinte, im Boden versinken zu müssen. Natürlich, Hannah konnte nicht die Wahrheit sagen. Sonst würde man ihr die Kinder womöglich wegnehmen …

»Hast du dazu was zu sagen, Elizabeth Owens?«, wandte sich der Richter an Lizzie.

Lizzie schwieg. Sie fand eigentlich, dass Tobys und Lauras ausgemergelte Gesichtchen für sich sprachen – aber immerhin hatte Hannah sich an diesem Tag selbst übertroffen und den Kindern die Nasen geputzt. Ihre Kleider schienen neu zu sein, gebraucht natürlich, aber sauber. Lucius musste wirklich etwas verdient haben, und Hannah hatte die Energie aufgebracht, es ihm zu entreißen, bevor er es versaufen konnte. Vielleicht würde sie das ja in Zukunft öfter tun … Lizzie konnte ihr nur Glück wünschen. Sie zürnte ihr nicht.

Der Rest der Verhandlung zog wie im Nebel an ihr vorbei. Die nichtssagenden Worte des Anwalts, die Ermahnungen und Vorwürfe des Richters, schließlich das Urteil. Deportation, sieben Jahre, wie der Anwalt vorausgesagt hatte. Wie sie später erfuhr, war das nicht schwierig gewesen. Nahezu all ihre Mitgefangenen hatten das gleiche Urteil erhalten. Lediglich die bösartige Ringerin, die wohl jemanden fast umgebracht hatte, war zu zehn Jahren verurteilt worden.

Candy weinte. Sie hatte einen Liebhaber, den sie gern hatte und den sie nicht verlassen wollte. Velvet schien noch eine Spur blasser geworden zu sein. Ihr Freund hatte gegen sie ausgesagt, was ihm allerdings nichts geholfen hatte. Auch er wurde in die Kolonien geschickt.

Der Gefängnispfarrer, dem sich die Frauen einmal in der Woche anvertrauen konnten, wenn sie das Bedürfnis hatten, klärte die Verurteilten darüber auf, welches Schicksal sie genau erwartete. »Van-Diemens-Land«, erklärte er freundlich, »ist eine große Insel vor Australien, eine eigenständige Kolonie. Sie ist schon lange besiedelt, also keine Angst vor Eingeborenen – da ist alles britisch. Das Frauengefängnis ist sehr modern. Und es geht bald los. Die *Asia V.* unter Master John Roskell legt Ende März ab. Auf dem Schiff sind nur Frauen – zumindest ist das so geplant.«

»Wie lange dauert die Überfahrt?«, fragte eines der Mädchen.

»Die Überfahrt dauert ungefähr drei Monate. Ihr Mädchen

kommt dann erst mal in die Female Factory, da gibt's Nähereien und Wäschereien. Aber ein Teil wird auch als Hausmädchen arbeiten, in den Gärten … und manche wird bald heiraten. Da unten gibt's nur wenige Frauen. Wer sich gut führt und einen ehrbaren Mann findet, kann begnadigt werden. Also lasst den Mut nicht sinken. Gott weiß, was er tut! Er wird mit euch sein in der Fremde, und wenn ihr euch nur ein wenig anstrengt, so wird Jesus euch erretten. Wir werden jetzt zusammen beten … oder … du hast noch eine Frage, Mädchen?«

Lizzie hatte schüchtern die Hand gehoben. »Wenn wir dort arbeiten, Reverend … werden sie … werden sie uns zu essen geben?«

Der Reverend lachte. »Aber natürlich, Mädchen! Die Krone lässt ihre Gefangenen doch nicht verhungern! Gut, die Verpflegung hier mag nicht immer die Beste sein, aber in den Kolonien …«

Lizzie nickte. Sie musste auch im Londoner Gefängnis nicht hungern. Der Fraß war zwar schaurig, aber ausreichend. Sie hatte schon oft weniger und Schlimmeres in den Magen bekommen als den ewigen Haferbrei. Obendrein sollte es in den Kolonien fruchtbares Land geben, und Lizzie war durchaus willens, es selbst zu bearbeiten. Man musste ihr nur zeigen, wie das ging. Und wenn »gut sein« denn nicht mehr bedeutete, verhungern zu müssen, wollte sie es gern noch einmal versuchen.

In dieser Nacht schlief sie, trotz der Flöhe und Läuse in der Zelle und trotz des Weinens und Schnarchens um sie herum, voller Hoffnung ein. Sie wollte ein gottgefälliges Leben führen, auch wenn sie Gott nicht ganz verstand. Vielleicht schickte er sie ja nach Australien, um sie zu retten.

Aber wer rettete dann Toby und Laura?

Kapitel 2

Am Morgen des 23. März wurden die verurteilten Frauen in vergitterten Planwagen auf die *Asia* gebracht, ein Segelschiff, dessen Größe zwar auf den ersten Blick imponierend wirkte, neben den Prison Hulks, den mehrstöckigen Gefängnisschiffen in Woolwich aber eher klein war. Nicht nur das Frauengefängnis in London platzte aus allen Nähten. Die Haftanstalten für Männer waren derart überfüllt, dass man auf Schiffe am Dock von Woolwich auswich. Die Haftbedingungen darin sollten schrecklich sein. Lizzie gruselte es allein bei dem Anblick der schweren, bauchigen Schiffe.

Die *Asia* – angeblich hatte sie bereits fünf Reisen nach Australien und zurück ohne Schäden absolviert – erschien dagegen fast einladend. Neben etwa hundert normalen Passagieren fanden unter Deck gut hundertfünfzig Sträflinge Unterkunft, dazu dreißig Mann Wachpersonal und die Mannschaft des Masters John Roskell. Viel Platz für jeden Einzelnen gab es da nicht. Lizzie war entsetzt, als man sie eine Stiege hinunter in einen riesigen, dunklen Raum führte.

Nur durch Holzverschläge abgetrennt, die wohl zur Befestigung der Pritschen nötig waren, wurden im ersten Zwischendeck etwa hundert Frauen untergebracht. Ein paar weitere schafften die Wachen noch tiefer nach unten in den Bauch des Schiffes. Zuletzt trieb man dort auch noch zwölf Männer hinein, einer an den anderen gekettet.

Die Frauen hörten, wie sich der Master des Schiffes und ein paar Aufseher der Prison Hulks darüber stritten.

»Ach komm, ihr seid doch nicht voll besetzt! Und wir haben

kaum noch Zellen frei – wir können unmöglich noch mehr Gauner in die Schiffe stopfen. Also nehmt sie mit, Master Roskell – das braucht ja in den Papieren gar nicht aufzutauchen!«

»Und die Verpflegung taucht auch nicht auf?«, brummte der Kapitän.

»Verpflegung wird selbstverständlich geliefert. Aber nicht verbucht, wenn Sie wissen, was ich meine …« Der Gefängniswärter lachte und machte eine Geste, als striche er Geld ein. »Nun sagen Sie schon Ja, Master! Kann Ihnen doch egal sein, ob Sie ein Dutzend Strauchdiebe mehr an Bord haben. Zumal die keiner kontrolliert. Lassen Sie die Kerle von mir aus angekettet, dann machen sie gewiss keinen Ärger!«

Letztendlich musste sich der Master darauf eingelassen haben, denn die Männer wurden die Stiegen hinabgestoßen. Der Schiffszimmermann folgte ihnen, um einen Verschlag für sie abzutrennen.

Lizzie empfand vages Mitleid. Weiter unten, unter der Wasserlinie, war es sicher noch düsterer als bei den Frauen im Zwischendeck, in dem man sich wenigstens ein wenig orientieren konnte. Viel zu sehen gab es allerdings nicht. Eine dreistöckige Pritsche stand neben der anderen. Weiteres Mobiliar war nicht vorhanden, aber die Häftlinge hatten ja auch kein Gepäck.

»Beschwert euch nicht, immerhin ketten wir euch nicht an!«, erklärte der Wärter, der die Aufteilung der Frauen auf die Pritschen überwachte.

Lizzie, Candy und Velvet einigten sich ohne Streit. Candy wollte unbedingt unten liegen, Velvet verzog sich ganz freiwillig nach oben unter die Decke, und für Lizzie blieb die mittlere Etage.

Ihr war es gleich, aber in anderen Bereichen des Decks rauften sich die Frauen geradezu um die Pritschen. Die Wärter mussten einschreiten – und taten es mit roher Gewalt. Wobei sie ihr Versprechen, die Frauen nicht anzuketten, sofort brechen wollten. Lizzie sah erschrocken, dass jede Bettstatt mit Ketten ausgestattet war.

»Nur bis wir ausgelaufen sind«, brummte der Wärter, wie die anderen ein Soldat der Krone, »damit ihr keinen Unsinn macht …«

Lizzie lächelte ihn an. Seit sie sich mit ihrem Schicksal abgefunden hatte, konnte sie es wieder. Sie hatte den Reverend angelächelt und daraufhin eine Bibel als Geschenk erhalten. Der Mann war entzückt darüber gewesen, dass sie lesen konnte, und hatte sich für eine bessere Unterbringung der jungen Gefangenen eingesetzt. Lizzie war für die letzten Tage vor der Deportation in einer Vierbettzelle untergekommen.

Auch auf den Arzt hatte der Zauber gewirkt. Er attestierte Lizzie Unterernährung – was natürlich auch der Fall war, aber ebenso auf die meisten anderen gefangenen Frauen zutraf – und verschrieb bessere Verpflegung vor der Verschiffung. Und nun der Officer …

»Aber uns brauchen Sie doch nicht anzuketten, Sir! Was sollten wir denn anstellen? Sie glauben nicht wirklich, dass wir kleinen Frauen das Schiff in unsere Gewalt bringen und all die Verbrecher befreien könnten …«

Lizzie schaffte es, auszusehen, als fürchte sie sich wirklich vor den Männern auf dem unteren Deck. Dabei hielt sie die Kerle trotz der Ketten für ebenso harmlose, lediglich verzweifelte Galgenstricke wie die Frauen oben. Sicher war das allerdings nicht. Auch unter den Frauen fanden sich schließlich vereinzelt Schwerverbrecherinnen, Mörderinnen, die meist zum Tode verurteilt, dann aber zu lebenslanger Zwangsarbeit in den Kolonien begnadigt worden waren. Die Kolonien nahmen diese Leute ungern auf, und auch die Kapitäne fürchteten sie. Während der Reise wurden sie tief im Bauch des Schiffes untergebracht, wo kein Licht und kaum frische Luft hinkam, und man hielt sie in Ketten. Lizzie hatte gesehen, dass auch die bösartige Ringerin, der Schrecken der Gemeinschaftszelle, nach unten geschleppt wurde.

Der Wärter blickte fast wohlwollend auf die drei jungen Frauen, wobei seine Augen erst an der bildschönen Velvet hafteten, dann aber doch auf der lächelnden Lizzie hängen blieben.

»Ein Schiff unter so hübscher Gewalt wäre nicht das Schlechteste«, grinste er dann. »Aber das kostet was, meine Süße. Ich darf dich mal besuchen, wenn wir auf See sind?«

Lizzie seufzte im Stillen, behielt aber das Lächeln bei. Dies zum Thema »gottgefälliges Leben«, dachte sie. Sie hätte gar nicht erst versuchen sollen, mit dem Mann zu flirten. Aber wenn sie ihn jetzt zurückwies, würde er ärgerlich werden, und das konnte sie sich nicht leisten. Im Gegenteil, sie brauchte einen Verbündeten auf dem Schiff.

»Wenn's Ihnen hier Spaß macht, unter all den Weibern …«, sagte sie sanft. »Ich werd mich wohl ein bisschen genieren …«

Der Mann lachte. »Genieren wirst du dich? Bist du so ein feines Mädchen? Nun, da findet sich schon ein Plätzchen, an dem wir auch mal für uns sein können, keine Angst. Und jetzt haltet schön still, meine Süßen, und schreit und heult nicht beim Ablegen! Kann auch was stürmisch sein, heut Nacht …« Er raubte Lizzie einen raschen Kuss. »Nimm's als Vorgeschmack auf süßere Stürme!«, flüsterte er.

Sie wischte sich den Mund ab, als er gegangen war. Lizzie ekelte sich jetzt schon. Sicher würde es während der Reise keine Gelegenheit geben, sich nach dem Beischlaf mit ihrem neuen Freier zu säubern.

»Fängst ja früh an …«, bemerkte eine missbilligende Stimme aus dem Bett gegenüber.

Lizzie lag von ihrer Nachbarin auf gleicher Höhe gerade eine Ellenlänge entfernt. In dem trüben Licht, das durch die Ritzen der Deckenplanken hineinkam, erkannte sie eine ältere Frau. Sie hatte sie vorher nie gesehen, und sie sah auch nicht aus wie eine Hure. Selbst jetzt noch trug sie ihr Haar streng und sorglich unter einer Haube versteckt, und man hatte ihr das Kleid und die züchtige Kopfbedeckung gelassen. Sie konnte also nicht ganz mittellos gewesen sein.

Lizzie registrierte, dass ihr neuer Verehrer tatsächlich auch auf das Anketten der Frauen im gegenüberliegenden Bett verzichtet hatte.

»Ob früher oder später …«, antwortete sie gelassen. »Die Kerle machen doch, was sie wollen. Und gefällt es dir nicht auch, dass man dich nicht angekettet hat?«

»Mir ist es gleich«, sagte die Frau. »Von mir aus hätten sie mich hängen können …« Damit wandte sie das Gesicht zur Wand.

Lizzie schloss die Augen und versuchte, sich aus dem stickigen Unterdeck hinwegzuträumen. Natürlich gelang es nicht. Sie musste an die Männer und Frauen denken, die man noch weiter unten eingekerkert hatte und denen es noch schlechter erging als ihnen.

Lizzie lauschte auf die vielen hundert Stimmen, die redeten, weinten und beteten. Sie ließ nur Hannah und die Kinder zurück, aber die meisten hier weinten um Ehemänner, Liebhaber und eigene Kinder. Sie fragte sich, was die Frau neben ihr hinter sich hatte und wie sie überhaupt hierherkam. Sie sah nicht aus wie eine Verbrecherin … aber Lizzie selbst fühlte sich ja auch nicht schuldig.

Schließlich versuchte sie, in der Bibel zu lesen, während sie vom Deck her Befehle und Rufe hörte, das Rauschen aufziehender Segel und dann das Dröhnen des Windes, der sich darin fing. Die meisten Frauen schrien, als das Schiff sich in Bewegung setzte – ebenso die wenigen Männer auf dem Deck unter ihnen.

Lizzie nahm die Abfahrt als einen einzigen Schrei wahr, ein Klagelied des Abschieds ohne Wiederkehr.

Michael Drury war in die Schreie der Gefangenen eingefallen, als das Gefängnisschiff Irland verlassen hatte. Jetzt aber schwieg er. England war für ihn ein ebenso fremdes und vielleicht noch feindlicheres Land als das ferne Australien, und von London hatte er auch nichts gesehen als ein Stück Hafenmauer – wobei er wohl noch Glück gehabt hatte. Ursprünglich sollten die Gefangenen aus Irland nämlich auf einer der Prison Hulks untergebracht werden, die in Woolwich vor Anker lagen. Aber dann hatte sich scheinbar noch etwas Platz auf diesem Schiff nach Van-Diemens-Land gefunden, das eigentlich nur Frauen beförderte.

Man hatte die Gefangenen aus Irland direkt von einem Schiff ins andere umgeladen, und nun lag Michael seit einem halben Tag angekettet auf seiner Pritsche in der dunkelsten Ecke des dunkelsten Decks der *Asia*. Der Master hatte zur Bedingung gemacht, dass die Männer streng von den weiblichen Häftlingen getrennt blieben – auch während der Reise. Viel Freigang konnten sie sich also nicht erhoffen. Dabei hatte niemand daran gedacht, den Männern Nachttöpfe oder Flaschen zur Verfügung zu stellen, in die sie sich entleeren konnten. Zwar gab es einen Eimer, den man von einem zum anderen reichen konnte, aber wenn auch nur einer der Gefangenen nicht mitspielte, kam er bei den hintersten Pritschen nicht an.

In jeder Reihe gab es mindestens einen Mann, der jetzt schon in stummer Agonie verharrte und sich auch auf Anruf der anderen nicht rührte. Billy Rafferty gehörte dazu. Er war in eine Art Starre verfallen, nachdem er beim Abschied von Irland stundenlang randaliert hatte. Der junge Mann hatte schon in der Zelle in Wicklow gelegentlich Anfälle von Platzangst gehabt, und die fest verschlossenen, dunklen Räume unter Deck des schwankenden Schiffes ließen ihn vollends den Verstand verlieren. Er lag neben Michael in Ketten und wimmerte vor sich hin.

Der Gestank auf dem untersten Deck wurde schlimmer und schlimmer und die Luft stickiger. Michael war froh, als sich das Schiff endlich in Bewegung setzte. Vielleicht würde man ihnen die Ketten ja jetzt abnehmen.

Auf dem ersten Deck war das tatsächlich der Fall, aber Michael und seine Leidensgenossen blieben gefesselt. Dabei kam zu dem bisherigen Gestank nun auch noch der von Erbrochenem, denn die ersten Tage auf See erwiesen sich als stürmisch.

»Der Ärmelkanal …«, verriet der Mann auf der Pritsche neben Michael, ein Seemann, der bei einer Schlägerei einen anderen erschlagen hatte. »Bis zur Bucht von Biskaya herrscht meist raue See. Da werden die Weiber sich noch die Seele aus dem Leib kotzen. Aber verdammt, ich hab trotzdem Hunger … Gibt's hier nichts zu beißen?«

Bevor am Morgen tatsächlich eine karge Ration Schiffszwieback verteilt wurde, schickten die Wärter ein paar Frauen vom ersten Deck mit Eimern und Schrubbern nach unten, um zumindest den ärgsten Schmutz aufzuwischen. Dabei stand neben jeder ein

Aufpasser – als ob Michael und die anderen in Ketten über sie herfallen könnten.

»Wenigstens habt ihr keine Etagenbetten«, versuchte eine der Frauen Michael zu trösten. »Sonst liefe euch die Soße noch ins Gesicht. Bei uns hat's da so manche getroffen, bevor sie uns von den Ketten befreit haben. Und die Seekranken schaffen es jetzt auch nicht immer zum Abtritt. Wie lange geht so eine Reise?«

»Um die hundert Tage«, gab der Matrose Auskunft.

Die Männer stöhnten.

»Ich dachte, so vier Wochen ...«, murmelte Michael. »Nach Amerika ...«

Der Matrose lachte bitter. »New York ist ein Katzensprung, verglichen mit dem hier ... Aber sie werden uns an Deck holen. Sie können uns keine drei Monate hier verrotten lassen ... Die Königin ... sie ist eine gute Frau, sie würde das nicht zulassen!«

Michael ließ das unkommentiert. Nachdem Queen Victoria halb Irland stillschweigend hatte verhungern lassen, traute er ihr nicht allzu viel Güte zu. Aber vielleicht brachte sie ja wenigstens ihren Landsleuten Gnade entgegen. Die weitaus überwiegende Zahl der Sträflinge in Van-Diemens-Land waren schließlich Engländer.

Michael sehnte sich nach Licht und Luft, aber mehr noch danach, sich recken und strecken zu können. Er spürte jetzt schon den Druck der harten Holzpritsche, auf der er mit den Ketten fixiert war. Michael konnte sich kaum rühren, und wie die meisten seiner Mithäftlinge war er unterernährt. Seine Schulterblätter wurden schnell wund vom Liegen auf der Pritsche, die kaum verheilten Striemen am Rücken brannten, nachdem die Frauen von der Putzkolonne kurzerhand ein paar Eimer voll Meerwasser über die angeketteten Gefangenen auf ihren beschmutzten Pritschen entleert hatten. Die Männer waren nun sauberer, aber nass, und es war zwar stickig, aber nicht wirklich warm im Bauch der *Asia*. Wahrscheinlich würde es Tage dauern, bis Michaels Leinenhosen und sein Hemd am Körper getrocknet waren.

Auch Lizzie und die anderen Frauen auf dem Zwischendeck kämpften mit der Seekrankheit, aber ihnen stand zumindest ein Eimer für jeweils sechs Frauen zur Verfügung. In Lizzies Verschlag hatte es Candy und zwei andere Frauen am schlimmsten getroffen. Velvet schien gar nichts um sich herum wahrzunehmen, und die ältere Frau – nach zwei Tagen des Schweigens hatte sie sich schließlich als Mrs. Portland vorgestellt – war anscheinend zu geschäftig, um krank zu werden. Sie schien es als ihre selbstverständliche Pflicht anzusehen, die anderen Frauen zu pflegen. Ständig lief sie mit Krügen und Eimern voller Trink- und Waschwasser von einer zur anderen, nötigte ihnen zumindest kleine Bissen von Schiffszwieback auf und schimpfte nicht, wenn sie ihn dann doch umgehend wieder von sich gaben.

»Ein paar sind so schwach …«, erklärte sie Lizzie, »ich hab Angst, die sterben mir an Entkräftung …«

»Aber sie behalten ja auch nichts bei sich«, meinte Lizzie. Sie kümmerte sich nach Anweisung von Mrs. Portland um die jammernde Candy. »Wann bessert sich denn das?«

»Wenn das Meer sich beruhigt!«, bemerkte eine Männerstimme.

Lizzie fuhr herum. Sie wartete jetzt seit vier Tagen darauf, dass der Wärter, mit dem sie bei der Einschiffung geflirtet hatte, ihre Dienste einforderte, aber anscheinend gab es auch an Deck viel zu tun.

»Manchmal wird's auch besser, wenn man rausgeht. Wie wär's, Kleine? Magst du einen Spaziergang mit mir machen?«

Lizzie hätte alles getan, um an die Luft zu kommen, aber andererseits …

»Denen hier geht's viel schlechter als mir!«, erklärte sie und wies auf Candy und eines der anderen Mädchen.

Die Kleine war zierlich und konnte kaum älter als vierzehn Jahre alt sein. Sehr lange würde sie nicht überleben, wenn sie weiter jede Nahrung von sich gab.

Der Wärter überlegte kurz. »Erst bist du ein bisschen nett zu mir!«, meinte er dann, »und danach sehen wir weiter … wird sowieso Zeit, dass ihr mal an Deck kommt … ich sprech mit dem Lieutenant …«

Lizzie schenkte ihm ihr sanftes Lächeln und folgte ihm dann die Stiege hinauf. Kalte, feuchte Atlantikluft schlug ihr entgegen. Sie hielt glücklich das Gesicht in den Wind und schaute neugierig um sich. Lizzie stellte fest, dass sie nicht das einzige Mädchen an Deck war. Offensichtlich gaben sich hier ein paar der Wachleute gegenseitig ein Alibi, um mit den Mädchen ihrer Wahl heraufzugehen. Lizzies Wärter – er stellte sich jetzt als Jeremiah vor – hatte sogar an Regenschutz gedacht. Er zog sie in ein Rettungsboot, über das er eine Plane gebreitet hatte. Auch eine Decke als Polsterung fehlte nicht, und obendrein förderte er mit triumphierendem Grinsen eine Flasche Gin unter den Planken hervor.

Lizzie nahm einen langen Schluck – der Alkohol wärmte ihren Körper und beruhigte ihren Magen. Dann ließ sie sich zufrieden auf die Decken sinken. Sie hatte ihr Geschäft schon unter ungünstigeren Umständen betrieben. Zwar fiel es ihr schwer, Leidenschaft zu heucheln, als Jeremiah schließlich über sie herfiel, aber zum Glück war er leicht zu befriedigen. Der Mann erwies sich auch als normal gebaut – es tat nicht allzu weh, als er in sie eindrang, obwohl sie alles andere als bereit für ihn war. Lizzie ließ die Sache über sich ergehen und bat dann um den versprochenen Spaziergang. Zu ihrer Überraschung sagte Jeremiah zu. Er schien ihr regelrecht dankbar zu sein, vielleicht hatte er sich gar ein bisschen verliebt.

Der Wärter führte sie übers Deck und zeigte ihr die Aufbauten, in denen die Kabinen der Passagiere und die Unterkünfte der Mannschaften lagen. Am Ende war Lizzies Haar nass vom Regen, und sie fühlte sich erfrischt. Es war fast zu viel des Guten, als Jeremiah ihr obendrein die noch mehr als halb volle Flasche Gin und ein Tütchen Mehl in die Hand drückte.

»Hier, ist gut für den Magen. Vielleicht kriegt ihr ja die Kleine in euerm Verschlag wieder hoch. Misch das Mehl mit Wasser, das wird sie stärken …«

Lizzie dankte ihm stürmisch und hielt die Flasche erst mal Candy an die Lippen, als sie wieder in ihre stickige, stinkende Unterkunft kam. Candy trank gierig und schien sich gleich darauf besser zu fühlen.

»Mrs. Portland ...« Schüchtern hielt Lizzie der älteren Frau, die sich um das Mädchen gegenüber bemühte, die Flasche hin.

Mrs. Portland sah missmutig auf den Gin. »Um so was hab ich zeitlebens einen Bogen gemacht«, bemerkte sie. »Aber was soll's, andere Zeiten, andere Sitten ...« Sie sah Lizzie an, nahm dann aber die Flasche und trank einen Schluck. Hustend rang sie nach Luft.

»Ich mach das auch nicht zum Spaß!« Lizzie meinte, sich verteidigen zu müssen. Diese Frau, das sagte ihr der Instinkt, war gut und hatte gottgefällig gelebt. Lizzie hätte zu gern gewusst, wie sie trotzdem auf das Schiff gekommen war. »Haben wir noch Wasser?«, fragte sie dann.

Das Trinkwasser wurde den Verschlägen täglich in Krügen zugeteilt, wobei es kaum ausreichte. Immer wieder kam es darüber zu hässlichen Szenen, in manchen Verschlägen waren die Frauen völlig zerstritten. Sie neideten einander jeden Schluck Wasser und jeden Bissen Brot.

Mrs. Portland nickte, und Lizzie löste etwas Mehl in dem Wasser auf, wie Jeremiah geraten hatte. Sie flößte es Candy ein, die allerdings lieber erneut nach der Ginflasche griff. Mrs. Portlands Zögling dagegen trank und behielt das Gemisch auch bei sich.

Am nächsten Tag öffneten die Wärter tatsächlich die Außenluken für alle im Zwischendeck gefangenen Frauen!

»In Gruppen zu vierundzwanzig antreten!«, rief der Lieutenant, der Jeremiah und die anderen Wärter befehligte. »Beschränkt euch auf das abgetrennte Deckstück und bewegt euch. Rumlungern wird nicht geduldet, Kontakt mit den Passagieren wird nicht geduldet, Matrosen und Wachpersonal sind nicht anzusprechen!«

Lizzie stützte Candy, und Mrs. Portland schleppte das kranke Mädchen an Deck. Dann bewegten sie sich. Die Frauen kamen sich ein bisschen vor wie zur Schau gestellte Wildtiere auf dem

Jahrmarkt, schließlich hatten sie reichlich Zuschauer. Die Matrosen gönnten sich lüsterne Blicke; die Passagiere versammelten sich vor ihren Unterkünften und starrten die Gefangenen an wie Tiere im Zoo. Die meisten waren in mittleren Jahren, Pensionäre, die ihren Militär- oder Polizeidienst abgeleistet hatten und nun die großzügigen Landzuteilungen in Australien nutzten. In England langte ihre Pension kaum zum Leben, aber in Botany Bay oder Van-Diemens-Land würden sie reich sein. Hauspersonal war schließlich auch reichlich vorhanden – die Frauen der zukünftigen Siedler würden unter Lizzie und ihren Leidensgefährtinnen wählen können.

Der Ausgang weckte die Lebensgeister der Häftlinge, aber es gab ein Problem. Es regnete fortwährend, und die Laderäume waren nicht dicht. Die Kleider der Gefangenen waren klamm, sie trockneten nicht in der Frühjahrskälte auf dem Atlantik. Immerhin stand das Wasser, das bei schwerem Seegang obendrein das Deck überschwemmte, nicht auf dem Zwischendeck. Es sickerte durch ins Unterdeck und sammelte sich dort. Teilweise stand es kniehoch und stank.

Die Männer und Frauen, die dort untergebracht waren, rollten sich freiwillig den ganzen Tag in ihren Pritschen zusammen, obwohl man ihnen die Ketten jetzt stundenweise abnahm. Auch sie wurden nun täglich nach draußen gebracht, aber die Männer blieben dabei schwer gefesselt. Viel Bewegung war ihnen kaum möglich, sie wurden nur nass vom Regen und zitterten vor Kälte. Inzwischen gab es die ersten Fälle von Fieber und Durchfall. Auch Michael dämmerte oft stundenlang im Halbschlaf dahin – seine Wunden hatten sich entzündet und schmerzten. Aber so schlimm, dass er all seine Kraft verlor, war es noch nicht. Er zwang sich zu essen, und bislang behielt er die Nahrung auch bei sich. Michael litt am meisten unter der Kälte und Nässe.

»Irgendwann wird es wärmer«, tröstete der Matrose von nebenan, während er zitterte und hustete. »Wenn der Golf von Biscaya erst erreicht ist …«

Wie schon einmal behielt der Mann Recht, aber die Wärme

und dann die Hitze im Indischen Ozean verbesserten die Lage der Häftlinge nicht. Die Frauen der oberen Decks freuten sich über das Trocknen ihrer Kleider, Michael und die anderen schwerst bewachten Männer lagen jedoch unter der Wasserlinie. Hier blieb es feucht, und die Wärme begünstigte Fäulnis. Dazu nahm das Ungeziefer überhand. Michael hatte das Gefühl, von den Flöhen und Läusen bei lebendigem Leib gefressen zu werden.

Die Männer versuchten, der Plage und dem Juckreiz ein bisschen Herr zu werden, indem sie einander beim Gang an Deck mit Meerwasser abspritzten. Allerdings erlaubten die Wärter ihnen nicht, sich zu entkleiden. Die Passagiere sahen immer noch gern zu, wenn die Häftlinge ausgeführt wurden. Sie litten unter gähnender Langeweile, die tägliche »Schau« war fast die einzige Abwechslung. Insofern kamen Michael und die anderen erneut mit nasser Kleidung zurück in ihre Verschläge. Niemand wunderte sich ernstlich, als die Cholera ausbrach.

Lizzie war entsetzt, als die ersten Menschen starben. Das junge Mädchen aus ihrem Verschlag raffte es sofort dahin – trotz Mrs. Portlands Pflege und trotz des zusätzlichen Essens, das alle sechs Frauen in ihrem Abteil Lizzies Beziehung zu Jeremiah verdankten. Sie teilte seine Geschenke freigebig auf und ärgerte sich, dass Candy es nicht immer so hielt, wenn sie beim Deckgang mit einem der Matrosen in irgendwelche Ecken verschwand.

Das Verbot, die Männer auch nur anzusehen, war natürlich nicht einzuhalten. Sehr bald entwickelte sich ein reger Handel zwischen den leichten Mädchen im Zwischendeck und den wollüstigen Matrosen und Soldaten. Candy war begehrt und hatte ihren Liebsten daheim schon bald vergessen. Bei Letzterem half ihr vor allem der Gin. Während sie Lebensmittel brav in die gemeinschaftliche Haushaltung abgab, behielt sie den Schnaps gern für sich.

»Die haben's jetzt hinter sich«, seufzte Mrs. Portland, als die Körper der Verstorbenen nach einer kurzen, vom Kapitän gehaltenen Zeremonie dem Meer übergeben wurden – einem hinreißend schönen blauen Meer, in dem sich Delfine tummelten –, aber oft auch eine Haifischflosse die Wogen zerschnitt, deren Besitzer auf Beute hoffte. »Wer weiß, was uns anderen noch bevorsteht!«, fügte sie hinzu.

Mrs. Portland wurde Lizzie gegenüber zusehends aufgeschlossener, sie nahm ihr die Beziehung zu Jeremiah nicht mehr übel. Im Gegenteil, oft hieß sie das Mädchen, sie zu begleiten, wenn sie andere Verschläge besuchte, um Kranke zu pflegen. Lizzie war gern bereit zu helfen, und Mrs. Portland wies sie geduldig in die wichtigsten Verrichtungen ein.

»Wo haben Sie das gelernt?«, fragte Lizzie irgendwann schüchtern.

Bislang hatte Mrs. Portland sich nie zu ihrer Vergangenheit geäußert, aber jetzt gab sie doch Auskunft. »Hab im Armenspital geholfen«, erklärte sie. »Aus Dankbarkeit. Sie haben mich da oft genug kostenlos zusammengeflickt, und ich mag nichts annehmen, ohne was wiederzugeben. Sie brauchen da auch jede Hand. Grade bei den Frauen … ist nicht schön, von 'nem anderen Kerl angelangt und verbunden zu werden, wenn einen der eigene gerade grün und blau geschlagen hat.«

Mehr sagte sie nicht, aber Lizzie dachte sich ihren Teil. Mrs. Portland war verheiratet gewesen – und ihr Mann hatte sie geschlagen. Ob sie ihn verlassen hatte und dabei auf die schiefe Bahn geraten war?

»Oh, nein, Kindchen, die hat ihn umgebracht!«

Es war eine ihrer Patientinnen, die Lizzie schließlich aufklärte. Emma Brewster, eine ältliche Prostituierte, die schließlich angefangen hatte, ihre Freier zu bestehlen, um leben zu können, litt unter heftigen Schmerzen und Wasseransammlungen in den Beinen. Mrs. Portland behandelte sie mit kühlenden Umschlägen und Einreibungen mit Gin. Eine solche Behandlung ließ Lizzie der Frau gerade zugutekommen, als das Thema auf Mrs. Portland und ihre Verfehlungen kam. Das Mädchen hätte die Ginflasche fast fallen lassen.

»Sie hat … Mrs. Portland? Eine Gattenmörderin?«

Emma Brewster nickte. »Ganz sicher, Kleine, ich war in der Verhandlung. Du weißt doch, sie urteilen uns in Gruppen ab, und Anna Portland war direkt nach mir dran. Sie hat sich nicht sehr geschickt angestellt, was die Verteidigung anging. Hat keinen Anflug von Reue gezeigt. Der Kerl hat sie immer wieder verprügelt, hat sie gesagt. Aber das hat sie hingenommen, weil sie ihm ein gutes Weib sein wollte und gottgefällig und was weiß ich nicht alles. Bis er sich an ihre Tochter ranmachte. Die war dreizehn. Er hat sie niedergeschlagen und war schon mit offener Hose über ihr, als Anna nach Hause kam. Da hat sie ihn mit dem Schürhaken erschlagen. Kräftig genug ist sie ja … Und sie bereut's nicht, hat sie gesagt, sie würd's immer wieder tun. Und wenn's Gott nicht gefällt, meinte sie, dann könnte sie das auch nicht ändern, dann hätt sie wohl mehr mit dem Teufel gemeinsam.«

Lizzie wusste nicht, ob sie lachen oder weinen sollte. »Wurde sie dann nicht zum Tode verurteilt?«, fragte sie.

Ihre Patientin nickte. »Klar, aber begnadigt. Bei den Weibern begnadigen sie doch fast alle.«

»Aber … aber die Mörderinnen … die sind doch alle im untersten Deck …« Lizzie konnte es immer noch nicht glauben.

Emma Brewster verdrehte die Augen. »Kindchen, Anna war ein halbes Jahr in Newgate eingesperrt. Da haben sie doch gemerkt, dass die kein Abschaum ist. Der Doktor, der Reverend … die haben sich alle für sie eingesetzt, auch dafür, sie in England zu lassen. Die Ärmste lässt sieben Kinder zurück. Das Mädchen, das sie beschützt hat, ist die Älteste. Aber da war nichts zu machen. Anna muss nach Übersee, die Kinder kommen ins Waisenhaus …«

Lizzie seufzte. Sie dachte an ihre eigene, ihr unbekannte Mutter. Bisher hatte sie nie viel von ihr gehalten, denn für Lizzie war es ein Verbrechen, ein Kind auszusetzen. Aber vielleicht hatte sie ja genauso aus Verzweiflung gehandelt wie Anna Portland.

Kapitel 3

Während die *Asia* gemächlich durch die gefürchtete Kalmenzone segelte – hier kam es oft zu völliger Flaute, und im Extremfall wurden die Lebensmittel knapp –, erreichte die Fieberepidemie an Bord ihren Höhepunkt. Bei den Frauen im Zwischendeck hielt sich die Rate der Erkrankten zwar in Grenzen, aber im Unterdeck war niemand mehr in der Lage, aufzustehen. Die Häftlinge konnten somit nicht zum täglichen Freigang heraufgeholt werden.

Die Wachmannschaft war völlig überfordert mit dieser Krisensituation. Zuerst versuchte man noch, die Männer an Deck zu zwingen, dann nahm man ihnen die Ketten ab und überließ sie im Dunkeln ihrem Schicksal. Ein Aufruf an die wenigen noch gehfähigen Männer, ihre Kameraden zu pflegen, verhallte weitgehend ungehört, der Versuch, sie zu zwingen, wurde boykottiert. Bald waren auch die Kräftigsten zu schwach, die Fiebernden und Sterbenden täglich zu waschen und zu füttern.

Eine Lösung zeichnete sich erst ab, als eine besonders große Anzahl Toter der See übergeben wurde. Die Passagiere wohnten der Zeremonie natürlich bei, und anschließend wandte sich Caroline Bailiff, die couragierte Gattin eines pensionierten Constables, mit einem Vorschlag an den Kapitän.

»Warum ziehen Sie nicht die Frauen zur Pflege heran?«, erkundigte sie sich. »Gut, die Hälfte ist zu nichts nütze, und das Letzte, was die Kerle da unten brauchen, ist eine Hure, die ihnen den Rest gibt. Aber es muss doch ein paar geben, die einen Rest von Verantwortungsgefühl bewahrt und vielleicht nur einmal aus Not gefehlt haben. Und je früher man die herauspickt, desto besser. Jetzt für die armen Seelen da unten im Schiff und später für die Familien, die Hausangestellte suchen.«

Verständlicherweise kam gerade das letzte Argument bei den zukünftigen freien Siedlern sehr gut an, während das Wachpersonal noch Zweifel hegte.

Caroline Bailiff machte sich allerdings gleich beim nächsten Freigang der Frauen an die Arbeit, brauchbare Helferinnen auszuwählen. Die Erste, die sich freiwillig meldete, war Anna Portland.

»Willste das wirklich machen?«, erkundigte sich Emma Brewster.

Die alte Hure hatte stillschweigend die frei gewordene Bettstatt in Annas und Lizzies Verschlag belegt. Sie schlief dort ruhiger als in ihrer bisherigen Ecke, die sie mit fünf sehr geschäftstüchtigen Mädchen geteilt hatte. In Annas Gruppe brachte dagegen höchstens mal Candy einen Matrosen oder Wachmann mit auf ihre Pritsche. Lizzies Jeremiah nahm Rücksicht auf ihr Schamgefühl und ermöglichte ihr damit zusätzliche Ausflüge an die frische Luft.

»Haste nich genug von den Kerlen? Also ich guck mir keinen Schwanz an, wenn ich nicht muss, erst recht nicht, wenn er mir statt Kohle Fieber anhängt …« Emma hielt sich weit weg von Caroline Bailiff und dem Matrosen, der sie begleitete und der die Namen der Freiwilligen notierte. »Womöglich retteste einen, der sein Weib erschlagen hat!«

»Sie sind ja nicht alle schlecht«, antwortete Anna. »Vielleicht rett ich einen, der ein Brot für seine Kinder gestohlen hat. Da sind viele Iren drunter, und alle Welt spricht doch von deren Hungersnot …«

Lizzie hatte von der Hungersnot zwar nie etwas gehört, aber sie wusste, dass Anna in besseren Kreisen verkehrt hatte. Ihr Mann war Handwerker gewesen, sie hatte in einem ordentlichen Haus gelebt und nicht nur ihre Kinder ernähren, sondern obendrein ab und zu eine Zeitung kaufen können.

»Jedenfalls kann ich Kranke pflegen, richten müssen andere! Was ist mit dir, Lizzie, gehst du mit?«

Lizzie folgte ihrer älteren Freundin schließlich mit klopfendem Herzen in das improvisierte Büro hinter einem der Sonnensegel, in dem Caroline Bailiff sich ausgebreitet hatte. Die Dame sah gleich wohlgefällig auf Annas adrette Haube, die ihrer eigenen geglichen haben musste, als sie neu war. Auch Mrs. Bailiff bevorzugte altmodische Kopfbedeckungen. Lizzie betrachtete sie eher skeptisch.

»Was treibt dich denn zur Pflege, Mädchen?«, fragte sie streng, nachdem Anna über ihre Arbeit im Krankenhaus Auskunft gegeben hatte.

Lizzie zuckte die Schultern. »Ich helf Anna, seit ich hier bin«, gab sie an. »Ist ja sonst nichts zu tun …«

Mrs. Bailiff zog die Augenbrauen hoch. »Und um Männer hast du dich schon immer gekümmert?«, fragte sie sarkastisch. »Du gehörtest doch zu den Mädchen, die sehr … hm … spezielle … Gesundheitspflege in den Straßen von London anboten?«

Lizzie sah sie offen an. »Nicht freiwillig!«, erklärte sie. »Nur gegen Geld. Und krank waren die eigentlich nie, im Gegenteil. Die … waren eigentlich zu … Die standen eher zu sehr im Saft, Madam!«

Mrs. Bailiff behielt ihr strenges Gesicht bei, aber in ihren Augen blitzte Belustigung auf.

»Ich pass auf das Mädchen auf, Madam«, setzte sich jetzt auch Anna für sie ein. »Sie ist anstellig, ein gutes Kind …«

Lizzie lächelte, ihr Herz flog Anna zu. Das hatte noch nie jemand über sie gesagt.

Mrs. Bailiff erbat sich zunächst Bedenkzeit, aber sehr bald war sie bereit, auf jede Meldung zurückzugreifen. Die Frauen drängten sich nämlich keineswegs darum, gegen leichte Verbesserungen der Verpflegung und der Haftbedingungen oder gar vage Versprechungen einer guten Stelle in einem Haushalt im neuen Land, Pflegedienst zu leisten. Die meisten von ihnen hatten sich die Erleichterung der Haftbedingungen schließlich längst selbst verschafft. Teilweise hatten sie feste Freunde unter den Wachleuten oder Matrosen gefunden, die sie besuchten und alimentierten, teilweise schenkten sie ihre Gunst jedem Interessenten gegen etwas Pökelfleisch oder ein paar Schluck Gin. Auf jeden Fall mochte kaum eine der Frauen die gewohnte Arbeit als Hure gegen Schmutz, Plackerei und die Gefahr einer Ansteckung eintauschen. So waren es schließlich nur vier Häftlingsfrauen und zwei Ladys aus der Gruppe der zukünftigen freien Siedler, die sich mit Waschwasser und dem unvermeidlichen Gin, den der Schiffsarzt als alleiniges Medikament einsetzte, in den Bauch des Schiffes wagten.

Mrs. Bailiff und Anna Portland gingen sofort an die Arbeit. Als sie das Unterdeck betraten, wichen sie entsetzt zurück.

»Ausgeschlossen, dass wir hier arbeiten!«, erklärte Anna entschieden, ohne sich um weitere Höflichkeiten wie ein artiges »Madam« zu kümmern. »Man sieht die Hand vor Augen nicht, alles starrt vor Dreck, und gegen die Hitze und Feuchtigkeit kommt man nicht an. Gehen Sie zum Kapitän, Mrs. Bailiff, und verlangen Sie, dass die Männer an Deck gebracht werden. Wir können sie dort pflegen, das Wetter ist ja gut.«

Tatsächlich hatte die *Asia* inzwischen den Indischen Ozean erreicht. Land war seit Wochen nicht gesichtet worden, aber das Wetter war anhaltend schön, der Seegang meist schwach. Mit Wellen, die das Deck überspülten, wie auf dem Atlantik oder zuletzt am Kap der Guten Hoffnung, war nicht mehr zu rechnen. Auch ein Aufstand der Gefangenen, das Argument, mit dem der Kapitän zuerst versucht hatte, das Anliegen der Frauen, einen Krankendienst einzurichten, abzuschmettern, war eher unwahrscheinlich.

»Es mögen ja Schwerverbrecher sein, aber im Augenblick sind sie mehr tot als lebendig!«, hielt Mrs. Bailiff ihm vor. »Und selbst wenn sie das Schiff kapern: Wo sollen sie denn hin? Also ich seh hier nur Wasser, Wasser und nochmals Wasser, ich wüsst nicht, ob ich links oder rechts segeln sollte, zumal ich auch nicht segeln kann. Genauso wenig wie die Kerle da unten, die kommen doch entweder aus dem dunkelsten Irland oder aus den finstersten Ecken Londons …«

Schließlich gab Master Roskell nach. Er verdonnerte die Wärter, den Kranken die Ketten abzunehmen und sie mithilfe ihrer wenigen noch gehfähigen Kameraden an Deck zu tragen. Die Frauen betteten sie auf improvisierte Lager aus Decken und zogen ihnen die klammen Kleider aus. Mrs. Bailiff achtete strengstens darauf, dass lediglich verheiratete und dem zeugungsfähigen Alter möglichst entwachsene Helferinnen die Männer in gänzlich unbekleidetem Zustand sahen.

»Als ob wir davon nicht schon genug gesehen hätten!«, lachte Jenny Toliver, eine lustige rothaarige, sommersprossige Hure aus Aldgate. »Aber was soll's – ich bin froh um jeden, der mir erspart bleibt …«

Lizzie nickte, fand aber im Stillen, dass die jungen, ursprünglich sicher kräftigen Körper, die sie hier wusch und mit Alkohol abrieb, sehr viel ansehnlicher waren als die meisten ihrer früheren Freier. Natürlich waren sie jetzt ausgemergelt und stanken nach Schweiß, aber einige …

Lizzie fuhr mit ihrem Schwamm über die Brust eines großen, dunkelhaarigen Mannes, dessen kantiges Gesicht und volle Lippen sein früheres attraktives Äußeres erahnen ließen. Sie schreckte zusammen, als er »Danke!« murmelte.

»Sind Sie wach?«, fragte sie verwundert. Die meisten Männer, die sie bisher versorgt hatte, waren nicht mehr ansprechbar. Zwei waren Anna bereits unter den Händen gestorben, offenbar glücklich, wenigstens mit den letzten Atemzügen noch frische Luft geholt haben zu können.

»Nein«, flüsterte der Mann. »Ich träume. Ich träume, dass ich frei bin, dass ich keine Ketten mehr trage, dass über mir die Sonne scheint und ich einen Engel seh … Engel gibt's auch nur im Traum. Oder bin ich vielleicht schon tot?«

Lizzie lachte. »Machen Sie einfach die Augen auf, dann sehen Sie, dass ich kein Engel bin!«, sagte sie und blickte gleich darauf in zwar rot unterlaufene, aber unwahrscheinlich blaue Augen. Als der Mann blinzelte und sie im Licht erkannte, regte sich auch Leben darin.

»Doch …«, seufzte er. »Engel … und eine Wolke … man hat mir eine Wolke versprochen, von der aus ich runtersehen kann …«

Dann schloss er die Augen wieder und schien erneut in Fieberträumen zu versinken. Aber so schlecht wie den meisten anderen ging es ihm offensichtlich nicht. Lizzie beschloss, nicht mit dem Waschen der Männer fortzufahren, sondern sich an Anna zu wenden, die eben Tee unter den Gefangenen verteilte, die noch kräftig genug waren, selbst zu trinken. Sie holte einen Becher für ihren Pflegling und hielt ihn an seine Lippen.

»Hier! Trinken Sie das!«, befahl sie.

Der Mann schluckte brav, schien aber in seiner eigenen Welt zu bleiben.

»Kathleen!«, flüsterte er, als Lizzie ihm die Stirn kühlte.

Sie wusste nicht, warum sie enttäuscht war. Natürlich hatte ein solcher Mann eine Liebste, womöglich gar ein Weib.

Michael hatte so lange wie möglich an seinem Bewusstsein festgehalten, auch als sein Kopf und seine Glieder bereits schmerzten und die ersten Männer neben ihm starben. Er hatte erst aufgegeben, als er Billy schreien hörte. Der Junge schien im Fieber von allen Teufeln heimgesucht zu werden, die die Hölle aufzubieten hatte. Michael konnte es irgendwann nicht mehr ertragen und glitt bereitwillig ab in seine eigene Welt. Vielleicht, dachte er, schenkt mir ja das Fieber schöne Träume, aber die Hoffnung bewahrheitete sich nicht.

Michaels Schmerzen folgten ihm auch in die Bewusstlosigkeit. Die Striemen auf seinem Rücken waren entzündet, brannten und nässten, an den Schultern und Hüften war er durchgelegen bis auf die Knochen, und an Hand- und Fußgelenken hatten die Ketten blutige Scheuerstellen verursacht. Jede Bewegung schmerzte, es war unmöglich, eine Lage zu finden, in der ihm nichts wehtat. Michael wusste, dass er sich erbrach und einnässte und damit den ohnehin schon herrschenden Gestank noch verstärkte, aber selbst wenn ihn die Ketten nicht auf der Pritsche gehalten hätten, wäre er längst nicht mehr stark genug gewesen, um sich zu erheben. Zu all dem kam der brennende Durst. Die Wachen brachten zwar Trinkwasser herein, aber niemand machte sich die Mühe, es zu verteilen oder gar den fiebernden Männern an die Lippen zu halten. Michael versuchte, etwas aufzuschnappen, wenn die unwilligen Putzkolonnen wieder mal Eimer voll Meerwasser über seine Pritsche und seinen Körper entleerten, aber das Salzwasser machte die Sache nur schlimmer.

Auch der Lärm um ihn herum wurde immer infernalischer und machte jedes Denken, jedes Träumen von schöneren Zeiten unmöglich. Die fiebernden Männer riefen nach ihren Müttern und ihren Frauen, auch Michael murmelte Kathleens Namen. Er glaubte jedenfalls, dass er es tat, wusste es jedoch nicht sicher. Es gab nichts mehr, was er sicher wusste, abgesehen davon, dass er sterben würde. Hier auf einem englischen Schiff in seinem eigenen Dreck …

Michael schämte sich für seine Schwäche, aber irgendwann weinte er, wimmerte genauso verzweifelt und hilflos wie Billy, den man zu dieser Zeit längst herausgetragen hatte. In Segeltuch gewickelt, bereit für das, was man ein Seemannsgrab nannte. Michael kämpfte gegen die Vorstellung einer Horde hungriger Haie an, die seinen Freund und später auch ihn selbst zerrissen und vertilgten.

Er wehrte sich verzweifelt, als die Wächter ihm schließlich die Ketten abnahmen und ein paar andere Häftlinge anwiesen, ihn hinauszutragen. »Ich bin noch nicht tot!«, jammerte er. »Nicht … noch nicht … nicht tot …«

Konnte es möglich sein, dass sie sich irrten und ihn bei lebendigem Leib den Haien zum Fraß vorwarfen? Oder irrte er sich, und er war doch schon tot, aber kam nicht in den Himmel, sondern blieb hilflos in seinem Körper gefangen, bis ihn die Würmer – oder die Meerestiere – verzehrt hatten?

Zuletzt hatte ihn eine barmherzige Ohnmacht erfasst, und als er daraus erwachte, meinte er, frische Luft atmen zu können. Er fühlte sich erfrischt, und da war dieses Mädchen, das ihn wusch. Michael flüsterte ihr etwas zu … ein paar schöne Worte, wie damals

Mary Kathleen. Das kurze Gespräch ließ ihn in schönere Träume versinken, Träume, in denen es warm war und der Wind in den Feldern am Fluss wehte … nur, dass er hier nach Salz roch. Und das Wasser … es schmeckte bitter …

Michael hustete, als der ungesüßte Tee seinen Gaumen umspielte.

»Trinken Sie, das ist gut für Sie!«

Eine warme, freundliche Stimme sprach ihm zu … Michael spürte, wie jemand seinen Kopf hob, das warme, bittere Gebräu langsam seine Kehle hinunterrann. Gehorsam schluckte er. Immerhin war es Flüssigkeit, sie würde seinen Durst stillen …

Lizzie, die ihm den Tee langsam einflößte, wurde der entzündeten roten Striemen auf Michaels Rücken gewahr und zeigte sich entsetzt. Natürlich waren die Häftlinge auch in Newgate mit Knüppeln zusammengetrieben und mitunter geschlagen worden. Aber dies waren die Spuren von Auspeitschungen.

»Anna …!« Um diese Sache musste sich jemand kümmern, der mehr von Krankenpflege verstand als Lizzie nach Annas kurzer Einführung.

Kurze Zeit später beugten sich sowohl Mrs. Bailiff als auch Anna Portland über Michaels zerschundenen Rücken.

»Schauerlich!«, urteilte Mrs. Bailiff. »Wie im Mittelalter! Wo kommt der Mann her? Irland? Da müssen Zustände herrschen … Mädchen, gut, dass du das entdeckt hast, schau dir jetzt die anderen auch daraufhin an. Die Leute müssen ja am Fieber sterben, wenn das unbehandelt bleibt. Sie helfen mir, Mrs. Portland …«

Lizzie fiel auf, dass Mrs. Bailiff Anna nicht mehr duzte. Die beiden Frauen hatten längst ihre Seelenverwandtschaft erkannt und behandelten einander mit Respekt.

Während Lizzie sich widerwillig von ihrem Patienten trennte und gleich darauf zwei Männer mit ähnlichen Verletzungen ausmachte, wuschen die beiden Frauen Michaels Rücken und behandelten seine Verletzungen erst mal mit Gin. Michael schrie vor Schmerz auf.

Lizzie konnte sich kaum bezähmen, dem Kranken tröstend zuzusprechen und seine Pflegerinnen anzuhalten, etwas vorsichtiger mit ihm umzugehen. Aber dann hielt sie sich zurück. Anna und Mrs. Bailiff würden wissen, was sie taten. Und wenn sie nur ein bisschen Interesse an dem schönen dunkelhaarigen Mann mit der sanften, tiefen Stimme und den betörenden Augen zeigte, würde man sie zweifellos sofort von seiner Pflege abziehen.

Die Frauen versuchten dann, dem Schiffsarzt eine Wundsalbe abzuringen, aber der war um diese Zeit schon nicht mehr nüchtern. Er erinnerte sich nur dunkel, dass seine Amtsvorgänger in früheren Zeiten Holzteer auf solche Wunden geschmiert hatten. Mrs. Bailiff erregte sich darüber noch mehr als über den Anblick der Striemen und verzog sich in ihre Kabine, um gleich darauf mit einem Vorrat an Ringelblumensalbe wiederzukommen.

»Sollte ja eigentlich für meine Hausapotheke sein«, meinte sie bedauernd. »Wer weiß, ob sich da drüben in Australien was Vergleichbares findet. Und bis die Samen aufgehen, die ich mitgenommen habe … Aber jetzt brauchen wir die Salbe hier, wir können die armen Kerle doch nicht verenden lassen wie die Tiere!«

Als Lizzie endlich wieder wagte, sich dem jungen Mann, der es ihr so besonders angetan hatte, zuzuwenden, war Michael sauber verbunden. Er lag jedoch immer noch in heftigem Fieber. Die bessere Versorgung schien ihn geschwächt zu haben. Lizzie flößte ihm erneut Tee und Wasser ein und holte eine weitere Decke. Trotz der Wärme an Deck zitterte Michael am ganzen Körper. Lizzie wäre gern bei ihm geblieben, aber es dämmerte jetzt, und die Wachmannschaften bestanden darauf, die gefangenen Frauen zurück unter Deck zu bringen. Mrs. Bailiff und eine der anderen Pflegerinnen, eine knochige, humorlose Frau namens Amanda Smithers, sollten sich weiter um die Männer an Deck kümmern.

Lizzie merkte erst, wie müde sie war, als sie sich auf ihrer Pritsche ausstreckte. Allerdings sollte sie noch keine Ruhe finden.

»Bist wieder da, mein Herzchen?«, flüsterte Jeremiah.

Er begleitete Candy, die an der Reihe gewesen war, das Essen für die Sechsergruppe abzuholen. Ein Kochgeschirr, gefüllt mit undefinierbarem Eintopf, der größtenteils aus Kartoffeln bestand.

»Musst ja Hunger haben … Aber das hier ist nichts. Komm mit, draußen hab ich Brot für dich und Fleisch …« Jeremiah lächelte verheißungsvoll.

Lizzie lief das Wasser im Mund zusammen. Sie wusste jedoch, dass sie an Deck natürlich nicht nur eine leckere Mahlzeit, sondern auch Jeremiahs ungewaschener Körper erwartete. Und womöglich würden Mrs. Bailiff und Mrs. Smithers sie sehen! Nicht auszudenken!

Lizzie versuchte ein verführerisches, aber gleichzeitig verschämtes Lächeln. »Ein bisschen später, Jeremiah. Bitte. Wenn …«, sie versuchte zu erröten und schaffte es sogar, »… die Damen …«

Jeremiah grinste. »Du bist wirklich ein scheues Häschen! Man möcht gerade meinen, du seist ein tugendhaftes kleines Ding aus gutem Haus! Aber gut, mir gefällt's! Ein bisschen später, wenn für die Passagiere das Essen serviert wird.«

Die Siedler reisten auf der *Asia* zwar nicht Erster Klasse wie auf den Auswandererschiffen, auf denen für gut zahlende Passagiere luxuriöse Unterkünfte bereitstanden und sogar Tiere mitgeführt wurden, um frisches Fleisch auf den Tisch bringen zu können, sie trafen sich aber in einem Speisesaal zu gemeinsamen Mahlzeiten. Natürlich war das Essen, das man ihnen vorsetzte, weitaus besser als das der Sträflinge. Mrs. Bailiff und Mrs. Smithers würden es sich nicht entgehen lassen. Sie waren nach der schweren Arbeit genauso hungrig wie Lizzie und Anna.

Dennoch kämpfte Lizzie mit dem Herzklopfen, als Jeremiah sie eine Stunde später die Stiege hinaufführte. Würde sie den beiden Frauen auch wirklich nicht begegnen? Bislang war sie nie bei Nacht an Deck gewesen. Die Sterne funkelten am Himmel, während Jeremiah sich an ihr befriedigte.

»Die Sterne scheinen anders als in London!«, sagte Lizzie und schmiegte sich widerwillig an ihn.

Sie wusste, dass er das mochte, und wenn sie sich schon nicht überwinden konnte, ihn zu liebkosen, während er in sie eindrang, so rang sie sich doch wenigstens vorher oder hinterher ein paar Zärtlichkeiten für ihn ab. Meist hinterher, vorher zeigte er daran wenig Interesse. Und wenn sie sich zu viel Mühe gab, riskierte sie, ihn erneut zu erregen. Aber Lizzie fand, sie sei es ihm schuldig. Im Grunde war Jeremiah ein netter Kerl.

»Klar!«, sagte er jetzt stolz, wie immer, wenn er ihr etwas erklären konnte. »Wir sind ja auch fast auf der anderen Seite der Erdkugel. Das Kreuz des Südens … da, siehst du es?« Er zeigte auf vier leuchtende Sterne, die ein gut erkennbares Kreuz bildeten. »Der Längsbalken zeigt nach Süden, deshalb heißt es so. Früher brauchte man diese Sternbilder, um sich auf See zu orientieren … Ach ja, und die Australier wollen das Sternenkreuz auf ihre Flagge setzen – wenn sie sich denn mal darüber einigen, wie die genau aussehen soll.«

Lizzie nickte und sah fasziniert in den Nachthimmel. Die Sterne schienen hier viel heller als in London – aber das lag natürlich daran, dass das Deck der *Asia* im Dunkel lag, während die Straßen der Großstadt zumindest zum Teil von Gaslaternen beleuchtet wurden.

»Wunderschön …«, flüsterte sie. »Warst du eigentlich schon mal in Australien? Ist es schön da?«

Jeremiah zuckte die Schultern. »Nöö … bislang nicht. Aber ich könnt dableiben. Denk ich manchmal dran. Man kann Land kriegen, ich könnt heiraten … Wie wär's, Lizzie, könntest du dir das vorstellen?«

Lizzie schaute den jungen Mann verblüfft an. War das ein Antrag? Wollte er tatsächlich …?

»Aber ich … ich bin doch verurteilt, ich …«

»Ach, ich hab mich umgehört. Die begnadigen dich bald, wenn du einen Mann findest. Das wollen sie doch. Dass ihr rechtschaffen werdet und gottgefällig lebt. Du schaffst da ein, zwei Jahre für die Kolonie … und dann … Dauert allerdings noch ein bisschen, ein paar Jährchen muss ich noch arbeiten.« Er lachte. »Nun, du läufst mir ja nicht weg …«

Aber auf der nächsten Reise läuft dir das nächste Mädchen zu, dachte Lizzie nüchtern. Sie fragte sich, warum das Ganze sie nicht mehr erregte. Heiraten! Ehrbar werden! Frei sein, Kinder haben … Gut, sie liebte Jeremiah nicht, aber er war gutmütig. Bislang hatte sie nie gesehen, dass er die Gefangenen schlug oder auch nur unfreundlich behandelte. Eine Ehe mit ihm wäre mehr, als ein Mädchen wie sie sich je erträumen konnte. Und dazu eigenes Land, ein eigenes Haus … Dennoch war Lizzie erleichtert darüber, dass sie dies zumindest nicht gleich entscheiden musste. In ein paar Jahren mochte Jeremiah anders darüber denken.

Den dunkelhaarigen Mann mit den blauen Augen und dem zerschundenen Rücken nämlich … den konnte sie einfach nicht vergessen. Sie dachte immerzu an ihn – und hoffte nur, keinen Verdacht zu erregen, als sie Jeremiah bat, noch einmal nach den Kranken sehen zu dürfen, bevor er sie wieder unter Deck brachte.

Wie erhofft blieb Jeremiah vor dem abgetrennten Deckbereich zurück, auf dem die Fiebernden untergebracht waren. Die Wärter fürchteten sich genauso vor Ansteckung wie die Häftlinge. Zum Glück war ihm der Gedanke, sich das Fieber auch über den Kontakt mit Lizzie holen zu können, bislang noch nicht gekommen.

Lizzie trat ans Lager des jungen Iren und erschrak. Er zitterte nicht mehr und rührte sich auch sonst nicht. Aber dann sah sie, dass er die Augen geöffnet hatte und in den Sternenhimmel spähte, ebenso wie sie noch wenige Minuten zuvor. Sie fühlte sich ihm spontan verbunden.

»Ganz fremd, Kathleen …«, sagte er leise, fast tonlos. »Der Himmel … Hab gedacht, ich guck runter … aber ich guck rauf … in den Himmel über dem Himmel … komisch, Kathleen …«

Lizzie sah, dass sein Gesicht noch glühte. Er fieberte und fantasierte, aber er sah die gleichen Sterne, die sie verzauberten.

»Du bist nicht im Himmel!«, flüsterte sie. »Nur fast in Australien. Es sind unsere Sterne … und schau – der Mond!« Jegliche Förmlichkeit schien ihr in diesem Augenblick unangebracht.

Die schmale Mondsichel schob sich eben über den tiefdunkelblauen Horizont.

»Ich bin auch nicht Kathleen«, stellte Lizzie dann klar; es klang fast etwas traurig. »Ich bin Lizzie. Lizzie Owens … Elizabeth …«

Der Mann lächelte schwach, er tastete nach ihrer Hand. »Du bist schön, Kathleen …«, wisperte er. »Schöner als all die Sterne …«

Lizzie verzichtete auf weitere Richtigstellungen. Sie hätte gern seinen Namen gewusst. Und sie wäre so gern schön gewesen …

Kathleens und Ian Coltranes Überfahrt nach Neuseeland verlief außerordentlich ruhig. Abgesehen von einem Sturm beim Kap der Guten Hoffnung und ein paar Tagen Flaute im Kalmengürtel gab es keine Zwischenfälle. Kathleen hätte die Reise fast genießen können.

Natürlich litt sie wie alle anderen an der drangvollen Enge im Zwischendeck – für dreizehn Pfund pro Person konnte man allerdings auch keinen Luxus verlangen. Ian und Kathleen teilten eine Kabine mit einem Ehepaar und dessen zwei Kindern, einem weinerlichen Mädchen und einem frechen kleinen Jungen, der stets kicherte oder Kommentare dazu gab, wenn Ian oder sein Vater ihre ehelichen Rechte einforderten. Kathleen und der jungen, schon verhärmt wirkenden Mrs. Browning war es unangenehm, vor den Kindern und den anderen Leuten mit ihren Männern zu schlafen, aber weder Ian noch Mr. Browning hatten, was das anbetraf, irgendwelche Hemmungen.

Auch das Deck der *Primrose* war nicht dicht, das Wasser schwappte hier ebenso in die Unterkünfte der ärmeren Passagiere wie auf den Gefängnisschiffen. Immerhin waren die sanitären Bedingungen ein wenig besser – es gab auch auf dem Zwischendeck Aborte. Leider zu wenig für alle Passagiere, sodass sie oft überliefen und dann gereinigt werden mussten. Das Essen war einfach und kam meist ausgekühlt im Zwischendeck an, aber es sättigte.

Die halb verhungerten Iren verstanden nicht, warum die Engländer über die Unzulänglichkeiten der Küche schimpften. Viele von ihnen aßen sich zum ersten Mal seit Jahren täglich satt. Überhaupt sorgten die Iren für Stimmung an Bord, nachdem der erste Abschiedsschmerz überwunden war. Viele Männer hatten Flöten, Fiedeln und Harmonikas mitgebracht und spielten bei Nacht zum Tanz auf; die Mädchen und Frauen sangen die Lieder der alten Heimat. Kathleen musste stets an Michael denken. Niemand spielte die Fiedel so schön wie er, und sie meinte immer seine tiefe Stimme zu hören, wenn er für sie sang.

Als der Atlantik schließlich hinter ihnen lag – und damit auch der Ärger mit klammer Kleidung und Wasser in den Kajüten –, versuchten sich die Männer aus dem Zwischendeck und die Matrosen im Fischfang, um den Speisezettel zu erweitern. Zuerst schien es mehr eine Gaudi, den Delfinen, Haien und Baracudas, die das Schiff begleiteten, mit Angel und Harpune zu Leibe zu rücken. Aber auf die Dauer reifte die Technik, und der aromatische Geruch nach gegrilltem Fisch zog übers Deck. Auch Vögel, vor allem Albatrosse, fielen dem Jagdeifer der Männer zum Opfer. Man fing sie, mittels langer Leinen, die man mit Haken und Fischen als Köder hinter dem Schiff herzog.

Kathleen erfreute sich an den gelegentlichen Fleischmahlzeiten und dem Anblick des immer fremder wirkenden Sternenhimmels, wenn sie sich mit anderen Zwischendeckpassagieren nachts an Deck schlich. Eigentlich war die Promenade dort den Erster-Klasse-Passagieren vorbehalten, aber je länger die Reise dauerte, desto eher drückten der Kapitän und die Matrosen ein Auge zu. Einem so schönen Mädchen wie Mary Kathleen – auch wenn sie ihre Schwangerschaft jetzt absolut nicht mehr verleugnen konnte, schlug niemand einen Wunsch ab. Sie hoffte nur, das Kind würde nicht an Bord zur Welt kommen. Als Ian ihr – erst auf dem Schiff! – eröffnete, dass die Reise gut drei Monate dauern werde, war sie entsetzt gewesen und hatte ihm Rücksichtslosigkeit vorgeworfen. Kathleens Kind sollte Anfang Juli zur Welt kommen, und es gab keine Gewähr dafür, dass sie ihre neue Heimat bis dahin wirklich erreicht, geschweige denn sich dort eingerichtet hätten!

Ian ließ ihren Ärger jedoch an sich abprallen – wie alles andere, was sie sagte und empfand. Kathleen hatte bald das Gefühl, für ihn nicht mehr zu sein als ein Haustier oder eine Puppe. Er redete zu ihr und erwartete auch gewisse Reaktionen, aber sie hätte eigentlich ebenso gut stumm sein oder chinesisch sprechen können. Ian kümmerte sich um keinen Einwand und keine Bedenken bezüglich seiner kurz- und langfristigen Pläne, und auch wenn Kathleen ihm einfach etwas erzählte, was sie freute oder ärgerte, ließ er das in der Regel unkommentiert.

Aber nicht nur Ians Schweigen vergällte Kathleen die Reise und ihre junge Ehe. Es war auch das beständige Misstrauen, mit dem ihr Gatte sie bedachte. Wann immer sie sich von Ian entfernte, was immer sie ohne ihn tat, er spürte ihr nach. Nie kam er auf den Gedanken, seine Frau einfach zu fragen, wo sie gewesen sei oder was sie getan hatte. Er entwickelte einen fast detektivischen Spürsinn und lauerte ihr auf, oder er befragte andere Leute nach ihrem Verbleib.

Den Brownings war das sichtlich unangenehm, zumal Mrs. Browning annehmen musste, Ian verdächtige ihren Mann, Kathleen nachzusteigen. Bei den abendlichen Vergnügungen beobachtete Ian eifersüchtig jede Bewegung seiner Frau – dabei machte niemand den Versuch, der hochschwangeren Kathleen zu nahe zu treten! Wenn sie zum Tanz aufgefordert wurde – es gab deutlich mehr junge, unverheiratete Männer als Mädchen an Bord, und die meisten Ehemänner erlaubten ihren Frauen ohne Murren, mit den Jungen zu tanzen –, beschied Ian die höflich fragenden Junggesellen aber durchweg negativ. Zunächst blieb er noch freundlich und wies auf Kathleens fortgeschrittene Schwangerschaft hin, jedoch nach einem oder zwei Gläsern Whiskey wurde er streitlustig. Nachdem es einmal fast zu einer Schlägerei gekommen war, begannen die Mitreisenden, Kathleen zu meiden. Die Männer, weil Ian sie direkt verdächtigte, die Frauen, weil der Klatsch blühte. Wenn einer sein Weib so bewachen musste wie Mr. Coltrane, wisperten die gelangweilten Auswandererfrauen auf den Korridoren des Zwischendecks, dann habe er sicher einen Grund dafür. Und schön sei sie ja, diese

Mrs. Coltrane. Verdächtig schön … Es war sicher besser, auf den eigenen Mann aufzupassen …

Nach zwei Monaten an Bord fühlte Kathleen sich fast so isoliert wie in ihrem Heimatdorf nach Bekanntwerden ihrer Schwangerschaft. Es gab nichts, was man ihr vorwerfen konnte, aber angefangen bei Ian bis hin zu den Kindern in der improvisierten Schule, schaute man Kathleen argwöhnisch an.

Die junge Frau nahm es hin und suchte ihrerseits die Einsamkeit. Wenn es ihr gelang, der Enge ihrer Kajüte für wenige Augenblicke zu entfliehen, bewunderte sie den Sternenhimmel und sprach mit dem Kind in ihrem Leib, das sich jetzt immer häufiger regte.

Ian war ärgerlich, wenn sie einen vorgeblichen, nächtlichen Besuch auf dem Abort zu lange ausdehnte, aber Kathleen genoss die Augenblicke der Freiheit. Unter den fremden Sternen fühlte sie sich Michael näher. Vielleicht betrachtete ja auch er das Kreuz des Südens und dachte dabei an sie. Wenn sie ihm nur irgendwie hätte mitteilen können, dass sie dabei war, ihm auf die andere Seite des Erdballs zu folgen …

Schließlich brach der letzte Teil der Reise an. Der Kapitän erklärte den Passagieren nach der Sonntagsmesse an Deck, dass sie nun die Tasmansee zwischen Australien und Neuseeland durchquerten.

»Wie nah sind wir Australien?«, fragte Kathleen leise, nachdem der Schiffsarzt sich nach ihrem Befinden erkundigt hatte.

Sie hoffte, er müsste sie nicht entbinden, sie hielt nicht viel von seinen Qualitäten als Mediziner. Allerdings war er ein guter Lehrer. Die Kinder an Bord, die er im Nebenberuf unterrichtete, hatten während der Überfahrt fast alle lesen und schreiben gelernt.

»Weit!«, lachte der Doktor. »Sehr weit. Wir waren aber schon etwas näher dran, wir sind dran vorbeigesegelt. Wenn wir nach Botany Bay wollten, Mrs. Coltrane, wären wir schon da.«

Kathleen zwang sich zu lächeln. »Sie … schicken doch gar niemanden mehr nach Botany Bay …«, meinte sie.

Der Arzt nickte. »Stimmt, nur noch nach Van-Diemens-Land

und neuerdings nach Westaustralien. Noch mal halb um den Kontinent.«

Kathleen spürte tiefe Enttäuschung. »Von Neuseeland aus kommt man dort nicht hin?« Sie flüsterte fast.

»Was wollen Sie denn in Australien?«, neckte der Arzt. Er meinte es freundlich, aber Kathleen fuhr erschrocken zusammen. Er sprach gefährlich laut, Ian konnte ihn hören. »Wenn Sie meinen Rat hören wollen: Bleiben Sie in Neuseeland. Ein friedliches Land, keine wilden Tiere außer ein paar Vögeln, keine Schlangen, nichts, was gefährlich werden könnte. In Australien dagegen ist die Hälfte des Getiers giftig, die Eingeborenen sind aggressiv, das Wetter ist extrem, und alle fünf Minuten gibt es Buschbrände. Es hat schon seinen Grund, dass man da die Gauner hinschickt. Obwohl sie's jetzt in den neuen Kolonien hauptsächlich mit ehrbaren Siedlern versuchen – die ersten im Westen sind schon beinahe verhungert.«

Der Arzt erzählte gut gelaunt drauflos, aber dann sah er plötzlich Kathleens gequältes Gesicht und hielt inne. »Nun, wenn man hinwill, kommt man auch hin …«, fügte er schnell hinzu. »Von der Westküste Neuseelands nach Fremantle müssten Schiffe gehen – vielleicht auch von der Nordinsel. Fragen Sie, wenn Sie ankommen. Aber erst bringen Sie mal Ihr Kind zur Welt. Das ist ja nun bald so weit. Wie geht es, haben Sie Beschwerden?«

Kathleen antwortete fahrig und unkonzentriert. Ian beobachtete sie – mittlerweile spürte sie seine Blicke, auch wenn sie ihn gar nicht sah. Und gleich würde er jemanden fragen, ob er ihr Gespräch mit dem Arzt mitgehört hatte. Sie sah sich nervös um. Mrs. Browning stand in ihrer Nähe und blickte müßig über die Reling. Ausgerechnet Mrs. Browning – hoffentlich hatte sie nichts mitbekommen. Aber andererseits war die Frau, mit der sie eine Kabine teilte, noch am ehesten auf ihrer Seite. Sie hatte das Gefühl, als ob Ians ständiges Misstrauen auch Elinor Browning auf die Nerven ging.

Kathleen setzte ein Lächeln auf, als sie zu ihrem Gatten zurückging. Jeder andere hätte sie jetzt einfach gefragt, was sie mit dem

Arzt zu reden gehabt hatte. Aber Ian sah wie immer über Kathleen hinweg und wandte sich an Elinor.

»Was hatte meine hübsche Frau denn da für ein wichtiges Gespräch mit unserem Doktor?« Für einen Außenstehenden hätte die Frage launig geklungen, für Kathleen klang sie lauernd.

Elinor Browning lächelte gezwungen. »Na, was wohl, da ging's natürlich um Ihr Kind!«, behauptete sie. »Ob's wohl ein Junge wird … Die Ärzte meinen ja, man sieht's nicht am Bauch, aber wenn Sie mich fragen: Die Mädchen trägt man weiter unten, das gibt einen runden Bauch. Aber Ihr kleiner Junge da, der sitzt weit oben und macht den Leib fast spitz …«

Kathleen lächelte der Frau dankbar zu. Diese Klippe war umschifft. Wenn es mit all den anderen Klippen rund um Neuseeland und Australien nur genauso einfach wäre!

Die *Primrose* erreichte Port Cooper nach genau einhundertundzwei Tagen. Keinen Tag zu früh für Kathleens Baby. Noch während sich die Einwanderer auf dem Hauptdeck versammelten – gerufen von der Schiffssirene, die das erste Land meldete, das man seit Wochen gesehen hatte –, platzte ihre Fruchtblase. Trotz erster Wehen schleppte sie sich jedoch an Deck, um das neue Land in Augenschein zu nehmen. Einen besonders verheißungsvollen Eindruck machte es nicht, im Gegenteil, die Südinsel Neuseelands lag hinter einem Regenschleier verborgen. Dahinter zeichnete sich eine felsige Küste ab, schemenhaft sah man weit entfernt Berge, die schneebedeckt wirkten. Und das soll ein Land sein, das Irland ähnelt?, dachte Kathleen. Mit Schafen auf grünen Wiesen? Sie war enttäuscht, hatte jetzt aber andere Sorgen. Es mochte noch Stunden dauern, bis sie wirklich anlegten. Was, wenn das Kind nicht so lange wartete? Egal, wie das Land aussah – sie wollte nicht auf dem Schiff entbinden!

Tatsächlich ließ sich das Kind allerdings Zeit. Elinor Browning und ein paar andere Frauen nahmen sich Kathleens an, bis der Hafen erreicht war – und ließen sie dann prompt allein, um die Ankunft zu feiern. Während die ersten Neusiedler trunken vor Aufregung und Freude, die Reise überlebt zu haben, an Land taumelten und die Erde der neuen Heimat küssten, starb Kathleen tausend Tode vor Angst und Schmerzen. Was, wenn die Frauen nicht wiederkamen? Wenn sie hier vergessen wurde? Natürlich sagte Kathleen sich, dass Ian schon auf sie Acht geben würde, aber sie hatte ihren Mann seit der Sichtung der Küste am Morgen nicht gesehen. In ihren schlimmsten Albträumen verhandelte er schon über seinen ersten Pferdekauf in Port Cooper, während sie noch auf dem Schiff in den Wehen lag. Schließlich war es nicht sein Kind, das sie zur Welt brachte. Sicher war es ihm egal, was mit dem Baby geschah.

Letztlich erschien Ian aber doch, auch wenn es ihm sichtlich unangenehm war, seine Frau verschwitzt und zitternd in ihrer Koje zu sehen. Er schien ungehalten, anscheinend erwartete er, dass sie ihr Kind so rasch und undramatisch zur Welt brachte wie eine Stute ihr Fohlen.

»Steh auf, Kathleen, wir müssen raus. Und du brauchst jemanden, der sich um dich kümmert. Ich hab schon mit den Leuten im Ort gesprochen. Wir bringen dich ins Haus des Schmiedes …«

»Des was?«, fragte Kathleen entsetzt. »Des … des Hufschmiedes? Du meinst doch nicht, dass der hier die Kinder holt …«

Diese erste Bekanntschaft sah Ian allerdings ähnlich – wahrscheinlich wusste er auch schon, wo der Sattler wohnte … Kathleen hätte beinahe hysterisch gelacht, aber das Lachen blieb ihr im Halse stecken, als sie Ians unfreundliches Gesicht sah.

»Natürlich nicht, aber seine Frau ist wohl Hebamme. Jetzt komm! Und zieh dir was an, ich kann dich nicht im Nachthemd an Land schleppen! Wie sieht denn das aus? Wir wollen hier ein Geschäft eröffnen, Kathleen. Also tritt ordentlich auf und benimm dich wie eine Lady.«

Kathleens Belustigung wich hilflosem Zorn. Sie krümmte sich alle paar Minuten unter einer Wehe zusammen – wie sollte sie es da schaffen, sich in ein Kleid zu zwängen und ihr Haar aufzustecken? Aber Ians Miene erlaubte keine Diskussionen. Mühsam, unterbrochen von Krämpfen und verzweifeltem Schluchzen, kämpfte sie sich aus der Koje, zog ihr weitestes Kleid über und versuchte, ihr Haar unter einer Haube zu verstecken. Schließlich ging sie an Ians Arm von Bord.

Von ihrer neuen Heimat nahm Kathleen kaum etwas wahr. Ein Landungssteg, ein primitiver, birnenförmiger Hafen – wohl ein Naturhafen, viel gebaut hatte man hier noch nicht. Darüber Hügel, eine Ansiedlung. Kathleen brach der Schweiß aus, als sie sich die Steigung hinaufkämpfte. Zwischendurch musste sie immer wieder stehen bleiben. Hätte Ian sie nicht gehalten, wäre sie gefallen und hätte das Kind womöglich auf der Straße zur Welt gebracht.

Du wirst unser Kind in Würde aufziehen …, Kathleen meinte, Michaels Stimme zu hören. Sie biss die Zähne zusammen. Zum Glück war die Schmiede nicht weit – wie überhaupt nichts in Port Cooper weit von der Bucht entfernt lag, in der die Schiffe anlegten. Die Siedlung war winzig. Aber immerhin war jedes der Holzhäuser weitaus größer und stattlicher als die Cottages der Pächter in Irland.

Kathleen schöpfte Hoffnung, als Ian an die Tür eines blau gestrichenen schmucken Häuschens klopfte. Auf der Koppel dahinter stand ein Maultier, aus dem Verschlag nebenan waren die Geräusche eines Schmiedehammers zu hören. Kathleen ließ sich gegen die Tür sinken. Zumindest würde sie aus dem Regen herauskommen … Sie musste lächeln, als sie daran dachte, dass die Ähnlichkeit zwischen Neuseeland und Irland vielleicht nur im anhaltend schlechten Wetter bestand, aber dann, als die Tür geöffnet wurde, erstarrte sie. Die Frau, die ihr aufmachte, war kleiner als sie, gedrungen, ihr Haar war dunkel und kraus. Vor allem aber hatte sie braune Haut!

Neger, dachte Kathleen verwirrt. Aber die gab es doch nur in Afrika! Von schwarzen Menschen in Neuseeland hatte ihr nie jemand etwas gesagt … Oder doch? Father O'Brien hatte Einheimische erwähnt. Die seien aber selten. Und friedlich.

Als Kathleen die Frau näher ansah, musste sie sich eingestehen, dass sie keinen furchterregenden Eindruck machte, obwohl … Kathleen erschrak. Ihr Gesicht war mit blauen Zeichen bedeckt.

Tätowierungen! Kathleen hatte das Gefühl, in einem Albtraum gefangen zu sein. Und nun erfasste sie auch noch die nächste Wehe – begleitet von Übelkeit. Sie versuchte sich zu fassen. Es ging nicht, dass sie sich hier auf der Schwelle dieser Fremden übergab.

»Oh! Kind nun aber kommt schnell!« Die Frau lächelte – und das breite Lachen machte ihr Gesicht gleich weniger beängstigend. »Komm rein, Frau! Ich helfen, keine Angst!«

Ian ließ Kathleen offensichtlich nur zu gern los, als die kleine Frau sich ihr jetzt als Stütze anbot. Sie registrierte, dass die seltsame Hebamme wenigstens normale Kleidung trug. Und auch ihr Haar war ebenso aufgesteckt wie das braver englischer oder irischer Hausfrauen.

Kathleen ließ sich in das kleine, heimelig eingerichtete Haus führen. Alles hier war normal, außer der Haut der dunkelhäutigen Frau und ihr gebrochenes Englisch. Ob sie doch träumte? Schließlich fand das Mädchen sich in einem sauberen Bett wieder – anscheinend dem Ehebett des Schmiedes, das obendrein in einem eigenen kleinen Schlafzimmer stand. Kathleen kannte einen solchen Luxus nur vom Herrenhaus und von Trevallions Cottage.

Die kleine Frau tastete mit geschickten Händen ihren Bauch ab. »Kommt bald!«, sagte sie dann tröstend. »Erste Kind?«

Kathleen nickte. Und wagte dann, etwas zu fragen. Höflich, schließlich sollte sie sich wie eine Lady benehmen. »Sie … sind keine Engländerin?«

Die Hebamme wollte sich vor Lachen fast ausschütten. »Doch«, kicherte sie. »Ich aus London, Verwandte von Queen, kleine Base …«

Kathleen krümmte sich unter der nächsten Wehe. War das ein Scherz? Sie wusste nicht mehr, was Traum und Wirklichkeit war, wie sie hergekommen war, was vor ihr lag … womöglich wachte sie gleich auf und lag mit Michael in den Feldern am Fluss …

»Du aufrichten! Wenn hinknien, Kind kommt leichter. Aber ich weiß, nicht Sitte bei euch. Und ich natürlich nicht Base von Queen. Obwohl … Nichte von Häuptling! Mein Name Pere. Ich

Maori. Ngai Tahu meine Stamm.« Die kleine dunkelhäutige Frau wies selbstbewusst auf ihre Brust und lächelte die verständnislose Kathleen an. »Maori gekommen vor *pakeha*, übers Meer mit Tainui, ist Stammesvereinigung. Viele Sommer und Winter her … Aber jetzt alle leben hier, nicht Feinde mit *pakeha*, weiße Siedler. Mein Mann *pakeha*, Schmied …«

Also eine Einheimische, die den örtlichen Schmied geheiratet hatte. Ngai Tahu schien ihr Stamm zu sein oder ihr Dorf. Und friedlich stimmte wohl auch. Kathleen mochte nicht mehr denken. Erschöpft überließ sie sich ihren Schmerzen und Peres geschickten Händen.

Einige Stunden später wurde Kathleens Sohn geboren. Während sie von dem Kleinen entzückt war und Pere ihre Begeisterung zu teilen schien, hatte Ian kaum einen Blick für das Neugeborene. Lediglich als Pere ihm das Kind ganz unbedarft als Kevin James Coltrane vorstellte, reagierte er gereizt.

»James ist in Ordnung«, beschied er die erschrockene Hebamme. »Aber sie soll es nicht wagen, ihn Kevin zu nennen! Sag ihr das! Ich warne sie, Frau, wenn sie versucht, mit mir zu spielen …« Ians Stimme klang drohend.

Kathleen seufzte, als Pere ihr die Nachricht weisungsgemäß überbrachte. »Dein Mann nicht sehr freundlich«, bemerkte die Maori.

Kathleen begann, sich für Ian zu entschuldigen – eine Haltung, die bald zur Gewohnheit werden sollte.

»Dann nenne ich den Kleinen Sean«, bestimmte sie schließlich.

Der Name hatte Kathleen immer gefallen – und soweit sie wusste, kam er weder in Michaels noch in Ians Familie vor.

Ian, der glücklicherweise keine Einwände hatte, zog seine Aufmerksamkeit sofort wieder von seiner Frau und dem Baby ab und schien ganz froh darüber zu sein, dass Kathleen erst mal bei John und Pere Seeker untergekommen war. Er selbst schlief in den zeltartigen Notunterkünften, die die Bewohner von Port Cooper

Neuankömmlingen zur Verfügung stellten. Ein paar der Siedler wollten bleiben, andere drängte es über die Berge ins Inland, wo bessere Bedingungen für die Anlage einer Farm bestehen sollten. Rund um Port Cooper gab es zwar auch fruchtbares Land, aber das hatten die Einwohner bereits unter sich aufgeteilt. Wer in den Canterbury Plains leben wollte – ein Name, den die ersten Einwanderer dem ebenen Land hinter den Bergen gegeben hatten –, musste mit den Maori verhandeln.

Ian stand danach nicht der Sinn. Er sah auch keine Notwendigkeit, ein paar Worte aus der Sprache der Maori zu erlernen – schließlich war es eher unwahrscheinlich, dass die Einheimischen ihm in nächster Zeit Pferde abkaufen würden. Sie hielten ohnehin kaum Vieh, sondern lebten eher von Jagd und Fischfang sowie von primitiver Landwirtschaft. Kathleen dagegen unterhielt sich gern mit Pere. Sie lernte als Erstes das Maori-Wort für Port Cooper: Te whaka raupo – Hafen der Schilfrohre.

»Und Neuseeland nennen sie Aotearoa!«, erklärte sie Ian, als er sie zum zweiten Mal besuchte.

Beim ersten Mal war sie noch völlig erschöpft von der Geburt gewesen, aber jetzt saß sie in einem sauberen Nachthemd im Bett, hielt ihr Baby im Arm und war fast wieder die alte Kathleen. Nur glücklicher und, wenn das überhaupt möglich war, noch schöner geworden. Ian musterte den kleinen Sean mit einem Ausdruck, der fast an Eifersucht grenzte.

Pere beobachtete ihn mit zusammengepressten Lippen. Ihr Englisch war nicht perfekt, aber in den Gesichtern der Menschen schien sie zu lesen wie in Büchern. »Die große weiße Wolke. Es soll schön sein, meint John, dies ist nur der Hafen … nur eine Bucht mit Felsen drum herum. Aber das Land selbst ist weitläufig und fruchtbar …«

»Was hast du denn mit dem Schmied so Wichtiges zu bereden?«, erkundigte sich Ian missmutig.

Wenigstens wandte er sich dieses eine Mal direkt an Kathleen. Die Maori-Frau Pere schien er nicht des Aushorchens für würdig zu halten. Kathleen zuckte die Achseln. Sie wollte eben freundlich antworten, dass sie in diesem neuen Land wohl von jedem wichtige neue Informationen erwarten könne, aber dann packte sie die Wut. Sie konnte sich nicht ewig von Ian bespitzeln lassen.

»Nun, immerhin liege ich in seinem Bett«, bemerkte sie. »Da werde ich ja ein paar Worte mit ihm wechseln dürfen.«

Ian blitzte sie an. »Du liegst in Johns Bett mit Michaels Kind im Arm ... wirklich bemerkenswert, Kathleen, du kannst stolz darauf sein! Aber das geht nicht so weiter. Wenn du nicht herumplappern würdest, sondern zuhören, dann hätte ich dir längst gesagt, dass ein Teil von deinem Te whaka sonstwie inzwischen mir gehört. Ich habe ein Stück Land und ein Haus gekauft!«

Von Michaels Geld? Die Frage lag Kathleen auf der Zunge, aber sie beherrschte sich gerade noch. Der Ausdruck auf Ians Gesicht war schon beängstigend genug, sie wollte ihn nicht weiter reizen. Die Nachricht verstärkte jedoch ihren Ärger – so aufregend sie war.

Eigenes Land! Ein eigenes Haus! Sie hatte sich das immer gewünscht, nur ... in ihren Träumen hätte ihr Mann sie nicht so vor vollendete Tatsachen gestellt. Hätte Ian nicht warten können, bis sie es sich mit ihm anschaute? Und wie konnte er überhaupt darüber bestimmen, in Port Cooper zu siedeln, wo doch draußen vielleicht viel weiteres, besseres Land zur Verfügung stand?

Kathleen biss sich auf die Lippen. »Ian, das ist ... das ist sicher schön. Aber ... aber hast du nicht daran gedacht, vielleicht woanders Land zu kaufen? Hinter den Bergen? Vielleicht ... vielleicht wäre es auch billiger gewesen. Hast du schon unterschrieben?« Es musste möglich sein, vernünftig mit Ian zu reden.

Ian runzelte die Stirn – Kathleen sah, dass ihr Einwand ihn ärgerte. »Natürlich habe ich unterschrieben, ich muss das ja wohl nicht mit dir abstimmen! Und natürlich habe ich an alles gedacht, ich bin ja nicht dumm. Aber dies hier ist die einzige größere Ansiedlung im weiten Umkreis. Und hier kommen alle Neusiedler durch, zwangsläufig. Also der beste Standort für einen Viehhandel.

Der einzige Standort. Ich denke, ich kann dich morgen abholen, Mary Kathleen. Bis dahin bringe ich unsere Sachen in unser Haus, du kannst es dann wohnlich einrichten.«

Kathleen konnte bisher kaum aufstehen. Die Geburt gleich nach der langen Schiffsreise hatte sie mehr angestrengt als erwartet, wobei Pere und John viel Verständnis für sie aufbrachten. Der große, bärenstarke John Seeker nahm einfach sein Bettzeug mit in die Schmiede, und Pere streckte sich neben Kathleen aus. Die Frauen verstanden sich gleich. Am Abend flüsterten sie miteinander und tauschten Geschichten aus. Pere erzählte dem kleinen Sean die ersten Märchen aus seiner Heimat Aotearoa.

»Er muss kennen sein Geschichte!«, erklärte sie Kathleen. »Für uns ist wichtig, wir nennen *pepeha*. Jeder kann erzählen, mit welche Kanu Vorfahren kommen in diese Land, wo hat gesiedelt, was hat gemacht. Auch die Geschichte von Ahnen.« Pere überlegte kurz, bevor sie die Unterhaltung auf gefährliches Terrain führte. »Dein Mann nicht glücklich mit Kind. Warum? Ist Sohn! Alle wünschen Sohn.«

Kathleen hatte inzwischen gelernt, dass *pakeha* das Maori-Wort für die ersten europäischen weißen Siedler war, *pakeha wahine* hieß weiße Frau, *pakeha tane* weißer Mann. Die Maori selbst nannten sich Moa-Jäger. Das kam von einem Vogel, der in Aotearoa gelebt hatte, als sie gekommen waren. Inzwischen war das Tier allerdings ausgestorben.

Kathleen seufzte. Sie wusste nicht recht, was sie antworten sollte. Aber Pere sprach bereits weiter.

»Ist vielleicht von andere Mann? Bei uns nichts machen, Kinder willkommen. Aber *pakeha* …«

Kathleen errötete und wurde von namenlosem Entsetzen erfasst. War es so einfach zu erkennen? Würden alle es wissen? Alarmiert griff sie nach Peres Arm.

»Um Gottes willen, Pere, erzähl das bloß niemandem!« Kathleens Stimme wurde flehend. »Bitte, dieses Kind ist ein Coltrane, ich habe … ich habe alles getan, um ihm den Namen zu geben und einen Vater. Niemand darf wissen, dass … Niemand, bitte! Bitte erzähl es nicht einmal John!«

Pere zuckte die Schultern. »Mir ist gleich. Ich nicht erzähl niemand. Aber du hast Kind gegeben nur Namen. Nicht Vater! Vater ist mehr als Name. Und deine Mann ist nichts.«

Kapitel 5

Michael Drury hielt Lizzie Owens für ein anständiges Mädchen. Drei ganze Tage lang. Und Lizzie hatte sich niemals glücklicher gefühlt.

Die Männer vom unteren Deck erholten sich nur langsam von ihrem Fieber. Lizzie und die anderen Frauen verbrachten noch viele Stunden damit, die Kranken zu waschen, mit Essig und Gin abzureiben, ihnen Wasser, Tee und schließlich Suppe einzuflößen. Zu Mrs. Bailiffs und Anna Portlands Genugtuung starb kein einziger unter ihren Händen. Und Michael schaffte es am dritten Tag sogar, Lizzie zuzulächeln und sie nicht mehr mit Kathleen anzusprechen.

»Elizabeth …«, sagte er sanft. »Sehen Sie, ich erinnere mich … Sie haben mir Ihren Namen gesagt, als ich krank war, und behauptet, kein Engel zu sein. Aber das glaube ich nicht. Ein Engel sind Sie zweifellos …«

Lizzie lächelte, und Michael fand, dass sie hübsch aussah. Bislang war sie ihm unscheinbar, sicher warmherzig, aber nichtssagend erschienen. Nun aber bezauberte ihn ihr warmes, alles verstehendes Lächeln.

»Ein Engel landet nicht auf einem Gefängnis-Schiff«, bemerkte sie. »Es sei denn, er hätte sich arg verflogen …«

Michael lächelte zurück und trank einen Schluck von dem Tee, den Lizzie ihm reichte. »Sie sagen es selbst, zweifellos ein Irrtum. Warum schickt man Sie nach Van-Diemens-Land, Elizabeth?«

»Lizzie«, berichtigte sie, obwohl sie sich geschmeichelt fühlte. Elizabeth klang schön, wichtig und … gut. »Ich habe ein Brot gestohlen«, bekannte sie. »Ich war hungrig. Und Sie?«

Lizzies Herz klopfte heftig. Sie hatte Angst vor dieser Frage gehabt – weshalb sie auch bislang vermieden hatte, sie Mrs. Bailiff oder gar Jeremiah zu stellen. Michael hatte in Ketten gelegen, er gehörte offensichtlich zu den Schwerverbrechern. Aber sie konnte sich nicht vorstellen, einen Räuber oder Mörder vor sich zu haben.

»Drei Säcke Korn«, sagte Michael. »Unser ganzes Dorf war hungrig.«

Lizzie fühlte sich schwach vor Erleichterung. Also hatte auch er aus Not gefehlt! Und obendrein, um anderen zu helfen!

Sie lächelte glücklich. »Das zählt nicht!«, erklärte sie. »Der … die Richter … sie sind einfach niemals hungrig.«

Ein paar Tage lang schwebte Lizzie wie auf Wolken. Michael war kein Verbrecher, er konnte sich in Australien bewähren und später frei sein – genau wie sie. Als sie nachts auf ihrer Pritsche lag, gestattete sie sich, von einer solchen Freiheit zu träumen. Felder, ein Garten, ein Haus – und Michael, der sie schüchtern fragte, ob sie nicht all das mit ihm teilen wollte.

Natürlich war das Zukunftsmusik, es gab ja irgendwo noch diese Kathleen, die Michael offensichtlich liebte. Mary Kathleen – Lizzie wollte nicht eifersüchtig sein, aber sie fühlte fast etwas wie Hass auf das engelsgleiche Wesen, als das er ihr seine Liebste in der alten Heimat schilderte. Sie hatte vorsichtig gefragt, einen Scherz daraus gemacht, dass sie zu gern etwas von dem Mädchen wissen wolle, für das er sie gehalten habe. Ob sie einander denn so ähnlich sähen?

Lizzie hatte sich verletzt gefühlt, als er diese Frage mit einem Lachen quittierte. Nein, natürlich habe sie nichts gemeinsam mit dieser goldlockigen Fee mit ihren leuchtend grünen Augen, ihrer hochgewachsenen Gestalt … Michael wollte gar nicht mehr aufhören, von seinem Mädchen zu schwärmen.

Lizzie konnte sich nur in Geduld üben. Gut, leibhaftig könnte sie niemals gegen dieses reizende Mädchen bestehen, aber wenn man es praktisch sah: Kathleen war weit weg, Michael würde sie nie wiedersehen, und irgendwann würde ihr Bild verblassen. Lizzie dagegen hatte er täglich vor Augen, und auch wenn sie nicht schön war – Michael war ein Mann. Auf die Dauer würde er eine Frau brauchen, und warum sollte Lizzie nicht auch einmal Glück haben? Unter den Deportierten waren nur wenige wirklich schöne Frauen, und die wurden schnell weggeheiratet.

Der Master des Schiffes hatte sich für die schöne Velvet entschieden. Sie gab sich ihm widerwillig hin, wobei ihn gerade ihre spröde Art zu reizen schien. Velvet würde sich in der neuen Heimat nicht mit einem Häftling abgeben. Ein freier Siedler oder ein Soldat konnte ihr mehr bieten – vorzeitige Freilassung und obendrein ein großes Haus und Dienstboten.

Und Michael … Lizzie erkannte jetzt schon, dass er nicht zu den einfachsten Menschen gehörte. Natürlich war er freundlich, klug, sie liebte seine Scherze und seine Schmeicheleien. Aber er war auch stolz und leicht erregbar. Lizzie wusste inzwischen, warum man ihn mit den Schwerverbrechern angekettet hatte. Michael Drury würde sich nicht anpassen, und wenn er trotzdem in einem System überleben wollte, das den Sträflingen nun mal Wohlverhalten und Demut abforderte, würde er eine Frau brauchen, die zu ihm stand.

Lizzie verfolgte keine besondere Strategie, um Michael Drury für sich zu interessieren. Zu oft war sie gezwungen gewesen, Männern etwas vorzumachen. Für Michael wollte sie nur da sein, sie wollte nichts, als ihm Gutes zu tun. Dass sie dabei wieder einmal in ein Dilemma geriet, bemerkte sie nicht gleich. Wenn sie sich jetzt mit Jeremiah an Deck traf und ihm zu Willen war, bat sie um Pökelfleisch und Wurst. Angeblich, um dem Eintopf für die Kranken etwas Stärkendes hinzuzufügen. Tatsächlich brachte sie es nur Michael.

»Wir kriegen das als Lohn für die Krankenpflege«, schwindelte sie ihm vor. »Aber du brauchst es nötiger als ich!«

Der Ton zwischen den Kranken und den pflegenden Frauen wurde in den letzten Tagen immer formloser. Die ersten Männer waren schon wieder kräftig genug, ihre Freude in den Armen willfähriger Mädchen zu suchen – woraufhin sich die Menge der pflegebereiten Frauen täglich vergrößerte. Lizzie war nicht die Einzige, die sich in einen der jungen Männer verliebte, auch die anderen hatten genug von den Zweckgemeinschaften mit Matrosen und Wachpersonal. Zudem ging die Reise ihrem Ende zu, und viele Mädchen sehnten sich nach einem Mann, der sie dann nicht verlassen würde, sondern der ihnen vielleicht eine Stütze sein konnte im neuen Land.

»Sie ist ein reizendes Mädchen …«, sagte Michael zu einem der anderen Iren aus dem Zuchthaus in Wicklow. Die Männer lagen nebeneinander, seit Billy Rafferty gestorben war, und hatten sich dabei etwas angefreundet. »Die Engländer sind verrückt! So ein nettes Ding zu deportieren, nur weil sie ein Brot gestohlen hat!«

Hank Lauren lachte dröhnend. »Die mag ja ein Brot gestohlen haben«, bemerkte er dann. »Aber nur, weil sie gerade zu faul war für den nächsten Freier!«

Michael richtete sich empört auf den Ellenbogen auf. »Was soll das, Hank? Für dich ist wohl jedes Mädchen eine Hure!«

Erneutes Lachen erklang, diesmal verstärkt durch den Matrosen auf dem Bett an Michaels anderer Seite.

»Und du stehst auf die mit dem Heiligenschein!«, zog er Michael auf. »›Mary Kathleen‹ … Allein, wie du's aussprichst, ist's fast ein Gebet …«

»Wobei zu hoffen bleibt, dass wenigstens ›Mary Kathleen‹ so heilig ist, wie sie dich hat glauben machen. Die kleine Lizzie hier schafft jedenfalls an«, höhnte Hank, in Wicklow ein stadtbekannter Gauner und Zuhälter.

»Und damit hat sie kaum erst hier auf dem Schiff angefangen«, fügte der Matrose hinzu.

Michael sah zu Lizzie hinüber, die ihr wärmendes Lächeln gerade einem der Männer schenkte, deren Leben noch stark auf der Kippe stand. Sie umsorgte den Mann liebevoll – und nichts deutete auf irgendein über die Krankenpflege hinausgehendes Interesse hin.

»Und wie kommt ihr zwei zu der Erkenntnis?«, fragte er widerwillig.

»Wir sind einfach keine solchen Landeier wie du!«, neckte ihn Hank. »Herrgott, Mickey, das sieht man doch, wie sich so'n Mädel bewegt … wie es einen anfasst … und davon mal abgesehen: Was meinst du denn, woher das da kommt?« Hank Lauren wies auf das Pökelfleisch und den Schiffszwieback, dessen Reste Michael sich eben von den Fingern leckte. »Zusatzrationen für die Pflege, dass ich nicht lache!«

»Und was, glaubst du, macht sie hier allein an Deck fast jede Nacht, wenn sie schnell noch mal nach dir schaut?«, fragte der Matrose. »Hat sie sich dann selbst rausgelassen aus dem Gefängnisdeck? Nein, nein, Michael – dann hat Miss Lizzie einen oder zwei Kerle von den Wachmannschaften drübergelassen und belohnt sich mit einem Blick in deine schönen Augen …«

Michael sagte nichts dazu, aber von da an beobachtete er Lizzie aufmerksamer. Und hörte sie am Abend tatsächlich mit Jeremiah flüstern, bevor sie zu ihm kam. Lizzie war enttäuscht, als er sie nur frostig grüßte und keine seiner sonstigen Schmeicheleien anbrachte. Am Tag zuvor hatte er sie »seinen Abendstern« genannt und sie lächelnd einen Stern am Himmel aussuchen lassen, den er nach ihr nennen wollte.

Jetzt beschränkte er sich auf ein »Guten Abend, Lizzie. Na, Arbeit geschafft?«

Michael sprach nicht aus, was er wusste, und er machte ihr auch keine Vorwürfe. Trotzdem weinte sich Lizzie auf ihrer Pritsche die Augen aus. Ihr schöner Traum war ausgeträumt, sie hatte es in seinen Augen gesehen. Elizabeth war wieder Lizzie, der Engel wieder die Hure.

Nach einer Reise von genau hunderzehn Tagen legte die *Asia* an einem kühlen Morgen im Juli in Hobart Harbour an. In Australien, hatte Jeremiah Lizzie verraten, war jetzt tiefster Winter, und entsprechend kalt und regnerisch zeigte sich auch die dem Kontinent vorgelagerte Insel. Die *Asia* lief den Hafen von Hobart an, und der Master des Schiffes übergab die Papiere der Gefangenen und damit seine menschliche Ladung dem Gouverneur von Van-Diemens-Land. Michael bekam von all dem nichts mit, man hatte ihn und die anderen Schwerverbrecher schon wieder unter Deck gebracht, kaum dass Land in Sicht kam.

»Die Kerle sind wieder ganz gesund!«, erklärte der Kapitän der empörten Mrs. Bailiff. »Und wenn sie jetzt Land sehen, gibt ihnen das zusätzlich Auftrieb. Ich riskiere ganz sicher keinen Aufstand ein paar Stunden, bevor ich die Ladung los bin!«

Die Frauen durften dagegen vom Deck aus zusehen, wie das Schiff anlegte. Dabei schien ihnen die kleine Stadt, die sich um ein natürliches Hafenbecken herum formierte, gar nicht so bedrohlich. Die Gebäude wirkten neu und einladend, nicht wie ein Gefängnis.

»Das Gefängnis ist auch in Port Arthur«, verriet der gesprächige Jeremiah der neugierigen Lizzie. »Aber da schicken sie nur die Schwerverbrecher hin. Ausschließlich solche, die hier in den Kolonien noch mal rückfällig geworden sind, der letzte Abschaum. Die anderen packen sie in Arbeitslager, längst nicht so streng bewacht.«

»Und die Frauen?«, fragte Lizzie ängstlich.

»Spezielle Einrichtungen«, meinte Jeremiah. »Aber soll alles halb so schlimm sein. Wart's ab, Lizzie, lass mich noch ein zwei Reisen machen, dann hol ich dich …«

Lizzie glaubte das nicht, sah jetzt aber hoffnungsvoll auf die Häuser und Befestigungen Hobarts. Die Stadt lag an der Flussmündung des Derwent River, am Fuß eines Berges. Sie wirkte sauberer als London, überschaubarer, die Luft schien klarer, trotz des Regens, der den Blick trübte. Vor allem aber war dies endlich wieder Land. Lizzie spürte, wie eine Beklemmung von ihr abfiel. Sie hätte es nicht zugegeben, aber das Wissen, meilenweit vom nächsten Festland entfernt über einen gewaltigen Ozean zu segeln, hatte sie geängstigt.

Die Ersten, die das Schiff verlassen durften, waren die Passagiere und zukünftigen Siedler. Mrs. Bailiff und Mrs. Smithers verabschiedeten sich freundlich von Anna Portland und hatten auch für Lizzie und die anderen Helferinnen der ersten Stunde ein paar freundliche Worte.

Lizzie selbst nahm Abschied von Jeremiah – einerseits aufatmend, andererseits fast etwas widerstrebend. Sie hatte den Wachmann nicht geliebt, und sie nahm zudem an, dass die Ablehnung, die Michael sie in den letzten Tagen immer deutlicher hatte spüren lassen, mit ihrem Verhältnis zu Jeremiah zusammenhing. Aber andererseits hatte ihr der Mann geholfen, die Reise zu überstehen. Er war stets freundlich gewesen, hatte nie Wut und Frustration über seine Vorgesetzten an ihr ausgelassen. Lizzie hatte einen Beschützer gebraucht, und sie hatte Jeremiah dafür bezahlt – mit dem einzigen Zahlmittel, das sie besaß. Wenn Michael das nicht einsah, so ließ sich daran nichts ändern.

Lizzie rieb sich entschlossen die Tränen aus den Augen. Jeremiah küsste sie gerührt. Er musste denken, sie weine um ihn, und Lizzie ließ ihn in diesem Glauben.

»Cascades Female Factory …«

Eine stabile, streng gekleidete Wärterin wies dem Fahrer das Ziel des Transports an, nachdem sie die Frauen mithilfe des Militärs auf Planwagen verteilt hatte. Lizzie, Candy und Anna Portland klammerten sich aneinander. Nach der langen Zeit auf dem Schiff schien der Boden unter den Frauen zu schwanken. Anna wäre fast gefallen, als sie die Gangway heruntergetrieben wurden, und Lizzie hatte selbst jetzt im Wagen das seltsame Gefühl, über unsicheren Grund gefahren zu werden. Hinaussehen konnten die Frauen kaum, lediglich Velvet spähte durch einen Spalt in der Plane. Die Frauen erhaschten kurze Blicke auf saubere, kleine Straßen, Holzhäuser und trutzige Gebäude aus rötlichem Stein.

»Alles von Sträflingen gebaut«, bemerkte Velvet.

Ihre Stimme klang teilnahmslos. Lizzie fragte sich, ob sie dem Master nachtrauerte, der sie in den letzten Wochen fast jede Nacht in sein Bett geholt hatte. Aber wie immer gab das schöne schwarzhaarige Mädchen nichts von sich preis.

Auch die Female Factory, der Arbeitsplatz der weiblichen Sträflinge, war aus Stein erbaut. Langgezogene, schmucklose Gebäudekomplexe und Zellentrakte.

Die Wärterin befahl die Frauen zunächst in einen Warteraum, dann durften sie sich unter strenger Aufsicht waschen und erhielten Anstaltskleidung. Anna Portland sah ihrer Haube traurig nach, als ein paar Sträflingsfrauen mit der getragenen Kleidung der Neuankömmlinge verschwanden. Die in aller Regel abgenutzten, nach der Reise verdreckten Sachen wurden verbrannt.

»Und nun Haare schneiden!«, befahl die Aufseherin – eine Anweisung, die Schreie des Entsetzens nach sich zog.

Lizzie sah fassungslos zu, wie Annas mit grauen Fäden durchzogenes braunes Haar fiel, Candy schluchzte verzweifelt, als man ihre prächtigen roten Locken stutzte, und auch Lizzie weinte, als die Schere einer gelangweilten Wärterin durch ihr langes weiches Haar fuhr. Es wuchs nicht sehr schnell, sie würde Jahre brauchen, bis sie wieder halbwegs ansehnlich aussah.

Velvet sah dem Fall ihrer tiefschwarzen Flechten stoisch zu, aber Lizzie meinte, hinter dem unbeteiligten Blick ein wütendes Aufflackern der dunklen Augen zu sehen. Mehr Gefühl, als das Mädchen während der ganzen Reise gezeigt hatte.

Anna, Lizzie, Candy und Velvet bezogen gemeinsam mit acht anderen Gefangenen einen Schlafraum. Er erwies sich als geräumig und, wie alles in der Female Factory, makellos sauber.

Die Leiterin ihres Traktes hielt denn auch gleich einen Vortrag darüber, wie sich das gottgefällige Leben der Frauen abspielen würde. So wurde jeden Morgen vor Arbeitsbeginn gemeinsam gebetet und desgleichen am Abend. Der Gefängnisdirektor höchstpersönlich hielt die Gebetsstunden ab, die Wärterinnen inspizierten derweil die Zellen auf Sauberkeit und Ordnung. Die Arbeit begann um sechs und wurde, unterbrochen von den Mahlzeiten und Gebetsstunden, bis Sonnenuntergang fortgeführt. Freizeit gab es nicht.

Immerhin zahlte sich Annas und Lizzies Arbeit auf dem Schiff jetzt aus – ebenso wie Velvets erstklassige Beziehungen zum Master. Alle drei erhielten sofort den Status einer Gefangenen Erster Klasse, was einige Vergünstigungen beinhaltete. So wurden sie zu weniger schwerer Arbeit eingesetzt: Anna erhielt einen Posten auf der Krankenstation, Lizzie und Velvet landeten in der Küche und wurden kaum beaufsichtigt.

»Ihr könntet weglaufen!«, meinte Candy fast ein bisschen neidisch. Sie gehörte zur Zweiten Klasse, aber nach drei Monaten guter Führung konnte auch sie aufsteigen.

Anna schüttelte den Kopf. »Wo sollen wir denn hier hin, Kindchen?«, fragte sie sanft. »Ein Gefängnis, mitten im Nichts …« Die Female Factory lag in einer Art lichtem Buschland, nicht kultiviert und meilenweit von der nächsten Ansiedlung entfernt. »Sie würden dich aufgreifen, bevor du auch nur die Stadt erreichst. Und wovon willst du da leben? Deinem alten Gewerbe nachgehen? Sie würden dich schneller erwischen, als du die ersten drei Freier zufriedengestellt hättest …«

Tatsächlich erwies es sich als völlig unnötig, aus der Cascades Female Factory zu fliehen. Es genügte, sich halbwegs gut zu führen, um bald eine Begnadigung zu erhalten – und selbst das ließ sich noch beschleunigen, indem man einfach heiratete.

Candy erlebte das schon nach zwei Monaten in der Näherei, der sie als Arbeitskraft zugeteilt worden war. »Ihr könnt es euch nicht vorstellen!«, berichtete sie aufgeregt. »Wir mussten uns alle in einer Reihe aufstellen – Erste-Klasse-Mädchen natürlich vorn –, und dann gingen drei Männer an uns vorbei. Zwei waren neue Siedler, einer Soldat. Der eine Siedler wusste auch schon, was er wollte, er hatte Annie Carmichael wohl auf dem Schiff kennen gelernt. Jedenfalls war sie die Erste, vor der ein Taschentuch auf den Boden segelte. Sie wurde rot wie ein Truthahn, als sie's aufhob – und damit war sie verlobt!«

Lizzie und die anderen sahen Candy mit offenem Mund an. Sie redete ohne Unterlass aufgeregt auf die Mädchen ein.

»Die anderen Kerle begutachteten uns wie Stuten auf dem Pferdemarkt«, fuhr Candy fort. »Ich wartete nur drauf, dass sie unsere Zähne prüften. Aber anfassen war nicht, nur gucken. Dann ließen sie ihre Taschentücher fallen – eins von den Mädchen hob es auf, das andere fing an zu heulen … Die trauert wohl noch irgendeinem Liebsten in England nach. Ich dachte mir, jetzt sagt ihr der Mann, er käme wieder. Erwartet man ja irgendwie … Aber nein, er guckte sich einfach 'ne andere aus. Die drei werden jetzt begnadigt und getraut. Ist das zu fassen? Dieses Mal war ich ja noch zu schüchtern, und mit dem gestutzten Haar seh ich auch aus wie 'n gerupftes Huhn. Aber nächstes Mal werd ich die anderen in Grund und Boden lächeln. Ich nehm so einen Kerl, und dann bin ich hier raus!«

Auch Lizzie erlebte nach einigen Monaten den Besuch von zwei Männern in der Küche. Das Hauspersonal des Gefängnisses musste sich aufstellen, wie Candy beschrieben hatte, und die Männer wählten. Lizzie meinte, dabei vor Scham fast im Boden zu versinken. Natürlich hatten die Männer auch auf der Straße in London die Wahl gehabt. Lizzie war oft neben anderen Huren die Wege entlangflaniert. Aber da war es immerhin ihre Entscheidung gewesen, wie und wann sie sich präsentierte. Sie hatte sich hinter Schminke oder hinter ihrem schmucken Hütchen verstecken können. Natürlich war es Selbsttäuschung, aber sie hatte doch das Gefühl gehabt, ihr Schicksal in der Hand zu haben. Hier dagegen … Pferdemarkt, Sklavenmarkt … Lizzie lächelte nicht.

Velvet rang sich natürlich auch kein Lächeln ab, wurde aber trotzdem gewählt. Der Mann war weder jung noch schön, Lizzie fragte sich, warum Velvet das Taschentuch dennoch aufhob. Ihr künftiger Gatte erwies sich als Soldat, sie würde mit ihm in eine kleine Wohnung in den Kasernen ziehen.

An Lizzie verschwendete keiner der Männer auch nur einen zweiten Blick, aber das Mädchen hatte trotzdem Herzklopfen, als der Gefängnisdirektor der Female Factory sie eines Nachmittags zu sich rufen ließ. Gewöhnlich widerfuhr das nur Frauen, die gefehlt hatten – oder denen, die zum Heiraten ausgewählt worden waren.

An Verfehlungen konnte Lizzie sich nicht erinnern. Hatte sich also womöglich einer der Männer doch noch für sie entschieden? Und wie konnte sie ablehnen, ohne ihren Status als Erste-Klasse-Gefangene zu verlieren?

Ängstlich schlich sie durch die langen, ungemütlichen Gänge der Factory, in denen es eigentlich immer zog – sogar jetzt im Februar, dem australischen Sommer.

Aber dann war es kein Mann, der dem strengen Gefängnisleiter gegenübersaß, sondern eine gut gekleidete Frau. Lizzie erkannte die kleine, knochige Mrs. Smithers. Sie knickste artig.

»Elizabeth Owens …«, der Gefängnisdirektor hatte eine hohe, schneidende Stimme, vor der die Frauen erzitterten, »… du kennst Mrs. Smithers, nehme ich an …«

Lizzie nickte. »Ich hoffe, es geht Ihnen gut!«, sagte sie höflich.

Mrs. Smithers lächelte. »Sehr gut, Mädchen, wir …«

Der Direktor unterbrach sie. Er hörte sich am liebsten selbst reden und schien auf keinen Fall vorzuhaben, seine Besucherin ihr Anliegen persönlich vortragen zu lassen.

»Elizabeth, Mrs. Smithers braucht ein Hausmädchen. Und da du auf dem Schiff einen ausgezeichneten Eindruck auf sie gemacht hast, hat sie ausdrücklich darum gebeten, dich ihr zuzuweisen.«

Lizzie errötete und knickste wieder. Es kam vor, dass weibliche Sträflinge auch außerhalb der Factory zur Arbeit eingesetzt wurden. Die Posten in hochherrschaftlichen Häusern waren begehrt – schließlich brachte man den ganzen Tag außerhalb der Anstalt zu, bekam etwas von der Stadt zu sehen und versäumte mitunter sogar die Abendandacht. Zudem war das Essen deutlich besser als in Cascades. Die dort verabreichte Nahrung war ausreichend, aber nicht sehr abwechslungsreich und kaum gewürzt. Es gab Brot und Porridge zum Frühstück, Brot und Gemüsesuppe zum Mittag- und Abendessen. Werktags, sonntags, feiertags. Niemand musste hungern, aber Lizzie hatte auch längst aufgehört, sich auf die Mahlzeiten zu freuen.

»Wobei wir es hier mit einem besonderen Fall zu tun haben …«, führte der Gefängnisdirektor weiter aus. »Mr. Smithers beaufsichtigt die Arbeiten an der Straße von Hobart nach Launceston. Das Haus, das er bewohnt, liegt bei Campbell Town, also näher an Launceston als an Hobart. Eigentlich wäre …«

»Auch für ein Mädchen aus der Launceston Factory wäre der Weg zu weit, um ihn jeden Tag zurückzulegen«, bemerkte Mrs. Smithers. »Was der Herr sagen will, Lizzie … Elizabeth … ist, dass du in unserem Haus wohnen müsstest, wenn du die Arbeit annimmst. Wäre dir das recht?«

Lizzie erschrak. Sie wusste, dass die meisten Mädchen jetzt gejubelt hätten, aber ihre Gefühle waren eher zwiespältig. Sie hatte nie daran gedacht, die Female Factory so bald verlassen zu können, und wenn sie ehrlich sein sollte, so machte ihr das nicht mal allzu viel aus. Im Gegenteil, Lizzie hatte sich selten so sicher gefühlt wie in diesem Gefängnis. Die Arbeit war nicht schwer – die Köchin, eine dicke, freundliche Frau, lachte und scherzte mit ihren Mädchen und hatte noch nie eines geschlagen. Auch in Lizzies Schlafsaal waren alle Frauen umgänglich, alles war sauber und ordentlich.

Das Essen war nichts Besonderes, aber es kam dreimal täglich, Lizzie war zum ersten Mal im Leben immer satt. Die vielen Gebete langweilten sie zwar manchmal, aber andererseits sonnte sie sich in dem Gefühl, einmal im Leben wirklich bedenkenlos gut sein zu können. Die Aufseherinnen und der Pfarrer waren freundlich zu ihr, am Sonntag konnte sie manchmal in der Bibel oder anderen meist erbaulichen, aber wenig spannenden Büchern lesen oder mit den Kindern der anderen Gefangenen spielen. Einige Frauen waren tatsächlich mit ihren Sprösslingen deportiert worden, und wenn sich eine der Siedlerinnen hier in Van-Diemens-Land strafbar gemacht hatte, kamen ihre Kinder mit in die Female Factory. Die Kleinen wurden unterrichtet, es ging ihnen gut – und Lizzie konnte den Umgang mit ihnen genießen, ohne sich ständig um sie sorgen zu müssen.

Auf die Dauer hoffte sie auf eine Arbeit in der Kinderbetreuung, aber noch schöner wäre natürlich eine Arbeit als Kindermädchen außerhalb der Anstalt. Auf jeden Fall hatte sie sich darauf eingerichtet, die nächsten dreieinhalb Jahre in Cascades zuzubringen. Nach der Hälfte der Strafzeit wurden Frauen gewöhnlich begnadigt. Dann konnte sie eine Arbeit in der Stadt suchen, sich vielleicht nach einem Mann umsehen …

Manchmal gestattete Lizzie sich neuerdings wieder Träume. Auch wenn das Gesicht ihres Märchenprinzen von Wolken umschattet blieb. Sie musste sich dann nicht eingestehen, dass dessen Körper immer noch Michael Drury glich.

Und nun dieses Angebot, zu den Smithers nach Campbell Town zu ziehen …

»Wir haben ein hochherrschaftliches Haus bezogen«, führte Mrs. Smithers lächelnd aus. Anscheinend blieb ihr Lizzies Ratlosigkeit nicht verborgen. »Die Besitzer sind für einige Zeit in England und haben es uns freundlicherweise überlassen, solange an diesem Abschnitt der Straße gearbeitet wird. Jedenfalls brauche ich dringend ein Hausmädchen, und ich denke, du wirst dich bei uns wohl fühlen. Du bekommst ein schönes Zimmer, die Köchin ist umgänglich, der Gärtner …« Sie zwinkerte. »Nun, ich hoffe natürlich, du wirst uns nicht gleich weggeheiratet wie deine Vorgängerin. Was ist, Lizzie, stimmst du zu?«

»Vor allem muss natürlich die Cascades Female Factory zustimmen!«, bemerkte der Gefängnisdirektor streng. »Aber da sich das Mädchen bislang gut geführt hat …«

Lizzie wusste kaum, was mit ihr geschah, aber schon eine Stunde später saß sie neben Mrs. Smithers in einer schmucken kleinen Chaise und reiste Richtung Launceston.

Kapitel 6

Kathleen Coltrane schleppte sich den Berg hinauf. Das Wetter war wunderschön an diesem Frühlingstag, und weit hinter den Hügeln, die Port Cooper umgaben, waren die majestätischen Gipfel der Südalpen zu sehen. Dazwischen sollte flaches Grasland liegen – ein Anblick, von dem Kathleen oft träumte. Besonders, wenn sie wieder einmal zu Fuß und mit zwei Kindern über die steinigen Straßen Port Coopers zu ihrem Haus hinaufsteigen musste.

Fast alle Häuser in der aufstrebenden Hafenstadt, die neuerdings auch Port Victoria genannt wurde, lagen in den Hügeln. Auch das kleine, blau gestrichene Cottage, das Ian zwei Tage nach ihrer Ankunft erworben hatte. Kathleen dachte an den Tag, an dem sie das erste Mal den Aufstieg bewältigen musste. Sie wäre beinahe zusammengebrochen.

Drei Tage nach der Geburt ihres Sohnes und so kurz nach der langen Seereise schien sich ein dunkler Abgrund vor ihr aufzutun, als sie aufstand und zu gehen versuchte. Aber Ian kannte kein Pardon. Er hatte ein Haus erworben, und er wollte es mit seiner jungen Frau beziehen. Dabei hatten sie kaum ein Möbelstück gehabt. Der Vorbesitzer – er war in die Canterbury Plains gezogen – hatte nur das Mobiliar hinterlassen, das er in seinem neuen Haus nicht brauchte. Beim Betreten der kalten, unwirtlichen Wohnung war Kathleen in Tränen ausgebrochen.

»Wo soll ich denn mit dem Kind hin? Wo sollen wir schlafen?«

Ian zuckte darüber nur mit den Schultern. »Wir werden ein Bett kaufen. Von mir aus auch eine Wiege, die werden wir ja noch öfter brauchen. Du kannst dich darum kümmern, ich gebe dir Geld. Und vorerst … Nun tu mal nicht so, Kathleen, als habe man in deiner Familie nicht auf dem Boden des Cottages geschlafen.«

Das stimmte natürlich, aber man hatte Matten gehabt, und immer hatte ein Feuer gebrannt. Kathleen war nicht so krank und erschöpft gewesen. Ian hatte auch noch keine Lebensmittel besorgt, vor allem keine Milch. Nur ein Sack Mehl lag auf dem dreibeinigen Tisch. Kathleen hätte daraus Brot backen können, wenn es ihr nicht so schlecht gegangen wäre.

»Wie gesagt, Kathleen, kümmere dich!«, befahl Ian. »Ich muss in den Stall, wahrscheinlich krieg ich nachher schon das erste Pferd herein. Die Mähre vom Müller, er sagt, sie sei schwierig, sie wär ihm mit dem Brotwagen durchgegangen. Nun, das werde ich schon richten. Aber der Haushalt ist wirklich deine Sache!«

Kathleen warf einen hoffnungslosen Blick auf den Ofen in der Küche – der nicht nur nicht brannte, sondern für den obendrein kein Holz vorhanden war. Bestimmt gab es draußen welches. Aber sie konnte sich nicht aufraffen, noch einmal hinauszugehen. Nicht, solange der Boden unter ihr zu schwanken schien.

Sie legte Sean auf eine Decke und inspizierte das Haus. Zum Glück schlief das Kind – und sie hatte auch Milch, um es zu nähren. Zumindest bisher – Pere hatte sie mit Suppe und seltsamen, Süßkartoffeln genannten Früchten ausreichend versorgt. Aber jetzt – Kathleen wusste nicht, ob sie die Kraft aufbringen würde, irgendetwas zuzubereiten.

Dabei war das Haus als solches sehr schön. Einfach, aber zweckmäßig konstruiert – ein Wohnraum, ein Schlafzimmer, ein weiteres Zimmer, in dem Sean schlafen konnte, und eine recht große Küche. Für irische Verhältnisse war dies ein hochherrschaftliches Heim, niemand in Kathleens Heimatdorf hatte vergleichbar viel Platz, selbst Trevallions Cottage war kleiner. Es gab sicher auch Ställe und Weiden, Ian dachte schließlich immer zuerst an seine vierbeinige Ware.

Kathleen musste widerstrebend zugeben, dass ihr Mann nicht schlecht gekauft hatte. Die Fenster der Küche öffneten sich zum

Hafen, Kathleen würde immer etwas zu sehen haben, wenn sie hier werkelte. Und schon der erste Blick nach draußen enthüllte ihr eine freudige Überraschung. Eben kam Pere mit einem Korb im Arm den Weg herauf, und zu ihr gesellte sich eine andere, jüngere Frau.

»Bringen Geschenke zu Einzug!«, rief die Maori-Frau ihr entgegen. Stolz überreichte sie ihrer neuen Freundin einen Korb voller Süßkartoffeln und Saatgut.

Ihre Begleiterin lächelte Kathleen an. »Ich bin Linda Holt, mein Mann ist der Müller hier«, stellte sie sich vor. »Und gerade hat er mir erzählt, dass Sie hier eingezogen sind. Ohne Möbel, ohne Vorräte, dafür mit einem neugeborenen Baby. Diese Männer! Carl ist gar nicht auf die Idee gekommen, Ihrem Gatten einen Krug Milch mitzugeben oder Schinken … Wir haben eine kleine Landwirtschaft …«

Die Frauen warteten Kathleens Einladung einzutreten nicht ab, sondern drängten gleich ins Haus.

»Herrgott!«, erregte sich Linda. »Die Shoemakers haben aber auch gar nichts dagelassen … Und … Was ist denn mit Ihnen? Sie sind ja ganz zitterig …«

Kathleen brachte kein Wort heraus, aber Pere erzählte der Müllersfrau in kurzen Worten, wie die Coltranes in Port Cooper gestrandet waren. Gleich darauf entfalteten die Besucherinnen emsige Geschäftigkeit. Pere holte große Mengen Holz herein und heizte sämtliche Öfen des Hauses.

»Muss mal Kälte raus, ist nicht gut für Baby!«, erklärte sie, als Kathleen protestierte. Holz war sicher teuer.

Linda lief nach Hause, um eine Wiege zu holen. Ihre eigene Tochter war gerade herausgewachsen. »Und bis das Kleine mal kommt«, meinte sie und tippte vergnügt auf ihren Bauch, »haben Sie längst eine eigene!«

Auf dem Rückweg brachte sie ihre Tochter mit, ein blondlockiges, niedliches kleines Ding. Kathleen passte auf das Kind auf, und Pere backte Brot – seltsame Fladen, die mit den Brotlaiben, die Kathleen bislang kannte, kaum etwas gemeinsam hatten. Linda kutschierte derweil das störrische Pferd ihres Gatten zum Tischler. Sie machte das sehr geschickt, mit ihr ging der Gaul nicht durch. Als sie zurückkehrte, fanden sich ein Bett, ein Tisch und zwei Stühle auf dem Wagen.

»Das hatte der Tischler gerade noch da. Was sonst noch fehlt, müsst ihr in Auftrag geben. Hilf mir mal, das Bett aufzubauen, Pere … Ist das sperrig! Ihr Maori schlaft auf Matten, nicht? Das ist wirklich viel praktischer!«

Praktisch war Lindas Lieblingswort, und Kathleen sollte die große, schlanke blonde Frau bald lieb gewinnen. Überhaupt wusste sie nicht, wie sie die erste Zeit in Port Cooper ohne die tatkräftige Hilfe ihrer Nachbarinnen überstanden hätte. Aber Linda und Pere, Veronica, die Frau des Tischlers, und Jenny, die winzige, aber äußerst couragierte Gattin des Holzhändlers, kochten für sie, liehen ihr Möbel und Haushaltsgegenstände, beschickten die Öfen und hatten vor allem immer ein tröstliches und freundliches Wort.

Ian betrachtete die weibliche Invasion in seinem Hause mehr als misstrauisch. Die Frauen merkten bald, dass er sie als störend empfand, und blieben weg, wenn sie sein Fuhrwerk vor dem Haus stehen sahen. Das war ganz in Ians Sinn, aber oft baten besonders Veronica und Jenny auch ihre Männer um Hilfe für die neuen Siedler. Der Tischler nahm Maß und lieferte die Möbel an, Jennys Gatte schickte einen Jungen mit Feuerholz vorbei. Wenn Ian dieser Besuche gewahr wurde, reagierte er zunehmend verärgert, je weiter Seans Geburt zurücklag. Und zwei Wochen, nachdem das Kind geboren war, legte er sich des Nachts auch wieder auf seine Frau.

»Nicht!« Kathleen wollte ihn vorsichtig wegschieben. »Das geht noch nicht, es ist zu früh. Ich bin … ich bin noch ganz wund …«

Ian hielt ihre Arme fest. »So, wund bist du? Kann doch wohl kaum noch von der Geburt kommen. Wer hat dich besucht, Kathleen? Mit wem vergnügst du dich, während ich schufte? Der Knabe sah gut aus, den ich aus dem Haus hab kommen sehen, als ich gestern heimkam …«

»Das war Jennys Ältester«, erklärte Kathleen und kämpfte gegen Ians Griff. »Gerade dreizehn Jahre alt. Er hat Feuerholz gebracht … meine Güte, Ian, wofür hältst du mich? Eine läufige Hündin, die für jeden Mann …«

»… die Beine breit macht? Nun, bisher hast du mir das Gegenteil noch nicht bewiesen. Und das Risiko, einen fremden Bankert aufzuziehen, geh ich nicht noch mal ein. Diesmal werde *ich* dich schwängern …«

Ian zwang sie unter sich und drang schnell in sie ein, obwohl sie einen Schmerzensschrei nicht unterdrücken konnte. Sean wimmerte, und Kathleen biss sich auf die Lippen. Sie hoffte inständig, dass die Nachbarn sie nicht gehört hatten.

Nur drei Wochen später machte Ian sein Vorhaben wahr. Kathleen empfing erneut und brachte ihren zweiten Sohn Colin gut zehn Monate nach ihrer Ankunft in dem neuen Land zur Welt. Aber während sie Sean ohne Schwierigkeiten getragen hatte, verlief diese Schwangerschaft kompliziert. Kathleen kämpfte mit Schwäche und Übelkeit und musste Sean zudem rasch entwöhnen, weil ihre Milch versiegte. Das Baby zeigte sich darüber empört. Es schrie anhaltend, Kathleen wusste nicht, wie sie es ruhig halten sollte, wenn Ian nach Hause kam.

Zum Glück war er häufig nicht da, seine Geschäfte liefen gut an und führten ihn oft für mehrere Tage in die Canterbury Plains. Viehmärkte wie in Irland und England gab es in Neuseeland noch nicht. Ian musste sein Gewerbe als eine Art fahrender Händler ausüben. Er kaufte ein paar Pferde, Schafe oder Rinder, trieb sie weiter über Land und bot sie dem nächsten Farmer zum Kauf an. Mit Pferden, Maultieren und Eseln funktionierte das natürlich besser als mit Weidevieh, dessen Transport Treiber und Hunde verlangte. Das galt verstärkt beim Handel zwischen den Siedlern in Port Cooper und den Farmern in den Plains: Es war fast unmöglich, nicht halfterführige Tiere über den steilen, unwegsamen Pass zu bringen, der den Hafen vom Inland trennte. In Port Cooper selbst konzentrierte Ian sich deshalb auf den Pferdehandel – und schaffte es innerhalb kürzester Zeit, die Beziehungen zu seinen neuen Nachbarn frostig zu gestalten.

Kathleen dachte darüber nach, während sie den Pfad emporkletterte, den noch tapsigen Sean an einer Hand und Colin in einer Trage auf den Rücken gebunden. Die andere Hand brauchte sie für den Transport ihrer Einkäufe. Sie schleppte Gemüse vom Markt am Hafen hinauf, Milch und geschrotetes Korn, um Brot zu backen und Brei für die Kinder zu kochen. Außerdem mühte sie sich mit einem sperrigen Sack Wolle ab, den sie hinter sich herzog. Sie musste gewaschen, kardiert und versponnen werden. Kathleen war geschickt in diesen Dingen, und besonders Linda, die rührige Müllersfrau, nahm ihre Dienste gern in Anspruch. Sie war auf einer Farm aufgewachsen und hielt sich ein paar Tiere im Stall neben der Mühle. Ihre fünf Schafe schor sie selbst. Handarbeiten wie Spinnen und Weben lagen ihr dagegen weniger.

Früher, dachte Kathleen bitter, hätten Linda oder ihr Mann ihr die Sachen mit dem Wagen vor die Haustür gebracht. Aber zurzeit lahmte ihr Pferd wieder einmal, und auch wenn Linda es nicht direkt sagte, so merkte Kathleen doch, dass man sie für Ians Rosstäuscherei abstrafte.

»Was hat sich dein Mann nur dabei gedacht, meinem Carl diesen alten Gaul zu verkaufen!«, erregte sich die Bäckersfrau immer wieder. Kathleen hatte es sich gerade an diesem Morgen erneut anhören müssen. »Die Stute vorher war ja etwas eigen – sie kam schon mal ohne Carl nach Hause …« In Lindas Stimme schlich sich ein verhaltenes Kichern. Sie selbst kam vom Land, ihr Mann aus einem Vorort von London. Er war ein hervorragender Bäcker und Müller, der Umgang mit Tieren lag ihm jedoch nicht. »Aber sie kam immerhin voran. Der Neue dagegen … ich wette, der hat mindestens zwanzig Jahre auf dem Rücken.«

»Kann man das denn nicht sehen?«, wandte Kathleen schüchtern ein. »An den Zähnen?«

»Oh, da gibt es Möglichkeiten!«, bemerkte John, der Schmied. Er kam eben in die Mühle, um sich das Bein des Pferdes noch einmal anzusehen. »Man schleift hier was vom Zahn ab und da … Pferdehändler sind erfinderisch!«

»Aber … aber doch nicht Ian!«, verteidigte Kathleen ihren Mann.

Die anderen sahen sie mit zusammengekniffenen Mündern an, John verdrehte die Augen.

»Ich hab noch keinen Pferdehändler erlebt, der kein Gauner ist«, meinte er dann. »Aber ich stimme Ihnen natürlich zu, Mrs. Coltrane: Seinen Nachbarn sollte man keine lahmen Gäule verkaufen. Das rächt sich. Also nehmen wir mal an, Ihr Gatte hat von den Machenschaften des Vorbesitzers einfach nichts gewusst …«

Kathleen hätte das gern geglaubt, aber dafür gab es eigentlich schon zu viel Gerede in dem kleinen Ort. Nahezu niemand war mit den Tieren zufrieden, die Ian ihm verkauft hatte – lediglich George Hancock, ein Farmer, freute sich zunächst über seine prächtige tiefschwarze Zuchtstute. Leider brachte sie nun schon im zweiten Jahr kein Fohlen, und eben hatte Hancock erfahren, dass ihr Vorbesitzer sie eben deshalb verkauft hatte. Das Argument, Ian habe das nicht gewusst, zog diesmal nicht. Der Verkäufer schwor, ihm den Verkaufsgrund verraten zu haben.

»Gab ja auch keinen Grund zu lügen«, meinte der aufgebrachte George Hancock bei einem Picknick nach der sonntäglichen Gebetsversammlung. »Die Penny ist ein feines Pferd, nur halt nichts zum Züchten. Aber Ian Coltrane – verzeihen Sie, Mrs. Coltrane – aber der Kerl betrügt so selbstverständlich, wie unsereins atmet …«

Kathleen hatte so getan, als hörte sie es nicht – schließlich versuchte Colin auch gerade mal wieder, alle Erwachsenen zu überschreien, und Sean musste daran gehindert werden, gleich einzustimmen. Aber es schmerzte natürlich, und es vergällte ihr die neu geschlossenen Freundschaften. Ian war das natürlich recht. Unablässig quälte er Kathleen mit seiner Eifersucht und regte sich auf, weil sie nach Colin nicht gleich wieder schwanger wurde. Ständig war er gereizt. Inzwischen hatte er wohl auch selbst erkannt, dass Port Cooper für ihn nicht der ideale Ort zum Siedeln war.

Kurz nach ihrer Ankunft in Neuseeland hatte man in England die Canterbury Association gegründet, eine Organisation gläubiger Anglikaner, die das Ziel verfolgte, in der neuen Kolonie eine größere Siedlung zu errichten. Man hatte Land in den Canterbury Plains erstanden, einen Tagesmarsch von Port Cooper entfernt. Hier sollte nun eine neue Stadt entstehen – Christchurch, letztlich ein Bischofssitz nach englischem Vorbild. Der Pass über die Berge würde in absehbarer Zeit wegbar gemacht werden.

Man brauchte Tiere für einen Transportservice und Nutzvieh. Ganz sicher würden sich die neuen Bürger von Christchurch damit nicht in Port Cooper eindecken. Ian dachte also an einen Umzug, während Kathleen allein der Gedanke, ihre neuen, freundlichen Nachbarn gleich wieder zu verlassen, in Angst und Unsicherheit stürzte. Als Ian wieder einmal seinen Ärger an ihr ausließ und ihr vorwarf, sie zu betrügen, während er abwesend war, ließ sie sich erstmals zu heftigem Widerspruch hinreißen.

»Du musst mir gerade vorwerfen, zu betrügen! Wer ist denn hier der Rosstäuscher? Ich kann den Leuten ja kaum noch in die Augen sehen, jeder beschwert sich über die alten, lahmen oder güsten Gäule, die du ihm verkauft hast! Und du glaubst doch nicht wirklich, dass das anders wird, wenn wir nach Christchurch ziehen? Oder wirst du dich da plötzlich in einen ehrbaren Kaufmann verwandeln?«

»Genauso ein ehrbarer Kaufmann, wie du eine ehrbare Frau bist!«, brüllte Ian Kathleen an, schlug sie und warf sie aufs Bett.

Er beließ es in der letzten Zeit kaum noch dabei, seine ehelichen Rechte am Abend einzufordern, wenn die Kinder schliefen und Kathleen sich gewaschen und in ein züchtiges Nachthemd gehüllt hatte. Anscheinend befürchtete er, sie könnte irgendetwas zur Verhinderung einer Schwangerschaft anstellen, wenn er sie nicht überrumpelte. Der Kampf vor der Liebe schien ihn überdies zu erregen, und so zwang er Kathleen immer öfter zum Beischlaf, während Colin schrie und Sean Gefahr lief, ins Feuer zu fallen oder sonst etwas anzustellen.

Kathleen konnte sich dabei nicht entspannen. Sie litt Schmerzen und empfand Wut über die Demütigung. Dies hier hatte nichts gemein mit den Freuden der Liebe in den Feldern am Fluss. Kathleen bat Gott um Vergebung für ihre Gefühle, aber sie begann, ihren Gatten zu hassen.

An diesem Tag im Frühjahr sollten Ians Probleme mit der Nachbarschaft jedoch eskalieren. Kathleen schleppte ihren Sohn und ihre Lasten eben an John Seekers Schmiede vorbei und überlegte, ob sie Rast machen sollte. Sean quengelte bereits, auch ihm wurde der Aufstieg lang, und das Wetter war ungewöhnlich warm für den Frühlingsmonat November. Bestimmt hatte Pere ein Glas Wasser für Kathleen und Milch für die Kleinen. Die Maori-Frau war die Einzige, die Kathleen immer noch genauso herzlich behandelte wie bei ihrem Einzug. Dabei hätte doch gerade sie, die das Geheimnis um Seans Abstammung kannte, Grund gehabt, sie zu ächten. Aber bei den Maori dachte man offensichtlich anders.

»Jedes Kind Grund zu Freude, jedes Kind Eigentum von Stamm, jede Frau Mutter, jede alte Frau Großmutter!«, hatte Pere Kathleen beruhigt. Sie erzählte ihr immer wieder von den Sitten ihres Volkes, bei dem auch ein voreheliches Kind kein Grund war, sich zu schämen. »Wenn Mann weiß, dass Frau ist fruchtbar, sie schätzt noch höher!«

Auch der kleine Sean zog Kathleen jetzt in Richtung Haus. Er freute sich, wenn sie Pere besuchten, die ihm Märchen erzählte und ihn mit Zuckerzeug verwöhnte. Zucker war den Maori kostbar – und Pere genoss es, dass er ihr als Frau eines *pakeha* reichlich zur Verfügung stand. Sie kochte Bonbons, zog Zuckerstangen und backte süße Kuchen, die sie dann freigebig an alle Kinder der Nachbarschaft verteilte.

Aber während Kathleen noch überlegte, ob sie an die Tür klopfen oder heimgehen und mit der Arbeit an der Wolle anfangen sollte, hörte sie laute, streitende Stimmen aus der Schmiede. Eine davon war Ians, und tatsächlich stand sein Pferd, ein kräftiger Brauner, angebunden vor dem Haus.

Kathleens erster Impuls war, nicht nur nach Hause zu gehen, sondern besser zu rennen. Wenn Ian sie hier antraf, würde er ihr vorwerfen, John sehen zu wollen oder sich bei Pere irgendwelche Mittel zur Verhinderung einer Schwangerschaft zu holen. Es wäre weitaus besser, er träfe sie zu Hause beim Waschen und Kämmen der Wolle an. Aber dann drangen gut verständliche Worte aus der Schmiede, und sie war zu neugierig, um davonzugehen. Kathleen gebot dem quengelnden Sean streng zu schweigen und legte das Ohr an die Holzwand der Schmiede.

»Was heißt, du machst das nicht?«, fragte Ian eben den offensichtlich verärgerten John. »Komm, ich bitte dich nur, die Nägel etwas höher einzuschlagen, der Verkäufer hat den Gaul abgegeben, weil die Eisen nicht halten …«

John schnaubte wie ein wütendes Pferd. »Erzähl mir keine Märchen, Coltrane, wenn die Eisen nicht halten, wechselt man nicht den Gaul, sondern den Schmied. Der Mann hat das Pferd verkauft, weil's unklar geht, es hat etwas am linken Vorderbein, Hufbeinsenkung, nehm ich an. Und jetzt soll ich ihm die Nägel rechts so nah ans Leben schlagen, dass sie drücken? Dann tun beide Beine gleich weh, und er lahmt nicht mehr, das stimmt. Aber das mach ich nicht, Ian Coltrane, das ist gegen meine Standesehre!«

»Ach, was heißt Ehre, John? Los, mach es, ich zahl drei Pence mehr …« Ians Stimme klang gelassen. »Wenn du's nicht machst, mach ich's selbst, aber ich krieg die Nägel nicht ordentlich in eine Reihe, da fällt's eher auf.«

Kathleen erschrak, als John das Tor der Schmiede aufriss und Ian die Tür wies. Sie konnte sich nicht mehr rechtzeitig in Sicherheit bringen.

»Das glaub ich, Kerl, dass du nicht weißt, was Ehre ist! Aber ich weiß es, also hau ab mit deinem lahmen Gaul und schäm dich!«

Der kräftige Schmied beförderte Ian mit einem leichten Stoß

nach draußen. Der Pferdehändler stolperte und fiel. Das Pferd, das er am Strick hielt, scheute. Kathleen hoffte, vielleicht doch noch ungesehen fliehen zu können, aber Ian hatte sie schon gesehen.

»Und du, kleine Hure!« Ian ergriff ihren Arm und schüttelte sie. »Hab ich dich mal erwischt, ja? Horchst hier an der Tür, ob die Luft rein ist und du zu deinem Galan kommst!«

Kathleen schüttelte verzweifelt den Kopf. Die Kinder begannen zu schreien.

John Seeker öffnete erneut die Tür seiner Schmiede. »Verschwinde, Coltrane!«, brüllte er. »Auf meinem Grund wirst du weder dein Pferd vernageln noch deine Frau verprügeln. Das arme Ding, das einen Kerl wie dich nun wahrlich nicht verdient hat! Lass ab von ihr, reite nach Hause und beruhige dich! Und wehe, ich sehe die kleine Frau morgen mit zerschlagenem Gesicht! Ist alles in Ordnung, Miss Kathleen?«

Kathleen nickte mit schamrotem Gesicht. Nun wussten die Nachbarn also auch noch, dass Ian sie schlug … Und obendrein hatte John sie in seinem Eifer, sie zu beschützen, beim Vornamen genannt. Ian würde ihr das vorwerfen, gewöhnlich nannten die Männer ihrer Freundinnen sie respektvoll Mrs. Coltrane. Besonders, wenn Ian dabei war.

Ian schob Kathleen rüde in Richtung ihres Hauses. »Verzieh dich!«, wisperte er ihr zu. »Hast mich genug unmöglich gemacht. Ab, nach Hause, ich erwarte dich da! Und diesmal mach ich dir ein neues Kind!«

Kathleen war tatsächlich wieder schwanger, als Ian das Haus in Port Cooper zwei Monate später verkaufte. John Seeker hatte die Episode in der Schmiede herumerzählt, und seitdem wurde Ian Coltrane unumwunden gemieden. Auch Kathleen erhielt keine Einladungen mehr zum Bibelkreis oder den sonntäglichen Gebetsversammlungen, zu denen sich die Siedler religionsübergreifend trafen. Bisher gab es weder katholische noch anglikanische Geistliche in Port Cooper, man musste sich also selbst helfen. Kathleen, die mit süßer, tragender Stimme aus der Bibel vorlesen und singen konnte, war zunächst gern gesehen gewesen. Aber Ian hatte ihr auch das verdorben. Auf der anderen Seite der Berge, so erklärte er ihr, würde es keine Nachbarn geben, mit denen sie schäkern konnte. Ian hatte eine Farm am Avon River erworben, nicht weit von der neuen Siedlung Christchurch, aber doch nicht nah genug, um Kathleen gesellschaftliche Kontakte zu ermöglichen.

»Du kannst dich um die Kinder kümmern, ein paar Schafe werden wir auch haben, zur Abwechslung spinnst du dann mal unsere eigene Wolle.« Ian war erfreut darüber, seine junge Frau demnächst auf einer einsamen Farm einsperren zu können.

Doch trotz aller bösen Vorahnungen war Kathleen gespannt auf die Welt jenseits der Berge. Endlich sollte sie mehr von ihrer neuen Heimat sehen als eine Bucht und ein paar Hügel. Insofern versuchte sie, mit Optimismus in die Zukunft zu schauen, als sie Colin und einen Teil ihrer Habe über den Trampelpfad nach Christchurch schleppte. Da die Leute in Port Cooper nun binnen kürzester Zeit einen Ansturm neuer Bürger für Christchurch erwarteten, war er geebnet worden, und seine Überwindung stellte kein großes Wagnis mehr dar. Reittiere wurden dennoch fast immer geführt, meist hielten ortskundige Helfer die Pferde oder Maultiere gegen ein geringes Entgelt am Halfter. Diesem Umstand verdankte der Weg nun auch seinen Namen: Bridle Path.

Ian und Kathleen besaßen zur Zeit des Umzugs drei Tragtiere – aber die brauchte Ian, um die Haushaltsutensilien und Möbel zu transportieren. Zwar konnte man sperrige Teile per Schiff über den Avon in die Plains bringen, aber Ian geizte mit dem Fährlohn. Nach der Überfahrt und dem Kauf des ersten Hauses war von Michaels Geld nichts übrig geblieben. Die Farm finanzierte Ian jetzt schon mit den Erträgen seines eigenen Geschäfts.

Kathleen sagte sich trotzdem, dass ein Teil davon noch ihr und Sean gehörte. Und sie schämte sich nicht mehr für das Geld aus dem Handel mit Whiskey. Schwarzbrennerei war in Irland stets mit einem Augenzwinkern bedacht worden. Was Ian tat, war weitaus schlimmer.

Kathleen und die Kinder mussten jetzt jedenfalls laufen – wie die meisten Siedler, die als Zwischendeckpassagiere nach Neuseeland kamen. Dabei hatte sie den Vorteil, nicht von der langen Reise geschwächt zu sein, sondern geübt im Hinaufsteigen der Hügel von Port Cooper. Kathleen geriet nicht mehr so schnell außer Atem, aber der erste Teil des Aufstiegs über den Bridle Path war dennoch eine deprimierende Erfahrung. Sie musste den wimmernden Sean, der nicht einsah, warum er den Pass hinaufklettern sollte und weshalb man obendrein sein Haus ausgeräumt hatte, hinter sich herziehen. Die Vorstellung, jetzt ganz woanders, weit weg von seiner geliebten Tante Pere wohnen zu müssen, ängstigte ihn genauso wie seine Mutter.

Dazu war der Weg nicht nur steil, sondern landschaftlich wenig erbaulich. Das Grasland wich bald unwirtlichem Fels, lange Zeit wanderte man durch eine Wüste kahlen grauen Vulkangesteins an Kraterrändern entlang. Sean klammerte sich an Kathleens Hand und Colin an ihren Hals. Kathleen hatte Beklemmungen, noch bevor das erste Drittel des Weges geschafft war, zumal Ian sich nicht die Mühe machte, ihr Mut zuzusprechen. Erst als sie an einer gefährlichen Stelle stolperte, nahm er immerhin Colins Trage und packte sie auf eins der Maultiere.

»Da kann er nicht bleiben, Ian, wenn er sich bewegt, fällt das Ding runter, und er stürzt in den Abgrund.« Kathleen war erschöpft und froh, das Kind nicht mehr schleppen zu müssen, aber der wackelige Sitz auf dem Maultier …

»So ungeschickt, wie du dich bewegst, wird er erst recht abstürzen!«, gab Ian zurück. »Ich werde nicht zulassen, dass du mein Kind in Gefahr bringst!«

Kathleen lag eine böse Erwiderung auf der Zunge, aber sie schluckte sie herunter, als Ian sich jetzt widerstrebend die Trage auf den Rücken schnallte. Man konnte einiges gegen ihn sagen, aber Colin liebte er. Er brachte dem Kleinen sogar manchmal von seinen Einkaufsfahrten etwas mit. Geschnitzte Pferdchen, geflochtene Bälle, die wohl von den Eingeborenen hergestellt wurden. Colin wusste noch nichts damit anzufangen, aber Sean war entzückt. Kathleen durfte gar nicht daran denken, wie er reagieren würde, wenn er erst begriff, dass Ian all diese Wunder nicht für ihn, sondern ausschließlich für seinen Bruder anschleppte.

Der Aufstieg über die Felsen und den steilen und extrem schmalen Pfad entlang, schien nicht enden zu wollen, aber dann tat sich doch eine Art Plattform vor ihnen auf. Ian schlug vor zu rasten und band die Maultiere an einen Baum. Kathleen hätte jetzt die Brote auspacken müssen, die sie mitgenommen hatte, und sie lechzte nach einem Schluck Wasser. Aber dann überwog doch die Neugier. Sie tastete sich vorsichtig mit Sean an der Hand an den Rand der Plattform.

Was sie sah, überwältigte sie! Kathleen tat sich ein Blick auf eine Welt auf, die sie seit bald zwei Jahren für immer hinter sich gelassen hatte. Vor ihr lag ihre Heimat. Irland. Die Felder. Der Fluss.

Kathleen blinzelte, um sicher zu sein, nicht zu träumen. Aber dann starrte sie fassungslos hinab auf eine grüne, leicht hügelige Landschaft, durch die sich der Avon wand und die von Wäldchen, aber auch Felsformationen aufgelockert wurde, genau wie sie es aus Irland kannte. Was jedoch fehlte, waren die menschlichen Ansiedlungen. Es gab hier keine Dörfer und keine Herrenhäuser – nur vereinzelt waren kleine Farmhäuser auszumachen. Und noch etwas fehlte: die endlosen Steinmauern, die das Land in kleine Einheiten teilten. Dies war freies, weites Land!

Kathleen spürte, wie ihr Herz pochte, sie empfand ein seltsames Glücksgefühl. Sie sah auf das Land, von dem sie mit Michael geträumt hatte. Sonnenüberflutet, aber grün, ebenso grün wie Irland – ein Land, das sich in Kathleens Augen widerspiegelte.

»Herrgott, Ian, es ist so schön hier!«, sagte sie andächtig. »Es ist so ganz … so ganz mein Land!«

»Dein Land ist gar nichts!«, beschied Ian sie mürrisch. »Aber dies ist das Land unserer Kinder. Wenn sie herangewachsen sind, werde ich viel davon besitzen, genug für eine große Farm. Schafe vielleicht … Pferde … wir werden reich sein!«

Kathleen fragte sich, ob er auch an Sean dachte, wenn er von diesen Kindern sprach. Aber er konnte den Jungen nicht enterben. Ian hatte Michaels Geld bekommen – Kathleen war sich inzwischen sicher, dass er von der Börse in ihrem Besitz gewusst hatte, als er um sie freite. Sean trug dafür seinen Namen. Ein fairer Handel. Auf dem Papier war auch Sean sein Sohn, und Kathleen würde für ihn kämpfen. Das Land in Port Cooper war ihr nicht wichtig gewesen. Aber dies hier … dies sollte Michaels Kind gehören!

Kapitel 7

Wäre Mr. Smithers nicht gewesen, so hätte Lizzie Owens in ihrer neuen Stellung rundum glücklich werden können.

Die Reise von der Female Factory nach Campbell Town hatte drei Tage gedauert, aber schon die Übernachtungen verliefen angenehmer, als Lizzie es sich je hatte vorstellen können. Mrs. Smithers rastete zunächst bei Bekannten in Green Ponds, wo Lizzie im Zimmer des Dienstmädchens Lisa Aufnahme fand. Auch Lisa war eine ehemalige Strafgefangene, die nun aber nur Gutes von ihrem Leben und ihrer Stellung berichten konnte. Lizzie und Lisa plauderten die halbe Nacht, und Lizzie konnte anschließend kaum glauben, dass sie nicht über Freier, Hunger und die Verhütung unerwünschter Babys gesprochen hatten, sondern harmlosen Klatsch und romantische Geschichten austauschten wie ganz normale Mädchen.

Die zweite Nacht der Fahrt verbrachte Mrs. Smithers in einem kleinen Gästehaus in Jericho, einer schmucken Stadt, die an einem schon fertigen Teilstück der Straße nach Launceston lag. Ganz selbstverständlich mietete sie dort auch ein Zimmer für Lizzie. Mrs. Smithers ermahnte sie scherzhaft, ihr in der Nacht ja nicht davonzulaufen. Lizzie dachte allerdings gar nicht daran. Zum ersten Mal in ihrem Leben schlief sie allein in einem Zimmer, zwischen blitzsauberen Laken und auf weichen Kissen, die nach Rosen und Lavendel dufteten. Lizzie kam sich vor wie im Himmel oder doch zumindest wie in einem schönen Traum.

Auch die Reise selbst war aufregend. Die Straße zwischen Hobart und Campbell war bereits gut ausgebaut, aber sie führte teilweise mitten durch die Wildnis. Lizzie, die London nie verlassen hatte, spähte gebannt in die Düsternis der anscheinend undurchdringlichen Regenwälder, in der unheimliche Tiere wie der Beutelteufel oder auch Tasmanischer Teufel ihr Unwesen treiben sollten. Sie schrie überrascht auf, als ein Känguru über die Straße sprang – aber sie erschrak auch, als sie die ersten Zwangsarbeiter sah. Nachdem es Lizzie in der Female Factory recht gut gegangen war, hatte sie sich eigentlich keine Sorgen mehr um Michael gemacht. Jetzt jedoch erkannte sie, dass die Englische Krone mit männlichen Strafgefangenen ganz anders umsprang.

Entsetzt beobachtete Lizzie eine der berüchtigten Chain Gangs – Schwerverbrecher, die man nur aneinandergekettet zur Arbeit hinausbrachte. Die Aufseher waren nicht nur bewaffnet, sondern trugen auch Peitschen mit sich, die sie hemmungslos einsetzten. Auf den meist nackten Rücken der Männer zeigten sich die Spuren dieser Behandlung. Unbarmherzig zwang man sie dazu, im Höchsttempo Steine zu schlagen, um die Straße auszubessern und den Wald für neue Ansiedlungen zu roden.

Lizzie hielt sich die Hand vor die Augen.

»Tja, schön ist das nicht, Lizzie«, bemerkte Mrs. Smithers und hieß ihren Kutscher, das Verdeck über ihre schmucke Chaise zu ziehen. Es hatte eben zu regnen begonnen. »Aber die Kerle haben es nicht anders verdient. Wer hier schuften muss, gerade in den Chain Gangs, hat sich anderswo nicht bewährt. Die meisten waren schon in England Schwerverbrecher, und hier haben sie sich dann noch mehr zuschulden kommen lassen. Ich weiß, sie tun dir leid. Aber halte dir vor Augen, dass es sich um Räuber und Mörder handelt!«

»Aber manche … manche sind doch auch nur Ausbrecher …«, wagte Lizzie einzuwenden.

In der Female Factory war davon gesprochen worden, dass ein paar der Männer immer wieder versuchten, der Gefangenschaft zu entkommen. Für die Mädchen waren sie romantische Helden, unbeugsame Rebellen, die auch durch die härteste Behandlung nicht zu brechen waren. Das Ende war dann stets das gefürchtete Gefängnis in Port Arthur oder Zwangsarbeit in der Chain Gang. Bislang war weder aus den Mauern von Richmond Gaol noch aus den Ketten einer Gang je ein Häftling entkommen. Lizzie erkannte jetzt, dass dieses Schicksal nichts Romantisches hatte. Die Männer schufteten bis zum Umfallen. Es wäre zweifellos besser gewesen, sich zu fügen und auf eine Begnadigung hinzuwirken, statt auf Flucht.

»Ein paar bestimmt«, meinte Mrs. Smithers wegwerfend. »Aber wenn du mich fragst: Auch Dummheit ist strafbar! Und wer mehrmals ausbricht, ist unfassbar töricht. Wo wollen die Kerle denn hin? In den Dschungel? Wo die Schlangen sie umbringen oder die wilden Tiere? Die Städte sind zu klein, um unterzutauchen, Jericho, Hobard, Launceston – das ist alles nicht London. Dazu kennen sie hier niemanden. Eine Flucht ist einfach aussichtslos.«

»Aber wenn sie ein Schiff stehlen?«, fragte Lizzie. »Wenn sie heimsegeln?«

»Heim?« Mrs. Smithers lachte. »Über die Tasmansee, den Indischen Ozean, rund ums Kap der Guten Hoffnung? Den Atlantik? Kindchen, wenn von denen einer das Zeug zum Hochseekapitän hätte, dann wäre er nicht hier. Allerdings habe ich davon gehört, dass manchmal welche nach Neuseeland entkommen. Aber das ist auch nur Hörensagen. Und ob sie dann auf dieser Insel sitzen oder auf einer anderen, das ist letztlich auch egal.«

Nicht für jemanden, der frei sein will, dachte Lizzie beklommen und versuchte, die Sehnsucht in Michaels Augen zu vergessen. Sein Blick hatte sie dahinschmelzen und ebenfalls von Freiheit träumen lassen. Aber er hatte dabei ohnehin nur an dieses Mädchen gedacht, das er Mary Kathleen nannte.

Das Haus in Campbell Town war wirklich imponierend. Mrs. Smithers hatte nicht zu viel versprochen: Die Besitzer des Anwesens verfügten über eine Art Schloss. Lizzie staunte über die vielen Zimmer, die voluminösen Möbel, das Silber und das Porzellan aus England. In der nächsten Zeit sollte sie lernen, es täglich auf Hochglanz zu polieren, aber an diesem ersten Tag wanderte sie nur ungläubig von einem Wunder zum anderen.

Das größte war in Lizzies Augen die Kammer im Dienstbotentrakt, die man ihr zuwies. Sie war klein. Außer einem Bett, einem Tisch, einem Stuhl und einem Regal passte nicht viel hinein, aber sie gehörte allein Lizzie. Keiner störte sie mehr durch Schnarchen, Weinen oder Reden im Schlaf. Das Bettzeug war einfach, aber sauber – und wenn es Lizzie gelang, ein paar Blüten an sich zu bringen und zu trocknen, konnte sie darin den gleichen Duft verbreiten wie in dem Gästehaus in Jericho. Schwierig konnte das nicht sein, Rosen gab es im Garten.

Selbst Lizzies Befürchtung, die anderen Bediensteten könnten auf sie herabsehen, weil sie ein Sträfling war, löste sich sofort in Wohlgefallen auf. Auch die Köchin entpuppte sich als begnadigte Deportierte.

»Hab Schmiere gestanden bei einem Bruch von meinem Kerl!«, bekannte sie sofort. »Gott, war ich dumm damals, aber ich dachte doch, der macht das große Geld. Stattdessen hat er einen erschossen. Ich hab noch Glück gehabt, dass ich nicht auch am Galgen geendet bin.«

Der Gärtner ging jede Nacht zurück in die Gefängnisbaracke, in der er seine Strafe absaß. Er dankte dem Himmel, dass er dem Straßenbau entgangen war, aber er war ein derart mickriges Männchen, dass man dort auch kaum etwas mit ihm hätte anfangen können. In Lizzie verliebte er sich gleich heftig, und nach kurzer Zeit konnte sie sich vor Rosenblättern kaum retten. Der Knecht war kräftiger, aber auch älter, er hoffte auf baldige Begnadigung und plante dann, die Köchin zu heiraten. Beide würden im Haus bleiben, eine Wohnung erwartete sie schon. Lizzie kam immer mehr zu dem Ergebnis, dass die Deportation für viele der Sträflinge mehr Segen als Fluch bedeutete.

Sie selbst erhielt ein adrettes Dienstbotenkleid und fand sich hübsch mit ihrem Häubchen. Mrs. Smithers nahm sich Zeit, sie in ihre Arbeit einzuführen. Geduldig zeigte sie ihr, wie man Silber putzte und Tee servierte. Lizzie wechselte die Bettwäsche und staubte ab, polierte das Holz der Möbel und trug das Essen auf.

Nicht jede dieser Arbeiten machte ihr Spaß, aber es war doch besser, als täglich über zugige Straßen zu wandern und einen Kerl nach dem anderen zwischen dreckigen Laken abzufertigen. Zum ersten Mal wurde Lizzie den Ansprüchen des Reverends im Heim gerecht: Sie war gut, sie lebte gottgefällig, und sie behielt das bei.

Wenn Mr. Smithers nicht gewesen wäre.

Amanda Smithers' Gatte war oft tagelang abwesend – wie Mrs. Smithers im Gefängnis gesagt hatte, beaufsichtigte er den Straßenbau, in dem natürlich Sträflinge eingesetzt wurden. Die Männer waren zum Teil recht anstellig, aber kaum einer von ihnen hatte Erfahrung in irgendeinem Handwerk. Sofern es sich um englische Sträflinge handelte, waren es Gauner und Straßenräuber, die sich nie von ihrer Hände Arbeit ernährt hatten, aus Irland und Schottland kamen in der Regel Landarbeiter. Sie mochten sich auf Ackerbau und Viehzucht verstehen und leisteten bei einfachen Aufgaben wie der Rodung von Wald für die neuen Straßen hervorragende Arbeit. Aber Fachkenntnisse in Bezug auf das Schlagen von Steinen und die Befestigung von Straßen hatten sie nicht.

Auch die Aufseher schauten nahezu alle auf eine Militärlaufbahn und nicht auf eine Ausbildung zum Facharbeiter zurück. Martin Smithers musste seine mehr oder weniger freiwilligen Mitarbeiter also durchweg anlernen und jede Kleinigkeit selbst entscheiden. Er schlief in Zelten oder Baracken, kaum komfortabler als die der Gefangenen, und kehrte nur am Wochenende in das noble Herrenhaus zurück, das seine Frau und die Hausangestellten für ihn wohnlich machten.

Lizzie lernte Mr. Smithers erst eine knappe Woche nach ihrem Einzug kennen, und bei der förmlichen Vorstellung durch seine Frau zeigte er auch kein besonderes Interesse – zumindest keines, das für außenstehende Beobachter erkennbar war. Mrs. Smithers argwöhnte offensichtlich nicht das Geringste, aber Lizzie sah gleich ein Glimmen in seinem Blick, das nichts Gutes verhieß. Sie wurde in diesem Eindruck bestärkt, als er am nächsten Morgen ins Frühstückszimmer kam, während sie noch den Tisch deckte.

»Ah, da haben wir ja das reizende neue Kammerkätzchen!«, bemerkte er.

Lizzie, die mit dem Ausdruck nichts anfangen konnte, schwankte zwischen dem Wunsch, den Mann einfach zu ignorieren und ihre Arbeit fortzuführen, und dem Gebot der Höflichkeit, vor ihm zu knicksen. Schließlich tat sie Letzteres mit züchtig niedergeschlagenem Blick. Smithers ließ sie jedoch nicht in Ruhe.

»Warum schaust du mir denn nicht in die Augen, Kätzchen?«, fragte er mit anzüglichem Lächeln, legte seinen Finger unter ihr Kinn und hob mit sanfter Gewalt ihren Kopf an. »Hast du Angst, ich könnte in den deinen etwa Wollust lesen? Wo du doch so ein braves Ding bist, wie mein Weib mir sagte?«

Lizzie sah geduldig zu ihm auf und musterte sein breites, wettergerötetes Gesicht. Smithers war ein großer, schwerer Mann, der kaum zu seiner kleinen, hageren Frau zu passen schien. Sein braunes Haar war bereits schütter, seine Augen wässerig blau. Wollust war so ziemlich das Letzte, was Lizzie bei seinem Anblick empfand. Die ehemalige Hure in ihr schätzte eher seufzend das Gewicht ab, das auf ihr lasten würde, wenn er befriedigt über ihr zusammensank.

»Ich verstehe nicht, was Sie meinen, Sir!«, behauptete Lizzie und hoffte, vielleicht zu erröten. Aber sie hatte solche Sprüche zu oft gehört, um Scham zu empfinden. Sie war ihrer nur überdrüssig – und fühlte jetzt zudem Angst in sich aufsteigen.

»Dann denk doch einmal darüber nach, Kätzchen!«, grinste der Mann, und seine Finger wanderten von ihrem Kinn über ihre Wange zu ihren Schläfen. »Ein hübsches Ding bist du … lass mich nicht zu lang warten, bis du rollig wirst …«

Lizzie hörte dann zum Glück Mrs. Smithers im Flur und konnte sich dem Griff ihres neuen Arbeitgebers gerade noch entziehen, bevor seine Gattin den Raum betrat. Den Rest des Wochenendes versuchte sie, Mr. Smithers' Gegenwart zu meiden, aber es war fast unmöglich. Der Mann grinste ihr bei jedem Vorübergehen anzüglich zu, und wenn sie bei Tisch servierte, musste sie aufpassen, dass er nicht beiläufig unter ihren Rock griff oder sie gar neckisch kniff. Dann durfte ihr natürlich kein erschrockener Aufschrei entfahren. Lizzie war mit den Nerven am Ende, als sie nach dem Abwaschen und der Vorbereitung für das sonntägliche Frühstück in ihr Zimmer schlich – nur um festzustellen, dass Smithers ihr auflauerte.

»Ein so süßes Kätzchen lässt man doch nicht ohne Gutenachtkuss ins Bett gehen …«

Lizzie entwand sich ihm, als er versuchte, sie zu umarmen.

»Ich glaube …«, stieß sie zwischen zusammengepressten Zähnen hervor. »Ich glaube, es ist nicht gesund, seine Haustiere zu herzen und zu küssen.«

Es war scherzhaft gemeint – auf den Londoner Straßen gewann man nicht nur Übung darin, Männer anzulocken, sondern auch darin, sie sich durch Schlagfertigkeit vom Hals zu halten. All die Taschendiebe und Gauner, die wie die Mädchen durch die Stadt zogen, suchten keine Hure, sondern ein Liebchen. Oft entwickelten diese Glücksritter durchaus Charme, und es wäre unhöflich und unklug gewesen, sie mit bösen Worten abzuwehren. Besser war ein Scherz, gern auch ein derber, der den Mann abwies, aber nicht beleidigte. Lizzie fand ihren Spaß durchaus originell, aber Martin Smithers fuhr zurück, als habe sie ihn angegriffen.

»Was soll das heißen, Kleine, drohst du mir? Was hast du auf dem Kerbholz, dass du gleich die Krallen ausfährst? Ich hab gedacht, du hättest nur was gestohlen. Wenn du gewalttätig wirst …«

Lizzie fuhr der Schreck in die Glieder. Sie hatte doch gar nichts getan … Aber was immer dieser Mann der Obrigkeit von ihr erzählte, man würde es glauben! Verängstigt wich sie an die Wand des Flurs zurück und hob abwehrend die Hände.

»Ich hab noch nie jemandem wehgetan, Sir, ich schwör's, und ich würde auch Ihnen nie … nie …«

»So? War das keine Anspielung darauf, dass Katzen kratzen?«, fragte Smithers misstrauisch.

Lizzie schüttelte verängstigt den Kopf. »Natürlich nicht, Sir. Natürlich nicht. Nur … die Ärzte sagen … also Haustiere fressen

Ratten und so … und haben Flöhe …« Sie begann zu stottern in ihrem verzweifelten Versuch, ihren Scherz zu erklären.

Und tatsächlich zeigte Smithers verspätet Belustigung, aber es war kein herzliches, sondern eher ein drohendes Lachen.

»Die Flöhe wird man dir wohl entfernt haben in der Female Factory … Denk dran, wo du herkommst, wenn du Widerworte gibst! Die Ratten warten noch auf dich!«

Damit griff er nach Lizzie und drückte ihr einen Kuss auf den Mund. Nicht brutaler als die meisten Freier, aber Lizzie war erschrocken und abgestoßen. Am kommenden Tag musste sie noch vorsichtiger sein … Wenn er sie jetzt überhaupt gehen ließ … Aber Lizzie hörte die Köchin in der Küche rumoren. Und auch Mrs. Smithers war sicher noch wach.

Tatsächlich rief sie gerade eben nach ihrem Mann. Lizzie atmete auf und dankte im Stillen sowohl ihrer Chefin als auch ihrem Gott. Sobald Smithers sich abwandte, rannte sie in ihr Zimmer und verschloss die Tür hinter sich.

Am nächsten Morgen musste Lizzie mit ihrer Herrschaft zur Kirche gehen. Smithers ließ keine Gelegenheit aus, sich in ihre Nähe zu schleichen. Die Köchin und Lizzie bedienten beim anschließenden Picknick, aber Lizzie war zu schüchtern, um sich dann der Köchin und ihrem Galan anzuschließen, die spazieren gingen und sich mit anderen Freigelassenen oder Sträflingen der Ersten Klasse tafen.

Also blieb sie bei ihrer Herrschaft. Zu gern hätte Lizzie einfach auf ihrer Decke gesessen, um die Sonne und die seltsame Landschaft rund um die schmucke kleine Kirche und das Örtchen Campbell Town zu genießen. Auf den ersten Blick glich die Szenerie einem der Londoner Parks, aber wenn man genau hinsah, war jeder Baum, jeder Grashalm anders als auf der anderen Seite der Erdkugel.

Mr. Smithers jedoch bedrängte Lizzie prompt wieder, als sie aufstand, um sich die Beine zu vertreten. Unter dem Vorwand, ihr die Bäume und Vögel zu erklären, führte er sie von der Kirche weg in ein Wäldchen und küsste sie erneut.

»So ist es schon besser, Kleines. Ein sanftes, anschmiegsames Kätzchen …«

Lizzie versuchte verzweifelt, sich ihm zu entwinden. »Sir, bitte … bitte nicht hier. Wenn jemand kommt …«

Das Wäldchen hinter der Kirche war der einzige Ort, an den sich junge Liebende zurückziehen konnten. Auch die Köchin und der Knecht waren hier bereits verschwunden.

Smithers grunzte verständnisvoll. »Ja, ja … hast ja Recht … Ich kann bloß nicht stillhalten, wenn ich das Blitzen in deinen Augen seh … und wie du dich bewegst … flink und anmutig … so wie ein Kammerkätzchen sein muss …«

»Aber … aber …« Lizzie kämpfte mit den Tränen. Wenn sie ertappt würden …

»Und ein bisschen scheu … auch nicht schlecht. Also gut, nicht hier, aber demnächst finden wir ein verschwiegenes Eckchen, und dann hältst du dein Versprechen …«

Lizzie wusste zwar nicht, was sie ihm versprochen hatte, aber als er sie endlich losließ, war sie so erleichtert, dass sie nickte.

Während des restlichen Sonntags hatte Lizzie frei. Sie verbrachte den Tag nachdenklich und hilflos betend in ihrer Stube. Wie immer hörte Gott nicht zu oder gab zumindest keine Antwort.

Am Montag zog Mr. Smithers wieder auf seine Baustelle, aber Lizzie war so nervös und aufgewühlt, dass sie sich nicht auf ihre Arbeit konzentrieren konnte. Sie zerschlug eine Tasse und wurde dafür gerügt, vergaß, den Teetisch abzuräumen, woraufhin sie den nächsten Rüffel kassierte, und als sie am Nachmittag der Köchin helfen sollte, schnitt sie sich in die Finger, und ihr Blut rann in die Salatschüssel.

»Was ist denn bloß los mit dir?«, brummte die Köchin und griff rasch nach der Schüssel, um den Inhalt abzuspülen. Schließlich hatte sie keine Lust, all das Gemüse noch mal zu schneiden. »Bist doch sonst ganz anstellig.«

Lizzie war vor allem dankbar, dass die Köchin nicht auch noch schimpfte. Sie vergrub das Gesicht in den Händen und brach in

Tränen aus. Nachdem sie ihre Geschichte unter Schluchzern ausgestoßen hatte, erging sie sich in wilden Selbstzweifeln.

»Man sieht es mir an!«, wimmerte sie. »Dabei will ich gut sein … ich will wirklich … ich will gottgefällig leben …«

Die Köchin hatte mit versteinertem Gesicht zugehört. »Geht das also wieder los …«, seufzte sie schließlich. »Nein, hör auf, es liegt nicht an dir!«

Lizzie hörte gar nicht hin. »Kann … kann es sein, dass man zur Hure bestimmt ist?«, fragte sie verzweifelt.

Die Köchin schüttelte den Kopf. »Für Kerle wie Smithers ist jedes Mädchen Freiwild, das ein Häubchen trägt«, bemerkte sie gelassen. »Irgendwie macht ihn das verrückt, selbst mich kneift er manchmal in die Kehrseite, und ich bin nicht jünger als seine Missus. Was glaubst du, warum die Tilly so schnell weg ist?« Tilly war Lizzies Vorgängerin als Hausmädchen. »Die war hier ganz glücklich, bevor diese Smithers das Haus übernahmen. Die Cartlands gaben ständig Abendeinladungen, Tilly strich Trinkgeld ein ohne Ende. Eigentlich wollte sie noch drei Jahre sparen und dann erst ihren Tom heiraten. Aber der neue Herr ließ ihr keinen Tag Ruhe …«

»Aber … aber … konnte sie denn nicht … sie war begnadigt, oder?«, stammelte Lizzie. Sie fühlte sich etwas erleichtert.

»Herzchen, das heißt nicht viel. Der Kerl brauchte doch nur einen silbernen Löffel verschwinden zu lassen und es ihr anzuhängen. Das wär's dann gewesen mit der Freiheit. Und dir geht's nicht anders. Du …«

»Ich könnte darum bitten, in die Factory zurückzugehen«, überlegte Lizzie.

Im Moment erschien ihr Cascades wie eine himmlische Zuflucht. Wobei sie durchaus bereit gewesen wäre, sich dem Unvermeidlichen zu fügen und Mr. Smithers beizuliegen. Aber wenn die Sache Mrs. Smithers zu Ohren käme, wäre alles aus. Der Freigang, der Status als Gefangene Erster Klasse … man würde sie mit Schimpf und Schande zurück ins Gefängnis schicken.

Die Köchin schüttelte den Kopf. »Mit welcher Begründung? Willst du die Wahrheit sagen? Dann stürzen sie sich beide auf dich, der Herr und seine Frau. Sei um Himmels willen vorsichtig, so was kann am Galgen enden! Am besten machst du gute Miene zum bösen Spiel und suchst dir möglichst bald einen Kerl zum Heiraten. Nimm den Gärtner. Er ist nicht schön, aber brav. Obwohl … dann bieten sie dir an, hier weiter zu arbeiten und den armen Kerl gleich zu betrügen …«

»Aber wie soll ich jemand anderen finden? Wie lange wird das dauern … gibt es sonst nichts, was ich tun kann?« Lizzie betrachtete die ältere Frau mit verzweifeltem Blick.

Die Köchin dachte nach. »Du könntest tatsächlich etwas stehlen«, sagte sie dann hart. »Was Kleines, ich kann dich beschuldigen. Du hättest ein Brot oder so was genommen – kannst ja sagen, du hättest einen Freund in der nächsten Chain Gang, dem wolltest du es zukommen lassen. Andererseits werden sie dich dann vernehmen, um an seinen Namen zu kommen … also lieber was anderes, was …«

»Ich will nicht wieder verurteilt werden!«, wehrte Lizzie ab. »Das stehe ich nicht noch mal durch. Und ein Rückfall bedeutet Rang drei – ich würde im Gefängnis verrotten …«

Die Köchin zuckte die Schultern. »Dann sieh zu, wie du den alten Smithers glücklich machst …«

Lizzie gab sich ihrem Herrn gleich am nächsten Samstagabend hin. Sie entweihte dafür ihr sicheres Refugium, ihre eigene Stube, in der sie so glücklich gewesen war. Martin Smithers sah darin einen Beweis dafür, dass sie ihm freiwillig und freudig beilag, aber für Lizzie war dies einfach die sicherste Möglichkeit, nicht entdeckt zu werden. Mrs. Smithers suchte die Dienstbotenquartiere niemals auf, und die Köchin wusste ja Bescheid. Als der Mann schließlich gegangen war, wechselte Lizzie die Laken, wusch sich mit dem vorher bereitgestellten, sogar noch etwas warmen Wasser und weinte sich dann in den Schlaf.

Sie hoffte nicht mehr darauf, jemals gut sein zu dürfen. Lizzie Owens kämpfte mal wieder nur ums Überleben.

Kapitel 8

Ian Coltranes neue Farm lag inmitten einer lieblichen Landschaft am Avon River, der später durch die Stadt Christchurch fließen würde. Sie bot ein recht großes, aber schon etwas heruntergekommenes Farmhaus und Ställe für Nutzviehhaltung. Vor allem gehörten mehr Hektar Land dazu, als Kathleens ganzes Dorf in Wicklow umfasst hatte. Die Coltranes hatten plötzlich mehr Besitz als ihr früherer Landlord Wetherby. Allerdings fehlten die Zäune und die Pächter.

Ian und Kathleen allein würden das Land nie bearbeiten können – ohnehin betrieb man eher Schafzucht als Ackerbau. Ian füllte die Ställe auch schnell mit Tieren aller Art, und Kathleen sah sich mit der Aufgabe, das Vieh zu versorgen, bald überfordert. Natürlich kam sie vom Land, und sie verstand sich auch recht gut auf die Anlage eines Gartens und auf Feldarbeit. In guten Jahren hatte ihr Vater sogar mal eine Ziege, ein paar Hühner und ein oder zwei Schafe besessen. Aber hier verteilten sich ganze Herden von Tieren auf weitläufige Weiden, die Ian nur notdürftig einzäunte.

Ian behielt die Tiere nie lange, sie gehörten zu seinem Viehhandel und wurden immer rasch weiterverkauft. Er ließ sie oft einfach laufen und vertraute auf die Weitläufigkeit des Landes und den kaum vorhandenen Hüteinstinkt des Hofhundes – mit dessen Erwerb man zur Abwechslung mal ihn betrogen hatte! Leider erwiesen sich die Schafe als unbegrenzt wanderfreudig, vor allem die Baustellen im späteren Christchurch schienen sie aus unerfindlichen Gründen anzuziehen.

Die einzigen Kontakte zu Nachbarn, die Kathleen in den ersten

Monaten in den Canterbury Plains hatte, beschränkten sich deshalb auf die Besuche empörter Bauherren oder verärgerter Flussschiffer, die sich ihren Weg durch die gemütlich ausgestreckten Leiber friedlich wiederkäuender Schafe bahnen mussten, wenn sie anlegten. Kathleen schwang sich dann trotz ihrer Schwangerschaft auf eines der Maultiere oder Verkaufspferde und versuchte, die Tiere einzutreiben. Meist halfen ihr ein paar Männer dabei – Kathleens Schönheit und ihre offensichtliche Verzweiflung rührte an die Herzen vor allem junger Burschen, die sich dann gern als Viehtreiber versuchten.

Natürlich erwarteten sie als Dank die Einladung auf einen Kaffee oder noch besser einen Whiskey, aber Kathleen sprach sie nur herzklopfend aus und dankte dem Himmel, wenn die Männer wieder gingen. Nicht auszudenken, wenn Ian sie mit einem oder mehreren fremden, oft gut aussehenden Burschen am Küchentisch ertappte! Die neuen Siedler in Canterbury waren in der Regel keine halb verhungerten, verzweifelten Auswanderer aus Irland oder Schottland, sondern anglikanische Christen aus durchaus gutem Hause, die das Abenteuer suchten. Besondere Gefahren drohten allerdings nicht in der neuen Siedlung. Viele Männer waren Bauarbeiter, gezielt in England angeworben, und meist waren sie freundlich und hatten gute Umgangsformen. Keiner von ihnen machte auch nur den Versuch, der einsamen Farmersfrau zu nahe zu treten, obwohl manch einer nachts von ihr träumte.

Kathleen hatte ebenfalls kein Interesse an ihnen – wenn sie noch Kraft zum Träumen fand, so stand ihr Michael vor Augen. Aber auch sein Gesicht verblasste in ihrer Erinnerung. Kathleens Leben war eine einzige Plackerei zwischen Garten, Feldern und Ställen, hinzu kam die Sorge um die Kinder, die ständig beaufsichtigt werden mussten. Besonders Colin war kaum von den Ställen fernzuhalten, sobald er laufen konnte, immer unternahm er etwas. Sean interessierte sich weniger für die Tiere. Er mochte lediglich den Hofhund, mit dem er einträchtig Seite an Seite auf der Holzterrasse der Farm saß und auf den Fluss starrte. Manchmal flüsterte er ihm etwas ins Ohr, und Kathleen fragte sich, ob das Kind dem Hund Märchen erzählte. Konnte Sean sich wirklich an Peres Geschichten rund um Kanus und Halbgötter der Maori erinnern? Wenn Kathleen Geschichten aus Irland, von Feen und Leprechauns spann, konnte der Junge sich gar nicht daran satthören. Kathleen war rechtschaffen müde, wenn er am Abend endlich schlief.

Außer den Kindern und gelegentlichen Beschwerdeführern aus Christchurch beschränkten sich Kathleens gesellschaftliche Kontakte demnach auf Ians Kunden, aber denen hatte sie sich möglichst nur mit gesenktem Kopf und schweigend zu präsentieren. Sie tat das bereitwillig, nachdem ihr zweimal ein paar unpassende Wahrheiten zu Verkaufstieren herausgerutscht waren. Ihr Mann hatte sie daraufhin so verprügelt, dass sie befürchten musste, das Kind zu verlieren. Dennoch freute sich Kathleen über jeden dieser seltenen Besuche. Schließlich trank Ian mit den Kunden meist noch ein oder zwei Glas Whiskey auf den erfolgreichen Abschluss und plauderte mit ihnen – die einzige Möglichkeit für Kathleen, ein paar Neuigkeiten aus der Welt ringsum zu erfahren.

Der Strom von Siedlern nach Christchurch riss kaum ab. Nachdem die ersten vier Schiffe eingetroffen waren, interessierten sich immer mehr Menschen in der Alten Welt für das neue Land auf der anderen Seite der Erdkugel. Ians Kunden betonten stets, dass Neuseeland im Gegensatz zu Australien und Van-Diemens-Land nicht von Sträflingen besiedelt wurde, sondern von ordentlichen Christenmenschen. Darauf waren sie stolz, und Ian trank mit ihnen darauf, obwohl die Coltranes natürlich katholisch waren und einem englischen Protestanten deutlich weniger Achtung entgegenbrachten als einem irischen Sträfling.

Ian erlaubte Kathleen auch nicht, zum Sonntagsgottesdienst in die anglikanische Kirche nach Christchurch zu fahren. Sie hätte das gern getan – Gott hätte über die falsche Konfession ihrer Umgebung sicher hinweggesehen und ihre Gebete trotzdem gehört. Aber hier ließ sich Ian nicht erweichen – worin Kathleen im Stillen weniger Glaubensfestigkeit vermutete als die Freude an der guten Ausrede. Ian war schließlich auch in Irland kein regelmäßiger Kirchgänger gewesen.

Gelegentlich berichteten Ians Kunden auch von Port Cooper oder Port Victoria – was Kathleen natürlich besonders interessierte. Noch immer trauerte sie Pere und ihren anderen Freundinnen aus der kleinen Hafenstadt nach, die gerade wieder einen neuen Namen erhielt. Der Ort hieß jetzt Lyttelton, nach einem wichtigen Mann aus der Canterbury Association, und die winzige Ansiedlung mauserte sich langsam zur Stadt. Der Durchgangsverkehr nach Christchurch brachte Geld in den Ort. John, der Schmied, hatte einen Transportservice für die Neusiedler eingerichtet. Gegen ein gewisses Entgelt konnte man sich auf Maultieren über den Bridle Path führen lassen, was besonders wohlhabendere Einwanderer gern nutzten. John kaufte die Tiere allerdings nicht bei Ian, was diesen erbitterte. Er brachte es tatsächlich über sich, Johns Konkurrenten, der von Christchurch aus arbeitete, *nicht* zu betrügen, sondern ihm Lasttiere zu vermitteln, die gesund und leistungsfähig waren. Dennoch konnte sich der Mann nicht durchsetzen. John saß in Lyttelton einfach am besseren Ort, er war gleich zur Stelle, wenn Schiffe eintrafen.

In Lyttelton gab es jetzt einen Pub und ein Hotel, und neuerdings hatten sich sowohl ein Geistlicher als auch ein Arzt angesiedelt.

Die Nachricht von Letzterem erfüllte Kathleen fast mit Neid. Ihre Entbindung stand in einigen Wochen bevor, und diesmal war weder auf die Hilfe von Pere noch die einer anderen Hebamme zu hoffen – gar nicht zu reden von einem Arzt! Theoretisch konnte Ian natürlich jemanden aus Christchurch holen, aber die Coltranes kannten dort kaum jemanden, und Ian machte auch keine Anstalten, Kontakte zu knüpfen. Zudem war es keineswegs sicher, dass Ian überhaupt zu Hause sein würde, wenn Kathleen niederkam. Natürlich versprach er, in der fraglichen Zeit nicht wegzureiten, aber wenn das Kind ein paar Tage zu früh käme, wäre Kathleen auf sich allein gestellt. Sie versuchte, vorerst einfach nicht daran zu denken. Aber dann tauchte jemand auf, der das Problem ziemlich schnell zur Sprache brachte.

Kathleen kontrollierte die Zäune in der Nähe des Hauses, eine Arbeit, die sie nicht nur hasste, weil ihr Bauch sie behinderte. Nach einer Stunde war sie bereits schweißgebadet, obwohl es Winter war. Ein kühler, trockener Junitag, ungewöhnlich klar für die Jahreszeit. Wer ein Auge für landschaftliche Schönheit hatte, konnte einen weiten Blick bis hinüber zu den majestätischen Südalpen genießen und dabei sogar einzelne Berge ausmachen. Kathleen kannte allerdings nur den Namen des höchsten, des berühmten Mount Cook. In Port Cooper hatte ihr Pere alles über die dortige Bucht und die Port Hills, die Lyttelton von Canterbury trennten, erzählt. Hier in den Plains tat es niemand. Für Kathleen hatten die Berge und Ebenen keine Namen, sie machte sich auch nicht die Mühe, Landmarken zu benennen.

Darin tat sich allerdings bald der kleine Sean hervor. Er hatte früh angefangen zu sprechen. So taufte er ein Wäldchen, in dessen Mitte sich eine natürliche Lichtung auftat, den Feenplatz und einen Felsbrocken, der mitten auf einer der Weiden stand, Leprechaun.

Die Kinder spielten natürlich auch jetzt wieder um Kathleen herum, wobei Colin ihr aufmerksam das Werkzeug reichte, während Sean versuchte, dem Hund Pfötchen geben beizubringen.

»Guter Junge, gib schönes Händchen!«, erklärte er dem gutmütigen, aber gänzlich nutzlosen Köter.

Ian glaubte neuerdings, seinen Söhnen Manieren beibringen zu müssen, wenn er zu Hause war. »Das imponiert den Kunden!«, sagte er. »Gerade den besseren. Den Farmern ist es meistens egal, wie ihr euch darstellt. Aber die Gentlemen wollen ein ›Sir, hier‹ und ›Sir, da‹. ›Sir, wie trefflich Sie zu Pferde sitzen!‹, ›Sir, natürlich ist dieses Pferd nicht einfach, für einen Bauern hat es zu viel Feuer. Aber wenn es einer beherrschen kann, so doch ein Herrenreiter wie Sie!‹ Und dabei verbeugt ihr euch und lächelt!«

Colin, der mit seinen dreizehn Monaten noch nichts von dem verstand, was sein Vater sagte, pflegte daraufhin zu lachen und sich,

Ian nachahmend, zu verbeugen, während Sean die Stirn runzelte. Er war jetzt zwei Jahre alt und begann immer häufiger, Fragen zu stellen. Einmal mischte er sich in ein Verkaufsgespräch ein. Der Mann war an einer Stute interessiert und ritt eine Runde über die Wiese neben dem Haus.

»Gentleman muss aufpassen. Fällt gleich von Pferd runter. Mommy auch runtergefallen.«

Kathleen musste beim Gedanken daran ein Lächeln unterdrücken, obwohl der Sturz nicht ungefährlich gewesen war. Sie hatte wieder einmal Schafe eintreiben müssen, und die fuchsfarbene Fairy war das einzige verfügbare Pferd gewesen. Leider erwies sich das Tier als unreitbar.

»Mancher kann, mancher nicht …«, sagte Ian nur unwillig, aber wohl mehr zu sich selbst. »Hauptsache, der Kunde glaubt es. Wenn sich dann rausstellt, dass es doch nicht zutrifft … Na ja, die wenigsten kommen wieder und geben es zu. Und wenn der Mann gleich mit dem Pferd zurückkommt, Jungs, gebt ihr ihm das schöne Händchen und macht einen Diener!«

»Warum schönes Händchen?«, erkundigte sich Sean, obwohl er damit eine Ohrfeige wegen Frechheit riskierte. »Anderes Händchen auch schön!«

Dem Hund schien es ähnlich zu gehen. Wenn er überhaupt eine Pfote hob, dann die linke, aber jetzt wurde Seans Aufmerksamkeit sowieso abgelenkt. Über den Weg, der von der Farm nach Christchurch führte, trippelte ein Esel heran. Ein auffälliges, geschecktes kleines Tier mit freundlich aufgestellten Ohren. Es war ordentlich gezäumt und trug eine Reiterin, die nicht minder seltsam wirkte als ihr Reittier.

Die Frau war noch jung, sie musste etwa in Kathleens Alter sein, also um die zwanzig Jahre alt. Sie war schmal und zierlich, allerdings meinte Kathleen, erste Anzeichen einer Schwangerschaft zu erkennen. Die Taille des eleganten Reitkleides aus braunem Samt schien ein wenig hochgezogen, und auch im Brustbereich spannte es ein bisschen. Die Frau saß allerdings sehr anmutig in ihrem englischen Damensattel – ein entspannter, aufrechter Sitz, wie ihn auch Lady Wetherby in Irland einnahm, wenn sie zur Jagd ritt. Auf einem Esel, noch dazu einem so kleinen, wirkten aber sowohl der voluminöse Sattel als auch die adrette Erscheinung der Reiterin mehr als deplatziert.

Kathleen musste lachen, als sie ihrer ansichtig wurde. Die junge Frau lachte sofort zurück. Ein sympathisches Lächeln in einem ovalen Gesicht, das von dunkelbraunen Korkenzieherlocken eingerahmt wurde. Braune, freundliche Augen blickten unter kräftigen Brauen und dichten Wimpern hervor. Die kleine Nase und der rote Mund passten zu dem eher etwas dunklen Teint der jungen Frau.

»Guten Tag!« Die Reiterin grüßte, wobei sie sich verbeugte und die Hand mit der Reitgerte graziös senkte. Kathleen kannte auch diese Geste von den reitenden Ladys in ihrer Heimat. »Wie schön, einen Menschen zu treffen! Und dazu noch eine Frau. Auch wenn Sie mich gleich auslachen. Ich gebe ja zu, ich sehe ein bisschen aus wie Sancho Pansa auf seinem Eselchen.«

»Wie wer …?«, fragte Kathleen schüchtern.

Die junge Frau ging darüber hinweg. Dafür ließ sie die Blicke forschend über Kathleen und die Kinder schweifen. »Tja, ich sehe schon, die beiden Kavaliere sind noch zu klein, um mir aus dem Sattel zu helfen«, bemerkte sie bedauernd und glitt behände ohne Hilfe von dem Tier. Lächelnd ging sie auf Kathleen zu.

»Darf ich mich vorstellen? Ich bin Claire Edmunds. Von Stratford Manor, weiter oben am Fluss …«

»Stratford Manor?«, fragte Kathleen eingeschüchtert. Das klang vornehm. Auch die Häuser vieler reicher Engländer in Irland hatten wohlklingende Namen.

»Na ja, nach Stratford – Stratford upon Avon, Sie wissen schon. Shakespeares Heimatstadt. So eine Dummheit, den Fluss Avon zu nennen, aber die Stadt Christchurch … bigottes Volk, alles verhinderte Missionare. Jedenfalls habe ich die Farm so genannt. Klingt irgendwie besser als Edmunds' Farm. Mein Mann lacht mich deshalb allerdings aus … Wie heißt Ihre?«

Kathleen zuckte die Achseln. »Coltrane's Viehhandel«, sagte sie. »Ich bin Kathleen Coltrane.«

Claire Edmunds runzelte die Stirn. »Ach ja, Ihr Mann hat meinem Mann Spottey verkauft. Sie wies auf den Esel.«

Kathleen erinnerte sich jetzt auch, das Tier kurze Zeit im Stall gehabt zu haben. Die Kinder waren begeistert gewesen.

»Ein nettes Tier«, führte Claire weiter aus. »Aber Ihr Mann hätte meinem nicht erzählen dürfen, das kleine Ding könne die ganze Farmarbeit erledigen. ›Zwei Maultiere ist's wert‹, hat er gesagt. ›Vor dem Wagen und vor dem Pflug‹.«

Kathleen errötete. »Mein Mann …«

»Ist Pferdehändler! Ich weiß schon, die lügen alle. Man darf ihnen einfach nichts glauben, und bei Spottey ist es doch auch offensichtlich … Aber Matt hat einfach keine Ahnung von Pferden. Und auf mich hört er ja nicht!«

»Spottey?«, fragte Sean und streichelte die Nase des Eselchens.

Claire nickte. »Genau. Und wie heißt du, junger Mann?«

Sean hielt ihr die Hand entgegen – leider die linke, aber er machte einen Diener. »Sean, Miss.«

Claire Edmunds lachte und schüttelte Seans Hand unbefangen. »Was für ein süßes Kind! Und so gut erzogen! Also, wie gesagt, ich nehm das mit Spottey nicht übel. Im Gegenteil. Für die Farmarbeit taugt sie nicht, also hab ich sie für mich.«

»Sattel ist komisch«, bemerkte Sean.

»Der kommt aus England«, erklärte Claire. »Ich hab ihn mitgenommen. Das Pferd hätt ich auch so gern mitgenommen, aber das konnten wir uns nicht leisten …« Ihr Gesicht wurde traurig. »Aber was soll's, davon hängt das Glück nicht ab!« Die junge Frau schaute schon wieder fröhlich. »Auf jeden Fall habe ich den Sattel und das Reitkleid – und Spottey. Und endlich eine andere Frau gefunden, die nicht ganz so weit weg wohnt und die mit mir redet.« Sie sah die eingeschüchterte Kathleen fragend an. »Sie reden doch mit mir?«

Kathleen lächelte ihr zu und beschloss, dass sie sich Schüchternheit nicht leisten konnte. »Hören Sie!«, sagte sie ruhig. »Sie sind die erste Frau, die ich seit sieben Monaten zu Gesicht bekomme. Und da sollte ich nicht mit Ihnen reden? Ich bin nur ein bisschen … überrascht.«

Claire nickte verständnisvoll. Ihr selbst schien es nicht viel anders zu gehen. Ein spitzbübisches Lächeln huschte über ihr Gesicht. »Das macht nichts. Aber jetzt müssen Sie mich langsam mal zum Tee einladen, sonst muss ich nämlich bald wieder weg. Wenn mein Mann am Abend heimkommt, muss er etwas zu essen bekommen. Das nehme ich ganz ernst. Liebe geht durch den Magen!« Claire gab diese Erkenntnis im Brustton der Überzeugung von sich. »Ich kann nur nicht so gut kochen …«, gestand sie dann.

Kathleen musste lachen und bat Claire ins Haus. Sie hatte keinen Tee, aber Claire war auch mit Kaffee zufrieden. Sie nahm ihr Hütchen ab und enthüllte einen dicken Knoten dunklen Haars. Die Korkenzieherlöckchen hatte sie daraus gelöst, um ihr Gesicht neckisch zu umspielen. Kathleen fragte sich, wie ihr selbst wohl eine solche Frisur stehen würde und wurde sich jäh ihres abgetragenen Kleides und ihres strähnigen Haars bewusst. Claire schien ihre Gedanken zu lesen.

»Ich hab auch nicht so viele gute Kleider«, gab sie freimütig zu. »Eigentlich überhaupt nur noch dieses, weil ich es nie anhatte, seit ich von zu Hause weg bin. Und nun passt es bald nicht mehr. Die anderen natürlich auch nicht. Matt sagt, ich soll mir einfach ein neues nähen, aber das kann ich nicht.« Claire seufzte. »Jedenfalls habe ich mich heute mal fein gemacht, um auszureiten. Und ich habe sogar jemanden gefunden!« Ihr Gesicht hellte sich auf. »Matt wird sich riesig für mich freuen. Er ist so aufmerksam! Eigentlich … wissen Sie …«

»Wo … waren Sie denn ursprünglich zu Hause?«, erkundigte sich Kathleen.

»In Liverpool«, antwortete Claire sofort. »Und Sie? Sie sind Iren, nicht? Matt sagte so etwas …« Sie wurde rot.

Kathleen musste wieder lachen. »Diese verdammten Iren«,

ahmte sie mit tiefer Stimme nach, was Matt Edmunds mit ziemlicher Sicherheit gesagt hatte, »… alles Zigeuner und Rosstäuscher …«

Claire kicherte ausgelassen. »So ähnlich!«, bestätigte sie. »Ich wollt's bloß nicht sagen, damit Sie nicht beleidigt sind. Und alle Iren sind auch bestimmt nicht so. Sicher gibt es sehr … nette.« Sie biss sich auf die Lippen und wechselte das Thema. »Sagen Sie … Sie sind nicht vielleicht Hebamme? Ich … ich bekomme nämlich ein Baby …«

Kathleen schluckte. In ihrer Heimat waren die Menschen nicht gar so prüde wie in England, aber nach einer gerade mal halbstündigen Bekanntschaft hätte man dieses Thema auch in Irland noch nicht angeschlagen. Lediglich Pere, die Maori-Frau, sprach derart unbefangen über das Kinderkriegen.

Claire errötete schon wieder. »Tut mir leid, das war jetzt sicher nicht schicklich. Aber ich muss wirklich gleich wieder weg, und es liegt mir auf der Seele. Ich … Mrs. Coltrane, ich … ich hab keine Ahnung, wie das Kind da rauskommen soll!« Sie biss sich auf die Lippen.

Kathleen hätte eigentlich peinlich berührt sein müssen, aber Claire belustigte sie. Sie waren im gleichen Alter, aber dieses Mädchen wirkte derart unschuldig und unbedarft. Es war kaum vorstellbar, dass es bereits verheiratet war und ein Kind bekam.

»Nun, im Allgemeinen durch die gleiche Öffnung, durch die es hereingekommen ist«, antwortete sie trocken.

Claire sah sie ungläubig an. »Sie meinen, da, wo mein Mann … aber … aber da ist nicht genug Platz … da ist ja kaum genug Platz für meinen Mann …« Ihr Gesicht war jetzt ganz rot, sie wirkte wie eine Zehnjährige aus Father O'Briens Schulklasse.

Kathleen lächelte. »Claire!«, sagte sie dann. »Ich darf doch Claire sagen?« Sie konnte dieses Mädchen unmöglich förmlich Mrs. Edmunds nennen. »Es ist hoffentlich in Ordnung, wenn wir uns beim Vornamen nennen … Die Öffnung, Claire, die weitet sich …«

»Bestimmt?«, fragte Claire argwöhnisch. »Ich weiß, ich bin

dumm in diesen Dingen. Obwohl mein Vater Arzt ist. Aber darüber redete man einfach nicht. Meine Mom bekam sofort Asthma, wenn ich irgend so etwas gefragt habe. Und mein Daddy …«

»Bestimmt«, beruhigte sie Kathleen. »Da brauchst du dir gar keine Sorgen zu machen! Aber man hat dich doch verheiratet! Hat dir vorher wirklich nie jemand irgendetwas übers Kinderkriegen erzählt?«

Claire kaute auf ihrer Unterlippe herum. »Genau genommen hat man mich nicht verheiratet«, bemerkte sie. »Ich hab mich selbst verheiratet. Eigentlich sollte ich meinen Vetter nehmen, der wird Arzt und Dads Praxis übernehmen. Aber er ist dumm und langweilig. Tja, und dann hab ich Matt kennen gelernt.« Über Claires Gesicht zog ein überirdisches Strahlen. »In der Stadt, auf dem Markt. Er ist so lustig, Kathleen! Er hat mich immer zum Lachen gebracht. Und er kann so schön erzählen. Von all seinen Reisen – Denk dir, er war in Amerika! Und auf Hawaii! Und in Australien! Aber das Beste wäre Neuseeland, meinte er damals. Ein bisschen wie England, aber alles neu, keine reichen Fräcke, keine Beschränkungen – Matt wollte Land kaufen und siedeln. Mit mir! Oh, Kathleen, es war so romantisch, als er mich gefragt hat! Und wie er alles geschildert hat. Den Fluss hier … Avon – findest du nicht, dass der Name ein Zeichen ist? Ich bin Julia, Matt ist Romeo … Aber meine Eltern hätten das nie eingesehen. Also hab ich's einfach so gemacht!«

Claire erhob sich und stellte sich in Positur. »Oh, Romeo! Verleugne deinen Vater, deinen Namen! Und willst du's nicht, nimm mich zu deiner Liebsten, und ich bin länger keine Capulet!«

Sie strahlte.

Kathleen runzelte die Stirn. War ihre neue Freundin verrückt?

Claire schaute genau so verblüfft. »Kennst du das nicht?«, fragte sie ungläubig. »Shakespeare. Romeo und Julia. Eine ganz berühmte Geschichte … Seid ihr überhaupt nicht romantisch da in Irland?«

Kathleen verriet ihr an diesem ersten Tag noch nicht, in welchen Fallstricken der Romantik sie sich mit Michael in den Feldern am

Fluss verfangen hatte – auch ganz ohne Beeinflussung durch den Barden von Stratford upon Avon. Dafür erfuhr sie jede Einzelheit von Claires Flucht aus ihrem Elternhaus, ihre überstürzte Hochzeit in London und dann die Reise nach Neuseeland.

»Ich hab's meinen Eltern noch geschrieben, aber die wollten mich nicht mehr sehen. Ich vermiss sie auch nicht besonders. Nur … nur mein Pferd vermisse ich ziemlich, obwohl ich jetzt Spottey habe. Und Matt hab ich natürlich auch. Er ist wunderbar, wirklich. Nur … also am Anfang war es ja aufregend hier in dem neuen Land, auf der Farm … Aber jetzt – ich bin ganz allein, Kathleen!« Claire schwankte zwischen Euphorie und Enttäuschung. »Matt hat sich ein Boot gekauft, und das ist ja auch richtig, es ist schön, dass er arbeitet … das ist romantisch. Er fischt im Fluss, und er setzt Leute über, die von Port Victoria nach Christchurch wollen. Wir könnten richtig reich werden, meint Matt, wenn ich bloß besser wirtschaften würde. Er ist … also er liebt mich bestimmt sehr, aber er … ich glaube, er ist nicht so zufrieden mit mir …« Claire hörte sich an wie ein Kind, dem man eine schlechte Schulnote erteilt hatte. »Dabei strenge ich mich schon an. Aber ich weiß nicht, wie ich das alles machen soll! Hast du vorher schon mal eine Kuh gemolken? Also bevor du herkamst?«

Claires Ausbruch verlangte nicht wirklich eine Antwort, was sicher auch besser war. Ein Bericht über Kathleens Erfahrungen in der Haltung von Rindern und Schafen hätte die junge Frau wahrscheinlich vor Ehrfurcht verstummen lassen. So aber erzählte sie weiter, und die verwunderte Kathleen erfuhr, dass man ihre neue Freundin mit praktischen Dingen nie sonderlich behelligt hatte. Ihre Eltern hatten ein großes Haus geführt. Es gab Dienstboten, die Claire und ihrer jüngeren Schwester jeden Handschlag abnahmen. Ihre Mutter war ziemlich weltfremd gewesen und hatte ihnen nicht einmal ein Mindestmaß an Haushaltsführung vermittelt. Stattdessen durften die Mädchen sich weitgehend mit dem beschäftigen, was ihnen gefiel – solange es halbwegs im Rahmen einer vornehmen Erziehung lag. Claire gefiel es zu reiten. Außerdem las und lernte sie gern. Das Mädchen konnte Französisch, Latein und Italienisch. Es spielte sehr gut Klavier und ein bisschen Geige. Und es hatte Bücher über Astronomie gelesen und sich immer gewünscht, eines Tages einen neuen Stern zu entdecken.

»Das war auch so wunderschön mit Matt!«, begeisterte sich Claire. »Wir haben zusammen in den Himmel geguckt, und er hat mir die Sterne erklärt. Und vom Süden erzählt … vom Kreuz des Südens …« Sie lächelte versonnen, als sie sich daran erinnerte, wurde dann aber wieder traurig. »Sterne entdecke ich jetzt ja jeden Tag«, meinte sie nüchtern. »Wenn auch nicht mit Matt. Der hat … der hat keine Zeit. Dabei weiß er bestimmt ihre Namen. Ich könnte sie ja auch nachlesen, aber ich finde kein Buch, in dem sie geschrieben stehen. Ich finde gar keine Bücher mehr, Kathleen! Sonst könnte ich auch eins über Geburtshilfe lesen. Woher … woher weißt du das denn alles mit den Babys? Hat man es dir erzählt, bevor du verheiratet wurdest?

Kathleen seufzte. »Ich wusste es wohl zu früh …«, bemerkte sie dann. »Wann ist es überhaupt so weit?«

»Hat noch Zeit«, behauptete Claire und ließ offen, ob sie wusste, wie lange eine Schwangerschaft gewöhnlich dauerte. »Aber dein Kleines kommt bald, nicht? Hast du jemanden, der dir helfen wird?«

Kathleen schüttelte den Kopf, und Claire schien zu erahnen, dass sich die erfahrenere Freundin nicht viel weniger vor der Niederkunft fürchtete als sie selbst.

»Weißt du was?«, meinte sie, und es klang tröstend, wobei Claire offensichtlich nicht wusste, ob sie damit eher Kathleen oder sich selbst Mut zusprach. »Wenn es so weit ist, komme ich herüber und bleibe bei dir. Ich kann zwar nichts machen, aber ich seh's mir an. Dann weiß ich jedenfalls schon mal, was auf mich zukommt! Und es ist auf jeden Fall besser, als wenn man ganz allein ist …«

Kapitel 9

»Du musst nicht denken, ich wüsste nicht, was zwischen dir ist und meinem Mann.«

Mrs. Smithers machte diese niederschmetternde Eröffnung ganz nebenbei, während sie frisch geschnittene langstielige Rosen in Lizzies Korb legte. Tischdekoration. Mr. Smithers wurde am Abend erwartet und sollte einen Geschäftsfreund mitbringen. Lizzie wich das Blut aus dem Gesicht. Sie schwankte und hätte den Korb beinahe fallen lassen, dann empfand sie nur noch Resignation und Erschöpfung. Gut, es war aus, sie hatte verloren. Aber wenigstens würde sie sich nicht mehr ängstigen müssen.

Lizzie versuchte, tief durchzuatmen und ihre Gedanken zu ordnen. Sie ließ die Blicke über den wild bewachsenen Garten schweifen, der einem englischen Park nachempfunden war, ihm aber nur entfernt ähnelte. Die Rosen gediehen gut, das Gras jedoch wuchs zu üppig – es war nicht samtig weich, sondern hart wie Schilf. Akaziensträucher überwucherten einen Großteil des Gartens, statt eine artige Hecke zu bilden, und Eukalyptusbäume überschatteten die gepflegten englischen Obstbäumchen.

Es war ein kühler, aber ausnahmsweise regenloser Sommertag in Van-Diemens-Land. Lizzie bemühte sich jetzt seit fast sechs Monaten, das traurige Geheimnis ihres Verhältnisses zu Mr. Smithers zu wahren. Es war nicht immer einfach, denn Mr. Smithers fehlte es oft an Vorsicht und Taktgefühl. Manchmal schien er völlig außer sich zu geraten, wenn er Lizzie in ihrem blauen Kleid, der weißen Spitzenschürze und dem Häubchen bei irgendeiner Arbeit antraf. Am liebsten hätte er sie dann auf dem nächsten Diwan oder sogar Teppich genommen, und er reagierte unwillig, wenn Lizzie ihn verängstigt abwehrte. Sie selbst hatte sich nichts vorzuwerfen. Sie reizte ihn nicht und lag auch in ihrer Kammer nur bewegungslos da, bis er sich an ihr befriedigt hatte. Ihre Freier in England hätten sich da beschwert, aber Smithers schien es nichts auszumachen, solange sie dabei nur ihr Häubchen und ihre Schürze trug. Offensichtlich war es mehr die Uniform, die ihn reizte, als das darin steckende Mädchen.

Und nun, nach all den Anstrengungen, nichts von der Sache ans Licht kommen zu lassen … »Madam, ich …«, begann Lizzie zu stammeln, aber ihr fehlten die Worte.

»Lüg mich nicht an!«, sagte Mrs. Smithers streng. Sie blitzte das Mädchen unter der Krempe ihres Strohhutes an, den sie im Garten grundsätzlich trug, auch dann, wenn nicht die Sonne schien. Anscheinend hatte sie mit Leugnen gerechnet. »Wenn dich noch etwas retten kann, so nur absolute Ehrlichkeit!«

Retten? Lizzie hatte das Gefühl, als ob der Boden unter ihr schwankte – und das weit mehr als damals nach der Schiffsreise.

»Ich …«

Mrs. Smithers gab ihr keine Chance, sich zu rechtfertigen. »Versprichst du dir irgendetwas davon?«, fragte sie kurz. »Machst du dir irgendwelche Hoffnungen?«

Hoffnungen? Die waren wohl eher zerstört worden! Lizzie hätte beinahe gelacht. Vielleicht war dies ja nur ein böser Traum!

Sie schüttelte hilflos den Kopf.

»Erwartest du Vergünstigungen? Eine frühere Begnadigung? Schweigegeld?«

Lizzie verneinte noch heftiger.

Mrs. Smithers runzelte die Stirn. »Liebst du ihn etwa?«

Sie schien das selbst für unmöglich zu halten.

»Nein«, rief Lizzie, endlich mit klarer Stimme.

»Warum tust du's dann?«, brach es aus Mrs. Smithers heraus – und es klang zum ersten Mal wie eine Frage, die aus ehrlichem Interesse heraus gestellt wurde. Mrs. Smithers schien selbst darüber zu erschrecken – und gab sich dann eine Antwort, bevor Lizzie es tun konnte. »Nun ja, ihr Mädchen seid triebhaft. Deshalb seid ihr ja hier – ich bin ja auch gewarnt worden …«

Lizzie senkte den Kopf. Sie sollte nun eigentlich Wut empfinden, aber sie war nur erschöpft und wollte eigentlich gar nichts mehr hören. Sollte Mrs. Smithers ihr Urteil sprechen und dies hier endlich beenden …

»Dir ist klar, dass ich dich nach Cascades zurückschicken könnte?«

Lizzie nickte demütig.

»Aber andererseits …« Mrs. Smithers musterte das Häufchen Elend mit dem Rosenkorb in den Armen, das ihr gegenüberstand. »Die Nächste wäre wohl auch nicht besser. Und du bist wenigstens nicht schön …«

Irgendetwas in Lizzie wollte die Frau anschreien und ihr sagen, dass sie ihren Gatten wohl auch mühelos selbst zurück in ihr Bett holen könnte, wenn sie nur ein Häubchen und ein Schürzchen trüge. Tatsächlich aber schwieg sie, denn sie empfand auf einmal eine seltsame Neugier. Was führte Mrs. Smithers im Schilde?

»Nein, ich habe es mir überlegt. Du bist sonst nützlich, du kannst bleiben. Aber ich werde dich verheiraten. Du kannst Cecil nehmen, den Gärtner. Er wird zweifellos entzückt sein, und ihr könnt euch in der alten Remise eine Wohnung einrichten. Wenn deine Wollust dann befriedigt ist …« Mrs. Smithers errötete.

Lizzie fühlte Panik in sich aufsteigen. Wenn sie in der Remise wohnte, würde sie erst recht Freiwild sein. Sie würde nicht nur Mrs. Smithers betrügen, sondern auch noch ihren eigenen Mann. Und irgendwann würden sie wieder ertappt werden. Lizzie sah keinen Ausweg …

»Aber, Madam, Ihr Mann …«

»Kein Wort gegen meinen Gatten, Mädchen!«, donnerte Mrs. Smithers mit einer Stimme, die man dem kleinen, nahezu unscheinbaren Wesen gar nicht zugetraut hätte. »Es ist entschieden. Ich werde mit Cecil reden, und er wird sich dir dann erklären …«

Sie riss Lizzie den Rosenkorb aus den Armen und schritt damit würdevoll dem Haus zu.

Lizzie blieb hilflos zurück. Aber erklären … Erklären war die einzige Lösung. Sie musste mit Cecil über die Sache reden. Der Gärtner war selbst ein Sträfling, er musste sie verstehen.

In dieser Nacht blieb Lizzie unbehelligt – Mr. Smithers betrank sich mit seinem Gast. Der Mann war ein Militär, der den Einsatz der Sträflinge in der Region koordinierte, und er wollte seinem Gastgeber wohl einen Gefallen tun, ihm nämlich eine Chain Gang zur Rodung der Akaziensträucher im Garten vorbeischicken.

Lizzie belauschte das Gespräch beim Servieren, und Mrs. Smithers erkundigte sich geziert nach den Gefahren, die möglicherweise von den Männern ausgingen. Sergeant Meyers, ein kleiner, untersetzter Mann mit dem Gesicht einer Bulldogge, beruhigte sie lachend.

»Die Bären liegen an der Kette, Madam – und das seit Monaten, die haben den Gedanken aufgegeben, Dummheiten zu machen. Auf die Dauer werden sie hier alle friedlich. Wir erziehen auch den Letzten zum guten Christenmenschen …« Er trank den Smithers zu.

Lizzie wandte sich angewidert ab. Sie verbrachte die Nacht in verzweifeltem Grübeln. Wie sollte sie die Aussprache mit Cecil anfangen, und welche Lösung sollte sie ihm vorschlagen? Aber letztlich würde es ohnehin von ihm abhängen. Vielleicht machte es ihm ja nichts aus, sie mit Smithers zu teilen. Dann wäre sie verloren. Aber mit etwas Glück weigerte er sich, sie unter diesen Umständen zur Frau zu nehmen. In diesem Fall musste sie möglichst schnell einen anderen Mann finden – am besten einen halbwegs einflussreichen, der sie nicht zur Arbeit in Smithers' Haus schickte. Lizzie hätte es nie geglaubt, aber sie begann, sich nach Jeremiah zu sehnen.

Am nächsten Morgen war der Gärtner Cecil zunächst damit beschäftigt, die Männer der Chain Gang einzuweisen. Sergeant Meyers hatte nicht zu viel versprochen, ein Aufseher trieb die zwölf angeketteten Gefangenen bei Sonnenaufgang an die Arbeit. Alle

Männer wirkten stark und gebräunt von der ständigen Arbeit im Freien, obwohl hier in Van-Diemens-Land eher selten die Sonne schien. Sommer und Winter waren kühl, meistens wehte heftiger Westwind. Lizzie blickte vom Haus aus zu den Arbeitern hinüber und wartete darauf, dass Cecil Zeit für sie hatte, aber Mrs. Smithers schien den Gärtner nicht minder aufmerksam zu beobachten. Bevor Lizzie sich an ihn heranpirschen konnte, ließ sie ihn rufen.

»Was will sie wohl? Wieder neue Zierpflanzen?«, brummte die Köchin.

Mrs. Smithers war Gärtnerin aus Leidenschaft, aber sie begriff nicht, dass die meisten Pflanzen ihrer Heimat hier nicht ohne weiteres gediehen. Den einheimischen Gewächsen dagegen brachte sie kein Interesse entgegen, sie betrachtete sie durchweg als Unkraut.

»Mit Zucht hat's schon zu tun …«, seufzte Lizzie und machte sich ans Staubwischen in den Zimmern gegenüber von Mrs. Smithers' Empfangsräumen. Sie wollte nicht gleich gesehen werden, wenn Cecil wieder hinausging, aber sie wollte ihm doch so bald wie möglich in den Garten folgen.

Der kleine, gnomenhafte Mann schien außer sich vor Freude, als Mrs. Smithers ihn endlich verabschiedete. Lizzie hörte, wie er sich tausendmal bedankte. Ihr eigener Mut sank. Diese Unterredung würde nicht einfach werden. Vielleicht wartete sie besser, bis Cecil sich ein wenig beruhigt hatte. Nein, denn dann stand er am Ende mit einem Strauß gepflückter Rosen vor ihrem Fenster. Es musste gleich sein. Lizzie legte ihren Staubwedel beiseite und ging entschlossen in den Garten.

Auf die Begrüßung war sie allerdings nicht vorbereitet.

»Lizzie!« Der kleine Gärtner strahlte über sein ganzes Zwergengesicht, als er ihrer ansichtig wurde. Er wartete nicht ab, bis sie das Wort an ihn richtete, sondern rannte auf sie zu, wirbelte sie selig durch die Luft und küsste sie unverblümt auf den Mund.

»Ich wusste, du würdest es auch wollen. Du warst nur schüchtern, meinte die Missus, und das ist ja auch gut so. Aber jetzt wollen wir uns doch liebhaben!«

Lizzie brach fast das Herz darüber, seine Freude zerstören zu müssen. Sie war zwar alles andere als verliebt in den Gnom, aber sie schätzte ihn als freundlichen Menschen.

»Es ist nicht so einfach …«, begann sie, während sie ihn außer Sichtweite des Hauses in den Schatten eines Eukalyptusbaumes zog. »Cecil, ich … die Missus …«

Während sie sprach, wich erst die Freude, dann die Farbe aus dem verwitterten Gesicht des Gärtners.

»Du willst mich also nicht wirklich heiraten?«

Lizzie seufzte. »Cecil, was ich will, spielt gar keine Rolle. Ich will dich gern heiraten, aber ich bliebe doch Mr. Smithers' Eigentum …«

Das Lächeln kehrte auf Cecils Gesicht zurück. »Aber doch nicht für immer!«, tröstete er. »Wir sparen noch ein bisschen, und dann ziehen wir woanders hin. Und die Campbells kommen ja auch mal zurück. Dann arbeiten wir wieder für die …«

»Aber doch erst in einem halben Jahr!«, meinte Lizzie. »Frühestens. Bis dahin …«

»Ach, bis dahin halt ich's aus!«, erklärte Cecil großmütig.

Aber ich nicht!, wollte Lizzie schreien. Vor allem wollte sie keinen Schwachkopf heiraten, der nicht einmal begriff, welche Risiken er einging, wenn er sie kampflos jedem Lüstling überließ! Oder erhoffte sich Cecil seinerseits Vorteile von dem Arrangement? Würde er Smithers' Unzucht mit seiner Frau decken und dafür mehr Geld oder eine bessere Stellung fordern?

»Das Aufgebot hängt ab morgen aus!«, meinte Cecil freudestrahlend. »Die Missus klärt das mit dem Reverend. Und mit deiner Begnadigung!« Cecil selbst hatte seine Begnadigung vier Wochen zuvor erhalten, und mit der Hochzeit würde dann auch Lizzie frei sein. Aber Lizzie hatte sich selten so eingesperrt gefühlt …

Cecil ging wieder zu seinen Blumen. Nachdenklich schaute Lizzie zu den Männern der Chain Gang hinüber. Die Köchin hatte ihr aufgetragen, ihnen Wasser zu bringen. Sie konnte es ebenso gut gleich tun.

Lizzie füllte einen Krug am Brunnen. Trinkgefäße sollten die Männer eigentlich bei sich haben. Dann machte sie sich aufgewühlt und verzweifelt zu dem Akaziendschungel im hinteren Teil des Gartens auf. Sie hielt den Kopf gesenkt, wie die Schicklichkeit es forderte – und hätte fast darüber gelacht. Tugend erfuhr schließlich keine Belohnung, Scheinheiligkeit umso mehr.

»Das soll doch … Kennst du mich gar nicht mehr, Lizzie?«

Lizzie goss eben dem ersten Mann in der Reihe Wasser ein, nachdem sie den Aufseher höflich gegrüßt hatte, als ein großer, dunkelhaariger Sträfling sie aufgeregt ansprach.

»Lizzie Owens! Mein kleiner Engel vom Schiff?«

Lizzie blickte ungläubig auf, aber sie hatte die dunkle, weiche Stimme mit dem irischen Akzent schon bei den ersten Worten erkannt. Michael Drurys strahlend blaue Augen blitzten sie fast übermütig an.

»Und du lässt schon wieder nichts aus!«, spottete er. »War das eine Begrüßung eben. Seit wann magst du Leprechauns?«

»Wie bitte?«, fragte Lizzie verwirrt.

Sie war schon aufgewühlt genug, aber Michaels plötzliches Auftauchen brachte sie völlig aus dem Konzept.

»Leprechauns. Gnome, Zwerge … so nennen wir Kerle wie deinen kleinen Freund da in Irland!«

Michael wies abschätzend auf Cecil, der sich gerade damit abmühte, die harte Erde für neues Saatgut aus England vorzubereiten.

Lizzie riss sich zusammen. Wenn sie jetzt Schwäche zeigte, wenn sie womöglich die Gefühle verriet, die bei Michaels Anblick erneut in ihr aufwallten, konnte sie ihm nie wieder unbefangen gegenübertreten.

»Ein kleiner Mann, aber ein freier!«, gab sie spöttisch zurück. »Du dagegen, Michael Drury … ein Jahr in Van-Diemens-Land, und immer noch in Ketten! Dabei hast du doch nur ein paar Säcke Korn gestohlen. Oder war das eine Lüge?«

Michael zuckte die Schultern. »Vielleicht eine kleine Untertreibung, Lizzie, so wie dein Brot!« Er zwinkerte ihr zu. »Vielleicht hab ich nebenbei ein bisschen Whiskey verkauft und du ein bisschen Lizzie?« Michael grinste sie an.

Lizzie lächelte gequält zurück. »Um hier in Ketten zu gehen, musst du wohl noch etwas mehr auf dem Kerbholz haben.«

Sie bemühte sich, ruhig zu bleiben und vor allem ihre Gesichtszüge unter Kontrolle zu behalten. Der Aufseher brauchte nicht zu wissen, dass sich hier alte Bekannte trafen. Langsam ging sie von einem Mann zum anderen und bediente sie mit Wasser, während sie mit Michael die Klingen kreuzte.

»Drei Fluchtversuche«, gab Michael zu. »Den ersten gleich am ersten Tag, ich dachte, es sei eine gute Idee, mich sofort wieder auf der *Asia* einzuschleichen. Da kenn ich schließlich die dunkelsten Winkel. Eine direkte Passage zurück nach Irland!« Er lachte.

Eigentlich gar keine schlechte Idee. »Was ist schiefgegangen?«, fragte Lizzie.

»Ich hätt warten sollen, bis sie den Kahn gereinigt und beladen haben«, meinte Michael resigniert. »So haben sie mich gleich erwischt. Und dann …«

Lizzie war inzwischen fertig. Alle tranken, und der Aufseher schien sich zu fragen, warum sie noch bei den Strafgefangenen herumlungerte. Sie musste ins Haus.

»Hör zu, Michael, ich muss weg!«, wisperte sie. »Aber morgen ist Sonntag, am Nachmittag hab ich frei. Wo finde ich dich?«

Michael zog die Augenbrauen hoch. »Die Frage lautet: Wo findest du uns? Wir hängen sehr aneinander, wie du siehst, außerhalb der Zellen kriegst du uns nur als Kette. Aber Sonntagnachmittag lassen sie uns schon mal an die frische Luft. So zwischen den fünfundzwanzig Andachten und Gebetsrunden …«

Die anderen Männer lachten.

»Geh einfach die neue Straße lang, die Baracken liegen am Fluss. Die alten, von den Männern vom Brückenbau. Dementsprechend verwanzt sind sie …«

Der Aufseher hob vielsagend seine Peitsche und sah Lizzie strafend an.»Pause zu Ende, Männer!«

Lizzie grüßte und hob ihren Krug. »Ich komme!«, flüsterte sie.

Am nächsten Morgen sollte sie erst mal eine weitere Bekannte wiedertreffen. Wie jeden Sonntag folgte sie den Smithers in die Kirche, wobei Cecil ihr diesmal freudestrahlend und besitzergreifend den Arm bot. Mr. Smithers wirkte zerknirscht. Seine Frau hatte ihn wahrscheinlich nicht im Unklaren darüber gelassen, warum ihr so viel an der Heirat zwischen Cecil und Lizzie lag. Lizzie ging mit unglücklichem Gesicht neben ihrem neuen Verlobten her. Sie schaffte es nicht mal, sich bei den Glückwünschen des Reverends ein Lächeln abzuringen. Die Köchin tätschelte ihr tröstend die Schulter.

Plötzlich wurde ihr ganzes Interesse von Sergeant Meyers und seiner Gattin in Anspruch genommen. Der Offizier hatte nun wohl eine Wohnung in der Gemeinde bezogen und begrüßte die Smithers vor der Kirchentür. Seine Gattin stand groß und elegant neben ihm. Sie trug ein schlichtes braunes Kleid, versehen mit einem cremefarbenen Spitzenkragen. Ihre langen zarten Hände steckten in Spitzenhandschuhen, und ein hübsches braunes Hütchen mit cremefarbenem Band saß auf ihrem vollen, zu einem weichen Knoten im Nacken gebundenen Haar. Tiefschwarzes Haar, Augen wie dunkle Diamanten und ein zarter Teint.

Fassungslos starrte Lizzie auf Velvet, die Juwelendiebin aus London. Velvet reichte den Smithers wohlerzogen die Hand und sagte ein paar verbindliche Worte. Lizzie verriet sie nur mit einem Zwinkern, dass auch sie die frühere Zellengenossin erkannt hatte. Dann folgte sie ihrem Mann, den sie um halbe Haupteslänge überragte.

Lizzie konnte sich nicht auf die Messe konzentrieren. Deshalb hatte Velvet sich also heiraten lassen: Sergeant Meyers arbeitete in gehobener Position, er bezog sicher ordentlichen Lohn und konnte auf eine gute Pension und etliche Hektar Land hoffen, wenn er die

Militärkarriere einmal aufgab. Lizzie hatte nicht gewusst, dass sogar so wohlhabende Männer ihre Frauen unter den Sträflingen suchten, aber Velvet war unzweifelhaft eine Schönheit. Sergeant Meyers dagegen war hässlich – er hätte in England vielleicht eine tugendhaftere, ganz sicher aber keine annähernd so attraktive Frau gefunden.

Velvet winkte Lizzie unauffällig zu, als sich die Meyers nach der Messe mit den Smithers auf eine Ausfahrt begaben. Die Frauen hatten den Fortgang der Straßenbauarbeiten lange nicht gesehen, und vor allem Mrs. Smithers wollte wohl gern wissen, was ihr Gatte wochentags trieb. Velvet stieg anmutig in die Chaise. Lizzie grüßte nur andeutungsweise. Sie beide würden keine Vorteile davon haben, ihre Bekanntschaft publik zu machen.

Lizzie musste sich jetzt vor allem Cecils Gesellschaft entziehen, wenn sie Michael an diesem Tag noch sehen wollte. Leider haftete der kleine Gärtner an ihr wie eine Klette und breitete sein gesamtes trauriges Leben vor ihr aus, während er sie lange spazierenführte.

Das jüngste von fünfzehn Kindern auf einem Bauernhof in Wales, Flucht vor Armut und Hunger nach Cardiff, ein paar Fahrten als Matrose, dem die Seefahrt aber wenig lag, ein erneuter Versuch auf dem Land. Schließlich stahl Cecil ein Schaf und wurde prompt erwischt. Das brachte ihn in die Kolonien.

»Und deine Geschichte erzählst du mir dann das nächste Mal!«, endete er schließlich zu Lizzies größter Überraschung. »Jetzt treff ich mich noch mit ein paar Kumpels!« Geheimnisvoll zog Cecil eine kleine Flasche Whiskey aus der Tasche. »Da, hat mir der Herr gegeben. Zum Feiern der Verlobung …«

Lizzie bebte vor Wut. Hätte er den Fusel nicht auch mit ihr teilen können? Herrgott, sie hätte ein paar Schlucke gebraucht nach all den Aufregungen der letzten Tage. Und überhaupt, es ging offensichtlich bereits los: Mr. Smithers schenkte Cecil Whiskey, und der nahm ihn dankend an. Die zwei würden gute Bekannte werden. Kein Problem, sich demnächst eine Frau zu teilen …

Lizzie machte sich nicht die Mühe, sich noch hübsch zu machen, bevor sie die neue Straße entlanglief, die so neu gar nicht war. Die rote Brücke über den Fluss war schon fast zwanzig Jahre zuvor von Sträflingen gebaut worden. Zurzeit ging es hauptsächlich um Ausbau- und Reparaturarbeiten. Unterhalb der Brücke, am Elizabeth River, lagen die Baracken, in denen die Bauarbeiter untergebracht waren. Wie fast überall in Van-Diemens-Land wurde auf Sicherheit wenig Wert gelegt. Wohin konnten die Männer hier schon fliehen? Die meisten blieben freiwillig bis zur Begnadigung. Die wenigen Uneinsichtigen und die paar ernsthaft Gefährlichen hielt man in Ketten. Auch sonntags.

Michaels Gang vergnügte sich eben am Fluss. Zwei von ihnen hatten eine Art Angel konstruiert, mit der sie sich im Fischfang versuchten, aber es sah aus, als hätten beide vorher noch nie geangelt. Ein paar andere versuchten, ihnen zu erklären, was sie falsch machten, aber weder der eine noch der andere hörten wirklich zu.

Michael schenkte Lizzie ein warmes Lächeln, als sie zu ihnen herunterkam und sich neben ihn ans Ufer setzte. Der Fluss war schön, sehr ruhig, auf dem Wasser schwammen Pflanzen, die Lizzie als Seerosen bezeichnet hätte. Aber wahrscheinlich war es wieder etwas ganz anderes – nichts in Van-Diemens-Land schien ganz das zu sein, was Lizzie gewohnt war.

»Du bist spät, hat dein Leprechaun dich so lang aufgehalten?«, neckte er sie.

»Mein zukünftiger Gatte hat einen Spaziergang mit mir gemacht«, sagte Lizzie würdevoll.

Die Chain Gang lachte, die Männer riefen ihr raue Scherze zu. Jeder von ihnen bot ihr die Ehe an und versprach größere Freuden, als sie in den Armen Cecils genießen würde. Lizzie runzelte die Stirn.

»Jungs, euch kriegt man doch zurzeit noch nicht mal einzeln!«, beschied sie die Männer kurz. »Und nun raus damit, Michael Drury! Was hast du gemacht, dass sie dich immer noch anketten?« Sie warf einen Blick auf seine Handgelenke. »Himmel, du bist schon wieder wund! Hast Glück, dass es nicht so heiß wird hier, sonst säßen Fliegen drauf und brächten dir das nächste Fieber …«

Michael zuckte die Schultern. »Ich bin ja jetzt klüger, Lizzie. Aber ein Mann braucht Zeit, um zu lernen. Es war dumm, so ungeplant wegzulaufen … Aber ich hatte gehofft, hier gäbe es größere Städte, in denen man erst mal untertauchen kann …«

»Geplant ist es genauso aussichtslos«, bemerkte einer der Sträflinge, der nicht angekettet war und obendrein zu wissen schien, wie man Fische fing. Neben ihm lagen drei frisch geangelte Prachtexemplare. »Die Städte sind bessere Dörfer, und das Ganze ist eine Insel, falls ihr es noch nicht bemerkt haben solltet. Da kommt ihr nicht runter.«

»Das würd ich so nicht sagen!«, erklärte einer der anderen Männer wichtig. Überrascht erkannte Lizzie den früheren Seemann, der in der Koje neben Michael mit der *Asia* herübergekommen war. Anscheinend war auch er unverbesserlich. »Wir haben jedenfalls einen Plan. Sobald sie uns freilassen, geht's los.«

Michael nickte und warf einen Stein ins Wasser.

»Du willst noch mal fliehen?«, fragte Lizzie ihn fassungslos. »Dann verbringst du die ganze Strafe in Ketten! Sieh es doch ein, Michael, ohne Schiff, Kapitän und Mannschaft kommst du nicht nach Irland!«

»Nach Irland nicht …«, meinte Michael und steckte einen Grashalm in den Mund. »Aber …«

»Nun verrat nicht den Plan!«, warnte der Matrose. »Die Kleine ist auf Begnadigung aus, hörste doch. Nachher verrät sie uns …«

»Ihr verratet euch schon alleine!«, sagte Lizzie zornig. »Wer steckt denn hinter dem genialen Plan? Ihr alle zwölf?«

Zweifellos waren zwei weitere Iren dabei – Lizzie dachte im Stillen, dass wohl etwas dran war an dem Gerede von ihrer Unbelehrbarkeit. Dylan war ein vierschrötiger rothaariger junger Mann, dem man den Iren auf den ersten Blick ansah. Sein Oberkörper war muskelbepackt. Will schien kaum weniger stark, dafür aber größer. Er war ein Hüne von einem Mann mit blonden Locken, einer fliehenden Stirn und den kleinen, bösartigen Augen eines Pittbulls.

»Wir drei und Connor hier als Navigator!«, sagte Michael stolz. »Connor ist zur See gefahren. Der findet das blind …«

»Was findet er blind?«, examinierte ihn Lizzie, während die anderen murrten oder lachten.

Dylan lamentierte immer noch über den Verrat des »Geheimnisses«. Lizzie schüttelte den Kopf über das angebliche Geheimnis, das mit zwölf anderen geteilt wurde – und wahrscheinlich der Hälfte aller anderen Bewohner der Baracke. Nun war das sicher kein Problem. Niemand würde die Männer verraten. Eine Flucht von Van-Diemens-Land war derart aussichtslos, dass die Obrigkeit sich nicht mal die Mühe machte, Vergünstigungen für den Verrat von Fluchtplänen auszuschreiben.

»Neuseeland!«, verkündete der ehemalige Matrose. »Das liegt hier ganz in der Nähe, die Reise ist ein Klacks!«

»Deshalb ist ja auch schon die halbe Sträflingskolonie dahin ausgewandert!«, höhnte der Angler.

»Wenn man weiß, wie man es anfängt …«, schränkte der Matrose ein.

»Was ist das überhaupt, ›Neuseeland‹?«, erkundigte sich Lizzie. »Noch eine Kolonie?«

Eine Stunde später schwirrte ihr der Kopf von sich widersprechenden Informationen. Will und Dylan schilderten Neuseeland als ein gelobtes Land, Michael hatte gehört, dass es Irland ähneln sollte. Der Matrose, dem sie am ehesten glaubte, erzählte von fantastischen Walfanggewässern und Seehundjagd. Dabei fiel immer wieder das Wort Westküste. Lizzie sehnte sich wieder mal Jeremiah herbei. Dessen Auskünfte waren meistens sehr zuverlässig gewesen.

Aber auch sie konnte etwas herausfinden. Im Herrenzimmer der Smithers stand ein Globus. Am Abend suchte sie die Umgebung von Australien nach Inseln ab, fand aber neben Van-Diemens-Land nur Neuguinea und ein paar kleinere Inseln auf der anderen Seite des Kontinents. Dahin zu segeln erschien Lizzie Wahnsinn. Man musste an der ganzen australischen Küste entlang. Botany Bay …

Westaustralien … da überall hielt man Sträflinge. Lizzie konnte sich nicht vorstellen, dass man andere einfach vorbeisegeln ließ – oder gar -rudern.

Aber dann entdeckte sie zwei Inseln auf der anderen Seite der Tasmansee. Eine langgezogene und eine kleinere, ähnlich geformt wie Van-Diemens-Land. Neuseeland. Es gab das Land also, und die Westküste lag Van-Diemens-Land zugewandt. Aber um dorthin zu kommen war ein Ozean zu überqueren! Lizzie versuchte, die Entfernung zu schätzen, und ihr wurde schwindelig.

»Was machst du denn da, Kammerkätzchen?« Lizzie fuhr zusammen, als sie Martin Smithers' Stimme hörte. »Staubst den Erdball ab? Dabei hast du doch noch nicht mal dein Häubchen auf …«

Lizzie seufzte. »Es ist mein freier Abend, Sir …«, flüsterte sie. »Aber wenn Sie wollen … ich … ich kann's gleich für Sie anziehen. Sagen Sie nur nicht …«

»… dass du ein bisschen neugierig warst, wie die Erde aussieht? Aber nein, Süße, warum sollte ich? Wo du doch jetzt vor der Hochzeit stehst und bestimmt davon träumst, mit Cecil nach England zurückzukehren. Aber guck, Kätzchen, wo du da überall langsegeln müsstest. England ist fünfzehntausend Meilen entfernt.«

Er küsste ihren Nacken.

»Und Neuseeland?«, fragte Lizzie heiser.

Smithers lachte. »Schwimmen kannst du dahin auch nicht. Aber gut: Es sind nur zweitausendvierhundert Meilen. Von Hobart aus geht sogar bisweilen ein Schiff. Aber ich warn dich, Kätzchen, die See ist stürmisch! Und was willst du da mit deinem Cecil? Wale fangen? Seehunde jagen? Cecil tut doch keiner Fliege was zuleide! Und für Kammerkätzchen gibt's da auch keine Jobs. Höchstens, wenn sie so unzüchtig sind wie du …« Smithers umfing sie und ließ seine Hände über ihre Brüste wandern. »Freier gibt's reichlich an der Westküste!«

»Waren Sie denn schon da, Sir?«, fragte Lizzie, ihren Ekel erfolgreich niederkämpfend.

»Kann sein, dass wir hingehen, wenn der Auftrag hier erledigt ist«, meinte Smithers eher desinteressiert. »Sie bauen eine Stadt an der Ostküste. Da gäbe es Arbeit für mich. David Parsley wird es sich demnächst ansehen.«

David Parsley war Smithers' Assistent, ein junger Ingenieur, von dem die Smithers viel hielten. »Wenn du brav bist, Kammerkätzchen, nehmen wir dich mit und deinen Cecil …«

Martin Smithers bedeckte Lizzies Nacken weiter mit feuchten Küssen.

Mit ihm und Cecil nach Neuseeland zu gehen war nun wirklich das Letzte, was Lizzie vorschwebte. Obgleich »neue Stadt« durchaus verlockend klang. Überall, wo etwas neu entstand, ging es drunter und drüber. Und Sträflinge schien es in Neuseeland nicht zu geben, also sicher auch keine Milizen, die gezielt nach Ausbrechern suchten.

»Wie stellt ihr euch das denn genau vor, mit Neuseeland?«, fragte sie Michael, den sie am folgenden Sonntag wiedertraf. Die Chain Gang arbeitete immer noch in der Nähe, Lizzie hatte Kopfschmerzen vorgetäuscht, um Cecil loszuwerden und die Männer noch einmal aufsuchen zu können. »Hier ist ja weit und breit kein Meer …«

»Wir sind auch noch nicht frei!«, erklärte Dylan. »Bis sie uns die Ketten abnehmen, wird's noch ein paar Monate dauern, und dann sind wir in Launceston.«

»Dann sind wir wieder in Hobart!«, berichtigte Michael optimistisch. »Wir brechen aus, klauen ein Schiff …«

»Was für ein Schiff?«, fragte Lizzie.

»Einen Segler. Zum Rudern ist es ein bisschen weit, nicht, Connor?«

Connor nickte. »Was mir vorschwebt«, meinte er wichtig, »ist ein kleiner, schnittiger Segler …«

»Man will ja vorankommen!«, fügte Will nicht minder überzeugt hinzu.

Also eine bessere Nussschale. Lizzie dachte mit Grausen an das weite Meer und das, was Smithers über Stürme gesagt hatte.

»Ist einer von euch schon mal gesegelt? Also – außer Connor?«, fragte sie die Männer streng weiter aus.

Michael, Dylan und Will schüttelten die Köpfe.

»Aber das lernt man schnell!«, tröstete Connor.

Lizzie konnte sich nicht helfen: Sie begann langsam, auch an Connors Erfahrung in Bezug auf die Hochseeschifffahrt zu zweifeln. Womöglich war er nur als Schiffsjunge zur See gefahren, viel älter als achtzehn oder neunzehn konnte er kaum sein. Auf jeden Fall war das Vorhaben ihrer Ansicht nach zum Scheitern verurteilt. Die Flüchtlinge konnten sich noch glücklich schätzen, wenn man sie im Hafen von Hobart erwischte! Sie konnten ihren Leichtsinn auch mit dem Tod auf dem Meer bezahlen.

Lizzie jedenfalls wollte Michael diesem Wagnis nicht ausliefern. Und sich selbst erst recht nicht. Mal ganz abgesehen davon, dass sie nicht ewig warten konnte, bis irgendein blinder Vertreter der Krone die Dummheit beging, Dylan und Will die Ketten abzunehmen. Lizzie hätte die Kerle in der Chain Gang belassen, bis sie alt und grau wären. Es musste anders gehen. Sie versuchte an diesem Abend nicht, sich an schönere Orte wegzuträumen, während sie stoisch unter Martin Smithers' schwitzendem, stoßendem Körper lag.

Lizzie entwickelte einen Plan.

Kapitel 10

Claire Edmunds' Besuch hatte Kathleen beflügelt. Ihr stummes Brüten, ihre Resignation und Ergebung in die Einsamkeit wich neuem Tatendrang. Wenn sie wirklich eine Freundin gefunden hatte! Wenn es möglich war, einander regelmäßig zu besuchen, sich bei den Geburten beizustehen, unbeschwert mit einer Nachbarin zu plaudern wie früher in Irland oder in den ersten Monaten in Port Cooper!

Kathleen wollte ihre und Claires Kaffeetassen abspülen, überlegte es sich dann jedoch anders. Claires Tasse war ein Beweis dafür, dass sie da gewesen war! Sie hatte sich das nicht eingebildet, sie war nicht auf dem Weg, verrückt zu werden. Und gleich am nächsten Tag würde sie den Besuch erwidern. Wenn Claires Haus ebenfalls am Avon lag, musste es einen kürzeren Weg geben als über die Straße nach Christchurch. Kathleen verwahrte Claires benutzte Kaffeetasse wie einen Schatz.

Am nächsten Tag verrichtete sie nur ihre nötigsten Pflichten und setzte ihre beiden Jungen dann auf das ruhigste und sicherste Maultier, das Ian im Stall hatte. Zunächst stieg sie hinter den beiden auf, aber bald wurde es schwierig, sich den Weg durch Schilf, hohes Gras und die tief herabhängenden Zweige der Bäume am Ufer zu bahnen. Kathleen stieg ab und führte ihr Reittier, aber sie war nicht entmutigt. Wenn man drei- oder viermal am Ufer entlangging, würde sich von ganz allein ein Pfad austreten. Das Ufer war bewachsen, aber nicht unwegsam.

Und tatsächlich lohnte sich Kathleens Mühe. Sie brauchte nur eine Stunde für den Weg – zwischen der Farm der Coltranes und

Stratford Manor lagen also nur etwa drei Meilen. Auch schüchterte das Anwesen der Edmunds sie keineswegs so sehr ein, wie sie befürchtet hatte. Im Gegenteil, seinem hübsch klingenden Namen zum Trotz war dies kein Herrenhaus, sondern ein armseliges, aus Brettern zusammengezimmertes Cottage, ganz ähnlich ihrem eigenen, aber schlechter instand.

Kathleen erinnerte sich an Ians Flüche, als sie ihre Farm in Besitz genommen hatten. Ihr Mann hatte die ersten Wochen ausschließlich mit Ausbesserungsarbeiten zugebracht, bevor Haus und Ställe so weit hergerichtet waren, dass der Wind nicht mehr durch die Ritzen der Bretterwände fuhr und das Dach dichthielt. Die ersten Siedler hatten offensichtlich rasch und lieblos gebaut, um dann festzustellen, dass sie lieber in der neuen Siedlung Christchurch oder zumindest näher an der Furt wohnen wollten, über die der Weg zwischen Port Cooper und Christchurch führte. Wer sich in dieser Gegend als Erster angesiedelt hatte, war wohl auch selten Farmer gewesen, sondern eher Fischer oder Schiffer, und für die gab es flussabwärts einfach mehr zu verdienen.

Auch Claires Gatte fuhr jeden Tag mit seinem Boot Richtung Christchurch, um Leute gegen Geld überzusetzen oder den Hausrat neuer Siedler über das Meer und den Avon in die neue Stadt zu bringen. Von seiner Farm aus war das umständlich und wohl auch zeitraubend. Zumindest hatte er bisher keine Zeit oder kein Geld dafür gehabt, das Farmhaus abzudichten oder auch nur neu zu streichen. Die alte Farbe, ein mattes Gelb, blätterte längst ab und verstärkte den Eindruck von Verwahrlosung. Auch die Zäune der Paddocks, auf denen sich die Eselin Spottey, eine dicke Kuh und ihr neugeborenes Kalb sowie ein paar Schafe tummelten, wirkten nicht sehr stabil. Noch stand darauf zwar reichlich Gras, aber wenn das abgefressen war, würde Claire wohl ebenso oft auf die Suche nach den Tieren, die sich anderswo Nahrung zu besorgen versuchten, ausrücken müssen wie Kathleen.

Kathleen hob ihre Kinder vom Maultier, vertäute das Tier möglichst sicher an dem Zaunpfosten, der noch am vertrauenerweckendsten wirkte, und ging dann über eine baufällige Terrasse zur Haustür. Auf ihr Klopfen öffnete Claire in Windeseile – sie war ebenso erpicht auf jede Abwechslung wie Kathleen selbst. Heute hatte sie sich allerdings nicht feingemacht. Ihr dunkles Haar war nur nachlässig aufgesteckt, und sie trug ein altes Hauskleid, das über ihrem Bauch ebenso spannte wie das Reitkleid. Warum ließ sie sich die Kleider nicht einfach etwas aus?

Claire strahlte über ihr ganzes offenes Gesicht, als sie Kathleen und die Kinder erkannte. Sie schloss die neue Freundin spontan in die Arme.

»Wie schön, dass ihr da seid!«, jubelte sie. »Kommt herein, ich mache Tee. Ihr könnt auch etwas von dem Eintopf haben, den ich koche. Aber ich fürchte, er ist nicht sehr gut …«

Tatsächlich sah Kathleen gern davon ab, die völlig verkochten Süßkartoffeln zu probieren.

»Du hättest sie vorher schälen sollen«, bemerkte sie, was bei Claire Verwirrung auslöste.

»Aber die Schale geht von selbst ab, wenn man sie lange genug kocht, und dann …«

»Dann sind sie aber matschig, und im Kochwasser ist doch auch Sand – oder bürstest du die Schale vorher ganz gründlich ab? Wenn es ein Eintopf werden soll, musst du die Kartoffeln schälen und in kleine Stücke schneiden. Und ich würde auch noch etwas anderes hineintun als nur Süßkartoffeln und das Stück Fleisch. Was ist das überhaupt? Jedenfalls kannst du es nicht so lange kochen, bis sich die Fasern vom Knochen lösen, ich würde sie jetzt schon abschneiden. Und hast du nicht ein paar Zwiebeln und richtige Kartoffeln?«

Kathleen versuchte, den Eintopf zu retten. Sie goss letztlich das Wasser ab, zerkleinerte die Süßkartoffeln und anderes Gemüse, das sich in Claires völlig überwuchertem Garten fand, und setzte das Ganze mit dem vom Knochen gelösten Fleisch noch einmal auf. Claire kam dabei aus dem Staunen gar nicht mehr heraus. Sie hatte den Garten nicht selbst angelegt, das musste die Frau des früheren

Besitzers der Farm getan haben. Claire hatte keine Ahnung gehabt, dass dort überhaupt etwas Essbares wuchs. Ihre Anstrengungen beschränkten sich auf die Pflanzung einiger junger Rata-Büsche.

»Die sind sehr hübsch, nicht?«, rief sie begeistert und zeigte auf die roten Blüten.

Kathleen nickte desinteressiert. »Aber man kann sie nicht essen.« Für die Pächter in Irland war der Ertrag der meist kleinen Gärten überlebensnotwendig. Niemand wäre auf die Idee gekommen, darin Blumen zu pflanzen. »Hier, schau mal, Kartoffeln und Möhren. Und Küchenkräuter. Das kannst du alles ernten …«

Claire hörte aufmerksam zu und freute sich über jede ausgegrabene Knolle wie über die Entdeckung eines Schatzes.

»Hattet ihr denn zu Hause keinen Garten?«, fragte Kathleen, während beide das Gemüse putzten. Claire hantierte dabei so ungeschickt mit dem Messer, dass Kathleen befürchtete, sie könnte sich schneiden.

»Doch, schon«, gab Claire zu. »Aber auch einen Gärtner. Meine Mutter hat sich höchstens mal um die Rosen gekümmert. Und wir Mädchen machten den Blumenschmuck.«

Was dies anging, so hatte Claire sich auch größte Mühe gegeben, ihre Hütte zu verschönern. Die Blüten des Rata-Busches sowie grün leuchtende Pohutukawa- und gelb blühende Kowhai-Zweige standen in hübschen Porzellanvasen auf dem Boden. Davon abgesehen war die Einrichtung ärmlich. Die Edmunds besaßen noch weniger und deutlich baufälligeres Mobiliar als Kathleen und Ian. Der dreibeinige Tisch war allerdings mit einer wunderschönen, leinenen Tischdecke versehen, und nun deckte Claire ihn mit filigranem Porzellangeschirr. Fasziniert befingerte Sean die hauchdünnen Teetässchen – Kathleen nahm sie ihm behutsam aus der Hand, bevor er sie zerbrach.

»Ach, das wäre auch nicht so schlimm, es sind schon unterwegs welche kaputtgegangen«, kommentierte Claire gelassen. »Ich hab Gedecke für zwölf Personen – so viele Menschen wohnen in der gesamten County hier nicht!«

Kathleen musste lachen. Dieser Haushalt war genauso befremdlich wie ihre neue Freundin, die nicht mal Kartoffeln kochen konnte, den Tee aber mit geschickten Händen und eleganten Bewegungen servierte. Kathleen erinnerte das an Lady Wetherby. Auch die hatte ihren Hausmädchen höchstselbst beigebracht, wie man dieses urenglische Getränk bereitete und servierte. Ob dies das Einzige war, was englische Mädchen im Haushalt lernten?

Claire gab das freimütig zu, als Kathleen wagte, es anzusprechen. »Ja«, sagte sie. »So ziemlich. Also ich weiß natürlich auch noch, wie man bei mehrgängigen Menüs richtig den Tisch deckt und so etwas. Und wo man die Gäste passend platziert – also, wenn man zum Beispiel gleichzeitig einen Bischof und einen General zu Besuch hat … Aber hier nützt mir das nicht so viel. Genauso wenig wie das Geschirr …« Sie schaute bedauernd auf ihren Schatz aus chinesischem Porzellan.

»Warum hast du es dann mitgenommen?«, erkundigte sich Kathleen. Kein Mensch konnte so unpraktisch denken, und eigentlich zeigte Claire doch Pioniergeist.

Claire verzog den Mund. »Meine Mutter hat es mir geschickt. Ich hab dir doch erzählt, dass ich meiner Familie aus London geschrieben habe, nach der Hochzeit. Und mein Vater wollte nichts mehr von mir wissen, aber meine Mutter hat mir eine Kiste mit Aussteuer geschickt. Es bräche ihr das Herz, wenn ich so völlig mittellos in die Fremde zöge, schrieb sie …«

»Aber da hätten sich doch andere Dinge angeboten …«, meinte Kathleen. Sie dachte an Kochtöpfe, Kleiderstoffe – oder einfach an Geld.

Claire strahlte ihre neue Freundin komplizenhaft an. »Ja, nicht wahr? Meine Geige zum Beispiel. Oder ein paar Bücher, Noten … Ein Lexikon! Ich weiß überhaupt nicht, wie ich mein Kind aufziehen soll. Wie soll ich ihm was beibringen, wenn wir noch nicht mal ein Lexikon haben?«

Kathleen seufzte. Es war offensichtlich schlimmer, als sie bislang befürchtet hatte. Claire war zweifellos hochgebildet, aber sie beherrschte eigentlich keine der Fertigkeiten, die für Kathleen selbstverständlich und in diesem Land lebensnotwendig waren. Sie konnte weder nähen, noch hatte sie je den Umgang mit Besen und Scheuerbürste geübt.

»Wenn unser Hausmädchen zu Hause den Boden gewischt hat, war es sauber«, erklärte die junge Frau ratlos. »Wenn ich es mache, ist nur alles nass …«

Immerhin ließ Claire sich von ihren Unzulänglichkeiten nicht entmutigen. Sie war emsig und probierte alles aus, wobei sie bei der Stallarbeit noch am erfolgreichsten war. Ihr Liebreiz und ihre freundliche Art wirkten sich auch auf die Tiere aus. So gab es zum Beispiel frische Milch zum Tee. Claire berichtete nicht ohne Witz, dass sie die Kuh Minerva getauft und eine Art »Ladys-Agreement« mit ihr geschlossen habe. Wenn sie das Tier fütterte und ihm vorsang, hielt es beim Melken still.

»Und dann hat sie heute Nacht auch noch ein Kälbchen gekriegt!«, berichtete Claire begeistert von ihrem neuesten Abenteuer. »Es kam hinten aus ihr raus …« Sie errötete. »Du hast schon Recht gehabt, das … hm … da weitet sich was. Ist das bei uns auch so?« Sie tastete über ihren Bauch.

Kathleen nickte.

»Jedenfalls mussten wir ziehen, Matt und ich, es war anstrengend und … sind Menschenkinder wohl auch so … glitschig? Na ja, aber jetzt ist das Kalb da, und eigentlich dürfte die Mutterkuh gar nicht mehr Minerva heißen, weil die ja eine Jungfrau war! « Claire plauderte vergnügt immer weiter.

»Die Kuh war noch eine Färse?«, unterbrach Kathleen sie jetzt verwundert. »Ich dachte, Ian hätte sie euch tragend verkauft. Und sie hat doch auch Milch gegeben.«

Claire bekam wieder mal große Augen. »Du wusstest, dass sie tragend ist?«

In der nächsten Stunde lernte Claire, dass Kühe nur dann Milch geben, wenn sie Kälber haben oder hatten, und der kleine Sean lauschte hingerissen der Geschichte der Göttin Minerva, die dem Haupt ihres Vaters entsprang und niemals einen Gefährten wählte.

»Obwohl sie da bestimmt was verpasst hat!«, bemerkte Claire im Brustton der Überzeugung.

Kathleen hätte das nicht vorbehaltlos unterschrieben. Sie hatte längst begonnen, ihre Ehe mit Ian infrage zu stellen. Ob sie mit Claire Edmunds wohl irgendwann vertraut genug wäre, um darüber zu reden?

Kathleen trennte sich auch an diesem Tag nur schwer von ihrer sonderbaren, aber äußerst unterhaltsamen Nachbarin. Sie erwartete Ian am Abend zurück und wollte jedoch auf keinen Fall riskieren, dass er das Haus leer vorfand. Claire beschenkte sie großzügig mit der Hälfte des im Garten ausgebuddelten Gemüses. Kathleens eigener Garten trug noch keine Früchte.

»Dann kannst du deinem Mann auch Eintopf kochen!«, meinte Claire. »Na, Matt wird staunen, wenn er nachher wiederkommt!«

Aus ihrer Küche duftete es nach der fertigen Suppe. »Und beim nächsten Mal bringst du mir Hefe mit! Oder wie man das nennt!«

Claires Bemühungen, Brot zu backen, beschränkten sich bisher auf die Vermischung von grob geschrotetem Getreide mit Wasser. Das Ergebnis waren knochenharte, ungenießbare Fladen. Von der Existenz eines Gärmittels hörte sie an diesem Nachmittag zum ersten Mal.

Kathleen war glücklich über Claires Gesellschaft, aber Ian Coltrane zeigte sich nicht so begeistert von der neuen Bekanntschaft seiner Frau. Kathleen hätte ihm vorerst auch gar nichts von Claire erzählt. Nachdem er ihre Bemerkungen entweder als Angriffe auffasste oder die harmlosesten Geschichten als Geständnisse von Untreue deutete, war sie äußerst vorsichtig geworden und redete überhaupt nur das Nötigste mit ihrem Mann.

Aber Sean platzte gleich mit den Neuigkeiten heraus, als Ian heimkam. Er mokierte sich – so gut er es schon für sein Alter konnte – über den »komischen Sattel« von »Tante Claire«. »Fällt nicht runter?«, fragte er.

»Pottey, Pottey«, rief Colin lachend.

»Reden sie von dieser vornehmen Zicke aus der Stadt und ihrem Esel?«, fragte Ian unwillig.

Kathleen erklärte die Berichte der Kinder und verriet ihm Claires Wohnort. »Mit dem Matrosen als Mann, der sich jetzt als Flussschiffer versucht? Der kommt auf keinen grünen Zweig. Und die Frau – ich muss dich warnen, Kathleen, die anständigen Frauen von Christchurch reden nicht mit ihr!«

Deshalb hatte Claire also befürchtet, auch Kathleen könnte sie ablehnen.

»Warum nicht?«, erkundigte sie sich. »Claire ist zugegebenermaßen etwas seltsam. Aber doch sehr freundlich und offen …«

»Hochnäsig ist sie!«, urteilte Ian. »Und frech. Die Frau vom Kolonialwarenladen in Christchurch sagt, sie hätte ihr Fragen gestellt, so unschicklich, dass ihr das Blut ins Gesicht schoss! Und obendrein ist sie eine Schlampe, das sagt sogar ihr Mann. Der tut den Weibern durchweg leid, so wie er rumläuft. Sie flickt seine Sachen nicht, sie kocht nicht. Und das Haus … ich hab's selbst gesehen, Kathie. Eine Schande! Es ist mir nicht recht, wenn du mir der verkehrst!«

Kathleen zuckte die Schultern. »Nun, die feinen Damen in Christchurch werden es ja nicht erfahren«, bemerkte sie dann. »Wobei es interessant ist, wie viel von ihrem Klatsch du mitbekommst. Aber egal, was die ganze Welt über Claire Edmunds sagt: Ich werde in ein paar Wochen ein Kind bekommen. Und das einzige weibliche Wesen im Umkreis von zehn Meilen ist Claire. Sie hat versprochen, mir beizustehen und …«

»Die?«, lachte Ian. »Die glaubt doch noch an den Klapperstorch! Ich warne dich, Kathleen …«

Kathleen zog den Kopf ein. Aber dann sprach sie trotzdem weiter. Claire und sie hatten keine Geheimnisse miteinander geteilt, aber schon der Kontakt mit dem lebhaften Mädchen hatte ihr Mut gemacht.

»Das kommt davon, dass keiner ihre unschicklichen Fragen beantwortet«, sagte Kathleen kurz. »Und im Übrigen ist auch Claire

Edmunds schwanger. Jemand muss ihr helfen, wenn das Kind kommt, und das werde ich sein. Das ist Christenpflicht, Ian! Ob es dir passt oder nicht.«

Zu Kathleens Verwunderung sprach Ian nicht weiter mit ihr über Claire Edmunds und versuchte auch nicht, ihr den Kontakt ausdrücklich zu verbieten. Wahrscheinlich sah er ein, dass dies ohnehin nicht durchzusetzen war.

»Ich erfahr's, Kathleen, wenn du Matt Edmunds schöntust!«, bemerkte er nur, wobei er vom Tisch aufstand und Kathleen mit einem finsteren Blick ins Schlafzimmer beorderte. Kathleen folgte ihm seufzend – aber während sie unter ihm lag und seine Stöße und rauen Küsse ertrug, dachte sie nicht an irgendeinen anderen Mann, sondern an die gerüstete, kriegerische Göttin Minerva.

»Ach, Matt möchte auch nicht, dass wir befreundet sind!«, meinte Claire gelassen, als Kathleen sich bei ihrem nächsten Treffen in vorsichtigen Andeutungen bezüglich Ians Meinung erging. Wie sich herausstellte, wusste Claire sehr gut, was über sie geredet wurde. Sie hatte auch einiges über Kathleen gehört, das sie ihr jetzt berichtete. »Sie sagen, du wolltest nichts mit der Gemeinde zu tun haben, weil du Katholikin bist. Iren, die wären alle komisch. Und wer weiß, was für komische Riten die hätten …«

»Riten?«, fragte Kathleen, die das Wort nicht kannte.

»Das, was man im Gottesdienst macht. Bei euch soll da doch irgendwas mit Blut und Fleisch oder so passieren – wenn man die Krämersfrau hört, denkt man, ihr fresst kleine Kinder auf!« Claire lachte, aber Kathleen war entsetzt.

»Im Ernst, Matt meinte, ich müsste auf unser Kleines aufpassen! Aber der ist nur wütend auf deinen Ian, wegen der Sache mit dem Esel. Das nimmt er übel. Und demnächst braucht er ein Maultier – hoffentlich zieht dein Mann ihn da nicht wieder über den Tisch. Kannst du nicht mal auf ihn einwirken?«

Kathleen schüttelte bedauernd den Kopf. Ian weihte sie nicht in seine Verkaufspläne ein, aber natürlich betrieb er immer noch

Rosstäuscherei. Das Schlimmste für Kathleen war, dass er neuerdings die Jungen dabei zuschauen ließ, wie er alte, lahme Mähren für die Zeit eines Verkaufsgesprächs in glänzende junge Pferde mit sprühendem Temperament verwandelte. Bisher bekamen die Kinder noch nicht viel davon mit, aber beide fühlten sich wichtig, wenn ihr Vater sie mit in die Scheune nahm und ihnen sein »Handwerk« erklärte. Wenn das so weiterging, würden auch sie, bevor sie richtig sprechen konnten, zu Gaunern heranwachsen.

Kathleen versuchte, den Kindern mit möglichst vielen biblischen Geschichten ein gesundes, moralisches Fundament mitzugeben, aber Geschichten fielen nur bei Sean auf fruchtbaren Boden. Und hier avancierte schnell Claire zu seinem Idol. Niemand kannte mehr und bessere Geschichten als sie, und sie tauschte sie bereitwillig gegen praktische Lebenshilfe von Kathleen.

In der nächsten Zeit besuchten die Frauen sich bis zu dreimal pro Woche. Der Pfad am Fluss entlang war bald so ausgetreten, dass Claires Eselchen und Kathleens Maultier ihn durchtraben konnten, ohne steckenzubleiben. Claires Kochkünste machten Fortschritte, und ihre Wohnung glänzte jetzt genauso vor Sauberkeit wie Kathleens Haus. Kathleen begann dafür wieder zu lesen. Sie hatte diese von Father O'Brien vermittelte Kunst zwar recht ordentlich, aber nie wirklich fließend beherrscht und begann somit stockend und langsam. Die Bibel genügte ihr zunächst vollkommen. Aber dann lieh Claire ihr eines ihrer wenigen spannenden Bücher. Kathleen strengte sich an, und sehr bald las sie fast so selbstverständlich wie ihre Freundin. Sie fand ihre größte Freude darin, bei Nacht Michaels Abschiedsbrief hervorzuholen, den sie seit ihrer Eheschließung sorglich vor Ian versteckte. Nun, da sie fließend las, war es ihr, als hörte sie dabei seine sanfte, dunkle Stimme.

Mary Kathleen … Ich komme zurück … Wie lange war es her, dass jemand sie Mary Kathleen genannt hatte!

Ungefähr drei Monate nach dem ersten Treffen der beiden Frauen brachte Kathleen ein Mädchen zur Welt. Es war eine leichte

Geburt. Die kleine Heather war winzig, Claire konnte kaum fassen, wie zierlich und wohlgeformt ihre Zehen und Fingerchen, wie süß ihr Mündchen und wie weich ihre blonden Löckchen waren. Ian war wieder mal unterwegs, aber Claire stand ihrer Freundin wie versprochen bei – wobei ihre Hilfe sich weitgehend aufs Teekochen und Aufmuntern beschränkte. Kathleen hätte nie gedacht, dass es jemals jemandem gelingen würde, sie während der Wehen zum Lachen zu bringen. Aber Claire verglich den Verlauf von Heathers Geburt so ernst und anhaltend mit der Entbindung ihrer Kuh, dass Kathleen nicht an sich halten konnte.

»Ich bin froh, dass ich nicht in dich reinfassen musste!«, erklärte Claire, als sie Kathleen das Baby schließlich in den Arm legte. Inzwischen waren auf beiden Farmen Lämmer zur Welt gekommen, und Kathleen hatte fachmännisch geholfen, als es Komplikationen gab. Claire hatte sich die Sache interessiert angesehen, aber nur ungefähr begriffen, was Kathleen tat, um die ineinander verkeilten Zwillinge nacheinander ans Licht der Welt zu holen. »Aber im Zweifelsfall hätte ich es natürlich gemacht!«

Claire selbst entband nicht so problemlos. Sie lag fast zwei Tage in den Wehen, Kathleen befürchtete ernstlich, sie würde die Geburt nicht überleben. Matt war nicht bereit, einen Arzt aus Christchurch kommen zu lassen. Als Kathleen ihn nach dem Grund fragte, verwies er auf die hohen Kosten.

»Ihr könnt das doch alleine machen!«, schimpfte er unwillig. »Bei den Viechern geht's schließlich auch!«

»Dann werden Sie sicher tatkräftig mithelfen, wenn es so weit ist, wie damals bei der Kuh, ja?«, gab Kathleen böse zurück.

So weit kam es allerdings gar nicht. Nach den ersten Stunden, in denen Claire verzweifelt schrie und stöhnte, stieg Matt Edmunds in sein Boot und ließ sich von der sanften Strömung zum nächsten Pub tragen.

Kathleen schäumte. Zu ihrer Verwunderung erfüllte Matts Verschwinden Claire mit Hoffnung.

»Bestimmt sucht er eine Hebamme …«, keuchte sie. »… oder doch einen Arzt. So teuer kann das gar nicht sein … Er … er liebt mich doch …«

Und letztendlich erwies sich die junge Frau auch als erheblich zäher, als Kathleen sie eingeschätzt hatte. Als das Kind endlich so weit war, presste sie mit ganzer Kraft, und unter einem markerschütternden Schrei glitt ihre Tochter auf normalem Weg ins Leben.

»Ich werde nie eine Lady …«, stöhnte Claire. »Meine Mutter sagte … meine Mutter sagte, Ladys schreien nicht. Eine Lady lässt jeden Schmerz klaglos über sich ergehen …«

»Tatsächlich?«, brummte Kathleen. »Ladys brauchen wir hier aber gar nicht. Die sollen mal alle in Liverpool bleiben. Schau, was für ein hinreißendes Kind du hast! Weißt du schon, wie du sie nennen willst?«

Claire stimmte ihrer Freundin zu, dass ihre kleine Tochter entzückend war. »Ich glaube, ich nenne sie Chloé«, meinte sie. »Das passt gut zu Claire.« Sie streichelte das zarte Gesichtchen des Babys, das nach der Geburt noch etwas zerknautscht wirkte.

»Aber ich weiß nicht, ob ich das noch mal will!«, überlegte sie dann. »Ich bewundere dich, Kathleen! Dreimal diese Tortur. Ich glaube, ich finde einmal genug!«

Kathleen nahm ihr Chloé verwirrt aus den Armen und begann das Kind zu baden und zu wickeln. »Matt wird dich da wohl nicht fragen«, meinte sie dann verschämt. »Ian jedenfalls …«

»Du hast nur deshalb drei Kinder, weil Ian drauf besteht?«, fragte Claire neugierig. »Und ich dachte … also ich dachte, ich wäre die Einzige …« Sie biss sich auf die Lippen.

»Die Einzige was?«, erkundigte sich Kathleen. Ian hatte nicht Unrecht, sie sollten solche Gespräche nicht führen. Es war mehr als unschicklich. Aber neugierig war sie doch.

»Die Einzige, der es keinen Spaß macht. Also das … hm … die … hm … Liebe.«

Kathleen wusste nicht, ob sie lachen oder schockiert schweigen sollte, aber Claire sprach schon weiter.

»In den Büchern steht, es sollte schön sein. Also, eigentlich steht da natürlich nichts, aber es ist doch immer so, dass die Hochzeit der Höhepunkt ist, und dann lebt man glücklich und in Freuden. Nur … ich … ich fand es vor der Hochzeit viel schöner. Da hat Matt immer so freundlich und fein zu mir gesprochen, und wenn er mich geküsst hat, dann ganz zärtlich und sanft. Aber jetzt … Hast du es jemals schön gefunden, Kathie? Das … das … also das, was man im Bett tut?«

Kathleen lächelte … und meinte, Michaels Küsse wieder auf ihrer Haut zu spüren. Auf einmal verspürte sie den dringenden Wunsch, ihr Geheimnis mit jemandem zu teilen. Oder wenigstens eine Andeutung zu machen.

»Es hat nicht unbedingt was mit … Hochzeit zu tun …«, sagte sie. »So mit vorher und nachher …«

Dann aber schwieg sie, und sie war froh, dass Claire nach der Geburt zu müde war, um ihr mehr zu entlocken.

Sommer und Winter gingen ins Jahr. Kathleen konnte ihrer Freundin mit der Zeit durchaus nachempfinden, dass Matt Edmunds sie enttäuschte. Nach Claires Berichten hatte sie sich den jungen Mann auch gänzlich anders vorgestellt als den mageren, maulfaulen Kerl, der nicht mal besonderes Interesse an seiner Tochter zeigte. Zumal Claire nicht müde wurde, ihrer Freundin den Seemann als Draufgänger und lebhaften Erzähler zu schildern, der ihr Herz im Sturm erobert hatte. Sie schien ihn so einzuschätzen, und tatsächlich war Matt Edmunds auch durchaus gut aussehend. Er war groß gewachsen und blond, aber für Kathleen trug er stets einen mürrischen Ausdruck im Gesicht, der ihn unnahbar und wenig sympathisch wirken ließ. Claires Gatte schien aller Welt etwas übel zu nehmen, vor allem seiner doch so hübschen, lebensfrohen und charmanten Frau.

Offensichtlich hatte Matt sich die Auswanderung und das Leben in dem neuen Land anders vorgestellt, auch wenn Claire und Kathleen nicht recht ausmachen konnten, was ihm nicht passte. In

Anbetracht dessen, dass sie mit kaum mehr als einem Teegeschirr und ein paar Büchern angereist waren, ging es den Edmunds nicht schlecht. Matt hatte die geringen Ersparnisse aus seiner Zeit als Matrose richtig in sein Boot investiert und verdiente nun genug zum Leben. Auf die Dauer würde es noch mehr werden, denn die aufstrebende Stadt Christchurch versprach allen Bürgern eine sichere Existenz. Vielleicht vermisste Matt also einfach die Abenteuer, die ihm das Leben auf See geboten hatte. Und es war deutlich erkennbar, dass ihn Claire, bei allem Liebreiz, nicht dafür entschädigen konnte.

Claire mochte sich das allerdings nicht eingestehen. »Er liebt mich bestimmt!«, sagte sie trotzig, wenn Kathleen mal wieder eine wenig schmeichelhafte Bemerkung zu Matts Verhalten entfuhr. »Auch wenn er mich dumm findet … und langweilig …«

Sie ließ offen, ob sie diese Einschätzungen nur annahm oder ob Matt ihr ins Gesicht sagte, dass er nichts mehr mit ihr anfangen konnte. »Es liegt daran, dass ich nichts richtig mache …«, entschuldigte sie Matts Verhalten.

Kathleen antwortete darauf nichts, obwohl ihr eine scharfe Erwiderung auf der Zunge lag. Schließlich führte Claire ihren Haushalt mittlerweile sehr ordentlich. Sie war auch keineswegs dumm, sondern ihrem Mann nach Kathleens Einschätzung meilenweit überlegen. Natürlich fehlte Claire die praktische Erfahrung, und ihr Talent für Handarbeit war höchstens durchschnittlich ausgeprägt. Aber in Bezug auf Intelligenz und Originalität schlug sie Matt Edmunds mühelos.

Kathleen jedenfalls konnte sich an Claires lebhaften Erzählungen und ihren immer neuen Einfällen kaum satthören, sie stellte sich die Abende der Edmunds deutlich fröhlicher und unterhaltsamer vor als ihr freudloses Zusammensein mit Ian. Aber vielleicht verstummte ja auch Claire in Anwesenheit ihres Mannes. Sie schien mitunter zusammenzuzucken, wenn Matt unerwartet heimkam, während sie mit Kathleen am Küchentisch saß und plauderte.

Nun mochte das auch daran liegen, dass Matt wütend auf jeden reagierte, der den Namen Coltrane trug. Wenn er Kathleen in seinem Hause antraf, fielen immer wieder Bemerkungen wie »faule Weiber«, »nichstnutzige Iren« und »Gauner und Rosstäuscher«. Wobei Kathleen seine Verärgerung über Ians Geschäftspraktiken durchaus verstehen konnte. Claires Mann hatte das Eselchen Spottey teuer bezahlt, war aber gezwungen, sich Maultiere zu leihen, wenn schwerere Farmarbeiten anstanden. Sein mürrisches Wesen machte das zu einer schwierigen und ungeliebten Angelegenheit. Dazu war die nächste Farm weit weg, und es erforderte großen Aufwand, die Tiere hin- und zurückzubringen. Noch weiter entfernt lebte der nächste Pferdehändler, und so war Kathleen nicht zu sehr erstaunt, als Matt Edmunds' Boot eines Tages am Flussufer bei ihrer Farm lag und Matts und Ians Stimmen aus dem Stallbereich drangen.

»Da, schauen Sie, die braune Maultierstute. Stark, jung und ein umgängliches Wesen, da schick ich schon meine Kinder mit los … Geh, Sean, hol mal die Braune aus dem Paddock!«

Sean, der mittlerweile fast drei Jahre alt war, griff mit Feuereifer zum Halfter. Die beiden Jungen wetteiferten darin, ihrem Vater zur Hand zu gehen, wenn der einmal da war. Sean bemerkte zum Glück noch nicht, dass Ians wohlgefällige Blicke dabei vor allem auf Colin ruhten, während er selbst häufiger gerügt als gelobt wurde. Aber bislang war Sean seinem Bruder einfach durch sein höheres Alter und seine größere Geschicklichkeit überlegen. Ernsthafte Probleme würde es erst geben, wenn Colin den Rückstand aufholte.

Fast ein bisschen stolz auf ihren Jungen beobachtete Kathleen, wie Sean in den Auslauf ging, das Tor sorgsam hinter sich schloss und dann auf die alte braune Maultierstute zulief, die Ian seit einer Woche im Stall hatte. Der Rosstäuscher hatte die Zeit genutzt, um ihre Zähne abzuschleifen, ihre Hufe so zu bearbeiten, dass die kleine Gangunreinheit, die sie anfänglich gezeigt hatte, nicht mehr zu sehen war, und ihr Fell mittels Färbemitteln und Ölen glänzend zu gestalten. Die grauen Härchen über ihren Augen und unter dem kargen Stirnschopf waren nicht mehr erkennbar, und reichliche

Hafergaben sowie Kompressen mit einer speziellen Mixtur, die Ian Augentrost nannte, ließen ihre Augen blitzen. Kathleen überlegte besorgt, ob er weitere Methoden zur Erhöhung ihres Temperaments angewandt haben mochte, die Sean jetzt vielleicht in Gefahr brachten, aber die Stute ließ sich genauso brav aufhalftern wie sonst. Sie war ein gutmütiges Tier, aber mindestens fünfzehn Jahre alt.

»Da, schauen Sie sich die Zähne an – höchstens sechs, das Tier. Die zieht was weg, sehen Sie die stabilen Beine? Und ein hübscher Anblick ist sie doch auch, oder finden Sie nicht? Ihre Gattin legt Wert auf so etwas, wie ich höre!« Ian lächelte gewinnend.

Matt Edmunds warf brav einen Blick ins Maul der Stute – und schaute dabei ebenso ratlos drein wie seine Frau beim ersten Besuch ihres Gemüsegartens. Für den ehemaligen Matrosen hätte Ian sich die Mühe mit den Pferdezähnen gar nicht machen müssen. Matt Edwards hatte keine Ahnung.

»Und sie ist nicht teuer … ich mach Ihnen ein wirklich gutes Angebot. Ich könnt sie besser verkaufen, wenn ich sie in Port Cooper anböte für den Transportservice. Aber was Sie angeht, Matt … nun, ich hab ein bisschen ein schlechtes Gewissen, weil ich Ihre Farm doch größenmäßig unterschätzt habe. Ich dachte, der kleine Esel – sonst ja ein hervorragendes Tier, wie Ihre Gattin meiner immer wieder versichert! – wäre ausreichend für die Bearbeitung. Aber Sie haben ja schon derart viel Land unterm Pflug – alle Achtung! Und das neben Ihrem eigentlichen Beruf als Flussschiffer! Ihre Frau packt da sicher kräftig mit an, oder?«

Kathleen konnte das Geschick ihres Mannes nur widerwillig bewundern. Zumal Matt Edmunds den Köder jetzt bereitwillig schluckte. Ausführlich und mit griesgrämiger Miene berichtete er von Claires Unzulänglichkeit. Die Besichtigung der Maultierstute war offensichtlich abgeschlossen. Kathleen hatte noch im Garten zu tun, aber als sie schließlich ins Haus kam, tranken die Männer eben den zweiten Whiskey auf das abgeschlossene Geschäft. Kathleen hätte schreien mögen, aber ihr Entschluss war gefasst. Ian durfte seinen unmittelbaren Nachbarn kein zweites Mal betrügen! Sie würde es nicht ertragen, wenn sich Claire von ihr abwandte wie damals die Frauen in Port Cooper.

Als Edmunds gegangen war, baute sie sich vor Ian auf.

»Ian, so geht es nicht! Der Mann merkt doch in ein paar Tagen, dass sein Maultier uralt ist, und spätestens nach dem nächsten Beschlag wird es wieder lahmen! Claire sieht das vielleicht sogar gleich, die versteht recht viel von Pferden. Und dann reden sie nie wieder mit uns!«

Ian lachte und goss sich einen weiteren Whiskey ein. Er hatte jetzt immer eine Flasche im Haus und gönnte sich nicht nur nach erfolgreichen Geschäftsabschlüssen gern einen Schluck. Dazu war es ein guter Whiskey, kein billiger, selbstgebrannter mehr. Ian Coltrane verdiente sehr ordentlich. Man sah ihm das auch sonst an: In den Jahren im neuen Land hatte Coltrane zugelegt, er war nicht mehr der muskulöse, aber schlanke, immer etwas geheimnisvoll wirkende Hüne, dem man die Tinkerabstammung nachsagte. Immer mehr ähnelte er seinem stämmigen Vater. Sein Gesicht war fleischiger, die Konturen seiner Muskeln verschwommener, und wenn er auch noch nicht dick war, so wirkte er doch füllig und schwer. Inzwischen hatte er die Angewohnheit der meisten Pferdehändler angenommen, ständig einen knorrigen Stock mit sich herumzuschleppen, auf den er sich bei Verkaufsverhandlungen stützen und mit dem er die Pferde rasch und erfolgreich antreiben konnte. Auch Kathleen und einmal sogar der kleine Sean hatten damit bereits Bekanntschaft gemacht.

Was Kathleen anging, so empfand sie längst keinen Hauch von Zuneigung mehr für ihren Mann. Im Gegenteil, Ian Coltrane erschien ihr abstoßend. Sie ertrug die Nächte mit ihm nur, weil sie wusste, dass sie zwischen ihren Kleidern Michaels Brief aufbewahrte. Nachdem Ian von ihr abgelassen hatte, schlich sie sich oft zu ihrer Truhe und strich über das Schreiben und Michaels Locke. Es war fast, als könnte sie sich dadurch reinigen.

Jetzt lachte Ian auf. »Kann uns doch egal sein, ob die Edmunds mit uns reden!«, schlug er Kathleens Einwände in den Wind. »Der Kerl ist dumm, das Weib hoffärtig. Was haben wir mit denen zu schaffen?«

Kathleen schüttelte verzweifelt den Kopf. »Ian, die Edmunds sind unsere Nachbarn! Wenn irgendetwas geschieht, sind wir auf sie angewiesen. Claire und ich haben uns beim Kinderkriegen beigestanden. Wir sind Freundinnen …«

»Und ich hab dir von Anfang an gesagt, dass ich diese Freundschaft nicht gutheiße!«, sagte Ian mit Gemütsruhe. »Wenn das aufhört, dass du ständig zu der dummen Gans rennst und den Kindern den Kopf vernebeln lässt durch ihre Geschichten, dann umso besser!«

Kathleen seufzte, aber sie versuchte es verbissen weiter.

»Ian, sie vernebelt ihnen nicht die Köpfe. Sie bringt Sean das Lesen bei, obwohl er noch so klein ist. Und Colin auch im nächsten Jahr. Wo sollten die Kinder es sonst lernen, ich kann sie doch demnächst nicht jeden Tag nach Christchurch zur Schule schicken! Bitte, Ian! Wenn du die Rosstäuscherei schon nicht aufgeben kannst, so begreif doch endlich, wen man ungestraft betrügen kann und bei wem man's besser lässt!«

Ian erhob sich drohend. »Kathleen, ich lass mich nicht gern ›Betrüger‹ nennen! Und schon gar nicht von einer Hure wie dir! Die weiß Gott keine Ahnung davon hat, was sich schickt und was nicht!«

Kathleen wusste, dass sie diesen Abend nicht ohne blaue Flecke und schlimmere Demütigungen überstehen würde, aber sie konnte nicht aufgeben. Vor allem wollte sie endlich Antworten.

»Warum hast du es denn dann so eilig gehabt, die Hure zu heiraten?«, fragte sie in einer Aufwallung von Mut. »Du hast doch gewusst, dass ich schwanger war, Ian. Du wusstest von Michael! Wenn du mich also derart abstoßend fandest …«

Ian lachte und nahm einen Schluck aus der Flasche. Er hatte dem Whiskey an diesem Tag wesentlich stärker zugesprochen als sonst.

Kathleen zitterte. Sie hoffte, es nicht zu weit getrieben zu haben.

Ian griff aber nur fast zärtlich in ihr Haar, das immer noch weich und golden war. »Wer könnte dich denn abstoßend finden, Süße? Das schönste Mädchen von Wicklow … wenn auch ein bisschen verdorben, aber nur ein bisschen. Schließlich hast du mich gewählt und nicht den Job bei Miss Daisy …«

Kathleen wurde heiß und kalt. Ian wusste von dem Angebot der Bordellbesitzerin?

Ian grinste sie an. »Ja, Mädchen, meinst du denn, ich hätt in Wicklow wie ein Mönch gelebt?«, fragte er höhnisch. »Kathleen, mein Schatz, ich hab mit Pferden gehandelt. Und ein guter Pferdehändler kennt jeden und weiß alles! Dein Michael, dem hab ich oft genug ein paar Flaschen Selbstgebrannten abgekauft. Und dass er Trevallions Korn nicht für Armenspeisungen geklaut hat, das musste doch wohl jedem klar sein, der nicht blind in ihn verguckt war. Dazu dieser Billy Rafferty! Den hab ich im Wagen mitgenommen nach seiner Sauftour. Konnt sich nicht drüber einkriegen, dass dein Michael ihm nur 'n Bruchteil von dem abgegeben hat, was ihm zustand … Weil er doch die Schiffspassage für seine kleine Kathleen bezahlen musste …«

Kathleen lauschte fassungslos, die Augen weit aufgerissen. Ihre Ahnung hatte sie also nicht getrogen: Ian hatte schon von Michaels Geld gewusst, als er sie zum ersten Mal mit nach Wicklow genommen hatte. Hatte er womöglich gar die Obrigkeit auf Billy Rafferty angesetzt? Kathleen wollte es nicht glauben.

Auf jeden Fall hatte Ian dafür gesorgt, dass Kathleen ihren Geliebten in Wicklow traf – einmal und dann zur Sicherheit noch einmal. Wobei sie beim zweiten Mal ja nur das Schiff hatte absegeln sehen – aber das hatte Ian nicht wissen können. Es war keine Freundlichkeit gewesen, sie noch einen letzten Blick auf Michael Drury werfen zu lassen, sondern einfach eine letzte Versicherung. Irgendwie würde Michael seiner Liebsten das Geld aus dem Raubzug zuspielen – er selbst konnte schließlich nichts mehr damit anfangen.

»Du … du wusstest von meiner Mitgift?«, vergewisserte Kathleen sich tonlos.

Ian wollte sich ausschütten vor Lachen. »Aber ja! Zumindest konnte ich eins und eins zusammenzählen. Die Vergünstigungen für Michael im Gefängnis zum Beispiel … die alte Bridget hat ja ein weiches Herz, aber dass sie zwei Landeier wie Michael und Billy von ihrem Hurenlohn aushält – das konnt ich nun doch nicht glauben!«

»Woher wusstest du von den Vergünstigungen?«, fragte Kathleen.

Ian machte eine wegwerfende Handbewegung. »Die Schwester von Billy Rafferty. Stand damals auf dem Strich beim Pferdemarkt. Ich hab sie angesprochen, ihr einen Whiskey ausgegeben … wie das so geht, Kathleen. Und nun schau nicht so entsetzt! Hab ich dein Geld nicht klug verwaltet? Geht's dir nicht gut und deinem Bankert?«

Kathleen wandte sich ab, aber Ian war noch nicht fertig.

»Und ich hörte auch von Miss Daisys Angebot, Mary Kathleen!«, trumpfte er auf. »Sag, ist es dir sehr schwergefallen, dich zu entscheiden? Hättst doch ein leichtes Leben haben können, da in Wicklow. Warum hast du trotzdem mich genommen, Kathleen? Nur um des kleinen Bastards willen?«

Kathleen sagte kein Wort mehr. Auch nicht, als Ian sie dann in einem Rausch von Trunkenheit und Herrschsucht ins Bett zog und sie meinte, unter seinem Gewicht und der Last ihrer neuen Gewissheit fast ersticken zu müssen.

Am Morgen aber stand sie auf, bevor ihr Mann sich noch rührte. Sie gab den Kindern rasch etwas Haferbrei, schnallte sich Heather auf den Rücken und setzte die Jungen vor sich auf ihr kastanienfarbenes junges Maultier. Sie ritt so schnell sie konnte über den Uferpfad und erreichte Matt Edmunds, noch während er sein Boot klarmachte, um nach Christchurch aufzubrechen.

»Mr. Edmunds …« Kathleen sprang ab und führte ihm das Maultier vor. »Mein Mann schickt mich, Ihren Kauf von gestern vorbeizubringen. Es ist ein sehr schönes Tier. Ich glaube, diesmal werden Sie zufrieden mit ihm sein!«

Matt Edmunds bemerkte nicht, dass die Stuten vertauscht worden waren, aber Claire wunderte sich, als sie das Tier dann gemeinsam mit Kathleen in den Stall brachte.

»Eure hübsche Stute? Dein Ian hat meinem Matt sein bestes Maultier verkauft? Was hat er dafür gezahlt? Muss ich damit rechnen, demnächst von Haus und Hof vertrieben zu werden, wenn wir das Geld nicht aufbringen?« Sie lachte und tätschelte das neue Muli. Spottey reagierte mit eifersüchtigen Iah-Rufen.

Kathleen war nicht zum Scherzen zumute. »Du treibst vor allem deine Tiere heute ein bisschen ins Inland …«, riet sie Claire. »Nimm Spottey und die neue Stute und lass sie beim Leprechaun-Stein grasen. Oder noch besser: Versteck sie am Elfenplatz. Vor allem komm meinem Mann nicht damit unter die Augen. Ach ja – und schau vielleicht morgen mal nach mir! Kümmere dich um die Kinder, falls er mich umbringt!«

Sergeant Meyers lebte mit seiner jungen Frau nicht in der behelfsmäßigen Kaserne. Die bot schließlich kaum mehr Komfort als die Baracken der Sträflinge. Stattdessen hatte er sich und Velvet in einer heimeligen kleinen Pension eingemietet. Die Meyers bewohnten dort zwei Zimmer, und die Wirtin war gleich bereit, Lizzie einzulassen. Die sah ja auch sehr ordentlich und harmlos aus in ihrem dunklen Kleid und mit dem brav aufgesteckten Haar. Das Häubchen und die Schürze hatte Lizzie abgenommen, um nicht gleich als Dienstbotin auf Abwegen erkannt zu werden. Es war ein Wochentag, und sie hatte eine Besorgung genutzt, um sich eine freie Stunde zu verschaffen.

Lizzie folgte der Wirtin mit klopfendem Herzen. Sergeant Meyers durfte um diese Zeit eigentlich nicht zu Hause sein. Aber man wusste natürlich nie …

Tatsächlich war es dann aber nur Velvet, die sie begrüßte. Sie schickte die Wirtin sofort freundlich, aber bestimmt fort, um Tee und Gebäck für sich und ihre Freundin zu bringen.

»Ich kann eigentlich gar nicht so lange bleiben …«, meinte Lizzie nervös und sah sich im Zimmer um. »Schön hast du's hier. Du bist eine richtige Lady geworden, Velvet.«

Velvet lächelte. »Es ist nicht so schön wie bei deiner Herrschaft«, sagte sie. Die Meyers hatten die Smithers inzwischen auch gemeinsam besucht. Velvet sah Lizzie forschend an und missdeutete deren unglücklichen Gesichtsausdruck. »Na ja, wenn ich die ganze Pracht jeden Tag putzen müsste, sähe ich sie wohl auch mit anderen Augen …«, schränkte sie dann ein.

Lizzie schüttelte den Kopf. »Das ist es nicht. Ich putze ganz gern ... Aber wir haben nicht viel Zeit, Velvet. Du musst mir zuhören. Ich brauche deine Hilfe.«

Velvet wehrte mit einer Handbewegung ab und wies mit dem Kinn auf den Flur. Die Wirtin stieß eben ohne anzuklopfen die Tür auf und stellte ein Tablett mit Teetassen und Muffins auf den Tisch.

Velvet dankte ihr lächelnd und bot Lizzie einen Platz an. »Jetzt können wir reden«, sagte sie, als die Frau gegangen war. »Also, was kann ich für dich tun? Du willst heiraten, habe ich gehört?«

»Ich will flüchten«, stellte Lizzie richtig. Sie hatte keine Zeit für höfliche Konversation. »Gemeinsam mit Michael Drury. Aber erst mal muss er raus aus seiner Chain Gang.«

»Moment, Moment ...« Velvet goss ihnen Tee ein. Von Lizzies Eröffnung wirkte sie unbeeindruckt, aber so war sie ja immer gewesen. »Das geht alles ein bisschen schnell. Bist du dir klar darüber, dass bisher noch nie jemand aus Van-Diemens-Land entkommen ist?«

»Sagt man«, meinte Lizzie. »Aber wenn mir anstelle des Gouverneurs ab und zu einer wegliefe, gäbe ich es auch nicht zu. Wobei das egal ist. Wir sind dann eben die Ersten.«

»Aber warum denn, Lizzie?« Velvet sah an Lizzies ungeduldigem Ausdruck, dass ihre frühere Zellengenossin das nicht diskutieren wollte.

Lizzie blickte vielsagend auf die wunderschöne Standuhr in der Ecke des Zimmers. »Ich sollte zum Metzger, Velvet, die Köchin wartet auf das Fleisch ...«

Velvet nickte. »Also schön, du willst dich unbedingt gemeinsam mit Michael Drury unglücklich machen. Was kann ich dabei tun?«

»Du kannst dich bei deinem Mann dafür einsetzen, dass er Michael auf Sicherheitsstufe II setzt und ihm die Ketten abnimmt!«, sagte Lizzie. »Das ist das Erste. Danach müssen wir irgendwie nach Hobart ...«

Wenn sie ehrlich sein sollte, war ihr Plan noch nicht viel weiter gediehen. Zumal alles schnell gehen musste, ihr Aufgebot hing schließlich bereits aus.

»Irgendwie«, sagte Velvet spöttisch. »Nun sitz hier nicht wie auf Kohlen, Lizzie, so wird das nichts. Ein bisschen Zeit musst du dir schon nehmen …«

»Aber ich hab keine Zeit!«, brach es aus Lizzie heraus. »Dieses Schwein Smithers legt sich jede Nacht auf mich, die er mit mir unter seinem Dach verbringt! Mehr oder weniger mit dem Segen seiner Frau, die meint, es nur abstellen zu können, indem sie mich verheiratet. In vier Wochen werden sie mich mit dem Gärtner vermählen, der damit einverstanden ist, mich weiter mit Mr. Smithers zu teilen. Und Michael Drury hängt an der Kette mit ein paar gewalttätigen Schwachköpfen, die ihm von einer Flucht nach Neuseeland vorschwärmen – dabei können sie kein Ruderboot fahren, geschweige denn einen Segler über die Tasmansee bringen. Ich hab keine Zeit, Velvet! Ich brauche Papiere und eine Passage auf dem nächsten Schiff …«

»Die Schiffe nach England werden scharf kontrolliert«, meinte Velvet.

»Aber nicht die nach Auckland oder Greymouth oder wie diese seltsamen Orte da alle heißen in diesem Neuseeland! Die Idee ist nämlich nicht schlecht, nur die Ausführung. Mit Dylan und Connor kommt Michael da nie hin!«

Velvet knabberte an einem Keks. »Also, erstens hast du noch mehr Zeit, als du denkst«, bemerkte sie dann. »Nein, nicht jetzt natürlich, du musst gleich zum Fleischer, das sehe ich ein. Aber mit dem Heiraten. Vor der Begnadigung verhören sie dich noch mal, dazu schaffen sie dich nach Hobart – oder nach Launceston, wenn du Pech hast. Glaube ich aber nicht, deine Papiere sind doch in Cascades. Das dauert bestimmt zwei Monate, also mach dich nicht verrückt. Und zweitens … ich sehe ein, dass du wegwillst. Und die Idee ist genial … wenn mir das mal eingefallen wäre! Aber wozu um Himmels willen brauchst du Michael Drury?«

Lizzie schlug die Augen nieder.

Velvet stöhnte und schob eine Strähne ihres prachtvollen schwarzen Haares aus ihrer alabasterweißen Stirn. »Ja, ich weiß, du liebst ihn. War schon auf dem Schiff nicht zu übersehen. Aber Lizzie, der Mann macht dich unglücklich! Das ist ein Windhund, der …«

»Du kennst ihn ja gar nicht!«, verteidigte Lizzie ihren Schwarm.

Velvet verdrehte die Augen. »Ich hab genug gehört von seinen Abenteuern«, sagte sie dann. »Wobei Windhund vielleicht das falsche Wort ist, es mag durchaus sein, dass Drury ein guter Kerl ist. Schließlich hängt er ja immer noch mit ganzem Herzen an diesem Mädchen, das er da in Irland geschwängert hat …«

»Er hat sie … er hat Mary Kathleen …?«

Lizzie hatte ihren Tee bisher nicht angerührt, aber jetzt brauchte sie eine Stärkung. Velvet holte eine Flasche Gin hinter dem Sofa hervor und gab einen Schuss davon in ihre Tasse.

»Hier, den riecht man nicht. Und ja, dein Michael hat sein Mädchen geschwängert. Und dann erst darüber nachgedacht, wie er das Kind ernähren soll. Genau wie er erst in einen Wald voller Giftschlangen flüchtet und sich dann überlegt, wie er da wieder herauskommen soll. Er hat anfangs nicht mal gewusst, dass dies hier eine Insel ist. Der Mann wird sich immer wieder in Schwierigkeiten bringen, Lizzie! Zu gefühlvoll, zu impulsiv. Du hast ihn schon mal gerettet, als er im Fieber lag. Und jetzt willst du ihn wieder retten … Er liebt dich nicht mal!« Velvet füllte auch Gin in ihre eigene Tasse.

»Das wird er aber noch!«, behauptete Lizzie. »Wenn ich nur …«

Über Velvets Nase bildete sich eine winzige Falte – das passierte immer, wenn sie sich einen Anflug von Erregung erlaubte. »Wenn du *was* für ihn machst? Lügen, stehlen, huren? Hab ich auch mal gedacht. Ich hätte alles getan für meinen Murphy … und dann musste ich mir anhören, wie er die ganze Schuld auf mich abwälzt. Er wäre nur ein Landei gewesen und hätte gar nicht so genau gewusst, dass Uhrenklauen verboten ist, sagte er. Aber ich hätte ihm das Ding ja plötzlich zugesteckt … Dabei hatte ich schon zwei Jahre für ihn geklaut. Zuerst hab ich gedacht, ich sterb. Aber man stirbt nicht so leicht …« Velvet senkte den Blick.

»Aber Michael …« Lizzie versuchte es noch einmal.

»Vergiss Michael!«, sagte Velvet streng. »Bring dich allein in Sicherheit. Du wirst schon noch einen anderen finden in deinem Neuseeland, diese Kolonien sind voller Kerle. Siehst du doch hier! Und da auf den Inseln sind sie alle frei!«

Lizzie kaute auf ihrer Unterlippe. »Allein schaffe ich es nicht«, flüsterte sie. »Ich brauche ihn.«

Velvet schüttelte den Kopf. »Du brauchst ihn nicht. Er braucht dich!«

»Das ist doch das Gleiche!«, behauptete Lizzie. »Also, hilfst du mir jetzt? Bitte, Velvet, bitte! Du sagst selbst, er ist ein guter Kerl!«

Velvet fasste sich an die Stirn.

»Also schön, Lizzie«, sagte sie dann. »Aber versprich mir, nichts zu überstürzen. Denk noch mal in Ruhe darüber nach!«

Lizzie nickte halbherzig, aber jetzt überlegte erst einmal Velvet – und kam sofort zu einem Ergebnis: »Hör zu, Lizzie, dein Michael kommt doch vom Land. Glaubst du, dass er sich mit Pferden auskennt?«

Lizzie hatte keine Ahnung, nickte aber eifrig. »Bestimmt!«, erklärte sie.

»Gut. Hier herrscht nämlich ein ständiger Mangel an Fahrern. Für die Baustoffe und bei den Rodungen haben sie schwere Gespanne, aber die meisten Sträflinge kommen aus der Großstadt. Die können nicht kutschieren, und vor den Riesengäulen haben sie obendrein Angst. Wenn mein Mann deinen Michael von den Ketten befreit und der sich ein paar Wochen annehmbar führt, kann er einen Wagen kriegen. Deine und seine Fahrkarte nach Hobart. Aber das braucht ein bisschen Zeit. Schaffst du das?«

Lizzie nickte tapfer. »Ich versuch's!«, erklärte sie. »Wenn Michael nur nicht in dem Moment abhaut, in dem sie ihm die Ketten abnehmen …«

Velvet verdrehte die Augen. »Dann nimmst du's als Zeichen!«, erklärte sie. »Im Grunde wär's das Beste, was dir passieren könnte. Und jetzt geh zum Metzger, sonst bekommst du noch Ärger.«

Sie begleitete Lizzie zur Tür, und plötzlich umarmte sie das Mädchen.

»Viel Glück, Lizzie!«, flüsterte sie. »Wäre schön, wenn eine von uns einmal glücklich würde!«

Lizzie überstand die nächsten Wochen erstaunlich gut. Mr. Smithers war entzückt, seine Frau und Cecil eher enttäuscht darüber, dass sich ihr Begnadigungsverfahren hinzog und die Hochzeit warten musste. Mitunter machte Mrs. Smithers auch böse Bemerkungen – anscheinend war sie der Meinung, Lizzie könnte sich jetzt doch wirklich mit Cecil statt ihrem Mann verlustieren. Ob mit oder ohne Trauschein! Direkt sprach sie das Mädchen jedoch nicht mehr darauf an.

Michael wurde tatsächlich drei Wochen nach der Unterredung zwischen Lizzie und Velvet von den Ketten befreit, aber die plötzliche Begnadigung und Trennung von der Gang schien ihn zumindest kurzzeitig zu verunsichern. Er führte sich vorerst gut und fand sich auch leicht in den Posten des Stallburschen ein, auf den Meyers ihn nach kurzer Befragung über seine Vorerfahrungen setzte. Michael war an Maultiere gewöhnt. Die schweren Kaltblüter, mit denen er sich jetzt abgeben musste, waren größer, aber kaum schwieriger im Umgang. Michael fütterte und putzte sie und wusste zur uneingeschränkten Begeisterung des Stallmeisters sogar, wie man sie anspannte.

»Kannst du womöglich auch fahren, Kerl?«

Michael nickte und gewöhnte sich bald an die riesigen Wagen, mit denen Baustoffe und Stämme transportiert wurden. Die Pferde waren dabei weniger das Problem als die Abmessungen des Fuhrwerks. Andererseits waren die Erntewagen Lord Wetherbys auch nicht wesentlich kleiner gewesen. Michael wäre sofort zum Fuhrmann berufen worden, aber noch traute man ihm nicht genug, um ihn allein auf die Straße zu schicken.

»Mach bloß keinen Unsinn!«, beschwor ihn Lizzie.

Sie versuchte ihn so oft wie möglich zu sehen, aber es war nicht einfach. Am ehesten ließ es sich noch einrichten, ihn wochentags zu treffen, wenn sie Besorgungen machte. Die Köchin Ginnie spielte gutmütig mit, obwohl sie in die Fluchtpläne nicht eingeweiht war, weil sie entsprechende Bedenken hatte.

»Wie soll das mal enden, Kind? Liebst den einen und heiratest den anderen, und der dritte nimmt sich, was er haben will. Pass bloß auf, Mädchen! Dem Cecil kann das nicht gefallen, das mit dem Herrn. Aber er kann ja nichts machen. Doch wenn er das mit dem schmucken Fuhrmann rauskriegt …«

Lizzie zuckte die Schultern. Bevor Cecil irgendetwas herausbekam, wollte sie auf dem Schiff nach Neuseeland sein – oder wieder im Gefängnis in Hobart. Wenn sie einmal weglief, gab es kein Zurück, und mittlerweile erschien ihr auch fast alles besser, als Cecils Frau zu werden, aber Smithers' Hure zu bleiben.

»Benimm dich ein paar Monate gut, lass Meyers Vertrauen fassen!«

Lizzie beschwor Michael, der auf dem Bock seines Wagens saß, während sie unauffällig Richtung Kaufmannsladen neben ihm herging. Sie versuchte, ihn dabei nicht anzusehen, und konnte sich doch kaum bezähmen, wenigstens einen tröstenden Blick auf sein hübsches Gesicht und in seine strahlenden Augen zu werfen.

»Irgendwann ergibt sich dann schon eine Gelegenheit!«, raunte Lizzie Michael zu.

»Aber ja doch!«

Michael klang vergnügt und unbekümmert. Der Job als Fuhrmann schien ihm zu gefallen. Vielleicht wollte er gar nicht mehr weg? Lizzies Herz krampfte sich zusammen. Wenn sie jetzt alles arrangierte, und dann sagte er Nein …

»Allein kann ich ja sowieso nichts machen. Ich muss auf Will warten und Dylan und Connor! Ohne Connor ist es aussichtslos!«

Lizzie atmete auf. Er wollte also immer noch flüchten. Das mit den anderen Galgenvögeln würde sie ihm schon ausreden.

Und dann, etliche Wochen nach Lizzies Gespräch mit Velvet, überstürzten sich die Ereignisse.

Es begann damit, dass Mrs. Smithers Lizzie zu sich rief. Das Mädchen folgte mit bangendem Herzen. Dauerte es ihrer Herrin jetzt zu lange? Würde sie ihr erneut vorwerfen, ihren Gatten zu verführen?

Mrs. Smithers tat jedoch nichts dergleichen. Stattdessen waren die Nachrichten eher positiv.

»Du wirst morgen nach Hobart fahren. Sie wollen dich noch mal befragen, und dann geht es hoffentlich schnell mit deiner Verheiratung. Und Pete fährt ohnehin nach Hobart, er bringt David Parsley zum Schiff.« Pete war der Knecht, der auch als Kutscher diente.

Lizzies Herz klopfte heftig.

»Mr. Parsley will … verreisen?«, fragte sie tonlos.

»Geschäftlich. Neuseeland, es geht um einen Auftrag. Die denken wohl an eine Straße zwischen West- und Ostküste … Irgend so was. Ich würde ja lieber zurück nach England … Aber das braucht dich nicht zu kümmern, zumal wir hier in den nächsten zwei, drei Jahren ohnehin nicht wegkönnen. Halt dich jedenfalls bereit, bei Sonnenaufgang ist Abfahrt.«

Lizzie dachte fieberhaft nach, als sie wieder bei der Arbeit war. Es war Donnerstag, Freitag und Samstag würden sie unterwegs sein, also ging das Schiff am Sonntag oder Montag. Mit Parsley würde sie fertig werden, der Mann war ein Weichling und hatte ihr oft genug vielsagend zugeblinzelt, wenn er bei den Smithers zu Gast war und sie ihn bediente. Ob er wusste, dass sie seinem Chef gehörte? Lizzie stieg das Blut ins Gesicht. Aber auch das war egal. Im Gegenteil, es konnte der Sache etwas Würze geben. Wichtig war jetzt vor allem, Michael zu erreichen. Sie deckte rasch den Abendbrottisch und rannte dann zu Ginnie.

»Ich muss noch mal weg! Gib mir irgendeinen Auftrag!«

Die Köchin runzelte die Stirn. »Was willst du denn jetzt noch erledigen, Kind? Die Missus will, dass du bedienst. Mr. Smithers wird erwartet …«

Lizzie sah sie entsetzt an. »Heute schon? Egal. Ich muss weg, Ginnie! Erzähl ihnen sonst was! Erzähl ihnen, ich sei bei Cecil, ihm die frohe Nachricht berichten, dass ich bald begnadigt werde. Oder sag ihnen, du hättest mich Eier holen geschickt, und ich behaupte dann, ich hätte mir im Hühnerstall den Fuß verknackst und …«

Ginnie fasste sich an die Stirn. »Die Hühner schlafen schon«, bemerkte sie. »Nur die verrückten ohne Federn, die haben Hummeln im Hintern! Nun hau schon ab, Mädchen, aber beeil dich! Ich denk mir irgendwas aus. Die Missus ist guter Laune. Und er … nun, wenn du rechtzeitig zurück bist …«

Lizzie nickte. Sie kannte ihre Pflichten. Aber jetzt nahm sie schon im Hinausrennen die Schürze ab und hüllte sich nur rasch in Ginnies Schultertuch. Es war Spätsommer, und in Van-Diemens-Land wurde es bereits kalt. Es nieselte auch wieder mal, als Lizzie über die Dorfstraßen zu den Ställen nahe der Kaserne lief. Wenn sie Glück hatte, war Michael noch da. Er musste da sein!

Michael legte den Pferden eben Heu vor und pfiff dabei vor sich hin. Lizzie wurde vor Erleichterung ganz schwach.

»Michael, Michael, Gott sei Dank, dass du da bist!« Sie musste sich bezähmen, ihm nicht um den Hals zu fallen.

»Engelchen!« Er lachte. »Hey, brennt eine Wolke, oder hast du Ärger mit deinem kleinen Galan? Soll ich mich für dich schlagen?«

Michael schien guter Stimmung zu sein und nicht mehr ganz nüchtern. Das war kein Wunder, wenn irgendwo unter den Sträflingen verbotener Whiskey kursierte, bekamen die Fahrer immer ein paar Schlucke davon ab. Michael legte jetzt sogar den Arm um Lizzie, die keuchend an eine Box gelehnt stand und versuchte, zu Atem zu kommen.

»Lass den Unsinn und hör mir zu!« Lizzies Angst ließ sie ihn härter abwehren, als sie eigentlich wollte. Hoffentlich war er nicht zu betrunken, um den Plan zu verstehen! »Michael, Sonntagnacht oder Montag geht ein Schiff nach Neuseeland. Du wirst Papiere haben und eine Fahrkarte – nein, frag jetzt nicht, ich habe keine Zeit. Aber du musst es irgendwie nach Hobart schaffen. Ich treffe dich …«

»Battery Point, Mayfair Tavern …«, sagte Michael schnell. Er begriff zum Glück in Windeseile. »Das ist ein Pub, angeblich leicht zu finden …«

Lizzie verdrehte die Augen. »Sprich, die Miliz sucht dort zuerst!«, höhnte sie. »Aber schön, es ist immerhin eine Adresse. Geh nur ja nicht rein! Bleib irgendwo in der Gegend. Oder noch besser: Such das Schiff nach Neuseeland und versteck dich dort am Kai. Ich werde mit einem Mann dorthin kommen. Du folgst uns dann unauffällig, und irgendwann treffe ich dich und geb dir die Papiere.«

»Aber wie willst du …?« Für Michael kam nun doch alles ein bisschen zu schnell.

»Das weiß ich noch nicht, aber einen Versuch ist die Sache wert. Komm einfach nach Hobart. Und erzähl niemandem davon. Auch nicht deinen Kumpanen von der Chain Gang!«

»Aber die werden … Ich kann sie doch nicht … Die werden sich doch fragen …«

»Sollen sie! Besser, sie bleiben im Ungewissen, als dass sie dich verraten. Michael, bevor das Schiff geht, musst du dich drei Tage lang verstecken und dabei über hundertfünfzig Meilen durchschlagen! Das ist leichter, wenn niemand weiß, wo er dich suchen soll!«

Michael überlegte kurz und schien seine Loyalitäten abzuschätzen. Aber dann zuckte er die Achseln. »Sei's drum, ich geh sowieso gleich heut Nacht!«, erklärte er dann.

Lizzie kniff die Augen zusammen. »Meinst du nicht, es ist besser, morgen mit dem Gespann …«

»Das Gespann ist zu auffällig, ich weiß was Besseres. Ich nehme ein Pferd. Wünsch mir Glück, Lizzie!«

Lizzie wollte schon gehen, als er sie küsste. Erst auf die Stirn, dann rasch auf den Mund. »Und dir auch viel Glück!«

Lizzie schaffte es zu lächeln, als Martin Smithers in dieser Nacht zum letzten Mal in ihr Bett kam. Sie erduldete seine Zärtlichkeiten und dachte an Michael.

Michael hatte Glück nötig. Nicht nur auf der Flucht, sondern schon beim Aufbruch. Zu den Pferden, die er betreute, gehörte ein ungebärdiger junger Hengst. Ein Shire Horse, prachtvoll, dunkelbraun, weiß gestiefelt und fast zweieinviertel Yard groß. Ein Farmer bei Launceston hatte das Tier aus England kommen lassen, und einer der Fahrer hatte es aus Hobart mitgebracht. Nun stand es in Michaels Stall und wartete auf eine Möglichkeit zum Weitertransport – wobei der Stallmeister es nicht eilig hatte. Ein Teil der Pferde seines Fuhrparks waren Stuten, und er gedachte, sie alle decken zu lassen, bevor er den Hengst weiterschickte. Kostenlos, verstand sich, er plante nicht, den Farmer davon in Kenntnis zu setzen. Obendrein meldeten sich nahezu alle Siedler aus der Umgebung, die Pferde- oder Eselstuten besaßen. Sie entrichteten eine kleine Gebühr an den Stallmeister, und der Hengst waltete seines Amtes.

Das Tier konnte sein Glück offensichtlich kaum fassen. Es wurde mit jedem Tag ungebärdiger und trommelte nervös gegen die Boxenwand, wenn wieder eine Stute rossig wurde. Michael hatte seinen Verschlag schon dreimal reparieren müssen. Es wäre durchaus glaubhaft, wenn es dem Hengst eines Tages gelingen würde, zu entkommen. Und das Pferd war stark. Es konnte mühelos bis Hobart laufen und Michael mitnehmen. Wenn es denn schon mal einen Reiter getragen hätte …

Michael war sich da absolut nicht sicher, und sein Herz klopfte rasend, als er den größten im Stall verfügbaren Sattel heraussuchte. Oder nein, den Sattel würde man womöglich vermissen! Michael schluckte, beschloss aber, das Risiko, ohne zu reiten, einzugehen. Er legte dem Hengst nur einen alten Gurt um, zäumte ihn mit dem unansehnlichsten, eigentlich schon ausgemusterten Zaum und sprach ihm gut zu, als er ihn herausführte.

Fehlte noch die Nachricht. Im Stall gab es eine Tafel, auf der die

Fuhrleute ihre Fahrten eintrugen. Michael suchte die Kreide und schrieb quer über alle Spalten:

Hengst entlaufen, bin ihm nach Richtung Westen. Michael

Ein paar Stunden sollte das den Stallmeister beruhigen. Und beschäftigen. Garantiert sandte er Suchtrupps aus, der Hengst war wertvoll. Während Michael nach Osten ritt … oder sich den Hals brach.

Michael brauchte einen Stein oder eine andere Möglichkeit, auf den Rücken des riesigen Tieres zu kommen. Und er konnte nicht riskieren, auf weichen Grund auszuweichen. Der Stallmeister würde sonst Hufspuren finden, die des riesigen Hengstes waren unverwechselbar. Der junge Mann murmelte ein Gebet und dachte an Kathleen, als er sich vom Bock seines Wagens aus auf Gideons Rücken schwang. Der Hengst tänzelte ein bisschen, blieb aber ruhig. Michael dankte dem Himmel. Dann trieb er das Pferd an. Gideon machte die ersten Schritte und gab Michael damit einen Vorgeschmack auf das, was ihn erwartete. Ohne Sattel würden ihn die Bewegungen des kräftigen Pferdes so durchschütteln, dass ihm danach alles wehtäte. Aber das machte ihm jetzt nichts aus. Sie waren unterwegs.

Lizzie bemühte sich um einen gefälligen Plauderton, als sie mit David Parsley in die Kutsche nach Hobart stieg. Leider war der junge Mann ein offensichtlicher Morgenmuffel. Schließlich gab Lizzie es auf und wartete, bis Parsley wach wurde. Sie vibrierte vor Aufregung, aber sie schaffte es, ihr wärmendes Lächeln hervorzuzaubern, als er endlich etwas Interesse an ihr zeigte. Schließlich fand sie ein Gesprächsthema, das ihn interessierte: Straßenbau.

Parsley redete und redete. Lizzie brauchte kein Wort mehr einzuwerfen, fühlte sich aber trotzdem wie zerschlagen, als Pete am Abend vor der reizenden kleinen Pension hielt, in der Lizzie auf dem Weg zu den Smithers die wohl angenehmste und verheißungsvollste Nacht ihres bisherigen Lebens verbracht hatte. Und das ganz ohne Mann, wie sie bitter dachte. Eigentlich hatte sie die Gesellschaft eines Mannes noch nie genossen. Das lavendelduftende Bett lockte, und David Parsley hatte gerade erst begonnen, Lizzie ein wenig den Hof zu machen, aber Vorsicht war besser …

»Wir schlafen im Heu«, beschied sie Pete, der Kutscher. Der würde sie zumindest nicht anrühren.

Lizzie seufzte und tat so, als fiele es ihr schwer, sich von Parsley zu verabschieden. Und zu ihrem Glück funktionierte die Magie. Ihr Lächeln erleuchtete das Herz des spröden Ingenieurs, und wenn schon keine Nacht in duftenden Laken, so fiel doch wenigstens ein gutes Abendessen ab. Lizzie trank zum ersten Mal im Leben richtigen guten Wein und war hingerissen von dem fruchtigen Geschmack des neuen Getränks. In London hatte sie mitunter ein süßes, klebriges Zeug probiert, das dort unter dem Begriff Rotwein gehandelt wurde, aber es war mit der leichten Säure, dem Nachgeschmack von Zimt und Birne nicht zu vergleichen, mit dem der französische Muscat Blanc ihren Gaumen verzauberte. Sie hätte ewig an dem kerzengeschmückten Tisch sitzen bleiben können, egal, was Parsley erzählte.

»Du lässt auch nichts anbrennen …«, murmelte Pete, als sie sich anschließend beschwingt, aber frierend ein Nest im Heu baute.

Die Bemerkung des Knechtes ernüchterte sie sofort. Ginnie und Pete hatten bislang eine hohe Meinung von ihr gehabt, aber in ein paar Tagen würden auch sie Lizzie Owens für eine Hure halten.

Der nächste Tag verging ähnlich dem ersten, aber Parsley kam nun mehr aus sich heraus, und Lizzie begann zu flirten.

»Haben Sie denn keine Frau, David Parsley? Vermissen Sie nicht manchmal sanfte Arme, wenn Sie so durch die Welt reisen, um alle Kolonien mit Straßen zu versehen?«

Parsley errötete und druckste herum. »Eine … hm … eine so süße wie Sie, Miss Lizzie, hab ich einfach … hm … noch nicht gefunden.«

Lizzie lächelte und gestattete sich einen Traum. Was wäre, wenn er es ernst meinte? Wenn sie wirklich diesen etwas langweiligen, aber doch recht gut aussehenden und zweifellos redlichen Mann für sich gewinnen könnte? David Parsley hatte dichtes braunes Haar, ein rundes Gesicht, freundliche braune Augen. Er würde für eine Familie sorgen können – vielleicht würde sie gar die Welt sehen, wenn sie ein paar Jahre mit ihm herumreiste. Aber das war illusorisch. Nie und nimmer würde sie Parsley überreden können, sie gleich nach Neuseeland mitzunehmen – noch dazu vor ihrer Begnadigung. Und wenn er zurückkam, war sie längst mit Cecil vermählt. Nein, es gab keine Alternative. Gut sein war wieder mal unmöglich. Im Gegenteil: Lizzie würde ihrem ohnehin schon umfangreichen Sündenregister noch einiges hinzufügen.

Am zweiten Abend aß sie wieder mit Parsley, und diesmal war es schon nicht mehr ganz so einfach, seine Avancen abzuwehren. David Parsley hatte den Großteil der zwei Flaschen Wein getrunken, die sie geleert hatten, und er schwankte ein bisschen, als sie aufstanden und er Lizzie hinausbegleitete.

»Kommen Sie, Miss Lizzie … Bei mir haben Sie's doch wärmer als im Heu … Und … also wenn ich Mr. Smithers da richtig verstanden habe … dann sind Sie doch wohl sonst auch nicht so prüde …«

Lizzie spürte ihr Herz erkalten. Also doch. Dieser junge Mann, der ihr eben noch so unbedarft erschienen war, wusste von ihrer Schande. Smithers hatte mit ihr geprahlt …

Lizzie atmete tief durch. Sie durfte nicht beleidigt sein, sie hatte eine Rolle zu spielen.

»Aber … aber doch nicht vor Mr. Smithers' Kutscher, Mr. Parsley …«, flüsterte sie. »Das … das wäre kompromittierend, meinen Sie nicht auch? Aber vielleicht … vielleicht morgen … Wann geht denn eigentlich Ihr Schiff, Mr. Parsley?«

Kapitel 12

Pete hatte eigentlich den Auftrag, Lizzie am Sonntagabend in der Cascades Female Factory abzuliefern. Sie sollte dort die Nacht verbringen und am Montag befragt werden. Als sie jedoch am Nachmittag Hobart erreichten, drückte Parsley dem Kutscher eine Pfundnote in die Hand. Für einen Sträfling ein kleines Vermögen.

»Vergiss jetzt mal die Kleine, Mann!«, befahl er Pete. »Morgen früh geht mein Schiff, und ich will noch etwas Spaß haben. Ich nehm sie mit in mein Hotel.«

»Aber meine Herrschaft wird fragen …«, meinte Pete unschlüssig. »Und die Factory … das Mädchen ist doch angemeldet …«

»Ich komme da ja auch an, Pete«, beruhigte ihn Lizzie. »Bloß ein bisschen später in der Nacht. Ich werde ganz tugendhaft an die Tür klopfen, damit ja niemand auf dumme Gedanken kommt, und dann sag ich denen, wir hätten einen Achsenbruch gehabt.«

»Ich liefere sie persönlich ab!«, erklärte Parsley und grinste Lizzie zu.

Pete zuckte die Achseln. »Sie müssen's wissen, Sir. Und du auch!« Er warf Lizzie einen missbilligenden Blick zu und lenkte den Wagen dann in Richtung Mietstall. Hier würde er auch einen Schlafplatz finden.

Lizzie atmete auf. Jetzt nur noch der letzte Akt. Und Michael … hoffentlich hatte Michael es ebenfalls bis Hobart geschafft!

»Jetzt suchen wir uns 'ne kuschelige Pension, Süße …«, wisperte Parsley und hakte Lizzie unter.

Sie lächelte ihn verheißungsvoll an. »Vielleicht am Hafen?«, fragte sie. »Dann hast du's morgen nicht so weit. Und ich würd so gern das Schiff sehen! Ich seh gern Schiffe, weißt du? Wenn ich ein Mann wäre … oh, ich glaub, ich wär zur See gefahren …«

»Was wärst du für ein hübscher Anblick in solch einem Matrosenanzug!«, neckte er sie.

Lizzie schüttelte sich innerlich. Ob alle Männer Uniformen mochten?

Das Schiff war ein moderner Dreimaster, und soweit Lizzie das beurteilen konnte, machte es einen seetüchtigen Eindruck. Es war kleiner als die *Asia*, aber schließlich wollte sie ja auch keine drei Monate auf See sein. Parsley verriet ihr, dass für die Reise nach Neuseeland zwischen zwanzig und dreißig Tagen veranschlagt wurden. Lizzies Herz klopfte heftig. Wenn sie nur schon auf See wären!

Und dann sah sie Michael. Er hockte zusammengekauert mit einer Art Angel als Tarnung am Kai. Irgendein armer Schlucker, der versuchte, sich im Windschatten einer Warenladung ein Abendessen zusammenzufischen. Lizzie bemühte sich, ihm keinen zweiten Blick zu schenken. Aber er musste sie gesehen haben, denn er begann, die Angel einzuziehen.

Lizzie schob ihren Arm entschlossen unter Parsleys. »Komm jetzt, mir wird kalt … wir … wir sollten vielleicht eine Flasche Whiskey kaufen …«

Lizzie betete, dass Parsley dem zustimmte. Sie hatte am Abend zuvor schon gemerkt, dass er Alkohol nicht gut vertrug. Wenn er bereits von etwas Wein taumelte, sollte er nach einer halben Flasche Whiskey schlafen wie ein Toter. Das würde ihr die unangenehme Aufgabe abnehmen, ihn niederzuschlagen. Lizzie traute sich Letzteres eigentlich nicht zu.

Parsley zog sie enger an sich. »Whiskey magst du also auch, Miss Lizzie … schau einer an, und im Haus der Smithers hast du so auf tugendhaft gemacht … Tja, ihr Mädchen …«

Parsley kicherte, als habe er ein seit Eva peinlich gehütetes Geheimnis entdeckt. Lizzie lachte freudlos mit. Aber sie musste durchhalten, sie durfte keines seiner Worte an sich heranlassen.

Zum Glück entschied er sich nicht für ein Stundenhotel, sondern für eine Pension, deren Wirtin zwar nicht nach einem Trauschein fragte, als er sich mit Lizzie als Ehepaar Parsley eintrug, aber doch geräumige Zimmer und saubere Laken zur Verfügung stellte.

Lizzie verdünnte ihren eigenen Whiskey mit Wasser, goss Parsley aber reichlich puren ein. Sie war fast zu nervös, um abzuwarten, bis er betrunken war, und dachte ernsthaft daran, ihm den Feuerhaken über den Kopf zu ziehen, als er nach dem ersten Beischlaf erschöpft einschlummerte. Aber nein, damit hatte Anna Portland ihren Gatten umgebracht! Lizzie konnte das nicht riskieren. Ihr war wohl nicht bestimmt, ein guter Mensch zu sein, aber das machte sie noch nicht zur Mörderin. Also setzte sie ein erneutes Lächeln auf und rüttelte Parsley wach.

»Du hast doch noch nicht genug von mir! Du kannst nicht genug haben! Hier, nimm noch einen Schluck. Und dann mach mich noch einmal glücklich!«

Lizzie hatte in ihrem ungeliebten Gewerbe selten so schwer gearbeitet wie in dieser Nacht, aber um drei Uhr morgens – um fünf sollte das Schiff bestiegen werden und um sieben auslaufen, hatte David Parsley mehr als zwei Drittel der Whiskeyflasche geleert. Er schlief totengleich. Lizzie konnte seine Taschen in aller Ruhe ausleeren – oder … Halt, warum nahm sie nicht gleich alles mit? Sie würden Gepäck brauchen. Es war auffällig, die Reise ohne anzugehen. Kaltblütig steckte Lizzie Davids Börse ein und trug seine Reisetasche nach unten.

»Mein Mann kommt gleich nach«, beschied sie die Wirtin und war an ihr vorbei, ehe diese fragen konnte.

Lizzie hoffte, dass die Frau nicht hinauflief und versuchte, Parsley zu wecken. Aber das war unwahrscheinlich. Solange der Mann in ihrem Hotel weilte, konnte sie mit der Bezahlung der Rechnung warten. Und was »Mrs. Parsley« in der Nacht mit ihrer Tasche trieb, war der Hotelbesitzerin egal.

Michael trat aus einer Nische, kaum dass Lizzie herauskam.

»Endlich! Ich dachte, du würdest nie fertig! Wer war der Kerl? Und was … was hast du getan?«

Lizzie reichte ihm müde den Ausweis ihres Opfers. »Das war David Parsley. Und jetzt bist du David Parsley. Mehr brauchst *du* nicht zu wissen.«

Möglichst unauffällig, wie ein ganz legales Paar Nachtschwärmer, wanderten die beiden nebeneinander her. Michael hatte Parsleys Tasche über seine Schulter geworfen. Er roch nach Pferd.

»Teufel noch mal, ich konnte mich von dem Gaul kaum trennen«, erzählte er ihr von seinen Abenteuern mit Gideon. Der Hengst hatte ihn brav und nimmermüde über die Straße nach Hobart getragen. Erst in der zweiten Nacht war Michael auf Seitenwege ausgewichen und erzählte farbig von den exotischen Tieren, die ihm dabei begegnet waren. »Ich schwör dir, das eine Vieh war einer dieser Tasmanischen Teufel …«

Er beschrieb ein grimmig aussehendes, mit gewaltigen Zähnen bewehrtes schwarzes Tier, das sich an den riesigen Gideon aber nicht herangetraut hatte. Tagsüber hatte Michael friedlich im Schatten des riesigen Hengstes geschlafen – und führte seine Unversehrtheit dankbar auf dessen Schutz zurück. Lizzie meinte zwar, gehört zu haben, dass in Van-Diemens-Land eigentlich eher Schlangen und Insekten gefährlich waren und nicht die seltsamen, eher niedlichen Beuteltiere, aber sie sagte dazu nichts. Michael hatte sich offensichtlich schwer von seinem Pferd getrennt.

»Es hätte natürlich ein rundes Sümmchen gegeben, wenn ich den Hengst verkauft hätte«, meinte er schließlich bedauernd. »Aber er war zu auffällig, ich wäre in Verdacht gekommen …«

»Das war sehr umsichtig von dir!«, lobte Lizzie. »Was hast du stattdessen gemacht?«

»Ich hab ihn laufen lassen«, meinte Michael. »Irgendwo wird er heute auftauchen, wahrscheinlich auf der Koppel einer netten Stute. Der Farmer kann sich dann ja überlegen, ob er ihn als ›zugelaufen‹ behält oder ob er den Besitzer sucht.«

Lizzie fand die Regelung in Ordnung.

»Dies ist das Schiff!«, sagte sie schließlich, als sie den Kai erreichten. »Die *Elizabeth Campbell*. Und hier sind die Bordkarten.« Sie reichte Michael ein paar weitere Papiere. »Reichlich Geld ist auch in der Börse, du kannst …«

»Lizzie, ich weiß gar nicht, wie ich dir danken soll!« Michael nahm die Sachen an sich und schaute begehrlich zur Gangway hinüber. Sie war bereits erleuchtet; das Schiff wurde beladen, und viele Passagiere stiegen schon ein. »Was du da für mich getan hast … aber sag, ist das nicht auch für dich ein Risiko? Wenn dieser Kerl jetzt aufwacht …«

Lizzie sah ihn verständnislos an. »Ob das für mich ein Risiko ist?«, fragte sie ungläubig. »Michael, der Kerl ist Smithers' engster Mitarbeiter! Und natürlich wird er wieder wach, an einer Flasche Whiskey sollte er nicht gleich sterben …«

»Aber dann … dann wird er dich doch anschwärzen …« Michael blickte besorgt.

Lizzie verdrehte die Augen. »Michael, bis der wach wird, sind wir längst auf See!«

»Wir?«, fragte Michael. »Du … willst mit?«

»Was hast du denn gedacht?« Lizzie war zu verblüfft, um sich verletzt zu fühlen. »Dass ich dir zur Flucht verhelfe und dann brav zurückgehe und meinen – wie nennst du ihn? Leprechaun? – heirate?«

»Aber wie soll das gehen?« Michael wechselte David Parsleys Reisetasche nervös von einer Hand in die andere.

Lizzie wurde langsam wütend.

»Ganz einfach!«, beschied sie ihn. »Du gehst jetzt zum Kapitän oder Zahlmeister – oder wer auch immer dafür zuständig ist – und buchst nachträglich eine Passage für die süße Elizabeth Parsley, deine liebende Gattin. Das wird schon klappen, im Notfall musst du mich mit in deine Koje nehmen.«

»Aber es wird auffallen!«, wandte Michael ein. »Wieso hat dieser David Parsley plötzlich eine Frau?«

Lizzie zwang sich zur Geduld. »Michael, der Skipper kennt

Parsley nicht. Er kann seit zehn Jahren verheiratet sein oder gerade hier seine große Liebe gefunden haben. Der Kapitän weiß das nicht, und es ist ihm auch völlig egal. Der freut sich nur über dein Geld. Also geh jetzt und sag ihm, du hättest dich plötzlich entschlossen, deine Gattin mitzunehmen.«

»Ich weiß nicht …«

Michael kämpfte mit sich. Einerseits verdankte er Lizzie diese Möglichkeit zur Flucht – die bei Licht gesehen ziemlich unehrenhaft war. Es ging ihm eigentlich gegen den Strich, ehrliche Menschen wie David Parsley zu bestehlen, wie Lizzie es offensichtlich getan hatte. Ein Schiff der Krone mitgehen zu lassen, wie gemeinsam mit Connor und den anderen Sträflingen geplant, hätte ihm eher behagt, auch wenn es zweifellos mit mehr Risiken behaftet war. Nun ließ sich das jetzt jedoch nicht mehr rückgängig machen. Es wäre Selbstmord, Parsley zu suchen und ihm die gestohlenen Papiere zurückzugeben. Aber andererseits hatte Michael auch keine besondere Lust, sich in seinem neuen freien Leben auf Neuseeland gleich mit einer Diebin zu belasten … und einer Hure.

»Aber ich weiß!«, rief Lizzie resolut, machte eine rasche Bewegung und entwand dem verdutzten Michael damit Parsleys Geldbörse. »Du gehst mit mir, oder du gehst gar nicht. Überleg es dir.«

Lizzie ließ die Geldbörse provozierend über der Kaimauer baumeln, und Michael erschrak. Wenn er jetzt etwas Falsches sagte – oder sie auch nur mit einer ungeschickten Bewegung erschreckte! –, wäre alles verloren. So ergab er sich in sein Schicksal.

»Also gut. Dann erzähle ich dem Skipper … ich erzähle ihm, dass …«

Lizzie seufzte. »Erzähl ihm gar nichts, ich komme mit«, meinte sie resigniert. »Und mir wird schon ein guter Grund einfallen.«

»Ich hoffe doch sehr, dass noch ein Platz auf dem Schiff für mich frei ist, oder?«, fragte Lizzie mit einem Augenaufschlag, der eigentlich züchtig wirken sollte. Aber für Michaels überreizten Geist hatte bei ihr auch jedes winzigste Mienenspiel einen anzüglichen

Beiklang. »Denken Sie, mein Mann lässt mich jetzt doch mitreisen! Dabei war er zunächst so besorgt um … uns!« Lizzie streichelte mit einer flüchtigen Bewegung ihren gänzlich flachen Bauch und schaffte es, dabei tatsächlich leicht zu erröten. Ihr Lächeln war herzerwärmend.

Der Skipper grinste. »Aber klar, Mylady. Und keine Sorge, auf der *Elizabeth Campbell* reisen Sie so sicher wie in Abrahams Schoß. Gegen einen kleinen Aufpreis hätten wir sogar eine äußerst komfortable Kabine …«

»Das wäre wundervoll!«, strahlte Lizzie. »Oh, hast du gehört, Liebling? Das Schiff heißt Elizabeth. Wie ich!«

Michael fügte sich zähneknirschend. Der »kleine Aufpreis« würde fast ihr gesamtes Startkapital im neuen Land verschlingen, aber die Kabine war wirklich luxuriös. Lizzie bewunderte die weiß bezogenen Betten, das Waschgeschirr aus Porzellan und den riesigen Spiegel. Sie musterte sich darin prüfend und atmete auf.

Nein, niemand konnte ihr ansehen, was sie in dieser Nacht getan hatte! Sie sah brav und etwas hausbacken aus in dem grauen Kleid, das sie von Mrs. Smithers geerbt hatte. Auf ihrem Haar saß ein dazu passender Kapotthut, nicht so flott wie ihr blumengeschmücktes Hütchen aus London, aber passend für eine Dame.

»Ich würde mich gern waschen«, sagte sie etwas verschämt zu Michael. »Könntest du …«

Michael verzog sich sofort nach draußen. Lizzie fragte sich, ob er ihr etwas nachtrug. Er konnte nicht wirklich übel nehmen, dass sie David Parsley bestohlen hatte! Und die Umstände … Lizzie wurde ein bisschen rot. Warum war es eigentlich so viel schlimmer, Liebe vorzutäuschen, als Boote zu stehlen und Whiskey zu brennen?

Während Lizzie sich in ihrer Kabine halbwegs sicher fühlte, strich Michael nervös über das Deck des Schiffes. Er hätte doch genauer nachfragen sollen, was mit Parsley geschehen war. Hatte Lizzie ihn wirklich nur betrunken gemacht? Was war, wenn er verfrüht aufwachte? Es durfte nicht sein, dass man sie jetzt noch ertappte – er würde sich zu Tode schämen, von Lizzies Betrügereien profitiert zu haben und dann noch entdeckt worden zu sein! Das wäre wohl der peinlichste Fluchtversuch seit der Idee eines Häftlings aus Hobart, der in der Verkleidung eines Kängurus hüpfend zu entkommen suchte!

Aber Michaels Befürchtungen bestätigten sich nicht. Die *Elizabeth Campbell* legte pünktlich um sieben ab, und der Skipper steuerte sie sicher aus Hobarts Naturhafen hinaus auf Hohe See. Michaels Herz schlug heftig vor freudiger Erwartung, als sie nach kurzer Zeit das Land aus den Augen verloren. Aber wie hätte er sich gefühlt, wenn er jetzt allein mit Dylan, Will und Connor auf einem gestohlenen Segler gefahren wäre? Zwanzig Tage! Erst seit Lizzie ihm die ungefähre Reisedauer verraten hatte, war ihm klar geworden, auf welches Abenteuer er sich da hatte einlassen wollen. Er musste stillschweigend eingestehen, dass Lizzie Recht gehabt hatte. Dies war die einzige Möglichkeit, ohne Gefahr für Leib und Leben nach Neuseeland zu entkommen. Die Erkenntnis stimmte ihn etwas friedlicher.

Bereit zu einer Entschuldigung, begab er sich in ihre Luxuskabine. Lizzie saß an dem Bullauge, durch das Licht hineinströmte, und nahm gelassen Abschied von dem fremden Land, in dem sie über ein Jahr gelebt, das sie aber nie wirklich kennen gelernt hatte.

»Jetzt habe ich keinen Tasmanischen Teufel gesehen …« Lizzie lächelte, als sie sich zu Michael umwandte. Offensichtlich nahm sie ihm nichts übel. Und ihr Lächeln war hinreißend. So sanft, warm, es verzauberte ihr unscheinbares Gesicht unter dem dunkelblonden Haar. Zudem hatte sie sich saubergeschrubbt. Ihre Haut glänzte, auf ihren Lippen lag ein feuchter Schimmer.

Michael wurde plötzlich bewusst, dass er lange Zeit keine Frau mehr in den Armen gehalten hatte. Er lächelte zurück. »Ich könnte dir einen irischen Teufel bieten …«, sagte er anzüglich und setzte sich zu ihr.

Lizzie rückte nervös von ihm ab. Natürlich, sie machte es nur für

Geld … Aber vielleicht … sie musste doch etwas Freundlichkeit für ihn empfinden …

»Lizzie, ich … ich hab nichts, was ich dir geben könnte …«, Michaels Stimme klang flehend, »aber ich … schau, wir werden jetzt mehr als zwei Wochen hier leben. Nebeneinander liegen wie … wie Mann und Frau …«

»Oder Bruder und Schwester«, bemerkte Lizzie belustigt.

Es war gut gewesen, Geduld zu haben! Zuerst hatte er wohl nichts begriffen, aber jetzt … jetzt machte er endlich Anstalten, sich ihr zu erklären!

»Lizzie! Hab Erbarmen! Ich kann das nicht! Ich bin ein Mann. Und ich habe so lange keine Frau besessen. Würdest du … könntest du dir vorstellen … Bitte, Lizzie, teil das Bett mit mir!«

Nun war es heraus. Michael sah sie flehend an, seine Augen blitzten nicht mehr, sie brannten.

Lizzie lächelte. Dann ließ sie zu, dass er sie umarmte.

Michael nahm Lizzie nicht schnell und brutal wie die Männer, die sie vorher besessen hatten. Er mochte unter Druck stehen, aber er hatte die Kunst der Liebe im Bordell bei Miss Daisy in Wicklow erlernt – und wenn die Ladys dort es einmal umsonst machten, wollten sie auch etwas davon haben. Daisy persönlich hatte den schönen dunkelhaarigen Jüngling in ihr Metier eingeweiht, und er hatte jede Minute mit der älteren Frau genossen. Später hatte er dann Kathleen mit seinem langsamen, zärtlichen Liebesspiel glücklich gemacht, und er würde jetzt auch Lizzie nicht enttäuschen.

Lizzie, die körperliche Liebe stets nur mit Schmerz und bestenfalls Gleichgültigkeit verband, war bisher davon überzeugt gewesen, sie niemals genießen zu können. Männer brauchten das, Frauen sonnten sich dafür in freundlichen Worten, sanften Küssen – und vor allem der Hoffnung, dass der Mann ihnen ein Heim schaffen und sie beschützen würde. Wollust war Lizzie bis jetzt fremd gewesen, egal was Mrs. Smithers und andere von ihr glaubten.

Aber an diesem ersten Tag auf dem Schiff nach Neuseeland schlug Michael Saiten bei ihr an, die sie nie in sich selbst vermutet hätte. Er streichelte und küsste sie an Körperstellen, die sie vor den meisten ihrer Freier nicht mal entblößt hatte, und drang langsam und vorsichtig in sie ein, als nähere er sich einer ängstlichen Jungfrau. Lizzie vergaß irgendwann alles um sich herum, sie brannte, wusste nicht mehr, wo ihr Körper endete und seiner begann. Schließlich explodierte ihre Welt in einer Kaskade von Licht und Erfüllung, sie bäumte sich unter ihm auf, schlug ihre Nägel in seinen Rücken vor Lust, presste ihr Gesicht an seinen Hals und gegen seine starke Brust.

»Michael …«, flüsterte sie. »Michael …«

Michael sank über ihr zusammen. Er schmiegte sein Gesicht an ihre Brüste, atmete ihren Duft … »Kathleen …«, gab er leise zurück.

Lizzie hatte das Gefühl, als ob etwas in ihr stürbe. Sie lag ruhig, störte ihn nicht, versuchte wider besseres Wissen, den Zauber festzuhalten. Michael kam irgendwann wieder zu Atem. Er richtete sich neben ihr auf, streichelte spielerisch über ihre Brüste und ihren Bauch.

»Es war wundervoll!«, sagte er sanft. »Ich kann dir nicht genug danken. Lizzie, du bist … du bist ein so gutes Mädchen!«

Lizzie sagte kein Wort. In dieser Nacht schlief sie zum ersten Mal neben dem Mann, den sie liebte. Aber sie weinte sich in den Schlaf.

Stärke

Nelson, Kaikoura, Canterbury Plains
1850–1858

Kapitel 1

Lizzie und Michael verbrachten zweiundzwanzig unbeschwerte Tage auf der *Elizabeth Campbell.* Ohne noch einmal darüber zu reden, teilten sie nachts das Bett in ihrer Luxuskabine, tagsüber behandelte man sie selbstverständlich wie ein Ehepaar. Auf dem kleinen Schiff reisten nur wenige Passagiere, was Michael beunruhigte.

»Die werden sich alle genauestens an uns erinnern, wenn sie uns suchen!«, meinte er besorgt. »Wir müssen diese Stadt, wo wir anlegen – wie heißt sie noch? Nelson? – sofort verlassen!«

»So schnell geht das nicht mit den Nachforschungen«, beschied Lizzie ihn erheblich gelassener. »Und was unsere Beschreibungen angeht – wir haben ja auch in Van-Diemens-Land nicht die Gesichter verhüllt! Aber wer sollte uns suchen? Natürlich werden die australischen Behörden die Polizei in Neuseeland informieren – sofern es da welche gibt. Das geht jedoch auf keinem Fall von heute auf morgen. Und du glaubst doch nicht wirklich, dass sich die Obrigkeit in Neuseeland jetzt nur darauf konzentriert, zwei Flüchtlinge unter tausend freien Siedlern ausfindig zu machen? Ich denke, wir können uns da in Ruhe umsehen.«

Lizzie gab sich unerschrocken, aber tatsächlich erfüllte der Gedanke an die Ankunft in Nelson sie mit täglich wachsender Furcht. Das hatte weniger mit der Gefahr von Entdeckung und Gefangennahme zu tun, sondern mehr mit dem Ende ihrer erzwungenen Zweisamkeit mit Michael. Lizzie wusste nicht, was Michael in dem neuen Land vorhatte, aber sie ahnte, dass seine Pläne sie nicht einschlossen.

Immerhin kündete ihr erster Blick auf die Bucht von Nelson,

einer jungen, aber fast schon städtischen Ansiedlung am Nordende der Südinsel, von der atemberaubenden Schönheit ihrer neuen Heimat. Als das Schiff vorsichtig in Nelsons Naturhafen einfuhr, lag der Ort in gleißendem Sonnenlicht. Die Ankömmlinge sahen Strände, grüne Hügel und adrette kleine Holzhäuser. Im Hintergrund waren Berge zu erkennen.

»Und Palmen!«, rief Lizzie bewundernd, als das Schiff dem Land näher kam. »Michael, hast du vorher schon mal eine Palme gesehen? Es muss hier warm sein! Oh, es gefällt mir, Michael! Sollen wir nicht einfach hierbleiben?« In ihrer Euphorie schmiegte Lizzie sich spontan an den Mann an ihrer Seite.

Aber Michael wehrte sie ab. »Hierbleiben? Du bist verrückt, Lizzie! Wir kommen schließlich nicht als Siedler, wir …«

»Als was denn dann?« Lizzie holte tief Luft. Sie hatte nicht die geringste Lust, bohrende Fragen zu stellen, aber es wurde Zeit. Auch wenn es schmerzte, sie musste erfahren, was sie zu erwarten hatte. »Wir können natürlich so schnell wie möglich weg von dieser Stadt. Aber du glaubst doch nicht, du kämest wieder fort von dieser Insel!«

Michael lachte ein bisschen gezwungen. Er wandte den Blick von Nelson ab und sah fast sehnsüchtig aufs Meer hinaus.

»Und ob ich das glaube!«, beschied er Lizzie dann im Brustton der Überzeugung. »Ich bleibe genauso lange hier, bis ich Geld für eine Schiffspassage verdient habe. Und dann Farewell, Neuseeland! Die Heimat ruft!«

Lizzie musste sich an der Reling festhalten, um dem Impuls nachzugeben, Michael zu schütteln. »Du willst zurück nach Irland? Das kann nicht dein Ernst sein! Michael, da nehmen sie dich direkt fest und schicken dich mit dem nächsten Schiff zurück nach Van-Diemens-Land!«

Michael schüttelte den Kopf. »Ach was! In Irland hab ich Freunde, da tauche ich unter. Und es ist ja auch nicht für lange. Ich hole Kathleen und das Baby …«

Lizzie schluckte. »Michael, das ›Baby‹, wie du es nennst, muss jetzt zwei oder drei Jahre alt sein! Und die ganze Zeit hast du nichts von Kathleen gehört. Du weißt nicht, wo sie steckt. Ob sie vielleicht sogar verheiratet ist …«

»Mary Kathleen? Meine Mary Kathleen?« Michael fuhr verärgert auf. »Ich hab ihr gesagt, dass ich zurückkomme! Ich hab ihr geschworen, dass ich komme, und sie glaubt mir. Kathleen wartet auf mich. Ganz sicher!« Er fuhr durch sein vom Wind zerzaustes, dichtes dunkles Haar.

»Und wo wartet sie?«, fragte Lizzie spöttisch. Herrgott, sie würden im Streit auseinandergehen, aber es musste doch möglich sein, diesem Mann den Kopf zurechtzusetzen! »In eurem Dorf? Glaubst du, ihre Eltern sind ganz wild danach, sie durchzufüttern? Sie und … ihren Bastard?«

»Na ja … vielleicht ist sie ja nicht im Dorf …«, räumte Michael ein. »Vielleicht wohnt sie in einer größeren Stadt. Dublin oder so … und …«, über sein Gesicht zog ein Leuchten, »und womöglich ist sie sogar vorausgegangen! Ich hatte ihr das Geld für Amerika gegeben. Vielleicht ist sie ja dort …«

»Und wandert jeden Tag hinunter zum Strand, um nach dir auszuschauen!«, höhnte Lizzie. »Ich weiß nichts von Amerika, Michael, aber von London aus schicken sie viele Schiffe hin. Jede Woche oder so geht eins rüber, meist voller Leute. Es ist also wahrscheinlich ein großes Land. Wie willst du sie da finden? Und wovon soll sie leben mit ihrem Kind? Himmel, Michael, für Mädchen ist so was nicht einfach!«

Michael wirbelte herum. »Was willst du damit sagen? Dass Mary Kathleen sich vielleicht erniedrigt hat? Dass sie womöglich … so eine sein könnte wie du?«

Michaels ganze Verachtung für gefallene Mädchen lag in seinen Worten. Lizzie wandte sich ab, aber dann wallte Wut in ihr auf, und sie stellte sich ihm doch noch einmal entgegen.

»Natürlich nicht! Absolut unmöglich!«, sagte sie spöttisch. »Mary Kathleen ist viel zu heilig, um für einen Bissen Brot die Beine breitzumachen. Zweifellos würde sie lieber sterben. Vielleicht ist sie ja überhaupt schon ins Wasser gegangen mit ihrem Bankert und ihrer Schande! Manchmal ist das nämlich die einzige Wahl, die ein Mädchen hat, Michael. Huren oder Sterben. Tut mir leid, dass ich für Letzteres bislang zu feige war. Wobei es in Bezug auf Verdammung aufs Gleiche rauskommt: Hure oder Selbstmörderin, Gott schickt beide in die Hölle. Nur Michael Drury macht da Unterschiede. Wie kannst du bloß damit leben, dass mein erhurtes Geld dich freigekauft hat?«

Lizzie lief fort. Sie nahm sich kaum Zeit, ihre wenigen Habseligkeiten aus der gemeinsamen Kabine zu holen. Michael war mit David Parsleys Reisetasche fein heraus, Lizzie hatte während der Reise einige Sachen für ihn geändert, wobei sie eigentlich nur die Hosen auslassen musste. Sie selbst dagegen begann wieder mit einem einzigen Kleid und dem altmodischen Hut. Lizzie überlegte kurz und spielte mit David Parsleys Börse, die sie unter der Matratze ihrer Koje versteckt hatten. Viel war nicht mehr darin, aber die Hälfte der übrig gebliebenen zehn Shilling gehörte ihr. Die Hälfte? Trotzig nahm Lizzie das ganze Geld, bis hin zum letzten Penny. Sie hatte dafür gearbeitet. Und Michael nahm es ihr auch noch übel. Teufel noch mal, wenn er für jede Nacht bezahlt hätte, die sie ihm auf dieser Reise geschenkt hatte …

Lizzie setzte ihren Hut auf und rannte die Gangway hinunter zum Kai des beschaulichen kleinen Hafens. Sie musste Michael vergessen, es war Zeit für einen Neuanfang. Irgendwo in diesem hübschen Land, in dem die Luft klarer schien, als Lizzie es je irgendwo für möglich gehalten hatte, gab es bestimmt einen Platz für sie. Sie würde sich eine Stellung suchen, und vielleicht klappte es ja doch noch mit dem gottgefälligen Leben.

Lizzie schritt über die neuen, sauberen Straßen von Nelson und fühlte ihre Wut abflauen. Sie hoffte, dass sie neuem Mut und Optimismus Platz machen würde, aber tatsächlich wich sie nur einer unendlichen Traurigkeit. Egal wie Michael sie behandelt hatte – sie hatte ihn geliebt. Und jetzt würde sie ihn womöglich niemals wiedersehen.

Michael war aufgewühlt, als er kurze Zeit später ebenfalls von Bord ging. Einerseits wütend – er hatte das Fehlen des Geldes inzwischen bemerkt –, andererseits verwirrt. Der Streit mit Lizzie lag ihm noch auf dem Herzen. Schließlich war nicht alles, was sie über Kathleen gesagt hatte, gänzlich von der Hand zu weisen. Natürlich würde Kathleen sich niemals so weit erniedrigen, dass sie hurte oder stahl! Und ganz sicher würde sie auf Michael warten. Aber es mochte tatsächlich schwierig sein, sie aufzuspüren.

Die Sache ließ Michael nicht los, während er durch die Straßen Nelsons streifte und eigentlich dringendere Probleme zu lösen hatte. Wo zum Beispiel konnte er genug Geld für seine nächste Mahlzeit verdienen? Wie sollte es weitergehen? Aber all das verblasste vor der Überlegung, wo Kathleen stecken mochte und wie sich das herausfinden ließe.

Erst nach langem Grübeln fiel Michael die Lösung wie Schuppen von den Augen: Father O'Brien! Der Priester wusste sicher, wo Kathleen steckte. Michael musste ihm nur schreiben und sich danach erkundigen. Aber vorher brauchte er eine Adresse, an die Father O'Brien seine Antwort richten konnte …

Michael atmete auf und kam nun endlich dazu, sich mit wachen Sinnen umzuschauen. Verdammt, dieses Nelson hatte den saubersten und ordentlichsten Hafen, den er bislang gesehen hatte! Alles wirkte gediegen und überschaubar. Aber dennoch: Es war ein Hafen. Michael Drury, oder besser Parsley, konnte nicht der einzige Mann sein, der an diesem Ort ohne Geld und ohne Zukunft gestrandet war. Kurz entschlossen betrat er den nächsten Pub, setzte ein gewinnendes Lächeln auf und ließ den Blick über den Wirt hinter dem Tresen und die Zecher davor wandern.

»Gott zum Gruß, Leute! Gibt's hier irgendwas, das ich tun könnte, um mir ein Bier zu verdienen? Bin grad aus Australien angereist, und meine Kleine hat mein Geld gestohlen …«

Der Wirt lachte dröhnend, und einer der Zecher machte Michael neben sich Platz. Er winkte nach einem Glas. Ein paar Stunden später schlief Michael seinen ersten Rausch in diesem neuen

Land im Hof des Pubs aus. Am kommenden Morgen machte er sich auf den Weg zu seiner neuen Arbeitsstelle.

»Geh nach Süden, nach Kaikoura!«, hatte ihm einer der Männer geraten. »Walfangstation Waiopuka. Da gibt's immer was zu tun für einen richtigen Kerl, und keiner fragt nach Papieren …«

»Aber ich bin kein Seemann«, gab Michael zu bedenken.

Der andere zuckte die Achseln. »Das macht nichts«, meinte er. »Sie ziehen die Viecher an Land!«

Lizzie erwanderte sich die rechtwinkelig angelegten Straßen der Stadt Nelson, berauscht von ihrer wiedererlangten Freiheit. Sie hatte ihr Leben in London gehasst, aber ab und zu hatte es doch kleine Sternstunden gegeben: Sie erinnerte sich an sonnige Tage, in denen der Himmel – oder besser ein freundlicher Freier – ihr ein paar Shillings zugespielt hatte, sodass sie nichts weiter zu tun hatte, als durch die Marktstraßen zu flanieren. Sie hatte hier eine bunte Auslage bewundert, da ein Hütchen probiert, und die Welt hatte dem fröhlichen, unschuldigen jungen Mädchen zugelacht, in dessen Person sie sich hineinträumte.

In den letzten Jahren hatte sie das vermisst. In Van-Diemens-Land hatte jeder gewusst, wer sie war, und sie hatte nie auch nur einen Penny Geld besessen. Umso reicher fühlte sie sich jetzt, als sie schließlich eine gemütliche Teestube in einem der weiß gestrichenen, mit Erkern und Balkonen versehenen Holzhäuser betrat. Lizzie setzte sich, lächelte der Bedienung zu und bestellte Tee und Muffins. Sie fühlte sich so wohl und heimelig, dass sie fast der Versuchung erlegen wäre, nach einer Anstellung zu fragen. Aber was das anging, hatte Michael Recht: Es wäre Wahnsinn, sich gleich in Nelson anzusiedeln. Und eine Arbeit in einer Teestube, in die sich ein David Parsley gleich verlaufen konnte, sobald er denn doch noch den Weg nach Neuseeland fand …

Lizzie hätte fast gekichert. Wenn sie noch ein paar Stunden in dieser unbeschwerten Stimmung verbrachte, würde sie bald so weit sein, ihr bisheriges Leben als Abenteuer zu betrachten! Aber das war es nicht. Lizzie zwang sich zu ernsthaftem Nachdenken. Ihr Geld würde nicht lange reichen, sie musste etwas tun.

»Verzeihung, darf ich Sie einmal etwas fragen?«, wandte sie sich mit schüchternem, aber herzerwärmendem Lächeln an die Bedienung. »Ich hoffte, hier in Nelson einen Vetter wiederzutreffen, aus unserem Dorf in England. Er ist vor zwei Jahren hier eingetroffen und hat uns geschrieben … aber ich habe den Ort vergessen, in dem er sich angesiedelt hat. Etwas bei Nelson, das weiß ich sicher. Nicht direkt in der Stadt. Gibt es andere Ansiedlungen in der Gegend?«

Die junge Frau zuckte die Schultern. »Mädchen, in Nelson kommen seit zehn Jahren Siedler an. Und die wenigsten bleiben hier, es gibt hier leider kaum was zu verdienen. Jedenfalls verteilen sie sich über die ganze Gegend – auf Dörfer und Farmen. Das nächstgrößte Örtchen wär Sarau. Aber da gibt's fast nur Deutsche.«

»Deutsche?«, wunderte sich Lizzie, aber die Nationalität ihrer künftigen Mitbürger war ihr eigentlich egal. Sie musste jetzt improvisieren. »Wo Sie es sagen … mein Vetter hat etwas über deutsche Siedler geschrieben! Und ›Sarau‹ … ja, das könnte es gewesen sein! Wie komme ich da wohl hin?«

»Der Gentleman da drüben kommt aus der Gegend«, sie wies auf einen großen, schweren Mann mit dichtem braunem Haar und wettergegerbtem, großflächigem Gesicht. Er saß in einer Ecke der Teestube und schaufelte bedächtig eine gewaltige Mahlzeit aus Fleischpastete und Süßkartoffeln in sich hinein. Dazu trank er Kaffee. »Fragen Sie ihn doch einfach, ob er Ihren Vetter kennt. Und vielleicht kann er Sie auch mitnehmen. Er ist freundlich. Kommt jedes Mal her, wenn er in der Stadt zu tun hat.«

Lizzie kaute auf ihrer Lippe herum. »Aber ich kann mich doch nicht einfach zu ihm setzen. Was sollte er von mir denken?«

Die Bedienung lächelte. »Ich spreche ihn für Sie an«, versprach sie.

Kurze Zeit später knickste Lizzie brav vor Otto Laderer, Farmer aus Sarau.

»Einen Owens kenn ich nicht«, meinte er in etwas gebrochenem, hartem Englisch. »Gibt Engländer in Gegend. Aber bleibt unter sich, wie wir auch. Also kann sein, dein Vetter da. Kannst mitfahren und suchen, wenn willst du.«

Lizzie bedankte sich artig, wartete, bis Mr. Laderer seine Mahlzeit beendet hatte, und kletterte dann zu ihm auf einen schweren Wagen, gezogen von zwei kräftigen Pferden. Laderer hatte Holz nach Nelson gebracht und Werkzeuge und ein paar Kleinigkeiten wie Kaffee und Tee, Stoffe und Eisenwaren eingekauft. Nicht viel allerdings.

»Wir Farm mit Milchvieh, Schweine, Hühner, Felder. Ernährt sich selbst«, erklärte Laderer gelassen, als Lizzie ihn danach fragte.

Lizzie fand die Auskunft faszinierend. Sie war noch nie auf dem Land gewesen, und der Gedanke, seinen Hunger kostenlos mit Erträgen aus dem eigenen Garten stillen zu können, erschien ihr paradiesisch.

»Ist Sarau ein schöner Ort?«, erkundigte sie sich. »Also eigentlich … eigentlich sollte ich ja herkommen, um meinen Vetter zu heiraten.« Lizzie berauschte sich an ihrer Geschichte, die sich wie von selbst entwickelte. »Aber falls ich ihn nun nicht finde? Und so … also so verlockend erscheint es mir auch nicht, jemanden zu heiraten, den ich zehn Jahre nicht gesehen habe …«

Der große Deutsche warf ihr einen knappen Seitenblick zu. »Wird schon gut«, brummte er dann.

Lizzie schenkte ihm ihr süßes Lächeln. »Kann sein. Schon. Aber falls eben nicht … Meinen Sie, ich könnte in Sarau vielleicht eine Anstellung finden? Ich bin Stubenmädchen. Hab bei feinen Leuten gearbeitet!«

»Feine Leute nicht in Sarau«, beschied sie der Landwirt. »Aber Arbeit. Viel Arbeit. Wenn du willst – ich nehm dich als Magd. Essen und Kleidung, ein Pfund die Woche. Aber harte Arbeit.«

Lizzie nickte. »Bin ich gewöhnt!«, erklärte sie selbstbewusst. Auch in Campbell Town hatte sie schließlich von Sonnenaufgang bis -untergang geschuftet.

Der Bauer schenkte ihr einen weiteren, in diesem Fall abschätzenden Seitenblick. Seine hellen Augen wanderten über ihre zierliche Gestalt, ihre schmalen Schultern und Hüften. Lizzie war solche Blicke gewohnt, stellte dann aber überrascht fest, dass in Laderers Augen keine Lüsternheit stand.

»Wird sehen«, sagte er gelassen und schnalzte den Pferden zu.

Das Gespann trabte durch lichte Wälder, hinter denen das majestätische Panorama der Berge sichtbar wurde. Lizzie schaute zuversichtlich in die Zukunft.

Kaikoura lag mehr als hundert Meilen von Nelson entfernt, aber Michaels Trinkkumpan bot ihm eine Mitreisegelegenheit. Der Mann segelte auf einem Schiff, das Tran und Fischbein nach Europa brachte. Es hatte an der Westküste einiges an Waren aufgenommen, sollte aber hauptsächlich in Kaikoura laden.

»Kann ich nicht gleich mit nach England?«, erkundigte sich Michael, der sein Glück kaum fassen konnte. »Ich mach mich nützlich, bestimmt!«

Die sehr kleine Mannschaft des Seglers brauchte jedoch keine Verstärkung, und der Kapitän zeigte zudem wenig Lust, ein »Landei« anzulernen. Er nahm Michael auch nur ungern mit nach Kaikoura und stellte gleich klar, dass die Passage nicht kostenlos zu haben war.

»Ach, der alte Fyfe wird schon für dich zahlen«, tröstete sein Freund aus dem Pub. »So'n großer, kräftiger Kerl, da leckt der sich doch die Finger nach! Natürlich musst du's dann abarbeiten. Aber das wird schon!«

Robert Fyfe war der Begründer und Betreiber der Walfangstation, und er schien tatsächlich begierig nach Arbeitern. Der Kapitän ließ sich jedenfalls auf den Handel ein, und er wirkte nicht wie ein Mann, der seinen Mitmenschen allzu viel Vertrauen entgegenbrachte. Michael stieg also wieder auf ein Schiff und ließ Nelson – und Lizzie Owens – ohne Bedauern hinter sich.

Kaikoura erwies sich als idyllische Halbinsel, die zwei Buchten mit teils sandigen, teils steinigen Stränden voneinander trennte. In einer davon lag die Walfangstation Waiopuka, beherrscht von einem stattlichen Anwesen, dem Haus ihres Begründers.

»Aufgebaut auf einem Fundament aus Walknochen«, erzählte Michaels Trinkkumpan. »Holz gibt's hier nämlich kaum …«

Tatsächlich bestanden selbst die Grabkreuze der Männer, die auf Kaikoura zu Tode gekommen waren, aus Walknochen, wie Michael bald darauf erfuhr. Die Körper der gewaltigen Seetiere ließen sich offensichtlich vielseitig verwenden, und ihr Fang musste einträglich sein. Robert Fyfe, ein drahtiger Mann mit ledriger, wie von Wind und Wetter gegerbter Haut und schütterem rotem Haar, streckte Michael bereitwillig das Geld für seine Anreise vor.

»Kannst dir da oben eine Hütte bauen«, wies er seinen neuen Arbeiter an und zeigte auf eine ärmliche Ansiedlung oberhalb seines Hauses.

Die Hütten der Walfänger waren aus Baumrinde und Farnstämmen gebaut. Türen und Fenster waren mittels Planen oder Sackleinen verhängt, um Wind und Regen wenigstens notdürftig abzuhalten. Michaels künftiger Nachbar, Chuck Eagle, lud ihn gleich in sein Domizil ein, das nur mit einer Art Pritsche, einem grob gehämmerten Tisch und einem Stuhl aus Walknochen möbliert war. Es stank bestialisch – anscheinend hatte man die Knochen nicht genügend ausgekocht. Oder ging der Geruch gar von Eagle selbst und seiner Kleidung aus?

»Da gewöhnst du dich dran«, meinte Chuck gutmütig, als er Michaels Naserümpfen bemerkte. Er hielt ihm eine Flasche Whiskey hin, und Michael nahm einen tiefen Schluck. »Die Viecher stinken – besonders, wenn wir sie nicht auf Anhieb an Land kriegen. Wir versuchen, sie an der Angel zu behalten und auf den Strand zu ziehen, aber manchmal lösen sich die Harpunen, und dann sinkt der Kadaver auf den Grund. Eigentlich nicht schlimm, er gast auf, und nach ein paar Tagen kommt er wieder hoch. Riecht bloß was streng.«

»An der Angel?«, fragte Michael. »Ihr … angelt diese Riesenfische?«

Bisher hatte er nie einen Wal gesehen, auch vom Schiff aus hatte sich keiner blicken lassen. Aber die gewaltigen Skelettreste am Strand hatten ihm einen Eindruck davon vermittelt, womit man an diesem Ort rechnen musste.

Chuck lachte dröhnend. »Nöö, da wär uns die Köderjagd zu ungemütlich! So'n Pottwal schluckt ganze Haie! Ungelogen, die Viecher fressen Fische von zwanzig Ellen Länge. Mit einem Happs! Dabei sind's selbst keine Fische, heißt es. Weil sie ihre Jungen säugen wie Kühe! Wir jagen sie jedenfalls mit Harpunen.«

Wie das aussah, sollte Michael schon am nächsten Tag miterleben. Was, laut Chuck, ein Glücksfall war.

»Früher ging uns jede Woche einer ins Netz, aber jetzt werden sie vorsichtig. Oder vielleicht ist die Gegend auch abgefischt, keine Ahnung. Manchmal ist es wochenlang mau, und dann verdient man auch nicht viel.«

Der Verdienst auf der Walfangstation war gestaffelt. Am meisten erhielt der Harpunier, der seine gewaltige Waffe möglichst zielsicher auf den Wal abfeuern musste, um ihn gleich mit dem ersten Schuss zu schwächen. Die Widerhaken mussten sich fest ins Fleisch bohren. Wenn sie sich lösten, war der Fang in der Regel verloren. Der Wal tauchte ab, überlebte verletzt oder starb vielleicht sonst wo. Die Tiere legten schwimmend ungeheure Entfernungen zurück, man konnte nicht hoffen, den Kadaver irgendwo zu finden.

Saß der Schuss aber gut, so hing der Wal in gewisser Weise wirklich »an der Angel«. Die Harpune fesselte ihn an ein langes, mit dem Boot verbundenes Seil. Er zog es im Todeskampf hinter sich her, eine Höllenfahrt, die auch einen recht hohen Lohn für die sechs Ruderer und den Steuermann der Fangboote rechtfertigte. Immer wieder kippten Boote um, und ihre Insassen kamen im Wasser ums Leben. Die geschicktesten und mutigsten Ruderer und Harpuniere auf Fyfes Station waren ungemein starke Männer mit brauner Haut und dunklen, glatten Haaren, die sie oft lang und zu einer Art Knoten gewunden trugen. Ihre Gesichter waren furchterregend blau tätowiert.

»Maori«, erklärte Chuck Eagle knapp. »Sie kamen ein paar Jahrhunderte vor den Weißen als Siedler nach Neuseeland.«

Michael war einigermaßen überrascht. Da es in Van-Diemens-Land längst keine »Wilden« mehr gab, hatte er auch in Neuseeland nicht mit Eingeborenen gerechnet. Die Maori auf der Walfangstation wirkten aber nicht sonderlich wild, sondern ganz umgänglich, wenn man sich an den Anblick der Stammeszeichen in ihren Gesichtern gewöhnt hatte. Sie trugen die gleiche Arbeitskleidung wie die weißen Walfänger – weite Hemden und Hosen aus Leinen und breite Hüte. Auch versuchten sie sich in der englischen Sprache – nicht immer perfekt, aber verständlich. Sie lachten über die gleichen Witze wie die Weißen oder taten zumindest so, als hätten sie die Anzüglichkeiten verstanden, und sie sagten auch nicht Nein, wenn eine Flasche Whiskey kreiste. Allerdings wohnten sie nicht in den behelfsmäßigen Hütten auf der Station, sondern gingen am Abend heim in ihr Dorf – kein Kral, wie Michael erst angenommen hatte, sondern eine umfriedete Ansiedlung, bestehend aus Holzhäusern, geschmückt mit komplizierten, geschnitzten Verzierungen.

»Aber sie schlafen alle in einem Raum!«, verriet Eagle dem verdutzten Michael. »Auch die Mädchen!«

Die Mädchen der Maori erwiesen sich nicht als besonders hübsch im Sinne des englischen Schönheitsideals. Wie die Männer waren sie von eher gedrungenem Körperbau und oft schon als junge Frauen üppig. Man tätowierte auch ihre Gesichter, was Michael zunächst abstieß. Allerdings waren sie freundlich und vor allem überaus freizügig. Nicht nur, dass sie bei warmer Witterung oft darauf verzichteten, Oberkleidung anzulegen und stattdessen mit schwingenden Brüsten im Dorf herumgingen oder Tänze aufführten. Sie lagen auch jedem Mann bei, der ihnen gefiel, anscheinend kontrollierte niemand, ob sich ein Mädchen nachts aus dem Schlafhaus schlich.

»Und sie nehmen nicht mal was dafür!«, freute sich Eagle. »Obwohl sie sich natürlich freuen, wenn man ihnen eine Kleinigkeit schenkt. Seltsame Sitten, aber sehr angenehm!«

Michael dachte vorerst nicht an Mädchen. Nachdem er zum ersten Mal einen Wal ausgeschlachtet hatte, stand ihm der Sinn ohnehin nicht nach Gesellschaft, sondern eigentlich nur nach viel Wasser und Seife – und einer Flasche Whiskey, um alles zu vergessen. Mit auf ein Boot durfte Michael noch nicht.

»Muss erst mal gucken, ob du rudern kannst!«, meinte Fyfe.

Michael, der auf den erhöhten Verdienst aus war, verriet ihm nicht, dass er das noch nie getan hatte. Es sah schließlich nicht schwierig aus, und die Kraft dazu würde er nach jahrelanger Zwangsarbeit in Ketten mühelos aufbringen.

Fyfe schien ihm die Lüge aber am Gesicht anzusehen. »Nun schau erst mal zu und hilf, den Wal auseinanderzunehmen. Dann sehn wir weiter!«, versprach er.

Michael beobachtete also vom Ufer aus, wie der Wal das Boot des Harpuniers hinter sich herzog, bis er ermüdete. Anschließend stieß ihm der Steuermann eine Lanze in den Körper – wobei er versuchte, das Tier gerade noch so weit am Leben zu erhalten, dass es sich knapp unter oder über Wasser hielt. Das Boot zog den Wal dann an Land, und die Männer begannen, ihn auszuweiden.

»Er ist noch nicht tot!«, rief Michael entsetzt, als sie die ersten Messer in den riesigen Körper stießen, um die Fettschicht unter der Haut abzulösen.

»Quassel nicht, arbeite!«, wies Eagle ihn an.

Er konnte diesmal die Ehre für sich beanspruchen, den Wal harpuniert zu haben, und war wild darauf, das zu feiern. Vorher musste allerdings der Kadaver zerlegt werden. Michael versuchte, nicht in Richtung der kleinen Augen des Tieres zu schauen, als er nun auch sein eigenes breites Messer in dessen Flanke stieß. Das Fett war weißgrau, glitschig und widerlich. Michael mochte es nicht anfassen und machte sich lieber beim Transport zu den Kesseln nützlich – die Fettstücke wurden mittels Seilwinden hingezogen und ausgekocht. Der Gestank des austretenden Trans war noch widerlicher als der des Walkadavers – und er würde endlos in der Kleidung und auf der Haut der Männer haften.

Aus den Kesseln wurde die gelbliche Flüssigkeit dann in Fässer gefüllt. Ein Wal ergab bis zu zwanzig davon, und sie wurden gut bezahlt. Inzwischen waren die Metzger bis zu den Knochen des Wals vorgedrungen und trennten das Fischbein ab. Die Männer teilten es in Platten auf, säuberten sie notdürftig vom Fleisch und hießen Michael und ein paar andere, sie im Sand zu vergraben.

»Dann stinken sie nicht so, bis das Fleisch verwest«, teilte Chuck seinem neuen Nachbarn mit.

Michael fragte sich zwar, was das noch für einen Unterschied machen würde, grub aber eifrig. In einigen Wochen würde man die leichten Knochen wieder ausgraben und teuer verkaufen. In England erstellte man daraus die Korsetts der Damen, Federungen für Kutschen, Angeln und andere Dinge, für die leichtes, flexibles, aber doch festes Material gebraucht wurde.

Michael empfand das Schlachten als ekelerregend, er mochte auch nichts von dem Walfleisch essen, das die Männer am Abend in den gleichen Kesseln kochten wie vorher den Tran. Dafür war er froh, als sie zuletzt eine Art Wasserleitung öffneten, mittels derer die Reste des zerlegten Wals wieder ins Meer gespült wurden. Es reinigte den Strand – aber sich selbst empfand Michael auch noch nach einem ausgiebigen Bad im am Ufer flachen Wasser des Pazifiks als stinkend und verdreckt. Die Hälfte seines Tagelohns behielt Fyfe als erste Zahlung für die Schiffspassage ein, die zweite Hälfte vertrank er.

»Tja, viel verdient man an Land eben nicht«, tröstete ihn Chuck, der die gedrückte Stimmung seines Nachbarn auf den geringen und so schnell zerronnenen Lohn zurückführte. »Nächstes Mal ruderst du mit uns, da kommt mehr bei raus!«

Tatsächlich ergab sich nur wenige Tage später der nächste Fang, und bis dahin hatte Michael die Handhabung der Ruder auch einigermaßen heraus. Tane, einer der starken Maori-Männer, saß neben ihm und wies ihn ein.

»Wir machen schon immer«, meinte er freundlich, als Michael sich am Anfang etwas schwertat. »Wir gekommen mit Kanu – viele

viele Leben vorher. Meine Familie gekommen mit Aotea. Großes, stolzes Kanu!«

»Ihr seid mit einem Paddelboot hierhergekommen?«, fragte Michael verdutzt. »Von wo?«

Er dachte seit dem Segeltörn nach Kaikoura und seinen jetzigen ersten Versuchen mit dem Ruder wieder wohlgesonnener an Lizzie Owens. Nicht auszudenken, wenn sie nicht die Initiative ergriffen, sondern zugelassen hätte, dass er allein mit seinen Kumpanen in See stach! Schon die paar Handreichungen, die er auf dem Segler machen durfte, hatten ihm gezeigt, wie schwierig es war, ein Segelschiff zu manövrieren. Und erst auf der Tasmansee …

»Von Hawaiki, Land wir kommen her! Weit, weit weg … Hat Kupe, erste Mann in Aotearoa – so wir nennen Insel –, getötet Gatte von Kura-maro-tini. War sehr schöne Frau. Dann geflüchtet mit sie. Nach hier …«

»Das ist aber schon länger her, ja?«, fragte Michael später Chuck Eagle.

Der lachte. »Sechshundert Jahre! Aber immerhin. Sie sind auch Siedler, das Land gehört ihnen genauso wenig wie uns. Und trotzdem lassen sie sich nicht schlecht bezahlen, wenn sie uns was abgeben.«

Chuck Eagle sparte auf ein eigenes Stück Land. Er träumte von einer Farm, ließ aber offen, ob er in England jemals Farmarbeit geleistet hatte. Wahrscheinlich war er eher zur See gefahren, aber Michael fragte nicht. Die meisten Walfänger hatten eine ähnlich dunkle Vergangenheit wie er selbst. Von den Maori einmal abgesehen, lief hier wohl jeder vor irgendetwas weg.

Die Maori waren auch diejenigen, die mit der grauenhaften Arbeit am besten zurechtkamen. Tane murmelte eine Art Anrufung in seiner Sprache, als er während des nächsten Walfangs neben Michael im Boot hockte. Der Harpunier hatte eben abgedrückt, und die Haken bohrten sich in die Flanke eines imponierenden Pottwals.

»Sagen Verzeihung zu Tangaroa, Gott von Meer«, verriet Tane.

»Verzeihung, dass wir töten, und danke, dass uns geschickt Wal. Und Bitte um Hilfe für Jagd.«

Während der Maori noch sprach, warf sich der getroffene Wal herum. Für Michael und die anderen begann eine Höllenfahrt. Das Tier schoss panisch vor der Küste auf und ab, um die Harpune loszuwerden. Das Ruderboot wurde hinter ihm hergezerrt, Wasser schlug ins Boot und durchnässte die Männer. Michael schluckte vor Schreck einen Schwall der salzigen Brühe, nahm die darauffolgende Übelkeit aber zunächst gar nicht wahr. Als das Boot zu kentern drohte, war er überzeugt, bald sterben zu müssen. Tane und die anderen versuchten, es durch geschickten Einsatz der Ruder und ihres Gewichtes auf den Bänken im Gleichgewicht zu halten, aber Michael konnte nicht einmal mehr denken.

Schließlich lag der Wal aber doch erschöpft auf dem Wasser – und Michael übergab sich beschämt über die Bootswand ins Meer, als der Steuermann mit seiner Lanze auf das hilflose Tier einstach. Als sie wieder zu rudern begannen, hatte Michael das Gefühl, als folge ihm der totwunde Wal mit seinen Blicken. Es war sicher ein Wahn, er sah nicht hin, um sich davon zu überzeugen, aber die stumme Anklage des sterbenden Tieres ließ ihn nicht los. Michael hatte früher schon Fische gefangen und Kaninchen gejagt – auch kleine Tiere in Fallen gefangen und ihnen dann den Hals umgedreht. In Zeiten der Hungersnot nahm man, was man kriegen konnte, und Michael hatte sich deshalb nie schuldig gefühlt. Aber das hier war etwas anderes. Dies war erbarmungsloses Abschlachten für Güter, die streng genommen niemand brauchte. England würde auch ohne Fischbein und Tran überleben – egal wie hoch all das bezahlt wurde. Michael war fest davon überzeugt, dass Tanes Gebet nicht erhört wurde. Der Gott des Meeres konnte dies hier nicht vergeben.

Am Abend trank Michael die Erinnerung weg – wozu er sehr viel mehr Whiskey brauchte als sonst. Die Männer aßen ungerührt das Walfleisch, den Gestank um sie herum scheinbar gar nicht wahrnehmend. Im Ruderboot mitfahren wollte Michael nie wieder, und auf keinen Fall drängte es ihn nach den Posten des Steuermanns oder des Harpuniers. Er ertrug schweigend das Gelächter der Männer, die ihn neckten, er habe wohl Angst bekommen, und dachte darüber nach, wie er am schnellsten von der Walfangstation wegkam. Natürlich musste er seine Schulden abarbeiten. Aber so lange bleiben, bis er die Schiffspassage nach Irland verdient hatte? Undenkbar!

Lizzie war einem gottgefälligen Leben nie so nahe gewesen denn als Magd bei den Laderers in Sarau. Ihre Farm lag etwas außerhalb des schmucken Dörfchens in der Region Marlborough am Rande der Waimea-Ebene. Wie fast alles in diesem Land befand sich auch diese Ansiedlung noch im Aufbau, schien aber vielversprechend. Die Erde war fruchtbar, und die Siedler zeigten sich dankbar dafür, nachdem ihre ersten Jahre im neuen Land nicht vom Glück begünstigt gewesen waren. Nahe Nelson hatten sie wenig Ackerland gefunden und waren obendrein von Überschwemmungen heimgesucht worden.

Von solchen Widrigkeiten der Natur ließ sich ein Otto Laderer jedoch nicht abschrecken. Er hatte einen zweiten Neuanfang gewagt, und jetzt rodete er immer mehr Land. Auch seine Rinderzucht florierte. Sein Weib Margarete, eine sehnige, starke Frau, arbeitete ebenso hart wie er, desgleichen seine zwei Söhne. Weder der Vater noch die jungen Burschen, für die schon Frauen gefunden waren, bedachten Lizzie mit lüsternen Blicken. Und wenn sich doch mal einer der Siedler für das Mädchen interessierte, so gingen seine Bemühungen nie über ein paar höfliche Worte und vielleicht eine gemeinsame Ausfahrt am Sonntag hinaus. Letztlich stand für all die ernsten, braven Burschen aus Mecklenburg oder Niedersachsen fest, dass sie irgendwann eines der ernsten, braven Mädchen von einem der Höfe nebenan ehelichen würden. Schon eine Verbindung mit einer Tochter der wenigen bayerischen Katholiken wäre ihren Familien als Katastrophe erschienen. Eine englische, mittellose Magd kam absolut nicht infrage, egal, wie nett sie lächelte.

Die Laderers begannen im Morgengrauen mit der Arbeit und gingen schlafen, wenn es dunkel wurde. Das erwarteten sie auch von Lizzie, der abendliche Verbrauch von Lampenöl galt schon als Luxus. Die Arbeit war hart, aber die Mahlzeiten kamen regelmäßig und reichlich, der Lohn am Ende jedes Monats wurde gewissenhaft ausgezahlt. Die Frauen trugen blaue Blusen und Röcke, im Haus mit hellen Schürzen. Mrs. Laderer half Lizzie beim Ändern ihrer alten Arbeitskleidung und versprach zu Weihnachten Stoff für ein neues Kleid. Die Frage »Wie konntest kommen aus England mit nur eine Kleid?« war die einzige, die sie dem Mädchen je stellte. Sein Vorleben schien ihr völlig gleichgültig zu sein.

Die Laderers nannten ihre neue Magd Liese oder Lieschen und erkundigten sich nicht mal nach ihrem Nachnamen. Am Sonntag nahmen sie das Mädchen selbstverständlich mit in die Lutherische Kirche, wo Lizzie ein bisschen die feierlichere Zeremonie vermisste. Der Reverend, der sich hier Pastor nannte, schien auch noch strenger zu sein als der in Campbell Town, aber genau wusste Lizzie das nicht, weil er auf Deutsch predigte.

Nun hätte Lizzie nichts von alldem gestört. Sie wäre ganz zufrieden damit gewesen, eine Zeitlang zu bleiben und Geld zu sparen, aber leider fand sie keinen Funken Freude an ihrer Arbeit und fühlte sich zudem ständig überfordert. Lizzie war nicht faul, als Haus- und Küchenmädchen hatte man sie stets als anstellig gelobt. Aber die Laderers brauchten keine Haushaltshilfe, sondern eine Stallmagd. Lizzie musste ausmisten und melken, sie sollte Eier einsammeln und beim Schlachten helfen. Besonders Letzteres brachte sie kaum fertig. Ausmisten machte ihr weniger aus, abgesehen davon, dass sie zu Tode erschöpft war, wenn sie die fünfte oder sechste Karre schweren Kuhmist auf den Kompost gefahren hatte, wobei es Mr. Laderer sehr auf Ordnung und Sauberkeit ankam. Lizzie war ein zierliches Mädchen. Die schwere Arbeit setzte ihr zu.

Schlimmer noch waren das Melken und das Füttern und Eintreiben der Kühe und Pferde. Lizzie hatte einfach Angst vor den großen Tieren. Sie misstraute ihnen und erschrak zu Tode, wenn eine Kuh beim Melken nur das Bein hob oder sich nach der Melkerin umsah. Manchmal stieß sie dabei den Eimer um und bekam Ärger mit Mrs. Laderer.

Etwas besser kam Lizzie mit der Feldarbeit zurecht, Pflanzen lagen ihr eher als Tiere, und den Küchengarten gewann sie im Laufe der Zeit richtig lieb. Am Sonntag grub sie im Wald Blumen aus, die hübsch blühten oder ihr sonst gefielen, und pflanzte sie im Garten, um ihn zu verschönern. Das stieß bei Mrs. Laderer allerdings auf Unverständnis.

»Was soll da blühende Busch? Kann setzen Apfelbaum!«

Laderers lehnten grundsätzlich alles ab, was nicht von Nutzen war und keinen Ertrag brachte. Lizzie ertappte sich dabei, das Haus der Smithers zu vermissen – das Abstauben der schönen Möbel, die Teegesellschaften, den Blumenschmuck in den Vasen, den Rosengarten … Lizzie hatte sich in ein schöneres Leben hineinträumen können, egal wie schmutzig und angstbesetzt die Wirklichkeit war. Bei den Laderers brauchte sie sich vor nichts zu fürchten, aber es gab auch keine Träume und nichts, auf das sie sich freuen konnte. Zudem fehlte ihr mitunter ihre eigene Sprache. Weder Laderers noch ihre Nachbarn hielten es für nötig, mehr Englisch zu lernen, als sie unbedingt brauchten – und eigentlich gingen sie auch mit ihrer eigenen Sprache recht sparsam um. Besonders die Niedersachsen waren ein wortkarges Volk – Lizzie wurde nicht recht warm mit ihnen.

Umso erfreuter war sie, als Margarete Laderer sie nach vier Monaten bat, an diesem Nachmittag im Haus zu helfen.

»Du gesagt, warst in feine Haus«, erklärte sie. Otto Laderer hatte also offensichtlich von seinem seltsamen Einstellungsgespräch mit dem seltsamen englischen Mädchen erzählt. »Heute kommen Engländer, feine Mann. Councillor, Bay of Islands.«

Lizzie konnte mit der Bay of Islands nichts anfangen, aber Councillor hörte sich ihrer Ansicht nach wichtig an.

»Besuch, will reden mit eine, der kann Englisch. Deshalb Otto.«

Otto Laderer sprach tatsächlich besser Englisch als die meisten Siedler.

»Sicher trinkt Tee. Du Tee machen?«

»Ob ich Tee kochen kann?« Lizzie bejahte lächelnd. »Ich kann auch servieren. Oh, bitte, Mrs. Laderer, lassen Sie mich den Tisch decken und schön servieren. Wie bei den ganz feinen Leuten. Bitte!« Sie brannte darauf, ihre Künste zu zeigen.

»Wir gut Leute, kein fein …«, brummte Mrs. Laderer, wehrte sich aber nicht weiter.

Lizzie nahm den Küchenschrank in Augenschein und kramte die Tischdecke heraus, die die Laderers nur zu den allerhöchsten Feiertagen benutzten. Mit Feuereifer faltete sie Servietten, schnitt Rata-Blüten und arrangierte sie für die Tischdekoration. Vasen suchte sie allerdings ebenso vergeblich wie eine Teekanne. Die Farmer kochten ausschließlich Kaffee. Immerhin besaßen sie ein hübsches irdenes Kaffeegedeck, blau mit weißen Punkten, aus dem sicher auch Tee schmeckte. Lizzie bereitete alles vor und zog dann ihr hübsches Reisekleid an und eine reine weiße Schürze darüber. Es hätte nur ein Häubchen gefehlt, um die Dienstmädchenuniform vollkommen zu machen. Lizzie schüttelte das ungute Gefühl ab, als sie sich in Laderers einzigem winzigen Spiegel betrachtete. Sicher hatte der Councillor nicht die gleichen, abartigen Neigungen wie Mr. Smithers. Er würde ihre Arbeit zu schätzen wissen, nicht ihre Aufmachung.

Schließlich setzte sie Teewasser auf, als sie im Hof Stimmen hörte, und lief dann zur Tür. Mrs. Laderer beobachtete fasziniert durch den Türspalt, wie ihre Stallmagd geziert knickste und dem Gast diensteifrig die Pellerine abnahm, die den großen, schlanken Mann vor dem draußen herrschenden Nieselregen geschützt hatte. Der Besucher lächelte freundlich und gab ihr auch noch seinen hohen Hut. Dann folgte er dem wortkargen Otto Laderer in die gute Stube, wo Mrs. Laderer wartete.

»James Busby!«

Mit einem formvollendeten Diener stellte der Gast sich der

Frau des Hauses vor, die offensichtlich nicht recht wusste, was sie dazu sagen konnte. Immerhin bat sie Mr. Busby dann etwas linkisch zu Tisch, und Lizzie gelang es, den Tee nach exakt dreiminütigem Ziehen heiß aufzutragen. Sie posierte sich dabei perfekt rechts neben dem Gast, fragte artig nach Zucker und Milch und knickste, als der Mann sich bedankte.

Otto Laderer schaute das Mädchen ehrfürchtig an, und Lizzie hatte Mühe, ihr eifrig beflissenes Gesicht beizubehalten, statt zu strahlen. Endlich einmal machte sie Eindruck auf ihre Herrschaft! Allerdings schienen die Laderers dem Besucher nicht helfen zu können.

»Ich hatte gehört, ein paar der deutschen Siedler hier in der Region Marlborough hätten Ahnung von Weinbau«, meinte Mr. Busby unglücklich, nachdem er wenige Worte mit Otto gewechselt hatte. »Sie brauchten ja gar keine Experten zu sein, ich würde sie schon anleiten. Aber ein bisschen Erfahrung als Winzer wäre nicht schlecht. Unsere eingeborenen Arbeitskräfte haben dafür kein Händchen, wissen Sie? Die haben auch noch nie Wein getrunken, und wenn man sie kosten lässt – er schmeckt ihnen nicht!«

Busby sagte das mit so empörtem Ausdruck in seinem ovalen, von einem schon angegrauten Bart umgebenen Gesicht, als hätten die Maori mindestens seinen Gott gelästert – während die Laderers keine Miene verzogen. Lizzie hielt es durchaus für möglich, dass auch sie noch nie einen Schluck Wein versucht hatten. Sie tranken wenig, und wenn, dann selbst gebrannten klaren Schnaps oder Aufgesetzten. Das war eine Art Likör – man versetzte den Klaren mit Früchten und Zucker. Lizzie fand ihn ganz schmackhaft, aber ziemlich stark.

»Wir machen kein Wein«, blieb Laderer bei seiner Feststellung von eben. »Vielleicht die Bayern. Aber glaub nicht. Die mehr Bier.«

»Sie haben hier ja auch keine Weinberge«, seufzte Busby, als wäre es absolut unvermeidlich, dass jemand, der Wein einmal gekostet hatte und ein bisschen was von seinem Anbau verstand, auch

Reben setzte. »Tja, da kann man nichts machen. Entschuldigen Sie, dass ich Ihre Zeit in Anspruch genommen habe. Und vielen Dank für den Tee, er war hervorragend!« Busby lächelte Mrs. Laderer und Lizzie zu.

»Möchten Sie noch eine Tasse?«, fragte Lizzie etwas vorwitzig.

Diese Frage hätte eigentlich Mrs. Laderer stellen müssen, aber die schien ganz froh zu sein, den Engländer bald wieder loszuwerden.

Busby verneinte, zog dabei aber verwundert die Augenbrauen hoch. »Du bist Engländerin, schönes Kind?«, fragte er freundlich.

Lizzie nickte und knickste wieder.

»Und exzellent ausgebildet! Kompliment, Mr. Laderer. Hat man hier selten. In den größeren Städten reden sie schon davon, englische Dienstboten aus Waisenhäusern in London zu rekrutieren. Gerade hier auf der Südinsel, wo ja auch nicht so viele Eingeborene zur Verfügung stehen. Wobei mir die hiesigen williger scheinen als unsere im Norden ... Aber mit Ihrem Mädchen haben Sie wirklich einen Glücksgriff getan! Woher kommst du, Kind?«

Lizzie überlegte kurz, ob sie lügen sollte. Aber wenn der Mann sich in England auch nur ein bisschen auskannte, musste er an ihrer Aussprache hören, woher sie stammte.

»Aus Londen, Sir!«, antwortete sie ehrlich. »Whitechapel.«

Busby lächelte. »Aber keiner dieser genialen Waisenhausimporte, nehme ich an. Seltsame Idee, sich da den Abschaum rüberzuholen.«

Lizzie wurde rot. »Nein ... mein ... mein Vater war ... Schreiner.«

Der Mann von Anna Portland war Schreiner gewesen.

»Und du wurdest von klein auf in Stellung gegeben. Sehr schön ... Wie gesagt, Sie haben Glück, Laderer! Das Mädchen kann ich Ihnen nicht vielleicht abwerben?« Busby wandte sich lächelnd an Mr. Laderer. Er meinte das offensichtlich nicht ernst.

Otto Laderer schürzte dagegen die Lippen. »Abwer...?«

»Abwerben. Das heißt, Mr. Busby hätte gern, dass ich für ihn arbeite!«

Das war schon wieder frech, aber Lizzie konnte nicht an sich halten. Busby schien davon auszugehen, dass sie den Laderers mit Haut und Haaren gehörte und dass die deutschen Farmer mit ihrem Hausmädchen glücklich waren. Aber wenn sie das richtigstellte … so sehr konnten die beiden doch kaum an ihrer unfähigen Stallmagd hängen!

»Liese bei uns Stallmagd«, bemerkte Mrs. Laderer.

Mr. Busby sah Lizzie an. Er hatte scharfe, stechende Augen. »Stimmt das, Lie…?« Der Name bereitete ihm deutlich Schwierigkeiten.

Lizzie knickste. »Elizabeth, Sir. Lizzie.«

»Und weiter, Kind?«, fragte Busby.

Lizzie holte tief Luft. Jetzt bloß keine Fehler machen! »Portland, Sir. Elizabeth Portland. Und ja, es ist wahr, ich arbeite hier hauptsächlich im Stall. Man … braucht hier kein … keine Hausmagd.« Lizzie versuchte, sich so auszudrücken, dass auch Mr. und Mrs. Laderer sie verstanden.

»Aber warum suchst du dir dann nicht eine andere Stellung? In Nelson oder Christchurch oder irgendwo auf den großen Farmen würde man sich doch die Finger nach dir lecken! Zweifellos hast du Empfehlungsschreiben.« Busby blickte interessiert, aber streng.

Lizzies Gedanken arbeiteten fieberhaft. Sie brauchte eine gute Geschichte! Eine, die erklärte, warum sie keine Papiere hatte und keine Arbeitszeugnisse. Sie kaute auf ihrer Unterlippe. Am besten war eine möglichst wahre Geschichte. Es musste nicht die eigene sein, aber doch auch keine, die man sich gerade erst ausdachte. Sie verfluchte sich für ihre mangelnde Umsicht. Schließlich hätte sie sich in all den langweiligen Monaten in Sarau längst etwas überlegen können.

»Mr. und Mrs. Laderer waren gut zu mir, als ich aus Australien hierherkam«, sagte sie mit gesenktem Blick. »Sie haben mich auch nichts gefragt, und ich hätte … ich hätte mich geschämt, alles zu erzählen.«

Busby lächelte. »Australien? Doch wohl kein Sträfling?« Er drohte Lizzie scherzhaft mit dem Finger.

Lizzie sah ihn gequält an. »Ich nicht, Sir, aber meine Mutter. Anna Portland … in London … nun … in London hatte jeder von dem Fall gehört … und da wollte meine Herrschaft mich nicht mehr beschäftigen. Ich hab dann gedacht, ich könnt mit meiner Mutter zusammen sein, wenn ich nach Australien geh. Der Nachlass meines Vaters hat gerade gereicht. Aber ich …«, Lizzie ließ ihre Stimme ersterben, »… ich hab sie nicht gefunden.«

Während die Laderers zwar interessiert zuhörten, aber sicher nur die Hälfte verstanden, breitete Lizzie stockend das Drama der Anna Portland vor dem Councillor der Bay of Islands aus. Einem Mann, der sich leicht mit einem Brief nach London von der Wahrheit der Geschichte überzeugen konnte – oder mit einem noch schneller beförderten Brief nach Australien über geflohene weibliche Strafgefangene.

Am Ende ihres Berichts war Busby sichtlich ergriffen.

»Ich werde mir das natürlich bestätigen lassen, Elizabeth. Aber grundsätzlich … wenn deine Herrschaft dich gehen ließe … Ich nähme dich gern mit nach Waitangi. Das ist auf der Nordinsel. Ich hoffe also, du wirst nicht seekrank.«

Die Laderers ließen ihre wenig befähigte Stallmagd in Frieden ziehen, und James Busby berichtete all den vielen Bekannten, die er auf der Reise mit Lizzie traf, seine Frau werde nun endlich mit ihm zufrieden sein.

»Gewöhnlich bringe ich ja eher Reben mit, und jetzt hatte ich ihr schon einen deutschen Winzer angekündigt. Wenn sie stattdessen ein englisches Hausmädchen bekommt, wird sie sich vor Freude nicht halten können.«

Lizzie nahm mit kaum geringerer Freude zur Kenntnis, dass es in Busbys Haus eine Frau gab, der er offensichtlich zugetan war. Immerhin hatte das Paar sechs Kinder. Auch während der langen gemeinsamen Reise trat der schottische Weinkenner und Politiker seiner neuen Angestellten nicht zu nahe. Ansonsten fiel es Lizzie allerdings etwas schwer, ihn einzuschätzen. Busby hatte feststehende Überzeugungen und Meinungen, für die er auch zu streiten verstand. Auf dem Weg nach Waitangi, einem Ort am äußersten Ende der Nordinsel, kehrten sie oft in den Häusern seiner politischen Freunde und Feinde ein, und mitunter kam es zu hitzigen Diskussionen zwischen Busby und dem Gastgeber. Lizzie hörte immer wieder, dass ihr neuer Herr starrköpfig sei – aber andererseits war er hoch geachtet und musste wohl auch ein guter Diplomat sein.

Wie Busby Lizzie selbst erzählte, hatte er den berühmten Vertrag von Waitangi ausgearbeitet und vorbereitet, in dem sich die Häuptlinge von vierunddreißig Maori-Stämmen kampflos der englischen Krone unterstellten. Berühmt dafür war zwar eher William Hobson, aber Busby hatte schon lange vor ihm die britischen Interessen in Neuseeland vertreten. Inzwischen war er offiziell als Bay of Islands Councillor tätig, hatte also eine Art Beraterfunktion für das Gebiet um Waitangi.

Die Buchten und Inseln dieser Region waren relativ dünn besiedelt, die Maori längst christianisiert und angepasst. Statt Walfänger und Seehundjäger wie im sonstigen Neuseeland hatten sich hier schon Anfang des Jahrhunderts Missionare angesiedelt. Die Gegend war fruchtbar und warm, man betrieb Landwirtschaft vor der Kulisse azurblauer Buchten, sattgrüner Regenwälder und gewaltiger Wasserfälle.

Beratung von Busby wollte eigentlich niemand, dazu hatte er sich schon zu häufig mit den Siedlern und Missionaren überworfen. Am ehesten schien er mit den Maori zurechtzukommen – seine früheren Erfolge gingen auf den geschickten Umgang mit den Häuptlingen der Eingeborenen zurück. Aber auch die benötigten keinen Councillor, und Busby fand folglich viel Zeit für eigene Interessen. Eine davon war der Weinbau, aber der umtriebige und temperamentvolle Busby gab auch schon mal eine Zeitung heraus und versuchte sich als Händler oder Farmer. Vor allem gefiel er sich als Lehrer, zumindest, solange die Schüler keine Widerworte gaben. Er hatte früher in Australien Landwirtschaft und Weinbau unterrichtet und schien das mitunter zu vermissen.

Lizzie bescherte diese Eigenheit ihres neuen Herrn eine kurzweilige Reise. Busby kannte Neuseeland wie kaum ein zweiter und unterhielt die wissbegierige Lizzie mit allerlei Informationen über seine Flora und Fauna. Sie staunte über Farnwälder und seltsame Vögel, die Höhlen gruben, erfuhr alles über Schafzucht, in der Busby vor allem die Zukunft der Südinsel sah, und immer wieder über Weinbau. Busby versuchte sich mit einem Weingut oberhalb von Waitangi. Bislang nicht übertrieben erfolgreich, aber begeistert.

Die Landschaft um Waitangi war mit der um Nelson nicht zu vergleichen. Lizzie, das Mädchen aus London, war erschlagen von der Schönheit der Natur auf der Nordinsel. So wie die tiefblauen Buchten mit ihren vorgelagerten felsigen Inselchen, so wie den Farnwald mit seinem undurchdringlichen Grün und die Berge, deren Farben mit dem Einfall der Sonne wechselten, hatte sie sich stets das Paradies vorgestellt – vielleicht mit etwas weniger Regen. Das Wetter war, wie Lizzie erfuhr, im Sommer wie auch im Winter unbeständig. Es war wärmer als auf der Südinsel, aber feuchter.

Und endlich klappte es mit dem gottgefälligen und trotzdem zufriedenstellenden Leben! Agnes Busby führte ein großes offenes Haus und freute sich ehrlich über die neue Haushaltshilfe. Sie hatte sonst nur Maori-Diener und -Hausmädchen, sprach aber kein Wort in deren Sprache. Entweder musste ihr Mann übersetzen, oder sie machte sich mit Zeichensprache verständlich. Bedauerlicherweise gestaltete sich weder das eine noch das andere befriedigend.

Mrs. Busby liebte schöne Dinge und hätte ihr Haus gern wie ein englisches Landhaus geführt. Sie war in New South Wales aufgewachsen, stammte aber aus einer Adelsfamilie. Leider interessierten sich weder ihr Mann noch die Maori-Angestellten für das Wachsen und Polieren der schweren Möbel oder den richtigen Faltenwurf der Samtvorhänge. Niemand schaffte es, Mrs. Busbys Reitkleider richtig zu bürsten oder gar die Spitzen ihrer Kleider zu bügeln. Lizzie hatte das meiste von all dem bei Mrs. Smithers gelernt, und obendrein teilte sie mit ihrer neuen Missus die Freude an gepflegten Räumen und stilvoller Haushaltsführung. Mit leichtem Gruseln legte Lizzie die Dienstbotenkleidung mit Schürze und Häubchen wieder an, fühlte sich aber bald darin wohl – während die Maori-Mädchen pausenlos darüber murrten.

Der Umgang mit den Kindern der Busbys machte Lizzie Spaß – sie nahm sie den liebevollen, aber mit dem englischen Erziehungsstil deutlich überforderten Maori-Mädchen gern ab. Die erwiesen sich als dankbar für jede Hilfe. Sie waren freundlich und anstellig, benötigten aber ein gewisses Entgegenkommen. Im Gegensatz zu Mrs. Busby, die sie als eine Art unverständige Arbeitstiere betrachtete, stellte Lizzie schnell fest, dass es zwischen Engländern und Maori mehr Gemeinsamkeiten als Unterschiede gab. Zuerst verblüffte sie das fast etwas. Sie hatte in England nie einen dunkelhäutigen Menschen gesehen, und die Darstellung der Wilden in den Predigten der Reverends hatte zu der Vorstellung geführt, es mit vielleicht vage verwandten Wesen, aber doch nicht mit Menschen zu tun zu haben. Die tätowierten, kräftigen Leute mit ihren seltsamen Frisuren und ihrer Eigenheit, halb nackt herumzulaufen, hätten Lizzie darin fast bestärkt. Dann jedoch merkte sie, dass die Mädchen sich miteinander unterhielten, kicherten und scherzten, wie sie es früher auch mit Freundinnen getan hatte. Die Kinder der Busbys schnappten die Sprache ihrer Kinderfrauen unweigerlich auf, und Lizzie beoabachtete fasziniert, dass sie sich mit den Maori genauso verständigen konnten wie mit ihresgleichen.

Lizzie setzte folglich nicht auf Zeichensprache oder gar Mrs. Busbys unangenehme Eigenschaft, nur immer lauter zu reden, wenn sie mit den Maori zu tun hatte. Stattdessen fragte sie die anderen Angestellten nach der Bedeutung von Dingen in ihrer Sprache, begann zu lernen – und konnte nach ein paar Monaten zusammen mit dem Küchenmädchen Ruiha darüber lachen, dass es für Büfett und Visitenkarte einfach keine Worte gab.

Sie lernte, dass all die befremdlichen Bräuche der Maori durchaus ihre Bedeutung hatten – die martialischen Tänze und Schreie, die ihr anfänglich Angst gemacht hatten, waren oft nur Begrüßungsrituale, und die Tätowierungen bezeichneten die Stammeszugehörigkeit der Menschen.

Ruiha und die anderen Angestellten luden Lizzie bald in ihr *marae* ein. Lizzie bewunderte die kunstvollen Holzschnitzereien an den Versammlungs- und Schlafhäusern der Maori. Und noch etwas verblüffte sie völlig: Bei den Maori schien es nicht sonderlich wichtig zu sein, wer mit wem verheiratet war, und »leichte Mädchen« schien man gar nicht zu kennen. Ruiha verschwand am Abend kichernd mit dem Gärtner Hare irgendwo in der Umgebung. Das Hausmädchen hatte einen kleinen Sohn, aber offensichtlich keinen bestimmten Vater dazu. Lizzie reagierte erschrocken, als ihr der Pferdebursche Paora ganz offen Avancen machte, aber die Maori lachten nur, als sie ihn panisch abwehrte. Lizzie fürchtete zunächst, dass dies ihn darin bestärken würde, sich ihr mit Gewalt zu nähern, dann stellte sie fest, dass sich die Stammesmitglieder eher über den abgewiesenen Paora lustig machten als über ihr sprödes Verhalten. Der nicht sehr große, jedoch ungemein schwere und starke junge Mann zog sich zerknirscht zurück, während zwei Mädchen lachend eine Parodie dazu aufführten, wie man korrekt um eine *pakeha wahine* warb.

Lizzies Anspannung fiel bald von ihr ab, und irgendwann konnte sie mitlachen, als das eine Mädchen dem anderen Blumen überreichte und sich immer wieder verbeugte. Die Darstellerin des *pakeha*-Mädchens zierte sich endlos, bis es sich dem Bewunderer dann »hingab«, was sie mittels Tanzbewegungen ausdrückte, die für Lizzies Augen ziemlich obszön wirkten. Den anderen Zuschauern schien dies allerdings nicht peinlich zu sein. Sie lachten unablässig darüber, dass der Liebhaber über seine Hosen stolperte und wohl nicht recht wusste, ob er sie beim Akt anbehalten oder ausziehen sollte. Später verschwand Paora mit einem anderen Mädchen, und Lizzie ging unbehelligt zurück ins Haus der Busbys.

Mrs. Busby sah Lizzies Freundschaft mit den Maori mit offenbar gemischten Gefühlen. Einerseits erleichterte Lizzies Übersetzertätigkeit ihr Leben, andererseits gefiel ihr die Verbrüderung mit den Eingeborenen, wie sie es nannte, nicht. Vor allem erschien sie ihr befremdlich für ein braves englisches Mädchen.

Mr. Busby schien das Ganze eher mit Befriedigung zu betrachten. Er respektierte die Maori durchaus, obwohl ihm ihr mangelndes Interesse am Weinbau wie ein Stachel im Fleisch steckte. Sein Weingut florierte nicht, sosehr er sich auch engagierte. Die Arbeiter verstanden einfach nicht, dass es nicht egal war, ob die Traubenlese heute oder erst in einer Woche stattfand oder ob man die Maische vor dem Pressen angären ließ oder nicht. Das Ausdünnen der Reben empfanden sie als Verschwendung, und obwohl Busby es ihnen immer wieder zeigte, ließen sie zu viele Triebe am Stock. Es gab dann viel Wein, aber keinen sehr gehaltvollen. Mr. Busby konnte diese Probleme stundenlang diskutieren, außer einem seiner Söhne interessierte sich jedoch nur Lizzie für die Tücken der Weinherstellung. Busby importierte Weine für seinen Tisch aus den verschiedensten Anbaugebieten, und seit sie auf ihrer gemeinsamen Reise Interesse daran bekundet hatte, ließ er Lizzie ebenso kosten wie seine weniger begeisterte Familie.

An Sonntagen nahm er das Mädchen mit in die Weinberge, vorgeblich, um sie das Picknick für die Familie auftragen zu lassen, aber hauptsächlich als Zuhörerin für seine endlosen Erzählungen rund um die Trauben. Manchmal wagte Lizzie vorsichtig, mitzureden, Fragen zu stellen oder sogar erste Meinungen zu äußern, was Busby entzückte.

»Ich werde noch mal eifersüchtig«, kommentierte Mrs. Busby und versteckte sich zufrieden mit einem Buch unter ihrem Sonnenschirm, während ihr Mann Lizzie und die Kinder die Berge hinaufführte und den Sinn der Frühlese und des Rebschnitts erläuterte.

Lizzie war zum ersten Mal in ihrem Leben fast uneingeschränkt glücklich. Natürlich dachte sie mitunter an Michael, die seltsame Anziehungskraft, die er auf sie ausgeübt hatte, und die unerwartete Seligkeit in seinen Armen. Aber sie wollte ihm nicht nachtrauern. Am Ende hatte er sie verletzt, und Verletzungen hatte sie genug erlitten! Lizzie wollte nicht mehr enttäuscht und geängstigt werden. Ihre Arbeit bei den Busbys gefiel ihr und füllte sie aus. Die Sommer und Winter verflogen nur so, aber sie war immer noch jung, gerade erst zweiundzwanzig Jahre alt. Sie hatte reichlich Zeit, sich zu erholen, bevor sie wieder an Mann und Kinder dachte. Lizzie brauchte ein paar Jahre, um das Träumen wieder zu lernen, aber sie war zuversichtlich, dass sie sich irgendwann erneut verlieben würde. In einen guten Mann. Lizzie glaubte immer noch an ein gottgefälliges Leben mit Kindern und einem kleinen Haus.

»Für unsere Lizzie suchen wir einen Winzer!«, pflegte James Busby zu scherzen, wenn irgendjemand aus der großen Bekanntschaft der Busbys das Mädchen damit aufzog, dass so gar kein Verlobter in Sicht war. »Was meinst du, Lizzie – soll es ein glutäugiger Franzose aus dem Languedoc oder lieber ein blonder Deutscher mit blauen Augen sein?«

»Ein dunkelhaariger mit blauen Augen«, gab Lizzie dann kokett zurück, »aber ich fürchte, die sitzen in Irland und brennen Whiskey!«

Kapitel 3

Michael gewöhnte sich nicht an das Töten und Ausnehmen der Wale, aber er fand auch keine Alternative zu der Arbeit in Waiopuka. Da er sich nie zum Harpunier oder Steuermann hochdiente, blieb sein Lohn spärlich – und er brauchte zu viel davon, um sich sein Leben am Abend schöner zu trinken. Es würde Jahre dauern, bis er seine Schiffspassage von Nelson aus abbezahlt hatte und frei wurde. An Sparen war nicht zu denken, die Zukunft schien düster vor ihm zu liegen. Die anderen Arbeiten, die sich für Männer im rauen Neuseeland der Walfänger auftaten, waren ebenso wenig verlockend. Michael sah einmal, wie Seehunde getötet und gehäutet wurden, und brauchte dann fast eine ganze Flasche Whiskey, bevor er nicht mehr an die riesigen Augen der erschlagenen Heuler und die Schreie ihrer Mütter denken musste. Dann nahm er schon lieber Wale aus.

Erst als Michael die ungeliebte Arbeit schon gut zwei Jahre lang verrichtete, zeigte sich ein Silberstreifen am Horizont. Von einem Tag zum anderen befahl der alte Seebär Robert Fyfe seinen Männern, neben seinem trutzigen, auf Walknochen errichteten Herrenhaus einen Pferch zu bauen. Das Holz dafür kam von der Westküste, offenbar scheute Fyfe keine Mühe für sein neues Projekt.

»Was plant er wohl, Ackerbau und Viehzucht?«, fragte Michael verwundert seinen Nachbarn Chuck Eagle.

Chuck zuckte die Achseln. »Vielleicht Pferde? Das könnt ich mir bei dem noch am ehesten vorstellen. Aber irgendwas Neues muss er anfangen. Die Wale bleiben weg. Gerade mal ein einziger im letzten Monat.«

»Es ist Winter«, meinte Michael.

Chuck schüttelte den Kopf. »Das macht hier kaum einen Unterschied. Sind außerdem alles männliche Wale, den weiblichen ist es hier das ganze Jahr zu kalt. Und früher haben wir auch rund ums Jahr gejagt. Aber jetzt … die Viecher sind nicht dumm, Michael. Hat ja ein bisschen gedauert, aber inzwischen kapieren sie, dass dies ein heißes Pflaster ist. Also muss Old Fyfe entweder wieder ein Schiff kaufen oder sich was anderes ausdenken. Und auf die Sieben Meere hat er wohl keine Lust mehr.«

Die Bewohner für den Pferch trafen ein paar Tage später ein, und Michael konnte sich kaum daran sattsehen. Seit er Irland verlassen hatte, war ihm kein Schaf mehr vor Augen gekommen. Wenn er ehrlich sein sollte, so hatte er auch in der alten Heimat nie so schöne, wohlgenährte Exemplare zu Gesicht bekommen wie die dreihundert Tiere, die sich jetzt in dem Gehege auf Fyfes Hof drängten.

»Romneys, zwei Widder, dreihundert Mutterschafe!«, erklärte Fyfe stolz. »Guck, Parsley, was die Kerle für eine Kraft haben!«

Die beiden Widder gingen eben aufeinander los. Die Enge schien sie aggressiv zu machen.

»Ich würd sie mal trennen, bevor sie sich umbringen«, bemerkte Michael trocken. »Aber wirklich, schöne Tiere. Erstklassige Qualität, alle Achtung!«

»Verstehst du denn was von Schafen?«, fragte Fyfe misstrauisch.

Michael nickte. »Ein bisschen«, meinte er. »Wir hatten welche. In dem Dorf, aus dem ich komme. Oder besser, der Landlord hatte welche, wir Pächter kriegten höchstens mal zwei oder drei satt, später gar keine mehr. In den Hungerjahren haben wir das Gras selbst gefressen.«

Fyfe lachte. Michael biss sich auf die Lippen.

»Dann weiß ich ja, an wen ich mich wenden kann, wenn's Probleme gibt!«, meinte Fyfe leutselig, was Michael kaum registrierte.

Fyfe war als rechthaberisch bekannt. Solange die Walfangstation bestand, hatte er noch nie jemanden um Rat gefragt. Auch der Kauf der erstklassigen Schafe war sicher ein Glücksfall gewesen, genauso gut hätte irgendein Viehhändler den alten Kapitän reinlegen können. Michael dachte denn auch nicht mehr allzu oft an die Schafe, zumal den Walfängern in den nächsten Wochen zwei gewaltige Tiere in die Hände fielen. Michael versank wieder mal tief. Erst in Blut und in Fett und anschließend in Whiskey.

Aber dann, vier Wochen nach Ankunft der prächtigen Romney-Schafe, erschien Captain Fyfe eines Morgens vor seiner Hütte.

»Parsley? Ich … hm … du kennst dich mit Schafen aus … hast du gesagt …«

Michael stolperte ins Freie. In der Nacht zuvor hatte er wieder mal ordentlich dem Whiskey zugesprochen.

»Besser als mit Walen auf jeden Fall«, brummte er.

Aber Fyfe sprach schon weiter. »War das Prahlerei, oder ist da was dran?«

Michael gähnte und versuchte, zu sich zu kommen.

»Ich hab die Schafe vom Landlord gehütet, als ich ein Junge war«, erklärte er dann. »Danach war ich meist auf dem Acker, ich bin kein Schäfer. Aber man guckt sich ja was ab, ganz Irland ist voller Schafe.«

Fyfe überlegte. »Na ja«, meinte er schließlich. »Weniger als ich kannst du gar nicht wissen. Also komm vorbei und guck dir die Viecher an. Für mich sehen die aus, als ob sie nicht in Ordnung wären. Vor allem hinken sie. Möchte wissen, warum.«

Michael schlenderte also zum Haus hinunter, nachdem er sich etwas frisch gemacht hatte, und sah dann voller Bedauern die vormals so schönen, sauberen Schafe. Inzwischen war ihr Fell verklebt und verdreckt, der Grasboden des Paddocks hatte sich in eine Wüste aus Schlamm verwandelt. Die Tiere mochten auch ihr Heu kaum fressen, es zog sich mit Matsch und Nässe voll, sobald es gefüttert wurde. Etliche Tiere lahmten.

»Und? Irgendeine Idee?«, fragte Fyfe unfreundlich. Es gefiel ihm offensichtlich nicht, die Fäden nicht mehr in der Hand zu halten.

Michael nickte. »Klar. Das Gehege ist zu klein. Der Boden ist zu feucht und zu matschig!«

»Und deshalb hinken die?«, fragte Fyfe.

Michael nickte wieder. »Nennt sich ›Moderhinke‹«, sagte er dann. »So 'ne Art Klauenentzündung. Gucken Sie mal!« Er ging zu einem der Schafe, warf das protestierende Tier mit einem Schwung auf den Rücken und griff sich eines seiner Füße. »Hier, im Spalt zwischen den Klauen fängt es an. Riechen Sie mal. Stinkt, nicht?«

Michael zeigte auf die eitrige Masse, die sich bereits im Spalt gebildet hatte, und der Captain rümpfte die Nase. Michael selbst fand den Geruch der Klauenfäule zwar nicht im Entferntesten so ekelerregend wie den verwesender Wale, wunderte sich aber immerhin, dass Fyfe überhaupt noch über Geruchssinn verfügte.

»Und was macht man da?«, fragte Fyfe abgestoßen. »Teufel noch mal, wenn mich der Züchter betrogen hat.«

Michael schüttelte den Kopf. »Glaub ich nicht, als die kamen, waren die in bestem Zustand. Das kommt vom Schlamm – Moderhinke, wie gesagt. Ein Haltungsfehler.«

»Also brauchen wir eine größere Weide … noch mehr Holz … ob die Viecher das irgendwann wieder reinbringen? Und hinken die jetzt immer?«

Michael lächelte. »Sie können kein Weideland für sechs- bis neunhundert Schafe einzäunen«, sagte er. »Und so viele haben Sie demnächst, wenn die Ladys hier ablammen.« Er wies auf die Mutterschafe. »Lassen Sie die Viecher frei weiden. Und die Klauen – die muss man erst mal ordentlich schneiden. Und dann fragen Sie in der Apotheke nach Kupfersulfat. Das schmieren wir drauf oder treiben die Schafe durch ein Bad, dann wird das wieder.«

»Schneiden?«, fragte Fyfe frustriert. »An den Füßen was abschneiden? Können Sie das machen? Also, ohne die Viecher umzubringen?«

Michael lachte. »Wenn Sie mir ein Hufmesser besorgen.«

Robert Fyfe machte sich gleich auf den Weg nach Kaikoura,

und Michael versuchte, sich den Walgestank so weit als möglich abzuschrubben, um die Schafe nicht zu verschrecken. Dann begann er mit der Klauenpflege. Die wenig begeisterten anderen Arbeiter bauten derweil ein Becken, durch das man die Tiere zur Behandlung der Entzündung treiben konnte. Zwei Tage später traf außerdem zusätzliches Holz ein, Fyfe hatte gekauft, wo immer er welches kriegen konnte, um Zäune zu bauen. Offensichtlich war er entschlossen, die Schafhaltung und Zucht ernst zu nehmen.

Der feuchte Winter wich einem nicht minder feuchten Frühling, und Michael sah mit Sorge, dass die neuen Ausläufe den alten in Sachen Bodenbeschaffenheit sehr bald glichen.

»Sie müssen die Schafe austreiben!«, riet er Fyfe zum wiederholten Mal, aber der Seemann konnte sich nicht dazu aufraffen, seinen wertvollen Besitz einfach freizusetzen.

»Und wenn sie dann nicht wiederkommen?«, fragte er besorgt.

»Schicken Sie einen Schäfer mit!«, riet Michael, »einen wanderfreudigen.« In Irland war es üblich, dass die Schafe mit ihren Hirten über Land zogen.

Fyfe schnaubte. »Das könnte dir so passen!«, höhnte er. »Gib's zu, du bist scharf auf den Job. Den ganzen Tag in die Gegend gucken und dafür Geld einstreichen!«

Michael zuckte die Achseln. »Wenn Sie die Schafe hierlassen, zahlen Sie mich bald wieder fürs Klauenschneiden.«

Was dies anging, hatte er seine Chance genutzt: Fyfe hatte das Klauenschneiden der Schafe genauso gut bezahlt wie das Harpunieren der Wale. Jetzt kaute er auf seiner Unterlippe herum und suchte nach einem möglichst preiswerten Ausweg.

»Können das auch Mädchen?«, fragte er dann.

Michael lachte. »Das kann jeder, der nicht gerade blind und lahm ist«, behauptete er dann. Einer der Schäfer in Irland war fast siebzig Jahre alt gewesen.

Fyfe grinste zufrieden und ließ Michael erst mal stehen. Keinem von beiden fiel vorerst auf, dass sie etwas Wichtiges vergessen hatten – aber Michael kam es natürlich schnell zu Bewusstsein, als er an einem der nächsten Tage Zeuge eines denkwürdigen Schauspiels wurde.

Er schlenderte gegen Abend zu den Pferchen, um die Schafe in Augenschein zu nehmen, fand die Ausläufe aber diesmal leer. Fyfe musste seinen Rat also endlich befolgt haben. Michael fragte sich, wen er wohl als Schäfer – oder Schäferin! – angeworben hatte, und beschloss, dem alten Seebären die Frage gleich zu stellen. Der kam eben aus dem Haus und blickte argwöhnisch hinauf zu den Hügeln hinter der Walfangstation. Anscheinend erwartete er seine Schafe.

Die ersten waren auch schon zu sehen, als Michael sich dem Captain näherte. Sie trabten den Berg hinunter, flankiert von ein paar leicht bekleideten, flinken und fröhlichen Maori-Mädchen.

»Hat gedauert bisschen lange, alle finden heute!«, erklärte das erste von ihnen dem alten Seebären. »Mussten weit laufen Kere und Harata. Und ich geklettert!« Das Mädchen war offensichtlich stolz auf sich und seine Freundinnen.

Michael musste lachen.

»Was ist daran komisch?«, fragte Fyfe missmutig. »Ihr habt doch keine Tiere verloren, oder, Ani?«

Das Mädchen schüttelte wichtigtuerisch den Kopf, während Michael zu einer Erklärung ansetzte.

»Ich freu mich nur an dem schönen Anblick, Sir!«, meinte er und warf einen bewundernden Blick auf die schlanke, bewegliche Ani, deren langes schwarzes Haar im Wind flatterte. »Und frag mich, warum man die Viecher in Irland von Hunden treiben lässt. Wo dies hier doch so viel netter aussieht. Allerdings schätze ich, die Hunde sind schneller. Vielleicht hat man die Mädchen ja deshalb durch sie ersetzt, und das Wort Collie kommt von *colleen*.«

Colleen war ein in Irland häufig gebrauchtes Wort für Mädchen.

Fyfe sah ihn mit gerunzelter Stirn an. »Hunde?«, fragte er. »Die womöglich auch wieder Geld kosten?«

Die Maori-Mädchen begriffen schneller. Gleich am nächsten Morgen brachten sie zwei dicke gelblich braune Mischlinge mit, die vergnügt wedelten, jeden Menschen begeistert begrüßten und sich für Schafe absolut nicht interessierten.

Fyfe ließ Michael kommen. »Kannst du die ausbilden? So, dass sie die Mädchen ersetzen?«

Michael versuchte es, und man konnte weder ihm noch den Kläffern mangelnden Eifer nachsagen. Auch die Schäferinnen machten geduldig nach, was er ihnen zeigte, aber den Hunden der Maori war kein Hütetrieb zu entlocken. Dafür fanden sie den Walstrand unwiderstehlich und wälzten sich ausgiebig in den Rückständen der geschlachteten Tiere.

»Wenn vor denen ein Schaf wegläuft, dann nur, weil das Vieh so stinkt!«, seufzte Michael gegenüber seinem neuen Freund Tane.

Der Maori schürzte die Lippen. »Sind aber Hunde!«, erklärte er.

Michael nickte. »Bloß nicht die richtigen … Tane, gibt es hier in der Umgebung nicht irgendeine Schaffarm? Ein bisschen weiter weg? Dass um die Ecke keine liegt, ist mir klar. Aber vielleicht irgendwo im Inland?«

Tane überlegte, erkundigte sich bei Stammesgenossen und wurde schließlich fündig. Michael bat Fyfe daraufhin um Urlaub und zog gleich am nächsten Wochenende mit Tane, zwei anderen Maori-Jungen und zwei läufigen Hündinnen den Clarence River hinauf. Auch drei der eifrigen Schäferinnen schlossen sich an und sorgten für beste Stimmung. Michael hatte manchmal Mühe, mit dem raschen Schritt der Maori mitzuhalten, zumal die lichten Wälder und Buschlandschaften, durch die der Fluss führte, kaum mit Wegen durchzogen waren.

Schließlich erreichten sie jedoch gerodetes Land und Weideflächen.

»Coverland Station«, erklärte einer der Maori-Jungen. »Haus da!« Er wies nach Westen und zählte mit den Fingern die Meilen ab.

Michael und die Maori lagerten schließlich etwa eine Meile vom Haupthaus der Schaffarm entfernt. Tane und die anderen legten Reusen aus und fingen Fische im Fluss, Michael machte Feuer, und die Mädchen garten Süßkartoffeln in der Glut.

Die Hunde verschwanden im Laufe der Nacht und kehrten am Morgen wieder, gefolgt von einem prächtigen, langnasigen schwarz-weißen Collierüden.

»Das ist der Richtige!«, meinte Michael zufrieden und genoss die nächsten zwei Tage mit Angeln, Jagen und vor allem in den Armen der hübschen Ani.

Wenige Monate später wimmelte es im Maori-Dorf von Welpen, und alle hatten mehr Hüteinstinkt als ihre Mütter. Die meisten waren schwarz-weiß, und einige glichen ihrem hübschen Vater sogar fast aufs Haar.

»Mit denen züchten wir weiter!«, freute sich Robert Fyfe und zahlte Michael und den beiden Maori bereitwillig einen Bonus.

Michael konzentrierte sich ganz auf die Ausbildung der Hunde, und Fyfe akzeptierte ihn widerwillig als Schäfer. Schließlich standen inzwischen noch viel anspruchsvollere Aufgaben an als das Austreiben der Tiere: Es ging ans Ablammen und ans Scheren. Ersteres erwies sich als kein großes Problem. Die jungen Maori-Schäferinnen begriffen sofort, worum es ging, als Michael ihnen nur einmal zeigte, wie man den Muttertieren bei Komplikationen helfen konnte. Schwieriger wurde das Scheren. Michael hatte es in Irland ein paarmal gemacht und schaffte es auch jetzt nach kurzem Üben, ein annehmbares Vlies zu erzeugen. Allerdings war er langsam – es war nicht daran zu denken, alle dreihundert und demnächst gar um die tausend Schafe allein von ihrer Wolle zu befreien. Die Mädchen anzulernen brachte auch nichts, ihnen fehlte es an Kraft, die Tiere schwungvoll auf den Rücken zu werfen und dann halbwegs zügig die Handschere zu bedienen.

Ani und ihre Freundinnen schafften drei Tiere, dann verzogen sie sich – wie immer bei den Maori –, ohne sich großartig abzumelden oder gar zu entschuldigen. Willig zeigten sich dafür zunächst Tane und die anderen Maori-Männer. Die Anzahl der gefangenen Wale ließ immer mehr nach, es war abzusehen, dass mit Waljagd kein Geld mehr zu machen war. Die Maori hatten sich allerdings längst an den Zusatzverdienst bei den *pakeha* gewöhnt. Sie empfanden ihr Leben als deutlich angenehmer, seit sie in den Läden der Weißen einkaufen konnten und nicht mehr nur von Fischfang, Jagd und den kargen Erträgen ihrer Felder abhängig waren. Nun drängten sie sich um Arbeit auf den Farmen und erwiesen sich dabei als sehr anstellig, fast alle zeigten Geschick im Umgang mit Tieren. Das Scheren stellte Tane und seine Freunde allerdings vor moralische Probleme.

»Schaf nicht will das«, erklärte Tane, als Michael sich eines der Tiere packte und zwischen seinen Beinen fixierte, während er es schor. Der Widder blökte protestierend.

»Na und?«, gab Michael verwundert zurück. »Wale wollen auch nicht harpuniert werden. Das hat euch bislang nie gestört.«

»Bei Wal was anderes«, meinte Tane. »Bei Wal wir vorher rufen an Tangaroa und bitten um Verzeihung. Dann Wal uns vergeben.«

Michael bezweifelte das, zuckte aber die Achseln. »Na schön, dann bittet ihn doch auch um Vermittlung bei den Schafen«, regte er an.

Tane schüttelte den Kopf. »Tangaroa Gott von Meer«, führte er aus. »Schaf nicht aus Meer. Schaf überhaupt nicht von hier. Kommen mit *pakeha*.«

Michael verstand. Im Götterhimmel Aotearoas war für Schafe einfach niemand zuständig.

Aber da gab es ja Abhilfe. Michael dankte Father O'Brien im Stillen für die umfangreiche Belehrung über die verschiedensten Heiligen der Katholischen Kirche.

»Das mit den Schafen macht bei uns St. Wendelin«, klärte er seine künftigen Mitarbeiter auf. »Wir können uns alle in einem kleinen Gebet an ihn wenden.«

»Jetzt müssen wir sie nur noch dazu kriegen, sich ein bisschen anzustrengen«, überlegte Michael später gegenüber Robert Fyfe und einem Neuankömmling in Waiopuka, Roberts Vetter George.

Es ging mal wieder ums Schafescheren. George Fyffe – er unterließ es nie, darauf hinzuweisen, dass sein Name mit drei F geschrieben wurde – hatte eben ein Stück Land im Norden von Kaikoura in Besitz genommen und Mount Fyffe Run getauft. Er plante, dort in großem Stil Schafe zu züchten.

»Bis jetzt schaffen sie kaum mehr als ein oder zwei Schafe pro Tag, dann wird es ihnen zu anstrengend. Wie wär's, wenn wir eine Art Wettbewerb draus machen? Der schnellste Scherer bekommt eine Flasche Whiskey?«

Die Regelung bewährte sich bald – Michael strich nur die erste Flasche selbst ein, danach überrundeten ihn die geschickten Eingeborenen. Allerdings musste noch das Problem gelöst werden, ob das Gebet zu St. Wendelin vor oder während der Arbeitszeit gesprochen werden sollte. Bisher hatten Tane und seine Freunde sich vor dem Scheren eines jeden Schafes mit dem Heiligen in Verbindung gesetzt, aber jetzt kamen sie schnell überein, die Absolution kollektiv vor Arbeitsbeginn zu erbitten. George Fyffe und sein Vormann Michael Parsley erwarben sich dadurch bald den Ruf von besonders ehrenwerten und gottesfürchtigen Männern. Schließlich rief kein anderer Schaffarmer seine Männer vor der Arbeit zur Andacht zusammen.

Während Michael sich auf diese Art einen Namen machte und schließlich seine Hütte in Waiopuka aufgab, um in ein gefälligeres Blockhaus in Mount Fyffe Run umzuziehen, schlug sich ein Priester in Irland mit einer schwierigen Aufgabe herum. Father O'Brien lagen mehrere Briefe vor: einige von Kathleen Coltrane, die von der Geburt und dem Gedeihen ihrer Kinder berichtete und zu seiner Freude immer flüssiger und lebhafter schrieb – und ein ungelenker, aber nichtsdestotrotz erstaunlicher Brief von Michael Drury. Michael berichtete von seiner Flucht aus Van-Diemens-Land – durchaus stolz, schließlich war das vorher noch nicht vielen Männern gelungen. Nun, so teilte er mit, sei er in Neuseeland und auf dem besten Weg, mittels Walfang sein Glück zu machen. Er gedenke, in absehbarer Zeit genug Geld zu verdienen, um Kathleen und sein Kind zu holen. Michael erbat Nachricht von seiner »Verlobten« und richtete ihr Grüße aus.

Father O'Brien, ein bedächtiger Mann, ließ sich daraufhin erst mal von Patrick Coltrane nach Dublin mitnehmen. Während der Viehhändler seinen Geschäften nachging, besuchte er Bibliotheken auf der Suche nach Informationen über das ferne Neuseeland. Vielleicht lagen Christchurch und Kaikoura ja hunderte von Meilen voneinander entfernt oder befanden sich gar auf verschiedenen Inseln. Dann musste er womöglich nicht lügen. Aber im Stillen war dem alten Priester klar, dass er sich etwas vormachte. Michael Drury war bereit, die halbe Welt zu umreisen, um Kathleen O'Donnell wiederzusehen. Ein paar hundert Meilen würden ihm höchstens sein charakteristisches, draufgängerisches Grinsen entlocken.

Zudem erwiesen sich auch die Hoffnungen des Priesters als trügerisch: Kaikoura war weniger als hundert Meilen von Christchurch entfernt. Michael konnte Kathleen und ihren Sohn in wenigen Tagen erreichen. Und dann? Würde er ihr Vorwürfe machen? Würde es gar Schlägereien zwischen ihm und Coltrane geben? Würde Kathleen eine Todsünde begehen und ihren Mann verlassen, wenn sie Michael wiedersah? Kathleen hatte Ian nicht geliebt, als O'Brien sie traute, und ihre Briefe klangen nicht so, als habe sich das inzwischen geändert. Tatsächlich schrieb sie kaum von Ian – wahrscheinlich schämte sie sich seiner Gaunereien.

Je länger Father O'Brien nachdachte, desto weniger erschien es ihm angebracht, Michael über den Aufenthaltsort seiner ehemaligen Geliebten zu informieren. Es musste zu einem von Gottes mitunter seltsamen Scherzen gehören, die beiden fast wieder zusammengebracht zu haben. Oder ein Eingriff des Teufels, um alle Beteiligten zu prüfen? Father O'Brien wollte auf keinen Fall schuldig werden und entschied sich nach langer Überlegung für die folgende Formulierung:

… Was nun aber Mary Kathleen O'Donnell angeht, mein Junge, so hat sie sich kurz nach deiner Deportation mit dem Viehhändler Ian Coltrane verheiratet. Die beiden sind ausgewandert, und das Letzte, was ich von ihr hörte, war, dass sie drei Kinder hat und in Übersee ein gottesfürchtiges Leben führt. Diese Nachricht mag dich enttäuschen, aber Gott hat Mary Kathleen zweifellos geführt und wird auch weiterhin seine Hand über sie und ihre Kinder halten. Das Älteste hört auf den Namen Sean. Der Junge wurde nur wenige Monate nach der Hochzeit geboren und hat, nach Kathleens Angaben, einen wachen Geist und dunkles Haar wie sein Vater. Ich schließe Mary Kathleen, ihre Familie und nun auch dich, lieber Michael, in meine täglichen Gebete ein. Es verbleibt, immer in Sorge um dein Heil und deine unsterbliche Seele

Father O'Brien

»Schau nur, was ich habe!« Claire zog ihre Freundin Kathleen aufgeregt in ihr Haus. »Oder warte, lass uns erst die Kinder versorgen, ich will keine klebrigen Fingerabdrücke auf den Sachen. Hier, Chloé, Heather ... aber nicht streiten!«

Kathleen setzte Heather neben Chloé, die in einer Ecke des Wohnzimmers mit Holzklötzchen spielte, und Claire drückte jedem der Mädchen einen frisch gebackenen Teekuchen in die Hand. Auf die Herstellung dieser Küchlein verstand sie sich erstaunlicherweise, während ihr Brot nur niedrigsten Erwartungen gerecht wurde.

»Zwei solcher Kuchen hab ich mal gestohlen«, sagte Kathleen gedankenverloren. Wie lange das her war! »Ich wollte es nicht, aber ich war so hungrig. Und sie dufteten so gut.«

Claire lachte. »Na, jetzt hast du ja reichlich davon. Hier, nimm noch einen! Es müssen nur noch drei oder vier für Matt übrig bleiben.« Freigebig platzierte sie zwei Küchlein auf dem feinen Porzellan, das sie für Kathleen aufgedeckt hatte.

»Kandierte Früchte! Ich hab sie seit Jahren nicht gegessen!« Claire biss genießerisch in das Gebäck.

Kathleen probierte und musste feststellen, dass sie die süßen, fruchtigen Stücke, die ihre Freundin diesmal unter den Teig gemischt hatte, bisher überhaupt noch nie hatte kosten dürfen.

»Wo hast du das her?«, fragte Kathleen.

Die beiden Frauen saßen wie fast jeden Nachmittag in Claires immer noch nicht sehr komfortabel eingerichtetem Wohnzimmer. Seit der Geburt ihrer Töchter und der Sache mit dem Maultier waren ungefähr zwei Jahre vergangen, und sowohl Matt Edmunds als auch Ian Coltrane schienen sich mit der Freundschaft ihrer Frauen halbwegs ausgesöhnt zu haben. Claires Mann jedenfalls nahm Ian Coltrane nichts mehr übel. Seit die kastanienbraune Stute brav bei ihm Dienst tat, betrachtete er seinen ersten Fehlkauf als Fehleinschätzung des Händlers und war bereit zu guter Nachbarschaft. Kathleen nahm seine Hilfe oft genug in Anspruch. Ian erwartete zwar, dass die Farm etwas abwarf, aber er war zu Zeiten der Aussaat oder der Ernte häufig nicht da und hatte auch wenig Lust, das Land zu pflügen und das Korn zu schneiden. Immer weiter fuhr er über Land, um Tiere aufzukaufen und anzubieten.

Nach wie vor handelte Ian hauptsächlich mit Pferden, aber momentan hatte er auch eine Herde wunderschöner Schafe auf dem Hof, die nach Kathleens Ansicht unbedingt geschoren werden mussten. Vielleicht, überlegten die Frauen, könnten sie ja gemeinsam einen Trupp professioneller Scherer auf ihr Land locken. Solche Kolonnen bildeten sich neuerdings, seit sich Schafzucht und Wollgewinnung zu einem wichtigen Wirtschaftszweig in den Canterbury Plains entwickelten. Bei den großen Farmern sprach man schon von »Schafbaronen« – und Ian bemühte sich, mit ihnen ins Geschäft zu kommen, während Kathleen auf der Arbeit mit den Tieren sitzen blieb. Am Verhältnis der Ehepartner untereinander hatte sich nicht viel geändert – obwohl Ian den Austausch der Maultiere verhältnismäßig ruhig hingenommen hatte. Allerdings hatte er Kathleen kein neues brauchbares Reittier gekauft, sondern die alte Stute auf dem Hof gelassen, die eigentlich Matt Edmunds zugedacht gewesen war.

»Dann sieh doch zu, wie du deine Freundin jetzt besuchst!«, höhnte Ian, in der Hoffnung, Kathleen damit mehr zu strafen als mit jeder Tracht Prügel.

Die junge Frau zuckte jedoch nur die Schultern, fütterte die alte Stute reichlich und überließ sie dann einmal Claire, die mit ihrem Eselchen regelmäßig zu einem Schmied in Canterbury ritt. Der Mann beschlug das Tier neu, gab Claire eine Salbe für sein Bein und riet ihr, die Stute nicht übermäßig zu belasten.

»Ein bisschen arbeiten kann sie schon noch«, wiederholte Claire ihrer Freundin und versuchte dabei, die tiefe Stimme des Meisters nachzuahmen. »So'n süßes kleines Ding rumtragen wie Sie, Mrs. Coltrane, das muss doch dem Tier eine Freude sein! – Er sagte natürlich ›Mrs. Edmunds‹«, fügte sie mit normaler Stimme hinzu und lächelte verschwörerisch. »Ich glaube, er ist ein bisschen in mich verliebt!«

Wie es mit der Liebe zwischen Claire und ihrem Ehemann stand, erfuhr Kathleen nicht, aber sie wunderte sich, dass die junge Frau in den letzten zwei Jahren nicht noch einmal schwanger geworden war. Bei einem so jungen und gesunden Mädchen war das eigentlich ungewöhnlich. Ian hatte Kathleen in der Zeit zweimal geschwängert, aber es war jedes Mal zu einer Fehlgeburt gekommen.

»Du arbeitest wahrscheinlich zu hart«, meinte Claire bedauernd, nachdem die Freundin im fünften Monat ein kleines Mädchen verloren hatte.

Kathleen selbst sah die Ursache eher in Ians immer brutaleren Übergriffen. Sicher war es nicht gut für ihre Ungeborenen, wenn er sich bei jeder Heimkehr mehr oder weniger betrunken auf Kathleen stürzte und von ihrem Körper Besitz ergriff. Er hatte zwar auch während der ersten Schwangerschaften regelmäßig mit ihr geschlafen, war dabei aber vorsichtiger mit ihr umgegangen. Jetzt stieß er rücksichtslos in sie hinein und schlug sie, wenn sie sich wehrte oder auch nur einen Anflug von Unwillen zeigte. Auch an Leibesfülle hatte er weiter zugelegt, während Kathleen eher dünner geworden war. Dabei litt sie keinen Hunger mehr. Ihr Garten warf Gemüse ab, die Felder lieferten Korn, und Ian schlachtete mehrmals im Jahr, sodass immer Fleisch vorhanden war.

Aber Kathleen arbeitete von morgens bis abends, und vor allem stand sie unter ständiger Anspannung. Grund dafür war natürlich Ian, wobei sie mit dem, was er mit ihr anstellte, besser zurechtkam als mit seinem Verhältnis zu Sean. Kathleens Söhne waren jetzt fünf und sechs Jahre alt, und was Verständigkeit und körperliche

Geschicklichkeit anging, bestand kaum noch ein Unterschied zwischen Colin und Sean. Sean konnte gegenüber dem Jüngeren nicht mehr glänzen – zumindest nicht in Fertigkeiten, die Ian wichtig waren. Im Gegenteil, in allen Dingen rund um den Stall und die Pferde zeigte sich Colin wendiger und pfiffiger als sein Bruder. Schon jetzt wusste er, wie er sein verschmitztes Lächeln einsetzen musste, um Pferdekäufer zu betören. Während Sean ein dunkler Typ war wie seine beiden »Väter«, war Colin blond und hatte Kathleens ansprechende Züge. Mit seinen Grübchen, seinen lebhaften braunen Augen und seinem aufgeschlossenen Wesen bezauberte er vor allem Frauen, während er Männern mit seiner absoluten Ergebenheit gegenüber seinem Vater imponierte.

Colin bewunderte Ian, er betete ihn an. Und Ian tat alles, um den Jungen darin zu bestärken. Er lobte ihn, brachte ihm Geschenke mit, ließ ihn die Verkaufspferde reiten und manchmal sogar schon Käufern vortraben. Wenn er kleinere Fahrten unternahm, durfte Colin mit und saß ruhig und scheinbar verständig neben seinem Vater im Pub, wenn Ian mit seinen geschäftlichen Erfolgen prahlte. Sean dagegen ging leer aus, was den Jungen zunehmend bedrückte. Am Anfang konnte Kathleen noch Tricks anwenden – »Ja, Colin hat einen Jadestein gekriegt, aber dir hat Daddy eine neue Geschichte mitgebracht! Du kannst sie morgen bei Tante Claire abholen!« –, aber auf die Dauer funktionierte das nicht. Sean spürte die Zurückweisung und erwiderte sie seinerseits mit Trotz gegenüber Vater und Bruder. Die Jungen stritten sich oft, und von Ian bezog Sean Prügel, wenn er sich seinen Anweisungen entzog und Widerworte gab.

»Was soll ich dir den Sattel putzen, wenn du mir hinterher doch nur erzählst, Colin machte das viel besser?«, fragte Sean zum Beispiel frech und ließ sich dafür übers Knie legen. Er biss die Zähne zusammen und brachte keinen Laut heraus, wenn Ian dafür unbeherrscht auf ihn einschlug.

Kathleen fragte sich, woher der Junge den Mut zu dieser Aufmüpfigkeit nahm, aber natürlich war auch Michael kein Duckmäuser gewesen. Claire forderte in den Unterrichtsstunden den Widerstand ihres Lieblingsschülers heraus, indem sie ihn mit Lesestoff über Helden wie Robin Hood und König Artus fütterte. Griechische und römische Sagen waren ihr Steckenpferd. Sie gab nicht nur ihren Tieren entsprechend hochtrabende Namen – das neue Maultier hieß Artemis nach der jungfräulichen Jägerin –, sondern schilderte ihren kleinen und großen Zuhörern auch in schillernden Farben, wie Herakles und Theseus in der antiken Welt für Ordnung sorgten.

Kathleen und Sean lauschten mit nie versiegender Spannung. Claire musste oft lachen, wenn sie zwei paar aufgeregte grüne Augenpaare an ihren Lippen hängen sah. Das war das Einzige, was Kathleen ihrem ersten Sohn vererbt hatte. Das Grün seiner Augen war jedoch nicht strahlend wie bei ihr, sondern blass und immer ein wenig umflort. Sean hatte Michaels dunkles Haar, und es zeichnete sich jetzt schon ab, dass er seine kantigen Züge geerbt hatte. Er war ein ausgesprochen kluger Junge, neigte aber ein bisschen zum Träumen. Sein Gerechtigkeitssinn war überdurchschnittlich ausgeprägt. Manchmal brauchte er Stunden, um die Pferde zu füttern, weil er die Heuhalme abzählte, um nicht einem mehr zu geben als dem anderen.

»Vielleicht wird er mal Richter!« Claire sah ihre Freundin hoffnungsvoll an.

Kathleen zuckte die Schultern. Sie konnte sich Sean auch als rechtschaffenen Landwirt oder – sofern sich ein Schulbesuch ermöglichen ließ! – als Priester vorstellen. Lediglich eine Laufbahn als Pferdehändler war mit seinen Eigenheiten kaum vereinbar.

Die beiden kleinen Mädchen, Chloé und Heather, zeigten noch keine besonderen Merkmale, nur äußerlich schienen beide ganz nach ihren Müttern zu kommen. Claire hoffte, dass Heather einmal so schön werden würde wie Kathleen, und Kathleen ihrerseits wünschte ihrem Patenkind Chloé Claires sprühendes Wesen und ihre Aufgeschlossenheit für Neues. Wie etwa die bunt gesprenkelten Teekuchen, die Kathleen sich jetzt misstrauisch näher ansah.

»Was ist das überhaupt?«, fragte sie und versuchte, ein Stück leuchtend roter, kandierter Kirsche aus ihrem Gebäck zu klauben, um es näher zu untersuchen. »Hast du das selbst gemacht?« Letzteres konnte sie kaum glauben. Claire hatte zwar Techniken erlernt, die ihr die Hausarbeit erleichterten, aber nach wie vor zeigte sie dafür kein Talent.

»Das sind Früchte«, gab Claire eifrig Auskunft. »Eingelegt und gekocht in Zucker und Saft. Ich weiß nicht genau, wie man das macht, aber schmecken sie nicht köstlich? Ich hab sie ...«

Bevor Claire erläutern konnte, woher die Köstlichkeiten stammten, stürmten die beiden kleinen Jungen das Wohnzimmer und stürzten sich auf das Blech mit den Teekuchen. Colin schubste Sean zur Seite, der daraufhin nicht minder ruppig zurückschlug. Kathleen musste die Brüder trennen. Sie hielt sie am Kragen auseinander wie zwei knurrende Welpen am Nackenfell.

»Essen, nicht zanken!«, schimpfte sie streng. »Und erst mal Guten Tag sagen!« Sie wies auf Claire, von der die beiden Kinder bislang keine Notiz genommen hatten.

Sean reagierte sofort ernüchtert, gab nach kurzer Überlegung die Hand und produzierte dazu einen formvollendeten Diener. Colin schenkte Claire sein gewinnendes Grinsen, verbeugte sich kurz und fragte nach ihrem Wohlergehen. Kathleen fiel dieser Unterschied immer wieder ins Auge. Sean war höflich, aber unaufdringlich, während Colin jede Gelegenheit nutzte, mit seinem Gegenüber ins Gespräch zu kommen und es dabei in Windeseile um den Finger zu wickeln.

»Die Früchte sind von meiner Mutter!«, verkündete Claire nun endlich ihre große Neuigkeit. »Ich hatte ihr von Chloés Geburt berichtet, und jetzt hat sie eine Kiste voller Überraschungen geschickt!«

»Noch mehr Porzellan?«, fragte Kathleen skeptisch.

»Nein, aber Schulbücher!«, freute sich Claire. »Ein Lexikon! Und kandierte Früchte, weil ich die doch so mag. Stoff für ein neues Kleid – ich habe ihr geschrieben, dass ich jetzt selbst nähe!«

Kathleen lächelte. Das war eine sanfte Untertreibung. Claire brachte für Näharbeiten ebenso wenig Begabung auf wie für jede andere Hausarbeit, aber immerhin konnte sie inzwischen ihre eigenen und Matts Sachen ausbessern und schaffte auch einfache Kinderkleidchen.

»Schau, wird mir das nicht wunderbar stehen?«

Claire suchte in der verheißungsvollen Seekiste aus England nach dem Stoff und hielt ihn sich an. Er war wirklich schön, ein lichtes Goldbraun, das ihre Augen strahlen ließ. Außerdem enthielt die Kiste cremefarbene, handgeklöppelte Spitze. Man konnte das Kleid damit verzieren oder sogar ein Hütchen daraus zaubern.

»Aber beim Nähen hilfst du mir doch?«, bat Claire ihre Freundin. »Sieh, ich will das hier! Schaffen wir das?«

Damit förderte sie einen Schwung Zeitschriften aus der Kiste und breitete sie vor Kathleen aus, die sie mit großen Augen studierte. Kathleen Coltrane war zweiundzwanzig Jahre alt, und sie sah zum ersten Mal in ihrem Leben eine Frauenzeitschrift. Claire wies auf die Zeichnungen, die Frauen in den neuesten Pariser Kollektionen zeigten, und hatte sich auch schon ein Kleid ausgesucht. Eng geschnitten natürlich, ihre schlanke Taille betonend und selbstverständlich nur zu tragen, wenn man sich schnürte. Der Rock fiel in Volants, die man gut mit Spitze absetzen konnte, der Ausschnitt war rund und ebenfalls spitzenbesetzt. Claire würde ein solches Kleid nie nähen können. Aber Kathleen?

Sie war wie erschlagen von der Fülle an Schnittvariationen, die das Heft bot. Puffärmel, runde und eckige Kragen, Volants, Matrosenkleider und Fischbeinkorsetts – in Irland hatte man diese Vielfalt höchstens an Lady Wetherby bewundern können, und selbst die hatte auf ihrem Landsitz meist eher schlichte Haus- und Reitkleider getragen.

»Es muss ein bisschen kürzer sein«, meinte Kathleen schließlich. »Wenn du es hier bis auf den Boden fallen lässt, verdirbst du es dir. Aber sonst – es ist wunderschön! Und natürlich kriegen wir es hin! Matt wird begeistert sein!«

Claire nickte, wirkte aber nicht übertrieben hoffnungsvoll, was Kathleen mit Sorge erfüllte. Wo blieben Claires überschäumender Optimismus und ihre Überzeugung, von Matt über alles geliebt zu werden?

Früher hätte Claire eine derartige Bemerkung mit einem Lächeln der Vorfreude quittiert, aber jetzt brauchte sie eher ein paar Herzschläge, um sich zu fangen, nachdem Kathleen ihren Mann erwähnt hatte. Erst dann lachte sie wieder.

»Wir fangen gleich damit an!«, bestimmte sie vergnügt. »Du nimmst bei mir Maß und schneidest zu. Und ich helfe dann beim Nähen. Reicht der Stoff überhaupt?«

Der Stoff reichte nicht nur für ein Kleid für die kleine, zierliche Claire, sondern obendrein für einen Rock für Kathleen. Die schlug zwar vor, lieber noch ein Kleidchen für Chloé daraus zu nähen, aber davon wollte Claire nichts wissen.

»Nein, wenn du all die Arbeit für mich machst, musst du auch was davon haben! Ian ist doch genau wie Matt – für dich kauft er nie was!«

Das stimmte, obwohl Kathleen sich über die Formulierung wunderte. *Genau wie Matt* – bröckelte da etwa Claires uneingeschränkte Begeisterung für ihren Ehemann? Aber es war natürlich kaum zu übersehen, dass sich weder Matt noch Ian besonders spendabel zeigten, wenn es um ihre Frauen ging. Claire besserte immer wieder ihre alten Kleider aus, und Kathleen trug seit Jahren nichts anderes als Kattunkleider, den Stoff erstand Ian irgendwo billig. Ob er zu Kathleens Teint, ihrer Haarfarbe und ihren Augen passte, war ihm völlig egal, sie nähte ihre Kleider daraus nach den alten Schnitten, mittels derer schon ihre Mutter hauptsächlich Umstandskleider geschneidert hatte.

Der neue Rock betonte nun den Goldton ihres Haars und ließ ihre Augen leuchten. Schade nur, dass ihre Blusen aus genauso billigem Material waren wie ihre Kleider! Aber die großzügige Claire bestand darauf, dass sie auch die restliche Spitze nahm und ihre beste, zartgrüne Bluse damit besetzte.

Kathleen konnte sich kaum an ihrem eigenen Anblick sattsehen, als sie sich schließlich in Claires altem Spiegel betrachtete. Und noch aufregender wirkte Claires neuer Staat.

»Ich glaube es nicht!«, jubelte die junge Frau, als sie sich vor dem Spiegel drehte, der natürlich zu klein war, um sich ganz anzusehen. »Es sitzt perfekt! Wirklich, Kathleen, in Liverpool haben wir beim besten Schneider der Stadt nähen lassen, aber schöner hat er es auch nicht hinbekommen. Woher kannst du das?«

Kathleen zuckte die Schultern. Der Umgang mit Nadel und Faden war ihr immer leichtgefallen. Natürlich war ihr Vater Schneider gewesen, und sie hatte sich einiges abschauen können, aber so aufwändige Damenkleider hatte James O'Donnell selten genäht. In guten Jahren war natürlich mal ein Hochzeitskleid in Auftrag gegeben worden, und auch Lady Wetherby hatte ab und an etwas ändern lassen. Letzteres hatte oft Kathleen selbst übernommen, als sie in dem großen Haus diente. Kleider hatten sie immer interessiert.

»Du könntest damit Geld verdienen!«, rief Claire jetzt begeistert. »Weißt du, was wir machen? Wenn dein Ian wieder für ein paar Tage weg ist, hole ich dich ab, und wir fahren zusammen nach Christchurch!«

Claire unternahm solche Ausflüge gelegentlich, seit die Edmunds das neue Maultier besaßen. Wenn Artemis, die Kathleen und Matt schlicht Missy nannten, nicht in der Landwirtschaft gebraucht wurde, hatte Matt nichts dagegen. Er schien es nur lästig zu finden, dass Claire stets sprudelnd vor Begeisterung nach Hause kam und alle Neuigkeiten vor ihm ausbreitete. Kathleen hatte zweimal miterlebt, wie er sie scharf dafür tadelte. Ihre Freundin hatte dann enttäuscht geschwiegen.

»Wir ziehen unsere neuen Sachen an und gehen in den Laden von der alten Broom. Der werden die Augen aus dem Kopf fallen! Und dann schauen wir auch im Hotel vorbei und vielleicht beim Reverend. Ja, das ist eine gute Idee! Seine Frau ist schrecklich eitel, und eine dumme, hässliche Tochter haben sie auch. Wenn sie uns sehen, werden sie glauben, das Mädchen könnte hübsch sein, wenn es nur auch so schöne Kleider hätte!«

Kathleen musste lachen. »Aber es gibt doch gar keinen so feinen Stoff in Christchurch«, gab sie zu bedenken.

Claire runzelte die Stirn und schüttelte dann ungläubig den Kopf. »Du warst schon lange nicht mehr da, nicht?«

Kathleen war streng genommen überhaupt noch nie in der aufstrebenden kleinen Stadt gewesen. Sie hatte lediglich ein- oder zweimal mit Ian den Laden von Mr. und Mrs. Broom besucht, aber damals war noch alles im Bau gewesen.

»Stoffe gibt's jedenfalls reichlich in Christchurch und auch schon einen Herrenschneider«, gab Claire jetzt Auskunft. »In ein paar Jahren wirst du da alles kriegen, was es in London gibt, die Stadt entwickelt sich ziemlich rasant. Aber das wirst du ja alles sehen. Wir machen einen Einkaufsbummel!«

Kathleen lächelte müde. Die geplante Unternehmung würde schon daran scheitern, dass weder Claire noch sie selbst Geld besaßen. Aber ihre Freundin war so strahlender Laune, dass sie das Thema besser nicht zur Sprache brachte. Und natürlich gab sie auch nicht zu bedenken, was Ian sagen würde, wenn Kathleen ohne seine Aufsicht im Sonntagsstaat durch die Straßen von Christchurch flanierte.

Nein, eine Fahrt in die Stadt ohne Segen ihres Mannes war völlig undenkbar!

Claire konnte allerdings sehr überzeugend sein, und wenn sie sich einmal zu etwas entschlossen hatte, ging sie ungern wieder davon ab. Auch diesmal hielt sie eine Woche später, ohne noch einmal zu fragen, ihren Wagen vor Kathleens Haus an. Sie kletterte in der Manier einer Prinzessin in weißen Handschuhen, die sie ausziehen musste, um ihr Maultier anzubinden, vom Bock. Auch diese Prachtstücke stammten aus der Geschenkkiste ihrer Mutter – auf dem Land in Neuseeland so überflüssig wie ein Kropf, aber Claire machten sie offenbar glücklich. Die junge Frau hatte sich auch wieder sorgfältig frisiert. Die Korkenzieherlocken schauten diesmal unter einem alten Hut vor, den Kathleen passend zum Kleid mit etwas Spitze aufgeputzt hatte, und ihre Augen blitzten unternehmungslustig.

»Los, zieh dich um, Christchurch wartet!«, rief sie ihrer Freundin zu. »Alle Kinder dürfen mit. Auf die Ladefläche, Jungs! Aber lasst eure Schwester und Chloé nicht runterfallen!«

Die Edmunds besaßen natürlich keine Chaise, Claire hatte Missy vor einen Planwagen gespannt. Auf dem Bock gab es nur zwei Plätze, die Kinder würden hinten mitfahren müssen. Sean und Colin fanden das allerdings besonders aufregend. Sie jubelten über das Abenteuer, und Kathleen brauchte geraume Zeit, bis sie die beiden zum Waschen und Umziehen überredet hatte. Claire wartete draußen, bis alle fertig waren, und schreckte zunächst zurück, als sie Colin sah. Er stolzierte in einem neuen karierten Jackett vor ihr herum, das ihn wie eine putzige Karikatur seines Vaters wirken ließ.

»Na, du hast dich ja fein gemacht!«, lachte Claire, als sie sich wieder gefasst hatte. »Wer hat denn das genäht? Du, Kathleen?« Offensichtlich zweifelte sie gerade ernstlich am Geschmack ihrer Freundin und damit auch an ihrer Befähigung zur Damenschneiderin.

Kathleen sah sie leidend an. »Der Schneider aus der Stadt. Ian brachte es am Wochenende mit. Er hat sich selbst eins machen lassen, und es war noch Stoff übrig. Für Sean natürlich nicht …«

»Ich würd so was sowieso nicht anziehen!«, bemerkte Sean, aber seine Stimme verriet seine Kränkung. »Du siehst aus wie … wie ein Leprechaun!«

Claire prustete los. Während sie gern Geschichten erzählte, besaß Kathleen eine bemerkenswerte Gabe zu zeichnen, und wenn Claire die Helden ihrer Sagen und Märchen lebhaft schilderte, warf Kathleen ihr Bild oft rasch auf ein Stück Papier. Besonders gern zeichnete sie die Feen und Gnome aus irischen Geschichten, und die Ähnlichkeit des kleinen Colins in seinem Staat mit den urigen Zwergen aus Irland war nicht zu verkennen.

»Fehlt nur noch der Zylinder!«, fügte Sean spöttisch hinzu. Er selbst trug seinen Sonntagsanzug, von Kathleen geschneidert. Die Sachen sahen ordentlich aus, waren aber aus billigem Stoff. »Ich möchte lieber einen Matrosenanzug!«, verlangte Sean.

Der Junge las alles, was ihm in die Hände fiel, und natürlich verschlang er auch Claires Modemagazine. Sie zeigten die neueste englische Kindermode: Jungen und Mädchen im Marine-Look.

Claire ließ die Jungen jetzt in den Wagen steigen und reichte ihnen die kleinen Mädchen hinauf.

»Wenn deine Mommy demnächst Geld verdient, näht sie dir einen!«, versprach sie Sean und schnalzte ihrem Maultier zu, als endlich alle Platz genommen hatten.

Kathleen errötete und schüttelte den Kopf. Es war eine verrückte Idee. Wer sollte sie fürs Nähen bezahlen? Und auch diesen »Einkaufsbummel« würde sie sicher noch bereuen – sosehr sie sich jetzt auch darauf freute.

Die erste Überlegung erwies sich sehr schnell als falsch, letztere später als richtig. Zunächst aber gestaltete sich Claires und Kathleens Ausflug zum Triumphzug. Schon im Laden von Mrs. Broom fanden ihre Kleider begeisterten Anklang. Gleich zwei Kundinnen zeigten uneingeschränkte Begeisterung über die neuen Schnitte und beugten sich nach kurzer Zeit aufgeregt über die Modejournale, die Claire vorausschauend mitgebracht hatte. Beide entdeckten darin die Kleider ihrer Träume, aber keine von ihnen hätte sich zugetraut, so etwas selbst zu nähen.

»Kathleen macht das für Sie!«, schlug Claire vor. »Natürlich nicht umsonst!«

Kathleen errötete zutiefst und wagte kaum, einen Preis zu nennen, als die Frauen sie gleich darauf bestürmten. »Ich weiß nicht … ein Pfund?«

Claire war ebenso ratlos, aber jetzt griff die klatschsüchtige, dicke Mrs. Broom ein. Gewöhnlich war sie nicht dafür bekannt, kostenlose Ratschläge zu erteilen oder gar Menschen glücklich zu machen, aber sie war auch Geschäftsfrau.

»Ein Pfund? Wollen Sie die kleine Frau beleidigen? Dafür fädelt Mr. Peppers von der Herrenschneiderei nicht mal die Nadel ein!«, fuhr sie ihre Kundinnen an. »Nein, nein, Mrs. Coltrane, lassen Sie sich darauf nicht ein! Unter zwei Pfund können Sie das Kleid nicht herstellen, eher drei. Wenn sich das eine nicht leisten kann, muss sie eben selbst nähen.«

Mrs. Broom ließ prüfende Blicke über die beiden Kundinnen schweifen, die sofort ihren Ruf und den ihrer Männer als wohlhabende Bürger in Gefahr sahen. Sie beeilten sich folglich, die Kleider zu bestellen – eine hatte noch Stoff zu Hause, die zweite schaute sich unter Mrs. Brooms Vorräten um.

»Die Korsetts dazu kann ich aber nicht machen«, erklärte Kathleen vorsichtig. Beide Kundinnen hatten sich für Kleider mit wahren Wespentaillen entschieden.

»Die bestelle ich in England!«, freute sich Mrs. Broom. Sie blinzelte Kathleen verschwörerisch zu, als die zufriedenen Kundinnen gegangen waren. »Und mir machen Sie dies hier!«, erklärte sie dann und wies auf ein mondänes schwarzes Spitzenkleid, das in Paris für Furore gesorgt hatte. »Aber für ein Pfund – schließlich habe ich Ihnen gerade zwei Kundinnen besorgt!«

»Und dabei einen Kleiderstoff und zwei Korsetts verkauft!«, meinte Claire schnippisch. »Dafür sollten wir eigentlich eine Gewinnbeteiligung bekommen. Nein, wenn Mrs. Coltrane Ihnen etwas nachlässt, dann höchstens zwei Shilling!«

Die Frauen einigten sich schließlich darauf, dass Kathleen die Kleidermodelle aus den Modejournalen abzeichnen und die Bilder bei Mrs. Broom hinterlegen würde. Für jede Kundin, die sie damit anwarb, würde Kathleen ihr bei eigenen Bestellungen einen Shilling nachlassen.

Mrs. Broom entließ die jungen Frauen mit leuchtenden Augen. Sie konnte sich vor Vorfreude auf ihre französische Robe kaum halten.

»Das Kleid wirst du ihr umsonst nähen«, prophezeite Claire ihrer Freundin. »Und sie wird darin schrecklich aussehen. Wie eine

Sahnetorte in Trauer … Aber sie wird dir mehr Kunden besorgen, als du bewältigen kannst.«

Die nächste Station war das Pfarrhaus, und Kathleen staunte wirklich, wie sehr Christchurch gewachsen war, seit sie aus Port Cooper in die Plains umgezogen waren.

»Soll ja sogar Bischofssitz werden«, erklärte Claire vergnügt. »Und unser Reverend Baldwin macht sich da zweifellos Hoffnungen. Kannst du nicht sagen, du hättest schon … was weiß ich, für die Frau vom Papst genäht?«

Kathleen bekreuzigte sich. »Erstens lüge ich nicht, und zweitens dürfen katholische Priester nicht heiraten«, sagte sie abweisend.

Claire runzelte die Stirn, offenbar auf der Suche nach einer Alternative. »Aber dafür tragen sie selbst ziemlich prächtige Gewänder, nicht wahr? Ein Ballkleid für den Bischof von Irland?«

Kathleen weigerte sich kategorisch, irgendwelche Lügengeschichten zu erzählen, die obendrein noch mit Lästerung ihrer Kirche gegenüber verbunden waren. Sie schämte sich auch ein bisschen, als Katholikin bei den Anglikanern ihre Aufwartung zu machen, aber die magere Frau des Reverends und ihre füllige Tochter bestellten trotzdem jede ein Kleid. Ihre Versuche zu handeln, wehrte Claire genauso entschlossen ab wie die von Mrs. Broom.

»Obwohl es natürlich auch nicht schlecht wäre, ein paar Modejournale in die Kirche zu legen«, überlegte sie auf dem Rückweg, »oder wenigstens ins Pfarrhaus. Die alte Baldwin wär geizig genug, das zu machen, wenn sie ihre Kleider dafür billiger kriegte. Aber ich glaube, da stellt sich der Reverend quer.«

Claire bestand darauf, die gelungenen Abschlüsse mit einem Tee im White Hart Hotel zu feiern. Die junge Frau war ganz in ihrem Element und betrat die Teestube mit der Selbstverständlichkeit und Grazie der vornehmen Lady, die sie in England zweifellos gewesen war. Kathleen, die sich zwischen den kostbaren schweren Möbeln, den Brokatvorhängen und silbernen Lüstern unwohl fühlte, hielt den Kopf gesenkt. Trotzdem erntete sie bewundernde Blicke. Claire war hübsch, aber Kathleens Schönheit überstrahlte die aller anderen Frauen und Mädchen im Raum, und das trotz ihrer Schüchternheit. Tatsächlich verstärkte diese Befangenheit sogar noch ihre Anziehungskraft. Sie färbte ihre Wangen rot und ließ ihre Augen noch größer wirken. Claire schaute lächelnd zu, wie die Kellner sich dabei überschlugen, Kathleen zuvorkommend zu bedienen. Männliche Gäste rückten ihr den Sessel zurecht, und alle anderen Frauen betrachteten sie voll Eifersucht. Lediglich Claire gönnte ihr das Glück, das die Freundin gar nicht so recht auskosten konnte.

»Nun lach doch mal!«, wies sie Kathleen an. »Du bist hier etwas Besonderes, alle mögen dich!«

Kathleen ließ jedoch den Kopf gesenkt, brachte selbst kaum Tee und Kuchen herunter und fütterte nur angelegentlich ihre kleine Tochter mit Brownies. Sean aß brav ein Stück Torte. Er versuchte, die Kuchengabel so geschickt und selbstverständlich zu handhaben wie Claire. Er sagte Bitte und Danke und bemühte sich um perfekte Umgangsformen. Colin stopfte Eclairs in sich hinein und bemühte sich dann um Anschluss.

»Was für ein entzückender Junge!« Kathleen hörte Lobeshymnen von einigen weiblichen Gästen, als die Frauen schließlich aufbrachen und mit ihren Kindern durch die Teestube zum Ausgang schritten. Alle schienen allerdings ein »Warum ziehen Sie das Kind bloß so an?« zu verschlucken, als Colin stolz nach seinem karierten Jackett griff.

Claire hatte es wohlweislich an der Garderobe deponiert und unter anderen Mänteln versteckt. »Hier sagen wir besser nicht, dass du Schneiderin bist!«, wisperte sie Kathleen zu.

Ian hörte natürlich gleich bei seinem nächsten Besuch in Christchurch von den Eskapaden seiner Frau und kam wutentbrannt nach Hause. Am Ende des Abends hatte er Kathleen blau und grün geschlagen und sämtliche Vorauszahlungen der künftigen Kundinnen an sich genommen.

»Hurenlohn!«, schrie er.

Kathleen weinte bei ihrer Freundin über die verlorenen Pfundnoten verzweifelte Tränen. Sie würde nun einen Monat lang nähen müssen, ohne einen Shilling dafür zu bekommen.

»Dabei dachte ich, ich könnte was sparen«, schluchzte sie. »Wenn Sean mal zur Universität soll.«

Claire umarmte sie und strich kühlende Salbe auf ihr zerschlagenes Gesicht. »Das wirst du schon. So was passiert uns nicht wieder!«, tröstete sie. »Die nächsten Aufträge hole ich allein ein, und du lässt die Arbeit liegen, wenn Ian zu Hause ist. Am besten zeigst du auch Colin so wenig wie möglich, dem kleinen Verräter!«

Kathleen sah sie entrüstet an. »Colin ist erst fünf!«, bemerkte sie.

Claire zog die Brauen hoch. »Aber er prahlt mit seinen Abenteuern. Du weißt doch selbst, welche Wunderdinge er immer von seinen Ausflügen mit Ian erzählt. Garantiert hat er seinem geliebten Daddy jede Schmeichelei erzählt, die der Kellner im White Hart dir zugeflüstert hat.«

»Aber … aber er war doch nur höflich«, verteidigte Kathleen den Mann.

Claire nickte streng. »Du weißt genau, was Ian aus diesen Sachen macht. Und Colin weiß, was Daddy hören will. Auch schon mit fünf, mach dir nichts vor!«

Das neue Arrangement funktionierte. Claire fuhr etwa einmal im Monat nach Christchurch, lieferte fertige Kleider aus und holte neue Aufträge herein. Zudem bat sie ihre Mutter um neue Modejournale. Die wurden allerdings nicht allzu dringend benötigt, denn Kathleen wurde selbst immer wieder zu neuen Entwürfen inspiriert. Sie ließ ihre Fantasie spielen, seit sie die Kleider nach ihrem ersten Besuch bei Mrs. Broom für deren Laden abzeichnete, und brauchte die Journale schließlich nur noch zur Orientierung an der neuesten Mode. Claire war von ihren Einfällen begeistert und die Kundinnen nicht minder.

Schon nach kurzer Zeit musste Kathleen Aufträge ablehnen, weil sie mit dem Nähen nicht nachkam. Das lag natürlich auch daran, dass sie nur abends und nachts zur Nadel griff, wenn die Farmarbeit getan war und Colin schlief. Kathleen mochte es vor Claire nicht gern zugeben, aber auch sie selbst merkte, dass mit dem Jungen Ians Spion in ihrem Haus heranwuchs.

Inzwischen war auch die Schafschur erfolgt, zum Glück ohne eine neue Krise in Kathleens Ehe heraufzubeschwören. Claire hatte die Schererkolonne an einem der wenigen Tage vorbeigeschickt, an denen Ian zu Hause war, und Kathleen ließ sich draußen nicht blicken. Ian nutzte die Chance, dem Anführer ein Pferd zu verkaufen.

»Das heißt, wir müssen uns nächstes Mal andere Leute suchen«, seufzte Kathleen mit Blick auf die ordentlich von ihrer Wolle befreiten Tiere und die schönen Vliese. »Der Mann wird schnell merken, dass der Wallach faul ist wie die Sünde und obendrein lahm. Aber vielleicht haben wir im nächsten Jahr um die Zeit ja gerade keine Schafe.«

»Wir schon!«, rief Claire fröhlich.

Bei den Edmunds wechselte der Viehbestand nicht dauernd, und im Gegensatz zu Kathleen, die Schafe nur als Ausbrecher und Mistproduzenten sah, mochte Claire die Tiere gern. Sie hatte sich auch mit den Schafscherern bestens verstanden und sogar zwei Schafe selbst geschoren. Nun brannte sie darauf zu lernen, wie man die Wolle verarbeitete. Kathleen zeigte es ihr geduldig, und in der nächsten Zeit erlangte Claire tatsächlich einige Geschicklichkeit im Spinnen. Obwohl Kathleen sich nichts davon versprach, bot sie ihre Wolle in Mrs. Brooms Laden an – und zu Kathleens Überraschung griffen die Stadtfrauen gern zu.

»Sag ich doch!«, freute sich Claire und packte eine weitere Ladung in ihren Wagen. »Bei euch in Irland mag ja jede Frau selbst spinnen, aber in Liverpool tat das niemand. Stricken und Häkeln schon, aber Wolle kardieren und färben und verspinnen – das geht nicht in einem Stadthaushalt und lohnt sich ja auch nur, wenn man selbst Schafe hat!«

Kathleen und Claire verkauften den gesamten Wollertrag ihrer beiden Farmen – und freuten sich daran, dass keiner ihrer Männer darauf kam, das Geld von ihnen einzufordern. Weder Ian noch Matt hatte Ambitionen als Schafbaron. Für Ian waren eigene Tiere nur lästige Fresser – er versuchte sie weiterzuverkaufen, sobald es eben ging. Und Matt fuhr Tag für Tag zwischen Christchurch und Lyttelton hin und her. Er machte gute Geschäfte, indem er das Hab und Gut der neuen Siedler transportierte oder Handelsware aus den Plains zu den Schiffen brachte. Bei Letzterem hätte ihm eigentlich auffallen müssen, dass er immer mehr Wolle für England lud. Aber entweder hielt er seine eigenen paar Dutzend Schafe für nicht erwähnenswert, oder er interessierte sich einfach nicht dafür, was er beförderte.

Manches sprach tatsächlich für Desinteresse, denn Matt wirkte immer gelangweilter und schlechter gelaunt. Claire litt darunter sichtlich, obwohl sie sich scheinbar nichts anmerken ließ. Kathleen konnte sie jedoch nichts vormachen. Schon das Ausbleiben der Schwärmereien für den wundervollen, humorvollen und zärtlichen Matt Edmunds war ein Indiz für Claires Ernüchterung.

Claire freute sich aber ungehemmt über das eingenommene Geld. »Wir werden noch reich, Kathleen!«, lachte sie, wurde dann aber ernst. »Wir gehen zusammen weg!«

Kathleen sah überrascht von ihrem Geld auf. Sie zählte es eben erneut durch und konnte ihren Reichtum kaum fassen. Aber dies riss sie denn doch aus ihrer Trance. Claire Edmunds dachte an Ausbruch aus ihrer Ehe?

»Sie sagen …«, flüsterte Claire, die sich wohl endlich einmal aussprechen musste, »also die Frauen in Christchurch … sie sagen, Matt habe ein Liebchen in Lyttelton.«

Kathleen legte ihrer Freundin tröstend den Arm um die Schultern. »Das muss nicht stimmen, Claire. Das ist sicher nur Gerede!«

»Es kann aber sein«, sagte Claire bitter. »In den ersten Jahren war das Meer schließlich selten so rau, dass er in Port Cooper übernachten musste. Aber jetzt passiert das dauernd. Ich merk es auch, Kathleen. Ich bin ja nicht blind!«

»Aber lässt du ihn denn nicht mehr in dein Bett?«, fragte Kathleen errötend. »Ich meine … du bist noch nicht wieder schwanger.«

Claire wischte sich die Tränen aus den Augen. »Es ist nicht so, dass ich ihn nicht lasse«, sagte sie leise. »Ich lieb ihn ja, obwohl er jetzt so anders ist. Aber er will gar nicht. Matt ist irgendwie … ich weiß nicht, was ihn so mürrisch und unglücklich macht, aber … Also, ich glaub … ich glaub, wenn's nach Matt ginge, könnte ich morgen verschwinden!«

Claire Edmunds, die ewige Optimistin, brach in Tränen aus.

Kapitel 5

Auch in den nächsten Jahren wurden die Ehen von Kathleen Coltrane und Claire Edmunds nicht glücklicher, aber ihr gemeinsames Geschäft entwickelte sich unerwartet erfolgreich. Kathleen versuchte längst nicht mehr, alle die ihr erteilten Aufträge für Kleider und sogar Abendroben selbst auszuführen. Sie konzentrierte sich jetzt hauptsächlich auf die Entwürfe der Kleider und das Zuschneiden – die Näharbeiten übernahmen zwei Frauen in der Stadt, die Claire angeworben hatte. Claire selbst verlegte sich auf das Weben von filigranen Wollstoffen. Sie verarbeitete nahezu alle Wolle ihrer Schafe selbst und nahm auch Kathleen den Ertrag ab, wenn die Coltranes zur Scherzeit gerade Tiere im Stall hatten.

Ein Verkauf kleiner Mengen lohnte sich inzwischen kaum noch – die aufstrebenden Stations der großen Schafbarone belieferten die Händler mit immensen Mengen qualitativ hochwertiger Vliese. Farblich und strukturell abweichende Wolle konnte man höchstens in schon verarbeitetem Zustand verkaufen, und Claire erwies sich als sehr geschickt darin, mit unterschiedlichen Farbschattierungen immer neue Effekte zu erzielen. Ihre gehätschelten Schafe trugen insofern durchaus zum Lebensunterhalt der Familie bei, was bitter nötig war.

Claire klagte darüber, dass Matts Geschäft nicht florierte. Während die anderen Flussschiffer und Fischer meist schon größere und modernere Boote angeschafft hatten und allein mit dem Fischfang für den Verkauf in Christchurch gut verdienten, kam Matt nicht weiter. Das Geld, das er verdiente, vertrank er in den Pubs oder auf den Booten mit Freunden.

»Man kann ihm ja ganz gut zuhören«, brummte Ian, der Matts Niedergang mitunter am Rande erwähnte. »Er unterhält den ganzen Pub mit seinen Seemannsgeschichten. Aber damit fängt er keine Fische und transportiert keine Lasten – wobei das sowieso weniger wird, je besser sie den Bridle Path ausbauen.«

Der Pfad konnte inzwischen schon mit Kutschen befahren werden, und als Ian einmal für mehrere Tage unterwegs war und Colin mitnahm, wagten Kathleen und Claire einen Ausflug nach Lyttelton. Kathleen wollte ihre Maori-Freundin Pere wiedersehen und Claire, die in Sachen Wolle der Ehrgeiz gepackt hatte, erhoffte sich von der Eingeborenen Rezepte zur Färbung von Fasern.

Pere zeigte sich natürlich hocherfreut. Sie begeisterte sich darüber, wie groß Sean geworden war, und verwöhnte Heather und Chloé mit Zuckerzeug. Kathleen ihrerseits wunderte sich über die Entwicklung der primitiven Ansiedlung Port Cooper zu der Kleinstadt Lyttelton – nun endgültig benannt nach einem führenden Gentleman aus der Canterbury Association. Sie genoss es, einmal ungestört von Ians Eifersuchtsanfällen mit Peres Mann John reden zu können, und erfuhr einiges über die Entwicklung ihres neuen Landes.

»In Westport hat man Kohle gefunden – da wird jetzt die Förderung beginnen«, erklärte der bedächtige Mann. »Aber wichtiger sind die Goldfunde in Otago! Alle Verrückten und Glücksritter streben auf die Goldfelder und hoffen, ihr Glück zu machen. Vielen wird es nicht gelingen, aber es bringt Leute ins Land. Leider wieder mal nicht die besten. Aber es gibt auch Stadtgründungen. Dunedin im Süden an der Küste – hauptsächlich von Schotten besiedelt. Blenheim im Norden – in der Gegend sind viele Deutsche. So langsam bevölkert sich das Land.«

»Und macht das Ihren Leuten nichts aus?«, fragte Claire die gelassene Pere, die eben den Kindern den Sternenhimmel erklärte.

Es war ein warmer Sommerabend, und sie hatten den Blick aufs Meer genossen, während Pere Fisch und Süßkartoffeln grillte. Jetzt tat sich der klare Nachthimmel vor ihnen auf – und zu Claires unbegrenzter Begeisterung wusste Pere die Namen der Sterne. Wenn auch nicht auf Englisch, sondern ausschließlich in ihrer Sprache.

Pere schüttelte den Kopf. »Nicht hier. Auf Südinsel – Te Waka-a-Maui – wir nie waren viele. Nur ein Stamm, die Ngai Tahu und noch ganz wenig im Norden. Haben nichts gegen *pakeha* – wenn sie ehrlich bezahlen unser Land und unsere Arbeit. Muss man aufpassen, viele Gauner! Aber unsere Häuptlinge klug, nicht viel streiten miteinander. Auf Nordinsel anders, da viele Stämme, viel Verträge … In Waitangi Häuptlinge geschlossen Vertrag mit *pakeha*, aber trotzdem oft gibt Ärger.«

»Hier sind die Leute ganz froh, wenn sie Arbeit bekommen«, warf John ein.

Pere grinste ihn an. »Und Geld und Töpfe und Decken und warme Kleider«, gab sie zu. »Wer mag nicht bisschen bessere Leben?«

Kathleen und Claire nickten einhellig. In ihrem Leben fehlte der Luxus, trotz der recht guten Einnahmen, die Claire im Kuhstall unter dem Mist versteckte und Kathleen hinter einem losen Stein an ihrem Kamin. Beide lebten in der paradoxen Situation, dass sie nichts ausgeben konnten, ohne ihre Männer auf ihr Einkommen aufmerksam zu machen. Nun schauten sie sehnsüchtig auf Peres behagliches Heim, die Kissen auf den Stühlen, die von Maori-Frauen gewebten Wandbehänge und die kleinen Skulpturen aus Pounamu-Jade.

»Das *hei-tiki*!«, erklärte Pere und beschenkte Claire und Kathleen großzügig mit zwei winzigen Götterstatuen aus Jade an Lederbändern.

Claire besah ihren Anhänger ehrfürchtig, während Kathleen ihn rasch unter ihren Kleidern verschwinden ließ. Es gefiel ihr, einen Glücksbringer zu haben, aber sie durfte gar nicht daran denken, was Ian sich vorstellte, wenn er ihn fand. Am besten ließ sie ihn in dem Geheimfach verschwinden, in dem sie Michaels Brief und seine Locke – sowie jetzt auch ihr Geld – aufbewahrte.

Claire gesellte sich jetzt zu den kleinen Sternguckern und nahm ihre Tochter in den Arm. »Dies ist die Milchstraße«, erklärte sie und wies in den Himmel.

Pere lächelte. »Wir nennen sie Te Ika o te Rangi!«, erklärte sie. »Und da ist Matariki! Ganz wichtig für Bestimmung von Neujahr – großes Fest!«

»Die Plejaden!«, übersetzte Claire. »Aber wie nennt man diesen Stern da, Pere? Für den weiß ich gar keinen Namen.«

Die Maori-Frau antwortete geduldig, und Claires Wunsch, ihre neuen Sterne besser kennen zu lernen, ging endlich in Erfüllung.

Kathleen war der Sternenhimmel dagegen egal. Während Claire und die Kinder lachend Maori-Worte wiederholten, prägte sie sich eher die Namen der *pakeha*-Siedlungen ein, die John aufzählte. Greymouth und Westport, Nelson und Blenheim, Dunedin und Queenstown. Zu den Sternen würde sie doch nie reisen. Aber vielleicht fand sich ja gleich hier, auf der Südinsel Neuseelands, ein Platz für sie und ihre Kinder, an dem sie vor Ians Unterstellungen, Schlägen und Schmähungen sicher war.

Claire mochte die Sterne benennen können – Kathleen war entschlossen, auf die Dauer nach ihnen zu greifen!

Dennoch vergingen weitere Jahre – man schrieb das Jahr 1858 –, bevor sie ernstlich daran dachte, ihre Fluchtpläne wahrzumachen – und den Anstoß dafür gab schließlich nicht Kathleens zunehmende Verzweiflung oder Seans immer schlechter werdendes Verhältnis zu Ian. Es war ausgerechnet Matt Edmunds, der den Stein ins Rollen brachte.

Sean war elf, Colin zehn Jahre alt, und beide Jungen besuchten die Schule in Christchurch. Natürlich war der Weg dorthin lang, aber Sean ritt die zehn Meilen gern – er dürstete nach Wissen und gehörte von Anfang an zu den besten Schülern. Dank Claires Unterricht konnte er auch schon seit langem lesen und schreiben, rechnete sicher und verstand sogar ein wenig Latein. Er hatte das halbe Lexikon durchgelesen und sich dabei bemerkenswerte Kenntnisse bezüglich weitgehend überflüssiger Dinge angeeignet. Schon in den ersten Tagen verblüffte er seine Lehrer durch den mehr oder weniger richtigen Gebrauch von Wörtern wie Absolution und eruieren, sodass man ihn erst eine und letztendlich sogar drei Klassen überspringen ließ. Auch unter den älteren Mitschülern gehörte er zu den Besten, und man sprach schon von späterer Aufnahme in das im Aufbau befindliche würdige Christ's College.

Colin machte die Schule weniger Spaß. Auch er konnte dank Claires Stunden die erste Klasse überspringen und hätte sicher auch die zweite nicht besuchen müssen, aber der Junge zeigte wenig Ehrgeiz. Für seinen späteren Beruf als Viehhändler – das erklärte er jetzt schon, und Kathleen nahm an, dass er damit Ians Meinung wiedergab – brauchte er lediglich rechnen zu können. Alle anderen in der Schule vermittelten Kenntnisse waren eher hinderlich. Colin half denn auch lieber im Stall, bereitete die Pferde für den Verkauf vor, ritt sie an und fand nichts schöner, als seinen Vater bei dessen Fahrten über Land zu begleiten.

Nach wie vor gab es nur in wenigen Ansiedlungen Viehmärkte. Meist fuhr Ian von Farm zu Farm, wobei Kathleen den Verdacht hatte, dass er die größten und wichtigsten Stations mied. Leute wie die Wardens auf Kiward Station, die Barringtons oder Beasleys ließen sich nicht über den Tisch ziehen und betrachteten es zweifellos als unter ihrer Würde, einen Rosstäuscher wie Ian auch nur zu empfangen. Sie bezogen ihre Tiere entweder gleich aus England oder züchteten sie selbst. Ian machte hauptsächlich Geschäfte mit kleinen Farmern und schaffte es meist, die Leute auch nach schlechten Erfahrungen mit seinen Geschäftspraktiken immer wieder zu beschwichtigen. Dabei spielte der Whiskey natürlich eine große Rolle.

Ian trank jetzt oft schon tagsüber. Der dunkelhaarige junge Mann, in den Kathleen sich beinahe hätte verlieben können, glich immer mehr einem Ebenbild seines Vaters: behäbig, rotnasig und teiggesichtig, redegewandt, aber auch sehr schnell mit den Fäusten oder der Peitsche bei der Hand. Reich, wie erhofft, wurde er in Neuseeland ebenso wenig wie in Irland, aber die Coltranes hatten ihr Auskommen. Kathleen wäre zufrieden gewesen, hätte Ian sie ein wenig freundlicher behandelt und Colin nicht derart offensichtlich allen anderen Kindern vorgezogen. Sean zeigte er immer deutlicher seine Ablehnung, und die kleine Heather beachtete er gar nicht. Die gerade neunjährige Heather fürchtete sich in den letzten Jahren vermehrt vor ihrem Vater, schließlich blieb ihr nicht verborgen, dass er ihren angebeteten Bruder Sean schikanierte und ihre Mutter schlug.

Außer Colin pflegte die gesamte Familie aufzuatmen, wenn Ian auf Verkaufsfahrt ging, und auch an jenem Frühlingstag im November war der Junge das einzige Familienmitglied, das schlecht gelaunt war. Ian war am Morgen zu einer mehrtägigen Tour aufgebrochen, hatte Colin aber zu Hause gelassen, damit er die Schule nicht verpasste. Colin misshandelte das Pferd, mit dem er im Paddock vor dem Haus arbeitete. Sean mistete nebenan den Stall aus und stritt sich jedes Mal mit seinem Bruder, wenn er mit der Schubkarre ins Freie kam. Seiner Ansicht nach behandelte Colin das junge Pferd zu hart, es konnte die geforderten Aufgaben noch nicht leisten. Kathleen war im Haus, Heather pflückte Blumen und gestaltete eben einen hübschen Strauß aus roten Rata- und gelben Kowhai-Blüten. Das Mädchen eiferte Claire nach – sie bestand darauf, eine Lady zu sein und ihr Haus entsprechend geschmackvoll zu schmücken.

Claires Maultier hätte die Kleine dann beinahe umgerannt. Die kastanienbraune Stute sprengte auf den unbefestigten Weg zwischen Kathleens Haus und dem Paddock, als werde sie von Furien gehetzt. Claire saß auf ihrem ungesattelten Rücken und lenkte sie behelfsmäßig mittels eines Strickhalfters. Spottey, das Eselchen, folgte ihr in nicht minder halsbrecherischem Tempo. Die kleine Stute trug Claires Tochter Chloé, jetzt schon eine fast ebenso sichere Reiterin wie ihre Mutter, aber gewöhnlich manierlich im Stock- oder Damensattel sitzend. Heute hielt sich allerdings auch Chloé nur mühsam auf Spotteys knochigem Rücken. Wenn Mutter und Tochter die gesamten drei Meilen in diesem Tempo geritten waren, musste das Mädchen wund sein.

Claire und Chloé ließen sich von ihren Reittieren fallen, sobald diese innehielten. Die Kleine machte Anstalten, die Stuten anzubinden, aber Claire schien unfähig zu irgendwelchen vernünftigen Handlungen und Überlegungen.

»Kathleen!«, rief sie.

Als Kathleen verwundert aus dem Haus trat, warf Claire sich schluchzend in ihre Arme. »Kathie, Kathie, ich … wir … unser Haus … Matt …«

Kathleen fing ihre Freundin auf und drückte sie tröstend an sich. Ihre Gedanken arbeiteten wie rasend alle möglichen Katastrophen durch. Ob es gebrannt hatte? War Matt womöglich in den Flammen umgekommen?

»Ein … ein Feuer, Claire?«, fragte sie vorsichtig.

Claire schüttelte den Kopf, brachte aber kein Wort heraus.

»Es sind Leute gekommen«, berichtete stattdessen Chloé, »ein Mann und eine Frau und zwei Jungs. Mit einem großen Wagen und Möbeln. Und sie haben … sie haben uns hinausgeworfen!«

Chloé klang eher verblüfft und ungläubig als beunruhigt. Sie schien den Ernst der Lage noch nicht zu begreifen.

»Sie haben euch rausgeworfen?« Auch Kathleen verstand nichts, obwohl die Erinnerungen an Irland sie geradezu überfielen. Grainné Rafferty am Kai in Wicklow … Die Hütte der Drurys, niedergerissen und abgebrannt … »Aber das geht doch nicht, Claire, dies hier ist ein freies Land! Es gibt keine Landlords, es gehört nicht den Engländern, es gehört …«

»Die Leute sagten, sie hätten es gekauft«, erläuterte Chloé. Für ihre acht Jahre war sie ein recht verständiges Mädchen, das sich sehr klar ausdrücken konnte. »Mit allem In… In…«

»Inventar«, ergänzte Claire mechanisch und schien darüber die Sprache wiederzufinden. »Sie konnten es auch beweisen. Der Kaufvertrag war fraglos korrekt. Matt, der Schuft …«

»Matt hat euch das Haus über dem Kopf verkauft?«, fragte Kathleen entsetzt.

Claire nickte. »Vielleicht betrachtete er uns auch als Bestandteil des Inventars«, bemerkte sie bitter. »Allerdings waren die Käufer sehr erbost darüber, uns noch anzutreffen. Matt wäre jedenfalls schon weg, meinten sie. Er hat das Geld für den Hof in Anteile an einem Schoner gesteckt, ein Frachtschiff. Mit dem segelt er jetzt nach China.«

Kathleen sah ihre völlig aufgelöste, verschreckte Freundin an und wurde auf einmal ganz ruhig. Sie hatte die Entscheidung so lange aufgeschoben, aber jetzt nahm das Schicksal sie ihr aus der Hand. Sie konnte Claire nicht gehen lassen – alles in ihr wehrte sich dagegen, in das freudlose Leben vor ihrer Ankunft zurückzukehren. Und Claire allein war auch viel zu wohlerzogen und unbedarft, um allein in Christchurch oder Lyttelton zu überleben. Kathleen atmete tief durch.

»Was ist mit deinen Kleidern, Claire?«, fragte sie als Erstes.

Für Claires Garderobe hatte Matt sich nie interessiert, dafür hatte ihre Mutter mitunter Stoff geschickt. Claire und Chloé besaßen insofern eine vielseitige, mit Kathleens Hilfe erstellte Garderobe, die ihren ganzen Stolz darstellte. Die Kleider waren wie neu, schließlich hatten die beiden kaum Gelegenheit, sie anzuziehen.

Claires Augen schienen Blitze zu schleudern. Anscheinend kam sie nun wirklich wieder zu sich, und ihr Entsetzen wich einem gesunden Zorn.

»Gehörte zum Inventar!«, ereiferte sie sich. »Ich wollte etwas zusammenpacken, aber die Frau hat sofort gesehen, dass ich nicht nur so ein altes Zeug habe wie dies hier.« Claire trug ein verschlissenes Hauskleid, wahrscheinlich hatte sie im Garten gearbeitet, als das Unglück über sie hereinbrach. »Jedenfalls hat sie sich fett und behäbig vor meinem Schrank platziert und gesagt, die wertvollen Stücke wären mit dem Hof gekauft worden.«

»Das sollte sich anfechten lassen«, überlegte Kathleen. »Ein Advokat aus Christchurch …«

Claire winkte ab. »Ach, vergiss es, die verkaufen das Zeug, bevor der Anwalt da nur aufkreuzt. Außerdem …«, sie lächelte grimmig, »… haben wir dafür schließlich die Tiere!«

»Die in diesem Fall nun wirklich zum Inventar gehörten, oder?«, fragte Kathleen. »Wie hast du geschafft, sie an dich zu bringen?«

Claire blickte jetzt fast übermütig. »Sie waren im Wald, beim Elfenplatz!«, berichtete sie. »Und die neuen Leute hatten ja genug damit zu tun, aufzupassen, dass ich ja nichts aus dem Haus entferne. Also sind wir erst zum Fluss gelaufen und haben uns dann um den Hof herum ins Wäldchen geschlichen. Und hier sind wir!«

»Ihr solltet bloß nicht zu lange bleiben«, riet Kathleen. »Garantiert zeigen sie den Diebstahl an.«

Über Claires Gesicht zog ein Schatten. »Das … das meinst du nicht ernst …«, flüsterte sie. »Du … du wirfst uns auch raus? Ich dachte …«

Kathleen schüttelte ungeduldig den Kopf. »Hör auf mit dem Unsinn, natürlich werfe ich euch nicht auf die Straße! Aber du musst doch einsehen, dass sie hier zuerst suchen! Spätestens, wenn sie erfahren, dass wir befreundet sind. Außerdem wird Ian dich hier nicht dulden. Aber das ist sowieso unwichtig. Wir gehen beide weg. Wir zwei und die Kinder.«

»Wir gehen beide weg?« Claires Augen wurden riesig. »Du willst … Ian verlassen?«

Kathleen nickte entschlossen. »Schon lange. Ich bin's leid, beleidigt und geschlagen zu werden. Allein hab ich mich bloß nicht getraut. Aber jetzt lass das mal, wir müssen planen. Als Erstes sollten die Tiere in den Stall. Sean …« Sie wandte sich suchend um und sah nicht nur ihren Ältesten, sondern auch die beiden anderen Kinder. Sean saß abwartend und gelassen lauschend auf dem Zaun des Paddocks, Colin hockte auf seinem Pferd und sperrte Augen und Ohren auf. Heather flüsterte mit Chloé. Die beiden Mädchen kommentierten die Ereignisse wohl auf ihre Art.

Nicht mehr zu sehen waren Missy und Spottey. Sean zwinkerte seiner Mutter zu. Kathleen schenkte ihm ein warmes Lächeln. Der Junge konnte denken!

»Gut. Dann gehen wir jetzt ins Haus, und ihr packt eure Sachen, Kinder. Wir müssen den Buggy nehmen und das alte Maultier. Mit dem Planwagen ist Ian leider weg. Also nehmt nicht zu viel mit, zu sechst wird es ohnehin knapp.« Kathleen atmete tief ein und wappnete sich für die wichtigste Frage. »Claire, hast du dein Geld?«

Kathleen atmete auf, als Claire nickte. »Ja!«, flüsterte sie und schaute schon wieder spitzbübisch drein. »Chloé hat's aus dem Stall geholt, während ich mit der Frau wegen der Kleider gestritten habe. Sonst hätten die Leute womöglich noch Anspruch darauf erhoben. Aber hier ist es!«

Sie nestelte die Pfundnoten und Münzen aus den Taschen ihres Hauskleides. Eigentlich hob sie ihr Geld in einem hübschen Kästchen aus Mahagoni auf – noch ein Stück aus ihrer weitgehend nutzlosen Aussteuer, aber das hatte sie bei ihrem Gewaltritt wohl nicht transportieren können.

»Gut!« Kathleens Erleichterung war so groß, dass sie Claire spontan umarmte. »Claire, dann ist alles gar nicht so schlimm! Schau, du hast die Tiere, das Geld … du bist reich, Claire, und ich auch! Wir fahren weg! Wir fangen irgendwo ganz neu an!«

»Aber wo?«

Die immer noch etwas überrumpelte Claire folgte Kathleen ins Haus. Kathleen setzte Wasser auf und stellte Brot und Butter auf den Tisch – egal wie eilig sie fortwollten, Claire brauchte Tee und am besten auch noch etwas zu essen. Chloé zumindest schien völlig ausgehungert, sie griff sofort zu.

Auch Kathleens Kinder machten noch keine Anstalten, sich zu verziehen. Sie lauschten fasziniert der Unterhaltung der Erwachsenen, Colin musste sein Pferd blitzschnell zurück in den Stall gebracht haben.

»Es muss eine Stadt sein«, begann Kathleen mit der weiteren Planung. »Und möglichst keine, die aus einer Walfangstation oder so erwachsen ist. Da gibt's dann nämlich kaum Frauen, also an wen verkaufen wir unsere Kleider? Es kommen nur Siedlungen infrage wie Christchurch.«

»Aber das ist zu nah!«, wandte Claire ein.

Kathleen verdrehte die Augen. »Natürlich gehen wir nicht nach

Christchurch! Ian würde uns innerhalb eines Tages zurückholen, und du wärst genauso schnell die Tiere los und hättest womöglich ein Verfahren wegen Diebstahls am Hals! Nein, nach meinen Überlegungen sollten wir uns entweder nach Nordwesten wenden, Richtung Nelson, oder nach Süden, Richtung Dunedin.«

»Ich würde für Nelson plädieren, Mommy«, ließ sich Sean in seiner nach der Lektüre des Lexikons manchmal etwas gestelzten Ausdrucksweise vernehmen. »Oder gleich für die Nordinsel. Da sind alle großen Städte: Wellington, Auckland … Und Dad findet uns dort nie.«

Sean war das einzige der Kinder, das von Kathleens Fluchtplänen nicht überrascht schien. Im Gegenteil, wie es aussah, hatte er sich selbst schon darüber Gedanken gemacht.

»Aber ich will gar nicht weg von Dad!« Das war Colin, dem wohl eben erst aufging, was hier ausgeheckt wurde. »Wir gehen doch nicht wirklich, Mommy, oder? Wir … wir gehören …«

»Wir gehören deinem Vater eben nicht, Colin!«, beschied ihn Kathleen, ungewollt heftig. »Es ist nicht recht, dass er mich seit Jahren hier einsperrt, und jetzt reicht es mir. Wir gehen nach …«

»Ich geh überhaupt nirgendwohin!«, ereiferte sich Colin. »Ich bleibe bei Dad!«

Kathleen schüttelte den Kopf. »Das hast du nicht zu entscheiden, Colin. Du hast mir ohnehin schon zu viele schlechte Angewohnheiten angenommen. Von jetzt an hört das auf mit der Rosstäuscherei! Du wirst zur Schule gehen und einen anständigen Beruf erlernen. Bei Gott, seit ich deinen Vater geheiratet habe, wirft man mir seine Betrügereien vor – ich könnt in keinen Spiegel sehen, wenn ich denn einen hätte, sofern ich das auch noch von meinem Sohn hörte!«

Colin sprang auf. »Du hast ganz anständig gelebt von den Betrügereien, du und dein … dein …«

Colin merkte sich Worte nicht so gut wie sein Bruder, aber Kathleens Gesicht wurde doch von Röte überzogen, als ihr Sohn jetzt die Anschuldigungen wiederholen wollte, die Ian ihr so oft entgegengeschleudert hatte. Es war mehr als dringend, dass die Kinder hier herauskamen! Nicht auszudenken, dass sie irgendwann verstanden, was Bankert oder Bastard bedeuteten. Claire schien im Übrigen zu erahnen, was der Junge sagen wollte. Auch sie errötete und schlug die Augen nieder.

Kathleen atmete tief ein, holte dann aus und gab Colin eine Ohrfeige. »Halt den Mund, Colin! Sean, nimm deinen Bruder mit in euer Zimmer und hilf ihm, sein Bündel zu packen. Je ein Hemd und eine Hose zum Wechseln, ein paar Kleinigkeiten, wenn ihr sie mitnehmen wollt … ja, Sean, in Gottes Namen auch das Lexikon.«

»Hast du das noch hier?« In Claires Gesicht ging die Sonne auf.

Kathleen wandte die Augen gen Himmel, aber Colin war noch nicht geschlagen. »Hast du nicht gehört, Frau?«, fragte er im gleichen Tonfall und mit der gleichen Wortwahl wie sein Vater. Kathleen liefen kalte Schauer über den Rücken. »Ich werde bleiben. Ich renne doch nicht weg hinter Daddys Rücken! Den Buggy darfst du auch nicht nehmen. Der ist neu, den hat Daddy gekauft und …«

»Daddy«, sagte Kathleen ruhig, »hat das alles hier von meinem Geld gekauft. Wenn ich mir also einen Buggy und ein Maultier nehme, so ist er immer noch gut bezahlt für seinen kostbaren Namen!« Sie spie die Worte aus. »Und nun macht voran, Kinder!«

»So? Und was willst du tun?«, fragte Colin provozierend. »Bindest du mich fest im Buggy? Fesselst du mir Hände und Füße? Dann mach's aber richtig, Mommy – denn wenn ich freikomme, reite ich zu Dad. Ich weiß, wo ich ihn finde, Mommy! Und dann kommt er in dieses Nelson und holt dich, oder auf diese Nordinsel oder wo du dich auch versteckst!«

Claire sah ihre Freundin an. Kathleen erkannte an ihrem halb mitleidigen, halb ängstlichen Blick, dass sie dem Jungen glaubte. Und Claires Ausdruck spiegelte sich in Seans wider. Auch er traute seinem Bruder nicht.

»Irgendwann musst du mich freilassen!«, trumpfte Colin weiter auf. »Und dann geh ich zum Police Officer und zeig dich an! Und der findet dann Daddy, wenn wir zu weit weg sind!«

»Colin …«, Kathleen hatte das Gefühl, ihr bräche das Herz, »Colin, verzeih die Ohrfeige. Aber wir können doch nicht ohne dich gehen! Wir gehören doch zusammen.«

»Ich gehöre zu Dad!«, rief Colin. Er war inzwischen fast an der Tür. »Und da gehe ich jetzt hin!«

Flink wie ein Wiesel flüchtete der Junge aus der Küche. Sean zögerte keinen Augenblick. Er setzte ihm nach.

»Wir können ihn doch nicht hierlassen«, sagte Kathleen ratlos.

Claire goß ihr Tee ein. Jetzt war sie diejenige, die mit klarem Kopf überlegte. »Wir können ihn auch nicht mitnehmen!«, erklärte sie dann entschlossen. »Er wäre ein Unsicherheitsfaktor! Er war es immer, erinnere dich an den Ausflug nach Christchurch.«

»Aber er ist doch noch ein kleiner Junge«, flüsterte Kathleen. »Er ist nicht böse …«

Claire zuckte die Achseln. »Bei kleinen Jungen gibt es zwischen gut und böse keine großen Unterschiede«, bemerkte sie dann. »Colin steht unter dem Einfluss seines Vaters. Er liebt ihn, und das soll er ja auch, und er bewundert ihn. Für Colin macht Ian keine Fehler. Aber du, Kathleen, du machst in seinen Augen eine Menge Fehler, er hört sich seit Jahren an, was Ian dir vorwirft. Du musst mir einmal genau erzählen, was da passiert ist. Sean …«

Kathleen nickte, legte dabei aber den Finger vor den Mund. »Nicht vor den Mädchen«, sagte sie leise.

»Aber wenn ich ihn jetzt zurücklasse, das heißt doch … das heißt doch, ihn aufgeben.«

Claire sah ihr in die Augen. »Du kannst Colin aufgeben oder dich aufgeben«, sagte sie hart. »Oder sollte ich sagen ›Sean aufgeben‹? Denn wenn der einmal begreift, was du für ihn getan hast … wenn du heute gehst, mag er dich dafür lieben. Wenn du bleibst, wird er dich hassen!«

Kathleen spielte mit ihrer Teetasse. In dem Moment öffnete sich die Tür, und Sean kam herein.

»Er ist weg«, rief er außer Atem. »Tut mir leid, Mommy, aber er war schneller als ich. Er ist Richtung Wald. Ich gehe jetzt in den Stall und bewache die Tiere. Er darf das Pferd nicht kriegen, sonst ist alles aus.«

»Das heißt, du willst … das Pferd mitnehmen?«, fragte Kathleen schwach.

Sean nickte. »Es bleibt uns nichts anderes übrig. Zum Glück haben wir ja zurzeit nur das eine. Aber wenn wir ihm ein Reittier lassen …«

»Er wird wiederkommen!«, flüsterte Kathleen. »Wenn wir ein bisschen warten.«

Sean verdrehte die Augen. »Klar. Er kommt wieder, wenn er Hunger kriegt. Und dann? Willst du ihn anbinden?«

»Geh in den Stall, Sean«, sagte Claire, »und spann die Maultiere an. Wir kommen in einer halben Stunde.«

Sean trat von einem Fuß auf den anderen. »Mommy?«, fragte er.

Kathleen biss sich auf die Lippen. »Tu, was Tante Claire dir sagt, Sean.«

Kathleen packte ihre Schnittmuster und Zeichnungen ein, Kleidung für sich und Claire. Zum Glück war sie die größere der Frauen, sie würde die Sachen für die Freundin ändern können. Zuletzt holte sie das Geld aus ihrem Geheimfach im Kamin. Kein Vermögen, aber zusammen mit Claires Ersparnissen würde es für ein kleines Geschäft reichen. Sie überlegte, ob sie einen Teil von Colins wertvoller Kleidung für Sean mitnehmen sollte, aber dann schrak sie davor zurück. Zweifellos würde Colin mit der Vorstellung aufwachsen, seine Mutter sei eine Diebin und eine Hure, aber sie wollte wenigstens ihren Sohn nicht bestehlen. Sean würde auch nichts von Colins Sachen wollen. Also packte sie nur seine eigenen Anzüge und das Lexikon ein.

Sean fuhr den Wagen bereits vor, als sie mit ihren wenigen Habseligkeiten aus dem Haus kam.

Claire hatte Heather beim Packen geholfen und dabei auch ein paar Sachen für Chloé mitgenommen. »Das ist dir doch recht?«, fragte sie verlegen.

Kathleen winkte ab.

Der Buggy war ein vierrädriger Wagen, verhältnismäßig neu und fast ein bisschen herrschaftlich. Ian fuhr damit vor, wenn er den Stadtleuten Carossiers verkaufte. Man konnte den schwarzen Pferdewagen ein- oder zweispännig fahren, und Sean hatte jetzt Kathleens und Claires Maultiere davorgespannt. Das Eselchen war hinten angebunden. Das Pferd lief ebenfalls nebenher. Es trug nach Colins Ritt noch Sattel und Zaumzeug. Der Junge war also bei Claires Ankunft deshalb so schnell in der Küche gewesen, weil er sich nicht die Mühe gemacht hatte, das Tier abzusatteln. Oder hatte er bereits im Hinterkopf gehabt, mit dem Pferd zu seinem Vater zu fliehen?

Sean räumte den Bock für Kathleen und ging zu dem kleinen Rappen. »Ich dachte, ich reite, dann habt ihr mehr Platz im Wagen«, meinte er und befestigte sein Gepäck am Sattel.

Die Frauen nickten, die Mädchen nahmen ihre Bündel und kletterten auf die Rücksitze des Buggys. Kathleen verstaute ihre Sachen unter dem Bock. Gleich darauf waren sie unterwegs.

»Nelson ... wie weit ist das überhaupt?«, fragte Claire, während Kathleen die Zügel ergriff.

»Um die zweihundert Meilen, vielleicht mehr«, gab Kathleen knapp Auskunft.

»Und Colin kommt wirklich nicht mit?«, fragte Heather kläglich von hinten.

Das kleine Mädchen sah unglücklich zurück. Die Farm am Avon verschwand eben hinter einer Wegbiegung.

»Schätzchen, Colin hat gedroht, uns zu verraten, wenn wir ihn zwingen, mitzugehen.« Bei Claire klang es, als hebe sie eben zum Erzählen einer Geschichte an, die sich vor langer Zeit vielleicht am Artushof zugetragen hatte. »Deshalb mussten wir ihm seinen Willen lassen.«

»Der Mistkerl verrät uns sowieso!«, bemerkte Sean, der neben dem Buggy hertrabte. »Wir sollten nicht über Hauptstraßen reisen, Mommy … vielleicht sogar einen Umweg machen.«

Kathleen schüttelte den Kopf. »Ich weiß«, sagte sie mit schmalen Lippen. »Ich wusste es sofort, auch … auch wenn ich es nicht glauben wollte. Deshalb habe ich überhaupt gesagt, wir fahren nach Nelson. Aber Nelson ist zu weit, Sean. Der Weg über die Berge ist ein Abenteuer, da kommen wir nicht durch mit dem Buggy, das geht nur zu Fuß oder mit Pferden. Und dann Kaikoura … das Walfängerlager … zwei Frauen und zwei Mädchen … das ist einfach zu riskant, Sean, obwohl du mit der Nordinsel zweifellos Recht hast.«

»Wohin fahren wir denn dann?«, fragte die überraschte Claire, während Kathleen nach Süden abbog.

Kathleen traf ihre endgültige Entscheidung.

»Zu den Schotten. Nach Dunedin.«

Kapitel 6

Lizzies gottgefälliges Leben bei den Busbys währte über sieben Jahre.

Für die Nordinsel Neuseelands waren es aufregende Jahre, und der Haushalt James Busbys stand oft im Zentrum der Ereignisse. Nachdem die Einwanderung von Menschen aus England, Irland und anderen Teilen Britanniens zunächst schleppend erfolgt war, kamen die Neusiedler seit Schließung des Vertrags von Waitangi in Scharen. Städte wurden gegründet, landwirtschaftliche Gebiete und Kohlevorkommen erschlossen. Als Councillor der Bay of Islands organisierte James Busby Landvermessungen und Straßenbau, empfing die bedeutenderen Einwanderer und kredenzte den Besuchern seinen eigenen Wein – wobei die Ergebnisse seiner Bemühungen zu seinem größten Kummer nicht an deutsche oder französische Erzeugnisse heranreichten. Er pflegte dieses Problem sehr gern mit Lizzie zu diskutieren – seine Familie war gänzlich desinteressiert.

Agnes Busby blickte ähnlich säuerlich, wie das Getränk ihrer Ansicht nach schmeckte, wenn sie wieder mal gezwungen war, den Wein ihres Mannes zu probieren. Lizzie dagegen tat ihr Bestes, um Busbys Vorstellungen von korrektem Weinbau umzusetzen, wobei sie auch vor der Arbeit an den Reben nicht zurückschreckte. Vor allem aber vollbrachte sie Wunderdinge bei den unfreiwilligen Maori-Weinbauern und Winzern. Sie sprach ihre Sprache inzwischen fast fließend und vermochte insofern den Sinn der Maßnahmen zu erklären, mittels derer Busby die Erträge des Weinbergs nicht vergrößern, sondern verbessern wollte. Überhaupt zählte sie immer mehr Maori zu ihren Freunden – schon deshalb, weil es an *pakeha*-Bekannten fehlte. Die reichen Gäste der Busbys beachteten das Hausmädchen nicht. Mit ärmeren Siedlern kam Lizzie nicht in Kontakt, und weiteres weißes Personal in anderen hochherrschaftlichen Häusern gab es offensichtlich kaum.

Lizzie wäre vereinsamt, hätte sie sich nicht immer öfter zu den gastfreundlichen Maori gesellt. Die Hausmädchen und Gärtner nahmen sie gern mit zu ihrem Stamm, der sie unvoreingenommen aufnahm und nie bohrende Fragen nach ihrer Vergangenheit stellte. Lizzie gab das ein Gefühl der Freiheit – zumal berechtigte Gründe für die Annahme sprachen, dass man sie selbst bei genauer Kenntnis ihres Vorlebens nicht verurteilt hätte. Das Konzept der Prostitution war den Maori ebenso fremd wie die strenge Sexualmoral der *pakeha*. Maori-Mädchen verschenkten freigebig ihre Gunst, bevor sie sich für einen Gatten entschieden – nur die Häuptlingstöchter waren in einigen Stämmen davon ausgeschlossen und ohnehin mit den verschiedensten *tapu* belegt. Wenn es also irgendetwas an Lizzie gab, was die Maori wunderte, so gerade ihr Verzicht darauf, sich einen Partner zu wählen. Das Kindermädchen Ruiha fragte sie einmal ganz offen danach.

»Magst du keine Männer?«, erkundigte sie sich und spielte mit einer Strähne ihres langen schwarzen Haares, die sich immer wieder aus der von Mrs. Busby vorgeschriebenen braven Knotenfrisur löste. »Hast du lieber Frauen? Ich hab das noch nie gesehen, aber es heißt, so was gäbe es.«

Lizzie wurde rot. »Vielleicht«, stotterte sie, scheu, aber ehrlich, »hatte ich schon zu viele … also … hm … Männer, nicht … Frauen. Mit Frauen hatte ich noch nie … ich hab gar nicht gewusst, dass es das gibt!«

Ruiha nickte gelassen. Sie mochte Lizzies Haltung nicht verstehen, nahm sie aber hin.

Lizzies Dienstherrschaft betrachtete ihre vermehrten Kontakte zu den Eingeborenen nicht so vorurteilslos – zumal sich das Klima zwischen Maori und *pakeha* mit den Jahren zu verschlechtern schien.

Die Eingeborenen nahmen die Neueinwanderer nicht mehr mit so offenen Armen auf wie am Anfang. Langsam wurde es ihnen anscheinend zu voll auf ihrer Insel, und die Streitigkeiten häuften sich. Oft ging das natürlich auch auf Missverständnisse zurück – wenn überhaupt einer die Sprache des anderen gut beherrschte, so waren es meist Maori-Kinder, die in Missionsschulen Englisch lernten. Dort unterwies man sie allerdings auch im Lesen, Schreiben und Rechnen – woraufhin die Klügeren unter ihnen schnell anfingen, Verträge und Landverkäufe infrage zu stellen. James Busby musste sich dann mit ihren Beschwerden herumärgern oder mit der Wut der Siedler über die aufmüpfigen Maori. Und Mrs. Busby ärgerte sich darüber, dass ihre eingeborenen Dienstboten trotz jahrelanger Arbeit im Haus immer noch nicht perfekt waren. Sie schien absolut nicht verstehen zu können, was ihr sonst so untadeliges englisches Dienstmädchen Lizzie ins Dorf der Eingeborenen trieb.

»Du könntest auch hierbleiben und zum Beispiel ein gutes Buch lesen!«, warf sie Lizzie ungnädig vor, als diese sich wieder einmal gleich verzog, nachdem am Sonntag der Gottesdienst gefeiert und das Essen serviert worden war. »Ich leihe dir gern eines. Oder du nähst dir ein Kleid … warum tust du nicht einfach das, was die anderen Hausmädchen auch tun?«

Lizzie verzichtete darauf, sie zum wiederholten Mal darauf hinzuweisen, dass es im Ort einfach keine anderen *pakeha*-Hausmädchen gab. Sie las auch eher langsam und schleppend, und sie konnte nicht sonderlich gut nähen. Dagegen fand sie Freude an den Tätigkeiten, denen sie gemeinsam mit den Maori-Frauen nachging. Sie half ihnen, Flachs zu ernten, zu flechten und zu weben, lernte, eine kleine Flöte mit der Nase zu blasen, und garte Fleisch und Gemüse in Erdöfen, die vulkanische Aktivität ausnutzten. Lizzie, das Stadtkind, lernte bei den Stämmen Feuer zu entfachen und Fische zu fangen. Sie brachte ihrer Herrin Honig aus den Blüten des Rongoa-Busches und ein Pulver aus Koromiko-Blättern gegen ihre Kopfschmerzen. Das alles war völlig harmlos, aber Mrs. Busby blieb dennoch misstrauisch.

»Du gehst wirklich nicht mit ihren Jungs … in die Büsche, Lizzie?«, fragte sie, wobei sie pflichtschuldig errötete. »Da ist kein schwarzer Galan, der dich eines Tages mit seinem Bastard sitzen lässt?«

Lizzie konnte das Erste mit bestem Gewissen verneinen, und das Zweite eigentlich auch – obwohl es durchaus einen Mann gab, der offensichtlich um sie warb. Kahu Heke, ein hochgewachsener, kräftiger, aber nach Maori-Maßstäben schlanker junger Mann, stammte aus bester Familie, trieb sich aber oft lieber im Walfängerlager Kororareka herum, statt die traditionellen Tugenden der Maori – Kriegskunst, Redekunst, Jagd und Tanz – zu vervollkommnen. Kahu Heke trug den Namen eines berühmten Vorfahren. Lizzie begriff nicht ganz, ob der große Häuptling Hone Heke, der im letzten Jahrzehnt für Wirbel in der englischen Kolonie gesorgt und damit den Flagstaff-War angezettelt hatte, sein Vater oder Onkel war.

Auf jeden Fall war Kahu ein Neffe des derzeitigen Häuptlings Kuti Haoka, der ihn oft streng verwarnte, wenn Kahu sich nach einem haarsträubenden Abenteuer wieder an die Feuer seines Stammes verirrte. Wie sein großer Vorfahr knickte Kahu gern mal einen englischen Fahnenmast um oder ließ den Union Jack gleich ganz mitgehen. Er sorgte für die Verbesserung der Schafzucht seines Volkes, indem er den Herden gelegentlich ein paar Prachttiere von *pakeha*-Züchtern zuführte, die ihm »einfach nachgelaufen« waren, und er schrieb Beschwerdebriefe für jeden Maori, der sich irgendwie über die Weißen geärgert hatte. Kahu beherrschte das Lesen und Schreiben perfekt, er hatte in einer Missionsschule eine hervorragende Ausbildung genossen und war offiziell auch Christ – inoffiziell berief er sich allerdings gern auf die Rechte der alten Götter, wenn er *pakeha*-Siedlern die Nutzung irgendwelcher Ländereien streitig machte, die seinem Volk angeblich heilig waren.

Kahu besaß noch keine Frau und tat sich nach Jahren in der Missionsschule wohl auch etwas schwer mit den freizügigen Bräuchen im *marae* seines Stammes. Lizzie gefiel ihm offensichtlich, und er warb in einer Art um sie, die zu beiden Kulturen nicht so recht zu passen schien. Manchmal machte er derbe Späße, die der *pakeha*-Frau das Blut ins Gesicht schießen ließen. Dann wieder erhielt sie kleine Geschenke, oder er pflückte ihr gar Blumen nach *pakeha*-Art. Der Rest des Stammes amüsierte sich dabei blendend. Lizzie wusste nicht, ob die Maori Wetten abschlossen, aber wenn, dann sicher darauf, ob und wann Kahu bei ihrer *pakeha*-Freundin Erfolg hatte. Sie ermutigte ihn nicht, wofür sie verschiedene Gründe hätte anführen können. So war Kahu zweifellos ein recht gut aussehender Mann, aber als Mitglied des Maori-Adels war sein Gesicht mit Tätowierungen versehen, die Lizzie einfach abstießen. Dazu wollte sie sich auf keinen Fall noch einmal in einen jungen Mann verlieben, der immer mit einem Fuß im Gefängnis steckte. Was Kahu Heke anging, so fürchtete sie nicht nur das Auffliegen seiner Diebestouren, sondern auch die aufrührerischen Gedanken, die er immer lauter äußerte.

Dabei waren die Ngati Pau, zu deren Stamm auch Kuti Haokas *hapu*, eine Art untergeordnete Sippe, gehörte, den Weißen ursprünglich sehr freundlich gesinnt gewesen. Ihr großer Häuptling Hongi Hika hatte den Vertrag von Waitangi als einer der ersten unterschrieben. Inzwischen zweifelte aber auch dieser Stamm an der Ehrbarkeit der Neueinwanderer. Zu oft hatten die *pakeha* die verschiedenen *hapu* und *iwi*, die Volksstämme der Maori, beim Landerwerb betrogen, und Beschränkungen des Handels schienen immer nur für Maori zu gelten, nicht für die Weißen. Kahu Heke konnte stets von neuen Fällen berichten, wenn er ins Dorf kam.

»Sie nehmen unser Land, verletzen unsere *tapu*, holzen unsere Wälder ab für ihre Schiffe. Und was kriegen wir dafür? Ihren Whiskey und ihre Krankheiten!«

»Na, der Whiskey schmeckt dir doch ganz gut!«, neckte ihn Ruiha.

Während Lizzie sich gleichgültig gab, hatte ihre zierliche, dunkelhaarige Freundin offensichtlich eine Schwäche für den jungen

Aufrührer. In Bezug auf die Krankheiten hatte Kahu allerdings Recht. Viele Eingeborene starben an Kinderkrankheiten wie Masern, die bei den *pakeha* gewöhnlich harmlos verliefen. Und mit dem Whiskey verstand einfach nicht jeder Stammeskrieger umzugehen, was auch innerhalb der *iwi* zu Konflikten führte.

»Auf die Dauer werden wir uns das nicht bieten lassen!«, verkündete Kahu jedenfalls lauthals. »Hört auf meine Worte, über kurz oder lang kommt es zum Krieg!«

Lizzie hörte das nicht gern, schließlich brachte es sie in Loyalitätskonflikte mit ihrer Herrschaft. James Busby hätte zweifellos von ihr erwartet, solche aufrührerischen Sprüche zu melden. Aber sie schwieg – sowohl in der Versammlung der Maori als auch gegenüber den Weißen.

Letztlich war es alles andere als Rebellion, was ihrem zufriedenen Leben bei den Busbys ein Ende machte. Die Konfrontation mit ihrer Vergangenheit traf Lizzie so plötzlich und unerwartet wie nur möglich.

»Heute Abend wird es ein großes Dinner geben, Lizzie«, bemerkte Mrs. Busby gelassen, als Lizzie und die anderen Hausmädchen zur morgendlichen Besprechung in ihren Empfangsraum kamen. »Also bitte alle adrett, in sauberen Uniformen und geputzten Schuhen zum Dienst erscheinen. Hab ein Auge auf die anderen, Lizzie, du weißt, sie nehmen es nicht so genau.«

Besonders europäisches Schuhwerk, das zur Dienstbotenuniform gehörte, war den Maori-Mädchen eher suspekt.

»Ruiha bedient bei Tisch, Lizzie macht den Empfang, die Speisefolge bespreche ich nachher mit der Köchin. Wenn ihr nur bitte das Tafelsilber noch einmal poliert, die Herren kommen aus England. Sie sollten feine Lebensart gewohnt sein.«

»Wie viele Leute erwarten wir, Madam?«, fragte Lizzie höflich.

Mrs. Busby zuckte die Achseln. »Zwei britische Ingenieure oder Architekten oder so, und ein paar Männer aus Russell. Es geht um ein Straßenbauprojekt, ich werde mich wieder den ganzen Abend langweilen. Ach ja, und hol ein paar Flaschen von dem französischen Wein hoch, Lizzie. Vielleicht schaffen wir ja, sie zu öffnen, bevor James mit seinem sauren Zeug daherkommt!«

Lizzie knickste brav und machte sich an die Vorbereitung des Abends. Im Gegensatz zu den Maori-Mädchen machte es ihr Spaß, das Porzellan herauszustellen, das Silber zu putzen und die Kristallgläser so lange zu polieren, bis sie glänzten.

Auch die Hausmädchen glänzten schließlich vor Sauberkeit und Ordnung, sie ließen gutmütig zu, dass Lizzie sie herumkommandierte, bis auch das letzte Häubchen perfekt saß. Schließlich wartete Lizzie am Eingang, um den Besuchern die Mäntel und Schirme abzunehmen. Es herrschte Winter, und wenn es auch nicht sehr kalt war, so goss es doch schon den ganzen Tag in Strömen. Die Schönheit der Buchten und bewaldeten Hügel versteckte sich hinter einem Regenvorhang.

Lizzie erkannte den Mann denn auch nicht auf den ersten Blick, der da mitten in einer Gruppe anderer, dunkel gekleideter Herren hereinhastete, um dem Wetter zu entkommen. Erst als der große, rotgesichtige Straßenbauingenieur Hut und Mantel abstreifte, traf es Lizzie wie ein Blitzschlag. Vor ihr stand Martin Smithers – und blickte Lizzie ebenso entgeistert an wie das Mädchen ihn.

Lizzies erster Impuls war zu flüchten – einfach wegzulaufen und so zu tun, als sei nichts passiert. Vielleicht hatte Smithers sie ja noch gar nicht richtig gesehen, und sie konnte entkommen, bevor ihm einfiel, woher er sie kannte. Aber das war natürlich illusorisch. Tatsächlich erholte der Mann sich sehr viel schneller von seiner Überraschung als das Mädchen. Smithers' wasserblaue Augen blitzten lüstern. Er grinste Lizzie an, während er ihr seinen Mantel übergab.

»Sieh an, Kammerkätzchen! Welche Freude, dich wiederzusehen! Und erneut in Amt und Würden.« Er blickte frettchenhaft schnell um sich und beugte sich zu Lizzie hinab, als er sah, dass alle anderen Besucher in Unterhaltungen vertieft waren. »Ich war gar nicht begeistert von deinem Abgang, Schätzchen! Weißt du, wodurch meine Missus dich ersetzt hat? Einen dürren, blassen Kerl, der eine Ausbildung zum Butler abgeschlossen hat, bevor er seine Herrschaft bestahl! Kein Spaß, Kammerkätzchen!«

Lizzie machte einen Schritt zurück, als wären Mantel und Hut des Herrn zu schwer für sie. Dann brachte sie beides in die Garderobe, wobei ihr Gehirn fieberhaft arbeitete. Smithers würde sie verraten! Man würde sie festnehmen, zurück nach Australien bringen. Aber vielleicht wollten die Busbys sie ja auch behalten, vielleicht war es gar nicht so schlimm. Vielleicht …

Smithers' Blick folgte ihr, als sie zurückkehrte und vor den anderen Besuchern knickste. Lizzie dankte dem Himmel, dass Ruiha für die Bedienung eingeteilt war. Ihr selbst oblag es nur, die Speisen in der Küche noch einmal daraufhin anzusehen, ob sie dem europäischen Schönheitssinn gemäß angerichtet waren. Die Köchin erlaubte sich gelegentlich etwas exotische Kreationen, die die Familie zwar bereitwillig probierte, die man Gästen aber besser ersparte.

James Busby ließ sich allerdings auch heute die Präsentation seines eigenen Weines nicht entgehen. Ruiha erschien gleich nach dem ersten Gang mit einem Auftrag ihres Herrn. »Du sollst eben eine von unserer eigenen Spätlese de… dekan…«

»Dekantieren«, half Lizzie ihr aus und seufzte.

Das hieß, der Wein sollte zum Hauptgang serviert werden, und sie würde damit herausmüssen. James Busby schien sein original englisches Hausmädchen gern gemeinsam mit seinem original neuseeländischen Wein zu präsentieren. Gewöhnlich machte ihr das nichts aus, aber an diesem Tag …

»Kammerkätzchen … wart doch auf mich im Korridor!«

Smithers wisperte ihr die Worte zu, als sie Wein in seinen kristallenen Pokal füllte. »Wir sollten ein paar Worte miteinander reden …«

Lizzie dachte erneut an Flucht, aber es war zweifellos besser, sich anzuhören, was Smithers zu sagen hatte. Vielleicht ließ er ja mit sich handeln. Also verließ sie die Küche gleich nach dem nächsten Gang unter einem Vorwand und platzierte sich auf dem Weg zum Abtritt. Martin Smithers ließ nicht lange auf sich warten.

»Kammerkätzchen, du glaubst nicht, wie ich dich vermisst habe!«

Der Mann drängte Lizzie gegen die Wand und küsste sie, als rette sie ihn vor dem Verhungern. Lizzie schmeckte Bratensoße und einen Nachklang von saurem Wein. Sie ekelte sich.

»Aber du mich nicht, oder? Der Herr Busby führt sicher ein offenes Haus ... viele Kunden für ein süßes Hürchen wie dich.«

Lizzie versuchte, sich freizukämpfen.

»Ich bin ehrbar, Mr. Smithers!«, beteuerte sie. »Ich hab mir nichts zuschulden kommen lassen, seit ich aus Australien weg bin. Immer nur gearbeitet. Und ... und schon über sieben Jahre bei den Busbys ... ich ... ich hätte meine Strafe verbüßt.«

Smithers lachte. »Das meinst du nicht ernst, Kätzchen! Deine Strafe verbüßt? Vielleicht den kleinen Diebstahl in London. Aber was war mit der Summe, die du dem armen Parsley entwendet hast? Nachdem du ihn verführt hast nach allen Regeln der Kunst. Zum Gespött der Kolonie ist er geworden. Glaubst du, das hat er nicht angezeigt? Sie suchen dich, Kammerkätzchen! Und diesmal kriegst du keinen Ausgang und keine Begnadigung. Mädels wie dich behalten sie in der Factory ... zehn, fünfzehn Jahre.«

Lizzie sah die Mauern vor sich, dachte an den immer gleichen Tagesablauf. Damals war ihr das alles gar nicht als so schlimm erschienen. Aber jetzt war sie die Freiheit gewöhnt. Den weiten Himmel über den Buchten, die Wälder mit ihren Geheimnissen, die Feste mit ihren Maori-Freunden.

»Mr. Smithers ... bitte!« Lizzie wusste nicht, worum sie flehte. Dieser Mann kannte sicher keine Gnade. Aber vielleicht ... vielleicht ließ er ja mit sich handeln.

»Mr. Smithers, vielleicht ... vielleicht hab ich Sie ja doch vermisst ...« Sie versuchte ein Lächeln, aber sie wusste, dass es kläglich ausfiel.

Smithers lachte wieder. »Ach, lüg nicht, Kammerkätzchen! Aber süß siehst du aus, wenn du lächelst. Dieses Häubchen verdient ein lächelndes Gesicht … oh, ich … ich könnte dich auffressen.« Er küsste sie wieder.

Lizzie ließ es über sich ergehen. Dann holte sie tief Luft. »Mr. Smithers, Sie können mich nur … besitzen … wenn Sie mich nicht verraten!«

Smithers ließ von ihr ab und runzelte die Stirn. »So?«, fragte er drohend. »Und wer wollte mir das alles vorschreiben?«

»Ich!«, sagte Lizzie ruhig. »Wenn Sie mir nicht gleich beim … beim … bei Ihrem Gott schwören, dass Sie mich nicht ausliefern, dann schreie ich … gleich jetzt, hier!«

Smithers grinste. »Aber man wird dir nicht glauben, Süße! Ich werde sagen, dass du über mich hergefallen bist!«

Lizzie spürte den brennenden Wunsch, den Mann zu töten. Sie hatte die Sagen der Maori gehört, die von Kriegerinnen handelten. In alten Schlachten hatten die Frauen an der Seite ihrer Männer gekämpft, die Mädchen hatten ihr alte Kriegskeulen gezeigt, gemacht für Frauenhände. Lizzie hatte sich dabei eigentlich nur gegruselt, aber jetzt wünschte sie sich eine dieser Keulen aus Jade und stellte sich vor, wie sie damit auf den Schädel dieses Mannes einschlug. Immer und immer wieder, bis von seinem breiten, schwitzenden Gesicht und seinem bösen Lächeln nichts mehr zu erkennen war.

»Sir, ich diene seit so vielen Jahren in diesem Haus«, sagte sie stattdessen würdevoll. »Und bisher bin ich über keinen Gentleman hergefallen. So ohne weiteres wird man Ihnen das also nicht glauben. Natürlich können Sie von meiner Flucht erzählen. Aber dann wird man mich festnehmen. Ich werde diese Nacht in Polizeigewahrsam verbringen. Wollen Sie sich dann aufs Revier schleichen und versuchen, einen Officer zu bestechen? Wollen Sie mich vergewaltigen, in dem kleinen Gefängnis, in dem die Wände Ohren haben? Dafür sind Sie viel zu feige, Sir! Ganz Neuseeland würde es erfahren!«

Smithers biss sich auf die Lippen. Es gefiel ihm nicht, aber er musste seinem Opfer Recht geben. Lizzie mochte verloren sein, aber in dieser Beziehung saß sie am längeren Hebel.

»Also schön, Kammerkätzchen … was ist die Alternative?«

Er lächelte nicht mehr, aber die Begierde stand brennend in seinen Augen.

»Ich komme in Ihr Hotelzimmer. Sie müssen mich nur einschmuggeln, aber das ist nicht schwierig, die Pension hat einen Hintereingang.«

Lizzie war oft dabei gewesen, wenn Wein und andere Produkte von Busbys Farm dort angeliefert wurden. Aber Smithers interpretierte ihr Wissen natürlich anders.

»Da bist du schon öfter rein, des Nachts, ja, Süße?«, fragte er, jetzt wieder mit kumpelhaftem Grinsen. »Also schön! Aber ich erwarte eine unvergessliche Nacht!«

Lizzie nickte. Wenn sie sich damit freikaufte, würde sie ihm in allem freie Hand lassen. Wobei er erfahrungsgemäß nicht schwer zufriedenzustellen war, solange sie nur ihr Häubchen trug.

Smithers beendete den Abend dann früh – er war der wichtigste Gast, aber es gelang ihm nicht, die Honoratioren von Russell vom Bau einer Verbindungsstraße nach Auckland zu überzeugen. Der Ingenieur wirkte fahrig und unkonzentriert.

»Als ob er noch was vorhätte«, meinte Busby verwundert zu seinen Freunden, mit denen er im Herrenzimmer einen letzten Drink nahm. »Komischer Kauz, vielleicht ist es besser, wir suchen uns einen anderen!«

Warum war ihm das bloß nicht schon früher eingefallen? Lizzie dachte müßig darüber nach, während sie ihre letzten Arbeiten verrichtete. Ruiha und die anderen zogen dann erfreut mit einem Teil der Essensreste für ihre Familien ab. Die Köchin war da großzügig, Mrs. Busby kontrollierte sie kaum.

Lizzie dagegen schlich in ihr Zimmer. Sollte sie ein Bündel mitnehmen? Sollte sie sicherheitshalber fliehen, nachdem sie Smithers befriedigt hatte? Aber wohin? Sie liebte ihre Arbeit bei den Busbys! Dennoch packte sie rasch ein Kleid zum Wechseln und etwas Unterwäsche ein. Sie hatte Smithers die ganze Nacht versprochen.

Wenn er darauf bestand, würde sie gleich anschließend zum Dienst bei den Busbys erscheinen müssen.

Martin Smithers wartete schon an der Hintertür der Pension, als Lizzie vorsichtig klopfte. Es gelang ihm auch problemlos, sie ungesehen von der Wirtin auf sein Zimmer zu schmuggeln, was Lizzie aufatmen ließ. Sie hätte sich zu Tode geschämt, wenn sie von der würdigen älteren Dame, die dieses ordentliche Hotel führte, mit einem Gast ertappt worden wäre! Smithers ließ ihr dann kaum Zeit, ihr Kleid auszuziehen, obwohl er es äußerst erregend fand, dass sie anschließend nur noch ihr Schürzchen trug. Lizzie, die befürchtet hatte, er würde ihr die Sachen vom Leibe reißen, dankte ihrem Glück noch einmal. Vielleicht ging alles ja wirklich noch glimpflich vorbei, und möglichst ohne Schwangerschaft! Lizzie hatte längst aufgehört, ihren Monatszyklus zu verfolgen, hoffte aber, im Moment nicht in den allergefährlichsten Tagen zu stecken. Dennoch würde sie hinterher eine Spülung vornehmen – sicher war sicher!

Smithers bestand auf seiner Nacht, beanspruchte Lizzie aber wenig. Sie ekelte sich, als er sie mit feuchten Küssen traktierte und immer wieder verlangte, dass sie in ihrem Schürzchen und Häubchen vor ihm knickste und Sätze wie »Es ist angerichtet, Sir!« von sich gab. Aber schmerzhaft waren Smithers Annäherungen kaum, er war eher ein fantasieloser Liebhaber. Lizzie tat trotzdem ihr Bestes, die Nacht für ihn besonders zu machen. Sie hielt ihren Teil des Handels ein und zeigte sich zärtlicher, williger und aktiver als in Campbell Town. Gegen Morgen schlief Smithers dann ein. Lizzie lag noch eine Zeitlang neben ihm wie auf Kohlen. Sie wollte nach Hause. Je eher sie die Essigspülung vornahm, desto besser. Und natürlich wäre auch ein bisschen Schlaf vor der Arbeit schön. Lizzie war totmüde. Auf Ruhe konnte sie jedoch kaum noch hoffen. Es war fünf Uhr, als sie sich wegschlich, und um halb sieben begann sie ihren Dienst.

Lizzie warf einen letzten Blick auf den Mann im Bett, als sie ihr Bündel ergriff und sich leise aus dem Zimmer stahl. Sie hoffte nur, ihn nie wiederzusehen.

Unglücklicherweise war die Pensionswirtin schon wach und mit irgendwelchen Aufräumarbeiten im Küchentrakt beschäftigt. Der Hinterausgang war damit blockiert, aber Lizzie wagte nicht, sich vorne hinauszuschleichen. So wartete sie ungeduldig, bis die Frau endlich kurz ins Vorderhaus verschwand. Lizzie musste dann fast rennen, um zeitig bei der Arbeit zu sein. Es war kalt auf der Straße und im Küchenhof der Busbys, aber Lizzie nahm sich trotzdem einen Krug des eisigen Wassers mit hinauf in ihr Zimmer und wusch sich so gründlich, wie es eben ging. Dann fiel ihr jäh ein, dass sie den Essig vergessen hatte! Früher hatte sie immer ein Fläschchen bei sich gehabt, aber dies war ihre erste Spülung seit Jahren. Lizzie überlegte kurz, ob es zeitlich noch zu schaffen war, bevor die Köchin eintraf, in die Küche zu rennen, dann entschied sie, das Risiko einzugehen. Der Köchin konnte sie irgendetwas erzählen, aber eine mögliche Schwangerschaft war nicht zu verheimlichen. Als sie schon wieder auf dem Weg zurück in ihr Zimmer war, hörte sie plötzlich Stimmen!

»Um diese Zeit, Mr. Smithers?« James Busbys verärgerte Stimme kam aus den Empfangsräumen. »Hätte Ihre dringende Nachricht nicht noch etwas Zeit gehabt? Sie haben uns aus dem Bett geholt, Mister!«

Wenn Busby aus dem Schlaf gerissen wurde, war mit ihm nicht gut Kirschen essen. Lizzie wusste, dass er in der Kolonie als cholerisch galt, obwohl sie selbst meist gut mit ihm ausgekommen war.

»Bis Sie ausgeschlafen hätten, wäre die Delinquentin womöglich schon auf dem Weg in den nächsten größeren Ort!«, erklärte Martin Smithers' dröhnende Stimme.

Lizzie spürte, wie sich alles in ihr verkrampfte. Dieser Mistkerl! Sie hatte ihm diese Nacht gegeben, aber er war hier, um sie zu verraten, obwohl sein Bett noch warm war.

»Ich war mir gestern nicht sicher, ob das Mädchen es wirklich war, aber als es dann heute Nacht in mein Hotel kam …«

Lizzie empfand Übelkeit. So also wollte er es darstellen! Sie würde als Diebin und Hure darstehen, und Smithers' Geschichte wäre selbst seiner Frau gegenüber haltbar. Nun war es also aus … Lizzie hatte nur noch den Wunsch, sich gleich auf der Stelle niederfallen zu lassen und zu weinen. Sie hatte es nicht mal geschafft, ihre Tugend zu wahren. Sie wurde nicht nur verraten, sondern hatte sich auch noch erneut verkauft.

Aber dann nahm sie sich zusammen. Bislang war sie noch frei! Martin Smithers sprach hektisch auf den verschlafenen Busby ein. Bis der die Geschichte ganz begriffen hatte und Anstalten machte, sie zu ergreifen, konnte sie fort sein! Wenn es nur ein Ziel gäbe … in Russell oder Kororareka konnte Lizzie sich nicht verstecken. Russell war zwar nicht weit, aber zu klein, und im Walfängerlager war eine Frau allein Freiwild. Sie konnte dort höchstens als Hure unterkommen, und spätestens wenn ein kleines Kopfgeld auf sie ausgesetzt wurde, würde der nächstbeste Freier sie ausliefern.

Dann aber fiel ihr das Maori-Dorf ein, und plötzlich überkam sie große Erleichterung. Warum war ihr das nur nicht schon am Tag zuvor eingefallen? Ihre eingeborenen Freunde würden sie nicht verraten – die begriffen wahrscheinlich gar nicht, weshalb man hinter ihr her war. Und die *pakeha* würden nicht ohne weiteres wagen, in ein Dorf der Ngati Pau einzudringen.

Lizzie wagte nicht, in ihr Zimmer zu gehen, aber auf dem Weg aus dem Haus traf sie die Köchin, Ruiha und Kaewa, das andere Küchenmädchen.

Mit dem offenbar unerschütterlichen Gleichmut ihrer Rasse lauschten die drei ihrem wirren Bericht. Lizzie wusste nicht, ob die Frauen sie wirklich verstanden, aber sie hegten jedenfalls keinen Zweifel daran, dass sie im Dorf willkommen war.

»Du kannst bleiben, solange du willst«, sagte Kaewa gelassen.

»Könntet ihr … meine Sachen …«

Lizzie wollte die Mädchen bitten, ihr Bündel mitzubringen, aber hier versagten ihre Sprachkenntnisse. Sie war gleichermaßen fiebrig aufgeregt wie zu Tode erschöpft. Sie versuchte, sich mit Händen und Füßen zu verständigen. Das am Abend zuvor geschnürte Notgepäck musste noch in ihrem Zimmer liegen.

Ruiha nickte sanft und bedächtig, wie es ihre Art war. »Und wenn nicht, bekommst du ein Kleid von mir!«, sagte sie freundlich.

Lizzie wusste dieses Angebot zu schätzen. Die Maori-Mädchen liebten westliche Kleidung und besaßen nicht viel davon.

Im *marae* des Stammes von Kuti Haoka herrschte trotz der frühen Stunde bereits reges Treiben – die Frauen brieten Brotfladen an offenen Feuern und beschickten die *hangi*-Öfen. Wenn sie abends durchgegartes Fleisch essen wollten, mussten die Erdöfen bis spätestens mittags entzündet sein. Kinder spielten, Männer kümmerten sich um das Vieh – der Stamm hielt neuerdings Schafe. Lizzie wurde unaufgeregt in Empfang genommen. Niemand fragte, was sie hier an einem Werktag trieb, aber natürlich fiel den Frauen ihre Verwirrung und Angst auf.

»Bist du krank?«, fragte Ruihas Mutter freundlich. »Geh zu Tepora, sie spricht gerade mit den Göttern, aber dann hat sie sicher Zeit für dich.«

Tepora war die Hebamme des Dorfes – sie galt als Sachkundige für Heilkunst und diente wohl auch den Göttern als Priesterin. So ganz durchschaute Lizzie das Aufgabenfeld einer *tohunga*, wie man diese Frauen nannte, nicht. Aber sie kannte Tepora als hilfsbereit und angenehm ruhig. Auch jetzt empfing sie das Mädchen ohne große Worte, röstete Brot für sie und erhitzte Wasser und Kräuter. Lizzie fühlte sich wohler, als sie aß und trank. Dann begann sie zu erzählen – von London, von Australien, schließlich von der letzten, schrecklichen Nacht.

Tepora strich sanft über ihre Hand. »Ich wusste, dass du dein Gestern durchleidest«, sagte sie freundlich. »Das alles bestimmt dein Leben im Heute, aber du musst nicht zulassen, dass es dich beherrscht.«

»Soll das heißen, es ist meine Schuld?«, begehrte Lizzie auf. »Ich hab mir diesen Smithers nicht herbeigewünscht!«

Tepora schüttelte den Kopf. »Du verstehst nicht, Kind. Du

siehst nicht den Unterschied zwischen *taku* und *toku*. *Taku* sagt, wie wichtig du für deine Geschichte bist. Und *toku* sagt, wie wichtig Geschichte für dich ist. Du bist nicht wichtig für London und für Australien. Und dieser Mann ist nicht wichtig für dich.«

»Ich laufe immerhin seinetwegen weg«, meinte Lizzie bitter. »Aus einem Leben, das mir gut gefiel.«

»Vielleicht läufst du auf ein Ziel zu, das in der Vergangenheit auf dich wartet …«, sagte Tepora leise. »Alle Zeiten sind eins, Lizzie, du kannst sie bestimmen.«

Lizzie seufzte. Sie hatte Teporas Reden nie verstanden – auch wenn ihr die Wortbedeutung nicht fremd war. Aber jetzt begriff sie, dass die alte Frau ihr offensichtlich nicht helfen konnte. Oder doch?

»Kennst du vielleicht irgendwelche Kräuter, die sicher verhindern, dass ich ein Kind bekomme?«, fragte sie hoffnungsvoll.

Tepora zuckte die Achseln. »Nicht ganz sicher, aber ein bisschen sicher«, schränkte sie ein. »Warte, ich hole dir etwas. Es wird deine Blutung auslösen.«

Lizzie wartete geduldig vor dem Haus der Weisen Frau. Sie durfte es nicht betreten, auch das gehörte zu den vielen *tapu* der Stämme. Tepora erschien jedoch bald wieder mit einem Becher, und Lizzie trank aufatmend den bitteren Sud. Immerhin schien diese Gefahr abgewendet. Und dann, als sie sich eben bei der Weisen Frau verabschiedete, entdeckte sie einen möglichen Helfer, der zweifellos eher im Diesseits verankert war.

Kahu Heke schlenderte selbstbewusst durch das Lager. Der junge Krieger lächelte Lizzie zu, als sie sich ihm näherte, und wären die martialischen Tätowierungen nicht gewesen, so hätte sie ihn fast sympathisch gefunden.

»Da bist du ja – Elizabeth!«, sagte er fröhlich. Er nannte Lizzie immer bei vollem Namen, wobei das Wort aus seinem Mund fremdartig klang. »Ich soll dich suchen, der Häuptling will dich sprechen. Die Frauen sagen, du bist den *pakeha* weggelaufen?« Kahu strahlte übers ganze Gesicht, wobei die blauen Ranken auf seinen Wangen zu tanzen schienen. »Recht so! Vielleicht verstehst du jetzt, warum ich sie nicht mag!«

Lizzie war mitunter bei Kahu angeeckt, wenn sie die Busbys vor seinen Anschuldigungen in Schutz nahm. Jetzt zuckte sie die Achseln.

»Es war etwas ganz anderes«, gab sie vage zurück.

Kahu zog eine Braue hoch. »So wie ich die Frauen verstanden habe, hat man dich an einen alten Wüstling verkauft.«

Lizzie spürte schon wieder, wie das Blut in ihre Wangen schoss. Es war schwer, in der fremden Sprache auszudrücken, was ihr geschehen war. Aber Kahu sprach ja fließend Englisch wie die meisten jüngeren Maori. Sie war froh, dass er sie zum Haus des Häuptlings begleitete – egal ob als Beschützer, als Übersetzer oder einfach aus Neugier.

Kuti Haoka empfing Lizzie vor dem *wharenui*, dem Versammlungshaus des Dorfes. Es regnete an diesem Tag nicht, deshalb sparte er sich die umfangreichen Zeremonien, die nach dem Brauch der Maori nötig waren, eine Besucherin hereinzubitten. Die Kulisse war aber auch so Ehrfurcht einflößend genug. Kuti Haoka, ein alter, besonnener Krieger, stand in traditioneller Kleidung vor dem mit tausend Schnitzereien reich verzierten *wharenui*. Gegen die winterliche Kälte hatte er sich in einen voluminösen Umhang gehüllt, der ihn mit seinen Stammestätowierungen wie einen gewaltigen, gefährlichen Raubvogel wirken ließ. Hinter ihm und dem Dorf ragten die Berge auf, und trotz des Regens am Tag zuvor war die Luft klar wie Kristall.

Lizzie, Kahu und die anderen Zuhörer aus dem Dorf hielten sich in respektvoller Entfernung. Auch der Stammeshäuptling war *tapu*. Er durfte nicht berührt werden, selbst die Zubereitung und Einnahme seiner Mahlzeiten erfolgte nach strengen Regeln.

»Du bist hier, *pakeha wahine*, um uns um Hilfe zu bitten?«

Lizzie schluckte, als sie die tiefe, dunkle Stimme hörte. Der Häuptling richtete zum ersten Mal das Wort an sie. Nervös begann sie zu erzählen, aber Kuti Haoka gebot ihr bald Einhalt und forderte Kahu mit ein paar knappen Worten auf, zu übersetzen.

»Sprich einfach Englisch«, ermutigte sie der Missionsschüler. »Das macht es für alle einfacher. Der Häuptling weiß zwar zu schätzen, dass du unsere Sprache sprichst, aber er sieht auch, dass du heute unter der Last des Gestern verstummst. Ich werde ihm übersetzen.«

Lizzie schaute ihn verständnislos an.

Kahu seufzte. »Er versteht, dass dir das Wort im Halse stecken bleibt«, erklärte er kurz.

Lizzie lächelte. Dann begann sie flüssig auf Englisch zu erzählen, was ihr widerfahren war.

Der Häuptling hörte sich alles in Ruhe an. »Man hat dich zur Strafe fortgebracht von deinem Stamm, auf eine Insel mit fremden Sternen?«, fragte er ungläubig. »Weil du die Kinder füttern wolltest und dazu ein paar Brotfladen vom Feuer eines Nachbarn nahmst?«

»So ungefähr«, sagte Lizzie. Kahus Übersetzung hatte sich auch für sie ziemlich frei angehört. »Nur, dass ich keinen richtigen Stamm hatte.«

»Und dann hat dich ein Mann besessen, den du nicht wolltest, und die anderen Frauen sind nicht eingeschritten?«

Lizzie nickte.

»Jede Frau wäre da weggelaufen!«, assistierte ihr Kahu.

Der Häuptling nickte, bedachte dann aber lange, welche Antwort er Lizzie erteilen sollte. »Ich möchte dir gern helfen, *pakeha wahine*, aber ich will keinen Ärger«, erklärte er schließlich – oder zumindest übersetzte Kahu seine eher blumige Ausdrucksweise in dieser Richtung. »Es gibt immer mehr böses Blut zwischen Maori und *pakeha* in der letzten Zeit, dazu Streitigkeiten unter den Stämmen. Ich kann dich also schlecht zu einem anderen Stamm weiterschicken. Vielleicht zu den Waikato, die stellen ja jetzt unseren König. Du könntest … wie nennen sie das, Kahu? Du könntest um Asyl bitten?«

Vor einiger Zeit war unter den Maori-Häuptlingen, auf Betreiben gemäßigter Männer wie Hongi Hika und Wiremu Tamihana, eine Königswahl erfolgt. Man hoffte, besser mit den Weißen verhandeln zu können, wenn man ihrer Queen einen *kingi* gegenüberstellte. Allerdings hatten sich nur schwer Freiwillige für das Amt des *kingi* gefunden, und Königin Victoria pflegte Potatau I. von Aotearoa bislang auch weitgehend zu ignorieren.

Kahu Heke schüttelte den Kopf. Seine Augen blitzten mutwillig, genau so, als plane er gerade wieder einen Streich gegen die *pakeha*. »Potatau wird gar nicht begreifen, worum es geht, Onkel!«, gab er dem Häuptling zu bedenken. »Außerdem hat er nicht den geringsten Einfluss. Das gibt nur Scherereien, glaub es mir.

Aber … aber wenn du mir das große Kanu gibst, das Häuptlingskanu, dann bringe ich sie zu den Ngai Tahu.«

»Zu wem?«, fragte Lizzie. Von diesem Stamm hatte sie noch nie gehört.

»Auf die Südinsel«, meinte Kahu rasch und leise, um den Häuptling nicht beim Nachdenken über seinen kühnen Vorschlag zu stören. »Da finden sie dich nie.«

»Aber … aber die Südinsel … Da komme ich ja her. Wir mussten das ganze Land durchqueren.« Lizzie schwindelte, wenn sie an die tagelange Reise mit James Busby dachte. »Niemals schaffen wir das, ohne dass sie mich finden.«

Kahu schüttelte den Kopf, gebot ihr aber Schweigen. »Was ist nun, Onkel? Es würde unser beider *mana* vermehren, wenn wir die *wahine* in Sicherheit bringen. Man wird bei allen Stämmen von uns reden.«

Als *mana* bezeichneten die Maori Einfluss und Ansehen eines Kriegers.

Der Häuptling sah seinen Neffen streng an. »Die Männer an den Feuern mögen sich an so einer Geschichte ergötzen, Kahu. Aber ob das *mana* daran wächst, das die Geister dir zugestehen? Ist der Kampf, den wir hier um Aotearoa führen, nicht zu ernst und zu heilig, als dass er durch entführte Mädchen und umgestoßene Fahnenmäste zu entscheiden wäre?«

Kahu zuckte die Achseln. »Kommt auf den Geist an«, entfuhr es ihm auf Englisch. »Häuptling Hone Heke wird sich dort in Hawaiki auf die Schenkel schlagen.«

Sein Vorfahr Hone Heke war einige Jahre zuvor verstorben und hielt nun, nach Glauben der Maori, Hof auf dem sagenhaften Eiland Hawaiki.

Kahu blinzelte Lizzie kurz zu, nahm sich dann jedoch zusammen und formulierte das Ganze in seiner eigenen Sprache etwas würdiger.

Der Häuptling ließ sich davon nicht beeindrucken. »Hast du dir womöglich auch etwas zuschulden kommen lassen, Kahu? Willst du fort? Werden wir das Kanu wiedersehen? Warum lässt du dich auf eine solche Fahrt ein, die dich das Leben kosten kann?«

Kahu legte die Hand auf sein Herz. »Onkel, was denkst du? Selbstverständlich kommt das Kanu zurück! Es wird mich auch nicht das Leben kosten, ich bin ein guter Segler. Und warum ich es tue? Nun, warum stahl Kupe Kura-maro-tini?«

Lizzie hatte die letzten Worte nicht verstanden, sah aber, dass der Häuptling grinste. »So wird uns die Fahrt zu neuen Inseln führen, gesegnet von den Göttern«, bemerkte er. »Aber auch Kupe kehrte bekanntlich zurück.« Der Häuptling schien Lizzie kritisch zu mustern.

»Was hast du ihm gesagt?«, wisperte Lizzie Kahu zu. »Warum willst du mich wegbringen?«

Der junge Maori sah sie unbedarft an. »Weil wir gemeinsame Feinde haben«, erklärte er. »Und es keinen besseren Freund gibt als den Feind deines Feindes.«

Lizzie runzelte die Stirn. Das waren eigentlich alles keine Worte, die ihr in Kahus Sprache fremd waren. Eigentlich hätte sie zumindest einen Teil verstehen müssen. Aber vielleicht sprachen die Maori ja in Andeutungen. Das taten sie häufig, Lizzie glaubte oft, es gehöre mehr als ein Menschenleben dazu, all die Sagen und Geschichten über Aotearoa und seine alten Helden zu hören und ihren Sinn zu verstehen.

Kuti Haoka traf nun endlich seine Entscheidung. »Gut«, erklärte er und wandte sich mit erhobener Stimme an die Menschen seines Stammes. »Kahu Heke, Häuptlingssohn der Ngati Pau, wird mit dem großen Kanu reisen. Er segle mit dem Segen der Götter! Tangaroa möge seine Fahrt begleiten. Wir werden das Kanu vorbereiten.«

»Und du«, er wandte sich an Lizzie, »wirst bis morgen hier sicher sein. Aber wenn du meinem Neffen beiliegen willst, so tu es im Versammlungshaus. Ich kenne die Bräuche der *pakeha*. Und du sollst deine Ehre nicht mit einem Mann meines Blutes beschmutzen.« Damit wandte der Häuptling sich ab.

Lizzie stürzte sich auf Kahu. »Was meint er? Wir sollen heiraten? Wieso das denn?«

Eine gemeinsame Übernachtung im *wharenui* des Stammes entsprach einer Eheschließung. Männer und Frauen, die einfach nur ihren Spaß miteinander haben wollten, schlichen sich gemeinsam ins Freie. Aber damit beschmutzten sie nach Ansicht der Maori doch nicht die Ehre der Frauen …

»Der Häuptling hat etwas missverstanden«, behauptete Kahu leichthin. »Mach dir keine Sorgen. Ich tue dir nichts, weder heute Nacht noch auf der Reise.«

Lizzie ließ das Thema bereitwillig fallen. Es gab ohnehin Dinge, die sie weit mehr beunruhigten. »Wie stellst du dir die Reise denn überhaupt vor?«, fragte sie und dachte an Michaels und Connors hanebüchene Idee, mit einem Kleinsegler von Australien nach Neuseeland zu fliehen. »Du willst segeln? Oder rudern? Ganz allein? Weißt du, wie weit das ist? Wir müssen um die ganze Insel herum! Das sind viele Meilen, und es ist Winter.«

Lizzie meinte sich zu erinnern, dass England keine Gefangenentransporte übers Meer schickte, bevor es Frühling wurde. Das Meer galt im Winter als zu unruhig, und das traf sicher auch auf die Tasmansee zu.

Kahu blickte sie streng an. »Also willst du jetzt weg von dem alten Kerl, der dich sucht, oder nicht?«, fragte er, fast etwas verärgert. Anscheinend hatte er eher mit Dankbarkeit gerechnet denn mit bohrenden Fragen. »Und erzähl mir nicht, wie weit es ist! Du scheinst zu vergessen, dass wir diese Inseln schon umsegelt haben, zehn Generationen, bevor euer Tasman auch nur geboren wurde! Im Sommer und im Winter, im Frühling und im Herbst. Und nun entschuldige mich. Ich muss das Häuptlingskanu in Besitz nehmen.«

Kapitel 7

Das Häuptlingskanu zu Wasser zu lassen schien eine hochkomplizierte und vor allem spirituell geprägte Sache zu sein. Die Männer des Stammes blieben den Rest des Tages am Strand und führten Tänze, Gesänge und Segnungen auf.

Lizzie bekam das nur am Rande mit, die weiblichen Mitglieder der Stämme hatten wohl nicht viel mit dem Boot zu schaffen. Jedenfalls beschäftigten sich die Frauen und Mädchen lieber mit der Zubereitung eines opulenten Abendessens. Lizzie half ihnen, Gemüse, Fisch und Schweinefleisch zu schneiden, zu würzen und zu garen. Offensichtlich plante man eine Abschiedsfeier. Alle waren gut gelaunt, die jüngeren Mädchen trugen schon am Nachmittag ihre traditionelle Tanzkleidung: Röcke aus gehärteten Flachsfasern und gewebte Oberteile. Darüber hängten sie sich Decken gegen die winterliche Kälte. Als es dunkel wurde, feierten die Männer immer noch am Strand, und die Frauen begrüßten Ruiha und Kaewa sowie die Köchin der Busbys. Lizzie brannte auf Neuigkeiten aus dem Haus des Councillors und freute sich, als Ruiha ihr gleich mit ihrem Bündel winkte. Sie hatte es gefunden und mitgenommen, bevor Lizzie noch vermisst worden war.

»Es hat ein bisschen gedauert, bis der Mister und die Missus das alles verstanden haben, was dieser Mister Smithers da über dich gesagt hat«, erzählte Kaewa.

»Und? Haben sie ihm geglaubt?«

Lizzie musste die Frage stellen, obwohl ihr die Antwort natürlich klar war. Aber wenigstens für den Bruchteil eines Augenblicks wollte sie hoffen, dass die Busbys ihre langjährige unermüdliche

Arbeit für die Familie zu schätzen wussten. Vielleicht hatten sie Martin Smithers ja einfach hinausgeworfen. Oder sie schickten einen Brief mit Bitte um Begnadigung nach Van-Diemens-Land. Sie würde sicher gewährt werden – so viel Jahre Bewährung bei einer Familie wie den Busbys zählten mehr als eine Flucht. Aber Ruiha nickte nur.

»Doch, am Ende schon. Zumal du ja auch weg warst. Vielleicht, wenn du dageblieben wärest …«

»Ach was!« Das war Kahu Heke, der endlich vom Meer zurückkehrte. Mit ihm kamen alle anderen Männer, ausgehungert vom Singen und Tanzen für die Götter des Meeres. »Komm bloß nicht auf den Gedanken, zurückzugehen, Elizabeth! Die Weißen trauen jedem nur das Schlechteste zu, auch ihresgleichen.«

Kaewa nickte. »Die Missus hat gesagt, in der letzten Zeit wärest du sowieso verdächtig gewesen. Immer hier im Dorf, sie hätte dir gleich nicht getraut.«

Lizzie schluckte ihre Tränen herunter. Es nutzte nichts, aus verletztem Stolz zu weinen. Sie hatte schließlich schon mehrfach gemerkt, dass ein gottgefälliges Leben anscheinend nicht ihr Schicksal war.

»Hier, iss erst mal was!«, riet Kahu und holte ihr eine Schüssel mit Fleisch und Süßkartoffeln. »Und trink einen Schluck.« Er hielt ihr eine Flasche Whiskey hin. »Vergiss die Busbys! Morgen sind wir auf See!«

Am Morgen belud Kahu das Häuptlingskanu mit Vorräten und Wasser. Lizzie half ihm dabei. Sie fühlte sich gleich besser, als sie das Schiff sah. Bisher hatte sie sich unter Kanu stets eine Art kleines Ruderboot vorgestellt. Aber nun lag die *Hauwhenua* vor ihr, ein prächtig mit Schnitzereien versehenes Auslegerkanu, der Stolz des Stammes unter Kuti Haoka. Mit den kleinen Booten, in denen die Kinder der Busbys in der Bucht herumzupaddeln pflegten, hatte es lediglich die Form gemeinsam. Ansonsten bot es Platz für bestimmt zwanzig Ruderer oder Passagiere. In der Regel wurde ein Kanu dieser Art nicht durch Muskelkraft, sondern durch Segel vorwärtsbewegt. Der Ausleger sorgte dafür, dass es auch bei stürmischer See nicht kenterte.

Kahu erklärte Lizzie, dass das für ihre Augen höchst seltsam geformte Segel ebenfalls für Sicherheit sorge. Es war nicht viereckig, sondern oval, und lief in zwei Schenkel oder Scheren aus.

»Das macht das Boot schneller«, sagte Kahu. »Und außerdem liegt es dadurch sicherer im Wasser, wenn Wind weht. Eine sehr wichtige Erfindung – nur die *pakeha* sind bis heute noch nicht darauf gekommen!« Kahu lächelte ermutigend, während er Lizzies Bündel an Bord warf. »Du brauchst dich wirklich nicht zu fürchten, *pakeha wahine*!«, fügte er sanft hinzu. »Es tut mir leid, wenn ich gestern schroff zu dir war, mir war nicht klar, dass die Reise dir Angst macht.«

Lizzie nickte. Sie hatte inzwischen über die Worte nachgedacht, die Kahu am Tag zuvor zu seinem Onkel gesagt hatte. Kupe war der erste Einwanderer aus Polynesien gewesen, der Neuseeland erreichte, und Kura-maro-tini seine Frau. Kahu musste sich und Lizzie mit den beiden verglichen haben – der Häuptling hatte vermutet, dass Kahu sich Liebeslohn für die Fahrt auf die Südinsel erhoffte. Das hatte ihm nicht behagt, aber Lizzie verstand, dass Kahu sie nicht gleich heiraten wollte. Sie war grundsätzlich bereit, sich ihm als Dank für ihre Rettung hinzugeben. Männer bestanden nun einmal auf solche Belohnungen, und auch wenn sein Gesicht sie abstieß: Kahus Körper war straff und beweglich. Mit ihm zu schlafen würde zweifellos angenehmer sein als die Nächte mit Martin Smithers.

»Was heißt *hauwhenua*?« fragte sie, um das Gespräch auf unverfängliches Terrain zu bringen.

Kahu lächelte. »Wind, der vom Lande weht«, verriet er ihr. »Das Kanu soll uns forttragen von der Küste.«

Schließlich geleitete fast das ganze Dorf die Reisenden zum Wasser. Allen voran schritten der Häuptling, seine unberührbare Tochter und mehrere Priester. Auch die Abfahrt mit dem *waka ama* verlief nicht ohne Gesänge und Segnungen.

Kahu half Lizzie schließlich galant ins Boot. Das Mädchen musste lächeln. Hier waren sie, am Strand von Aotearoa, umringt von ein paar singenden und tanzenden halbnackten Eingeborenen, aber Kahu verhielt sich wie ein artiger Galan, der seine Liebste im Hyde Park zu einer Ruderpartie einlud. Kahus Verhalten war eine Mischung aus Stammesbräuchen und der englischen Erziehung durch seine europäischen Lehrer. Lizzie fragte sich, was letztlich triumphieren würde.

Kahu führte die *Hauwhenua* zunächst in die der Südinsel abgewandte Richtung. Er hielt es für sinnvoller, die Nordinsel auf der Westseite über die Tasmansee zu umfahren. Lizzie geriet fast in Panik, als das Land außer Sicht geriet, aber ihr Maori-Begleiter lachte nur. Es klang allerdings etwas bitter.

»Du traust mir wirklich nicht, oder, Elizabeth? Ist es, weil ich kein Weißer bin? Oder weil du mich für einen Herumtreiber hältst?«

Lizzie schob das Tuch zurecht, das sie um ihr Haar gewunden hatte. Es war empfindlich kalt auf See. Dann versuchte sie zu lächeln. »Ich … es ist nur … es ist nur, dass das Schiff so klein ist. Und … und du bist gar kein Seemann.«

Kahu lachte jetzt ehrlich. »Ich bin zum Seemann geboren, Elizabeth, wie alle Männer der Stämme. Hast du die Maori-Kinder nie mit ihren kleinen Kanus in den Buchten gesehen? Aber ich kann dich sogar anderweitig beruhigen. Ich bin auf einem englischen Dreimaster gefahren, von Tamaki Makau Rau nach London.«

»Du warst in London?« Lizzie richtete sich auf. Sie konnte es kaum glauben. Tamaki Makau Rau war die Maori-Bezeichnung für Auckland.

Kahu nickte. »O ja, ich wollte es mal sehen. Deshalb habe ich auf einem englischen Schiff angeheuert. Man muss den Feind kennen, wenn man ihn erfolgreich bekämpfen will. Und ich wollte wissen, was die *pakeha* vorhaben. Was sie aus unserem Land machen werden, wenn wir sie lassen. Ich sage dir gleich, dass es mir nicht gefiel.«

Lizzie zuckte die Schultern. »Na ja, London. Es ist nicht übel, aber das Hafenviertel …«

»Es ist eine Kloake, Elizabeth!«, brach es aus Kahu heraus. »Das weißt du doch selbst. Natürlich gibt es auch schöne Häuser, große Häuser und reiche Leute. Aber der Stamm hält nicht zusammen. Die Gesellschaft ist verrottet. Ich habe diese Kinder in den schlechten Vierteln gesehen, die nur die Wahl haben, zu stehlen oder zu verhungern. Ich kann mir vorstellen, wie dein Gestern aussah.«

Lizzie errötete. »Hast du …?«

»Ob ich mir ein *pakeha*-Mädchen gekauft habe für eine Nacht?« Kahu schüttelte den Kopf. »Nein. Aber nicht, weil ich ein so guter Mensch bin – tut mir leid, wenn ich dich da enttäuschen muss. Ich bin schon mit den anderen Matrosen in die Stadt gezogen. Nur wollten mich die Mädchen nicht.« Er zeigte auf seine Tätowierungen.

Lizzie lächelte tapfer. »Mir … macht es nichts aus«, behauptete sie. »Wenn du also möchtest …«

Kahu stieß scharf die Luft aus. »Du meinst also, ich täte es deshalb?«

Lizzie zuckte die Achseln.

»So ist das nicht«, sagte Kahu. Er sah Lizzie nicht dabei an. »Es ist ganz etwas anderes. Wenn ich dir einmal beiliegen sollte, Elizabeth, dann nur im Versammlungshaus vor den Augen der Ältesten. Ich will nicht Teil deines Gestern sein, sondern deines Morgen. Und ich will für dich *toku* sein, nicht *taku*.«

Lizzies schüchternes Lächeln war dieses Mal echt. »War das jetzt … eine Liebeserklärung?«, fragte sie vorsichtig. »Und was ist … mit der Feindschaft zwischen Maori und *pakeha*? Mit … mit dem Krieg, von dem du meinst, dass er kommt?«

Kahu sah immer noch aufs Meer hinaus. »Jeder Krieg endet einmal – besser oder schlechter. Und wenn du es nun schon wissen willst: Ich glaube nicht, dass wir die *pakeha* wieder aus dem Land hinauswerfen können. Auf die Dauer müssen wir es uns teilen. Wir müssen Respekt voreinander gewinnen, leider verstehen viele von euch nur die Sprache der Waffen. Du aber nicht, Elizabeth Portland. Du und ich, wir könnten etwas Neues schaffen.«

Lizzie seufzte. »Du kennst mich doch gar nicht«, sagte sie dann leise. »Portland ist nicht einmal mein richtiger Name!«

Kahu suchte von der Seite her ihren Blick. Der Maori-Krieger schien verlegen. Dann aber lächelte er.

»Aber ich weiß den Namen des Kanus, in dem du nach Aotearoa gekommen bist.«

Lizzie wünschte sich, ihn küssen zu können, aber sie empfand nichts als eine unbestimmte Form von Rührung, als Kahu tief durchatmete und dann das Segel richtete.

»Werden wir nachts eigentlich an Land gehen?«, fragte sie.

Kahu schüttelte den Kopf. »Nein. Vorerst fahren wir nah an der Küste, aber später werden wir uns etwas weiter davon entfernen, und dann ist die Navigation gerade bei Nacht einfacher – solange die Götter die Sterne leuchten lassen. Wir werden nur zwischendurch anlegen, um Wasser und Vorräte zu ergänzen. Aber du brauchst dich wirklich nicht zu fürchten. Dies ist keine Entdeckungsfahrt, Elizabeth. Wir umfahren ein Land, das meinem Volk seit Jahrhunderten gehört – auch wenn dein Volk jetzt die Hand danach ausstreckt. Du kannst dich unbesorgt schlafen legen. Und morgen zeige ich dir einmal, wo wir herkommen! Wir werfen einen Blick in Richtung Hawaiki.«

Lizzie schlief zu ihrer Überraschung recht gut in dem schwankenden Kanu, eingekuschelt in viele Decken gegen die bei Nacht wirklich schneidende, winterliche Kälte. Die Wellen wiegten sie sanfter als in den großen Schiffen der Weißen, die Luft war frisch und machte müde. Sie erwachte entspannt und nicht mehr ängstlich. Weder schien das Meer etwas gegen sie zu haben, noch hatte Kahu sie angerührt. Lizzie machte Anstalten, ein Frühstück für ihn und für sich zu bereiten, aber der junge Maori rief sie zunächst zu sich und zeigte in Richtung Küste. Hier waren jetzt imponierende Klippen zu erkennen, die steil zum Meer hin abfielen. Sie waren schroff und nicht bewachsen. Nur selten klammerte sich ein Kauri-Baum an einen Felsvorsprung, auf dem sich wohl ein bisschen Erde angesammelt hatte.

»Schau, das ist Cape Reinga, die nördlichste Spitze von Te Ika-a-Maui und damit natürlich von ganz Aotearoa. Von hier aus wandern die Seelen verstorbener Maori zurück nach Hawaiki, der Insel, von der die ersten Kanus kamen.«

Kahu zeigte hinaus aufs Meer. Man erkannte eine kleine Insel, aber danach war da nur noch Ozean – und niemand wusste, wo Hawaiki wirklich gelegen hatte. Kahus Vorfahren mussten unvorstellbar weit gesegelt sein.

Lizzie schauderte. »Hawaiki lag also im Norden?«, fragte sie dann. »Es war kälter als hier?«

Kahu nahm den Trockenfisch und das Brot, das sie ihm reichte, lachte sie jedoch aus. »Elizabeth *wahine*! Wie lange bist du jetzt auf dieser Seite der Erdkugel? Sieben Jahre oder länger? Und in der Zeit hast du immer noch nicht begriffen, dass es hier anders ist als in England? Hawaiki war wärmer als Aotearoa. Deshalb konnten unsere Vorfahren hier auch viele ihrer mitgebrachten Pflanzen nicht ansiedeln. Eigentlich gedeiht nur die *kumara*, die Süßkartoffel. Ihr *pakeha* seid da erfolgreicher, euer Klima ist ähnlich wie unseres, eure Pflanzen gedeihen und eure Tiere noch mehr. Ihr werdet dieses Land stärker prägen als wir, ihr könnt mehr damit anfangen. Aber das ist trotzdem kein Grund, es sich anzueignen, ohne ordentlich dafür zu bezahlen.«

Lizzie nickte, mochte sich aber nicht recht auf die Streitigkeiten zwischen Maori und *pakeha* konzentrieren. Zu schön waren die Strände und Klippen, an denen sie entlangsegelten, eine urtümliche, wilde Gebirgslandschaft, immer wieder durchbrochen von weißen Stränden und grünen Hügeln. Gegen Abend geriet das Land dann wieder außer Sicht und blieb es für mehrere Tage. Lizzie beunruhigte das erneut.

Das Wetter verschlechterte sich nun auch. Nach zwei Tagen gerieten sie in einen fürchterlichen Sturm. Zwar konnte die *Hau-*

whenua kaum kentern, aber sie bot auch keinen Schutz gegen das Wetter. Die Wellen überspülten das Kanu, Kahu war mit dem Segel beschäftigt, und Lizzie schöpfte pausenlos Wasser aus dem Boot. Sie war binnen kürzester Zeit völlig durchnässt, fror und zitterte am ganzen Körper.

»Aber wir kommen schnell voran!«, erklärte Kahu vergnügt, während Blitze über den Nachthimmel tobten. Tatsächlich schoss das Kanu nur so dahin, und dem Seefahrer schien die Fahrt eher Spaß zu machen.

Lizzie dagegen hatte bald nur noch das Bedürfnis zu beten. Sie fragte sich ernstlich, ob sie sich an Jesus Christus oder doch besser an Tangaroa, den Maori-Gott des Meeres, wenden sollte.

Kahu wollte sich ausschütten vor Lachen, als sie sich erkundigte, zu wem er gerade bete. »Du magst das komisch finden, aber ich will nicht Gott lästern!«, sagte sie ärgerlich. »Gerade nicht in diesem Sturm! Wenn man da jemanden ärgerlich macht …«

Der große Maori blickte zärtlich auf das zierliche Mädchen, das jetzt ein bisschen wie eine nasse, verängstigte Katze wirkte. Lizzie wusste gar nicht, wie ähnlich sie seinem Volk war! Kahu jedenfalls war nie eine Weiße begegnet, die Fragen der Religion derart praktisch denkend anging. Die meisten *pakeha* waren ihm stets eher bigott erschienen.

»Bei klarem Wetter würdest du's also eher riskieren?«, zog er sie auf, wobei er gegen den Wind anbrüllen musste. »Bete zu wem du willst, Elizabeth, du bist sowieso nicht in Gefahr. Der Wind wird sich bald legen. Wir Maori lernen, dass Tane für den Wald zuständig ist, Tangaroa für das Meer, Papa für die Erde. In der Missionsschule sangen wir dagegen Lieder über Christus als Schäfer, als Seefahrer, als Gärtner im Weinberg des Herrn …«

»Im Weinberg?«, fragte Lizzie interessiert. Bis zum Weinbau war ihr Bibelstudium nicht gediehen, aber das interessierte sie.

Kahu ließ sich durch ihren Einwurf nicht von weiteren theologischen Überlegungen abbringen. »Manchmal«, führte er aus, »habe ich mich gefragt, ob ihm das alles nicht etwas zu viel wird.«

Lizzie musste wider Willen lachen. »Schau, da ist ein Stern!«, rief sie und zeigte in den Himmel, an dem gerade die ersten Wolken auseinanderdrifteten.

Kahu nickte gelassen. »Da siehst du's, es klart auf. Wofür du nun wieder Rangi danken darfst, das ist der Gott des Himmels!«

Als es nach dieser Nacht hell wurde, steuerte Kahu endlich wieder mal Land an. Es war dringend nötig, die Vorräte zu ergänzen und sich zu trocknen.

»Dies ist das Gebiet der Ngati Maniapoto«, kommentierte der Maori, während er das Kanu an den Strand zog. »Eigentlich sind sie sehr kriegerisch veranlagt, aber seit sie unseren Maori-König stellen, geben sie sich diplomatisch. Wie auch immer, wir werden ein Feuer machen, du kannst dich wärmen, und ich schaue mich nach Trinkwasser um …«

Die Gegend hier war sicher wasserreich. Sie war geprägt von grünen Hügeln und dichten Wäldern, über die trutzige Felsen herrschten wie Riesen. Lizzie war nervös, als Kahu sie tatsächlich allein ließ, aber sie nutzte die Gelegenheit, ihre völlig durchnässten Sachen auszuziehen und sich nur eine ebenfalls feuchte Decke überzuwerfen wie eine Maori-Frau. Der exotische Aufzug bewirkte fast, dass sie sich sicherer fühlte – schließlich würden sich auch Ruiha und Kaewa in der Natur ihrer Heimat nicht fürchten.

Kahu lächelte zärtlich, als er zurückkam und Lizzie am Feuer sitzen sah. Sie hatte ihr Haar gelöst und entwirrt, es hing ihr jetzt immer noch spröde und steif vom Salzwasser, aber immerhin trocken bis über den halben Rücken. Ihr schmaler Körper steckte in einer Decke, die durch einen Gürtel um die Hüften halbwegs sicher an ihrem Platz gehalten wurde, sie garte Fische an Stecken und Süßkartoffeln in der Glut. Sie war keine *pakeha wahine* mehr, sondern ein Maori-Mädchen, das er gern in seine Arme gezogen hätte. Er bemerkte, dass sie eine Art Gestell aus Farnholz gebaut hatte, an dem jetzt seine und ihre Kleider zum Trocknen hingen.

Kahu brachte Schläuche mit Süßwasser und außerdem einen Vogel, den er erlegt hatte. Sie würden an diesem Tag fürstlich speisen. Der Krieger rupfte das Tier, rieb das Fleisch mit Meersalz ein und legte es dann ebenfalls auf Lizzies improvisierten Grill.

»Wie hast du den denn geschossen?«, fragte Lizzie verwundert. Kahu war unbewaffnet losgezogen, nur ein kleines Messer trug er immer bei sich. »Was ist das überhaupt für ein Tier? Die Federn sahen mehr wie Fell aus.«

Kahu nickte. »Ja, auf den ersten Blick. Und ich habe ihn nicht geschossen, sondern ausgegraben. Doch, schau nicht so ungläubig! Kiwis sind Nachtvögel, tagsüber graben sie sich im Wald ein. Wenn man ein bisschen Erfahrung hat, findet man ihre Löcher und kann sie ganz leicht herausholen und töten. Die Engländer würden das zweifellos niederträchtig finden, aber ich hatte Hunger!«

Auch Lizzie war es egal, wie Kahu der Vogel ins Netz gegangen war – er schmeckte vorzüglich. Sie war trocken und fühlte sich besser, als sie das Kanu schließlich wieder auf See brachten.

»Wie weit ist es jetzt überhaupt noch?«, fragte Lizzie.

Kahu zuckte die Schultern. »Wir könnten in einem oder zwei Tagen da sein. Fragt sich, wie der Wind geht. Und wo wir überhaupt hinwollen.«

»Zur Südinsel, denke ich!«, meinte Lizzie. »Also nach … nach Nelson?«

Kahu musterte das Mädchen mit gerunzelter Stirn. »Da würde ich ja nun als Letztes anlegen!«, sagte er. »Kaum noch Maori in der Gegend nach der Sache mit Wairau …«

»Da hat es Krieg gegeben, nicht?« Lizzie sah furchtsam aus. »Die deutschen Siedler erzählten davon. Sind die … die Ngai Tahu sehr streitlustig?«

Kahu schüttelte den Kopf und lachte bitter. »Ganz im Gegenteil. Viel zu friedfertig sind die! Bisher kein einziger Aufstand gegen die Weißen. In Wairau saßen die Ngati Toa – die gehören eigentlich auf die Nordinsel, aber sie hatten mal einen sehr kriegerischen Häuptling, der ihr Herrschaftsgebiet bis auf die Südinsel ausdehnte. Da gab's dann auch ein paar Streitigkeiten mit den Ngai Tahu. Die Ngati Toa sind nicht besonders langmütig. Als die *pakeha* ihr Land vermaßen, bevor es überhaupt Verkaufsverhandlungen gab, griffen sie an. Zweiundzwanzig Tote auf Seiten der Weißen, vier bei den Maori. Krieg würde ich das nicht nennen.«

»Du bist ja auch nicht tot«, bemerkte Lizzie. »Niemand nimmt es ernst, wenn er nicht mitten drin ist.«

Kahu grinste. »Ein Wort, das Teporas würdig wäre! Aber von allen Kriegen, Kämpfen, Tumulten oder wie man es auch nennen will, abgesehen – fändest du es wirklich klug, wieder da unterzukriechen, wo dieser Busby dich damals angeheuert hat? Da suchen sie dich doch zuerst.«

Lizzie kaute auf ihrer Lippe herum. »Aber gibt es denn noch andere Städte? Ich meine …«

Kahu verdrehte die Augen. »Die Südinsel ist deutlich größer als die Nordinsel, obwohl weniger dicht besiedelt. Die Ngai Tahu sind vielleicht zweitausend Leute. Insofern verkraften sie auch mehr *pakeha*. Von unserer Position aus am nächsten ist die Westküste. Da mag ich dich allerdings nicht allein lassen – bislang fast nur Walfänger und Seehundjäger, ein wilder Haufen, die übelsten Kerle, die euer England zu bieten hat. Die Orte sind auch noch im Aufbau – das Einzige, was bislang fertig ist, sind die Pubs.«

Lizzie seufzte. Sie konnte sich die Verdienstmöglichkeiten für Mädchen in diesen Städten gut vorstellen.

»An der Ostküste gibt es dann Dunedin und Christchurch. Beides recht weit, wir müssten noch einige Tage segeln. Aber dort leben gottesfürchtige Leute …« Er zwinkerte.

Lizzie winkte müde ab. »Ich weiß. Die Canterbury Association. Und eine schottische Organisation, wie sie heißt, fällt mir gerade nicht ein. Mr. Busby kennt sie alle. Wir hatten immer wieder Vertreter der Honoratioren zu Besuch … Kahu, ich traue mich nicht nach Christchurch! Womöglich laufe ich als Erstes wieder einem Mr. Smithers in die Arme.«

Kahu nickte. »Warum nicht gleich ihm selbst?«, fragte er. »Auf der Südinsel bauen sie auch Straßen … willst du denn wieder als Hausmädchen arbeiten?«

»Was sonst?« Lizzie ließ ihre Hand müßig über die Reling ins Wasser hängen. »Was anderes kann ich nicht. Aber vielleicht in einer weniger wichtigen Familie. Ein kleineres Haus … wenn es sein muss wieder eine Farm wie bei den Laderers.«

»Du könntest bei den Ngai Tahu unterkommen«, schlug Kahu vage vor.

Lizzie schüttelte den Kopf. »Nein … nein, Kahu, sei mir nicht böse. Ich … ich mag euch Maori. Aber ich bin eine *pakeha*. Bei Busbys hat es mir gefallen. Und die Ngai Tahu werden mich doch auch nicht wollen. Was sollen sie mit mir? Nein, wir … gibt es keine anderen Städte?«

Kahu überlegte. »Kaikoura«, sagte er dann, etwas widerwillig. »Eigentlich auch eine Walfangstation. Aber jetzt sollen sich mehr Farmer ansiedeln – wenn auch sicher keine … keine Gentlemen wie dein Mr. Busby. Niemand wird dich dort suchen.« Er lächelte. »Und du wärest mir nah. Die Legende sagt, dass der Halbgott Maui bei Kaikoura den gewaltigen Fisch fing, der später zur Nordinsel wurde.«

Lizzie sah Kahu an. Dieses Mal gelang ihr das seelenerwärmende Lächeln, das ihr überall Freunde machte. »So könnten wir uns auch einfach einen Fisch fangen und hätten eine Insel für uns allein!«

Kahu zuckte die Achseln. »Das steht leider nur Göttern offen. Menschen nehmen ihre Kanus und fahren aufs Meer hinaus, bis sie Land finden. Wie einst Kupe und Kura-maro-tini. Wenn du also willst, Elizabeth …«

Lizzie senkte den Blick vor der Liebe in seinen Augen.

Wenige Tage später setzte Kahu Lizzie vor Kaikoura an Land. Die Halbinsel, auf der das Städtchen lag, faszinierte das Mädchen schon vom Meer aus. Die Strände, die Hügel, die gewaltige Berglandschaft der Südalpen, die hier fast bis ans Meer heranreichte – alles schien noch größer und unerschlossener zu sein als im Norden. Obendrein erschrak sie, als plötzlich ein Wal vor ihnen auftauchte.

»Der … der … der kann uns mit einem Happs verschlucken!«, keuchte Lizzie, während das riesige Tier übermütige Sprünge vollführte.

»Tut er aber nicht«, beruhigte Kahu. »Der ist froh, wenn wir ihm nichts tun. Die Menschen hier rotten sie langsam aus, es gibt nicht mehr so viele wie früher.«

Lizzie konnte sich das kaum vorstellen – aber ihr wurde klar, woher die Legende von Maui und seinem Fisch kam. Man konnte sich vorstellen, dass aus so einem riesigen Tier wirklich eine Insel werden konnte!

Kahu schlug vor, Lizzie zunächst in der örtlichen Siedlung der Ngai Tahu vorzustellen, aber sie wollte lieber sofort in die Stadt.

»Ich kann selbst hingehen und dem Stamm Guten Tag sagen, wenn es nötig ist«, meinte sie. »Aber eine Anstellung und eine Unterkunft muss ich in Kaikoura finden, da hilft alles nichts.«

Vor allem wollte sie nicht mit Kahu gemeinsam in der Siedlung der Maori auftauchen. Jedem – zumindest jeder Frau! – musste schon bei der Vorstellung klar werden, was Kahu für sie empfand. Man würde glauben, sie sei seine Frau oder doch zumindest seine Geliebte. Eine platonische Beziehung konnten die Eingeborenen sich nicht vorstellen. Und Lizzie wollte ihr neues Leben nicht gleich wieder unter falschen Vorzeichen beginnen!

»Du wirst Geld brauchen!«, gab Kahu zu bedenken.

Lizzie zuckte die Schultern. »Geben mir das die Ngai Tahu?«, erkundigte sie sich.

Kahu zog seufzend eine Börse aus dem Bündel, in dem er seine Sachen aufbewahrte.

»Ich gebe dir etwas. Aber es ist nicht viel. Mehr als einen oder zwei Tage wirst du nicht davon leben können.«

Lizzie errötete, als sie den kleinen Stoffbeutel annahm. »Das ist … das ist … du musst das nicht, Kahu …«

Er winkte ab. »Du kannst mir nichts zurückgeben, zumindest nichts, was du gern gibst und was ich annehmen könnte. Sprich es nicht aus, Elizabeth! Es ist in Ordnung. Wenn die Götter es wollen, sehen wir einander wieder. Dann kannst du mir den Betrag zurückzahlen, falls du bis dahin reich bist. *Haere ra*, Elizabeth!«

Er wollte sich leicht verneigen, aber Lizzie schob sich nah an ihn heran und legte Nase und Stirn an sein Gesicht. *Hongi* – der Gruß der Maori. »Warum … warum nennst du mich eigentlich immer Elizabeth?«, fragte sie dann. Sie wollte den Abschied eigentlich nicht ausdehnen, aber das hatte sie ihn schon lange fragen wollen.

Kahu sah sie ernst an. »Weil das dein Name ist. Vielleicht nicht Portland. Aber auch nicht Lizzie. Lizzie ist ein Name für ein Dienstmädchen. Aber Elizabeth ist eine Königin!«

Lizzie biss sich auf die Lippen. Sah er sie wirklich so? Als eine Königin? Michael hatte nur die Hure in ihr gesehen … Sie wusste nicht, warum sie jetzt an Michael dachte.

Lizzie hob die Hand und streichelte sanft über die Tätowierungen auf Kahus Wange. Die Zeichen eines Häuptlings. »*Haere ra*, Kahu Heke«, sagte sie leise. »Ich hoffe, die Götter meinen es gut mit dir.«

Lizzie watete an Land – Kahu hatte das auffällige Häuptlingskanu nicht in den kleinen Hafen von Kaikoura fahren wollen, sondern hatte sie einfach an einem Strand nahe der Ansiedlung aussteigen lassen. Nun zog sie wieder Schuhe und Strümpfe an und machte sich auf dem Weg in die Stadt. Oder nannte man das besser ein Dorf? Die Ansiedlung war wunderschön gelegen, vom Meer aus hatte sie im Sonnenlicht sehr anziehend gewirkt. Von Nahem aber beleuchtete die Sonne auch Schmutz und Verwahrlosung.

Ursprünglich war es eine Walfängerkolonie, hatte Kahu gesagt, und genau so sah es auch aus, wobei Lizzie bisher natürlich nie eine solche gesehen hatte. Aber sie kannte die Hafenviertel in London, und sie wusste, wie ein Ort aussah, in dem hauptsächlich Männer – und zu junge, verlorene und wenig häusliche Mädchen Unterkunft fanden. Kaikoura bestand aus billig zusammengehauenen Holzhäusern, viele in verschiedenen Stadien des Verfalls. Hier hatte man nicht in dem Sinne gesiedelt wie in Nelson. Alles war darauf zugeschnitten, den Vagabunden, die Wale jagten und Seehunden die Felle abzogen, ein vorübergehendes Dach über dem Kopf zu schaffen. Niemand blieb lange, niemand nahm sich eine Frau für länger als ein paar Stunden, niemandem gehörte irgendetwas. Die einzige Ausnahme bildeten ein paar ärmliche Fischerhütten, in denen ganz sicher kein Hausmädchen gebraucht wurde. Ein Kolonialwarenladen verkaufte allen möglichen Krimskrams, von Verpflegung bis zum Angelhaken, aber auch hier schüttelte der Inhaber den Kopf, als Lizzie nach Arbeit fragte.

»Das schaff ich allein mit meiner Frau«, meinte er. »Und – gütiger Himmel – ein Zimmermädchen! Womöglich mit Häubchen und Schürzchen! Meine Allison würde sich ja kranklachen, wenn ich ihr damit käme!«

»Rausschmeißen würde sie dich!«, bemerkte die bärbeißige, vierschrötige Frau, die eben aus einem der Hinterzimmer in den Laden kam. Sie war einen Kopf größer als ihr eher zwergenhaft wirkender Gatte und hielt zweifellos das Heft in der Hand. »Weiß doch jeder, was in den hochherrschaftlichen Häusern los ist, zwischen dem Herrn und dem Kammerkätzchen!«

Lizzie fragte sich, woher das jeder wissen sollte. Sie wurde schon wieder rot. »Ich bin ein ehrbares Mädchen!«, behauptete sie. »Und ich … ich habe Zeugnisse.«

Die besaß sie tatsächlich – geschrieben von Kahu Heke, dessen Ausbildung in der Missionsschule wirklich keine Wünsche offen gelassen hatte. Lizzie war völlig gerührt gewesen, als sie die Briefe in der Börse entdeckte, die Kahu ihr zugesteckt hatte. Und sie hatte ihm nicht mal mehr dafür danken können!

Die Kaufmannsfrau lachte. »Da kannst du dir auch nichts für kaufen, Mädchen! Ob ehrbar oder nicht, hier braucht keiner eine Hausangestellte. Vielleicht die Schaffarmen im Inland. Aber so große und hochherrschaftliche wie in den Plains gibt's hier auch noch nicht. Die Farmer waren früher alle Walfänger oder Seehundjäger. Wenn die 'ne Putzfrau brauchen, nehmen sie sich ein Maori-Mädchen – das bleibt dann auch gleich fürs Bett und macht darum kein Theater. Nee, Süße. Such dir 'ne andere Stadt oder 'nen anderen Job.«

Das war entmutigend, aber Lizzie zog trotzdem weiter durch den Ort. Kaikoura hatte allerdings nur einen Laden, eine Schmiede, einen Tischler, der gleichzeitig Beerdigungsunternehmer war, und drei Pubs. Vor einem davon traf sie schließlich ein anderes Mädchen, etwas jünger als sie und stark geschminkt. Auf Lizzie wirkte es wie eine Bekannte aus London.

»Arbeitest du hier?«, fragte sie. »Auf … auf der Straße oder in einem Haus?«

Das Mädchen schaute Lizzie verwundert an. Es war blond, das Haar zu einer komplizierten Frisur aufgetürmt, das Kleid zu leuchtend rot für eine ehrbare Kaufmannstochter. Lizzie dagegen wirkte in ihrem adretten dunklen Dienstbotenkleid äußerst brav. Das Barmädchen hätte von ihrer Seite her eher mit einem vorwurfsvollen Blick gerechnet als mit der freundlichen Ansprache.

»Im Pub«, antwortete sie dann. »Auf der Straße schafft hier keine an. Zu nass und zu kalt. Außerdem brauchen die Wirte immer neues Blut. Und zahlen auch halbwegs fair. Suchst du Arbeit?«

Lizzie nickte. »Schon. Aber eigentlich nicht solche.«

Das Mädchen lachte. »Klar, ich versteh schon. Dir schwebt eher eine Klosterküche vor, oder willst du gleich in den Orden eintreten? Das Kleid passt ja schon mal. Es gibt bloß leider, leider keinen ordentlichen Konvent in der Gegend. Sonst wär ich schon drin, Mädchen. Ich bin Irin, gut katholisch …«

Lizzie runzelte die Stirn. Sie kannte sich mit Klöstern nicht aus, aber das Mädchen wollte sie zweifellos verulken.

»Ich hab bisher als Hausmädchen gearbeitet«, erklärte sie. »Vorher als Stallmagd.«

»Na, dann wird dich der Muff von den Freiern zumindest nicht schrecken!«, meinte die Blonde. »Ehrlich, Süße, die stinken hier wie die Tiere! Tran, Blut, was weiß ich? Walfänger sind nichts für zarte Gemüter.« Sie sah Lizzie abschätzend an. »Aber so'n zartes Gemüt bist du gar nicht, Schwesterchen, oder? Was sagt mir da bloß, dass du in dem Gewerbe nicht neu bist?«

Lizzie seufzte. Man sah es ihr also an. Sie hatte es immer gewusst. »Ich hab's lange nicht mehr gemacht«, gab sie Auskunft.

Das Mädchen winkte ab. »Das verlernt man nicht!«

Lizzie biss sich auf die Lippen. »Ich wollt's aber nicht mehr tun.«

Das Mädchen schnaubte. »Schätzchen, ich mach das auch nicht, weil's mir solchen Spaß macht. Aber guck dich doch mal um: Hier ist weit und breit nur dieses Kaff. Gleich dahinter die Berge, ein Stück südlich Waiopuka, die Walfangstation an der Küste, da kamen früher hauptsächlich die Kunden her. Aber jetzt wird das weniger, sie brauchen Schiffe, wenn sie den Viechern hinterherwollen. Die ankern dann hier, und wir bedienen die Kerle. Mit den Stammkunden war's netter, die wuschen sich gelegentlich. Aber kann man's ändern? Die Fyfes von der Walfangstation machen jetzt zusätzlich in Schafen!«

Lizzie griff nach dem Strohhalm. »Ich hab gehört, auf den großen Schaffarmen … also das wären feine Leute, die brauchten vielleicht Hauspersonal.«

»Die Fyfes sind alte Seebären. Die brauchen guten Whiskey und gelegentlich ein Mädchen, aber bestimmt nicht zum Servieren. Und große Farmen sind das auch nicht, hier in der Gegend. Die großen liegen in den Plains. Und in Christchurch soll's auch reiche Häuser geben.«

»Da kann ich bloß nicht hin«, meinte Lizzie müde.

»Ich auch nicht, ich hab da 'nen Freier abgezockt«, gab die Blonde freimütig zu. »War nicht mal meine Schuld, der Kerl wollt nicht zahlen, da hab ich ihm 'nen Stuhl übern Kopf gezogen und bin dann mit der ganzen Börse weg. Dummerweise war's der Bruder vom Police Officer … jedenfalls jagen sie mich. Aber Christchurch ist sowieso zu rechtschaffen, als dass man da was werden kann. Und Dunedin ist noch schlimmer, lauter Calvinisten …«

Lizzie dachte fieberhaft an einen Ausweg. »Es muss etwas anderes geben! Ich will auch hart arbeiten. Ich versteh mich aufs Fischen. Glaubst du, ich könnte vielleicht auf einer der Walfangstationen was machen?«

Die Blonde wollte sich ausschütten vor Lachen. »Ein Mädchen auf einer Walfangstation! Das möchte ich sehen, wie du da halbnackt im Tran und im Blut rumwatest und die Viecher zerlegst! Mensch, Süße, das hast du doch gar nicht nötig! Bist leidlich hübsch, hast Berufserfahrung … was willst du da bei den Fischern rumfragen, ob sie Hilfe bei den Langusten brauchen?«

»Langusten?«, fragte Lizzie.

»Ja. Die holen sie hier massenhaft aus dem Meer. Schmecken

auch großartig. Aber ich glaub nicht, dass die Fischer ein Mädchen anstellen. Auch wenn sie ihre Frauen schon mal mit aufs Meer nehmen, die armen, abgearbeiteten Dinger! Wenn du darauf scharf bist: Vielleicht heiratet dich ja einer. Verrückt nach Frauen sind sie alle. Wenn sie einmal das Geld zusammenkratzen können, kommen sie zu uns in den Pub, und das Mädchen, das sie ansprechen, kriegt dann auch gleich einen Heiratsantrag. Aber ob du das willst?«

Lizzie gestand sich ein, dass sie es nicht wollte. Die Hütten der Fischer hatten verwahrlost und ärmlich ausgesehen, ihre Frauen schufteten sich wahrscheinlich erst mit den Männern auf See kaputt, und dann warteten der Haushalt und die Kinder. Gottgefällig mochte das sein, aber Lizzies Frömmigkeit hatte Grenzen.

»Ich überleg's mir«, beschied sie das Mädchen. »Wie heißt du übrigens?«

»Claudia«, stellte sich die Blonde vor. »Und du?«

»Lizzie.«

Wieder eine Welt, in der ein Vorname genügte. Lizzie würde sich in Kaikoura auch nicht Portland nennen. Das konnte sie Anna nicht antun.

Sie versuchte es noch bei dem Sargtischler, der sie mit den Worten beschied, sie sei ja ganz nett, aber seine Kunden brauchten keine Aufmunterung mehr. Sie strich noch einmal um die Fischerhütten und ging dann weiter zum Maori-Dorf. Die Ngai Tahu waren freundlich – deutlich aufgeschlossener als die Stämme auf der Nordinsel. Lizzie fühlte sich sofort bei ihnen wohl, schon deshalb, weil nur noch wenige junge Leute tätowiert waren. Es trugen auch mehr westliche Kleidung, anscheinend passten die Maori der Südinsel sich bereitwilliger an die Sitten der *pakeha* an als die im Norden. Wirtschaftlich ging es dem Stamm allerdings schlecht. Viele Männer hatten auf der Walfangstation gearbeitet. Stets als Tagelöhner. Seit dort nicht mehr viel los war, verdienten sie nichts mehr. Für die Mädchen gab es sowieso kaum etwas zu tun. Einige halfen auf Schaffarmen, aber nur zeitweise im Stall. Was Hauspersonal anging, bestätigten sie die Angaben der *pakeha* in der Stadt. Niemand hier hatte je einen Maori als Hausdiener, Gärtner oder Kutscher angelernt, erst recht nicht als Zimmer- und Küchenmädchen.

Lizzie blieb eine Nacht im Dorf, das mehr einem Lager glich als dem schmucken, mit aufwändigen Schnitzereien verzierten *marae* der Ngati Pau. Die Leute ließen ihre Ansiedlung wohl auch oft im Stich.

»Im Frühjahr, wenn die Vorräte zur Neige gehen«, berichteten sie Lizzie, »wandern wir zu besseren Jagdgründen in die Berge. Wenn du willst, kannst du mitgehen, aber da gibt es kaum *pakeha* und sicher keine großen Häuser.«

Natürlich konnten sich die Stämme so nah am Meer auch stets von Fischen ernähren, aber die *pakeha* machten ihnen die Fischgründe immer mehr streitig. Lizzie wunderte sich, dass sie nicht kämpften wie die rauffreudigen Stämme im Norden, aber die Ngai Tahu betrachteten die Entwicklung mit Gleichmut.

»Bevor die *pakeha* kamen, ging's uns eher schlechter«, berichteten die Frauen. »Gut, es gab Fisch, aber kein Saatgut, keine Schafe. Es war kalt im Winter. Jetzt haben wir wärmere Kleidung, wir bewirtschaften unsere Felder, lange Zeit hatten wir Arbeit bei den Weißen.«

Die Ergebnisse dieser Arbeit sah man in den Häusern des Stammes: Es war behaglicher als bei den Ngati Pau, die Frauen webten Wolle, hatten Decken und Matten. Der Speisezettel schien vielfältiger, das Essen wurde nicht in Erdöfen und an behelfsmäßigen Stöcken über dem Feuer gegart, sondern in Töpfen und Pfannen, erstanden bei den *pakeha*. Natürlich war die geografische Lage auch eine andere. Lizzie merkte sofort, dass es kälter war als auf der Nordinsel. Sicher war es schwieriger, den Winter zu überstehen.

Lizzie mochte dem Stamm denn auch nicht zu lange auf der Tasche liegen. Nach zwei Tagen verabschiedete sie sich, schenkte den Frauen etwas Geld und ging zurück in die Stadt.

Der Pub, vor dem sie Claudia getroffen hatte, hieß Green Arrow und war noch der sauberste in Kaikoura. Lizzie trat ein und fragte nach Arbeit.

Pete Hunter, der stämmige Wirt, erkundigte sich weder nach ihren Zeugnissen, noch wollte er ihren Namen wissen. Er taxierte das Mädchen nur kurz, murmelte etwas Unwilliges, wies ihr aber nichtsdestotrotz eins seiner schmierigen Zimmer im ersten Stock zu.

»Sauber halten musst du's selbst, Bettwäsche einmal die Woche in die Chinesische Reinigung. Wenn du öfter wechseln willst, musst du selbst waschen.«

Lizzie verbrachte die ersten Stunden ihres neuen alten Lebens damit, den Raum halbwegs sauberzuschrubben und die Flöhe zu bekämpfen.

»Soll ich dir ein Kleid leihen?«, fragte Claudia, als sie am Abend in die Gasträume hinuntergingen. »Hunter streckt dir das Geld vor, wenn du dir selbst eins nähen willst, aber er will es mit Zinsen zurück!«

Lizzie schüttelte den Kopf. Sie hatte die letzte Stunde genutzt, den Ausschnitt ihres Dienstbotenkleides tiefer zu setzen und den Rock unter der Schürze zu raffen, sodass er vorn kürzer war und einen Blick auf ihre Beine erlaubte. Ihr Gesicht war geschminkt, ihr Haar aufgesteckt, aber darin trug sie keck und etwas schief ihr Häubchen.

Sie platzierte sich verschämt neben der Tür des Pubs und knickste, als der erste Mann hereinkam. »Darf ich dem Herrn seinen Mantel abnehmen?« Lizzie lächelte verschmitzt zu ihrem Kunden hoch und erkannte den Sargtischler. Der grinste prompt und griff in ihren Ausschnitt.

Lizzie hatte ihren ersten Freier.

Kahu Heke segelte sein Kanu nach Norden und dachte an das Mädchen, das er zurückließ. Das erste Mädchen, das fähig schien, mit ihm zwischen den Welten zu wandern. Aber noch hielt es Elizabeth bei den *pakeha*. Und ihn? Kahu Heke wusste keine Antwort. Wahrscheinlich würde man ihn nach seinem Onkel Kuti Haoka zum Häuptling wählen. Die Ngati Pau respektierten ihn. Aber wenn er auch nur den Hauch einer Chance haben wollte, Lizzie zu gewinnen, dann musste er eher ein Farmer werden. All die *tapu* abbauen, die den Kriegerhäuptling umgaben, sich anpassen wie die Ngai Tahu auf der Südinsel, auf die er hinabsah. Er konnte die Welten einander annähern, um Elizabeth' willen, im Grunde würde er damit ja nur eine Entwicklung beschleunigen, die sowieso unaufhaltsam war.

Kahu beschloss, sich nicht mehr in Kororareka herumzutreiben und mit den Walfängern zu handeln. Es wäre besser, etwas über Landwirtschaft zu lernen – vielleicht sogar über das, was Lizzie so faszinierte: Weinbau.

Der junge Maori lächelte grimmig, während die *Hauwhenua* über die Wellen flog. Wenn er erst Häuptling war und Lust dazu hatte, konnte er sich sogar zum König krönen lassen. Bisher riss sich niemand um den Posten, den Maori war der Gedanke einer Zentralregierung fremd. Wenn sich jemand wie Kahu mit seinen Kenntnissen der *pakeha*-Kultur und seinem fließenden Englisch bewarb, würden alle begeistert zustimmen.

Im Rausch der Geschwindigkeit gab sich Kahu Heke seinen Träumen hin. Elizabeth war seine Königin, und eines Tages würde er sie mit nach London nehmen. Der junge Maori sah sich als *kingi* in Verhandlungen mit der Queen, und er lachte, als er sich vorstellte, wie Elizabeth vor Victoria knickste und Prince Albert ihr galant die Hand küsste. Elizabeth würde sich ihres Namens würdig erweisen. Eine Königin, die das Herz einer anderen mit ihrem unwiderstehlichen Lächeln wärmte.

Kapitel 9

Michael Drury konnte keine Schafe mehr sehen. In den letzten Tagen hatten seine Maori-Helfer und er über viertausend meist unwillige Mutterschafe und Widder von ihrer Wolle befreit, den gesamten Bestand der Farmen im Kaikoura-Distrikt. Es hatte sich längst eingebürgert, dass Michael die Schaffarm der Fyffes im Frühjahr ein paar Wochen den Maori-Mädchen überließ und mit der Schererkolonne von Farm zu Farm zog. Die Männer verdienten sich damit ein beachtliches Zubrot, während die Mädchen beim Lammen halfen und die Mutterschafe dann für den Sommer in die Berge trieben. Mit den Hunden war das kinderleicht, die Maori hatten ein Händchen für die Tiere. Allerdings stellte nur Fyffe auch Frauen dafür an, die sonstigen Farmen ließen lediglich Männer als Viehtreiber arbeiten.

Jetzt jedenfalls waren die Schafe geschoren, Michael hatte Geld in der Tasche und rechtschaffenen Durst. Ein Zug durch die Pubs in Kaikoura kam ihm da gerade recht. Es würde ja immer noch etwas übrig bleiben, um es für die Reise nach Irland zurückzulegen.

Michael sparte für seine Rückkehr nach Hause, obwohl er sich nicht sicher war, ob er es ernst meinte. Seit jener Brief von Father O'Brien eingetroffen war, hatte sein Eifer jedenfalls merklich nachgelassen. Schließlich würde er Kathleen ohnehin nicht mehr antreffen. Sie war fort. Irgendwo in Amerika mit diesem Mistkerl und Rosstäuscher Ian Coltrane!

Michael fragte sich, wie sie sich gerade mit diesem Mann hatte einlassen können – wenn er daran dachte, dass sein Sohn den Viehhändler Vater nannte, graute es ihm. Und das Ganze obendrein mit seinem Geld! Ian Coltrane hatte die Überfahrt doch nie und nimmer selbst bezahlt. Und Michael glaubte auch nicht, dass er Kathleen liebte. Soweit er wusste, hatte Coltrane ein Mädchen in Wicklow unterhalten – eine rothaarige kleine Hure, frech und hoffärtig, das genaue Gegenteil der zurückhaltenden, sanften Kathleen. Und Kathleen konnte Ian auch nicht geliebt haben, vielleicht hatten ihre Eltern sie sogar gezwungen, ihn zu heiraten.

Wenn Michael allein über Land ritt und die Schafe kontrollierte, stellte er sich oft vor, nach Amerika zu reisen und Kathleen zu suchen. Er würde sie irgendwo in New York oder sonstwo auftreiben und Ian Coltrane aus ihrem Bett schmeißen. Aber in nüchternen Augenblicken wusste er natürlich, dass allein New York schwerer zu durchsuchen wäre als ganz Irland! Außerdem war Amerika von Neuseeland aus kaum zu erreichen. Die normale Route führte über Australien – wo Michael absolut nicht hinwollte! – und dann über China. Michael schob die Entscheidung also erst einmal hinaus. Seine Ersparnisse wuchsen ohnehin so langsam, dass er noch Jahre arbeiten müsste, bevor er sich irgendeine Passage leisten konnte. Schuld daran waren nicht nur das relativ geringe Gehalt, das die Fyffes ihrem Verwalter zahlten, sondern auch der Whiskey und die blonden Mädchen in Kaikoura. Wenn Michaels Sehnsucht übermächtig wurde, leistete er sich eines wie die hübsche Claudia aus dem Green Arrow – und er zahlte so gut, dass sich nie eins der Mädchen beschwerte, wenn er sie auf dem Höhepunkt seiner Lust bei Kathleens Namen rief.

Auch an diesem Abend nach der Schur spürte er das Bedürfnis nach einer Nacht mit Claudia oder einer anderen willfährigen Blonden. Michael ließ seine Maori-Freunde Tane und Maui im ersten Pub zurück, wo das Bier weniger stark und ein Mädchen billiger war. Er wandte sich dem Green Arrow zu. Als er die Tür öffnete, erblickte er verblüfft eine seltsame Türsteherin.

»Guten Abend, der Herr! Darf ich Euch aus dem Mantel helfen?« Ein zierliches dunkelblondes Mädchen im schlichten Dienstbotenkleid, das allerdings hochgerafft und sehr tief ausgeschnitten war, sah Michael freundlich an. »Ich würde mich freuen, Mylord, Euch heute dienen zu dürfen.«

Das Mädchen versank in einem tiefen Knicks, lächelte aber verführerisch.

Michael konnte nicht anders. Er lachte schallend. »Lizzie Owens! Und immer noch nicht ehrbar!«

Lizzie warf einen Blick auf Michaels abgerissene Erscheinung, seine verschlissenen Breeches und den schmutzigen Regenmantel. »Michael Drury«, gab sie zurück. »Und immer noch nicht reich!«

Michael hatte die Unstimmigkeiten längst vergessen, die vor ihrer Trennung zwischen ihnen geherrscht hatten. Lachend nahm er Lizzie in die Arme und schwenkte sie herum.

»Mädel, ist das schön, dich wiederzusehen! Ich hab mich schon lange gefragt, was aus dir geworden ist. Allerdings hätte ich eher gedacht, du hättest dir irgendeinen braven deutschen Bauern aus Nelson geangelt!«

Lizzie machte sich los. Auch sie freute sich, Michael zu sehen, aber sie schalt sich für dieses Gefühl. Michael hatte ihr schon einmal wehgetan. Auf keinen Fall wollte sie das erneut zulassen.

»Solltest du nicht längst zurück in Irland sein?«, fragte sie. »Verheiratet mit Mary Kathleen?«

Michael seufzte. »Ach, Lizzie, das ist eine lange Geschichte.«

Er hob an, zu erzählen, aber dann schob sich Claudia zwischen die beiden. Das Mädchen hatte an der Bar auf Freier gewartet, nun aber Michael erkannt.

»Hände weg von dem, Lizzie! Das ist mein Stammfreier!« Sie rieb ihren Körper an Michael und sah ihm verführerisch in die Augen.

Lizzie zog sich zurück. Claudias Stimme klang launig, aber es konnte schnell ernst werden, wenn sie ihre Pfründe wirklich bedroht sah.

»Ich will nichts von dem, ich kenn ihn bloß von früher«, bemerkte sie. »Macht erst mal, reden können wir später.«

Claudia grinste, während Michael verlegen wirkte. Er sah immer noch blendend aus mit seinem lockigen schwarzen Haar, das er jetzt länger trug als früher. Lizzie hatte fast vergessen, wie blau seine Augen waren und wie herrlich zerknirscht sie blicken konnten, wenn er versuchte, jemanden um den Finger zu wickeln.

»Es … macht dir wirklich nichts aus, Lizzie, wenn wir jetzt erst mal …?«

Lizzie verdrehte die Augen. »Nein, Michael, ich kann gut drauf verzichten, dass mich einer im Bett Mary Kathleen nennt. Aber ich würde schon gern wissen, was mit der Lady geschehen ist. Wir trinken nachher was, wenn du Claudia glücklich gemacht hast.«

Mit schiefem Lächeln begab sie sich wieder auf ihren Posten. Wie eigentlich jeden Abend brauchte sie nicht lange zu warten. Es gab immer Männer, die auf die Dienstmädchen-Nummer ansprangen, erst recht, seit Lizzie die Sache ausgebaut hatte und jeden kleinen Walfänger oder Viehhirten mit Mylord ansprach. Pete Hunter nannte sie schon längst nicht mehr Durchschnitt, sondern sein bestes Pferd im Stall. Lizzie verdiente genug, um leben zu können und sich auch mal ein neues Kleid zu leisten. Sie wählte stets unauffällige Kleider aus gutem Stoff, die nicht zu tief ausgeschnitten waren – Sonntagskleider für die Kirche, wie Claudia und die anderen Mädchen das spöttisch nannten.

Lizzie ging jedoch nicht in die Kirche wie einige ihrer Kolleginnen. Der Reverend war ein gelassener Mann, der seinen Schäfchen oft mehr nachsah als sein Gott, deshalb warf man sie auch nicht hinaus. Aber Lizzie mochte einfach nicht mehr zu einem Gott beten, der nach Kahus Ansicht bestenfalls mit seinen Gläubigen überfordert war und sich schlimmstenfalls überhaupt nicht um sie scherte. Lizzie war langmütig, sie sah ein, dass Gott es den Menschen nicht zu einfach machen konnte mit dem ihm gefälligen Leben. Die Steine, die er ihr persönlich jedoch in den Weg warf, konnte sie ihm nicht verzeihen. Martin Smithers war eine Prüfung zu viel gewesen, und erst recht das Leben im Green Arrow.

Lizzie hasste es, den nach Tran und Blut stinkenden Walschlächtern und Seehundfängern zu Diensten zu sein, und der intensive Geruch nach Schaf, den die Viehhüter ausströmten, stieß sie fast genauso ab. Sie hatte es auch früher nicht gemocht, sich zu verkaufen, aber irgendwie war es mit den Matrosen im Londoner Hafen nicht gar so schlimm gewesen. Sie hatten sich nach der Seereise und vor dem Ausgehen oft ein Bad gegönnt und waren stets fröhlich, wenn sie Lizzie mit Geschichten von fremden Ländern und seltsamen Gebräuchen in anderen Teilen der Welt unterhielten. Die Männer in Kaikoura dagegen waren nur traurige gescheiterte Existenzen, die sich ohne Hoffnung abrackerten und am Samstag im Pub ihr weniges Geld verspielten oder verhurten. Lizzie fragte sie nie, wovor sie auf der Flucht waren, aber sie wusste, dass fast alle vor irgendetwas wegliefen. Im Bett waren sie plump und hart – obwohl Lizzie wohl noch die Besten für sich einnehmen konnte, schließlich brauchte man ein Minimum an Humor und Fantasie, um auf ihre Spielchen einzugehen. Aber auch die »Lords« wollten schnellstmöglich viel für ihr Geld, und jeder hinterließ ihr ein paar Flöhe und Läuse auf dem Kissen.

Lizzies Leben war ein ständiger Kampf gegen Gestank, Dreck und Ungeziefer, sie wusch die Laken ihres Bettes täglich selbst, aber eigentlich hätte man sie nach jedem Freier wechseln müssen, um halbwegs sauber zu bleiben.

Während die anderen Mädchen tagsüber den Rausch ausschliefen, den sie sich im Laufe des Abends antranken, blieb Lizzie meist nüchtern. Es reichte, dass ihre Nächte Albträumen glichen, sie mochte sich morgens nicht auch noch mit Kopfschmerzen herumschlagen. Dazu schmeckte ihr der Fusel nicht, den Pete Hunter seinen Gästen vorsetzte. Nicht nur, dass der billige Schnaps nach dem Wein bei den Busbys ihre Geschmacksnerven beleidigte – auch eingefleischte Whiskeytrinker hätten sich bei jedem Schluck geschüttelt. Lizzie wusste nicht, woher die Wirte in Kaikoura das Zeug bezogen, aber wer immer es brannte, gehörte nicht nur nach Australien, sondern mindestens an den Nordpol verbannt.

Lizzie jedenfalls ließ sich kalten Tee eingießen, wenn die Freier ihr Whiskey spendierten, und war morgens entsprechend munter. Sie verließ das Green Arrow meist am späten Vormittag und machte sich auf, die Gegend zu erkunden in der Hoffnung, dass sich vielleicht doch noch einmal eine Alternative zu ihrem tristen Dasein im Pub bot. Es durfte nicht sein, dass sie dort ihr ganzes Leben verbrachte!

Mitunter mietete Lizzie sonntags zusammen mit Claudia oder anderen Mädchen eine Kutsche und machte eine Ausfahrt, aber abgelegene Schaffarmen – vielleicht betrieben von englischen Gentlemen und ihren Ladys, die nur darauf brannten, ein gut geschultes Hausmädchen einzustellen – erreichten sie nie. Lizzie lief Gefahr, in Hoffnungslosigkeit zu versinken, als auch ihre Maori-Freunde auf Wanderschaft gingen. Sie sehnte sich nach Kahu Heke und träumte von ihm und seinem Kanu wie als Mädchen von dem Prinzen auf seinem Schimmel. In ihren Gedanken legte er am Strand von Kaikoura an, sie stieg in sein Kanu und entfloh ihrem tristen Dasein.

Lizzie wusste nur nicht, wohin sie die Flucht mit dem Maori-Mann führen sollte. Inzwischen dachte sie oft daran, dass es besser gewesen wäre, sich zu stellen und das Risiko einer erneuten Verschiffung nach Van-Diemens-Land auf sich zu nehmen. In der Female Factory hatte sie sich wohler gefühlt als im Green Arrow, und irgendwann begnadigte man auch Schwerverbrecherinnen. Lizzie ertappte sich dabei, von einem Leben an der Seite des zahnlosen alten Gärtners der Smithers zu träumen …

Und jetzt war Michael gekommen.

Lizzie dachte an ihn, während sie unter einem Walfänger lag, der an diesem Morgen erst einen Grauwal harpuniert hatte. Der Mann, ein eher unscheinbarer, bärtiger Gnom, hatte ihr das gleich stolz berichtet, obwohl ihr sein Fang kaum entgangen wäre. Schließlich stank er, als habe er im Tran gebadet. Sein ganzer Körper war mit einer schmierigen Schicht bedeckt.

Lizzie musste sich unbedingt ablenken, während er sich auf ihr abmühte, sie lief Gefahr, sich zu übergeben. Also versuchte sie, sich Michaels Gesicht zu vergegenwärtigen. Er sah immer noch gut aus, vielleicht sogar besser. Das harte Leben und die Arbeit im Freien – vielleicht auch der Kummer um seine Kathleen – hatten Falten in sein Gesicht geschnitten, die es weniger jungenhaft wirken ließen als damals. Er schien allerdings nach wie vor ein Draufgänger zu sein, und sein Lachen war immer noch jung. Lizzie bemühte sich, ihre Gefühle für ihn zu ergründen. Sehnte sie sich noch nach ihm? Verspürte sie den Wunsch, das Leben mit ihm zu teilen, so wie damals, als sie auf dem Weg nach Neuseeland Mann und Frau gespielt hatten? Das zumindest vermochte sie schnell zu beantworten: Ganz sicher stellte sie ihn sich nicht als Liebhaber vor. Zurzeit stand ihr nicht der Sinn nach körperlicher Liebe. Dennoch freute sich Lizzie über Michaels Auftauchen. Sie verspürte beinahe etwas wie … Hoffnung!

Natürlich war das töricht. Michael hatte nie etwas von einem Märchenprinzen gehabt. Aber irgendwie gab es ihr doch Auftrieb, ihn wieder um sich zu haben. Es war so, als schlüge er eine Seite in ihr an – Teufel noch mal, er würde sie nicht auf seinen Schimmel werfen und mit ihr davongaloppieren, aber er war ein Mann! Niemand hinderte ihn daran, etwas auf die Beine zu stellen, wenn ihm denn etwas einfiel. Nun hatte er sich kaum jemals als einfalls- oder gar erfolgreich erwiesen – nicht bei der Werbung um Mary Kathleen und erst recht nicht im Umgang mit Lizzie. Aber er war weder zu dumm noch zu stolz, um auf Frauen zu hören. Lizzie traute sich zu, die Zügel des Schimmels selbst in die Hand zu nehmen und den Prinzen auf den richtigen Weg zu führen. Jetzt musste ihr nur noch etwas einfallen. Vielleicht, wenn sie seine Geschichte erfuhr … woher er kam und was er zurzeit machte.

Aber wusste sie nicht schon das Entscheidende seiner Geschichte? Lizzies Herz klopfte heftig, während sich der Walfänger endlich grunzend von ihr löste. Wenn es stimmte, was Michael von Irland erzählt hatte, gab es vielleicht eine Möglichkeit, sowohl reich als auch ehrbar zu werden!

Lizzie kehrte nicht direkt an ihren Arbeitsplatz zurück. Sie wusch sich schaudernd die Spuren des letzten Freiers vom Körper und zog eins ihrer guten Kleider an. Dann entschuldigte sie sich bei Pete Hunter.

»Pete, ich … sorry, aber ich hab … plötzlich Besuch gekriegt.« Sie errötete. Die Huren pflegten sich mit dieser Wendung abzumelden, wenn sie ihre Regel bekamen.

Hunter sah sie unwillig an. »Schon wieder, Lizzie? Warst du nicht erst letzte Woche unpässlich?«

Lizzie sah zu Boden. »Ich … ich hatte mir da wohl was eingefangen … jedenfalls hab ich's kuriert, aber jetzt … na ja, es kommt vor, dass es danach noch mal blutet.«

Sie hoffte, dass der Wirt wenig genug von Frauenangelegenheiten wusste, um ihr das zu glauben. Schließlich konnte sie in den paar Tagen nach ihrer letzten Regel kaum schwanger geworden sein. Aber Pete winkte nur ab.

»Schon gut, Hauptsache, ihr lauft mir hier nicht mit dickem Bauch rum. Willste noch ausgehen?« Er warf einen Blick auf ihr Kleid. »Wär's nicht besser, du legtest dich ins Bett?«

Lizzie tat, als winde sie sich mit der Auskunft. »Pete, ich muss … die Frau noch mal aufsuchen. Eben wegen der Sache jetzt … ich will ja nicht länger ausfallen, als es unbedingt sein muss.«

Michael stand zum Glück bereits wieder mit Claudia an der Theke und sah Lizzie hinausgehen. Sie hoffte, dass er ihr folgen würde, und tatsächlich holte er sie an der nächsten Ecke ein.

»Man trifft dich also immer noch in unbeleuchteten Straßen!«, grinste er und legte den Arm um sie. »Erzähl mir, was du so getrieben hast, Lizzie! Oder nein, wir suchen uns einen netten Pub, wo wir dabei was trinken können.«

Lizzie schüttelte den Kopf. »Den gibt's hier nicht Michael. Alle drei Pubs sind Hurenhäuser, und ich kann mich nicht im Golden Horseshoe oder in Paul's Tavern sehen lassen, nachdem ich mich von Pete weggestohlen hab. Wenn wir was trinken wollen, musst du irgendwo eine Flasche auftreiben, und wir gehen runter zum Hafen.«

Die Frühlingsnacht war nicht allzu kalt, aber Lizzie fröstelte doch, als sie am Kai auf Michael wartete. Die Küste war der einzige Ort, an dem sich Männer und Frauen treffen konnten, zwischen denen keine Geschäfts-, sondern eine Liebesbeziehung bestand. Die Söhne der Fischer trieben es hier mit ihren Liebchen, oft in den Booten ihrer Väter. Lizzie überlegte gerade, ob sie auch eines belegen sollte, als Michael mit einer Flasche Whiskey zurückkam.

»Was für ein mieser Fusel!«, schimpfte er, nachdem er einen Schluck genommen hatte und die Flasche an Lizzie weiterreichte. Sie lächelte, hatte sie doch mit dieser Reaktion gerechnet.

»Auch darüber wollte ich mit dir reden«, bemerkte sie. »Aber jetzt erzähl erst mal. Was ist aus deinen Plänen mit Irland geworden?«

Michael berichtete in groben Zügen, wie es ihm ergangen war, und Lizzie lachte. »Sie hat dich also versetzt, deine Mary Kathleen!«, höhnte sie. »Die doch bis ans Ende ihrer Tage auf dich warten sollte, immer ein Gebet für ihren verschollenen Liebsten auf den Lippen.«

»Sie konnte bestimmt nichts dafür!«, nahm Michael seine Liebe in Schutz. »Sicher ...«

Lizzie verdrehte die Augen.

»Jedenfalls habe ich auch noch nicht genug Geld gespart für Irland«, gab er dann zu, »oder für Amerika. Als Viehhüter verdient man nicht so viel. Der alte Fyffe hält uns ziemlich knapp.«

Lizzie nickte, obwohl ihr eine weitere Neckerei auf der Zunge lag. Tatsächlich verdienten gute Schafscherer deutlich mehr als die meisten Walfänger und Seehundjäger. Aber sie hatte ja gerade gesehen, wohin Michaels Geld wanderte.

»Und was ist dir passiert?«, wechselte Michael das Thema. »Doch dem alten Gewerbe treu geblieben?«

Lizzie schüttelte den Kopf und erzählte von den Busbys.

Michael griff sich an die Stirn, als sie von Smithers berichtete.

»Unglaublich!«, lachte er. »Um die fünfundsechzigtausend Weiße soll es jetzt auf Neuseeland geben, und ausgerechnet der läuft dir in die Arme. Scheint Schicksal zu sein, Lizzie, nimm's hin! Und du hast ja auch schon einen neuen Job!«

Lizzie blitzte ihn an. »Ich geb ihn dir gern ab, Michael! Ich würde sogar mit dir tauschen, die Schafe riechen auch nicht strenger als die Kerle, und vor allem muss ich die nicht auch noch anlächeln. Ich werde von der Arbeit nicht schwanger, die Widder bescheren mir keine widerlichen Krankheiten … Verdammt, Michael, ich will da raus!«

Michael zuckte die Achseln. »Ich kann den alten Fyffe fragen«, meinte er versöhnlich. »Wir beschäftigen ein paar Maori-Mädchen bei den Schafen. Aber ein *pakeha*-Mädchen aus dem Hafenviertel von Kaikoura? Mensch, Lizzie, die Kerle auf der Walfangstation würden durchdrehen. Und wo wolltest du wohnen?«

Lizzie seufzte. »Ich will auch nicht in den Schafstall, Michael. Ich will was anderes machen. Pass auf, du …«

»Können wir mal woanders hingehen?« Michael unterbrach sie. Er fröstelte. »In den Stall vielleicht, bei meinem Pferd ist es wärmer.«

»Das ist auch so etwas, das für meine Idee spricht!«, meinte Lizzie.

Michael musterte sie verwirrt. »Du willst in den Pferdestall?«, fragte er.

Lizzie fasste sich an die Stirn. »Ich will unter ein Dach mit einer Whiskeyflasche!«, erklärte sie. »Oder besser gesagt mit vielen Whiskeyflaschen. Aber es muss was Besseres drin sein als in dieser hier. Michael, du hast das Zeug früher verkauft. Kannst du es auch brennen?«

Michael überlegte. »Mein Vater hat's gebrannt. Aber so schwierig ist das nicht. Man braucht ein paar Sachen für die Destille … einen Kessel und Getreide. Außerdem spielt das Holz eine Rolle. Eiche muss man haben oder Esche. Das gibt's hier natürlich gar nicht.«

Lizzie winkte ab. Einzelheiten interessierten sie vorerst nicht. »Kannst du's oder kannst du's nicht?«, fragte sie kühl.

Michael nickte entschlossen. »Ich kann's. Aber … aber eine Whiskeybrennerei – ist das hier erlaubt?«

Lizzie rieb sich die Augen. Sie hätte nicht gedacht, dass es so schwierig werden würde. »Hast du dich da in Irland besonders drum gekümmert? Michael, gleich hinter der Stadt beginnt der Urwald! Bau dir irgendeinen Verschlag in den Bergen, kein Mensch wird da nach einer Whiskeybrennerei suchen. Und wenn's gar nicht anders geht, dann bezahlst du eben die paar Steuern. Kaikoura ist voller durstiger Leute, denen dieser Fusel …«, sie zeigte auf ihre Flasche, »… genauso wenig schmeckt wie dir. Unser eigenes Zeug braucht nur ein bisschen besser zu sein, dann werden wir es mit Leichtigkeit verkaufen.«

»Und was hat das nun alles mit dem Pferdestall zu tun?«, fragte Michael. Er stieß den Schuppen des Green Arrow gerade auf. Sein Pferd, ein kleiner Fuchs, begrüßte ihn mit leisem Schnauben.

Lizzie zwang sich zur Geduld. »Das hat damit zu tun, dass in dieser Stadt eine Schänke fehlt. Eine, in der keine Frauen zu verkaufen sind, sondern in die auch mal ein Fischer sein Mädchen führen kann, ohne sich schämen zu müssen oder sich im Hafen halbtot zu frieren. Wir mieten eins von den alten Häusern!«

»Wir?«, hakte Michael ungläubig nach.

Er schien jetzt erst zu begreifen, dass Lizzie all das ernst meinte und dass sich ihre Pläne nicht nur auf ihn allein bezogen. Aber damit hatte er sich ja schon immer schwergetan. Lizzie versuchte, die Enttäuschung von damals nicht wieder in sich aufflackern zu lassen. Sie musste sachlich bleiben, daran denken, dass sie eine Geschäftsbeziehung zu Michael wollte. Nicht den Prinzen heiraten, nur sein Pferd führen …

»Ich dachte es mir so, dass ich die Schänke führe«, erklärte Lizzie aufgeregt. »Und du belieferst mich mit Whiskey. Die anderen Schankwirte werden unser Zeug auch bald wollen, aber da gibt's bestimmt Unterschiede. Du kannst extra guten Whisky für uns brennen und nicht ganz so guten für die anderen. Dann kommen sie zu uns zum Trinken und ins Arrows zu den Mädchen. Und alle sind zufrieden.«

»Aber wir würden zuerst Geld investieren müssen«, gab Michael zu bedenken. »Kupferkessel sind teuer. Und ich müsste ein bisschen herumexperimentieren. Wir brauchten Flaschen!«

Lizzie nickte. »Ich hab ein bisschen was gespart«, meinte sie. »Und du doch wohl auch?«

»Für Irland«, sagte Michael verstockt.

Lizzie hätte ihn schütteln mögen. »Herrgott, Michael, wenn die Destille anläuft und die Schänke, dann verdienst du in einem Jahr genug, um nach Irland zu fahren und dir dort drei Mädchen zu suchen, die Mary heißen und ihr Gebetbuch auswendig können! Aber so kommst du nie auf einen grünen Zweig, und ich komme nie aus dem Green Arrow raus. Lass es uns versuchen, Michael! Du schuldest mir was!«

In den nächsten Wochen schlug Michael Holz in den Bergen, wobei ihm Tane und Maui zur Hand gingen. Die drei Männer bauten eine Hütte und experimentierten mit dem Abbrennen verschiedener Holzsorten.

»Wenn es feucht ist oder alt oder viel Rauch entwickelt, eignet es sich nicht«, erklärte Michael. »Dann sieht man's vom Ort aus, und ich könnte gleich Wegweiser für die Fahnder aufstellen.«

Lizzie lobte ihn für seine Umsicht und verzichtete darauf, ihn darauf hinzuweisen, dass es in Kaikoura nicht mal eine Polizeiwache gab. Sie hatte ganz andere Sorgen. Kaikoura lag abgelegen, es gab kaum Landwirtschaft. Woher also sollten sie das Korn beziehen, das die Brennerei in größeren Mengen brauchen würde?

Vorerst bestellte Lizzie verschiedene Getreidesorten im Laden in der Stadt. Sie redete sich mit einem bestimmten Gebäck heraus, das sie aus einem Gefühl von Heimweh heraus erstellen wollte.

»Was backt man denn aus Malz und Roggen?«, fragte die schwergewichtige Krämersfrau misstrauisch.

»Oh … äh … deutsches Brot!«, behauptete Lizzie.

Mrs. Laderer in Sarau hatte dunkles, grobes Brot aus allen möglichen Zutaten hergestellt, an die Lizzie sich nicht mehr erinnerte, die aber durchaus denen geähnelt haben konnten, aus denen man Whiskey braute.

»Sind Sie denn Deutsche?«, fragte die Frau verwundert. »Also für mich klingen Sie wie London Cheapside.«

Lizzie nickte. »Wir … wir sind nach England ausgewandert, als ich noch ganz klein war!«, fabulierte sie. »Aber eigentlich bin ich aus … aus … St. Pauli!«

So hatte das Schiff geheißen, das die ersten Deutschen nach Nelson brachte, und Lizzie meinte sich zu erinnern, dass es sich dabei um eine Ortschaft handelte.

»Na, mir soll's recht sein«, brummte die Krämersfrau und händigte Lizzie ihre Waren aus.

Um Kupferkessel und Brennblasen zu erstehen, musste Michael sich nach Christchurch aufmachen. Unter all den rechtgläubigen Anglikanern verkaufte allerdings niemand Materialien für die Whiskeyherstellung. Schließlich handelte Michael einem Apotheker seine Ausrüstung ab. Kessel und Destillierkolben waren kleiner als die seines Vaters, aber er musste dann eben in geringeren Mengen brennen.

Einige Tage später destillierte Michael unter den Augen Lizzies und denen der etwas befremdeten Maori Tane und Maui den ersten Alkohol. Die Männer füllten die Flüssigkeit in ein leeres Fass, das sich in einem Schuppen der Fyfes befunden hatte. Der alte Seebär Robert pflegte sich seinen Whiskey aus Schottland bringen zu lassen und lagerte die leeren Fässer irgendwo in dem Durcheinander auf seiner Farm.

»Das wird durchaus mal Whiskey!«, meinte Michael mit Kennermine, nachdem er ein paar Tropfen probiert hatte. »Sollte bloß noch ein paar Jahre lagern.«

»Ein paar Jahre? Bist du verrückt?« Lizzie, die gespannt gewartet hatte, bis sich wirklich Alkohol im Destillierkolben zeigte, tippte sich an die Stirn. »Denk dir irgendein Rezept aus, das gleich funktioniert. Jetzt bin ich dran, ich will meine Schänke eröffnen!«

Michael enttäuschte sie nicht. Schon eine Woche später hatte er ein trinkbares Erzeugnis vorzuweisen – wobei er in der nächsten Zeit aus den abenteuerlichsten Dingen Schnaps brannte, bis hin zur neuseeländischen Süßkartoffel. Der Einfachheit halber nannte Lizzie alles Whisky. Was wussten die Kunden schon, wie der richtig zu schmecken hatte? Im Zweifelsfall war sie bereit, ihn mit anderen Flüssigkeiten zu vermischen – Mrs. Busby hatte gelegentlich Cocktails getrunken, und Lizzie hatte sich ein paar Rezepte gemerkt. Besonders imponiert hatte ihr dabei die Kaffee-Whiskey-Mischung, die von Mrs. Busbys Freundinnen besonders geschätzt wurde. Weder sah noch roch man dabei den Alkohol, dessen übermäßiger Genuss bei Frauen noch mehr verpönt war als bei Männern.

Lizzie, die auch auf weibliche Kundschaft setzte, taufte ihr neu eröffnetes Lokal Irish Coffee und erfreute damit schon vormittags die abgearbeiteten Frauen der Fischer, die stets erschöpft und oft durchgefroren vom morgendlichen Fang heimkehrten. Gegen einen Plausch und einen Kaffee bei der netten Wirtin konnten ihre Männer nichts einwenden, zumal Lizzie nie mehr als einen Penny pro Getränk nahm. Auch die Fischer tranken zu Sonderpreisen, hatten sie Lizzie doch geholfen, ein Haus für ihre Schänke zu finden. Es lag direkt am Hafen, ein Seehundjäger hatte es gebaut, war jetzt aber an die Westküste weitergezogen. Der baufällige Schuppen stand seitdem leer, aber Michael und die beiden Maori konnten ihn rasch so weit wieder herstellen, dass Lizzie nicht befürchten musste, eines Tages darunter begraben zu werden. Lizzie strich das Häuschen grün und kaffeebraun und befestigte ein hübsches Namensschild über der Tür.

»Jetzt muss nur noch die Kundschaft begreifen, dass die Wirtin lediglich zum Angucken da ist!«, lachte Michael, als Lizzie eröffnete.

Dabei wies Lizzie eigentlich schon durch ihre bürgerliche Kleidung darauf hin, dass sie kein käufliches Mädchen mehr sein wollte. Sie trug eines ihrer guten dunklen Kleider, ein wenig tiefer dekolletiert als für den Gang zur Kirche, aber doch züchtig. Darüber hatte sie eine blütenweiße Schürze angelegt, aber in ihrem ordentlich aufgesteckten Haar saß kein Häubchen.

»Das wird sie schon«, lachte Lizzie.

Tatsächlich verstand sie sich darauf, aufdringliche Kunden mit einem Lächeln in die Schranken zu verweisen. In den ersten Wochen lehnte zudem stets einer der hünenhaften Maori-Männer an der Bar, nippte an einem Bier und war immer bereit, zudringliche Zecher freundlich, aber bestimmt hinauszubefördern. Nach kurzer Zeit schon übernahmen das die Stammkunden. Lizzies Schänke zog Fischer und Handwerker an, die nach der Arbeit in Ruhe etwas trinken und sich bei ihresgleichen oder auch mal bei der freundlichen Wirtin aussprechen wollten. Die Zecher waren oft einsam, aber die flatterhaften, am späten Abend meist schon berauschten Huren in den Freudenhäusern reizten sie weder, noch konnten sie sich ihre Gesellschaft leisten. Lizzies herzerwärmendes Lächeln gab es dagegen umsonst, und dazu noch Sandwiches und andere kleine Leckereien, die den Hunger der Kunden stillten. Die meisten alleinstehenden Männer lebten in primitiven Unterkünften und kochten kaum. Das Irish Coffee wurde für sie bald so etwas wie ein warmes, tröstliches Heim. Nach ein paar Wochen bot sich obendrein eine Fischersfrau schüchtern an, nebenan eine Fischbratküche zu eröffnen.

»Garnelen« sagte die Frau, eine Maori, die mit einem Weißen verheiratet war. »Danach ist sogar der Ort benannt: Kaikoura heißt ›Mahl mit Garnelen‹. Sie sind hier unvergleichlich.«

Lizzie stimmte zu, nachdem sie gekostet hatte, und servierte von da an zusätzlich Garnelen und Fischsuppe zu erschwinglichen Preisen. Michael war verblüfft, als sie ihm nach dem ersten halben Jahr zunächst ein üppiges Essen und dann die erste Abrechnung vorlegte. Sie hatte den gesamten Vertrieb seines Whiskeys übernommen. Was sie nicht selbst verkaufte, wanderte in die anderen Pubs.

»Das ist unglaublich!«, murmelte Michael. »So viel habe ich sonst in zwei Jahren nicht verdient.«

Lizzie nickte zufrieden. »Und du gibst obendrein weniger aus, weil du den Whiskey nicht mehr kaufen musst«, neckte sie ihn.

Michael schaute sie ernsthaft an, zum ersten Mal seit langer Zeit. Und ihm gefiel, was er sah. Lizzie hatte in den letzten Monaten etwas zugenommen und sah nicht mehr wie eine magere Katze aus. Ihr Haar war frisch gewaschen und glänzte, auf ihrem Gesicht spiegelte sich ihre Zufriedenheit wider. Sie war nicht schön wie Kathleen, aber doch süß. Er dachte daran, wie zärtlich sie auf dem Schiff gewesen war und wie warm sie lächeln konnte. Kein Wunder, dass halb Kaikoura in Miss Lizzie, die Wirtin des Irish Coffee, verliebt war!

Michael strich Lizzie zärtlich das Haar aus dem Gesicht und zog sie an sich heran, um sie zu küssen. »Mir würde was einfallen, um noch mehr zu sparen«, flüsterte er ihr ins Ohr. »Was brauche ich die Mädchen aus dem Green Arrow, wenn ich hier die Wirtin selbst vernaschen könnte? Im Ernst, Lizzie, du bist so reizend in deinem ehrbaren Kleidchen. So richtig brav und nett siehst du aus. Was meinst du, sollen wir uns nicht auch in anderer Art und Weise zusammentun?«

Lizzie kämpfte einen Augenblick der Schwäche nieder, der sie bei Michaels Berührung erfasst hatte. Verdammt, sie war doch noch nicht immun gegen blaue Augen und schöne Worte! Schnell entwand sie sich seinem Arm, stand auf und trat zwei Schritte zurück.

»Ich wollte ehrbar werden, du reich«, sagte sie unerbittlich. »Und ich tue mein Bestes, dir zu Letzterem zu verhelfen. Aber akzeptier bitte auch meine Wünsche.«

Michael nickte. Er rührte Lizzie in Kaikoura nie wieder an.

Goldrausch

Dunedin, Kaikoura, Tuapeka, Otago
1859–1862

Kapitel 1

Dunedin war Christchurch in gewisser Weise ähnlich. Auch diese Stadt war jung und noch im Aufbau. Die ersten schottischen Siedler waren erst zehn Jahre zuvor eingetroffen. Davor hatte es allerdings schon eine Walfangstation gegeben, und auch die Seehundkolonie, die immer noch in der Nähe des Zentrums bestand, hatte Jäger angezogen.

Die zielstrebigen dreihundertfünfzig Schotten, die 1848 mit zwei Schiffen auf der Südinsel eintrafen, machten Schluss mit den primitiven Siedlungen aus Zelten und Holzhütten. Ihnen stand der Sinn nach Stadtgründung und Bauten für die Ewigkeit. Ein neues Edinburgh sollte entstehen. Die strenggläubigen Anhänger der Church of Scotland machten sich gleich an die Erstellung monumentaler Steinbauten. Sie alle waren fanatische Calvinisten, die Haltung der traditionellen schottischen Kirchen in Glaubensfragen war ihnen zu liberal. Die neuen Bürger Neuseelands verstanden sich als Auserwählte Gottes und versuchten, sich dessen würdig zu erweisen, indem sie unablässig arbeiteten, um wirtschaftlichen Wohlstand zu erwerben. Sie hielten auf strenge Zucht und Ordnung.

Das alles hatte Claire gehört und erzählte es nun, während die Maultiere ihren Buggy nach Süden zogen, Kathleen und den Kindern. »Ich hoffe, die Frauen begeistern sich für Mode, obwohl sie sehr asketisch sein sollen. Womöglich betrachten sie schöne Kleider als überflüssigen Luxus!«

Kathleen zuckte die Achseln. »Irgendetwas müssen sie anziehen. Und alle werden doch auch keine Schotten sein, oder?«

»Ich weiß es nicht«, gab Claire zurück. »Aber sie sollen jedenfalls sehr, sehr fleißig sein, und das sind wir ja auch. Wir kommen schon durch, Kathleen!«

Seit Claire auf Reisen war, hatte sich ihre Stimmung deutlich verbessert. Kathleen fand sogar, dass sie erstaunlich rasch über ihren räuberischen Ehemann hinwegkam, aber Claire war nun mal eine Optimistin und Träumerin. Die Schönheit der Landschaft, durch die sie fuhren, munterte sie auf. Es gab bereits eine einigermaßen gut ausgebaute Küstenstraße, die immer wieder Ausblicke über blaue Lagunen und schroffe Felsen freigab. Dazu schienen die Berge hier näher zu rücken, sie verließen das eher flache Farmland Canterbury und kamen in das gebirgigere Otago. Für Claire schienen hinter jeder Wegbiegung neue Wunder zu warten. Sie wurde nicht müde, mit Chloé und Heather zu scherzen und den Mädchen Geschichten zu erzählen.

Kathleen sah sich zumindest in den ersten Tagen der Reise noch oft ängstlich um – dabei wusste sie, dass Ian sie eigentlich nicht verfolgen konnte. Selbst wenn er aus irgendwelchen Gründen früher zurückgekommen wäre, hätte Colin ihn nach Nelson geschickt. Aber sie würde doch erst ruhiger werden, wenn sie sich in einer möglichst großen Stadt unter möglichst vielen Menschen verstecken konnte. Wenn sie überhaupt ruhiger wurde. Kathleen hatte lange von ihrer Flucht geträumt, aber schon jetzt regte sich ihr schlechtes Gewissen. In den Augen ihrer Kirche hatte sie eben zum zweiten Mal versagt. Erst war sie nicht als Jungfrau in die Ehe gegangen, und dann hatte sie auch noch ihren Mann verlassen. Sie wagte nicht, daran zu denken, was Father O'Brien zu den Verfehlungen seiner früheren Lieblingsschülerin sagen würde!

Kathleens Sohn Sean ging es dagegen eher wie Claire. Er berauschte sich an den neuen Eindrücken und fühlte sich frei. Den Calvinisten – auch das hatte Claire gehört – war Bildung wichtig, in Dunedin sollten gute Schulen im Aufbau sein, man plante sogar eine Universität. Und hier würde ihn niemand schelten, wenn er das Lernen der Stallarbeit vorzog. Er würde auch sicher nicht meilenweit reiten müssen, um zur Schule zu kommen! Sean freute sich auf sein neues Leben und schaute begeistert auf all die Neubauten und die Geschäftigkeit der Menschen in den Straßen, als sie die Stadt schließlich erreichten.

Heather und Chloé waren weniger angetan von ihrer neuen Heimat.

»Aber Mommy, hier ist ja noch gar nichts fertig!«, gab Heather zu bedenken, als sie den dritten Rohbau passierten. »Wo sollen wir denn wohnen?«

Auf der Reise hatten die Kinder im Wagen geschlafen, Kathleen und Claire darunter. Aber in Dunedin war das natürlich unmöglich – gerade für künftige Geschäftsfrauen! Kathleen, in der neuen Stadt genauso unsicher wie ihre Tochter, schaute besorgt auf Claire, die mit glänzenden Augen das Treiben der Handwerker beobachtete.

»Na, erst mal in einer Pension!«, erklärte die Weltgewandtere der beiden Freundinnen. »Oder in einem Hotel. Bis wir ein Haus gefunden haben, das wir mieten können.«

Kathleen sah sich skeptisch um. »Wo willst du denn hier etwas mieten? Heather hat Recht, die Häuser sind alle noch im Bau.«

Claire zuckte die Achseln. »Die Bauherren müssen ja auch irgendwo wohnen. Und wenn eins der neuen Häuser fertig ist, wird ein altes frei. Mach dir doch nicht immer solche Sorgen, Kathie! Wir werden schon irgendwas finden!«

Kathleen suchte also erst nach einem Mietstall und wurde dabei schnell fündig. Neben den Stallgebäuden wurde ein Hotel gebaut, aber vorerst stand davon kaum mehr als das Fundament.

»Eine Pension?«, hakte der Stallbetreiber auf Kathleens schüchterne Frage nach.

Er war ein Bär von einem Mann, dessen Name Duncan McEnroe in Claire gleich die Bilder von Clankriegern und die Geschichten von Helden aufsteigen ließ. McEnroe wirkte allerdings nicht sehr heldenhaft, sondern eher argwöhnisch und mürrisch. Allein seine Betonung des Wortes Pension ließ an ein Hurenhaus denken.

»Na ja, es muss doch eine ordentliche, saubere Herberge geben, in der eine anständige Frau ein paar Nächte ungefährdet unterkommen kann«, präzisierte Claire.

McEnroe hob die Brauen. »Wo kommen Sie denn her?«, fragte er grob. Von Höflichkeit oder gar Zurückhaltung schien man in Schottland nicht viel zu halten. »Zwei Weiber allein mit 'nem Stall voll Kindern, aber ohne Mann?«

»Mein Mann fährt zur See!«, erklärte Claire nicht unrichtig, begann dann aber zu flunkern. »Und Mrs. Coltrane ist Witwe.«

Kathleen senkte den Kopf.

»Und was ziehn Sie allein durch die Gegend?«

Duncan McEnroe war nicht der Einzige, der das wissen wollte. Auch die beiden Pensionswirtinnen, deren Adressen er den Frauen schließlich widerwillig nannte, stellten bohrende Fragen. Die erste lehnte dann auch kategorisch ab, die Frauen und Kinder aufzunehmen; auch die zweite glaubte nicht recht an Claires wilde Geschichte von einem verschollenen Ehemann und einer Missernte, die sie gezwungen hatte, ihre Farmen in Canterbury aufzugeben.

»Wer rechtschaffen ist und sein Land ordentlich bebaut, dem schenkt Gott auch reiche Ernten!«, beschied die kleine, alte Dame die jungen Frauen und schlug ihnen die Tür vor der Nase zu.

»Sie hat zumindest nie von Kartoffelfäule gehört«, bemerkte Kathleen.

»Sie ist vor der Auswanderung nie aus Edinburgh rausgekommen!«, vermutete Claire. »Wahrscheinlich war sie mit irgendeinem ganz strengen Calvinisten verheiratet, aber er ist auf der Überfahrt gestorben, und jetzt muss sie vermieten, um sich über Wasser zu halten …«

Kathleen gebot ihrer Freundin mit einer Handbewegung Einhalt. »Claire, verschwende deine Fabulierkunst nicht an diese Hexe! Überleg dir lieber, was wir machen. Irgendwo müssen wir unterkommen.«

Gefolgt von den müden, quengelnden Kindern liefen die Frauen durch die Innenstadt, deren Straßen ein gewaltiges Achteck bildeten. Die Planung der Stadt stand bereits, und sicher würde sie einmal sehr schön sein. Aber bis jetzt gab es nur wenige Häuser in Dunedin. Und zudem begann es auch noch zu regnen.

»Das Beste wird sein, wir holen das Fuhrwerk wieder ab und suchen uns irgendwas auswärts«, sagte Kathleen mutlos.

Claire hörte gar nicht auf sie. Sie hatte gerade einen seltsamen Bauplatz inmitten des Achtecks erblickt. Im Gegensatz zu den Baustellen ringsum stand hier noch kein Stein auf dem anderen, dafür hatte jemand ein Zelt errichtet.

»Guck mal, da zeltet einer!«, erklärte die junge Frau aufgeregt. »Vielleicht macht man das so, wenn man später bauen will. So kann man vielleicht Land bekommen! Wenn man lange genug drauf wohnt, wird es einem zugesprochen! Komm, wir fragen mal!«

Kathleen zog die Augenbrauen hoch. Claire hatte seltsame Vorstellungen vom Landerwerb, was wohl wieder vom zu vielen Lesen zu vieler sagenhafter Geschichten herrührte. In Claires Märchen schenkten einem die Götter das Land, das man an einem Tag umwanderte, auf das man einen Speer warf oder das man mit einer Ochsenhaut abmaß wie Dido einstmals Karthago. Inmitten von Dunedin konnte Kathleen sich solche archaischen Spielchen allerdings nicht vorstellen. Hier wurde das Land höchstwahrscheinlich einfach verpachtet oder verkauft, und wenn man sein Zelt irgendwo aufstellte, wo es verboten war, flog man hinaus.

Claire jedoch war nicht mehr zu halten. Sie klopfte an die Zeltwand, bis sich drinnen etwas rührte. Schließlich trat ein hochgewachsener, dunkel gekleideter Mann hinaus in die regnerische Dämmerung.

Kathleen verstand nicht, was ihre Freundin mit ihm sprach, aber sie atmete auf, als er sie gleich darauf hereinwinkte.

»Kommen Sie, kommen Sie, Sie regnen ja sonst noch völlig durch!«, meinte er freundlich.

Der Mann hatte eine angenehme Stimme und freundliche braune Augen, glattes hellbraunes Haar über einer hohen Stirn und Grübchen, als lache er viel. Dabei zwang ihn seine Stellung sicher eher zu einer würdigen Haltung. Ein Priesterkragen wies ihn als Geistlichen aus.

Kathleen und die Kinder folgten Claire ins Trockene und betraten ein unerwartet wohnlich eingerichtetes Zelt. Es gab Sessel und ein Sofa, ein schweres, hölzernes Buffet und einen Esstisch mit Stühlen. Der Raum wirkte vollgestopft, so als habe man die Möbel eigentlich für ein größeres Haus angeschafft. Es sah aber nicht aus, als betrachte der Reverend seine Wohnung als Provisorium.

»Reverend Peter Burton von der anglikanischen Kirche«, stellte er sich vor, »der anglikanischen Diözese von Dunedin, genauer gesagt. Aber bislang noch ohne Bischof.«

»Sie werden der Bischof?«, fragte Claire repektvoll.

Reverend Burton lachte. »Nein. Ganz sicher nicht. Jedenfalls würde es mich sehr, sehr wundern. Ich bin mehr der Platzhalter. Im wahrsten Sinne des Wortes!«

»Da siehst du's!«, trumpfte Claire auf und sah Kathleen triumphierend an. Während die Mädchen artig vor dem Reverend knicksten und Sean brav die Hand gab, erklärte sie Reverend Burton ihre Theorie der Landnahme in Dunedin. Der Reverend lachte daraufhin noch lauter.

»Nein, Mylady, so einfach geht's nicht, obwohl Sie in meinem Fall nicht ganz Unrecht haben. Bei uns sieht es so aus, dass Johnny Jones, das ist ein früherer Walfänger aus Waikouaiti, der jetzt Farmen unterhält, der Kirche diesen Bauplatz geschenkt hat. Der Bau wird mal St. Paul's Cathedral heißen – obwohl dem edlen Wohltäter St. John's sicher angemessener erschienen wäre und seine Spendenfreudigkeit zweifellos weiter gesteigert hätte. Ich hab das auch vorgeschlagen, aber auf mich hört keiner.«

Der Reverend bat Kathleen und Claire dann erst einmal, Platz zu nehmen. Er holte einen Wasserkrug und Becher und schenkte ihnen allen ein. Dann setzte er sich auch und fuhr mit seiner Rede fort.

»Nun ist die Lage unseres künftigen Gotteshauses äußerst zentral, wie Sie bestimmt schon gemerkt haben, was wieder unseren calvinistischen Stadtvätern nicht passt. Die Church of England mitten in New Edinburgh! Jedenfalls macht man uns den Bauplatz streitig, und damit auf keinen Fall jemand auf den Gedanken kommt, hier doch lieber ein Denkmal für Calvin aufzustellen oder etwas Vergleichbares, campiere ich hier.« Peter Burton grinste. »Ich bin so was wie Petrus der Stein, auf den wir dann irgendwann unsere Kirche bauen. Ich hoffe, der Bischof wird das nicht wörtlich nehmen und mich nicht nach heidnischer Sitte als Glücksbringer ins Fundament einmauern.«

Kathleen schaute verwirrt.

»Aber das wird man doch nicht tun?«, fragte Sean ängstlich.

Burton lachte schon wieder. »Es gibt Leute, die das für eine recht gute Idee halten. Aber ich gebe dir Recht, mein Sohn, es ist nicht christlich, und der Bischof wird auch bestimmt davon absehen!«

Claire schenkte dem Reverend ein Grübchenlächeln. »Ich entnehme Ihren Worten, dass Sie nicht gerade die begehrenswerteste Position in der anglikanischen Kirche innehaben!«, bemerkte sie. »Aber wir müssen uns erst einmal vorstellen. Claire Edmunds und Kathleen Coltrane. Mit Chloé, Heather und Sean.«

Burton reichte den Frauen förmlich die Hand. Kathleen stand wieder auf und knickste schüchtern.

»Chloé und ich sind Anglikaner«, fügte Claire hinzu. »Kathleen … nun, sie ist Irin.«

Burton nickte. »Womit meine Gemeinde gerade um zwei Mitglieder gewachsen ist. Damit wären wir zusammengerechnet … ich glaube, schon fünf! Mrs. Coltrane und ihre Kinder sind natürlich auch willkommen, Sie werden sehen, dass die Unterschiede so groß gar nicht sind.«

Kathleen nickte. Sie hatte schon in Lyttelton den anglikanischen Sonntagsgottesdienst besucht.

»Aber was führt Sie nun her – abgesehen davon, dass Sie schnell und einfach Land erwerben möchten?«

Claire erzählte erneut ihre Geschichte vom verschollenen und dem verstorbenen Gatten.

»Wir wollen eine Schneiderei eröffnen!«, erklärte sie. »Vielleicht können wir hier gleich ein paar Zeichnungen auslegen? Die Pfarrfrau in Christchurch gehörte zu unseren besten Kundinnen.«

Kathleen errötete zutiefst, aber Claire kramte schon ein paar Bilder aus ihrer Reisetasche.

Reverend Burton pfiff lausbubenhaft durch die Zähne. »Sehr hübsch!«, sagte er begeistert. »Aber ich sage Ihnen gleich, damit werden Sie hier kaum mehr Leute ansprechen als ich mit meinem Gottesdienst. Haben Sie sich die Frauen mal angesehen? Die überbieten sich bei dem Versuch, Krähen so ähnlich zu sehen wie möglich!«

Claire kicherte, und selbst Kathleen musste lachen. Im Gegensatz zu ihrer optimistischen Freundin war ihr bereits bei der Fahrt durch die Stadt aufgefallen, wie trist und unscheinbar die Frauen der Schotten gekleidet waren. Die letzte Pensionswirtin hatte einem bösartigen Krähenvogel durchaus ähnlich gesehen. Reverend Burton sah die junge Frau wohlgefällig an. Bisher hatte Claire das Wort geführt, aber jetzt bemerkte er Kathleens honigfarbenes Haar, ihre aristokratischen Züge und ihre irritierend grünen Augen.

»Dies hier«, der Reverend wies auf eine der Zeichnungen, ein eng geschnittenes Abendkleid, »muss einem Puritaner wie der direkte Weg zur Hölle erscheinen. Schließlich bringt ein solches Kleid jeden Mann auf sündige Gedanken.«

Sein Lächeln nahm den Worten die Schärfe. Claire zwinkerte auch verschwörerisch. Kathleen jedoch sah Peter Burton ängstlich an.

Burton begann, die Frauen unauffällig zu mustern. Claire Edmunds war unbefangen, aber Kathleen Coltrane wirkte nicht wie eine unternehmungslustige und bisher wohl auch recht erfolgreiche Unternehmerin. Sie schien eher eingeschüchtert zu sein. Oder gar auf der Flucht?

»Nun, was machen wir jetzt mit Ihnen?«, fragte er in die Runde. Die Frauen wirkten sichtlich müde, und auch die Kinder schienen erschöpft. »Ich denke, heute Nacht gebe ich Ihnen erst mal Kirchenasyl. Wobei Sie sich die Kirche vorstellen müssen.«

»Wir sollen hier bei Ihnen im Zelt schlafen?«, fragte Claire stirnrunzelnd.

Reverend Burton schüttelte den Kopf. »Um Himmels willen, mein Bischof würde mich … Also in Neuseeland gibt es wohl keinen interessanteren Posten als diesen hier, aber irgendwo sonst auf der Welt sollten sich wohl ein paar Menschenfresser finden, zu denen er dringend einen Missionar senden muss!«

»Was haben Sie denn verbrochen?«, erkundigte sich Claire angelegentlich. »Also, um hierher verbannt zu werden – wenn auch nicht gleich zu den Menschenfressern?«

Kathleen reichte es jetzt jedoch mit dem Reden. Heather lehnte sich längst erschöpft an sie, und selbst Sean wirkte, als fiele er gleich um. Ihr selbst ging es im Grunde ähnlich, sie brauchte dringend ein Bett.

Etwas gereizt wandte sie sich an den Priester. »So sagen Sie doch, wo wir schlafen sollen!«, bat sie. »Sonst müssen wir uns nämlich was anderes suchen, es wird ja schon dunkel. Und ich glaube nicht, dass dieser Mr. McEnroe uns im Mietstall schlafen lässt.«

»Kaum!«, meinte Burton trocken. »Sie könnten die Pferde verführen! Nein, wie gesagt, ich gebe Ihnen Kirchenasyl. Sehen Sie da?« Er hob kurz die Plane am Zelteingang an und wies auf ein zweites, ähnliches Domizil ein paar Yard weiter weg. »Das ist St. Paul's Church. Wir haben feierlich einen Grundstein gelegt, und ich habe das Zelt dort aufgestellt. Es gehört jetzt erst mal Ihnen. Sonntag feiern wir darin allerdings die Messe. Aber Sie brauchen ja ohnehin nicht die ganze Kathedrale. Sie soll mal Platz für fünfhundert Gläubige bieten, sagt mein Bischof.«

Kathleen schenkte dem Reverend ein scheues, etwas entschuldigendes Lächeln. »Das ist … das ist sehr nett von Ihnen.«

Peter Burton winkte ab. »Nichts zu danken. Oder doch, Sie können mir einen Gefallen tun und heute Abend mein kärgliches Mahl mit mir teilen, wobei es so kärglich gar nicht sein muss, wenn ich diesen jungen Mann hier gleich noch zum Metzger schicken darf.« Er wies auf Sean. »Ich habe nicht mit Besuch gerechnet. Aber hungern lässt man mich nicht, und einen Herd habe ich auch. Ich würde Sie und Ihre Kinder also gern füttern, wenn ich darf.«

Kathleen wollte auf ihre Müdigkeit hinweisen und befangen ablehnen, aber Claire nickte schon strahlend. »Natürlich dürfen Sie! Lasset die Kindlein zu mir kommen … Eigentlich müssen Sie sogar. Und wir sind auch ganz ausgehungert. Sollen wir kochen? Also, ich kann es nicht besonders gut, aber Kathleen ist eine ganz hervorragende Köchin.«

Kathleen nahm schließlich, wenn auch etwas widerstrebend, die Behelfsküche in Reverend Burtons Zelt in Besitz, während der Priester Claire und die Kinder zum Mietstall begleitete. In der zukünftigen Kirche war es trocken und nicht kalt, aber außer ein paar Holzbänken und einem Kreuz gab es keine Möblierung und natürlich keine Betten. Claire hatte vorgeschlagen, die Decken und das Bettzeug, das sie im Buggy mitgebracht hatten, noch an diesem Abend zu holen, um den Raum wohnlicher zu gestalten. Reverend Burtons Angebot, sie zu begleiten, nahm sie gern an.

»Obwohl Sie sich damit in den Augen von Mr. McEnroe sicher kompromittieren!«, neckte Claire ihn.

Burton zuckte die Achseln und hielt einen riesigen schwarzen Regenschirm über den Kopf der jungen Frau. »In den Augen Mr. McEnroes sind wir alle zur Hölle verdammt. Und das Beste ist: Wir können gar nichts dran ändern. Schon von Anbeginn aller Zeiten hat Gott bestimmt, dass Duncan McEnroe in den Himmel kommt, und wir eben nicht. Kein Wunder, dass er die Nase so hoch trägt, dabei ist es nicht mal sein Verdienst. Es hätte genauso gut ihn treffen können. Jetzt holen wir jedenfalls Ihre Sachen, und morgen suchen Sie sich einen neuen Mietstall. Auf der anderen Seite der Stadt residiert ein Ire: Donny Sullivan. Handelt ein bisschen mit Pferden und ist natürlich katholisch. Aber sonst ein netter Kerl.«

»Was haben Sie denn nun angestellt?«, erkundigte sich Claire eine Stunde später noch einmal, nachdem alle ihre Plätze an Reverend Burtons großem Esstisch eingenommen hatten.

Der Reverend hatte ein Gebet gesprochen, dampfende Schüsseln mit Fleisch, Gemüse und Kartoffeln standen auf dem Tisch. Er langte eifrig zu und sparte nicht an Lob für die Köchin. Kathleen wurde rot vor Verlegenheit und nippte nervös an ihrem Weinglas. Sie hatte bislang noch nie Wein getrunken, aber Jesus hatte es schließlich auch getan, es konnte also nicht so verwerflich sein wie Whiskeygenuss. Reverend Burton stieß unbefangen mit den Frauen an, nachdem er die Flasche mit großer Geste geöffnet hatte.

»Auf meinen ersten Besuch in der neuen Diözese! Und auf unsere fabelhafte Köchin Mrs. Coltrane!«, erklärte er und lächelte Kathleen zu. Kathleen senkte schüchtern den Blick und spähte unter den Lidern hilfesuchend zu Claire hinüber.

Die kam daraufhin auf ihre Frage zurück. »Also, was ist mit Ihnen passiert?«

Claire konnte inquisitorische Neugier entwickeln. Sie würde nicht nachlassen, bis der Reverend seine Geschichte erzählt hatte.

Er sah sie prüfend an. »Wenn ich jetzt beichte, will ich hinterher aber auch Ihre Geschichte noch mal hören!«, bemerkte er. »Und eine bessere Version als die mit der Missernte. Ich kam vor ein paar Monaten durch Christchurch, Ladys. In den Plains gab es keine Missernte. Erst recht keine Kartoffelfäule! Sie sollten die Wahrheit sagen oder geschickter schwindeln, sonst kommt Ihnen bald jeder drauf!«

Kathleen errötete schon wieder. Selbst Claire kaute schuldbewusst auf ihrer Lippe.

»Eine … Sturmflut?«, fragte sie. »Eine Überschwemmung? Genau, wir haben nämlich am Avon gewohnt.«

Burton verdrehte die Augen. »Sie haben Glück, dass ich Ihnen nicht die Beichte abnehmen kann«, meinte er. »Ihre Freundin hier lügt nicht so schamlos. Möchten Sie mir nicht die Wahrheit erzählen, Mrs. Coltrane?«

Kathleen senkte den Kopf so tief über ihren Teller, dass ihr Gesicht kaum noch zu sehen war. »Ich … ich … also … eine Sturmflut war es ursprünglich nicht«, stammelte sie, »aber … aber es hat schon zu tun mit den Feldern am Fluss und … also auch mit einer Missernte.«

Der Reverend und Claire schauten sie gleichermaßen verständnislos an. Dann winkte Burton ab.

»Nun, ich muss das vielleicht gar nicht begreifen. Und ich sehe ein, dass ich mit dem Geständnis an der Reihe bin.« Er grinste den Frauen zu, ging dann zu seinem Bücherschrank und zog ein schmales Traktat daraus hervor. »Ich nehme an, Sie kennen das hier nicht.«

Kathleen hatte sich von der Befragung noch nicht erholt, aber Claire griff interessiert nach dem Büchlein, und Sean linste ebenfalls gleich neugierig darauf. Charles Darwin: *Natürliche Selektion – Über die Neigung der Varietäten, sich unbegrenzt vom ursprünglichen Typus zu entfernen.*

Claire runzelte die Stirn. »Was steht darin?«, fragte sie.

»Eine faszinierende Theorie«, meinte der Reverend mit glänzenden Augen. »Es geht um die Entstehung von Tier- und Pflanzenarten. Darwin geht davon aus, dass sich sozusagen eine aus der anderen entwickelt hat, im Laufe von vielen tausend Jahren.«

»Ja. Und?«, fragte Claire und nahm einen weiteren Schluck Wein. Sie genoss ihn sichtlich: ihr erstes Glas, seitdem sie England verlassen hatte. »Das ist wie bei der Schafzucht. Man kreuzt die eine Sorte mit der anderen, damit die Wolle schöner, aber die Schafe selbst wetterfester werden. Stimmt doch, Kathie, nicht?« Claire vergewisserte sich bei der Freundin ihrer landwirtschaftlichen Kenntnisse.

Kathleen nickte abwesend.

»Aber Mr. Darwin bezieht es auch auf den Menschen«, fuhr Burton fort.

»Auch nichts Neues.« Claire stimmte gelassen zu. »Ich bin dunkelhaarig mit braunen Augen, mein Mann hat … hatte … äh … hat …«

Claire hatte inzwischen so viele Versionen ihrer Geschichte erzählt, dass sie nicht mehr genau wusste, ob sie Kathleen oder sich selbst zur Witwe erklärt hatte. »… blaue Augen und blondes Haar. Und Chloé hat schwarzes Haar und blaue Augen. Wo ist das Problem?«

Burton biss sich auf die Lippen. »Sie müssen das in größeren Dimensionen sehen, Mrs. Edmunds. Mr. Darwin meint, dass … dass der Mensch in gewisser Weise vom Affen abstammt!«

Claire runzelte die Stirn. »Ich hab mal einen Affen gesehen«, bemerkte sie. »Der war sehr niedlich. Und schon ein bisschen wie ein Mensch. Er schien auch ganz verständig, er hat das Geld des Leierkastenmanns eingesammelt.«

Reverend Burton musste wieder mal lachen. »Die Geldgier, die höher entwickelte Arten gemeinsam zu haben scheinen, ist Mr. Darwin wohl bisher entgangen.«

Claire kicherte, aber Kathleen schien kaum zuzuhören.

»Und was hat das jetzt damit zu tun, dass Sie, Reverend Peter Burton, ein Grundstück in Dunedin gegen die Freikirche Schottlands verteidigen, statt irgendwo in Canterbury zu predigen?«, fragte Claire schließlich. »So ganz leuchten mir die Zusammenhänge nicht ein.«

Burton zeigte auf das Traktat. »Ich hab darüber gepredigt«, erklärte er. »Darüber, dass dies eine ganz neue Bibelauslegung notwendig macht.«

Claire verstand. »Weil das dann nicht stimmen kann mit Adam und Eva«, meinte sie. »Aber das konnte ich mir sowieso nicht vorstellen – ich bin nicht aus irgendjemandes Rippe gemacht!« Sie warf stolz den Kopf zurück, und Burton konnte sich vor Vergnügen kaum halten.

»Womit wir uns dann schon zu zweit der Gotteslästerung schuldig gemacht hätten«, neckte er sie. »Im Gegensatz zu Ihnen, Mrs. Edmunds, besteht mein Bischof und mit ihm wohl die ganze anglikanische Kirche darauf, dass Darwin Unrecht hat und die Bibel Recht. Sie werden sich also mit der Rippe anfreunden müssen, auch wenn Ihnen der Affe sympathischer ist.«

»Aber was stört den Bischof an der neuen Auslegung?«, fragte Claire und schnupperte genüsslich an ihrem Weinglas. »Ist es nicht eigentlich egal, ob Gott die Welt in sechs Tagen gemacht oder ob er ein bisschen länger dafür gebraucht hat?«

Kathleen hob den Kopf. Sie hatte unbeteiligt gewirkt, aber dennoch aufmerksam zugehört. »Wenn der Bischof zugibt, dass die Sache mit der Rippe nicht stimmt«, sagte sie ruhig, »dann muss er auch einräumen, dass vielleicht alles andere nicht wahr ist. Das … das mit der Jungfrau Maria vielleicht und der unbefleckten Empfängnis. Oder … mit der Unauflöslichkeit der Ehe.«

Burton wusste nicht warum, aber er hatte den Eindruck, dass sich die schöne blonde Frau nach diesem Gespräch ein bisschen getröstet fühlte.

Kapitel 2

Eine Wohnung für zwei Frauen und drei Kinder zu finden erwies sich als ebenso schwierig wie eine Pension. Außerhalb des Oktagons, in dem wichtige, öffentliche Gebäude entstanden, waren zwar schon einige Häuser fertig gestellt, und ein paar davon waren sehr schöne, mehrstöckige Steinbauten, aber meist bewohnten die Besitzer sie selbst, und wenn etwas zu vermieten war, konnten sie sich die Mieter aussuchen. Eine Anglikanerin und eine Katholikin ohne Männer standen leider so ziemlich am hintersten Ende ihrer Wunschliste. Alle Bürger waren calvinistische Schotten.

»Und für die Näherei sehe ich auch schwarz«, seufzte Claire. Sie waren wieder am Tisch des Reverends zu Gast. Die Frauen hatten eingekauft und gekocht und machten sich jetzt bereit, auch die zweite Nacht ihres Aufenthalts in Dunedin in der behelfsmäßigen Kirche zu verbringen. »Im wahrsten Sinne des Wortes, andere Farben scheinen die Frauen hier gar nicht zu tragen.«

»Gibt es denn sonst nichts, was Sie tun können?«, erkundigte sich Reverend Burton. »Vom Kochen einmal abgesehen, es schmeckt wieder vorzüglich, Mrs. Coltrane! Aber ich fürchte, die Anstellung einer Köchin betrachten die Freikirchler genauso als Luxus wie den Kauf schöner Kleider!«

»Farmarbeit«, sagte Kathleen leise. »Ich habe immer im Garten, auf dem Feld und mit Tieren gearbeitet. Das kann auch Sean.«

Der Junge nickte traurig. Er hatte eigentlich gehofft, jetzt nicht mehr mit Misten und Füttern behelligt zu werden, aber im Gegensatz zu seiner kleinen Schwester begriff er den Ernst der Lage. Natürlich würde er arbeiten, wenn es nicht anders ging.

Burton dachte kurz nach, aber dann ging ein Leuchten über sein Gesicht. »Also, wenn es nicht direkt Dunedin sein muss – das mit der Farmarbeit bringt mich auf eine Idee! Ich erwähnte doch bereits Johnny Jones, nicht wahr, unseren großmütigen Gönner?«

Die Frauen nickten.

»Ursprünglich hatte der, wie gesagt, eine Walfangstation«, führte der Reverend weiter aus. »Aber seit einiger Zeit macht er in Handel und Schifffahrt – und er betreibt eine Farm! Das heißt, es sind eigentlich mehrere Bauernhöfe in Waikouaiti, einem kleinen Ort nicht sehr weit von hier. Dort haben sich etliche Farmer angesiedelt, seit Dunedin gegründet wurde. Sie versorgen die Stadt mit Lebensmitteln. Soweit ich weiß, geht es allen ganz gut.«

»Wo ist denn das?«, erkundigte sich Claire, aber dann war sie mit ihren Gedanken schon wieder woanders. »Ach ja, da fällt mir ein – ich könnte auch Klavierstunden geben!«

Sowohl Kathleen als auch der Reverend sahen mehr Chancen in Waikouaiti als im Klavierunterrichten der schottischen Kinder.

»Du wirst noch auf die Idee kommen, in deren Gottesdienst die Orgel zu spielen!«, tadelte Kathleen, als sie merkte, dass Claire nur ungern von dieser neuesten Geschäftsidee abließ. »Sofern sie Musik nicht auch schon für Gotteslästerung halten. Aber auf der Farm können wir bestimmt wieder weben. Gedeckte Farben, das ließe sich vielleicht sogar hier verkaufen.«

»Wir fahren morgen mal hin«, meinte Burton frohgemut und öffnete eine weitere Weinflasche.

Das tröstete Claire, die etwas unglücklich darüber schien, dass sie in Waikouaiti wieder außerhalb der Stadt leben sollte.

Kathleen dagegen schien Burtons Idee zu gefallen. Sie lebte geradezu auf, als er von den Siedlern des kleinen Ortes erzählte. Johnny Jones hatte sie aus der australischen Stadt Sydney nach Neuseeland geholt.

»Aber durften die denn da weg?«, fragte sie, ungewohnt lebhaft. »Sind das nicht alles Sträflinge?«

»Erstens kamen nicht alle Australier als Sträflinge ins Land«, antwortete Burton, verwundert über ihr Interesse. »Und zweitens gibt es dort nur wenige lebenslänglich Verurteilte. Die meisten haben sieben oder zehn Jahre. Sobald die Strafe verbüßt ist, sind sie frei. Sie können hingehen, wohin sie wollen. Aber für die Schiffspassage zurück nach England verdienen sie nie genug Geld. Warum Jones Australier hergeholt hat und ob es Sträflinge waren oder nicht – keine Ahnung. Aber Sie können die Leute ja morgen selbst fragen.«

Sean spannte also wieder die Maultiere an – den Mietstall hatten die Frauen noch nicht gewechselt, was Burton nicht recht nachvollziehen konnte. Er hätte eigentlich gemeint, Kathleen Coltrane müsse sich freuen, einen Landsmann kennen zu lernen, zumal Donny Sullivan auch weniger Geld nahm als McEnroe. Die Irin und ihr Sohn reagierten aber sofort ausweichend bis ablehnend, wenn die Sprache auf den Stallwechsel kam – offensichtlich bestanden da irgendwelche Ressentiments gegen Pferdehändler.

Burton hatte es bislang nicht geschafft, mehr aus den beiden herauszubekommen. Aber nun hatte sich die Sache ja sowieso erledigt. Der Reverend holte ebenfalls sein Pferd und ritt neben Sean hinter dem Wagen mit den Frauen her. Ihm fiel auf, wie sicher der Junge im Sattel seines kleinen Rappen saß. Zwar hielten sich die meisten Farmerkinder einigermaßen auf dem Pferd, aber Sean schien es gelernt zu haben; er handhabte sein eher junges Tier mit Routine und Sorgfalt. Allerdings errötete er, als Burton ihm dafür ein Kompliment machte. Ein stiller Junge, ähnlich seiner Mutter. Reverend Burton fand beide gleichermaßen anziehend, auch wenn Kathleen mit ihm nicht warmzuwerden schien. Vielleicht hatte sie ja Bedenken wegen seiner Glaubenszugehörigkeit. Die Iren hatten von Anglikanern wohl einiges erduldet. Aber Peter Burton hatte es nicht eilig. Er würde noch lange hier sein und Kathleen wohl auch. Irgendwann mochte sie auftauen.

Waikouaiti lag etliche Meilen außerhalb der Stadtgrenze Dunedins und war mit der Siedlung der Schotten nicht zu vergleichen.

Man siedelte hier direkt an der Küste, und die Gegend war vollständig flach. Erst eine Meile westlich der Farmen begann wieder die hügelige Landschaft Otagos. Zwei Meilen weiter lag die Mündung des Waikouaiti River. Claire fühlte sich gleich an den Avon erinnert, und tatsächlich war Waikouaiti den Canterbury Plains eher vergleichbar als Dunedin. Der kleine Ort bestand hauptsächlich aus Cottages, die Kathleens und Claires verlassenen Farmhäusern ähnlich sahen.

Reverend Burton steuerte gleich zielsicher ein ordentliches, rot gestrichenes Schulgebäude an, das neben einer ebenso gepflegten kleinen Kirche lag. Auch ein Pfarrhaus gab es.

»Mein Amtsbruder Watgin fungiert hier auch als Lehrer«, berichtete Burton dem interessiert lauschenden Sean. »Er ist schon seit bald zwanzig Jahren da und sehr streng – also bitte kein Wort über die Lehren Mr. Darwins. Reverend Watgin hält mich für gefährlich, der Bischof muss ihn vor mir gewarnt haben. Jedenfalls hat Johnny Jones ihn hergebracht, um seinen Siedlern geistigen und moralischen Beistand zu bieten. Er hat wirklich an alles gedacht!«

Reverend Watgin und seine Frau wirkten nicht weniger bigott und verknöchert als die schottischen Siedler in Dunedin – nur dass sie bereits länger auf der Südinsel waren und keinerlei Aufbruchstimmung mehr erkennen ließen. Reverend Burton gegenüber zeigten beide nur ein Mindestmaß an Höflichkeit, und seinem Anhang standen sie mehr als skeptisch gegenüber.

»So, aus den Plains«, meinte Watgin, ein großer, hagerer Mann mit stechenden Augen. »Witwen?«

»Mein Mann fährt zur See!«, beeilte sich Claire zu versichern.

»Und warum warten Sie dann nicht im Heimathafen auf ihn wie ein braves Weib?«, fragte Watgin streng. »Wann immer Sie in etwas involviert sind, Reverend Burton, haben wir es mit den Auswirkungen moderner Zeiten zu tun. Priester leugnen die Bibel, Frauen verlassen ihr Heim …«

Kathleen und Claire schwiegen zu seinen Nörgeleien, wie Burton es ihnen geraten hatte. »Wir machen da zwar kurz unsere Aufwartung, aber der Reverend hat nicht viel zu entscheiden. Hauptsache, Sie gefallen Mrs. Jones. Johnny ist meistens auf See, seine Frau hält hier die Stellung. Und sie ist die ungekrönte Königin!«

Mrs. Jones residierte in der Matanaka Farm, genannt nach dem Küstenstreifen am Nordende der Waikouaiti-Bucht. Sie herrschte über ein großes gepflegtes Farmhaus, in dessen Garten der schöngeistigen Claire vor allem die üppig gedeihenden Blumen auffielen. Auch die frischen Farben, in denen die Farmgebäude gehalten waren, sprachen für einen lebensbejahenden Menschen – und obendrein schien die Hausherrin ein Faible für gut aussehende junge Männer zu haben. Jedenfalls strahlten ihre kleinen blauen Augen, als sie Reverend Burton die Tür öffnete.

Mrs. Jones war rundlich, und beim Anblick ihres Besuchers zog ein Lächeln über ihr speckiges Gesicht. Aufgeregt richtete sie ihre Frisur, die aus tausend blonden Korkenzieherlöckchen zu bestehen schien. Zweifellos brauchte sie täglich Stunden, um sie mit der Brennschere in Form zu bringen, aber sie ließen sie jünger wirken. Ihre fröhliche, helle Stimme trug dazu bei, dass man Mrs. Jones sofort mochte.

»Reverend Burton! Tragen Sie erneut gefährliches Gedankengut in unser beschauliches Städtchen?«, neckte sie, wobei alle Löckchen vergnüglich wippten. »Und was haben Sie uns da mitgebracht? Doch wohl keine gefallenen Mädchen, oder?« Sie drohte dem Reverend mit dem Finger. »Bedenken Sie: ›Unsere Abstammung geht ausschließlich auf anständige, wohl beleumundete Bürger Südenglands zurück!‹« Die letzten Worte flötete sie mit hoher, etwas keifender Stimme, sie machte offensichtlich jemanden nach. »Also muten Sie unserer Mrs. Ashley bloß keine Schäfchen zu, die irgendwie gefehlt haben. Sie könnten die ganze Herde schwarz färben!« Mrs. Jones zwinkerte dem Reverend und den Besucherinnen zu.

»Und gleichzeitig leugnet sie die Vererbungslehre!«, lachte Burton. Offensichtlich ging es um eine gemeinsame Bekannte. »Aber Mrs. Jones, Sie sollten sich schämen. Kaum treffen wir uns, da ziehen Sie über Ihre Brüder und Schwestern im Herrn her – ist das christlich?« Burton wartete die Antwort nicht ab. »Ich finde, es ist Zeit für ein gutes Werk – zur Sühne sozusagen, und Sie werden schweigend erdulden, was Agnes Ashley dazu zu sagen hat.«

Gleich danach schilderte der Reverend Carol Jones die Lage der beiden Frauen und ihrer Kinder.

»Sie kennen die Schotten, Mrs. Jones, sie vermuten gleich ewige Verdammnis, wenn eine Frau allein ist, aus welchen Gründen auch immer. Mrs. Edmunds und Mrs. Coltrane kommen da nie auf einen grünen Zweig, und ich kann sie nicht ewig in der Kirche schlafen lassen. Die Leute zerreißen sich jetzt schon die Mäuler. Auch unsere Damen sind ja keine Engel, wie Sie sehr wohl wissen.«

Mrs. Jones kicherte. »Ja, haben Sie denn Erfahrung mit Farmarbeit?«, wandte sie sich dann an Kathleen und Claire. »Oder können Sie sich sonst wie nützlich machen?«

Kathleen nickte und wollte gerade etwas über sich erzählen, Claire kam ihr jedoch zuvor. »Wir hatten eine Art Geschäft in Christchurch!«, erklärte sie mutig. »Damenmode im Stil von Paris und London.«

Mit großer Geste förderte sie ein paar von Kathleens Zeichnungen hervor und hielt sie Mrs. Jones hin. Die Frau des Stadtgründers sah sie sich mit immer begehrlicherem Gesichtsausdruck an.

»Sie können das hier nachschneidern?« Mrs. Jones' Löckchen wippten wieder. »Wirklich?«

Kurze Zeit später bezogen Kathleen, Claire und die Kinder einen Schuppen an der Küste. Er besaß keine Fenster, aber dafür konnte man das Meer hören, wie Claire gleich erfreut vernehmen ließ.

»Fenster lassen wir einsetzen«, bestimmte Mrs. Jones unbekümmert. »Das ist wichtig, sonst verderben Sie sich ja beim Nähen die Augen. Sie meinen bestimmt, Reverend, dieser Reifrock würde mir stehen?« Mrs. Jones konnte sich von den Zeichungen kaum trennen. Sie hatte auch schon ein Lieblingskleid gefunden. »Macht das nicht dick?«

Kathleen war bereits eifrig damit beschäftigt, den Schuppen zu reinigen und wohnlich zu machen, als Claire sich herzlich von Burton verabschiedete.

»Sie kommen doch gelegentlich zu Besuch, oder?«, fragte sie.

Der Reverend nickte. »Natürlich. Aber ich freue mich auch über Ihren Besuch zur Sonntagsmesse. Natürlich ist es etwas weit, Sie werden jedoch ab und zu eine Abwechslung zu den Predigten meines hochverehrten Amtsbruders wünschen.« Er zwinkerte ihr zu. »Und Sie müssen mir dies auch zurückbringen.« Er wies auf Mr. Darwins Traktat, das Claire sich zum Studium mit Sean ausgeliehen hatte.

Kathleen war davon nicht uneingeschränkt begeistert. Sean würde von jetzt an bei Reverend Watgin zur Schule gehen und sollte nicht gleich wieder anecken. Aber andererseits war sein Wissensdurst kaum zu stillen.

»Ich erwarte bald ein neues Buch«, sprach Burton eifrig weiter. »*Die Entstehung der Arten*, es wird demnächst erscheinen. Mr. Darwin belegt darin seine These. Passen Sie auf, das wird in den nächsten Jahren für Aufregung sorgen! Die Welt wird sich ändern!«

Was Letzteres anging, sollte Reverend Burton gerade in Bezug auf Otago Recht behalten. Allerdings waren es nicht Mr. Darwins Lehren, die in Dunedin und Umgebung das Unterste zuoberst kehrten!

Kathleens und Claires Leben in Waikouaiti verlief vorerst eher in eingefahrenen Bahnen. Zu Claires Kummer unterschied es sich kaum von ihrem Dasein in Christchurch, zumal sie, abgesehen von der fröhlichen Mrs. Jones, auch kaum Freundinnen fanden.

Kathleen hatte sich auf die Siedler aus Australien gefreut, erhoffte sie sich hier doch Auskünfte über das Land, in das man Michael verbannt hatte. Aber schon die Erwähnung von Sträflingskolonien schien die Farmer und mehr noch ihre Frauen in Wut zu versetzen.

»Es ist immer so!«, keifte Mrs. Ashley, die man Kathleen und

Claire gar nicht erst vorstellen musste. Mrs. Jones hatte sie schließlich täuschend ähnlich nachgemacht. »Kaum erwähnt einer dieses unselige Land, da geht es auch schon um Gauner und Diebe und Mörder! Man darf gar nicht sagen, dass man von dort kommt, die Leute nehmen gleich an, man sei in Ketten hingeschleift worden. Aber wir, Ladys, sind ehrbare Leute, getrieben von Pioniergeist. Wir haben Südengland freiwillig verlassen, merken Sie sich das! Wir kommen aus hochachtbaren Familien, und wir …«

»Ich wollte doch nur wissen, wie es da ist«, murmelte Kathleen eingeschüchtert. »Das Land … das Wetter … die Menschen …«

Mrs. Ashley war damit jedoch nicht besänftigt. Sie warf den beiden Neuankömmlingen weiter missbilligende Blicke zu.

»Das kommt drauf an, wo Sie hingeraten in diesem höllischen Land«, antwortete Mr. Ashley an ihrer Stelle. Er war nicht ganz so bigott und streitlustig wie seine Gattin, gefiel den Frauen aber ebenso wenig. Ein bulliger, etwas dümmlicher Farmer. »Da gibt's Wüsten, wo Sie verbrennen, aber auch Gegenden, wo's ständig regnet, wie hier. Sie haben Steppen, aber auch Regenwälder, Sümpfe … jedenfalls ist nichts so, wie es sein soll. Und die Tiere … alles, was kriecht und krabbelt, trägt den Tod in sich – Schlangen, Skorpione, gewaltige Spinnen. Und die großen Tiere bringen ihre Jungen nicht normal zur Welt, sondern tragen sie in Beuteln aus Fell und Haut! Unnatürlich ist das!«

»Zumindest anders als in Südengland«, lächelte Mrs. Jones.

Die Kolonie hatte sich zum Kirchgang getroffen, und ihre »Königin« trug erstmalig ihr neues, von Kathleen geschneidertes Kleid nach englischer Mode. Reifrock und Puffärmel ließen sie wie eine aus Kugeln zusammengesetzte Puppe wirken, aber sie freute sich an dem kräftigen Meerblau des Seidenstoffes, den sie gewählt hatte. Die anderen Frauen betrachteten sie mit einer Mischung aus Faszination, Missbilligung und Neid.

»Hören Sie nicht auf unsere Freunde, Kindchen, sie waren enttäuscht von Australien, deshalb sind Sie ja jetzt hier.«

»Aber das Schlimmste sind die Sträflinge!«, griff Mrs. Ashley die Tirade ihres Mannes auf. »Man ist seinen guten Ruf los, sobald man das Land betreten hat – und obendrein kann man sich seines Leibs und Lebens nicht sicher sein. Sie lassen die Leute ja frei, wenn sie ihre Strafe verbüßt haben, und oft auch früher. Das müssen Sie sich vorstellen! Ein ganzes Land, besiedelt von Gaunern!«

»Sicher waren es nicht alles Gauner«, wagte Kathleen einzuwenden, aber das brachte die aufrechten Engländer noch mehr gegen sie auf. Jeder hatte irgendeine Geschichte zu erzählen, wie er selbst oder sein Nachbar von ehemaligen Sträflingen beraubt, belogen oder betrogen worden war.

»Und irgendwas ist sicher auch dran an dem, was sie sagen«, meinte Kathleen nach der Kirche trübselig zu Claire. »Bestimmt sind manche Gefangenen gefährlich. Und dann die Waldbrände, wilde Tiere … es heißt ja auch, dass viele Sträflinge dort umkommen.«

Kathleen konnte nicht mehr an sich halten. An diesem zweiten Sonntag in ihrem neuen Heim erzählte sie ihrer Freundin endlich von Michael. Sie atmete auf, als Claire sie nicht für ihre Liebe verdammte, sondern das Ganze eher romantisch fand.

»Er schreibt, er kommt zurück!«, sagte sie hingerissen, als Kathleen ihr Michaels über all die Jahre hin sorgsam gehüteten Brief zeigte. Der Anblick seiner Locke rührte sie fast zu Tränen. »Oh, Kathleen, vielleicht hättest du auf ihn warten sollen!«

Mrs. Ashley und ihre Freundinnen fanden Kathleens Interesse an Australien jedenfalls befremdlich, wie ihnen die Frauen und Kinder ohne männlichen Schutz ohnehin verdächtig waren. Die hübsche, lebhafte Claire und die zwar stillere, aber dafür so außergewöhnlich schöne Kathleen erschienen ihnen wohl auch als ständige Versuchung für ihre Männer. Schon über jedes kleinste Gespräch der beiden mit einem Farmarbeiter oder Siedler wurde getuschelt. Nichtsdestotrotz gelüstete es auch diese rechtschaffenen Frauen nach Londoner Schick. So schlichen sie sich immer wieder zu Kathleens und Claires Haus und vergaben Nähaufträge – um sich hinterher über die übertrieben hohen Kosten zu beklagen.

»So viel wie in Christchurch werden wir allerdings nie verdienen«, meinte Claire am Ende des ersten Monats bekümmert. »Ich hatte mich auf städtisches Flair gefreut, stattdessen sitzen wir wieder auf dem Land und waschen Wolle. Wenn sie mich wenigstens öfter bei den Pferden und Schafen helfen ließen. Aber dabei könnte ich ja Mr. Ashley verführen! Als wäre der attraktiver als ein Schafbock!« Claire war mehr als unzufrieden.

Kathleen fand sich erheblich gelassener als die Freundin in ihr ereignisloses Leben. Immerhin schlug und beleidigte sie niemand mehr, Sean blieb unbehelligt, und Heather wurde nicht mehr Zeugin hässlicher Szenen. Alle Kinder besuchten inzwischen die Schule von Reverend Watgin, aber sie überflügelten die Siedlerkinder leicht. Besonders Sean konnte in der Dorfschule nichts mehr lernen, auch er wäre enttäuscht von Otago gewesen, wenn es Reverend Burton nicht gegeben hätte. Mindestens einmal im Monat bestand Claire darauf, den Sonntagsgottesdienst in Dunedin zu besuchen, und meist fuhren sie bereits am Samstagnachmittag, aßen in Burtons Zelt zu Abend und schliefen in der »Kirche« oder bei einem der anderen Gemeindemitglieder. Die anglikanische Gemeinde wuchs langsam, aber stetig, und Burton wollte natürlich nicht in Verruf kommen, indem er weibliche Besucher über Nacht beherbergte.

Allerdings waren ihm Claire und Kathleen immer willkommen, und ebenso Sean, dessen wacher Geist den Reverend faszinierte. Er sprach mit ihm wie mit einem Erwachsenen über Geschichte und Philosophie, lieh ihm Bücher und beantwortete Fragen. Auch Claire schätzte die anregende Unterhaltung mit dem Reverend. Kathleen hörte meist nur schweigend zu, sprach sich allerdings nie gegen die Besuche in Dunedin aus und schien sich nicht zu langweilen. Wenn sie gelegentlich eine Bemerkung einwarf, so war sie meist treffend und scharfsinnig. Dennoch hätte sie auch ohne die Diskussion der Thesen von Mr. Darwin leben können.

Kathleen fragte sich oft, was sie am Zusammensein mit Reverend Burton reizte. Sie spürte, dass sie sich in seiner Anwesenheit wohl und sicher fühlte – wohler als überall sonst, seitdem sie vor Ian geflohen war. Nach wie vor kämpfte sie mit Schuldgefühlen – nicht so sehr Ian als Colin gegenüber. Sie hätte ihren Sohn nicht sich selbst und seinem betrügerischen Vater überlassen dürfen! Zudem fürchtete Kathleen sich vor Vergeltung. Während der gesamten Planung ihrer Flucht hatte sie nie daran gedacht, dass Ian sie suchen könnte, sondern war einfach davon ausgegangen, er ließe sie ziehen. Aber jetzt standen ihr jede Nacht seine Eifersuchtsanfälle vor Augen. Er hatte es nicht ertragen können, wenn sie andere Männer nur ansah – und jetzt sollte er tolerieren, dass sie ihn verlassen hatte? Ian mochte sie nie geliebt haben, aber er hatte sie als seinen Besitz betrachtet. Und er ließ sich nicht gern bestehlen!

All diese Gedanken verstummten, wenn Kathleen mit Reverend Burton zusammen war. Sie nahm wahr, dass er ihre Schönheit bewunderte, aber er trat ihr nie zu nahe. Seine Unterhaltungen mit Claire faszinierten sie. Hier schienen nicht Mann und Frau miteinander zu reden, sondern einfach zwei Menschen, die ähnliche Interessen teilten. Burton machte keine schönen Worte wie Michael, er tändelte nicht mit den Frauen. Aber sicher hielt er seine Versprechungen, und er trug die Konsequenzen für alles, was er sagte und tat. Kathleen beeindruckte sein Festhalten an den Lehren Darwins und sein Aufbegehren gegen seine Kirche. Die Bibel war ein dickes Buch – Peter konnte über alles und jedes predigen, es musste nicht die Schöpfungsgeschichte sein! Aber dennoch ließ ihn eben dieses Thema nicht los, und er nahm dafür sogar seine Verbannung in ein Zelt in Dunedin geduldig hin.

Allerdings machte er sich neuerdings immer öfter Sorgen um seine Zukunft. »Sie reden davon, einen Bischof zu ernennen und herzusenden«, seufzte er. »Ob ich dann weiter hier die Stellung halten soll? Ich glaub's eher nicht, für mich finden sie etwas anderes. Vielleicht soll ich ja den Maori predigen.« Er verzog sein Gesicht mit den vielen Lachfältchen, was halb komisch, halb traurig aussah.

»Die Maori glauben, die Erde sei geschaffen worden, indem ein Liebespaar gewaltsam getrennt wurde«, sagte Kathleen nachdenklich.

Sie arbeitete neuerdings oft mit Maori-Frauen zusammen. Es gab eine Siedlung in der Nähe von Waikouaiti, und Watgin zeigte eifrige Bemühungen, die Ngai Tahu zu bekehren. Die kamen tatsächlich brav in die Kirche, erzählten Kathleen und Claire allerdings beim gemeinsamen Austausch von Webmustern und Geheimnissen rund ums Wollfärben von der Mythologie ihres Volkes: Papa sei die Erde, Rangi der Himmel, und erst als ihre Kinder sie auseinanderzerrten, konnten die Pflanzen und Tiere und Menschen entstehen.

»Noch schlimmer also!«, lachte Claire. »Evolution und Ehescheidung! Auf die Maori kann man Sie nicht loslassen, Reverend, Sie kämen mit noch schockierenderen Ideen zurück, als Sie sie vorher schon hatten!«

So vergingen Sommer und Winter. Claire und Kathleen lebten ein ruhiges, jedoch nicht sehr aufregendes Leben in dem kleinen Ort auf der Südinsel. Aber dann, an einem herbstlich kühlen Tag im Jahre 1861, geschah etwas, das nicht nur die anglikanische Kirche, sondern eigentlich das Leben jedes einzelnen Bürgers Otagos beeinflusste. Die Erste, die davon erfuhr, war Carol Jones, denn sie leistete sich den Luxus einer Tageszeitung. Natürlich traf die *Otago Witness* mitunter ein paar Tage später bei ihr ein, wenn sich gerade niemand fand, der sie zu ihr mitnehmen konnte, dann erhielt Mrs. Jones auch mal drei oder vier Ausgaben gleichzeitig. Aber sie erfuhr Neuigkeiten doch vor allen anderen, und an jenem Tag teilte sie ihr Wissen bereitwillig mit Claire, die ihr im Garten half.

»Bei Tuapeka haben sie Gold gefunden«, erklärte die füllige kleine Dame. »Ein Australier, er soll ganz aus dem Häuschen gewesen sein. ›Leuchtend wie die Sterne des Orion in einer dunklen, frostigen Nacht …‹, hat er gesagt. Also, als Geologe mag er brauchbar sein, als Lyriker würde er verhungern.«

Claire lachte. »Und nun? Rennen alle nach Tuapeka?«

Der kleine Fluss, an dem Gabriel Read das Goldfeld gefunden haben wollte, verlief etwa fünfunddreißig Meilen von Dunedin entfernt.

Mrs. Jones schüttelte den Kopf. »Ach was. Sie kennen ja die Schotten! Weizen ist für die wertvoller als Gold, und um Himmels willen kein Reichtum ohne Arbeit. Die Stadt hat erst mal hundertfünfzig Leute rausgeschickt, um zu sehen, ob überhaupt was dran ist. Vielleicht hat dieser Read ja nur geträumt.«

Vorerst hörte man denn auch nichts weiter von Gabriel Reads Goldfeld, selbst Reverend Burton wusste nichts Neues. »Der Bischof in Canterbury warnt natürlich vor einem Goldrausch, aber bisher … man munkelt von weiteren Funden, doch in der Zeitung stand nichts.«

Einige Wochen später verbrachten Kathleen, Claire und die Kinder mal wieder den Samstagabend mit dem Reverend. Er hatte ein junges anglikanisches Ehepaar, das kurz zuvor aus Australien eingewandert war, eingeladen. Reverend Burton wusste von Kathleens Interesse an dem Nachbarland. Er sonnte sich dafür in Kathleens dankbarem Lächeln, registrierte aber auch, dass ihr Gesicht sich immer sorgenvoller bewölkte, als sie die Berichte der beiden hörte.

»Das Land ist durchaus fruchtbar«, meinte Mr. Cooper, ein Agraringenieur, »aber ein großer Teil ist sehr trocken. Und nicht ungefährlich. Manche Gegenden sind atemberaubend schön, aber im Gras lauern Giftschlangen und anderes Getier. Auch die Eingeborenen sind nicht immer freundlich, kein Vergleich zu den Maori hier. Die Aborigines haben nichts zu verschenken, die fühlen sich bedroht von den weißen Siedlern. Na ja, und die vielen Sträflinge haben uns da auch nicht beliebter gemacht. Die meisten sind zwar halb so schlimm, aber es gibt schon Gauner, die sich oft auch untereinander nicht grün sind.«

»Stimmt es … stimmt es, dass viele sterben?«, fragte Kathleen leise.

Cooper zuckte die Schultern. »Das kommt auch wieder ein bisschen auf die Gegend an. Tasmanien, das ehemalige Van-Diemens-Land, zum Beispiel hat zwar einen schlechten Ruf, aber die Natur da ist gar nicht so feindlich. Im Inland dagegen …«

»Was ist mit Waldbränden?«, erkundigte sich Claire.

Kathleen hatte ihr gestanden, dass sie seit den Berichten der Ashleys an Albträumen litt. Sie sah Michael eingeschlossen in einer Flammenhölle. Und manchmal auch sich selbst. Wobei Kathleen nicht wusste, ob sie der Gedanke an Australien oder doch eher der an ihre Sünden und das dafür unvermeidliche Fegefeuer verfolgte.

Mr. Cooper nickte. »Doch«, bestätigte er dann. »Waldbrände kommen vor. Oder besser Buschbrände. Wenn es erst mal brennt, breitet sich das Feuer in unglaublicher Geschwindigkeit aus. Wer da reingerät, hat keine Chance. Neuseeland ist in jeder Beziehung das angenehmere Land. Aber die Sträflinge in Australien sterben auch nicht in Scharen. Im Gegenteil, die meisten werden begnadigt, viele erwerben letztlich selbst Land und werden zu ganz normalen Siedlern. Haben Sie Angehörige dort? Oder Sie, Kathleen? Sie sind Irin, oder?«

Kathleen errötete zutiefst, aber bevor sie etwas sagen konnte, schlüpften der mittlerweile vierzehnjährige Sean und Rufus, der Sohn der Coopers, durch die Türöffnung ins Zelt. Die beiden Jungen hatten sich gleich angefreundet und waren nach dem Essen noch ein wenig durch Dunedin gelaufen.

»Mommy!«, berichtete Sean jetzt aufgeregt. »Sie sagen, im Hafen wären Schiffe angekommen. Ganz viele!«

»Über sechzig!«, trumpfte Rufus auf. »Hunderte von Leuten sind dort!«

Der Reverend runzelte die Stirn. »Die spanische Armada?«, neckte er die Jungen. »Oder eine andere Flotte zur Eroberung des Britischen Empire?«

»Weiß ich nicht!«, rief Sean. »Aber sie sollen aus England kommen. Oder aus Australien?«

»Die Leute erzählen ganz viel!«, erklärte Rufus.

Claire nickte lächelnd. »Genau«, meinte sie, »und es muss nicht immer stimmen. Wahrscheinlich sind es nur ein oder zwei Schiffe mit noch mehr Schotten.«

Aber am Morgen, als Kathleen und Claire im Haus der Coopers erwachten, meldeten die beiden Jungen schon die nächste Sensation.

»Schaut mal da, auf den Hügeln!«

Die Coopers wohnten in einer Straße, die steil aufwärts in die Berge führte und einen guten Blick über die Hügel rund um die Stadt bot. Bis zum Vortag waren hier nur Bäume und Büsche zu sehen gewesen, aber jetzt schienen die Hügel weiß gesprenkelt.

»Das sind Zelte«, rief Mr. Cooper. Er trug noch seinen Morgenrock und blickte ebenso verblüfft wie die Jungen auf die vielen Neuankömmlinge rund um die Stadt. »Barmherziger Himmel, die Jungs müssen Recht gehabt haben! Es müssen Dutzende von Schiffen angekommen sein, um all die Leute herzubringen! Was wollen sie bloß hier?«

Coopers Frau, morgens wohl aufgeweckter, zog die Brauen hoch. »Na, was wohl, Jason? Gold! Was wir da erleben, ist nur der erste Ansturm. Morgen sind die weg Richtung Tuapeka, aber übermorgen werden neue kommen!«

»Wir sollten zur Kirche gehen«, riet Kathleen.

Wenn die Jungen Recht hatten, und die Goldsucher waren aus England gekommen, so kam sicher auch auf den Reverend eine Menge zu.

Tatsächlich war dies die erste anglikanische Sonntagsmesse in Dunedin, bei der Burtons Kirchenzelt buchstäblich aus den Nähten platzte. Der Reverend musste es öffnen und laut genug predigen, damit auch die Männer draußen etwas mitbekamen. Die alteingesessene Gemeinde betrachtete die Neuankömmlinge misstrauisch, aber eigentlich machten die Männer durchweg einen guten Eindruck. Natürlich wirkten sie etwas verwahrlost, auch geschwächt nach der Reise, und an ihren Kleidern konnte man sehen, dass sie nicht die Reichsten waren. Sie waren jedoch höflich und zurückhaltend, schienen fast ängstlich in dem neuen Land.

Der Reverend griff die Bitte der Männer auf, Gott für eine erfolgreiche Überfahrt zu danken. Tatsächlich kamen die meisten aus England und Wales – ein paar Iren hielten sich abseits. Sie hatten wohl den dringlichen Wunsch zu beten, misstrauten aber dem anglikanischen Ritus. Burton sah wohlgefällig, dass Kathleen sich nach dem Gottesdienst ihrer annahm. Die Neuankömmlinge betrachteten sie wie einen fleischgewordenen Engel. Während der Reise, so berichteten sie, hätten sie nur Männer gesehen. Der Schiffseigner hatte gezielt Goldsucher angeworben, gleich nachdem die Nachricht über die neuen Funde Großbritannien erreichte. Innerhalb von zwei Tagen sei das Schiff belegt und die Segel seien gesetzt gewesen.

»Wer zuerst kommt, mahlt zuerst!«, erklärte ein freundlicher junger Waliser namens Chris Timlock, der gleich mit Claire flirtete. »Als das in Australien losging, war ich zu jung. Aber jetzt … ich hab keinen halben Tag überlegt! Meine Frau war zwar nicht so begeistert, aber letztlich wird sie es einsehen: Das ist endlich eine Chance, aus der Armut herauszukommen!«

Die Schiffspassage hatte ein Großteil der Männer noch gar nicht bezahlt, der Kapitän hatte sie im Vertrauen darauf befördert, dass sie das Geld auf den Goldfeldern bald verdient hätten. Die jungen Gottesdienstbesucher wollten zweifellos ihre Fahrt nachträglich bezahlen, was aber andere Goldsucher anging …

»Teilweise sind es richtige Gauner!«, meinte Chris Timlock kopfschüttelnd. »Manche Kerle auf dem Schiff … widerlich! Und auch im Lager – da herrscht ein rauer Ton, sage ich Ihnen, Mrs. Edmunds!«

Die Digger, wie man die Goldgräber nannte, kamen jedoch nicht alle aus der Alten Welt. An Bord einiger der fünfundsechzig Schiffe, die in Otago Harbour angelegt hatten, waren altgediente Goldsucher aus Australien.

»An die muss man sich halten«, meinte Chris mit leuchtenden Augen. »Die wissen, wie man's macht!«

Der Umstand, dass sie trotzdem noch nicht zu größerem Reichtum gekommen waren, schien ihn nicht zu beunruhigen. Jeder der Männer glaubte fest an sein Glück.

Zu sicherem Reichtum gelangten in diesen Tagen erst mal sämtliche Händler in und um Dunedin. Schaufeln und Schüsseln zum Goldwaschen waren gleich am Montagmorgen ausverkauft, die Digger prügelten sich um die letzten Werkzeuge. Auch was die Essensvorräte betraf, war die Stadt dem Ansturm nicht gewachsen. Binnen kürzester Zeit verkauften die Farmer von Waikouaiti ihr gesamtes Korn. Rund um Dunedin reduzierte sich der Tierbestand drastisch, die Goldgräber schossen auf alles, was sich bewegte und dann eine Mahlzeit versprach – auch gern mal auf frei laufende Schafe, Katzen und Hunde. Die sanitäre Situation in den improvisierten Lagern war grauenhaft. Die frische Bergluft Otagos wich einem durchdringenden Gestank nach Exkrementen, sobald man sich der Zeltstadt näherte. Allerdings zogen die Goldgräber, wie Mrs. Cooper vorausgesagt hatte, gleich in den nächsten Tagen weiter Richtung Gabriel's Gully, wie man das erste Goldfeld in Tuapeka nannte. Die Schotten atmeten auf und hofften, sie damit los zu sein. Aber Reverend Burton schüttelte den Kopf.

»Es wäre besser, man rüstete sich für den nächsten Ansturm«, meinte er, als er Kathleen und Claire verabschiedete.

Sie waren ein paar Tage bei den Coopers geblieben und hatten den anderen Frauen der Gemeinde geholfen, Tee- und Suppenküchen zu organisieren, um die hungrigen Männer zu verpflegen. In den Lagern galt jetzt schon das Recht der Stärkeren. Die armen und optimistischen Kirchgänger vom Land oder aus Arbeiterfamilien konnten sich gegen die alten Glücksritter aus Australien und von der Westküste nicht durchsetzen. Nicht nur Träumer füllten die Hügel rund um Dunedin – es kam auch der Abschaum aus den Lagern der Walfänger und Seehundjäger, erfolglose Goldsucher aus Collingwood im Nordwesten und freigelassene Sträflinge aus Australien, die sich das Geld für die Passage sicher nicht mit ehrlicher Arbeit verdient hatten.

Und natürlich strömten diese Menschen weiterhin in die Stadt – es war fast unmöglich, zum Tuapeka River zu gelangen, ohne die Stadt Dunedin zu passieren. In Dunedin orientierten sich die Goldsucher nach der Ankunft, man deckte sich mit Zelten, Grabwerkzeugen und Proviant ein – und wenn jemand wirklich Gold gefunden hatte, so machte er es hier zu Geld. Natürlich war die kleine schottische Gemeinde mit diesem Andrang meist wenig calvinistisch gesinnter Männer völlig überfordert. Die Händler missbilligten den Goldrausch, taten aber dennoch ihr Bestes, die Wünsche der Kunden zu befriedigen. Sehr schnell begann man, Lebensmittel aus den Canterbury Plains zu holen, und importierte ganze Schiffsladungen von Werkzeugen aus England.

In Dunedin nahm die Bautätigkeit nie gekannte Formen an. Schließlich strömten nicht nur Goldsucher in die Stadt, sondern auch Menschen, die bleiben wollten. Handwerksbetriebe, Geschäfte und Banken eröffneten in atemberaubender Geschwindigkeit, natürlich auch Pubs und Freudenhäuser. Schon sechs Monate nach dem Eintreffen der ersten Goldsucher hatte sich die Einwohnerschaft der Stadt verdoppelt – mittlerweile kamen etliche mit ihren Frauen und Kindern.

»Ich habe eine gute und eine schlechte Nachricht für Sie«, erklärte der Reverend, als Kathleen und Claire wieder mal in die Stadt kamen, den Wagen vollgeladen mit Wollerzeugnissen von den Farmen.

Neuerdings rissen die Menschen sich ihre gewebten Decken, die Schaffelle und Strickwaren in Dunedin nur so aus den Händen. In den Goldgräberlagern war es kalt – und auch wenn die hartgesottenen Digger das mannhaft trugen – die Frauen und Kinder in ihrem Tross brauchten warme Sachen.

»Wobei Sie die schlechte Nachricht vielleicht gar nicht als solche empfinden. Sie werden mich womöglich nicht einmal vermissen!«

Burton lächelte, aber er blickte doch vor allem Kathleen forschend an. Er wusste, dass er nicht so liebevoll an sie denken sollte, wie er es tat. Als Pfarrfrau brauchte er eine aufrechte Anglikanerin, möglichst couragiert und unproblematisch. Kathleen dagegen war Irin, Katholikin und obendrein belastet mit einem dunklen Geheimnis. Aber Burton konnte nicht anders – beim Anblick der schönen blonden Frau mit den tiefgrünen Augen tanzte sein Herz.

Kathleen hob die Brauen. »Sie gehen weg, Reverend?«, fragte sie leise.

Peter nickte und empfand Hoffnung. Hatte er sich geirrt, oder lag Enttäuschung in ihrem Blick?

»Zu den Menschenfressern?«, neckte ihn Claire. »Ist es so weit? Haben Sie's übertrieben mit Ihren Predigten?«

»Nicht ganz«, antwortete Burton. »Nur nach Gabriel's Gully. An St. Paul's wird ab dem nächsten Jahr ernstlich gebaut, da wollen sie wohl einen Geistlichen einsetzen, der glaubensfester ist als ich oder was von Hausbau versteht – oder beides. Wie auch immer. Ich soll jedenfalls die Goldsucher betreuen, da oben in den Lagern.«

»Brauchen die geistlichen Beistand?«, fragte Claire vorwitzig. »Soweit ich weiß, holen sie sich mehr Mädchen als Bibeln.«

Die ersten behelfsmäßigen Bordelle hatten auch schon in den Bergen geöffnet.

Peter lächelte. »Eben darum, meint der Bischof, bräuchten sie geistliche Führung. Und wer käme da besser infrage als ich?«

Der Reverend antwortete Claire, aber er ließ kein Auge von Kathleen. Die hielt die Augen schon wieder gesenkt. Peter hoffte, dass ihn sein Gefühl nicht trog, aber sie schien bekümmert.

»Nun bin ich damit natürlich nicht aus der Welt!«, fuhr er tröstend fort. »Wir müssen uns nicht aus den Augen verlieren! Ich … ich darf Sie doch besuchen, oder? Kathleen?« Peter sah die junge Frau jetzt offen an.

»In … Waikouaiti?«, fragte sie unter gesenkten Lidern.

Von den Goldfeldern aus war das eine halbe Weltreise.

Der Reverend schüttelte strahlend den Kopf. »Nein, in Dunedin! Das nämlich ist die gute Nachricht! Kathleen, Claire, ich habe Ihnen einen Laden gemietet! Ein neues Gemeindemitglied, Jimmy Dunloe, hat eins der Häuser in der Innenstadt gekauft.«

»Ein Goldgräber?«, fragte Claire gespannt.

Peter verneinte. »Nicht doch, die machen sich selten sesshaft! Aber die Dunloes hatten wohl schon immer Geld. Jimmy jedenfalls betreibt eine Privatbank, kauft Goldfunde auf – ein Abenteurer der gediegeneren Sorte. Er will seine Bank hier in Dunedin etablieren, aber auch eine Zweigstelle in Tuapeka eröffnen, das ist recht gut geplant. Und für die Bank brauchte er ein repräsentatives Gebäude mit Geschäfts- und Wohnräumen. Ein Ladenlokal darin steht zurzeit leer, und eine Wohnung gehört auch dazu. Als er mir davon erzählte, habe ich gleich an Ihren Salon für Damenmode gedacht.«

Claire strahlte, aber Kathleen schaute erschrocken.

»Aber … aber wir haben uns doch geeinigt, dass es dafür in Dunedin keinen Markt gibt«, sagte sie ausweichend.

Claire lachte und stupste sie übermütig an. »Gab, Kathleen, gab!«, erklärte sie. »Schau dich doch mal um! Siehst du hier noch viele Schottinnen in Krähenkleidern? Dunedin wird eine ganz moderne, wunderbare Stadt mit schönen Frauen und reichen Männern!« Sie wirbelte Kathleen herum und stürzte sich dann auf Peter Burton.

»Ich könnt Sie umarmen, Reverend!«, jubelte sie und umfasste immerhin seine Schultern. »Endlich weg von diesen Langweilern in Waikouaiti! Kathleen! Sag was! Freu dich doch!«

Kathleens Gesicht war mit Röte überzogen. Sie wusste nicht, ob sie sich freute. Zwar würde sie Waikouaiti und vor allem Mrs. Ashley und den ihren nicht nachweinen. Aber ein Geschäft mitten im Zentrum? Wenn Ian sie suchte … Und wenn der Reverend … wenn Peter nicht mehr da war, um sie zu schützen? Aber sie musste sich diese kindische Angst abgewöhnen! Ihre Flucht war jetzt einige Jahre her. Ian suchte sie nicht! Und niemand hatte Peter zu ihrem Beschützer ernannt!

»Ich denke da auch an Sean, Kathleen … Mrs. Coltrane. Der

verkümmert doch in der Dorfschule bei Reverend Watgin. Hier in Dunedin findet er bessere Lehrer.«

Kathleen nickte. Dann hob sie den Blick zu ihm auf.

»Kathleen«, flüsterte sie. »Nennen Sie mich doch bitte Kathleen. Also immer … nicht nur … nicht nur, wenn es Ihnen so rausrutscht, Peter.«

Peter Burton hätte sie gern in die Arme geschlossen, um ihr Trost zu spenden – warum auch immer sie den zu benötigen schien. Aber er gab sich damit zufrieden, ihre Hände in die seinen zu nehmen und sanft zu drücken. »Sie müssen mir irgendwann erzählen, was Ihnen auf dem Herzen liegt, Kathleen«, sagte er leise. »Aber jetzt zeige ich Ihnen erst mal Ihr neues Geschäft. Über dem Laden ist eine Wohnung – und die bietet irgendwann einen hinreißenden Blick über die Zierde von Dunedin: St. Paul's Cathedral!«

Der Reverend hatte nicht zu viel versprochen. Dunloes Bank befand sich in einem neuen dreistöckigen Gebäude aus Oamaru-Gestein, einem weißen Kalkstein, und es lag fast so zentral wie die künftige Kirche.

»Die Miete muss doch unbezahlbar sein!«, sorgte sich Kathleen, aber Claire ließ sich nicht beirren.

»Londoner Mode ist hier auch unbezahlbar!«, lachte sie und schaffte es auch gleich, Mr. Dunloe davon zu überzeugen.

Der große blonde Mann schien sehr angetan von den beiden Damen. Er begrüßte sie mit Handkuss, was Kathleen wieder mal erröten ließ. So etwas kannte sie nur von ihrer Herrschaft in Irland, in ihren Kreisen war es nicht üblich. Claire dagegen blühte auf, als der Bankier sie gleich darauf zum Tee lud. Das Getränk entsprach dem Standard eines hochherrschaftlichen Hauses allerdings nicht – das Maori-Hausmädchen hatte ihn viel zu lange ziehen lassen und schaffte es auch nicht, ihn richtig zu servieren. Das dunkelhaarige, etwas plumpe Mädchen schien sich ohnehin nicht wohl zu fühlen. Es linste pausenlos nervös aus dem Fenster, anscheinend fand es den Gedanken, im ersten Stock zu arbeiten, beängstigend.

»Man kriegt kein Personal hier«, bedauerte Mr. Dunloe.

Claire griff daraufhin selbst zur Teekanne. »Wenn Sie erlauben!«, sagte sie freundlich. »Komm, Mädchen, wie heißt du? Ich zeige dir jetzt, wie man das richtig macht!«

Claire verschwand mit der durchaus willigen Haki in der Küche, Kathleen überließ derweil dem Reverend die Unterhaltung. Sie fühlte sich unsicher in dem feinen, mit englischen Möbeln eingerichteten Salon. Mr. Dunloe zeigte sich allerdings begeistert von ihren Entwürfen.

»Sehr geschmackvoll, wenn auch nicht die neueste Mode!«, erklärte er – schließlich war er eben erst aus London eingetroffen. »Sie brauchen ein paar neue Illustrierte zur Anregung. Und Stoffe … Sie müssen Stoffe verkaufen, ich kann Ihnen da Kontakte in London vermitteln. Aber das Geschäft hat zweifelsfrei Zukunft! Sie werden hier mehr Geld verdienen als die meisten dieser armen Teufel auf den Goldfeldern! Zusätzlich zu den Kleidern würde ich auch ein paar Accessoires anbieten. Bedenken Sie, bei mir gehen demnächst die paar Glücklichen ein und aus, die tatsächlich Gold finden! Die sind in Spendierlaune, aber natürlich kennen sie die Maße ihrer Liebsten nicht so gut, dass sie gleich ein Kleid bestellen. Ein Hütchen jedoch, ein Seidentuch, ein Täschchen … Glauben Sie mir, Mrs. Coltrane, hier in der Innenstadt liegen die wahren Goldfelder!«

Claire kam eben dazu und schenkte formvollendet Tee ein. »Dann nennen wir unser Geschäft auch so«, lächelte sie. »Lady's Goldmine!« Sie wandte sich wieder dem Maori-Mädchen zu. »Schau, Haki, so stellt man sich neben den Herrn, wenn man die Teetasse füllt! Dann verbrüht man ihn auch nicht, wenn ein Tropfen danebengeht. Nun schau doch nicht immer aus dem Fenster, Kind, das Haus stürzt nicht ein!« Claire schüttelte den Kopf, nachsichtig, aber entschlossen. »Das wird nie was mit der Kleinen, Mr. Dunloe. Sie ist anstellig, aber hier fürchtet sie sich zu Tode. Warum geben Sie uns Haki nicht als Hilfe für den Laden, und Sie suchen sich ein Hausmädchen ohne Höhenangst? Ich zeig dann gleich beiden, wie man Tee kocht!«

Die Sache mit dem Geschäft ließ sich gut an, aber während Claire vor Freude über den Neuanfang nur so übersprudelte, fühlte Kathleen sich seltsam leer, als Peter Burton sich vor dem Aufbruch zum Tuapeka River verabschiedete.

»Das kriegen Sie gar nicht auf einmal mit!«, meinte sie unglücklich, als sie all die Dinge aufgehäuft sah, die er für seine künftige Zeltmission angesammelt hatte.

Der Reverend nickte. »Doch, aber ich muss das Pferd führen. Das geht schon, keine Sorge, ich brauche nur einen Packsattel.«

Kathleen sah zu Boden. Sie hasste sich für ihre Schüchternheit, früher war sie nicht so gewesen. Aber die Jahre mit Ian, dem sie nie gern in die Augen gesehen hatte und der sie auch für jeden zu offenen Blick strafte, hatten sie geprägt.

»Wenn Sie … wenn Sie mir die Freude machen würden … ich würde Ihnen gern mein Maultier schenken«, sagte sie leise. »Ich brauche es ja doch nicht mehr, jetzt, da wir in der Stadt wohnen.«

Peter Burtons Gesicht leuchtete auf – nicht wegen des zweiten Tragtieres, sondern eher, weil Kathleen an ihn dachte. Sie wirkte oft so unbeteiligt, aber er schien ihr doch nicht ganz gleichgültig zu sein.

»Das nehme ich sehr gern an, Kathleen, und ich werde gut dafür sorgen!«, sagte er förmlich. »Kathleen, würde es … ich meine, wäre es Ihnen unangenehm? Ich würde Sie … zum Abschied gern küssen.«

Er hatte es nicht sagen wollen, aber ihm graute vor dem Weg, der vor ihm lag, den dreckigen Goldgräberlagern und dem Dienst bei den Männern, der wenig Freude und Anregung versprach. Peter Burton war ein leutseliger Mensch. Er mochte alle Facetten des Priesteramtes – von der klugen Predigt bis zum Tanz auf Hochzeiten, von der mitfühlenden Begleitung Sterbender bis zur Taufe neuer Gemeindemitglieder. Was ihn aber jetzt erwartete, stand ihm nur zu genau vor Augen: Betrunkene, die man daran hindern musste, sich zu prügeln, Verzweifelte, die Haus und Hof verlassen hatten, um auf die Goldfelder zu gehen und nun doch nicht reich wurden.

Kranke, Einsame, Verlassene, Tagediebe und Träumer, kleine Gauner und echte Verbrecher. Peter Burton fand, sein Gott schulde ihm wenigstens einen schönen Traum, bevor er ihn in diese fremde und feindselige Welt schickte.

Kathleen sah furchtsam zu ihm auf. »Warum?«, fragte sie dann.

Burton hob die Hand. Er hätte gern ihre Wange berührt, aber ihr Blick wurde noch ängstlicher, als er sich ihrem Gesicht näherte. So strich er ihr nur übers Haar, so sanft und vorsichtig, dass sie es kaum spürte. Nur er fühlte die Weichheit ihrer Locken. Das musste reichen. Gott war nicht sehr großzügig.

»Verschieben wir es«, seufzte Peter. »Bis Sie nicht mehr fragen.«

Lady's Goldmine war in dem Moment erfolgreich, in dem die ersten Stoffe aus London, die neuesten Magazine und ein paar ausgesuchte Accessoires die Auslagen zierten. Die Frauen der Bankiers und Geschäftsleute kamen als Erste, dann auch die der Handwerker und schließlich sogar Ladys von den großen Schaffarmen im Inland. Die meisten Schafbarone weiteten ihre Geschäfte jetzt auf die Rinderzucht aus. Der Appetit der Goldsucher auf Rindersteaks war unersättlich, und wenn auch die wenigsten wirklich reich wurden, so reichte es doch zumindest zwischendurch für gutes Essen und Whiskey.

Während die Goldsucher in den Pubs, Garküchen und Hurenhäusern feierten, besuchte die bessere Gesellschaft Bälle und Konzerte in den feinen Hotels. Kathleen kam erneut nicht nach mit dem Nähen all der Kleider. Wie schon in Christchurch stellte sie sehr bald Frauen dafür an und beschränkte sich auf ihre Entwürfe. Im Laden ließ sie sich kaum blicken. Den führte Claire mit dem Charme und dem sicheren Auftreten einer Lady, und sie genoss es von ganzem Herzen! Von ihrem ersten ordentlichen Gewinn kaufte sie ein Vollblutpferd für ihren alten Damensattel und ritt von da an sonntags mit Mr. Dunloe aus, der sie auch gern auf Abendveranstaltungen und Matineen begleitete. Die hübsche und lebhafte Claire trug dann die gewagtesten Modelle aus Kathleens Kollektion und war die beste Werbung für ihr Geschäft. Sie flirtete unverhohlen mit Dunloe, was Kathleen etwas beunruhigte. Aber Claire musste wissen, was sie tat.

Sean und die Mädchen blühten in ihren neuen Schulen ebenfalls auf. Heather und Chloé übersprangen dank Claires Unterricht zwei Klassen und schlossen sich noch enger aneinander an, da sie bei den älteren Mädchen keinen Anschluss fanden. Sean freute sich auf die High School, die bald eröffnen sollte, später wollte er vielleicht auf die Universität. Von seinem vermeintlichen Vater sprach er gar nicht mehr, und die Mädchen schienen die Zeit am Avon fast vergessen zu haben. Sean vermisste allerdings den Reverend.

»Können wir nicht in den Ferien zu ihm raufreiten?«

Kathleen und die Coopers hörten diese Frage fast täglich von ihren Jungen, wobei es Rufus wohl mehr um die Goldfelder als um das Wiedersehen mit Peter Burton ging. Die Coopers erlaubten es deshalb ungern. Sie fürchteten, ihren abenteuerlustigen Sohn an das Goldsucherlager zu verlieren. Kathleen dagegen vertraute Sean. Sie lächelte, als sie daran dachte, dass sie Michael dort nicht allein hätte hinaufreiten lassen. Er wäre dem Ruf des Goldes zweifellos verfallen!

Kapitel 3

»Was meinen Sie denn, Miss Elizabeth? Soll ich Claudia gleich um ihre Hand bitten, oder erst, wenn ich von den Goldfeldern zurück bin?«, Ronnie Baverley war nicht mehr völlig nüchtern, aber er stellte die Frage ganz ernsthaft.

Lizzie seufzte. Sie war es längst gewöhnt, von den Kunden ihrer Schänke als eine Art Muttterersatz betrachtet und mit allen möglichen Lebensproblemen konfrontiert zu werden. Aber ob sie diesem Mann helfen konnte?

»Ronnie, sie wird dich nicht nehmen, bevor du ihr nicht zehn Unzen Gold vorlegst«, meinte sie schließlich. »Von Versprechungen hat sie nichts, da bleibt sie lieber im Green Arrow. Und davon abgesehen kann ich das Wort ›Goldfelder‹ nicht mehr hören. Was versprecht ihr euch bloß davon, in Otago herumzubuddeln? Ihr alle habt doch nie zuvor einen Spaten in der Hand gehabt!«

Das war natürlich übertrieben. Viele Männer, die Lizzie in den letzten Monaten nach Otago hatte aufbrechen sehen, kamen ursprünglich vom Land wie Michael, und die Handhabung von Grabwerkzeugen war ihnen nicht neu. Allerdings gehörte zumindest nach Lizzies Meinung mehr zur Goldsuche als zwei kräftige Hände und eine Schaufel. Man musste sich im Gelände auskennen, man musste wissen, welcher Fluss warum Gold führte und an welchen Stellen die Graberei eher aussichtslos war. Natürlich war Lizzie sich da nicht sicher, aber sie hatte nichts vergessen, was sie je über Weinbau gelernt hatte, und da gehörte es zu den wichtigsten Erkenntnissen, dass die Reben nicht überall wuchsen. In manchen Lagen gab es Nährstoffe für die Pflanzen, in anderen nicht. Mit dem Gold würde es nicht anders sein. Irgendwo zu graben erschien Lizzie sinnlos, und da zu graben, wo es schon alle anderen taten, war ebenso wenig erfolgversprechend. Aber mit solchen Argumenten konnte sie ihrer männlichen Kundschaft nicht kommen.

»Miss Elizabeth, in Otago braucht man keinen Spaten!«, erklärte jetzt auch Ronnie im Brustton der Überzeugung. »Da liegt das Gold auf der Straße. Ehrlich wahr, wenn die Maori da Sinn für hätten, könnten sie ihre Wege damit pflastern.«

Lizzie verdrehte die Augen. Sie war diese Geschichten gründlich leid, aber die Männer glaubten sie. Und wenn Ronnie nicht bald tatsächlich zu Geld kam und sich eine Hochzeit mit Claudia leisten konnte, so würde das blonde Freudenmädchen schneller als er nach Otago ziehen. Der erste der drei alten Pubs in Kaikoura hatte bereits geschlossen – es mangelte an Kundschaft. Die Männer, die früher auf den Walfangstationen und dann hauptsächlich in der Landwirtschaft gearbeitet hatten, zogen in Scharen nach Dunedin. Lizzie gestand es sich nicht gern ein, aber auch ihr Lokal verzeichnete in den letzten Wochen erhebliche Umsatzeinbußen. Kaikouras Bevölkerung schrumpfte, und Lizzie haderte mal wieder mit ihrem Schicksal. Wenn es so weiterging, würde sie das Irish Coffee nicht mehr lange halten können – zumal Michael wenig Sinn dafür zeigte, die Krise auszusitzen. Im Gegenteil: Auch er hätte sich lieber heute als Morgen nach Otago auf den Weg gemacht.

Lizzie war grundsätzlich zufrieden mit ihrem Leben als Wirtin, und bislang waren sie auch wegen der Whiskeybrennerei nie behelligt worden. Das gemeinsame Geschäft brachte genug zum Leben ein, auch bescheidener Luxus war bezahlbar. Lizzie besaß hübsche Kleider und Michael ein gutes Pferd. Sie hatten einen Wagen für Warenlieferungen und Einkäufe, mit dem Lizzie sonntags ausfahren konnte, wenn sie wollte. Mit dem örtlichen Maori-Stamm war sie gut befreundet – ihr Geschäft hatte auch den Ngai Tahu bescheidenen Wohlstand gebracht. Unter Michaels Anleitung lernten sie den Getreideanbau und die Vermalzung von Gerste in kürzester Zeit, so war die Brennerei unabhängig von den Farmern in Canterbury. Das erwies sich besonders in diesen Wochen als segensreich: Die Getreidepreise in Canterbury stiegen seit dem Goldrausch ins Astronomische. Es war kaum möglich, die Menschenmassen zu versorgen, die nach Otago strömten.

Vor allem aber war Lizzie als Bürgerin von Kaikoura beliebt und geachtet. Sie besuchte sogar wieder die Kirche und beteiligte sich an der Vorbereitung und Durchführung von Wohltätigkeitsbasaren und Sammlungen für Bedürftige. Die anderen Frauen sahen über ihre Vergangenheit hinweg – auch sie waren oft als Freudenmädchen nach Kaikoura gekommen und erst nach der Hochzeit mit irgendwelchen Kaufleuten oder Handwerkern ehrbar geworden. Natürlich wurde Lizzie mit Skepsis betrachtet, weil sie einen anderen Weg gewählt hatte, aber ihre freundliche Art und ihr herzerwärmendes Lächeln sicherten ihr die Freundschaft des Reverends und der wichtigsten Ladys der Gesellschaft. Man wusste längst, dass Lizzie den Männern nicht nachschaute, war aber geteilter Meinung, warum das so war. Die Mehrheit glaubte wohl an ein heimliches Verhältnis mit Michael, der sie unumwunden umwarb.

Wenn da nicht Mary Kathleen gewesen wäre, die immer noch durch Michaels Träume geisterte, so hätte Lizzie ihm längst nachgegeben. Aber sie fürchtete sich vor der Nacht, in der er womöglich wieder den Namen seiner Liebsten rief. Noch einmal würde sie das nicht ertragen. Sie würde daran zerbrechen.

Einige Träumer aus der Kirchengemeinde dichteten Lizzie auch eine unglückliche Liebe an, womöglich sogar zu einem Eingeborenen. Schließlich wusste man, dass sie Freunde im Maori-Lager hatte und auch die Sprache sprach. Lizzie selbst dachte noch manchmal an Kahu Heke, hatte allerdings nichts mehr von ihm gehört, obwohl es ruhig auf der Nordinsel war. Die von Kahu vorausgesagten Kriege waren bislang nicht ausgebrochen.

Lizzie hörte den Planwagen vor ihrem Lokal, noch bevor Michael mit der neuen Whiskeylieferung eintraf. Das Pferd wieherte aufgeregt. Lizzie pflegte es bei jedem Halt vor ihrer Schänke mit Brot oder Zucker zu verwöhnen, und auch jetzt trat sie sofort heraus, um es für seine lautstarke Begrüßung zu belohnen. Michael stieg vom Bock und küsste sie auf die Wange.

»Die süße Miss Lizzie!«, sagte er mit seinem verwegenen Lächeln. »Kann's sein, dass du im Laufe der letzten Woche noch hübscher geworden bist? Oder nur wieder ein bisschen ehrbarer? Nein, das ist nicht möglich. Dieses Kleid hat einen weiteren Ausschnitt als die anderen, meine kleine Miss Owens oder Miss Portland, oder wie du auch heißen magst! Der Reverend wird es nicht billigen!«

Lizzie wehrte Michael lachend ab. Sie trug ein hübsches hellblaues Leinenkleid, dessen Ausschnitt und Schürze mit Spitze abgesetzt waren. Es war tatsächlich neu, und es schmeichelte ihr, dass Michael es bemerkte.

»Die Tiefe des Ausschnitts folgt nur der Mode in London!«, beschied sie ihn. »Die wird wohl gerade ein bisschen frivoler – und das weiß ich ausgerechnet von der Frau des Reverends. Die kriegt nämlich manchmal Modemagazine aus England. Ihr Gatte hat das bisher nicht beanstandet.«

»Der sieht eben auch gern einen hübschen Ausschnitt!«, meinte Michael und warf einen etwas zu frechen Blick auf Lizzies Brustansatz. Die Korsage des neuen Kleides hob ihre Brüste ein bisschen und ließ sie größer wirken. Bei aller Ehrbarkeit gefiel sich Lizzie, wenn sie in den Spiegel sah.

»Aber jetzt ernsthaft, Lizzie, wir müssen miteinander reden.«

Michael wuchtete eine Kiste Flaschen vom Wagen, außerdem ein Fässchen, das er sich lässig auf die Schultern lud. Er hatte sich die Kraft und die Muskeln bewahrt, die Lizzie in Australien so an seinem Körper fasziniert hatten. Das Whiskeybrennen war zwar keine sehr schwere Arbeit, aber das Holz dafür musste geschlagen werden, und ein paar Wochen im Jahr zog Michael auch immer noch mit seiner alten Schererkolonne über die Farmen der Umgebung. Inzwischen gab es zwar professionellere und schneller arbeitende Kolonnen, aber die Farmen rund um Kaikoura waren nicht so groß, dass es sich lohnte, sie aus Canterbury kommen zu lassen.

Michael brachte die Flaschen in den Hof und stellte das kleine Fass auf die Theke des Irish Coffee.

»Der gute Whiskey?«, fragte Lizzie verblüfft. »Ich denke, der sollte zehn Jahre reifen.« Bislang hatte Michael seinen allerersten Brand in dem Fass von Robert Fyfe nicht angerührt.

»Der reift jetzt drei Jahre, das ist genug. Und ich hab auch genug vom Whiskeybrennen, Lizzie. Dies war die vorerst letzte Lieferung. Ich geh nach Otago, das ist mein fester Entschluss, und wenn ich zurückkomme, trinken wir irischen Whiskey direkt aus der alten Heimat.«

Lizzie hatte schon so etwas geahnt, als sie Michaels Pferd hinten am Wagen gesehen hatte. Der Grauschimmel trug gefüllte Satteltaschen. Sogar an zusammenklappbare Schaufeln und eine nagelneue Wanne zum Goldwaschen hatte Michael gedacht. Das alles war, ebenso wie Decken und Schlafsack, sorgfältig hinter dem Sattel festgeschnallt. Was Lizzie eher verblüffte, war Michaels Absicht, irgendwann nach Kaikoura zurückzukehren.

»Du willst also wirklich Gold suchen, Michael?«, fragte sie. »Reicht dir der Gewinn hier nicht? Hast du nicht längst genug, um nach Irland zurückzukehren? Denn das wolltest du doch, nicht?«

Michael biss sich auf die Lippen. »Ja … ja, schon … aber … Ich weiß nicht, was ich machen soll, Lizzie.«

Er ließ sich lässig auf einen der Stühle fallen – bis auf Ronnie, der inzwischen über seinem dritten Whiskey von Claudia träumte, war das Lokal noch leer. Lizzie setzte sich Michael gegenüber. Seine Haltung war ihr nichts Neues, ebenso wenig seine Worte. Schon unzählige Männer hatten sich nach einer solchen Eröffnung bei ihr ausgesprochen.

Michael hob denn auch mit klagender Stimme an. »Wenn ich jetzt nach Irland ginge …«

»Warte mal kurz, Michael!«

Lizzie wusste, dass gleich der Name Mary Kathleen fallen würde, und fand, sie verdiene sich vorher eine Stärkung. Kurz entschlossen zapfte sie das Whiskeyfass an und füllte je ein Glas für Michael und für sich. Der Inhalt schmeckte hervorragend, rauchig, voll und ein bisschen süß.

Michael schien ebenfalls angetan. Er nahm gleich einen zweiten Schluck. »Schau, wenn ich jetzt nach Irland zurückkäme … was sollte ich da? Mary Kathleen ist weg, und niemand weiß, wo sie ist. Na ja, vielleicht ihre Eltern, aber ob die es mir verraten? Wer weiß, ob sie überhaupt noch leben – wer weiß, was mit dem Dorf geschehen ist und mit den Pächtern und Trevallion.«

»Bei Trevallion oder eurem Landlord würde ich mich vielleicht eher nicht sehen lassen«, bemerkte Lizzie.

Michaels Strafe wäre zwar gewöhnlich längst verbüßt gewesen, aber sie wusste nicht, ob Gefängnisausbruch verjährte.

Michael nickte bekümmert. »Und wenn ich's doch rausfände, bräuchte ich die nächste Schiffspassage. Und Amerika … es ist so groß …«

Lizzie nippte an ihrem Whiskey. »Wenn du da wirklich jemanden finden wolltest, ohne Adresse, dann müsstest du eine Detektei einschalten oder so was.«

»Eben!«, bestätigte Michael, obwohl er nicht den Eindruck machte, als sei ihm der Einfall schon früher gekommen. »Und für das alles brauche ich Geld! Viel, viel Geld. Natürlich habe ich einiges gespart. Aber die Welt lässt sich davon nicht kaufen.«

»Die Welt nicht …«, gab Lizzie mit klopfendem Herzen zurück. Michael brachte sie eben auf ein Thema, das sie längst anschneiden wollte, bisher hatte sie es allerdings nie gewagt. Und jetzt war die vielleicht letzte Möglichkeit! Wenn er erst mal in Otago war, würde es zu spät sein. »… aber ein Stück davon schon! Michael, wenn wir hier noch ein paar Jahre weitermachen, dann hätten wir Geld für eine Farm! Eine Schaffarm von mir aus … zumindest vorerst. Oder Rinder, im Moment macht man das meiste Geld mit Rindern.«

Michael lachte verblüfft auf. »Du willst mit mir zusammen eine Farm kaufen?«

Lizzie zwang sich zur Ruhe. »Ich kann's auch ohne dich!«, erklärte sie. »Aber du bist derjenige, der was von Landwirtschaft versteht, und so wärst du dein eigener Vormann. Wir könnten es ähnlich machen wie hier: Ich regle die Geschäfte, und du kümmerst dich um die Produktion. Es wäre ein sicheres Leben … ein ruhiges Leben!«

Wenn Lizzie von ihrer eigenen Farm träumte, sah sie ein Herrenhaus vor sich, aus Stein, mit Erkern und Türmchen. Ein bisschen so wie das Heim der Smithers in Campbell Town. Aber in diesem Haus wäre sie die Herrin. Sie hätte Dienstmädchen und eine Köchin, könnte Freundinnen zum Tee empfangen – und irgendwie gehörten natürlich auch ein Mann und ein paar Kinder dazu, aber Lizzie verbot sich, diesen Teil der Geschichte genauer auszumalen.

Michael dagegen griff die Sache sofort auf. »War das jetzt ein Heiratsantrag, Miss Lizzie? Oder sollen wir die Farm als Bruder und Schwester führen?« Lizzie blitzte ihn wütend an, aber Michael lächelte versöhnlich. »Komm, Lizzie, das war ein Scherz. Und so eine Schaffarm wäre ja auch ganz nett. Aber sei ehrlich, du denkst doch nicht an eine Farm, du denkst an etwas Größeres – ein Schafbaronat wie Kiward Station, Barrington Station oder Lionel Station.«

»Und?«, fragte Lizzie steif. »Wäre das schlimm?«

»Das wäre unbezahlbar. Lizzie, ich kenne die Farmen hier. Die sind verhältnismäßig klein. Klar, die Farmer haben ein paar tausend Schafe, das hört sich großartig an. Aber sie arbeiten auch von Morgengrauen bis zur Nacht! Das willst du nicht, du hast mir von deiner Arbeit bei diesen Deutschen erzählt – du eignest dich nicht zur Stallmagd, Lizzie. Und zum Bearbeiten von Feldern und Umtreiben von Schafen eignest du dich auch nicht.«

»Und wofür eigne ich mich, deiner Ansicht nach?«, fragte Lizzie wütend.

Michael dachte kurz nach. »Für das, was du gerade tust«, meinte er dann. »Du bist die Seele dieser Schänke, Lizzie! Du könntest auch ein Hotel führen oder ein Geschäft … du hast dieses Lächeln, Lizzie, das die Leute bezaubert.«

Lizzie wusste nicht, warum diese Antwort sie enttäuschte. Sie traf ja wirklich den Kern: Die Arbeit in der Schänke lag ihr, sie fühlte sich wohl in Kaikoura. Und sie konnte nicht erwarten, dass Michael ihren Traum teilte. Dass er sie als Mutter sah und als Hausfrau – mit oder ohne Dienstmädchen und Köchin.

»Lass mich jetzt erst mal nach Otago, Lizzie!« Michael wollte offensichtlich zum Ende kommen. »Wenn ich zurückkomme … wenn ich zurückkomme und wirklich reich bin, können wir immer noch sehen, was wir machen. Die Brennerei habe ich Tane übergeben. Der weiß, wie's geht, er wird dich in Zukunft beliefern. Mach einfach weiter, Lizzie – eines Tages stehe ich vielleicht in der Tür und überschütte dich mit Gold!«

Er lachte. Dann küsste er sie vergnügt auf beide Wangen und ging zu seinem Pferd.

»Bringst du den Wagen und das Pferd dann noch in den Mietstall, bitte? Ich muss los, sonst lohnt es sich gar nicht mehr, heute noch aufzubrechen.«

Michael sah nicht zurück, als er Kaikoura verließ. Natürlich bedauerte er es ein bisschen, Lizzie jetzt nicht mehr so oft sehen zu können, ihre Ratschläge zu hören und sich an schlechten Tagen von ihrem Lächeln wärmen zu lassen. Aber vor ihm lag ein Abenteuer, bei dem er sie wirklich nicht brauchen konnte.

Als er nun nach Süden ritt, dachte er immer wieder an die junge Frau. Es war ein verführerischer Gedanke, sie mit Gold zu überschütten. Ihr Lächeln zu sehen, wenn er sie in ein Farmhaus aus Sandstein führte, in dessen Eingang sie ein knicksendes Mädchen erwartete und Sir und Madam nannte. Michael träumte davon, Lizzie ihre Wünsche zu erfüllen. Er war lange genug ihr Teilhaber gewesen, lange genug hatte sie die Geschäfte geführt. Jetzt würde er ihr beweisen, dass er ein Mann war, der sein eigenes Vermögen machen konnte. Lizzie sollte endlich mal ein bisschen zu ihm aufsehen, ihn bewundern – vielleicht würde sie ihn dann ja auch wieder lieben … und vielleicht würde sie wie Mann und Frau mit ihm leben wollen.

Lizzie schaute dem Mann nach, den sie liebte, und dachte über das nach, was er über die Schaffarmen in Kaikoura und den Canterbury Plains gesagt hatte. Vermutlich brauchte man wirklich mehr Geld, wenn man eine große Station aufbauen wollte. Ob Michael das jedoch allein schaffte? Lizzie bezweifelte es. Sie würde ihm etwas Zeit geben.

Tatsächlich hielt Lizzie das Leben ohne Michael ganze sechs Monate aus, und sicher hätte sie es auch länger geschafft, wenn ihre Geschäfte nicht schlechter und schlechter gelaufen wären. Aber der Niedergang von Kaikoura war unabwendbar. Die Walfänger waren fast alle weg, die Viehhüter versuchten sich ebenfalls auf den Goldfeldern, und inzwischen verließen sogar kleinere Farmer ihr Land, um dem leicht verdienten Geld nachzujagen. Lizzies Freundin, die Fischerin mit der Garküche nebenan, verlor darüber ihren Mann und ihren Sohn. Beide waren eines Tages verschwunden – mit einem kleinen Segelboot in Richtung Otago Harbour.

»Wovon soll ich denn jetzt leben?«, klagte die Frau. »Wenn ich die Garnelen von anderen Fischern kaufen muss, steigen meine Preise – und dabei kommen doch ohnehin immer weniger Kunden.«

Lizzie hatte obendrein Probleme mit dem Ausschank. Tane belieferte sie nicht so regelmäßig mit Whiskey wie Michael. Die Maori – zumindest ihre Männer – eigneten sich wenig für selbstständige Tätigkeiten. Tane brannte nur, wenn er Lust hatte, und manchmal landeten die Erzeugnisse dann auch nicht in den Pubs, sondern im Maori-Lager. Wenn dort ein Fest anstand, lieferte Tane, und selbstverständlich musste der Stamm dafür nichts bezahlen. Nachdem Lizzie zweimal auf dem Trockenen gestanden hatte, war sie die Sache leid.

»Wie wär's, wenn du den Pub übernimmst?«, fragte sie spontan ihre verzweifelte Nachbarin. »Es ist keine Goldgrube mehr, aber eine Person ernährt er noch gut – zusammen mit der Fischbratküche allemal. Und du bist Maori, du solltest wissen, wie man deine

Stammesgenossen auf Trab bringt. Mir fehlt es ehrlich gesagt an den richtigen Worten oder Gesten, um Tane anzuspornen, aber ich bin sicher, du schaffst das!«

Die Fischerin – der nichts näherlag, als einem Mann in den Hintern zu treten – zeigte sich erfreut und machte sich gleich auf den Weg in die Berge. Lizzie begann derweil zu packen. Sie wusste nicht, ob sie das Richtige tat, und sie bezweifelte, ob Michael sich über einen Besuch freuen würde. Aber sie glaubte nicht, dass ihm das Reichwerden ohne sie gelingen würde.

Kapitel 4

Bis Christchurch war die Straße noch nicht allzu gut ausgebaut, aber zwischen Canterbury und Dunedin kam Lizzie umso besser voran. Hier herrschte reger Verkehr, nahezu die gesamte Verpflegung der Goldgräber kam aus den landwirtschaftlichen Nutzungsgebieten in den Plains.

Lizzie reihte sich in die Karawane der Planwagen ein. Sie hatte einen Teil ihres Gewinns aus den letzten Jahren in eine exzellente Ausrüstung gesteckt: warme Kleidung, gute Zelte, Schlafsäcke und Decken, um auch für kalte Winter gerüstet zu sein. Otago war gebirgig, es grenzte an die Alpen. Zwischen Juni und August würde es dort sicher Schnee geben, und jetzt war bereits April. Lizzie hatte auch Werkzeuge bester Qualität gekauft – und sie führte reichlich Verpflegung mit sich. Nicht nur für sich selbst und Michael, auch Geschenke für den örtlichen Maori-Stamm waren dabei, und Lizzie gedachte, ihre neuen Freunde reichlich zu beschenken. Sie brachte Grüße von dem Stamm in Kaikoura, der gelegentlich die Sommer in den Alpen verbrachte, die Maori hatten mit ihren Brüdern und Schwestern aus Otago gefischt und gejagt.

»Ich frage mich, warum ihr dabei nicht all das Gold gefunden habt!«, erkundigte sich Lizzie während ihres Abschiedsbesuchs bei den Ngai Tahu. »Angeblich stolpert man doch nur so darüber!«

Mere, eine der Stammesältesten, zuckte die Schultern. »Wer sagt, dass wir es nicht gefunden haben? Aber es bedeutet uns nichts. Man kann es nicht essen, und Waffen kann man auch nicht draus machen. Schmuck vielleicht, aber man kann es nicht schnitzen.« Die Kunst, Metalle zu schmelzen, hatten die Maori nie erlernt. Ihre Schmuckstücke und Waffen bestanden vorwiegend aus Pounami-Jade. »Für uns ist Jade viel wertvoller!«, erklärte denn auch Mere.

»Aber jetzt könntet ihr das Gold verkaufen!«, gab Lizzie zu bedenken, »oder das Land, auf dem es liegt.«

Mere zog die Augenbrauen hoch. Lizzie hatte sich inzwischen daran gewöhnt, dass ihre *moko*, die Tätowierungen, dabei tanzten.

»Die Männer, die in Tuapeka waren, sagen, das Land weine. Die *pakeha* schlügen ihm Wunden, um ihm das Gold zu entreißen. Die Götter segnen das nicht.«

»Für euch wäre Goldgräberei also *tapu*?«, fragte Lizzie vorsichtig.

»Ja«, beschied Mere sie, »aber nicht überall. Du musst die örtlichen *tohunga* fragen. Ich kann dir nichts sagen. Hier bei uns gibt es kein Gold.«

Lizzie war fest entschlossen, sich genau zu erkundigen, bevor sie ihr Lager womöglich auf einem Stück Land aufschlug, auf dem ein *tapu* lag. Sie wollte es sich keinesfalls mit den Stämmen in Otago verderben. Sicher kannte niemand das Land so gut wie die Maori. Lizzie jedenfalls gedachte nicht, auf gut Glück irgendwo in der Erde zu wühlen.

Je weiter Lizzie nach Süden kam, desto kälter wurde es, vor allem nachts. Wenn eben möglich, fuhr sie Gasthöfe an, während sie am Anfang der Reise auch schon mal im Wagen geschlafen hatte. Das erschien ihr jetzt jedoch nicht mehr ratsam. Auf den Straßen wimmelte es nicht nur von ehrbaren Kaufleuten und Frachtfahrern – es trieben sich auch abenteuerlich wirkende Gestalten zu Fuß oder zu Pferd herum. Bärtige Männer, die Gesichter von Wind und Wetter gegerbt, Walfänger und Seehundjäger von der Westküste, Seeleute, die wohl irgendwo in Westport oder Nelson von den Goldfeldern gehört und ihre Schiffe verlassen hatten. Lizzie war bald auch tagsüber vor ihren Nachstellungen nicht sicher. Sie bemühte sich jeden Morgen, irgendeinen ehrbaren Kaufmann oder Farmer zu finden, vor oder hinter dessen Wagen sie fuhr und der sie im Auge behielt.

Am liebsten waren ihr jedoch ganze Familien – von denen auch immer mehr Richtung Dunedin zogen.

Nach fast sechs Wochen Reise erreichte Lizzie schließlich Dunedin. Sofort begeisterte sie sich für die neue, lebenssprühende Stadt. Es war herrlich, durch die Geschäftsstraßen zu flanieren, hübsche Kleider und Hüte in den Auslagen zu bewundern – zum ersten Mal seit fünfzehn Jahren fühlte sich Lizzie fast wie in London. Einen Augenblick lang dachte sie sehnsüchtig daran, eine Stelle anzunehmen. Ganz sicher brauchten all die Kaufleute, Bankiers und gut verdienenden Handwerker Dienstmädchen! Keine Verantwortung für ein eigenes Geschäft zu haben hatte seinen Reiz, aber andererseits war der Lohn schlecht und man erhielt keine Dankbarkeit von Seiten der Herrschaft. Womöglich würde ihr wieder nachgestellt! Nein, in dieses Leben wollte Lizzie nicht zurück, so verlockend ein warmes Zimmer und eine gemütliche Küche auch waren.

Lizzie fröstelte – in Dunedin war es jetzt schon empfindlich kalt. Dabei lag der Ort günstig, und das Klima galt als gemäßigt. In den Bergen dagegen …

»Wollen Sie da wirklich hin?«, fragte die Wirtin, als die junge Frau endlich eine Pension gefunden hatte, in der sie sich einmieten konnte. »Den Tuapeka River entlang, ganz allein? Sie sind doch … Sie sind doch kein leichtes Mädchen?«

Lizzie war stolz und glücklich, dass man ihr das nicht mehr ansah. »Ich suche meinen Mann!«, behauptete sie ernst. »Ich weiß nicht, ob er ohne mich zurechtkommt.«

Die Wirtin lachte beherzt. »Die kommen da alle irgendwie klar!«, meinte sie, »und gar nicht so schlecht, wenn Sie mich fragen. Wenn Reverend Burton in die Stadt kommt, hören wir zwar nur das Allerschlimmste, aber ich seh immer die Wagen rauffahren. Jeden Tag mindestens ein Wagen Whiskey, so schlimm kann's also nicht stehen!«

Lizzie ärgerte sich, die Brennutensilien nicht mitgebracht zu haben. Womöglich hätte man damit mehr verdienen können als mit dem Goldwaschen, aber da müsste natürlich erst Michael mit sich reden lassen. Sie konnte es jetzt kaum erwarten, den Tuapeka River hinaufzufahren. Sie war gespannt, was sie erwartete.

Reverend Burton war entsetzt gewesen, als er, einige Monate vor Lizzies Aufbruch, Gabriel's Gully erreichte. Die Landschaft rund um den Tuapeka River war einstmals schön gewesen. Grün, bewaldet, die Täler und Flussufer voller wilder Blumen. Was die Goldgräber davon übrig gelassen hatten, war eine stinkende Wüste. Jeder hatte sein Zelt da aufgebaut, wo es ihm gerade passte, in dieser Anfangszeit des Goldrausches kümmerte man sich kaum um das Abstecken von Claims. Die Männer gruben, wo sie gingen und standen, gerade bei Gabriel's Gully lag das Gold ja oft knapp unter der Erde. Andere Goldsucher – besonders die Veteranen aus Australien – verlegten sich aufs Goldwaschen in den Bächen, und die Bäume fielen dem Bau von Waschrinnen zum Opfer.

In der Gegend der ersten Funde wuchs inzwischen nichts mehr. Die Erde lag brach, meist mehrfach umgegraben. Bei jedem starken Regen verwandelte sich das Lager folglich in ein Schlammloch. Tonnen von Erdreich wurden weggespült und ein paar Zelte gleich mit. An Gemeinschaftseinrichtungen gab es zwei improvisierte Pubs und einen ebenso primitiv aufgebauten Laden, der Lebensmittel und Whiskey feilhielt. In ein paar Zelten verkauften Mädchen sich selbst – allerdings nur wenige auf eigene Rechnung. Die meisten waren mit Beschützern gekommen – Goldgräber, die ihre mitgebrachte Freundin vermieteten, wenn sie mit der Goldsuche keinen Erfolg hatten.

Dem Reverend liefen gleich nach der ersten Messe drei dieser enttäuschten und verzweifelten Mädchen zu, die sich nichts dringlicher wünschten, als ihre Männer und das Lager verlassen zu können. Burton prügelte sich mit zweien der Kerle – er hatte im College geboxt – und erwarb sich damit ungeahntes Ansehen. Eins der Mädchen schickte er nach Dunedin – zunächst zu Claire und Kathleen, aber letztlich mit dem Ziel Waikouaiti. Die anderen stellte er an, ihm beim Aufbau seiner Gemeinde zu helfen. Peter hatte schon vorher gewusst, dass die Männer in Otago weniger Gebete benötigten als tätige Hilfe. Das Lagerleben musste organisiert werden, man brauchte Latrinen und ein Minimum an gesundheitlicher Versorgung – bei den herrschenden hygienischen Verhältnissen waren Seuchen vorauszusehen.

Reverend Burton war dann auch vorbereitet, als im Herbst die Cholera ausbrach. Zusammen mit seinen Helferinnen und weiteren Freiwilligen aus Dunedin pflegte er wochenlang Kranke und gewann dadurch weiteren Respekt im Lager. In dieser Zeit sah man den Reverend auch nicht selten in den Pubs. Nach einem langen Tag, den er hauptsächlich mit dem Waschen von Kranken, dem Sprechen von Sterbegebeten und immer wieder mit raschem Einsegnen von Särgen verbrachte, bevor man sie in der schlammigen Erde versenkte, brauchte er seinen Whiskey. Am Ende begannen die Männer, auf Burton zu hören. Das Lager wurde geordneter, man legte Wege und Latrinen an.

Allerdings stand Gabriel's Gully kurz vor der Auflösung. Das Land war ausgebeutet, man hatte an anderen Stellen Gold gefunden. Die Männer – und mit ihnen der Reverend – zogen weiter zu neuen Flussufern und an neue Bäche, um dort bald die gleiche Zerstörung anzurichten wie auf den ersten Feldern.

Lizzie folgte zwar neuen, zum Teil jedoch holprigen Wegen in die Berge. Ihr Pferd musste sich anstrengen, um den Planwagen die Steigungen hinaufzuziehen – mit Maultieren wäre es nicht ganz so anstrengend gewesen. Immerhin hatte sie Glück, und die Wege waren nicht schlammig. Es war bitterkalt, der Untergrund hart gefroren.

Als sie Gabriel's Gully passierte, dessen tote Landschaft nun zudem in Eis erstarrt war, verstand sie die Worte der Maori. Die Eingeborenen mussten schockiert sein, wenn sie sahen, was hier mit ihrem Land geschah. Lizzie fragte sich, wem die Ufer des Tuapeka River eigentlich gehörten. Soweit sie wusste, hatten die *pakeha* zwar das Land für ihre Siedlungen gekauft, aber für die Grabungen irgendwo in der Wildnis gaben sie den Maori nichts. Auch der Reichtum, der aus diesem Goldrausch erwachsen mochte, kam ganz sicher nicht den Eingeborenen und eigentlichen Besitzern zugute.

Am zweiten Tag der Reise den Fluss hinauf begann es zu schneien. Das Schneetreiben war bald so stark, dass Lizzie die Hand vor Augen nicht sehen konnte. Schließlich schirrte sie ihr Pferd aus, deckte es ein und band es an, um sich dann selbst unter Zeltplanen und Decken zu verkriechen. Ihre Umsicht beim Einkauf der Ausrüstung zahlte sich jetzt aus: All die Wollsachen und Regenplanen hielten sie halbwegs warm.

Als Lizzie am Morgen erwachte, blickte sie in eine Märchenlandschaft. Die Berge, die Bäume, alles lag unter einer wattigen weißen Schicht. Lizzie konnte sich kaum daran sattsehen, erst recht, als dann die Sonne aufging und den Schnee wie Diamantsplitter schimmern ließ. In London war Schnee stets nur eine graue, schmutzige Masse gewesen, in der Bay of Islands auf der Nordinsel hatte es gar nicht geschneit. Hier dagegen … Lizzie begann, sich in die Berge um Otago zu verlieben.

Nach drei Tagen Fahrt erreichte sie schließlich das neue Goldgräberlager. Hunderte, vielleicht tausende von Zelten standen am Ufer des Flusses, sowie rund um die neuesten Fundstellen. Es wimmelte von Pferden, Maultieren, Zugochsen, um die Feuer standen Männer und versuchten, sich die Hände zu wärmen, bevor sie wieder auf die gefrorene und unwillige Erde einhackten. Lizzie fand, dass sie wenig optimistisch wirkten, eher verwahrlost und krank. Das Wetter setzte ihnen sichtlich zu, und viel Geld verdienen konnten sie eigentlich auch nicht. Der gefrorene Boden ließ keine ernsthaften Grabungen zu. Es war gut möglich, dass ein Teil der Männer hungerte.

Lizzie begann gleich, nach Michael Drury oder Parsley zu fragen, stieß aber auf Desinteresse. Kaum jemand schien hier mehr Leute zu kennen als seine unmittelbaren Nachbarn oder die Männer, mit denen er arbeitete. Erst der vierte angesprochene Digger gab einen brauchbaren Hinweis.

»Da fragst du am besten den Reverend, Mädchen. Der schreibt sich zumindest die Namen von denen auf, die hier sterben.«

Lizzie fand dies zwar nicht sehr ermutigend, machte sich aber nichtsdestotrotz auf ins Zentrum des Lagers. Sie passierte improvisierte Pubs und Freudenhäuser, Läden, deren Preise sie kaum glauben konnte, und schließlich ein Postamt. Der Posthalter konnte ihr endlich weiterhelfen.

»Is'n Zelt mit 'nem Kreuz dran, kann man gar nich' verfehlen. Aber der Reverend ist jetzt wohl eher im Hospital. Was soll er um die Zeit beten?«

Eins der Freudenmädchen, das noch verfrorener wirkte als die Männer im Camp, zeigte Lizzie schließlich die Krankenstation und wies auf einen Mann, der auf einer Leiter stand.

»Das isser. Reverend? Hier will eine was von Ihnen. Hamse die Kleine womöglich geschwängert und sind dann in die Goldfelder abgehauen?«

Die Männer rund um das Hospitalzelt lachten. Nur der Reverend selbst schien die Sache nicht komisch zu finden. Aber der braunhaarige, schlanke Mann, der sich in Bezug auf zerrissene Kleidung und wind- und wettergegerbte Haut in keiner Weise von den anderen Kerlen im Lager unterschied, war auch in keiner glücklichen Lage. Er schwebte mehr oder weniger zwischen Himmel und Erde – die Leiter schwankte bedenklich, aber keiner der Zuschauer machte Anstalten, sie festzuhalten. Zudem entzog sich die Zeltplane, die der Wind losgerissen hatte, hartnäckig seinen Versuchen, sie wieder zu befestigen. Eigentlich hätte er drei Hände gebraucht, um sie an ihrem Platz zu halten, die Nägel zu fixieren und zu hämmern. Er bemühte sich, nicht zu fluchen, als er sich bei einem erneuten Versuch, das schlüpfrige Ding festzunageln, auf den Daumen schlug.

Lizzie griff behände nach der Leiter und dann nach einer Holzlatte, die neben dem Eingang lag. Sie lehnte sie an die Zeltwand, um die Plane halbwegs sicher an ihrem Platz zu halten. Der Reverend begriff sofort, was sie bezweckte, und schlug rasch die Nägel ein. Kurze Zeit später waren die Männer im Zelt vor Schnee und Wind geschützt.

Peter Burton kletterte die Leiter hinunter und lächelte Lizzie zu. »Da hätte ich zumindest nicht die Ungeschickteste geschwängert!«, rief er dem Freudenmädchen, das Lizzie zu ihm geführt hatte, zu und erntete neue Lachsalven. »Allerdings hätte nur ein Dummkopf diese Frau verlassen!«

Er verbeugte sich höflich vor Lizzie. »Vielen Dank, Ma'am. Bitte verzeihen Sie den Leuten, hier herrscht ein rauer Ton. Mein Name ist Peter Burton, Reverend der Church of England, auch wenn es nicht so aussieht.«

Unter dem Schal, den der Reverend um den Hals geschlungen hatte, kam jetzt auch der Priesterkragen zum Vorschein.

»Kann ich Ihnen irgendwie helfen?«

Lizzie nickte und fragte nach Michael. Ihr Herz hämmerte heftig. Wenn er nun wirklich von diesem Mann beerdigt worden war … immerhin hatte sie mehr als sieben Monate nichts von ihm gehört.

»Michael Drury. Ein Ire. Er ist natürlich katholisch.«

Peter Burton winkte ab. »Das interessiert hier keinen – zumindest, solange Rom uns nicht auch einen Priester schickt. Ich wäre für jede Hilfe dankbar. Michael Drury … hm … so ein Großer, Dunkelhaariger?«

»Er hat blaue Augen«, sagte Lizzie, und ihre eigenen leuchteten bei der Erinnerung an Michaels verwegenen Blick auf.

Der Reverend lächelte. »Ja, ich glaube, ich kenne ihn. Er ist mit einem meiner Gemeindemitglieder zusammen.«

Lizzies Herz wurde zu Eis, und ihr Lächeln gefror. Das konnte nicht sein. Er konnte hier nicht schon ein Mädchen gefunden haben, er …

»Chris Timlock«, sprach Burton schon weiter. »Ein netter Kerl, kam mit der ersten Welle Goldsucher aus Wales.«

Lizzie atmete auf.

»Aber die zwei sind nicht hier, die gehen eigene Wege. Sind an irgendeinem Bach etwas flussaufwärts und fest davon überzeugt, da Gold zu finden.«

»Und?«, fragte Lizzie. »Wie sind die Aussichten?«

Der Reverend zog die rechte Augenbraue hoch. »Da müssen Sie mich nicht fragen. Ich bin Theologe, von Goldwaschen hab ich keine Ahnung. Aber es heißt wohl, hier führten alle Bäche Gold. Fragt sich eben nur, wie viel. Kann ich Ihnen vielleicht einen Tee anbieten? Ich bin halb erfroren!«

Lizzie, die ebenfalls bibberte, nahm gern an. Gleich darauf fand sie sich in einem einigermaßen warmen Raum wieder, wohl der improvisierten Teeküche für das Hospital. Dort standen roh gezimmerte Tische und Bänke. Auf einem Ofen köchelte ein Eintopf in einem riesigen Kessel.

»Wann immer es möglich ist, schenken wir hier ein warmes Essen aus«, meinte Burton. »Natürlich nur für die Bedürftigen, aber alle kriegen wir nie satt. Was wiederum Krankheiten begünstigt. Im Herbst hatten wir Cholera, jetzt Grippe und Lungenentzündungen. Und Tuberkulose. Bei ein paar von den Männern ist nichts zu machen. Die werden mir bald wegsterben.« Der Reverend seufzte und schenkte Lizzie einen Becher Tee ein.

»Werfen die Goldfelder denn so wenig ab?«, fragte Lizzie. »In Kaikoura – da wo ich herkomme – heißt es, das Gold läge hier auf der Straße.«

Burton lachte. »Sie sind doch auf den üblichen Wegen hergekommen«, neckte er sie. »Sind Sie da nicht drüber gestolpert? Nein, Mrs. Drury.«

»Miss Portland«, verbesserte Lizzie. Der Reverend sah sie forschend an. »Miss Portland, die meisten hier verdienen nicht mehr als ein Arbeiter in der Stadt. Oft weniger, das ist der Durchschnitt. Leider ist das Leben hier erheblich teurer als in Dunedin oder Kaikoura. Haben Sie den Laden gesehen? Die nehmen Wucherpreise – was natürlich auch damit begründet wird, dass jeder Happen Essen hier hinaufgeschafft werden muss. Die Pubs sind auch nicht ohne, genauso die käuflichen Mädchen. Dazu wird auf alles und jedes gewettet. Ich predige natürlich dagegen, aber irgendwie kann ich's verstehen. Die Kerle arbeiten schwer, sechs oder sieben Tage in der Woche. Da wollen sie am Samstagabend ihren Spaß. Jedenfalls machen die Händler, Wirte und Huren hier mehr Geld als die Goldgräber.«

»Reich wird keiner?«, fragte Lizzie.

Peter Burton zuckte die Schultern. »Wenige«, antwortete er dann. »Die Ersten, die ein neues Goldfeld finden – und die guten Pokerspieler. Für Letztere ist hier richtig was zu holen, manche nehmen ihre Mitmenschen schamlos aus. Aber das ist die Minderheit, Miss Portland. Die große Mehrheit wird genauso arm gehen, wie sie gekommen ist.«

Lizzie seufzte. »Dann werde ich mal den Fluss hochfahren. Oder meinen Sie, es hätte Sinn, hier auf Michael zu warten?«

Burton zog die Brauen hoch. »Kommt drauf an, ob Sie einen Besuch planen oder bei Ihrem Mann bleiben wollen. Ich kann Sie übrigens gern trauen, falls Sie auch mal seinen Namen und nicht nur sein sicher unbeheiztes Zelt teilen möchten.«

Lizzie warf Burton einen kühlen Blick zu. »Ich habe mein eigenes Zelt, Reverend. Und das teile ich mit niemandem.«

Peter Burton hob beschwichtigend die Hand. »Ich wollte Sie nicht beleidigen, Miss Portland. Bitte verzeihen Sie. Aber haben Sie Mr. Drury nicht vorhin Ihren Mann genannt?«

Lizzie biss sich auf die Lippen. »Nicht in dem Sinne …«, murmelte sie. »Es ist nur … nur um es irgendwie zu nennen. Er gehört mir nicht. Ich … ich kümmere mich nur um ihn.«

Kapitel 5

Michael Drury schniefte. Er wurde seine Erkältung in diesem Winter einfach nicht los, aber immerhin ging es ihm besser als Chris Timlock, der seit Tagen fiebernd und hustend in seinem Zelt lag. Insofern konnte er Gold waschen, und er musste auch. Wenn sich an diesem Tag nicht wenigstens ein paar Körner in seinem Sieb fanden, konnte er nichts zu essen kaufen, dabei waren die Vorräte seit dem Vorabend aufgebraucht. Er würde später ins Lager reiten müssen, aber das bisschen Gold, das sie bislang gefunden hatten, lohnte kaum die Mühe, es einzuwechseln.

Michael hatte schon darüber nachgedacht, auf die Jagd zu gehen, aber er war kein guter Fallensteller, und das Kleinwild, das er in Irland gejagt hatte, gab es in Otago nicht. Keine Kaninchen und Hasen, lediglich Vögel mit seltsamen Angewohnheiten. Die dunkelgrünen Keas waren so frech, dass sie bis an ihre Zelte herankamen, um ihre Vorräte zu stehlen. Es war ihm erst einmal gelungen, einen mit der Schleuder zu erlegen. Gelohnt hatte sich das kaum, der kleine Bergpapagei hatte kaum Fleisch an sich. Die größeren Kiwis dagegen waren nachtaktiv und pflegten sich tagsüber einzugraben. Lizzie hatte davon erzählt, und die Maori hatten wohl auch ihre Tricks, die Vögel aufzuspüren. Aber Michael hatte nie einen entdeckt, ihm sagten auch die Spuren nichts, die sich manchmal im Schnee fanden. Vielleicht gab es hier oben gar keine Kiwis, Michael hatte keine Ahnung von ihren Lebensgewohnheiten. Immerhin fing er Fische, beim Angeln war er erfolgreicher als beim Jagen – nur wenn er den ganzen Tag im Fluss stand und Gold wusch, ergriffen sie die Flucht.

Michael überlegte, ob er die Arbeit unterbrechen sollte, um einen Tee zu kochen. Chris konnte ihn sicher gebrauchen und er selbst … seine Stiefel waren schon wieder durchnässt, und er durfte auf keinen Fall so krank werden wie sein Partner.

Michael raffte eben seine Sachen zusammen, als er Chris rufen hörte. Sein Freund stand am Eingang seines Zeltes und stützte sich auf eine der Stangen. Er hustete, als er Michaels Namen rief, und Michael erkannte das Gewehr in seiner Hand. Die Männer hatten sich die Waffe vom Erlös erster, recht ermutigender Goldfunde zugelegt, aber eigentlich wusste keiner der beiden richtig damit umzugehen. Wenn sie gerade Geld für Munition hatten, übten sie, indem sie auf Bäume oder Flaschen zielten, aber bislang waren sie weit davon entfernt, auch nur einen unbeweglichen Gegenstand sicher zu treffen. Der Krach würde allenfalls die frechen Keas aufscheuchen, die sich dann aufgeregt keckernd im nächsten Baum versteckten, anstatt in Chris' und Michaels Suppentopf zu köcheln.

Chris musste jedoch von etwas anderem beunruhigt sein als von ein paar Vögeln. Michael ließ seine Ausrüstung liegen und rannte zu ihren Zelten, die auf einer Anhöhe standen. Er wollte seinen Claim übersehen können. Bisher war zwar noch kein anderer auf die Idee gekommen, genau an dieser Stelle Gold zu suchen, aber das konnte sich stündlich ändern. Spätestens dann, wenn sie etwas gefunden hatten.

»Jemand kommt den Weg rauf«, flüsterte Chris, als Michael ihn erreichte. Er glühte vor Fieber und hustete beim Sprechen. »Glaub ich wenigstens …«

Michael half seinem Freund zunächst wieder auf sein Lager. Es war möglich, dass der sich den Eindringling nur eingebildet hatte, vielleicht fantasierte er. Aber andererseits konnte man von den Zelten aus tatsächlich hören, was sich hinter der Anhöhe tat. Ein Pfad wand sich hier in Serpentinen aufwärts. Und nun vernahm auch Michael Huftritte. Er deckte Chris wieder zu.

»Hörst du's?«, fragte der Kranke.

Michael nickte, griff nach dem Gewehr und ging hinaus. Es war sicher angebracht, dem Besucher erst mal ein bisschen Angst zu machen. Mit grimmigem Gesicht begab er sich auf den Weg – und wurde mit freudigem Wiehern begrüßt. Lizzies Pferd erkannte ihn sofort wieder, schließlich war es auch von Michael stets verwöhnt worden – vielleicht rief es aber auch nur den Schimmel, der vor ihren Behausungen graste. Die Pferde hatten oft genug einen Stall geteilt. Michael jedenfalls identifizierte den Braunen gleich als das Arbeitspferd des Irish Coffee. Es tappte den Berg hinauf, schwer beladen mit allen möglichen Dingen, und neben ihm kämpfte sich eine Frau in langen Röcken durch den Schnee, eingehüllt in Wollschals und schwere Mäntel.

»Lizzie!« Michael rannte ihr entgegen und nahm sie in die Arme. Er hätte es nie zugegeben, aber er hatte sich selten so erleichtert gefühlt wie bei ihrem Anblick.

Lizzie befreite sich von den Schals um ihr Gesicht und ihr Haar und hätte beinahe zugelassen, dass er sie küsste. Es war schön, ihn wiederzuhaben – obwohl sein Anblick all ihre Befürchtungen bestätigte. So mager und abgehärmt hatte sie ihn zum letzten Mal auf dem Gefängnisschiff gesehen. Michaels Wangen waren eingefallen, seine Augen wirkten fiebrig. Er schwenkte sie auch nicht herum wie damals, als sie sich in Kaikoura wiedergetroffen hatten. Wahrscheinlich fehlte ihm die Kraft dazu.

Aber immerhin schien er sich ehrlich zu freuen. Lizzie fiel ein Stein vom Herzen. Sie hatte ernstlich befürchtet, nicht erwünscht zu sein.

Michael war glücklich und aufgeregt wie ein Kind. »Was machst du hier, Lizzie? Komm doch herein, im Zelt ist es wärmer … na ja, nicht viel, aber ein bisschen. Ich kann dir Tee kochen.«

Lizzie schenkte ihm ihr herzerwärmendes Lächeln und begann dann, sich an den Satteltaschen des Pferdes zu schaffen zu machen. »Ich dachte, ich suche auch mal ein bisschen Gold«, sagte sie beiläufig. »In Kaikoura war nichts mehr los – da hab ich einfach angespannt und bin hergekommen. Wie sieht es aus mit dem Reichtum, Michael Drury?«

Michael verzog das Gesicht. »Wir ... arbeiten hart«, murmelte er, »aber jetzt ... im Winter ...«

Lizzie nickte. »Es ist ziemlich kalt hier. Was sagtest du? Du hast ein Zelt?«

Michaels und Chris Timlocks Zelte waren mit dem des Reverend nicht zu vergleichen. Im Grunde bestanden sie aus nicht mehr als etwas Zeltleinwand, gespannt über vier niedrige Stangen. Man konnte darin aufrecht sitzen, aber nicht stehen. Eine Möblierung gab es nicht, die Männer schliefen auf dem Boden, der mit einer Plane provisorisch abgedeckt war. Matten und Decken schützten gegen die ärgste Kälte, aber den schwerkranken Chris Timlock hielten sie nicht warm genug. Lizzie erschrak, als sie ihn sah.

»Michael, der Mann muss ins Warme!«, wisperte sie ihrem Freund zu, als sie seinen Partner begrüßt hatte. Chris lag teilnahmslos in seinem Schlafsack und hatte ihr kaum die Hand geben können.

»Jetzt baust du erst mal das Zelt auf, das ich mitgebracht habe. Auch klein, aber vom Komfort her kein Vergleich zu dem hier! Unten im Lager habe ich auch noch ein größeres, das können wir in den nächsten Tagen heraufholen. Ach ja, und sieh zu, dass du ein paar Felsbrocken findest – davon gibt's ja hier genug, die können wir im Feuer heiß machen und dann mit ins Zelt nehmen, sie sollten es etwas erwärmen. Und bring mir meine Tasche rein, ich hab Hustensaft aus Rongoa-Blüten.«

»Hast du ... zufällig auch irgendetwas zu essen?«, fragte Michael leise.

Lizzie sah ihn ungläubig an.

»Ich ... ich hätte heute runterreiten und die Vorräte auffüllen müssen«, entschuldigte sich Michael. »In den letzten Tagen ... ich bin irgendwie nicht dazu gekommen und ...«

»... und genug Gold gefunden, um die Wucherpreise da unten zu zahlen, hast du auch nicht, oder?«, fragte Lizzie streng. »Michael, was denkst du dir hierbei? Der Junge da drin stirbt, und du wolltest ihn allein lassen, um Essen zu erbetteln? Wir kochen jetzt erst mal was, wärmen ihn auf – und morgen bringen wir ihn hinunter ins Lager!«

»Aber der Claim!«, wandte Michael ein. »Wenn wir den verlassen, reißt ihn sich womöglich ein anderer unter den Nagel!«

Voller Besitzerstolz ließ er den Blick durch den Zelteingang über das idyllische kleine Tal wandern. Es war zweifellos schön. Aber ob sich wirklich Gold unter dem Schnee verbarg?

Lizzie verdrehte die Augen. »Dann kann ja der andere hier verhungern. Michael, so was wie das hier finden wir immer wieder, das brauchst du nicht zu bewachen!«

»Und ob!«, begehrte Michael wichtigtuerisch auf. »Wir müssen nur den Winter überstehen. Im Frühling, wenn der Boden auftaut …«

Lizzie seufzte. Warum fiel sie nur immer wieder auf diese leuchtend blauen Augen und diese beschwörende Stimme herein? Aber wahrscheinlich war es gar nicht möglich, Chris Timlock ins Lager zu schaffen. Der Mann war schwer krank, wenn er überleben sollte, brauchte er Essen und Wärme. Wenn sie ihre gesamten Vorräte hier heraufbrachte, konnte sie ihn genauso gut pflegen, wie der Reverend es unten tun würde.

»Na schön«, gab sie nach. »Aber du gehst morgen ins Lager und versuchst, unseren Wagen hier raufzuholen. Oder du gehst zweimal mit beiden Pferden – damit solltest du das Zeug raufschaffen können.«

»Du hast genug Sachen mitgebracht, um zwei Pferde zweimal zu beladen? Was um Himmels willen hast du hier raufgeschleppt?«, wunderte sich Michael.

Lizzie sah sich demonstrativ im Lager um. »Alles, was hier fehlt, Michael, um halbwegs menschenwürdig leben zu können! Und nun mach dich an die Arbeit, ich kümmere mich um den jungen Mann.«

»Wir … wir werden aber Gold finden, nicht?«, fragte Chris mit heiserer Stimme, als Lizzie ihm den Hustensirup der Maori-*tohunga* einflößte. »Im Frühling …«

Lizzie strich beruhigend über sein Haar. »Bestimmt finden wir Gold. Mach dir keine Sorgen!«

»Ver… versprichst du mir das?«

Lizzie lächelte ihm zu. Chris wusste offensichtlich nicht mehr, wo er war und mit wem er sprach. Aber er brauchte Aufmunterung. Er war noch sehr jung.

»Das verspreche ich dir!«, sagte sie fest.

Sie würde am kommenden Tag herausfinden müssen, wo die Ngai Tahu lebten.

In der ersten Zeit in Otago kam Lizzie allerdings nicht dazu, das Dorf des örtlichen Maori-Stammes aufzusuchen. Zu viel war zu tun. Sie taten alles, Chris Timlocks Leben zu retten, dem jungen Mann ging es dank Lizzies tatkräftiger Pflege bald besser. Dann machten Michael und sie sich daran, das Lager der beiden Freunde so weit bewohnbar zu machen, dass ein Überwintern möglich war. Zu Michaels Ärger bestand Lizzie auf dem Bau eines Blockhauses.

»Michael, es ist erst Juni, und es schneit schon jeden Tag! Das wird noch mindestens drei Monate anhalten. Da kannst du doch nicht im Zelt schlafen!«

»Die Leute im Lager können es auch!«, murrte Michael.

Lizzie schüttelte den Kopf. »Die sind entweder dauernd krank oder wärmen sich beim Reverend auf. Außerdem liegt das Lager tiefer als dieses Land hier. Da ist es also noch ein bisschen wärmer. Und du hast doch auch sonst nichts zu tun!«

»Ich kann Gold waschen. Das bringt wenigstens was ein!«

Lizzie fasste sich an die Stirn. »Michael, in vier Wochen hast du nicht mal eine Unze Gold aus dem Bach geholt! Für den Lohn verdingt sich kein Tagelöhner, auch nicht in Irland! Vor allem, wenn du dazurechnest, dass du dir die Stiefel im Bach verdirbst und die Schaufeln und Spaten ruinierst, wenn du versuchst, in der gefrorenen Erde zu graben.«

»Aber allein kann ich kein Haus bauen. Und Chris …«

Chris Timlock hatte seine Lungenentzündung zwar überlebt, lag aber immer noch krank im Bett. Lizzie erwartete nicht, dass er sich im Laufe des Winters erholte. Vielleicht im Frühjahr, wenn es wärmer wurde. Er war sicher nie der kräftigste Mann gewesen, und womöglich hatte er die Schwindsucht schon aus England mitgebracht.

»Ich kann dir helfen!«, sagte Lizzie. »Ich bin stärker, als du denkst, und es macht mir Spaß!«

Letzteres stimmte sogar, Lizzie fand durchaus Freude daran, Balken einzupassen und ihr künftiges Häuschen jeden Tag ein Stück wachsen zu sehen. Das Holzfällen und Heranschleppen der Balken war allerdings Knochenarbeit. Immerhin kamen sie rasch voran, und nach einem Monat besaßen sie ein winziges Holzhaus, in das gerade drei Schlafstellen, ein Feuerplatz, Tisch und Stühle passten. Lizzie verhängte ihre Schlafecke mit Zeltplanen, um einen Ort für sich zu haben. Im Goldgräberlager munkelte man darüber, dass sie mit zwei Männern lebte, aber das störte dort niemanden. Über Michaels Festhalten an seinem nutzlosen Claim klatschten die Männer viel mehr. Auch der Reverend verlor kein Wort darüber, wenn Lizzie mit ihren beiden Freunden zur Sonntagsmesse herunterkam, aber das geschah sowieso selten. Chris schaffte den Weg nur an sehr guten Tagen und war anschließend zu Tode erschöpft.

»Kommen Sie doch einmal zu uns!«, lud Lizzie Peter Burton ein und freute sich, als er das Angebot annahm.

Peter las die Messe für Lizzie und Chris und trank anschließend Whiskey mit Michael. Er war begeistert über die Qualität. Lizzie hatte das Fässchen mit Michaels erstem Brand nicht ausgeschenkt, sondern mit nach Otago gebracht. Jetzt wärmte sie sein Inhalt in den kältesten Nächten. Lizzie war es wichtig, dass der Reverend ihre Nische in Augenschein nahm. Er sollte weiter Respekt vor ihr haben. Niemand durfte an ihrer Ehrbarkeit zweifeln!

In Otago wurde es viel später Frühling als in Kaikoura, aber als die Natur den Winter endlich abwarf, explodierte das Land vor Fruchtbarkeit. Fast über Nacht wurde alles grün. Gelbe und rote

Blüten erhoben sich auf den Wiesen und am Bachrand. Das Flussufer rief in Michael Erinnerungen an Irland wach, auch wenn hier Südbuchen statt Eichen den Weg säumten und Farne statt Weiden ihre Zweige ins Wasser hängen ließen. Die Rufe der Vögel klangen fremdartig, aber andere Dinge waren genau wie zu Hause.

Michael genoss es, zu beobachten, wie Lizzie ihre Wintersachen abwarf und ihr schlanker Körper unter all der Wolle sichtbar wurde, mittels derer sie sich in den letzten Monaten warm gehalten hatte. Genau wie die Mädchen in Irland ließ sie ihr Haar im Wind fliegen und verschönte ihr Heim mit Frühlingsblumen – und erstmals seit Jahren träumte Michael nicht mehr von Mary Kathleens üppigen goldenen Locken, sondern freute sich an dem Sonnenschein in Lizzies feinen dunkelblonden Strähnen. Er dachte nicht mehr an Kathleens anmutige Bewegungen, sondern begann Lizzies tatkräftige Art zu schätzen: ihre ungeschickten, aber von lebhaftem Reden begleiteten Versuche, das Pferd zum Holzrücken zu bewegen – Michael und Chris planten den Bau einer Waschrinne und brauchten die Stämme am Bach –, und ihre vorsichtige, sanfte Art, wenn sie Chris aus der Hütte heraus und in die Sonne führte.

Michaels Partner sprach immer häufiger davon, endlich wieder mitzuarbeiten, aber im Grunde war nicht daran zu denken. Er schnitzte ein bisschen an Holzstücken herum und versuchte, Michael beim Entwurf der Waschrinne zu helfen. Aber schon wenn er nach der leichtesten Säge griff, war er nach wenigen Minuten schweißgebadet und hustete.

Michael murrte, dass wenigstens Lizzie ihm beim Bau der Rinne zur Hand gehen sollte, aber die weigerte sich.

»Michael, das lohnt die Mühe nicht. Dieser Bach führt kein Gold! Oder doch zu wenig, um ernstlich Gewinn abzuwerfen. Grab lieber ein bisschen, vielleicht liegen hier ja Goldadern, wenn du schon so felsenfest davon überzeugt bist, dass es dieser Claim hier sein muss und kein anderer. Aber was die Waschrinne angeht, halte ich es mit den Maori: Bevor ich einen Baum fälle, bitte ich Tane, den Gott des Waldes, um Erlaubnis, und die gibt er mir nur, wenn ich mit dem Holz etwas Sinnvolles anstelle. Hier sagt Tane Nein. Und ich werde den Teufel tun, es mir mit ihm zu verderben!«

Lizzie hatte inzwischen herausgefunden, wo der nächste Maori-Stamm wohnte, und bereitete sich auf die Reise dorthin vor. Sie schätzte, dass sie weitere zwei Tage flussaufwärts ziehen musste, die Eingeborenen hatten ihr Dorf verlegt. Sie siedelten nun weiter entfernt von den Goldgräberlagern. Auch dies war etwas, was Kahu Heke und seine Leute von der Nordinsel wohl nicht getan hätten, aber viele Südinsel-Stämme hatten keine kostbar verzierten *marae*, sondern nur einfache Hütten, die sie schnell aufzugeben bereit waren, um weiterzuwandern.

Lizzie bereitete sich darauf vor, die Strecke zu Fuß zurückzulegen. Sie hatte ihr Pferd mit Geschenken für die Ngai Tahu beladen und mochte ihm ihr Gewicht nicht zusätzlich aufbürden. Michael bot ihr erst an, sie zu begleiten, und dann, wenigstens seinen Schimmel als Reitpferd mitzunehmen. Lizzie lehnte jedoch beides ab. Sie ritt nicht wirklich gern, und der Schimmel war feurig, sie traute sich nicht zu, mit ihm fertig zu werden. Und Michaels Begleitung hätte sie zwar persönlich gefreut, aber die Ngai Tahu würden eher Vertrauen fassen, wenn sie allein kam. Außerdem mochte sie Chris nicht ohne Hilfe im Lager lassen.

»Mir passiert schon nichts, Michael!«, lachte sie, als Michael vor dem Aufbruch wie eine Glucke um sie herumlief. »Die Maori sind freundlich, und ich bringe obendrein Geschenke und Grüße von ihren Freunden in Kaikoura. Gefahren gehen hier eher von den *pakeha* aus. Da, wo ich hinwill, ist wahrscheinlich noch nie jemand gewesen.«

Im Stillen freute sie sich jedoch über seine Besorgnis. Es sah aus, als beginne er endlich, etwas für sie zu empfinden!

Kapitel 6

Das Frühjahr brachte auch wieder Bewegung ins Goldgräberlager und vor allem nach Dunedin. Erneut traf ein Schiff nach dem anderen in Otago Harbour ein, und tausende von neuen Glücksrittern strömten an den Tuapeka River. Aber auch über Land kamen neue Goldgräber und solche, die es werden wollten.

Zwei von ihnen brachen zu Beginn der Frühjahrsferien in Dunedin auf: Rufus Cooper und Sean Coltrane. Nach monatelangen Betteleien hatte endlich auch Mr. Cooper seine Zustimmung zu einem Besuch beim Reverend gegeben. Allerdings nicht, ohne Peter Burton noch einmal darauf einzuschwören, seinen Sohn unbedingt bei Ferienende zurückzuschicken. Ob er wollte oder nicht.

»Und du passt auch auf ihn auf!«, schärfte er Sean ein, als die Jungs endlich losritten.

Die beiden hatten Stunden damit zugebracht, ihre Pferde mit allen möglichen Camping- und Grabutensilien zu bepacken, dabei wäre das gar nicht nötig gewesen. Kathleen wollte sie ins Camp begleiten und fuhr einen Wagen voller Hilfsgüter hinauf. Er war mit Verbandsmaterial, Zeltplanen und Lebensmitteln für das Hospital beladen – aber zwei Schlafsäcke und ein paar Schaufeln, so meinte Kathleen augenzwinkernd, hätten wohl noch auf die Ladefläche gepasst.

Das lehnten die Jungen jedoch ab.

»Richtigen Goldsuchern fährt ihre Mommy auch nicht hinterher!«, erklärte Sean selbstbewusst, was Kathleen zum Lachen reizte.

»Bei manchen wäre das aber gar nicht so falsch!«, beschied sie ihren Sohn.

Kathleen war äußerst guter Dinge in diesem Frühjahr. Sie freute sich auf den Ausflug in die Berge – und das Wiedersehen mit Peter Burton, auch wenn sie sich Letzteres nicht eingestand! Wider Erwarten hatte sie sich in Dunedin gut eingelebt. Zuerst hatte sie sich panisch vor Entdeckung gefürchtet – schließlich befand sie sich jetzt in einem florierenden Gemeinwesen. Dunedin hatte eine gewählte Stadtverwaltung und eine Gewerbeordnung: Kathleen und Claire waren ordnungsgemäß angemeldet, und ihr Geschäft war bekannt. Hätte Ian Nachforschungen angestellt, so hätte er sie leicht finden können.

Aber seit ihrer Flucht waren vier Jahre vergangen. Ian musste sich damit abgefunden haben, und obendrein war Dunedin keine überschaubare Kleinstadt mehr. Die Stadt wuchs ständig und bot entsprechende Anonymität. Kathleen wagte es jetzt sogar, zusammen mit Claire und Jimmy Dunloe Theatervorstellungen oder Kunstausstellungen zu besuchen. Den Eintritt dafür konnten sie sich mühelos leisten. Lady's Goldmine warf guten Gewinn ab, Kathleen kreierte ständig neue Entwürfe für Kleider, und ihre Näherinnen kamen mit der Ausführung kaum nach. Claire schwelgte in Accessoires, die sie in London und Paris bestellte. Sie beriet die Kundinnen mit Charme und Geschmack und galt als eine der bestangezogenen und elegantesten Damen der Stadt. Kathleen fragte sich, wann Mr. Dunloe ihr wohl endlich einen Heiratsantrag machen und wie sie darauf reagieren würde. Aber Claire sprach nie darüber. So schlug auch Kathleen das Thema nicht an.

Kathleen selbst hatte ebenfalls ihre Verehrer – oder hätte sie jedenfalls haben können, wäre sie nicht gar so zurückhaltend gewesen. Sie trat selten in der Öffentlichkeit auf und antwortete nur einsilbig, wenn Männer sie ansprachen. Ihre außergewöhnliche, jetzt gereifte Schönheit ließ sich aber nicht verbergen. Kathleen kleidete sich zwar deutlich schlichter als Claire, aber ihr volles goldblondes Haar, ihr heller, leicht ins Honigfarbene spielender Teint und ihre smaragdgrünen Augen stellten sie dennoch immer in den Mittelpunkt. Zum ersten Mal in ihrem Leben hatte Kathleen Zeit, sich zu pflegen. Ihre Haut war nicht mehr sonnenverbrannt, ihre Lippen nicht mehr aufgesprungen und ihre Hände nicht mehr rau und abgearbeitet. Sie war schlank, aber nicht mehr mager, und sie konnte langsam den Menschen wieder ins Gesicht sehen. Kathleens Albträume wurden seltener, sie begann, Ians Misshandlungen und Beleidigungen zu vergessen. Nach wie vor kämpfte sie allerdings noch mit Schuldgefühlen – zumal der neue katholische Priester in Dunedin sie auch nicht davon freisprach.

»Du hättest deinen Mann nicht verlassen dürfen!«, tadelte er sie nach der ersten Beichte. »Egal, was vorgefallen ist. Was Gott zusammengefügt hat, soll der Mensch nicht trennen. Du hättest bei ihm bleiben und versuchen sollen, ihm eine gute Frau zu sein!«

Kathleens Einwände, sie hätte das nun wirklich lange genug versucht, ließ Father Parrish nicht gelten. Er riet ihr ernstlich, nach Christchurch zurückzukehren, aber so weit ging Kathleens Ergebenheit in Gottes Willen nun doch nicht.

»Euch hat doch gar nicht Gott zusammengeführt, sondern pure Not!«, argumentierte zudem Claire. »Gott hat dich eher mit diesem Michael zusammengeführt. Den hättest du heiraten sollen. Konntest du nicht mit ihm nach Australien gehen?«

An diese Möglichkeit hatte Kathleen nie gedacht, aber jetzt war es ohnehin zu spät. Und zudem sah sich Kathleen inzwischen auf dem besten Weg, eine noch schlimmere Sünde zu begehen, als ihren prügelnden Mann im Stich zu lassen. Jedes Mal, wenn Peter Burton in die Stadt kam, spürte sie, wie ihre Zuneigung zu dem jungen Reverend wuchs. Burton brachte sie zum Lachen, unterhielt sie mit Geschichten aus dem Goldgräberlager und kümmerte sich um Sean und Heather. Er war immer geduldig, drängte sich nicht auf, und wenn er ihr beim Spaziergang den Arm reichte, fühlte sie sich entspannt und sicher. Wenn er ihre Hand nahm oder sein Bein beim Einsteigen in den Buggy unabsichtlich das ihre streifte, schlug ihr Herz schneller. Es war nicht das heftige Verlangen, das sie bei Michael gespürt hatte, aber etwas war da – wenn Burton in die Stadt kam, fühlte Kathleen sich jünger und leichter und tanzte durch den Tag.

Manchmal, wenn sie über ihrem Zeichenblock saß und ihr gerade nichts einfiel, ertappte sie sich dabei, wie sie Peter Burtons Bild aufs Papier warf: seine etwas schiefe Nase – beim Boxen im College war da wohl mal etwas danebengegangen –, seine vollen Lippen und sein ovales Gesicht mit dem hellbraunen Haarschopf, der ihm ständig in die Stirn fiel. Die freundlichen, ruhigen Augen, die doch lebhaft aufblitzen konnten, wenn ihn etwas berührte. Kathleen wusste jetzt, dass sie braun waren, und die Lichter darin bernsteinfarben. Sie wagte endlich, ihm lange genug in die Augen zu sehen, um seinen Blick zu erforschen.

Kathleen versuchte, über die möglichen Konsequenzen ihrer Gefühle nicht nachzudenken. Aber sie erlaubte sich die reine Freude auf das Wiedersehen oben im Lager. Sie fuhr zum ersten Mal hinauf, bei Gabriel's Gully hatte Peter keinen Besuch haben wollen, das hieß nicht den einer Lady. Im neuen Lager sollte es aber zivilisierter zugehen. Ein paar der Goldgräber hatten sogar ihre Frauen kommen lassen und ihnen Blockhäuser gebaut, und neuerdings unterrichtete der Reverend täglich ein paar Kinder im Lesen und Schreiben.

»Pass auf, Mom, nach den Ferien sind wir reich!«, erklärte Sean, als er jetzt neben Rufus voraustrabte.

Heather schmiegte sich an Kathleen. »Glaubst du, ich kann auch Gold waschen?«, fragte sie mit ihrer klaren, hellen Stimme, auch dies ein Erbe ihrer Mutter. Heather hatte fast nichts von den Coltranes. Bis auf die dunkelbraunen Augen, die reizvoll mit ihrem hellen Haar kontrastierten, war sie ein Abbild ihrer Mutter.

Kathleen nickte. »Sicher, Reverend Burton wird es uns zeigen, und dann finden wir zwei mehr Gold als all die Jungen zusammen!«

Tatsächlich kam Kathleen allerdings kaum dazu, sich auch nur die Landschaft rund um das Lager anzusehen. Die neue Ansiedlung war zu einer kleinen Stadt angewachsen, Peter Burtons Kirche und Gemeindezentrum bildeten einen der Mittelpunkte. Kathleen wurde von den anderen Frauen der Gemeinde sofort vereinnahmt. Das Hospital, die Küche für die Bedürftigen, die Schule – überall wurden helfende Hände gebraucht, und am besten weibliche. Nach wie vor gab es eher wenige Frauen im Lager, aber jetzt waren es wenigstens nicht mehr nur käufliche Mädchen. Die Helferinnen in Peters Gemeinde rekrutierten sich aus den Frauen und Töchtern der Krämer, Posthalter und Pfandleiher im Lager. Die Frauen der Goldgräber leisteten seltener ihren Beitrag. Sie arbeiteten meist mit auf den Goldfeldern – ebenso schwer wie ihre Männer. Viele hielten das nicht lange durch, erlitten Fehlgeburten und Unfälle und füllten damit das Hospital der Gemeinde. Kathleen half gleich in der ersten Nacht nach ihrer Ankunft bei zwei Geburten – dabei hätte sie den Abend lieber mit Peter verbracht.

»Aber Sie würden eine prächtige Pfarrfrau abgeben!«, erklärte die Gattin des Gemischtwarenhändlers.

Kathleen errötete zutiefst. Sie hatte sich nichts von ihrer Wiedersehensfreude anmerken lassen, und Peter hatte sie nicht einmal zur Begrüßung auf die Wange geküsst. Aber man redete doch bereits über Kathleens Verhältnis zum Reverend, und die Matronen im Lager schmiedeten Hochzeitspläne. Sie würde vorsichtig sein müssen. Nicht auszudenken, was geschah, wenn diese braven Frauen von ihrem Katholizismus erfuhren!

Doch selbst unter der ständigen Beobachtung durch die Matronen des Lagers verbrachte Kathleen ein paar glückliche Tage an der Seite Peter Burtons. Sie war kaum jemals mit ihm allein, aber es machte sie froh, ihm helfen zu können, sie beobachtete ihn auch gern im Umgang mit seinen Schäfchen. Kathleen war rundum glücklich in der neuen Siedlung Tuapeka.

Peter selbst war allerdings etwas enttäuscht. Er hatte gehofft, mehr Zeit für sie zu haben, aber ausgerechnet als Kathleen zu Besuch war, wurde das Lager von Neuzugängen geradezu überrannt. Der Reverend wurde an allen Ecken und Enden gebraucht, um Streit zu schlichten, Ratschläge zu geben und mühsam vereinbarte Regelungen zum Abstecken von Claims und Anlegen neuer Zeltplätze durchzusetzen.

»Jetzt fahr aber wenigstens mal mit!«, forderte er Kathleen an einem sonnigen Vormittag auf, der wie geschaffen für ein Picknick schien.

Sean und Rufus waren früh morgens aufgeregt zum Goldsuchen aufgebrochen, die Satteltaschen gefüllt mit Proviant, Heather im Schlepptau. Die »Kleine« war mittlerweile dreizehn Jahre alt und ließ sich nicht mehr so leicht abhängen. Zum Ärger der beiden Jungen erwies sie sich tatsächlich als geschickte Goldwäscherin. In der ersten Woche hatte sie Gold für dreißig Pfund aus den Flüssen und Bächen gewaschen und fühlte sich nun reich – ihrem Bruder natürlich turmhoch überlegen.

Heathers Mutter dachte weniger an sommerliche Vergnügungen. Kathleen war eben dabei, mit anderen Frauen Gemüse für die Armenküche zu putzen, als Peter mit einem schweren, mit Maultieren bespannten Kastenwagen vor dem größten Zelt des Gemeindezentrums vorfuhr.

»Ich muss Holz abholen, am anderen Ende des Lagers«, sagte der Reverend. »Die Männer haben dort Bäume gefällt, um Platz für weitere Zelte zu schaffen, und sie wollen uns die Stämme schenken. Wenn ich jetzt noch ein paar Leute finde, die mitmachen, können wir für das Hospital ein festes Haus bauen. Zumindest für die Frauenabteilung.«

Solche Helfer zu finden würde aber sicher schwierig werden, denn alle Männer, die nur eben konnten, hasteten jeden Morgen auf die Goldfelder. Selbst Kathleens erste Patientinnen waren mit ihren Babys schon wieder gegangen. Sie packten die Kleinen in Decken und legten sie am Rand der Flüsse nieder, aus denen sie versuchten, Gold zu waschen.

Kathleen stieg zu Peter Burton auf den Wagen, und er steuerte sein Gespann sicher zwischen Zelten, Lasttieren und miteinander streitenden und lachenden Männern hindurch. Dabei plauderte er mit Kathleen, die ihm in diesen Tagen besser gefiel als je zuvor. Die junge Frau schien sich endlich sicher zu fühlen, die Arbeit machte ihr Spaß, und in Dunedin schien auch alles in Ordnung zu sein. Sie lachte sogar ganz offen, als er einen Scherz machte, und sie war wunderschön.

Es war ein warmer, aber windiger Frühlingstag, aus Kathleens brav aufgestecktem Haar hatten sich ein paar Strähnen gelöst, und Peter wagte es, sie mit seiner Hand zärtlich zurückzustreichen. Noch einige Monate zuvor wäre die junge Frau davor zurückgeschreckt, aber jetzt schmiegte sie ihr Gesicht einen Herzschlag lang an seine Hand, die noch an ihrer Wange lag. Vorsichtig ließ Peter seinen Arm herunterwandern, legte ihn um ihre Schultern und zog sie kurz an sich. Kathleen sah zu ihm auf, und er verlor sich in ihren strahlenden Augen. Sollten die Maultiere sich doch selbst den Weg durchs Lager suchen, es gab nur eine ausgefahrene Straße, von der sie kaum abweichen würden.

Kathleen schenkte dem Reverend ein zärtliches Lächeln – aber plötzlich erstarrte sie unvermittelt. Ihre eben noch gelösten, von innerer Freude erfüllten Züge verzerrten sich zu einer Fratze des Entsetzens.

»Fahr!«, wisperte sie Peter zu. Ihre Hände griffen nach den Zügeln. »Fahr, schnell, schneller! Ich muss …«

Es klang so dringlich, dass Peter nicht fragte, sondern die Maultiere antrieb – allerdings nicht ohne einen forschenden Blick über seine Schulter zu werfen. Irgendetwas, das Kathleen erspäht hatte, als sie zu ihm herübersah, musste sie zu Tode erschreckt haben. So sehr, dass sie sich jetzt neben ihm zusammenkrümmte und ihr Gesicht verbarg. Es wirkte fast, als wünsche sie, sich unter dem Bock verkriechen zu können.

Peter vermochte allerdings nichts zu erkennen, das diese Reaktion ausgelöst haben konnte. Neben der Straße spielte sich eine für Tuapeka ganz normale Szene ab. Zwei Neuankömmlinge – ein dunkelhaariger Mann und ein blonder Junge – entluden eben ihren Wagen, und der Mann stritt sich mit einem Nachbarn über den Standort für sein Zelt. Keiner der Leute hatte Notiz von Peters Gespann oder gar von der Frau auf dem Bock genommen.

»Was ist denn los, Kathleen! Sprich doch mit mir!« Peter verhielt seine Tiere wieder etwas, als sie in einen belebteren Teil des Lagers kamen. Kathleen zitterte wie Espenlaub.

»Halt an … Halt bitte an …«, murmelte sie. »Ja … ja, hier geht es … Ich … tut mir leid, Peter, aber ich … Sean … die Kinder … Ich werde … ich muss …«

Kathleen sprang von Peters Wagen, blickte sich gehetzt um und begann dann zu laufen. Sie rannte fort wie von Furien gehetzt.

Peter Burton blieb verwirrt zurück. Konnte er irgendetwas getan haben, um Kathleen derart zu erschrecken? Der Reverend schloss diesen Gedanken im selben Moment wieder aus. Nein, es musste etwas anderes gewesen sein. Kurz entschlossen wendete er. Das Holz konnte auch später abgeholt werden, erst musste er Kathleen finden und herausbekommen, was sie so sehr in ihren Grundfesten erschüttert hatte. Es sah so aus, als liefe sie zur Kirche – immerhin ein Indiz dafür, dass nicht er es war, vor dem sie floh. Zwischen den Zelten hindurch gab es Abkürzungen, sie würde schneller da sein als Peter mit seinem Gespann. Der Reverend spähte noch einmal die Stelle aus, an der Kathleen erstarrt war. Der Mann und der Junge waren verschwunden. Anscheinend hatte der erboste Nachbar sich durchgesetzt, und sie mussten ihr Zelt woanders aufschlagen. Konnte Kathleens Panik mit den beiden zu tun haben? Kannte Kathleen sie? Oder war es der Nachbar? Aber was konnte sie mit diesem alten, bärbeißigen Gauner aus Australien zu tun haben? Peter Burton beschloss, das später herauszufinden. Zutiefst beunruhigt schnalzte er seinen Maultieren zu und hielt erst an, als er das Hospital und die Kirche erreichte.

»Wo ist Miss Kathleen?«, rief er den Frauen, die immer noch vor den Zelten saßen und Gemüse putzten, zu. Sie hatten sich angeregt unterhalten und schauten jetzt zu ihm auf.

»Haben Sie sich gestritten?«, fragte die Frau des Krämers erkennbar neugierig.

Peter würdigte sie keiner Antwort. »Wo ist sie?«

»Sie kam eben hier vorbei, bleich, als hätte sie einen Geist gesehen, und sie rannte zu den Ställen. Ist was passiert, Reverend?« Das war die Frau des Posthalters.

Peter ließ sein Gespann stehen, sprang vom Bock und folgte Kathleen ins Stallzelt. Ein umtriebiger Schotte vermietete hier Einstellplätze für Pferde und verdiente dabei mehr als die meisten Goldsucher. Kathleen war hektisch dabei, ihre Pferde anzuspannen.

»Ich … ich muss weg …«, stammelte sie, als sie Peter sah. Sie war außer sich.

»Aber Kathleen … so plötzlich … sag mir doch, was passiert ist? Habe ich irgendwas gemacht?«

Peter wollte sie in die Arme nehmen oder wenigstens so weit zur Ruhe bringen, dass sie ihn ansah, aber Kathleen hielt nicht inne. Sie schien auch nicht vorzuhaben, ihre Sachen aus dem Hospitalzelt zu holen, in dem sie schlief.

»Du? Nein … nein, natürlich nicht. Peter … du musst Sean finden … oder warte, bis die Jungs und Heather wiederkommen. Aber dann sagst du ihm … sie sollen gleich heimkommen, ja? Er soll nicht zögern, sofort aufzubrechen, auch wenn es Nacht wird. Vielleicht findest du jemanden, der die Kinder begleitet. Ich bezahle das … Aber wir … wir müssen …«

Kathleen beendete den Satz nicht. Sie sprang auf den Bock und lenkte ihr Gespann aus der Remise.

»Tut mir leid, Peter. Tut mir … wirklich leid …«

Kathleen ließ die Pferde antraben, kaum dass sie die Ställe hinter sich gelassen hatte. Sie lenkte sie auf die Straße nach Dunedin.

Peter blieb fassungslos zurück.

Ohne weiter auf die Frauen zu achten, die Kathleen hoch interessiert nachsahen und nun auch ihn mit Blicken bedachten, die nicht sonderlich schmeichelhaft waren, ging der Reverend zurück zu seinem Wagen. Was auch immer geschehen war, er musste das Holz abholen, bevor sich dafür womöglich ein anderer Abnehmer fand. Aber anschließend würde er diesen Mann und diesen Jungen suchen, deren Anblick Kathleen so zu Tode erschreckt hatte.

Es dauerte geraume Zeit, bis der Wagen beladen war und Peter sich auf den Rückweg zur Kirche machen konnte. Aber es war noch hell, als er an der Stelle vorbeikam, an der Kathleen in Panik verfallen war. Er sah den Mann, mit dem sich der Dunkelhaarige gestritten hatte. Ein Australier, Peter kannte ihn flüchtig. Der Reverend nahm die Zügel an.

»n'Abend, Terrence, na, guter Tag heute?«

Der Goldgräber schüttelte den Kopf. »n'Abend, Reverend. Eher schlecht. Wenig Ertrag, viel Ärger.« Er kratzte sich am Kopf, auf dem kaum noch Haare zu finden waren.

»Ich hab's gesehen, Sie hatten Streit. Neue Nachbarn?«

»Ich konnt's grad noch abwenden. Was denken sich die Leute? Man braucht doch ein bisschen Platz zum Atmen – und hier ist wohl weiß Gott genug Gegend rundum, wo sie ihre Zelte aufstellen können. Sicher nicht so zentral.«

Das stimmte. Die neu ausgewiesenen Zeltplätze waren weiter von den Läden und Pubs entfernt.

»Und der Kerl wollte obendrein noch 'n Pferdehandel aufmachen! Neben dem Gold schürfen … die zwei Mulis, die er dabeihat, wollte er mir gleich verscherbeln.«

Peter runzelte die Stirn. »Wie hieß er denn? Hat er sich vorgestellt?«

Terrence schüttelte den Kopf. »Nöö, so weit haben wir die Höflichkeit gar nicht erst getrieben. Warum? Woll'n Se 'n Maultier kaufen? Ihres ist ja nicht mehr das jüngste. Aber die Viecher von dem Kerl auch nicht, obwohl sie auf Hochglanz poliert waren.« Terrence schien sich auf Pferde zu verstehen.

»Haben Sie irgendeine Vorstellung, wo die Leute hin sind?«, fragte Peter.

Terrence zuckte die Achseln. »Zu den neuen Zeltplätzen, nehm ich an. Oder irgendwo anders Stunk machen. Der Kerl riecht nach Ärger, Reverend. Bleiben Se lieber weg von dem!«

Peter überlegte, was er jetzt am besten anfing, und entschied, zunächst den Wagen wegzubringen. Im Stall sattelte er kurzentschlossen die Maultierstute, die Kathleen ihm damals zum Abschied geschenkt hatte, und machte sich mit ihr auf den Weg durchs Lager. Mit dem Reittier war er beweglicher, und vielleicht wurde er ja doch noch fündig. Außerdem konnte er behaupten, das Tier eintauschen zu wollen – die sicherste Methode, mit einem Pferdehändler ins Gespräch zu kommen.

Der Kerl riecht nach Ärger … Peter beschloss, Terrence' Instinkt zu trauen, und wandte sich erst mal dem nächsten Pub zu.

»n'Abend, Leute!«, grüßte er in die Runde. »Hab gehört, hier will sich ein Pferdehändler ansiedeln. Jemand 'ne Ahnung, wo der steht?«

»So'n feister Dunkler?«, fragte der Wirt. »Der war vorhin da. Wollte am liebsten hier nebenan aufbauen. Aber da war ich vor! Jetzt steht er neben Janey's Puff. Auch schlecht, aber Janey kann ja nicht Nein sagen.«

»Neben dem Bordell?«, wunderte sich der Reverend. »Ich hab gehört, er hätte einen kleinen Jungen …«

»Offenbar keinen so zart besaiteten!« Der Wirt grinste, und die Männer lachten. »Woll'n Se 'n Schnaps, Reverend?«

Peter verabschiedete sich, ohne den angebotenen Whiskey zu trinken. Seine Neugier war endgültig geweckt, und Janey's Dollhouse, wie das Bordell eigentlich hieß, lag gleich um die Ecke. Jetzt stand davor ein neu aufgebautes Zelt, ein Mann und ein Junge trugen Sachen von ihrem Wagen in ihre neue Behausung. Die Maultiere grasten an langen Stricken, über die Janey's betrunkene Gäste zu später Stunde zweifellos stolpern würden.

Peter überlegte noch, wie er das Gespräch beginnen sollte, aber der Mann wurde schon ganz von selbst auf ihn aufmerksam. Mit blutunterlaufenen, aber wachen und harten Augen musterte er

Peters Maultierstute. Zuerst wohl routinemäßig, dann deutlich interessiert.

»Nettes Tier haben Sie da«, bemerkte der Mann. »Wo ist die her?«

Peter Burton wunderte sich. Wenn der Mann Pferdehändler war, musste er doch wissen, wo man Maultiere kaufte. Er beschloss, auf der Hut zu sein.

»Hab ich irgendwo bei Christchurch gekauft«, behauptete er. »Aber ich überlege, ob ich sie abgebe. Sie geht manchmal lahm.«

Der große Mann grinste. »Hab ich gleich gesehen. Ja, da hat Sie einer angeschmiert, Mr. … oh … Father …« Er bemerkte den Priesterkragen und verbeugte sich.

»Reverend«, verbesserte Peter. »Reverend Peter Burton.«

Der Mann lachte jovial. »Na, da kann man doch mal sehen … da vermutet man hier Sodom und Gomorrha, und tatsächlich kommt man als Erstes mit der Kirche ins Geschäft! Freut mich, Sie kennen zu lernen, Reverend. Und wird mir eine Ehre sein, Ihnen das beste Maultier zu verkaufen, das Sie kriegen zwischen Invercargill und Auckland!« Er hielt Peter die Hand hin. »Wenn ich mich dann auch mal vorstellen darf: Ian Coltrane.«

Kathleens Flucht aus ihrer Ehe hatte Ian schwer getroffen. Zwar vermisste er seine Frau nicht sonderlich, umso mehr aber ihre Arbeitskraft. Ian Coltranes mobiler Viehhandel benötigte die Farm als Stützpunkt. Jemand musste da sein und die Tiere versorgen, die Ian gerade nicht über Land führte. Nach Kathleens Weggang war das nicht mehr gegeben. Colin versprach zwar das Blaue vom Himmel und wäre zweifellos bereit gewesen, alles für seinen vergötterten Vater zu tun, aber er war ein Kind. Selbst Ian sah ein, dass man einen gerade Neunjährigen nicht mit der Verwaltung einer Farm betrauen, ja ihn dort nicht einmal allein lassen konnte. Insofern ging zumindest Colins größter Wunsch in Erfüllung. Ian schickte ihn nicht mehr zur Schule, sondern nahm ihn mit auf seine Verkaufsfahrten.

Anfänglich versuchte Colins Vater, die Fahrten kurz zu halten, aber jetzt rächten sich seine jahrelangen Rosstäuschereien: In Christchurch und Umgebung war Coltranes Ruf ruiniert, man nahm lieber weite Fahrten in Kauf, um seine Tiere anderswo zu erstehen. Ian versuchte es also mit einem Teilhaber, der die Farm bewirtschaftete, während er herumfuhr. Allerdings ließen sich auch hier nur windige Kerle auf die Zusammenarbeit mit ihm ein. Der erste trieb eine Herde Schafe weg und verkaufte sie auf eigene Rechnung, als Ian unterwegs war, den zweiten fand er nach seiner Rückkehr stets volltrunken im Stall. Der dritte ging im Streit, als Ian ihn um seinen Anteil an einem Pferdeverkauf betrügen wollte. Mit dem vierten lief es eine Zeitlang mehr schlecht als recht, aber der Mann machte sich gleich aus dem Staub, als in Otago der Goldrausch einsetzte. Ian musste seine Fahrten also wieder einschränken – dabei hätte er sie eigentlich eher ausweiten müssen, denn sehr bald hatten es auch die kleinsten Farmer in Canterbury nicht mehr nötig, sich von ihm übers Ohr hauen zu lassen. Der Goldrausch machte sie nicht reich, aber doch vermögend genug, um ihren Bestand an Schafen bei großen Züchtern aufzustocken und damit die eigene Zucht zu verbessern. Viele Schafbarone züchteten zum eigenen Vergnügen Pferde oder Maultiere zur Arbeit. Auch damit halfen sie ihren kleineren Nachbarn aus, wenn die annehmbar zahlten.

»Warum bearbeitest du denn nicht einfach deine Farm?«, fragte Ron Meyers, der neue Besitzer der Edmunds-Farm, im Pub, als Ian seinen Trinkkumpanen sein Leid klagte. »Meine läuft wie geschmiert!«

Meyers züchtete Rinder.

»Warum gehen wir nicht auch Gold suchen?«, fragte Colin seinen Vater.

Ian erwog beide Möglichkeiten – und entschied sich dann für letztere.

Er verkaufte zunächst die Pferde und dann die Farm an Ron Meyers, der ihm ein recht gutes Angebot machte. Danach begab er sich mit Colin und einem Gespann von zwei Maultieren auf den Weg zu den Goldfeldern.

Ian Coltrane.

Peter Burton holte tief Luft. Das also war das Geheimnis – kein Wunder, dass Kathleen so entsetzt gewesen war! Ob sie ihren Mann tatsächlich für tot gehalten hatte? Aber das war unwahrscheinlich, ihr Verhalten in den letzten Jahren sprach eher für eine Flucht. Peter hatte oft vermutet, dass ihr Mann noch lebte. Und dieser Junge … Der Reverend musterte ihn unauffällig. Eigentlich hätte ihm die Ähnlichkeit gleich auffallen müssen: Der Knabe war eindeutig Kathleens Sohn, er sah ihr ähnlicher als Sean.

»Und mein Junge Colin«, stellte Coltrane vor. »Colin, zeig dem Reverend doch mal die graue Stute. Er denkt dran, sein altes Maultier einzutauschen.«

Colin sah sich Peters Reittier an. Es war seltsam – der halbwüchsige Junge trug Kathleens Züge, aber der Ausdruck, mit dem er die Stute musterte, war der seines Vaters. Er schien wie sein Vater das Tier zu kennen – Kathleen musste es schon gehabt haben, als sie aus der Ehe ausgebrochen war. Peter schätzte den Jungen auf höchstens dreizehn oder vierzehn Jahre und wunderte sich, dass er damit nicht herausplatzte. Aber Colin schwieg.

»Soll ich die Graue vorreiten?«, fragte er dann.

Peter beschloss, die Sache abzubrechen.

»Nein, danke. Nicht heute, Mr. Coltrane. Es wird doch schon dunkel, ich kann kaum was erkennen. Nicht der rechte Zeitpunkt für einen Pferdehandel!«

Ian Coltrane legte die Stirn in Falten. »Reverend, jetzt beleidigen Sie mich! Als ob ich Sie betrügen würde, Sie und die Kirche, bei Tag oder bei Nacht! Was ich Ihnen anbiete, Reverend, das können Sie blind kaufen. Die Graue ist eine Schönheit. Und keinen Tag älter als acht Jahre. Gerade richtig … Ihre dagegen … die schätz ich auf zwanzig …«

Peter nickte. »Und so lange hat sie treu gedient!«, sagte er jetzt und griff den salbungsvollen Ton auf, in dem Ian mit ihm gesprochen hatte. »Wenn ich's mir recht überlege … es wäre äußerst undankbar von mir, sie einfach so einzutauschen. Nein! Das Tier soll im Dienste der Kirche in Ehren alt werden. Vielen Dank, Mr. Coltrane. Vielen Dank, dass Sie mir das jetzt vor Augen geführt haben. Gott sei mit Ihnen, Mr. Coltrane, ich hoffe, Sie bald einmal in meiner Kirche begrüßen zu können. Ach ja, und dich in der Schule, Colin! Wir beginnen um acht. Ich erwarte, dich zu sehen.«

Colin zog einen Flunsch. Er beabsichtigte offensichtlich nicht, noch viel mehr für seine Bildung zu tun. Peter beschloss, ihm einen kleinen Strich durch die Rechnung zu machen. Er lächelte aufmunternd – vom Sohn zum Vater.

»Du kannst ja das graue Maultier mitbringen, wenn du kommst, Colin. Vielleicht schau ich es mir bei Licht noch mal an.«

Zumindest am nächsten Morgen würde dieser treu sorgende Vater seinen Sohn garantiert zur Schule schicken.

Kapitel 7

Lizzie konnte keine vollständige *pepeha* vortragen. Schon deshalb, weil eine korrekte, persönliche Einführungsrede auf Maori die Aufzählung verschiedener Ahnen beinhaltete, und da fehlten Lizzie einfach die Kenntnisse. Aber immerhin gab sie sich Mühe, nannte ihren Namen und ihre Herkunft aus England, wobei sie London möglichst plastisch beschrieb, außerdem ihren Irrweg nach Australien. Sie erwähnte das Schiff, mit dem sie nach Aotearoa gekommen war, und ihre Reise auf die Nordinsel. Dabei nannte sie auch James Busbys Namen, aber den Ngai Tahu sagte er nichts. Lizzie wusste natürlich, dass keiner ihrer Häuptlinge den Vertrag von Waitangi unterschrieben hatte, aber die meisten Stämme hatten inzwischen doch immerhin davon gehört. Auf ihre neuen Freunde traf das nicht zu. Der Stamm war klein und lebte äußerst zurückgezogen.

Lizzie wanderte zwei Tage lang bergauf. Sie hätte die Maori allein niemals aufgespürt, aber am zweiten Tag gesellten sich zwei junge Jäger zu ihr, während sie in einem Bach nach Maori-Sitte Fische mit der Reuse fing. Die *pakeha*-Frau, die auf traditionelle Art fischte, interessierte die Jungen, und als sie ihre Fragen dann auch noch auf Maori beantwortete, war sie gleich willkommen. Das Dorf begrüßte sie mit einer vollständigen *powhiri*, der Begrüßungszeremonie, und war äußerst beeindruckt, als sie mit ihrer *pepeha* förmlich antwortete. Auch ihre Geschenke wurden gern angenommen – obwohl Lizzie schnell feststellte, dass kein dringender Bedarf nach den Dingen bestand, die sie mitgebracht hatte.

Es war erstaunlich, aber in diesem abgelegenen Dorf gab es so ziemlich alles, was die Maori von den *pakeha* begehrten: Die Frauen verfügten über Kochtöpfe aus Gusseisen und wickelten ihre Kinder in warme Wolldecken. Der Stamm besaß eine Herde erstklassiger Schafe, seine Felder waren für die Einsaat vorbereitet, wobei ein Gespann Zugochsen geholfen hatte. Ein Teil der Menschen trug westliche Kleidung, nicht nur der Häuptling und seine Familie. Anscheinend konnte hier jeder *pakeha*-Kleider oder -Hosen haben, der das wollte. Der Stamm war nach Maori-Maßstäben reich. Lizzie bestätigte das in ihrer Annahme, dass die Eingeborenen genau wussten, wo das von den *pakeha* so begehrte Gold zu finden war. Allerdings schienen sie vorsichtig mit diesem Wissen umzugehen, was Lizzie vernünftig fand. Sie formulierte ihre diesbezüglichen Fragen dann auch sehr behutsam.

»Meine … Freunde und ich leben in der Nähe des neuen Goldgräberlagers am Tuapeka River. Aber wir überlegen, unsere Suche nach Gold in euer Gebiet auszudehnen. Ich bin hergekommen, um zu fragen, ob wir willkommen sind.«

Die Schwester des Häuptlings, die sich zu Lizzie und den mit der Zubereitung des Essens beschäftigten Frauen gesetzt hatte, sog scharf die Luft durch die Nase.

»Wie viele Freunde hast du?«, erkundigte sie sich. »Zweitausend? Dreitausend? Und gedenken sie, unser Land so zurückzulassen wie das Flussbett, das sie ›Gabriel's Gully‹ nennen?«

Lizzie schüttelte den Kopf. »Ich habe zwei Freunde«, präzisierte sie. »Und einer von ihnen ist krank. Er kann nicht mehr arbeiten Aber er hat eine Frau und zwei Kinder in Wales – das ist bei England, wo die *pakeha* herkommen. Wenn sich kein Gold für ihn findet, muss seine Familie hungern.«

»Die Frau kann herkommen und für den Mann sorgen«, meinte eine der jüngeren Frauen. »Sie kann das Land bearbeiten.«

»Sie müssten das Land aber erst mal kaufen«, bemerkte Lizzie. »Und da wird es schwierig. Verkauft ihr Land?«

Die Frauen lachten. »Wenn wir das versuchten, gäbe es Krieg«, bemerkte die Häuptlingsschwester sachlich. »Die *pakeha* würden sagen, dass uns das Land hier nicht gehört. Wir sind ein Stamm, der wandert, wir sind mal hier, mal dort.«

»Aber ihr habt doch ein Gebiet, in dem ihr wandert?«, fragte Lizzie verwundert.

Die Frau schnaubte wieder. »Dazu gehörte auch Gabriel's Gully. Und dazu gehört das Land, auf dem das Lager am Tuapeka River aufgebaut ist. Wenn wir darauf die Hand legten, müssten unsere Krieger es verteidigen. Wir haben zwanzig Krieger. Sollen die mit ihren zwanzig Gewehren gegen die fünftausend Feuerwaffen in eurem *pakeha*-Lager antreten?«

Lizzie seufzte. »Es ist nicht gerecht.«

Die Maori-Frau nickte.

»Aber du und deine beiden Freunde, ihr seid willkommen«, meinte sie dann großzügig. »Unsere Männer haben dich beobachtet. Du weißt, wie man ein Feuer macht und wie man Fische fängt. Du hinterlässt das Land so, wie du es vorgefunden hast. Wenn deine Freunde das auch versprechen, so werden wir friedlich miteinander leben. Ihr müsst ja nicht das ganze Land umgraben.«

Lizzie befeuchtete sich nervös die Lippen, bevor sie einen weiteren Vorstoß versuchte.

»Das … alles würde einfacher sein, wenn wir wüssten, wo wir graben sollen.«

Wieder lachten die Frauen.

»Du bist klug, *pakeha wahine*!«, mischte sich eine alte Frau in die Unterhaltung. Sie hatte während des *powhiri* den *karanga* ausgestoßen, einen Schrei, der die spirituelle Verbindung zwischen Stamm und Besucher herstellen sollte. Zweifellos war sie die *tohunga* des Stammes. »Du willst, dass wir dich zu dem gelben Stoff führen, der euch so kostbar ist. Aber was gibt uns dann die Gewähr, dass du nicht mehr nimmst, als du brauchst?«

Lizzie seufzte. »Nach *pakeha*-Ansicht kann man nicht genug Gold haben«, gab sie zu. »Aber wenn es wirklich nur wir drei sind – eigentlich ja überhaupt nur Michael und ich, Chris ist viel zu schwach, um hier in den Bergen zu schürfen … So viel würden wir nicht nehmen können.«

»Das sagst du«, gab die Häuptlingsschwester streng zurück. »Aber kannst du für den Mann reden? Ist es dein Mann?«

Lizzie zuckte die Achseln. Wieder diese Frage, auf die es keine eindeutige Antwort gab.

»Ich besitze ihn nicht«, sagte sie schließlich vorsichtig. »Ich bin ihm nicht angetraut. Obwohl ich ihm schon … in gewisser Weise … im Versammlungshaus beigelegen habe. Also auf einem Schiff, meine ich jetzt. Da waren viele Leute Zeuge davon, dass wir zusammen waren. Aber später … ach, es ist schwierig.«

Aus Lizzies letzten Worten sprach ihre ganze Traurigkeit. Sie konnte weder auf Englisch noch auf Maori ausdrücken, was sie beschäftigte, aber die alte *tohunga* sah sie mitfühlend an. Lizzie hatte das Gefühl, ihr Blick träfe sie mitten ins Herz.

»Eure Geister sind miteinander vertraut«, sagte sie kurz. »Doch es ist nicht einfach, da hast du Recht. Aber …«, die *tohunga* wandte sich an ihren Stamm, »er wird sie nicht betrügen. Es würde sich gegen ihn selbst wenden, und das weiß er. Das muss er wissen. Und die Frau wird uns auch nicht betrügen. Sie wird es uns schwören. Bei den Göttern, deren Beistand sie braucht.«

»Sie glaubt doch gar nicht an unsere Götter«, bemerkte die Häuptlingsschwester.

Die Priesterin zuckte die Schultern. »Aber die Götter glauben an sie. Sie ist uns verbunden.«

»Ich kann es bei meinem Gott schwören«, sagte Lizzie. »Oder bei dem hier.« Sie nestelte ihren *hei-tiki*, einen kleinen Jadeanhänger, den ihre Freundin Ruiha ihr einmal geschenkt hatte, aus ihrem Ausschnitt hervor. Sie trug ihn an einer Lederkette um den Hals. »Wann immer ihr wollt.«

Die *tohunga* nickte beiläufig, die Schwester des Häuptlings wandte sich an ihren Bruder. Im Stamm wurde eifrig und viel zu schnell für Lizzies Sprachkenntnisse diskutiert. Sie meinte jedoch zu verstehen, dass die meisten Frauen sie unterstützten. Ein paar

Männer hatten Einwände. Die alte *tohunga* hörte alles gelassen an. Für sie schien das Urteil ohnehin festzustehen.

»Meine Enkelin wird dir morgen den Bach zeigen«, sagte sie, bevor sie aufstand.

Der Häuptling nickte widerstrebend und wandte sich dann seinerseits förmlich an Lizzie. »Du hast uns Geschenke gebracht, der Brauch – *tikanga* – gebietet, dass auch wir dir etwas geben.«

Die Priesterin, schon im Gehen begriffen, drehte sich noch einmal um und schüttelte den Kopf. »*Tikanga*«, sagte sie dann langsam, »gebietet, dass wir ihr etwas Kostbares schenken. Das Gold ist nicht wertvoll, Tochter, nur das Land, in dem es liegt. Warte …« Sie trat in eins der Häuser, die hier mit kaum mehr Aufwand errichtet worden waren als die Hütten im Goldgräberlager. Als sie herauskam, trug sie eine Kriegskeule aus Pounami-Jade und legte sie in Lizzies Hand. »Damit hat meine Ahnin das Land verteidigt. Es geht nun auf dich über.«

Lizzie dankte verlegen. Die Keule war mit wunderschönen geschnitzten Ornamenten aufwändig verziert. Sie war wertvoll – nicht nur für die Maori.

Das Geschenk der *tohunga* löste die kurze Spannung zwischen dem Stamm und seiner Besucherin. Inzwischen war das Essen fertig und die Frauen trugen es auf. Lizzie hatte Whiskey mitgebracht, dem die Maori gern zusprachen. Bald kreiste die Flasche, es wurde gesungen, und die *tohunga* begannen, im *whaikorero*, der schönen Rede, die endlosen, seltsamen Geschichten aus der Vergangenheit Aotearoas zu erzählen, die Lizzie nie ganz verstand, auch wenn ihr der Wortlaut geläufig war.

Lizzie schlief mit den anderen im Versammlungshaus, was sie als Ehre betrachtete, und bereitete am Morgen Brotfladen mit den Frauen. Dann führte sie die Enkelin der *tohunga*, ein ernstes kleines Mädchen namens Aputa, zu einem Wasserfall in der Nähe. Er mündete in einer Art Teich, aus dem das Wasser in einen lebhaften Bachlauf abfloss.

»Das Wasser bringt die gelben Steine mit sich aus den Bergen«, erklärte die Kleine in fließendem Englisch und kletterte die Böschung hinauf, um den Bach zu erreichen, der den Wasserfall speiste. »Du kannst sie in Pfannen auffangen, wie die Männer im Lager. Aber man kann auch graben. Hier …«

Sie wies auf eine seichte Stelle seitlich des Baches und griff nach einem großen Stein. Dann murmelte sie etwas vor sich hin, wohl eine Entschuldigung bei den Geistern des Baches, deren Ruhe sie störte, und grub Kies und Sand zur Seite. Es war einfach – Lizzie nahm an, dass dort schon öfter gegraben worden war. Vermutlich gründete sich genau auf diese Fundstelle der offensichtliche Reichtum des Stammes.

»Hast du eine Schüssel?«, fragte das Mädchen.

Lizzie schüttelte den Kopf. Aputa förderte daraufhin einen alten Blechteller zutage, den sie in den Falten ihres Kleides versteckt hatte. Sie trug ein einfaches *pakeha*-Kleid, schmucklos, aber wärmer als die traditionelle Kleidung der Maori. Den Rock hatte sie ohne viel Federlesens hochgebunden, bevor sie in den Bach watete.

Nun hielt sie den Teller ins Wasser und schöpfte etwas Erde hinein. Sie schüttelte das Gefäß kurz und schwemmte Wasser und Sand hinaus. Nicht sehr geschickt, die Goldgräber im Lager machten es weitaus routinierter. Allerdings meist mit weniger Erfolg! Lizzie mochte ihren Augen kaum trauen, als sie auf den Grund des Tellers blickte.

»Nimm's nur raus!«, ermunterte das Mädchen. »Willst du auch mal?«

In weniger als einer Stunde, gerade so lange, wie es Lizzie als halbwegs höflich erschien, dem Lager unentschuldigt fernzubleiben, wuschen die beiden etwa zwei Unzen Gold aus dem Bach – für die Goldgräber am Tuapeka River oft mehr als ein Monatsverdienst.

»Es leuchtet schön!«, meinte das kleine Mädchen vergnügt, als Lizzie den Ertrag vorsichtig in einen Stoffbeutel füllte. »Was macht man damit?«

Lizzie lächelte ihr zu. »Verschiedene Dinge«, antwortete sie dann. »Aber aus diesem Gold hier lassen wir dir einen Anhänger schmieden. Der bringt dir dann Glück wie mir der *hei-tiki*!«

Lizzies Abschied vom Stamm gestaltete sich fast so förmlich wie das Willkommen. Sie versprach, bald wiederzukommen und dann auch Michael mitzubringen.

»Du kannst mit ihm im Versammlungshaus schlafen!«, kicherte die kleine Aputa. Das gemeinsame Goldwaschen mit Lizzie hatte sie auftauen lassen. »Dann ist er richtig dein Mann.«

Die seltsame Beziehung zwischen Lizzie und Michael schien zum Lieblingthema aller Menschen in ihrer Nähe geworden zu sein. Lizzie seufzte. Das war mal etwas, das Maori und *pakeha* gemeinsam hatten.

Schon um ihr Versprechen nicht zu brechen – sie wollte Aputa auf keinen Fall enttäuschen, indem sie das von ihr gewaschene Gold einlöste, statt ein Schmuckstück daraus schmieden zu lassen! –, kehrte Lizzie noch einmal zu dem Goldfeld zurück, bevor sie die Schritte ihres Pferdes nach Hause lenkte. Sie hatte sich Lage und Aussehen des Platzes genau eingeprägt, was nicht schwierig war – es handelte sich um ein ausgesprochen schönes Stück Erde: der Wasserfall mit dem Teich, an dessen Ufer fünf hohe, nadelspitze Felsen in den Himmel ragten, eine ungewöhnliche Formation. Laut Aputa hatten hier einst Halbgötter in einem Wettstreit ihre Speere geworfen. Nur einer traf und hinterließ die Vertiefung unterhalb des Wasserfalls. Die Fehlwürfe der anderen waren in Form der Felsnadeln zu sehen.

Lizzie schätzte, dass es sieben Unzen Gold waren, die sie aus dem Bach fischte – so viel wie Gabriel Read beim ersten Mal von den Goldfeldern am Tuapeka River nach Dunedin gebracht hatte. Mit dem Geld dafür konnte Chris seine Frau kommen lassen – und bis Ann Timlock eintraf, hatten sie sicher genug Geld für ein Geschäft zusammen. Lizzie dachte an Eisenwaren oder Lebensmittel, vielleicht auch Baumaterialien oder Farben, möglicherweise in

Dunedin oder irgendwo, wo besseres Klima herrschte. Chris hätte wahrscheinlich lieber eine Farm gehabt als einen Laden, aber das schloss Lizzie aus. Sie glaubte nicht, dass seine Kraft dafür reichte, und Ann kam sicher nicht aus Wales, um sich in Neuseeland zu Tode zu schuften. Lizzie hoffte, dass sie eine halbwegs gute Geschäftsfrau war. Sie berauschte sich an dem Gedanken an die Freude und Überraschung ihrer Männer und die Aussicht auf eine Bekanntschaft mit Ann Timlock. Womöglich würde sie in ihr eine Freundin finden! Nachdem sie das Bachbett wieder genau so hergerichtet hatte, wie sie es vorgefunden hatte, sprach sie ein aufrichtiges Gebet zu den Geistern des Baches. Das war vielleicht nicht gottgefällig, aber Lizzie fand, dass die Maori-Götter in diesen Tagen mehr für sie getan hatten als die Dreifaltigkeit in den letzten dreißig Jahren.

Kapitel 8

Michael Drury traf in der Zweigstelle der Dunloe Bank auf Ian Coltrane.

Lizzie war noch unterwegs zu ihren Maori-Freunden, und Chris sollte eigentlich nicht allein bleiben. Aber er fühlte sich in den letzten Wochen fast täglich besser und hatte Michael auch heute ermutigt, nach Tuapeka zu reiten, einzukaufen und die wenn auch spärlichen Goldfunde der letzten Woche zu Geld zu machen. Die Bank war die letzte Station auf seiner Liste, und das Erste, was ihm auffiel, war ein halbwüchsiger blonder Junge, der vor den Geschäftsräumen ein Maultiergespann hielt. Irgendwie kam ihm der Junge bekannt vor, er meinte, sich an Kindergesichter aus Irland zu erinnern. Kathleens fünf Geschwister? Oder seine eigenen? Der Junge grinste ihm frech ins Gesicht, als er ihn etwas zu lange musterte.

Michael wandte den Blick ab, betrat die Bank – und fand sich unversehens Ian Coltrane gegenüber! Der Pferdehändler war deutlich schwerer geworden als früher, aufgedunsen und rotgesichtig, aber Michael erkannte ihn sofort. Irgendetwas in seiner Haltung, etwas Lauerndes in seinen Gesichtszügen, vielleicht auch die offensichtliche Ähnlichkeit mit seinem Vater. Ian Coltrane war unverwechselbar.

Auch umgekehrt gab es kein Zögern, zumal Michael sich wenig verändert hatte. Coltrane blickte ihn verblüfft an, aber dann ging in seinem Gesicht ein überlegenes Lächeln auf. Ähnlich dem des Jungen vor dem Laden! Michael spürte, wie sich sein Herz verkrampfte.

»Coltrane?«, fragte er tonlos.

Ian grinste. Er hatte sich offenbar schneller gefasst. »Schau einer an, Michael Drury! Der verlorene Sohn! Brachte man dich nicht in Ketten ans andere Ende der Welt?«

Michael versuchte, sich zu fangen. »Hier ist das andere Ende der Welt«, sagte er mühsam. »Und was Ketten angeht, die kann man abwerfen. Aber du … Father O'Brien sagte mir, du … du und Kathleen … ihr wäret in New York.«

Ian Coltrane lachte schallend. »Ach? Hat er das gesagt, der gute Father? Dann wird er Gott ja irgendwann mit einer Lüge auf dem Gewissen gegenübertreten müssen! Womöglich treffen wir ihn in der Hölle.«

Michael ballte die Hände zu Fäusten. Er wusste nicht, ob er auf den alten Priester wütend war oder auf Coltrane, der ja zumindest für O'Briens Lüge nichts konnte. Eigentlich gab es überhaupt keinen Grund, Wut auf Ian Coltrane zu verspüren.

Michael versuchte, seine Eifersucht und seinen Drang, in Ians grinsendes Gesicht hineinzuschlagen, niederzukämpfen. Er musste mit Ian reden. Er musste wissen, ob Kathleen … O Gott, sie konnte in Tuapeka sein! Immer mehr Frauen begleiteten ihre Männer auf die Goldfelder. Michael wurde gleichzeitig kalt und heiß, sein Herz raste. Aber er musste sich beherrschen.

So gelassen wie möglich wies er mit dem Kinn auf den Platz vor dem Laden. »Ist das … mein Sohn?«, fragte er.

Coltrane schüttelte den Kopf, immer noch das provokante Lächeln auf dem Gesicht.

»O nein, Mr. Drury, das ist meiner! Und das weiß ich sicher, ich habe die liebe Mary Kathleen nicht aus den Augen gelassen, nachdem sie wieder leer war und reif für mich.«

Michael biss sich auf die Lippen und kämpfte schon wieder gegen aufwallende Wut. Wie sprach dieser Mann von seiner Frau? Wie redete er über Mary Kathleen? Und doch fühlte Michael sich fast erleichtert. Der Junge auf dem Vorplatz hatte ihm nicht gefallen, auch wenn er unverkennbar Kathleens Züge trug.

»Und wo ist sie jetzt?«, brach es aus Michael heraus. »Und wo ist mein … wo ist … der andere …«

Ian wurde ernst, ein Schatten flog über seine Züge, der Michael erschrecken und Böses ahnen ließ.

Tatsächlich dachte Ian aber nur fieberhaft nach. Sollte er seine Schmach eingestehen? Zugeben, dass Kathleen ihn verlassen hatte? Womöglich gar, um sich auf die Suche nach diesem Kerl zu begeben, den sie immer geliebt hatte? Und vielleicht war sie ihm sogar nahe gekommen – dieser Pfaffe ritt ihr Maultier … Hatte er es wirklich in Christchurch gekauft? Ian sog scharf die Luft ein.

»Kathleen ist tot«, sagte er dann fast beiläufig. »Sie starb bei der Geburt von Colin.« Er wies auf den Jungen draußen. »Vorher hatte sie dein Bastard schon fast umgebracht, sie war nicht gemacht fürs Kinderkriegen. Zu schwach, zu zierlich. Das erste Kind kam dann auch tot zur Welt. Kein gutes Blut, Drury. Aber meiner ist ein Prachtkerl!« Ian lachte wieder. »Nichts für ungut, Drury!« Er wandte sich zum Gehen.

Michael blieb wie erstarrt stehen. Kathleen war tot. Kathleen und sein Sohn. All die Träume, all die Jahre … Aber das erklärte natürlich, warum Father O'Brien keine weiteren Nachrichten von ihr erhalten hatte. Der Priester hatte ihn sicher nicht belügen wollen. Irgendetwas hatte er falsch verstanden, und dann war der Kontakt zu den Coltranes abgebrochen. Kathleen war tot, und Ian schrieb ganz bestimmt keine Briefe. Michael empfand Übelkeit. Ohne sein Geld einzuzahlen, verließ er die Bank – sehr langsam, er wollte auf keinen Fall noch einmal auf Coltrane und seinen Sohn treffen. Kathleens Sohn … Ians Sohn, aber sein Kind war tot!

Michaels Gedanken drehten sich im Kreis. Er blickte starr geradeaus, als er durch den wachsenden kleinen Ort ritt. Überall in Tuapeka wurde gebaut. Zwar nichts Solides, nur Holzhäuser, aber es entstand eine erste Straßenzeile mit Läden, Banken, Post und dem unvermeidlichen, dem Pub angeschlossenen Stundenhotel.

Michael ließ die Grußworte, die ihm Bekannte zuriefen, unbeantwortet. Kathleen war tot … Kathleen war tot … er konnte es nicht glauben, es war zu viel!

Michael atmete auf, als er Tuapeka hinter sich ließ und den Fluss hinaufritt. Aber er wollte jetzt auch Chris nicht sehen. Irgendwann stieg er ab und setzte sich auf einen der Felsen am Flussufer. Der kleine Strand am Vartry River … die Weiden, deren Zweige das Wasser küssten … Michael nahm Abschied von seiner Geliebten, seinem Kind und seinem Traum.

Zwei Tage später kehrte Lizzie zurück.

»Was macht denn ihr für ein Gesicht?«, fragte sie vergnügt, als sie die Männer in der Hütte am Feuer sitzen sah.

Chris schnitzte an einem Holzlöffel. Eigentlich hatte er an einem Pferdchen gearbeitet. Er verkaufte mitunter Spielzeug in Tuapeka, wo es immer mehr Kinder gab – und auch Eltern, die sich einen kleinen Luxus für sie leisten konnten. In den letzten Tagen hatte Michael Chris aber stets brüsk aufgefordert, das Schaukelpferd wegzupacken, sobald er nach Hause kam. Er konnte kein Spielzeug sehen, mochte an Kinder nicht einmal denken.

Chris konnte das nachvollziehen. Auch ihn erinnerte das Pferdchen an ein ähnliches, das er in Wales für seine Kinder geschnitzt hatte. Letztlich gaben sich beide Männer ihrer Trauer um verlorene Zeiten hin, wobei Michael immerhin versuchen konnte, sich abzulenken. Er arbeitete von morgens bis abends und bemühte sich, dem Bach bei ihrem Haus wenigstens ein bisschen Gold abzuringen. Auch an diesem Tag war er bis mittags draußen gewesen, aber es regnete so heftig, dass er irgendwann aufgab. Nun versuchte er, sich am Feuer zu wärmen.

Lizzie sah glücklich aus. Schon ihre Anwesenheit schien die Hütte zu erhellen. Sie strahlte, als sie vorsichtig einen Stoffbeutel und einen Gegenstand aus Jade aus den Taschen ihres durchnässten Mantels zog. Erst dann warf sie den Mantel ab und trat nah ans Feuer. Sie war vom Ritt vollkommen durchgefroren. Als Lizzie die

Gesichter der Männer sah, wurde ihr Blick wachsam. Michael saß gebückt und gebrochen vor der Feuerstelle.

»Habt ihr vielleicht einen Whiskey für mich?«, fragte sie in das trübsinnige Schweigen. Mehr als einen kurzen Gruß hatten die Männer sich bislang nicht abringen können.

»Eigentlich brauchten wir ja Champagner! Was ist denn mit euch? Michael, Chris? Freut ihr euch nicht, dass ich da bin? Ist was passiert? Na, egal, gleich werdet ihr jedenfalls staunen.« Lizzie nahm den Stoffbeutel vom Tisch und kauerte sich zwischen die Männer.

»Tief durchatmen, ihr zwei!«, kündigte sie vergnügt an. »Oder … Moment mal … Augen zu!« Sie strahlte, als entzünde sie Weihnachtskerzen.

»Lizzie … lass die Spielchen.« Michaels Stimme klang gequält.

Lizzies Besorgnis wuchs. Aber dies war ihre Stunde, die Männer mussten sich einfach aufmuntern lassen. »Gut, dann läufst du eben Gefahr, geblendet zu werden.«

Sie nahm sanft Michaels Hand, öffnete sie und ließ etwas Goldstaub hineinrieseln. Dann wiederholte sie das Gleiche bei Chris.

Chris Timlocks Pupillen weiteten sich. Er glaubte nicht, was er sah. »Aber … aber Lizzie, das ist Gold!«

Lizzie lachte. »Und ob! So etwa neun Unzen. Aber zwei gehören uns nicht, das erkläre ich euch später. Wichtiger ist: Ich hab's an einem Tag gewaschen! Mühelos, ich brauchte nicht mal früh aufzustehen. Und wir können uns hundert Unzen holen, schätze ich, ohne irgendetwas zu zerstören. Es muss nur ein Geheimnis bleiben, das habe ich den Ngai Tahu versprochen.« Lizzie erzählte aufgeregt von den Maori und wo sie ihren Schatz gefunden hatte.

Michael starrte blicklos auf das Gold in seiner Hand. Er war reich. Jetzt endlich war er reich. Aber auch allein. Oder … frei? Er spürte Lizzies Blick auf sich ruhen, schließlich überwand er sich und sah ihr in die Augen. Lizzie … sie war schön in ihrem Glück, das sie so bereitwillig mit anderen teilte.

»Dies Gold ist jedenfalls erst mal für dich, Chris!«, rief sie fröhlich. »Du kannst es morgen verkaufen und das Geld telegrafisch an Ann schicken. Es sollte genug sein für ihre Überfahrt. Und bis sie da ist, haben wir noch mehr, viel mehr! Michael, wir werden unsere Farm haben! Mit Dienstmädchen und Herrenhaus und allem, was wir uns noch wünschen!«

Michael wärmte sich an ihrem Lächeln, weit mehr als am Feuer des Kamins. Er merkte plötzlich, wie seine Traurigkeit von ihm abfiel. Kathleen und das Kind waren Vergangenheit. Aber Lizzie war da. Großmütig, verrückt, voller Leben und nur darauf aus, ihn glücklich zu machen. Bisher hatte er ihr viel zu wenig zurückgegeben. Er war verrückt gewesen, gefangen in einem unrealistischen Traum.

Michael ließ das Gold vorsichtig wieder in das Säckchen rieseln. Dann stand er auf und nahm Lizzie in die Arme. Zum ersten Mal wehrte sie sich nicht, als ob auch sie spürte, dass sich irgendetwas verändert hatte.

»Chris …«, sagte Michael heiser und bedachte seinen Freund mit einem prüfenden Blick. Doch, er sah gut aus, er konnte es schaffen. »Vielleicht … vielleicht solltest du gleich mal in die Stadt reiten und das Gold eintauschen? Du könntest … Champagner für Lizzie mitbringen und …«

Chris sah von Michael zu Lizzie und lächelte verstehend. Auch er schien sich den Ausflug zuzutrauen. »Es ist sicher nicht gut, so viel Gold im Haus zu haben«, bemerkte er. »Zumal wir beide nicht allzu gut mit dem Schießeisen umgehen können. Es hat ja auch aufgehört, zu regnen.«

Lizzie und Michael beachteten Chris nicht, als er seine wärmsten Sachen zusammensuchte, dann das Säckchen vom Tisch nahm und vorsichtig in seiner Tasche verstaute.

»Ich … trinke dann vielleicht auch noch einen Schluck in der Stadt«, meinte er mit einem Lächeln.

Lizzie und Michael nickten. »Und bring zwei Unzen zum Goldschmied«, sagte Lizzie. »Er möchte einen hübschen Anhänger daraus schmieden. Vielleicht einen Mond und Sterne. Etwas, das einem Maori-Mädchen gefallen würde.«

Als Chris den Raum verlassen hatte, erlaubte sie Michael, sie zu küssen, und er tat es mit Zärtlichkeit und Hingabe. Zum ersten Mal hatte sie das Gefühl, dass wirklich sie es war, auf die er sich konzentrierte. Es ging nicht um Begierde, nicht um einen Ersatz für Mary Kathleen. Michael liebkoste allein Lizzie Owens! Auch als er sie dann in die Arme zog, war alles anders als damals auf dem Schiff. Lizzie ergab sich ein paar Herzschläge lang ihrem Glück, aber dann nagten doch wieder Zweifel an ihr. Was war geschehen? Hatte sie sich verändert oder er? War es, weil die Götter an sie glaubten? Oder war es …

»Michael«, sagte sie leise und entwand sich seiner Umarmung. »Du … was ist los? Etwas ist anders. Du … ist es … ist es das Gold?«

Michael schüttelte heftig den Kopf. Er war gerührt von ihrem feinen Gespür für jede Nuance seiner Zärtlichkeiten. »Nein. Nein, es hat nichts mit dem Gold zu tun. Ich habe nur einen Entschluss gefasst. Viel zu spät, fürchte ich. Ich hätte dich schon viel früher fragen sollen.«

»Was fragen?«, erkundigte sich Lizzie.

Michael holte tief Luft. Aber dann war es einfach, es war auf einmal ungeheuer einfach. »Ob du mich heiraten willst«, sagte er leise. »Ich … ich liebe dich, Lizzie. Schon lange.«

Lizzie sah ihn nachdenklich an. »Du hattest bislang eine seltsame Art, es zu zeigen«, sagte sie streng. »Erst war ich nur eine Hure für dich, dann ein Ersatz für deine verlorene Braut in Irland … und ganz plötzlich besinnst du dich darauf, dass ich nicht nur ein Mensch bin, sondern auch noch die Frau, die du liebst! Und zufällig genau in dem Moment, in dem ich mit sieben Unzen Gold zurückkomme. Du musst verstehen, dass mich das argwöhnisch macht.«

Michael seufzte. »Es hat nichts, absolut nichts mit dem Gold zu tun«, versicherte er ihr erneut. »Ich schwöre es dir.«

»Du brauchst nicht zu schwören, Michael Drury«, meinte Lizzie und versuchte, ihre Stimme fest klingen zu lassen. »Du musst mir nur eines sagen: Wenn ich dich jetzt heirate, Michael – muss ich damit rechnen, dass du mich auch noch vor dem Traualtar Mary Kathleen nennst?«

Michael ließ den Kopf an ihre Schulter sinken. Es kostete ihn unendliche Mühe, ihn schließlich wieder zu heben und Lizzie in die Augen zu sehen.

»Kathleen …«, flüsterte er, »… ist tot.«

Lizzie war ihm noch einmal Freundin und Mutter, als er sich an ihrer Schulter ausweinte. Später in der Nacht wurde sie seine Geliebte. Und der Name, den er auf dem Höhepunkt seiner Freude ausrief, war nicht der Mary Kathleens, aber auch nicht der eines Freudenmädchens. Michael nannte sie beim Namen einer Königin: Elizabeth.

Chris Timlock war so glücklich wie seit Monaten nicht mehr, als er auf Michaels Schimmel nach Tuapeka ritt. Er hatte bis zu diesem Abend nicht mehr daran geglaubt, durchs Goldsuchen reich zu werden. Der Claim gab nichts her, dazu seine lange Krankheit … Chris war darauf vorbereitet gewesen, in der kleinen Goldgräberstadt zu sterben.

Und nun dieser überraschende Segen – den Lizzie nicht nur bereit war, mit ihm zu teilen, sondern den sie geradezu mit vollen Händen über ihm ausleerte! Ann würde kommen, sie würden wieder vereint sein, er konnte die Kinder wiedersehen! Wenn Chris den Atem dafür gehabt hätte, hätte er gesungen, aber er brauchte schon seine ganze Kraft dafür, den lebhaften Schimmel zu reiten. Das Pferd tänzelte, als er es über die Mainstreet von Tuapeka führte. Zunächst in den Laden des Goldschmieds! Das war Lizzies wichtigstes Anliegen gewesen, Chris würde es als Allererstes erledigen.

Der Goldschmied Thomas Winslow, ein kleiner, drahtiger Mann, unterhielt ein kleines Juweliergeschäft neben einer der Banken. Er hatte nicht viele Kunden – die meisten Goldgräber setzten ihre paar Nuggets in Geld um und bekamen gerade genug zusammen, um davon zu leben. Aber gelegentlich gelang doch jemandem der große Coup, und dann wurde schon mal eine Unze Gold zu einem Ring verarbeitet, den der Glückliche einem der Mädchen aus den Pubs oder aus Janey's Dollhouse verehrte. Auch die Bankangestellten, die Geschäftsinhaber oder Handwerker, die sich nach und nach in Tuapeka ansiedelten, erstanden schon mal ein Schmuckstück für ihre Frauen. Thomas Winslow hätte gut davon leben können, hätte er dem Whiskey nicht ein bisschen zu sehr zugesprochen. Er vertrank seinen Verdienst fast jede Nacht in irgendeinem Pub. Um sich auch mal ein Mädchen leisten zu können, wusch er am Wochenende selbst Gold und träumte von einem großen Durchbruch.

Natürlich wurde er gleich aufmerksam, als Chris Timlock ihm nun zwei Unzen Gold auf den Tisch legte. Begehrlich musterte er die feinen Goldplättchen.

Chris lächelte ihm arglos zu. »Wenn Sie daraus bitte einen Anhänger schmieden würden. Einen Mond mit ein paar Sternen drumherum – oder ein Sternbild. Ja, das wäre eine schöne Idee, die Plejaden! Und eine Kette dazu, wenn es reicht.«

Winslow versicherte ihm eifrig, dass es mehr als reiche – und versuchte, ihn über den Fundort des Goldes auszuhorchen.

Chris hielt sich jedoch zurück. »Mein Partner hat immer an unseren Claim geglaubt«, sagte er ausweichend. »Aber vielleicht war's ja auch nur Glück … Wann können wir das Schmuckstück abholen? Nächste Woche?«

Winslow nickte servil, schüttelte aber nachdenklich den Kopf, als er seinen Laden hinter Timlock schloss. Glück? Ein einmaliger, größerer Fund, und schon ließ man daraus ein Schmuckstück schmieden, statt das Geld zur Bank zu bringen? Es gab sicher Männer, die dazu fähig waren, aber Timlock und Drury schätzte er nicht so ein.

Das Post- und Telegrafenamt war bereits geschlossen, aber Chris musste sein Gold ja ohnehin erst zu Geld machen, bevor er Ann etwas anweisen konnte. Und die Bank hatte zum Glück noch offen, viele Goldgräber brachten ihren Verdienst täglich dorthin, im Lager wurde zu viel gestohlen. Mr. Ruland, der Bankhalter, behielt die Bank deshalb bis nach Dunkelwerden geöffnet, und Chris musste sich anstellen, um sein kleines Vermögen auf seinem Konto gutschreiben zu lassen. Dabei blieb es nicht aus, dass einige der anderen Männer des Säckchens und seines funkelnden Inhalts ansichtig wurden.

»Was löst du denn da ein, Timlock? Siebeneinhalb Unzen?«

Der Mann hinter Chris hatte auf die Goldwaage geblickt und verkündete lauthals, was er gesehen hatte.

Chris Timlock war das unangenehm. »Der … Erlös von ein paar Wochen«, behauptete er, woraufhin Mr. Ruland ihn verwundert anschaute.

Michael war erst zwei Tage zuvor bei ihm gewesen, um Gold einzutauschen, allerdings unverrichteter Dinge wieder gegangen. Der Bankhalter sagte nichts, er konnte Geheimnisse wahren. Und es war zweifellos richtig, dass Chris Timlock das Geld gleich gutschreiben ließ, statt es sich auszahlen zu lassen. In den Augen der Männer hinter ihm stand deutliche Gier. Vor allem Coltrane, der Pferdehändler, musterte Timlock mit ungewöhnlichem Interesse. Mr. Ruland schüttelte sich. Er konnte Coltrane nicht leiden, der Mann hatte ihm eine Woche zuvor einen Schimmel verkauft, der nach drei Tagen zu lahmen begann. Nichtsdestotrotz blieb er höflich und nahm Coltranes Gold in Empfang, während Timlock hinausging.

Chris Timlock feierte sein Glück mit ein paar Gläsern Bier in einem der neueren Pubs, der in einem richtigen Haus und nicht wie früher im Zelt untergebracht war. Geistesabwesend beobachtete er ein paar Mädchen, die zur Unterhaltung der Zecher gewagte Tänze aufführten, ließ sich aber von keiner der Frauen an der Theke in ein Gespräch verwickeln. Auch auf die Fragen anderer Goldgräber antwortete er nur einsilbig, obwohl sie durchweg freundlich waren. Die Geschichte von Timlocks plötzlichem Reichtum hatte sich in Tuapeka noch nicht herumgesprochen. Bisher zeigte also keiner besondere Neugierde bezüglich Chris' und Michaels Goldgräberei. Die Digger äußerten nur ihre Freude darüber, Chris nach langer Krankheit endlich wieder im Pub zu sehen.

Zwei Männer machten eine Ausnahme, aber sie standen nicht mit Chris an der Theke, sondern teilten sich eine Flasche Whiskey an einem Tisch vor der Bühne. Thomas Winslow und Ian Coltrane hatten sich eher zufällig zusammengefunden. Sie waren keineswegs Freunde, aber Coltrane versuchte Winslow seit einiger Zeit einzureden, dass er zur Beförderung seiner Grabungsutensilien von seinem Laden zu den Goldfeldern unbedingt ein Maultier brauche. Das richtige Tier dafür hatte er natürlich auch gleich anzubieten – aber bislang biss Winslow nicht recht an. Er schwamm nicht gerade im Geld und konnte seinen Spaten durchaus noch selbst tragen. An diesem Tag jedoch hatten beide Männer interessante Beobachtungen gemacht und teilten sie miteinander. Sie warfen Chris Timlock an der Bar gelegentlich abschätzende Blicke zu.

»Ein Schmuckstück aus zwei Unzen Gold!«, raunte Winslow Coltrane zu. »Das heißt, das Gold hatte er sozusagen übrig! Wie viel, sagst du, hat er eingewechselt?«

»Siebeneinhalb Unzen! Ein kleines Vermögen. Kann es sein, dass das Lüge war mit seiner Krankheit? Vielleicht ist er ja die ganzen Wochen in den Bergen unterwegs gewesen, um neue Goldvorkommen zu erschließen.« Ian Coltrane füllte noch mal sein Glas.

Winslow prostete ihm zu. »Unwahrscheinlich. Guck ihn dir doch an, der ist immer noch so dünn, dass ihn ein Windhauch umpusten könnte, und vorhin hat er mir noch was vorgehustet. Er war auch nicht weg, ab und zu war er im Gottesdienst beim Reverend.« Auch Winslow gehörte zu Peter Burtons Gemeinde, er besuchte die Messe sogar regelmäßig. Immer dann, wenn er seine Kneipentouren bereute. »Und da war er eindeutig krank, der kam überhaupt nur hoch, wenn sein Partner und diese Lizzie ihn stützten. Was hältste überhaupt von der? Hat die was mit einem von denen oder mit beiden?«

Coltrane war das in dem Moment ziemlich gleichgültig. Er ließ seine schwarzen, wachen Augen weiterhin auf Timlock ruhen, als könnte der durch ein Lächeln oder eine Bewegung irgendetwas verraten. Eins stand jedenfalls fest: Der Mann an der Bar war zufrieden und in sich ruhend. Er schrie sein Glück nicht heraus wie viele andere erfolgreiche Goldgräber, er schien von innen heraus zu leuchten.

»Wir sollten abwarten, bis er betrunken ist, und ihn dann mal drauf anhauen!«, schlug Winslow vor. »Also auf das Gold … nicht auf Lizzie, auch wenn die 'ne ganz süße Maus ist …«

Coltrane schüttelte den Kopf. Er hatte diese Idee längst verworfen. Chris Timlock nippte gerade erst an seinem zweiten Bier. Er war kein Mann, der sich betrank und dann im Suff Geheimnisse ausplauderte. Wahrscheinlich würde er noch ein oder zwei Gläser trinken und den Pub dann verlassen – lange bevor Winslow den Hintern hochkriegte. Nein, wenn man Timlock sein Wissen entlocken wollte, musste man zu drastischeren Methoden greifen.

»Anhauen klingt gut«, bemerkte Coltrane. »Aber nicht hier vor Zeugen. Wir passen ihn hinter Janey's Puff ab und verhören ihn ein bisschen.«

»Ver…hören?«, fragte Winslow dümmlich.

Er hatte schon mehr als drei Whiskeys getrunken und wurde langsam schwerfällig. Erst im Geiste, was nicht viel ausmachte. Aber wenn sich das mit Timlock noch lange hinzog, würde er auch körperlich kaum noch fähig sein, Coltranes Vorhaben auszuführen.

»O ja, mein Freund. Du weißt schon, diese Art von Befragung, bei der man ein Nein nicht gelten lässt!« Coltrane grinste Winslow kumpelhaft zu.

Der Goldschmied runzelte die Stirn und nahm noch einen Schluck Whiskey. »Das ist … aber nicht nett!«, wandte er ein.

Coltrane verdrehte die Augen. »Also willst du jetzt nett sein oder reich werden?«, erkundigte er sich. »Und überhaupt, wir fangen ja ganz freundlich an. Wir sind doch Kumpel, Mensch, vor denen hat man keine Geheimnisse.«

»Aber wenn's doch sein Claim ist …«

»Wetten, dass da noch gar kein Claim abgesteckt ist? Angemeldet wurde jedenfalls nichts Neues. Und überhaupt – wer will seinen Claim? Wir könnten uns nebenan einnisten. Komm, Winslow, in Gabriel's Gully ist doch auch nicht nur Gabriel Read reich geworden!«

Coltrane war entschlossen. Dieser Chris Timlock würde ihm an diesem Abend noch erzählen, wo er das Gold gefunden hatte – freiwillig oder mithilfe von ein paar gezielten Schlägen. Winslow musste bloß mitmachen … Und jetzt stand Timlock auf und warf ein paar Münzen für sein Bier auf den Tisch. Coltrane stieß seinen Trinkkumpanen an.

»Er geht. Komm jetzt, wir folgen ihm!«

»Du weißt doch gar nicht, wo er hinwill.« Winslow zögerte, schließlich war noch Whiskey in der Flasche.

»Klar weiß ich das. Er hat den Schimmel von Drury im Stall von MacLeod eingestellt. Wegen des Regens – hat ein gutes Herz, der Kerl, der Gaul sollte nicht nass werden! Da muss er jetzt zu Fuß hin, und der kürzeste Weg führt an Janey's vorbei.« Coltrane nestelte einen Schein aus der Tasche, bedeutete dem Wirt, es stimme so, und schob Winslow aus dem Pub.

»Vielleicht geht er ja zu Janey rein«, gab Winslow zu bedenken.

Coltrane zuckte die Schultern. Daran hatte er noch nicht gedacht, schließlich hatte Timlock den Mädchen im ersten Pub keinen zweiten Blick geschenkt. Aber es war natürlich nicht ausgeschlossen.

»Dann warten wir, bis er wieder rauskommt.«

Gefolgt von dem widerstrebenden Winslow setzte Ian sich auf Timlocks Fährte. Sein Weg bot keine Überraschungen. Chris Timlock wollte nicht in den Puff, er strebte dem Mietstall zu.

Coltrane und Winslow stoppten ihn hinter dem Zelt der Mädchen.

»n'Abend, Timlock!«, grüßte Coltrane.

Chris nickte ihm zu. Er kannte den Mann nicht, aber er war mit

Tom Winslow zusammen, also hatte der ihm wohl seinen Namen verraten. »n'Abend … Tom …«

Winslow grinste ihn an. »Hallo, Timlock. Na, 'n bisschen gefeiert?«

Chris zuckte die Achseln. »Nur ein paar Bier getrunken. Was sollte ich feiern?«

»Deine Goldfunde zum Beispiel«, meinte Winslow. »Zwei Unzen allein für'n Schmuckstück für die Liebste, das ist happig, mein Freund.«

Chris winkte ab. »Ist nicht für meine Liebste. Ist für eine Freundin von Miss Lizzie. Und die hat lange dafür gespart.«

Winslow und Coltrane lachten. Sie rückten Chris jetzt näher. Der junge Mann begann, sich unwohl zu fühlen.

»So, Miss Lizzie hat gespart!«, höhnte Coltrane. »Und die siebeneinhalb Unzen, die du anschließend eingezahlt hast? Wo kamen die her?«

Chris schaute sich nervös um. »Hab ich doch schon gesagt, Mann. Ertrag von ein paar Wochen.«

Coltrane näherte sich ihm blitzschnell und drehte ihm mit einer raschen Bewegung den rechten Arm auf den Rücken. »Lüg nicht, Kerl, ich hab deinen Partner erst vor zwei Tagen auf der Bank getroffen. Also red schon: Woher stammt das Gold!«

Chris schnappte nach Luft und wand sich unter seinem Griff. »Es war meins, ich hab's gefunden. Im Laufe der letzten Wochen. Wie ich schon gesagt hab.«

»In den letzten Wochen hast du krank daniedergelegen!« Ians Faust traf Chris in die Nieren. Nicht zu fest, aber doch so, dass er aufstöhnte und sich krümmte – was wieder die Schmerzen in der Schulter verstärkte. »Und wenn du nicht bald redest, wirst du da auch die nächsten Wochen verbringen. Raus jetzt damit!«

»Ich rede doch … ich … ich sag die Wahrheit.«

Coltrane seufzte, als täte ihm leid, was er jetzt tun musste. »Halt du ihn mal, Winslow«, befahl er. »Ist nicht höflich, wenn man sich beim Reden nicht in die Augen guckt.«

Chris versuchte, seine letzte Chance zu nutzen und sich den Männern zu entwinden, als Coltrane ihn an den offensichtlich betrunkenen Winslow übergab. Er bekam kurz den Arm frei, aber er war nicht kräftig genug, um zuzuschlagen. Coltrane stellte ihm ein Bein, als er versuchte, fortzulaufen. Chris fiel, und Coltrane trat ihm erneut in die Nieren, bevor Winslow ihn hochzog.

»Reicht das jetzt nicht? Komm, Kumpel, verrat uns einfach, wo der Segen herkommt, dann lassen wir dich gehen.«

»Mensch, Timlock!«, bemühte sich nun auch Winslow. »Da verlierste doch nix bei. Wo das herkommt, da liegt Gold für hundert Mann!«

Timlock schwieg, als Coltranes Faust ihn erneut traf, diesmal im Gesicht.

»Ich … hab nichts zu sagen …«

Chris bemühte sich, mutig zu sein, aber sein Arm schmerzte höllisch. Als Winslow ihn daran hochzog, musste er ihn ausgerenkt haben. Der andere schlug weiter zu, und Chris schmeckte Blut. Seine Lippe war aufgeplatzt.

»Und ob du was zu sagen hast. Nur ein ganz kleiner Hinweis, Timlock! Woher kommt das Gold?«

Der nächste Schlag traf in den Magen. Sein Peiniger war schwer und schwammig, eigentlich konnte er gar kein so guter Kämpfer sein. Aber seine Fäuste waren wie Eisen. Chris krümmte sich zusammen. Er versuchte, sich zu beherrschen, aber er musste sich übergeben. Winslow hielt ihn dabei am ausgerenkten Arm. Chris stöhnte, als er ihn erneut hochzog.

»Nun hast du dich auch noch schmutzig gemacht«, meinte Coltrane bedauernd. »Und sogar mich.« Angewidert schaute er auf ein paar Spritzer Erbrochenes auf seinen Stiefeln. »Das solltest du abwischen.«

Winslow stieß Timlock zu Boden. »Na, wird's bald!«

Chris versuchte ungeschickt, die Spritzer mit der linken Hand wegzuwischen.

»Und jetzt raus mit der Sprache! Woher hattest du das Gold?«

»Weiß nicht«, wimmerte Chris.

»Du willst es nicht sagen, oder du weißt es nicht? Fiel's womöglich vom Himmel? Wie im Sterntaler-Märchen?«

»Ein … ein Sternbild hat er ja in Auftrag gegeben«, bemerkte Winslow.

Er hielt Chris erneut aufrecht, während Coltrane ein weiteres Mal zuschlug. Chris schwieg beharrlich. Dann brach Coltrane ihm die Nase.

»Weiß nicht …«

»Wenn er's vielleicht wirklich nicht weiß?«

Tom Winslow wurde die Sache langsam unheimlich. Gegen ein paar Schläge hatte er nichts einzuwenden gehabt, aber das hier ging zu weit. Coltrane hatte den Mann schon ernsthaft verletzt, es wurde Zeit, aufzuhören.

»Und ob der es weiß! Rück jetzt endlich damit raus, Kerl! Sonst werd ich ernstlich ungemütlich!«

Chris hing völlig hilflos in Winslows Griff. Er hatte keine Chance, auszuweichen, als der nächste Schlag sein Auge traf und sein Jochbein brach.

»Mein Auge …« Chris spürte, dass es dunkel um ihn wurde. Aber der Schmerz war noch da, rasender Schmerz und das entsetzliche Wissen, dass er hier nicht mehr herauskommen würde.

»Red endlich, sonst schlag ich dir das andere auch noch aus.«

Das Wimmern, das jetzt zu hören war, kam von Winslow. Er ließ den Verletzten langsam sinken.

»Rede! Und du halt ihn fest!«

»Lizzie …«, flüsterte Chris. Seine letzte Chance war, zu sagen, was er wusste. Lizzie würde es ihm nie verzeihen … und die Maori … aber er konnte nicht mehr. Chris versuchte zu formulieren, was er wusste, aber der Schmerz machte es unmöglich. »Lizzie …«, wiederholte er. »Sie …«

»Die Hure hatte das Gold? Sie hat's gefunden?«

Chris nickte mit letzter Kraft. Dann traf ihn der nächste Schlag. »Wo hat sie's her? Woher kam sie, was …?«

Chris hörte es nicht mehr. Er spürte auch die weiteren Schläge und Tritte nicht, die auf ihn einprasselten. Coltrane hatte jetzt jede Kontrolle verloren. Die Auskunft war enttäuschend gewesen. Lediglich ein weiterer Anhaltspunkt … Lizzie. Aber im Grunde hatte der Kerl nicht geredet. Er hatte sich widersetzt. Dafür sollte er büßen … Winslow versuchte, Ian von dem bewegungslosen Mann auf dem Boden wegzuzerren, aber betrunken wie er war, brauchte er dazu einige Zeit.

Irgendwann stand Ian schwer atmend da, während Tom Winslow Timlock untersuchte.

»Er lebt noch …«, sagte er heiser. »Gott sei Dank, er lebt noch! Aber dafür … dafür werden sie uns einsperren, Coltrane! Das geht nicht mehr als kleine Prügelei durch.«

Coltrane kam langsam wieder zu sich. Er drehte Chris um und fühlte seinen Puls.

»Der lebt nicht mehr lange«, bemerkte er dann. »Und am besten geben wir ihm gleich den Rest.«

Er hob einen Stein auf, holte aus und zielte auf Timlocks Schläfe.

Winslow fiel ihm in den Arm. »Bist du verrückt? Du willst ihn umbringen?«

»Willst du in den Knast?«, fragte Coltrane zurück. »Der hat uns doch gesehen. Wenn er durchkommt und redet, sind wir dran.«

»Aber … aber umbringen? Ich geb dir ein Alibi und du mir. Der kann viel erzählen …«

Coltrane zog die Augenbrauen hoch. Ein Alibi, das sich zwei Schläger gegenseitig gaben, galt nicht viel. Aber wenn er dem Mann jetzt den Gnadenstoß gab, drehte Winslow womöglich durch und verriet sie. Das war die Sache nicht wert, er war sich sicher, dass Timlock sterben würde. Er hatte ihm die Augen praktisch in den Kopf geprügelt, ein paar Zähne ausgeschlagen, jeder Knochen im Gesicht musste gebrochen sein – und die letzten Fußtritte hatten ihm zweifellos die Rippen zerschmettert. Coltrane beschloss, das Risiko einzugehen. Wahrscheinlich war der Mann tot, bevor man ihn fand. Und er musste währenddessen Winslow sinnvoll beschäftigen.

»Also schön. Geh nach Hause, Tom. Wasch dich und pack deine Sachen zusammen. Morgen früh reiten wir zu Drury raus und legen uns auf die Lauer. Wenn diese Lizzie rausgeht, folgen wir ihr.«

Winslow blickte weiterhin furchtsam auf den Verletzten.

»Sollten wir nicht Hilfe holen? Und überhaupt, ich … ich kann nicht weg … Das fällt doch auf, Mann, wenn ich abhaue, mitten in der Woche … ich hab einen Laden, Mensch!«

Ian überlegte kurz. Das stimmte. Und nach diesem Vorfall würde man auf jeden aufmerksam werden, der sich ungewöhnlich benahm.

»Also schön, dann bleib du hier, und ich geh allein«, räumte er ein. Das mochte sowieso das Beste sein. Über den Totschlag würde Winslow wahrscheinlich schweigen – schon aus Angst. Aber ob der alte Säufer es schaffte, einen Goldfund geheim zu halten? »Aber nun hau auch ab! Sie sollten uns hier nicht unbedingt finden!«

Coltrane entfernte sich in aller Ruhe. Winslow versuchte noch, Chris Timlock bequemer zu betten. Er betete um sein Leben, während er in Richtung seines Ladens schlich – und hielt es dann nicht aus ohne einen weiteren Whiskey. Der nächste Pub war zum Glück nicht weit. Winslow betrank sich weiter, bis die Kneipe schloss. Dann ging er zurück zu Janey's. Chris hatte sich nicht gerührt, aber er stöhnte, als Winslow ihn anstieß.

Tom Winslows Gewissen schlug umso heftiger, je mehr Alkohol er getrunken hatte. Schließlich schleppte er sich zum Eingang von Janey's Dollhouse.

»Bei euch um die Ecke …«, lallte er, »… liegt ein Toter.«

Kapitel 9

Lizzie war besorgt, als sie Chris Timlock am nächsten Tag nicht auf seiner Schlafstatt vorfand.

Sie war glücklich neben Michael erwacht und wollte ihn schlafen lassen, während sie den Kamin neu anheizte und Tee kochte. Als sie jedoch Chris' leere Koje fand, weckte sie ihn.

Michael versuchte direkt, sie wieder an sich zu ziehen und zu küssen. »Ich hab grad von dir geträumt!«, flüsterte er ihr zu. »Aber in Wirklichkeit bist du noch schöner … Komm, lass uns …«

Lizzie wehrte ihn sanft ab. »Michael, Chris ist noch nicht da. Kann da was passiert sein?«

Michael lachte. »Was soll da passiert sein? Wahrscheinlich leistet er sich ein Mädchen von Janey, um sein Glück zu feiern. Oder eins aus dem neuen Pub, der hat angeblich sogar Chinesinnen.«

Lizzie schüttelte den Kopf. »Michael, Chris will keine Chinesin, der will seine Ann. Ich kann mir nicht vorstellen, dass …«

»Hast du mal im Stall nachgesehen? Vielleicht ist er rücksichtsvoll und hat da sein Lager aufgeschlagen, als er uns gehört hat.«

Das erschien Lizzie wahrscheinlicher. Sie sah kurz bei den Pferden nach, aber von Chris und dem Schimmel fehlte jede Spur. Immerhin war das Pferd nicht allein heimgekommen. Chris musste also irgendwo übernachten. Lizzie fühlte sich etwas ruhiger, aber ein Unbehagen blieb, als sie in ihr Blockhaus zurückkehrte.

Michael dagegen war bester Laune. »Wollen wir diesen Tag einfach noch mal zu Hause verbringen, oder willst du Gold suchen?«, erkundigte er sich.

Er hatte ihnen den Tee eingeschenkt, den Lizzie aufgebrüht

hatte, und füllte viel Zucker für sie in einen Becher. Lizzie mochte ihren Tee süß – und nun brauchten sie nicht mehr am Zucker zu sparen.

Lizzie warf einen Blick aus dem Fenster. »Einen so strahlenden Tag verbringst du mir nicht auf deiner Schlafstatt, Michael Drury!«, lachte sie. »Wir ... werden ein paar Unzen Gold waschen, und dann können wir immer noch eine Decke am Bach ausbreiten.« Sie zwinkerte vielsagend.

Michael verdrängte den Gedanken an die Felder am Vartry River.

»Aber wir sollten auf Chris warten«, meinte er dann.

Lizzie lachte verschmitzt. »Du meinst wohl, auf den Schimmel!«, neckte sie ihn. Michael ging nicht gern zu Fuß, und das schöne Pferd war sein ganzer Stolz.

Michael nickte. »Du kennst mich zu gut, Elizabeth Owens!«, bemerkte er. »Was nicht passend ist für eine Frau. Ich sollte ein Geheimnis für dich sein, und du solltest dein Leben damit verbringen, es zu erforschen.«

Lizzie kicherte. »Du wärst der erste Mann, der sein Geheimnis nicht zwischen den Beinen trägt und jeder enthüllt, die ihn nah genug an sich heranlässt. Und was dein Pferd angeht – dass du in den Schimmel vernarrt bist, sieht doch jeder. Ich wünschte, deine Augen würden mal so aufleuchten, wenn du mich ansiehst!«

Michael zog sie in die Arme. »Du bist frech, Lizzie! Eine ehrbare Frau redet nicht so. Eine ehrbare Frau errötet, wenn von den Geheimnissen eines Mannes die Rede ist.«

Lizzie lachte noch lauter. »Ich bin schon länger ehrbar als du reich!«, erinnerte sie ihn. »Und jetzt steh auf, damit das endlich was wird mit dem Geldverdienen. Im Ernst, Michael, ich möchte nicht zu lange warten. Die Maori haben mir ihre Erlaubnis zur Ausbeutung dieses Goldfeldes nicht gern gegeben. Wer weiß, ob sie es sich nicht noch überlegen, wenn irgendwas passiert.«

»Was soll denn passieren?«, fragte Michael leichthin.

Lizzie zuckte die Schultern. »Streitigkeiten zwischen Maori

und *pakeha* zum Beispiel. Hier merkt man nicht viel davon, aber auf der Nordinsel schwelt es. Wer weiß, was den Ngai Tahu einfällt, wenn es da zum Krieg kommt? Und ich möchte auch schnell fertig werden. Wenn ich es mir recht bedenke, war es schon ein Fehler, Chris mit dem Gold in die Stadt zu schicken. Wir hätten erst alles nehmen sollen, was wir brauchen, und dann stillschweigend damit verschwinden. In Dunedin kriegt man womöglich noch einen besseren Preis, und vor allem: Man macht niemanden auf sich aufmerksam.«

Michael runzelte die Stirn. »Du meinst, Chris könnte in Schwierigkeiten gekommen sein? Er ist keiner, der im Suff was ausplaudert, Lizzie. Ich kann mir nicht vorstellen, dass er dich verrät.«

Lizzie schüttelte den Kopf. »Das glaube ich auch nicht. Aber – ich hab ein ungutes Gefühl … er ist auch keiner, der die Nacht im Bett eines Freudenmädchens verbringt.«

Michael kaute auf seiner Lippe herum. »Sollen wir besser nach Tuapeka reiten und nachsehen, wo er steckt?«, fragte er.

Lizzie zuckte die Achseln. »Dann verlieren wir einen ganzen Tag. Hör mal, warum gehst du nicht einfach runter, und ich reite schon mal vor? Du wirst den Bach leicht finden, wie ich euch gestern schon sagte, ich erkläre es noch einmal: Stell dir ein Dreieck vor, das Dorf der Maori am Fluss, unser Haus, das Goldfeld. Wenn du von hier aus geradewegs nach Westen reitest, triffst du auf den Bach, dann reitest du ihn hoch, bis zu einem kleinen Wasserfall. Oberhalb davon haben wir das Gold gefunden. Kann sein, dass unten auch welches ankommt, wahrscheinlich sogar. Aber ich werde da schürfen, wo es mir die Maori erlaubt haben, und nirgendwo sonst.«

Das neue Goldfeld war nicht weit von Michaels, Chris' und Lizzies Haus entfernt. Man brauchte nicht bis zum Maori-Dorf zu reiten, sondern konnte es direkt erreichen.

Michael sah die junge Frau zweifelnd an. »Ich weiß nicht, Lizzie … allein? Ich will nicht … verdammt, du hast schon die ersten Unzen allein gewaschen. Du darfst nicht die ganze Arbeit tun.«

Lizzie lachte und begann, ihr Haar zu flechten. Es war windig, und sie wollte nicht, dass es ihr beim Goldwaschen ins Gesicht wehte. »Ach, du holst mich doch leicht ein!«, meinte sie dann. »Der Schimmel ist doppelt so schnell wie der Braune.«

Das stimmte, dazu kam, dass Lizzie ungern ritt. Michael wusste genau, dass sie gleich eine Menge Gründe dafür finden würde, neben dem braunen Wallach herzulaufen, statt ihn zu reiten. Wahrscheinlich würde sie ihn mit allen Utensilien und Vorräten beladen, die sie für ein oder zwei Wochen in den Bergen brauchten. Dann war kein Platz mehr für sie im Sattel, sie konnte laufen und würde den ganzen Tag unterwegs sein. Michael dagegen würde nur wenige Stunden benötigen, wenn er den Schimmel traben ließ.

»Na schön«, willigte er schließlich ein. »Aber ich werde den Braunen beladen. Das fehlt noch, dass du alles allein herausschleppst und ihm auflädst, bevor du den ganzen Weg läufst.«

Lizzie schenkte ihm ihr süßes Lächeln. »Du kennst mich zu gut, Michael!«, bemerkte sie dann. »Aber bilde dir nichts darauf ein. Ich habe noch mehr Geheimnisse als ein bisschen Angst vor Pferden!«

Chris Timlock war noch am Leben, als Michael ein paar Stunden später in Tuapeka eintraf. Michael hätte ihn jedoch nicht erkannt, hätte man ihm nicht gesagt, dass diese in Verbände gewickelte Puppe auf dem Bett sein Freund war. Janeys Mädchen hatten den Schwerverletzten in den frühen Morgenstunden gefunden und den Reverend alarmiert. Neuerdings gab es auch einen Arzt in der Goldgräbersiedlung, der ebenfalls schnell hinzukam. Sehr viel Hoffnung konnte er dem Reverend und seinen Helferinnen im Hospital allerdings nicht machen.

»Ich versuche alles, aber ich fürchte, er steht das nicht durch. All die Brüche im Gesicht, der Schädel eingeschlagen … innere Verletzungen hat er sicher auch. Um das zu überleben, müsste ein Mann eine Rossnatur haben – und der Junge ist eher schmächtig. Irgendwelche Hinweise darauf, wer ihm das angetan hat?«

Peter Burton schüttelte den Kopf. »Ein stadtbekannter Säufer,

Tom Winslow, ist in den Morgenstunden über ihn gestolpert. Der schläft seinen Rausch noch aus, aber viel mehr wird er nicht zu sagen haben. Ansonsten weiß man nichts. Ach ja, Tom war in Will's Corner, aber da ist er früh weg, meinte Will. Später hat er dann bei Gregory's weitergesoffen. Von da kam er, als er den Jungen fand.«

Die Nachricht von Chris' Fund hatte sich in der Stadt schnell verbreitet, und wer immer etwas wusste, hatte es jedem erzählt, der es hören wollte.

Der Arzt seufzte. Er war ein noch junger, verwegener Mann, den auch ein bisschen Abenteuerlust nach Tuapeka getrieben hatte. Die rauen Sitten der Goldgräber desillusionierten ihn allerdings jeden Tag mehr.

»Dann helfen Sie mir mal, ihn zu verbinden. Das linke Auge wird er verlieren, selbst wenn er überlebt … Hat er irgendwelche Angehörigen?«

Peter verneinte. »Einen Partner«, erinnerte er sich dann. »Den sollte jemand benachrichtigen. Sie leben in einem Blockhaus weiter flussaufwärts. Aber Drury wird wohl von allein kommen, sobald er ihn vermisst. Dann wird man ihn auch zu der Sache befragen müssen. Obwohl ich nicht glaube, dass er als Täter infrage kommt.«

Der Arzt zuckte die Schultern. »Hat man Dunedin bereits informiert?«

»Die Polizei?«, fragte Peter. »Sicher. Wir haben ein Telegramm geschickt, und obendrein reitet jemand herunter. Das muss untersucht werden, es darf nicht sein, dass der Täter davonkommt.«

Ein paar Stunden später stand nun Michael fassungslos vor dem Bett seines Freundes. Chris war nicht bei Bewusstsein, aber sein Atem ging rasselnd, und ab und zu gab er ein schwaches Stöhnen von sich.

»Reden Sie ruhig mit ihm«, meinte der Arzt. »Vielleicht hört er Sie ja. Viel mehr kann man nicht tun. Ich habe ihm Morphium gegen die Schmerzen gegeben.«

»Wird man davon nicht dumm im Kopf?«, fragte Michael ihn argwöhnisch.

Der Arzt lächelte müde. »Man kann davon abhängig werden. Aber Ihr Freund sicher nicht. Es tut mir leid, aber ich halte es für unwahrscheinlich, dass er die Nacht überlebt.«

Michael blieb bei Chris und erzählte ihm von Lizzie und dass sie heiraten würden. Er hielt seine linke Hand – die rechte Schulter hatte der Arzt wieder eingerenkt und den Arm fest an der Brust fixiert – und versprach ihm, Ann zu telegrafieren und ihr das Geld anzuweisen.

»Gestern war das Amt ja sicher schon zu«, sagte er sanft. »Aber wenn ich es gleich tue … vielleicht macht sie sich dann schon morgen auf den Weg zu dir. Und in ein paar Wochen, wenn es dir besser geht, ist sie bei dir.«

Gegen Mittag glaubte Michael, der Verletzte hätte seine Hand gedrückt, aber er war sich nicht sicher. Er selbst jedenfalls fühlte sich zu Tode erschöpft und verließ Chris' Lager kurz, um zunächst ein Telegramm, dann tatsächlich das gesamte Geld nach Wales zu schicken.

Mr. Ruland, der Bankhalter, sprach ihm sein Mitgefühl aus und erzählte von den Gedanken, die er sich am Tag zuvor schon über den Neid der anderen Goldsucher gemacht hatte. »Das hat sich bestimmt schnell rumgesprochen, dass er über sieben Unzen Gold eingelöst hat. Wahrscheinlich dachten die Kerle, er hätte das Geld dafür bei sich.«

Michael nickte und fühlte brennende Schuld. Er hätte sich das denken können! Wenn er nicht so berauscht von Lizzie gewesen wäre, hätte er Chris niemals allein in die Stadt geschickt.

Inzwischen war ein Police Officer eingetroffen, er stellte den Zeugen Fragen. Michael beschloss, halbwegs bei der Wahrheit zu bleiben, und erzählte von einem außergewöhnlichen Goldfund auf ihrem Claim, den Chris allein gemacht hätte. Er selbst wisse nicht genau wo, aber sein Freund habe das Geld gleich an seine Frau schicken wollen. Dafür habe er ihm sein Pferd geliehen. Er selbst sei mit seiner Verlobten zu Hause geblieben, Lizzie könne das bezeugen.

Michael war besorgt. Seine Erfahrungen mit der Obrigkeit waren schließlich nicht die besten. Aber der Officer glaubte ihm. »Warum sollte der Kerl extra ins Dorf reiten, um seinem Partner den Schädel einzuschlagen?«, meinte er später zu Peter Burton. »Das hätte er da oben einfacher haben können, kein Mensch hätte Fragen gestellt, wenn dieser Timlock einfach verschwunden wäre. Ein paar Wochen später hätte Drury das Gold dann selbst einwechseln können, und kein Hahn hätte danach gekräht.«

Auch Tom Winslows Vernehmung ergab nichts – der Goldschmied war schon wieder betrunken. Dennoch arbeitete er nicht ungeschickt an einem goldenen Anhänger, der das Sternbild der Plejaden zeigte. Der Officer war beeindruckt, sprach ihn aber nicht darauf an.

»Wird der Junge denn durchkommen?«, fragte Winslow schließlich, bevor der Ermittler ging.

Der Officer registrierte, dass er betroffen wirkte, aber das wäre vielleicht jeder gewesen, der den blutüberströmten Mann gefunden hätte. Außerdem hatte Winslow ein ziemlich lückenloses Alibi. Er hatte erst in Will's Corner, dann in Gregory's Pub gezecht.

Michael schöpfte etwas Hoffnung, als Chris auch am Abend noch am Leben war. Er hatte ein schlechtes Gewissen gegenüber Lizzie, aber sie würde sich denken können, dass ihn etwas Wichtiges aufhielt. Michael hätte sie gern bei sich gehabt, doch nur, weil er nicht gleich nachkam, würde sie sicher nicht umkehren. Lizzie würde Gold waschen und auf ihn warten – zumindest einige Tage lang.

Gegen Abend fand sich ein Besucher im Krankenhaus ein, mit dem Michael nicht gerechnet hatte. Tom Winslow, völlig betrunken und offensichtlich zutiefst aufgewühlt, betrachtete fassungslos Chris' reglose Gestalt auf dem Bett, brach dann in Tränen aus und überreichte Michael ein Päckchen.

»Hier … hier …«, schluchzte er. »Es ist fertig … Vielleicht freut er sich ja, wenn er … wenn er aufwacht. Oh, was für eine Schande, eine Schande, so ein junger Mann …«

Michael runzelte die Stirn, wandte den Blick ab und machte sich an dem Päckchen zu schaffen. Er war verwundert und peinlich berührt. Winslows Ausbruch war ihm ein Rätsel. Natürlich hatte der Mann Chris gefunden, und es mochte ihn mitgenommen haben. Aber solche Tränenfluten … Allerdings war Winslow einer der Letzten gewesen, die seinen Partner vor der Schlägerei gesehen hatten. Auch Chris hatte sein Bier bei Will getrunken.

Michael öffnete das Päckchen und zog ein winziges Schmuckstück heraus. »Der Anhänger für Lizzie … Chris hat ihn gestern bei Ihnen in Auftrag gegeben?«

Tom Winslow nickte.

Michael ließ das Ding an der Kette baumeln und bewunderte die Arbeit.

»Er ist sehr schön geworden«, lobte er hilflos. »Und danke für die schnelle Erledigung.« Michael suchte nach seiner Börse. »Was schulden wir Ihnen?«

Winslow wich zurück, als könnte das Geld ihn verbrennen.

»Nichts … nein, natürlich nichts! Das … das hab ich doch gern gemacht … Sagen Sie … sagen Sie seiner Liebsten, es … es tut mir sehr leid …«

Winslow entfernte sich schluchzend, und Michael blieb kopfschüttelnd zurück. Vielleicht sollte er mit dem Reverend darüber reden. Winslow hatte sich offensichtlich das Gehirn weggesoffen. Aber dagegen half auch kein Seelsorger.

Michael wandte sich Chris wieder zu. Er benetzte die Lippen des Kranken mit Wasser – Chris wollte oder konnte nicht schlucken, aber sein Mund war trocken, und er musste die Fürsorge spüren, auch wenn er nicht reagierte. Michael versuchte, sich an alte Geschichten zu erinnern, die er seinem Partner erzählen konnte. Der Arzt hatte Recht, sicher verstand er ihn und seine Stimme hielt ihn am Leben. Während die Nacht verstrich, sprach Michael von Chris'

Frau Ann, von ihren gemeinsamen Kindern – er wiederholte alles, was sein Partner ihm in der Zeit erzählt hatte, in der sie zusammen Gold gewaschen hatten. Am Morgen konnte Michael kaum noch die Augen offen halten, aber Chris war immer noch nicht tot.

»Sie sollten etwas essen gehen«, meinte der Arzt, der die Krankenstation gegen neun Uhr öffnete. »Und selbst etwas schlafen. Ich bin jetzt schließlich da, und der Reverend wird auch gleich kommen.«

Michael sah ihn mit rotgeränderten Augen an. »Gibt es denn eine Verbesserung?«, fragte er.

Der Arzt schüttelte den Kopf. »Nicht, soweit ich sehe. Ich glaube, dass Ihr Freund im Koma liegt, Mr. Drury. Und ich fürchte, er wacht nicht mehr auf. Aber sicher kann das niemand wissen, also geben Sie die Hoffnung nicht auf. Sie sollten dabei nur nicht auch noch krank werden. Verziehen Sie sich irgendwohin und schlafen Sie sich aus.«

Michael verließ Chris' Lager nur widerwillig – aber letztlich trieb ihn doch der Hunger in eine Teestube, die ein früheres Freudenmädchen, jetzt verheiratet mit einem Goldgräber, kurz zuvor eröffnet hatte. Die junge Frau, Barbara, servierte ein Frühstück und fragte nach Chris' Befinden.

»Haben Sie denn gar keine Idee, wer es gewesen sein kann?«, fragte sie und stellte ein gewaltiges Omelett vor Michael auf den sauber geschrubbten Tisch. »Der Officer hat ja Nachforschungen angestellt. Aber vielleicht sollten Sie auch selbst ein bisschen rumfragen?«

Michael überlegte. Im Grunde hatte die Frau Recht, ihm würden die Goldgräber eher etwas sagen als dem Fremden aus Dunedin. Die meisten Männer auf den Goldfeldern hatten eine ähnliche Vergangenheit wie Michael, Polizisten trauten sie nicht.

»Ich denke, ich fang in der Bank an«, meinte Michael. »Wäre doch interessant, herauszufinden, wer als Erster von Chris' angeblichem Goldfund wusste. Mal gucken, ob Mr. Ruland sich erinnert.«

Der Bankangestellte erinnerte sich tatsächlich an ein paar Namen, allen voran Ian Coltrane. Michael alarmierte das, aber andererseits waren die anderen Kerle auch keine Unschuldslämmer. Michael kannte sie alle und wusste, wo sie schürften. Und eigentlich konnte er frische Luft gebrauchen. Statt sich schlafen zu legen, holte er den Schimmel aus dem Mietstall und ritt die Goldfelder ab.

Ian Coltrane war allerdings nirgends zu finden, was Michael misstrauisch machte. Seine Nachbarn auf den Goldfeldern wunderte es weniger.

»Wahrscheinlich unterwegs in Sachen Pferdekauf und -verkauf«, mutmaßte einer von ihnen. »Coltrane teilt seine Zeit da auf, er ist höchstens die halbe Woche hier – und mit den Gäulen verdient er zweifellos mehr als mit dem Gold. Fürs Goldgraben hat er kein Händchen, er ist auch kein harter Arbeiter – zumindest nicht ausdauernd. Wenn der zwei Stunden am Tag den Spaten schwingt, dann ist das schon viel. Gucken Sie mal bei seinem Zelt, vielleicht ist er da und verwandelt mal wieder eine alte Mähre in einen jungen Hengst!«

Allgemeines Gelächter folgte der Rede. Auch hier hatte Coltrane sich also schon einen Ruf erworben.

»Und der Junge?«, fragte Michael. »Ist er in der Schule?«

Die Männer zuckten die Schultern. »Meistens zieht er mit seinem Daddy rum. Aber kann natürlich sein. Der Junge ist wie der Alte: Wenn er leichtes Geld wittert, wie beim Pferdeverkauf, ist er schnell dabei. Aber bevor er stundenlang Gold wäscht, lernt er lieber Lesen.«

Michael nahm sich vor, später herauszufinden, ob Colin Coltrane in der Schule des Reverends gewesen war. Aber dann machte er sich erst mal auf die Suche nach Mr. Rulands anderen Kunden. Es war mühsam und brachte letztlich nichts. Zwar hatten alle Chris' plötzlichen Reichtum registriert, aber seiner Angabe geglaubt, dies seien die Erträge mehrerer Wochen gemeinsamer Arbeit mit Michael.

»Geht mich ja auch nichts an«, brachte es der letzte Befragte,

Dick Torpin, auf den Punkt. »Hab genug mit mei'm eigenen Dreck zu tun.«

Michael ritt also zurück zur Krankenstation, wo Chris wie tot in seinen Kissen lag. Nach Angaben des Reverends hatte sich nichts verändert, und Michael wollte seinen Platz an der Seite seines Freundes eigentlich wieder einnehmen. Aber dann übermannte ihn die Müdigkeit. Er hatte einfach keine Kraft mehr, weiter auf den Todkranken einzureden. Er brauchte selbst Schlaf.

Nach kurzer Überlegung wankte er zu Janey hinüber.

»Könnt ihr eure Betten ausnahmsweise mal für mehrere Stunden vermieten?«

Die Mädchen lachten. Michaels hilflose Nachtwache bei seinem Partner war längst Stadtgespräch, wie alles rund um den Überfall auf Timlock. Janeys Belegschaft fand seinen Einsatz jedenfalls rührend. Die Mädchen überschlugen sich damit, ihm erst ein Mittagessen zu geben, und richteten ihm dann ihre Fürstensuite, wie Janey es lächelnd nannte. Ein Zelt, aber sauber gefegt und das Bett blütenweiß bezogen. Michael schlief schon, als sein Kopf nur das Kissen berührte.

Peter Burton dagegen beobachtete Chris Timlock und bemühte sich, die Hoffnung nicht aufzugeben. Er hatte dem Arzt geholfen, die Verbände zu wechseln, aber außer einem schwachen Stöhnen hatte der Kranke nichts von sich gegeben. Der Arzt war inzwischen fest davon überzeugt, dass er im Koma lag.

»Hoffentlich geht das nicht noch zu lange«, meinte er unglücklich. »Verstehen Sie mich richtig, Reverend, ich würd mich auch freuen, wenn der Junge überlebt. Aber so ohne Bewusstsein, blind, bewegungslos … Da fragt man sich doch, was besser wäre.«

Peter zuckte die Achseln. »Das werden wir wohl Gott überlassen müssen«, sagte er schließlich. »Und darauf hoffen, dass der schon weiß, was er uns aufbürdet.«

Dann aber, kurz nach der Mittagsstunde, kam eine der freiwilligen Helferinnen aufgeregt in Peters improvisiertes Büro neben der neuen Kirche.

»Reverend«, keuchte die rundliche Frau des Krämers. Sie musste den Weg von der Krankenstation gelaufen sein. »Reverend, Sie sollen zum Hospital kommen. Wir glauben, der Junge wacht auf. Er bewegt sich und stöhnt … der Doktor meint, Sie sollten sich das ansehen … und ihm vielleicht die Sterbesakramente geben.«

Peter Burton sprang auf und stürzte hinaus. »Ist Michael bei ihm?«, erkundigte er sich, während er neben der kurzatmigen Krämersgattin hereilte.

Sie schüttelte den Kopf. »Nein, keine Ahnung, wo er steckt. Schläft wahrscheinlich irgendwo, der arme Junge. Den ganzen Morgen soll er rumgeritten sein und Leute befragt haben.«

»Schauen Sie doch mal, ob Sie ihn aufspüren, Mrs. Jordan. Wenn Timlock wirklich noch mal aufwacht, wird er mit ihm reden wollen.«

Der Arzt stand an Chris Timlocks Bett und fühlte seinen Puls. »Es tut sich zweifellos etwas. Er scheint sich geradezu an sein Bewusstsein zu klammern. Er will aufwachen.«

Chris versuchte, sich zu bewegen, und öffnete sein verbliebenes Auge. Es starrte aber blicklos in den Raum, wahrscheinlich war der Sehnerv verletzt und der Mann völlig erblindet.

Peter nahm seine linke Hand. »Chris … Chris, hören Sie mich?«

Timlock erwiderte den Druck leicht. »Mike …?«

Es war nur ein Flüstern, Peter und der Arzt hielten den Atem an.

»Reverend Burton, Chris. Peter Burton. Wie geht es Ihnen, können Sie sprechen?«

Chris drückte Peters Hand noch einmal, dann ließ er sie los und schien etwas in die Luft zu zeichnen. »Lizzie … Gold … warn… farn…«

»Farne, Chris? Was meinen Sie, und was ist mit Lizzie?«

»Warn… Gold, Lizzie, Mike … Dreieck … Moridorf … Haus …

Haus Westen ...« Chris stieß die Worte mit letzter Kraft zwischen den zerschlagenen Lippen hervor.

»Warnen, Mr. Timlock?«, fragte der Arzt. »Meinen Sie, man müsste Lizzie warnen?«

Chris nickte heftig. »Westen ... Haus ... Bach ... aufwäss ...«

Peter sah den jungen Mann hilflos an. »Ich verstehe nicht, Chris ... Noch mal, langsam. Lizzie sucht Gold in einem Dreieck, und wir müssen sie warnen? Warum, Chris, wovor? Chris, wer hat Ihnen das angetan? Vor wem müssen wir Lizzie und Michael warnen?«

Chris stöhnte. Er griff nach Peters Hand und schien sich daran hochziehen zu wollen. Dann nahm er noch einmal alle Kraft zusammen. »Reiten wesfärs, von Haus bis Bach, auffärs ... bachauffärs ... Schnell!«

Chris fiel zurück in die Kissen. Sein Auge hatte sich wieder geschlossen. Der Arzt fühlte erneut seinen Puls. Dann schüttelte er den Kopf.

»Das war es, Reverend. Mehr wird er uns nicht sagen. Aber das hat er wenigstens noch geschafft, und es war ihm offensichtlich sehr wichtig. Wir müssen herausfinden, was er meinte!«

Peter strich sanft Chris' sandfarbenes Haar zurück, das ihm in sein verbundenes Gesicht gefallen war. »Wir müssen warten, bis Michael wieder auftaucht. Vielleicht kann der sich ja einen Reim darauf machen. Chris muss gedacht haben, er sei mit Lizzie zusammen und sie wären beide in Gefahr. Aber so ... Es kann ja nicht lange dauern, sein Pferd steht vor der Tür.«

Peter stand auf und sah sich nach möglichen Helfern um. Es war Mittagszeit, die Männer, die zur Armenspeisung gekommen waren, konnten den Toten später in die Kirche bringen und dort aufbahren.

»Ich halte morgen früh einen Gottesdienst«, sagte der Reverend. »Wobei es schön wäre, wenn viele kämen ... Benachrichtigen Sie den Police Officer, Doktor? Wir haben es nicht mehr nur mit einem Überfall zu tun, es ist Mord.«

Die Nachricht von Chris' Tod sprach sich in Windeseile herum – nur Michael verschlief sie in Janey's Dollhouse. Die Mädchen waren übereingekommen, ihn nicht zu wecken.

»Er kann ihn ja auch nicht mehr lebendig machen«, meinte Janey, eine kleine, kräftige Frau, die Lizzie in mancher Hinsicht ähnlich war. Ihre Geschichten glichen sich in vieler Hinsicht – nur dass Janey den Gedanken, ehrbar zu werden, irgendwann aufgegeben hatte.

Tom Winslow allerdings schlief nicht. Er hatte sich zwar nach dem Besuch im Krankenhaus bis zur Besinnungslosigkeit weiter betrunken, aber am Morgen kam er in seinen Laden. Natürlich war der Überfall auf Chris immer noch Stadtgespräch. Winslow erfuhr, dass der Junge noch am Leben war, und ertränkte seine Erleichterung in den ersten Drinks des neuen Tages. Gegen Mittag redete er sich ein, dass Chris nun gar nicht mehr sterben könne. Alles würde sich einrenken, alles würde gut werden. Sicher erinnerte der Junge sich nicht mehr daran, wer ihn niedergeschlagen hatte. Und womöglich machte Coltrane ja wirklich das große Geld, indem er dieser Lizzie folgte.

Winslow trank noch einen Whiskey und beschloss dann, zum Essen zu Barbara zu gehen. Vielleicht konnte er Chris ja später noch mal besuchen. Er torkelte in die Teestube.

Peter half eben dem Küster, ein Podest für den Sarg von Chris Timlock zu errichten, als ein halbwüchsiger Junge wie von Furien gehetzt ins Kirchenzelt hastete. Peter erkannte ihn als einen Laufburschen der Bank.

»Reverend, Reverend, Miss Barbara schickt mich … von der Teestube. Sie … Sie müssen sofort kommen, da … da will sich einer umbringen.«

Peter runzelte die Stirn. »Noch mal, Robbie – einer von Barbaras Kunden will sich erschießen?«

»Nicht erschießen, Reverend, erstechen, er hat ein Messer, und … er will Sie aber vorher noch sprechen, Reverend … schnell!«

Zum zweiten Mal an diesem Tag verließ der Reverend seine Kirche im Laufschritt. Er hatte es nicht weit, Barbaras Teestube lag neben dem Hospital. Im Vorbeilaufen registrierte er, dass Michaels Schimmel immer noch vor den Zelten wartete. Von seinem Besitzer gab es nach wie vor keine Spur.

Barbara und ein paar ihrer Mittagsgäste standen an der Tür ihrer Holzhütte und befanden sich in heller Aufregung. »Da drin, Reverend, da! Es ist Tom Winslow. Und er schreit immer nur was von Schuld und Mord und Hölle!«

Tom Winslow hatte sich in einer Ecke des Lokals verbarrikadiert. Er hatte sein Hemd aufgerissen und presste die Spitze seines Jagdmessers gegen die Brust. Wenn er zustieß, würde er sein Herz treffen. Dr. Wilmers, der Arzt, stand in sicherer Entfernung von ihm und redete beruhigend auf ihn ein.

»Was auch immer Sie getan haben, Tom, Sie müssen gestehen und die Strafe auf sich nehmen. Sich jetzt ein Messer ins Herz zu stoßen ist keine Lösung, Sie sollten …«

In diesem Moment betrat Peter Burton die Teestube.

»Reverend!« Tom Winslow wimmerte. »Reverend Peter, Sie … Sie müssen … meine Sünden … ich hab das doch nicht gewollt … Ich bin ein Mörder, Reverend, lieber Herr Jesus, vergib mir meine Sünden, vergib mir meine Schuld … ich … auch wenn ich das nicht gewollt hab, ich …«

Peter versuchte, näher an Winslow heranzukommen, aber der Mann ritzte sofort seine Haut mit dem Messer. Dr. Wilmers warf Peter einen hilflosen Blick zu.

»Tom, zunächst sollten Sie alles in Ruhe erzählen!«, sagte Peter und versuchte, Stärke und Gelassenheit in seine Stimme zu legen. »Vielleicht ist es ja gar nicht so schlimm. Gott vergibt – besonders, wenn Sie die Sünde nicht mit Absicht begangen haben.«

»Mit Absicht schon!«, erklärte Tom. Er weinte jetzt. Der Mann war offensichtlich betrunken. »Wir … wir wollten ja wissen, wo er das Gold herhatte.«

Peter richtete sich alarmiert auf. »Wo wer das Gold herhatte?

Reden Sie von Chris Timlock, Tom? Waren Sie an dem Überfall beteiligt?«

»Ich hab ihn festgehalten«, schluchzte Tom. »Und erst dachte ich ja … ich dachte, so ein paar Backpfeifen, das bringt keinen um. Und er hätt's uns ja einfach sagen können …«

»Aber er hat es nicht getan?«, fragte Peter. »Er wollte nichts sagen?«

»Er wollte wohl schon«, greinte Tom. »So, wie er den verdroschen hat … der hätt alles gesagt. Aber er hatt's wohl nicht gewusst … Sie müssen mir glauben, Reverend, als ich gemerkt hab, dass er nichts weiß, da hab ich Coltrane gesagt, er soll aufhören, aber …«

»Coltrane? Ian Coltrane? Der Pferdehändler?«

Tom nickte. »Aber er hat nicht aufgehört, er sagte, er müsste was wissen, aber Timlock … am Ende hat er gesagt, die Frau weiß es. Die Frau hat das Gold gefunden.«

»Lizzie!« Peter tauschte einen Blick mit dem Arzt. Chris' letzte Worte gewannen langsam Sinn. »Und hat er gesagt, wo sie es gefunden hat? Wo sie ist?«

Tom schüttelte den Kopf. »Nein, er … er wusste gar nichts, glaub ich. Aber Coltrane … er wollte zu Drury hoch und ihnen nach. Wenn die wieder zu der Stelle gehen. Und dann da einen Claim abstecken oder so …«

Peter fühlte Kälte in sich aufsteigen. Vielleicht hatte Coltrane ja wirklich nicht mehr im Schilde geführt. Vielleicht hätte er sich auf ein Ausspähen der Goldgrube beschränkt, wenn Michael dabei gewesen wäre. Aber jetzt … Lizzie wäscht Gold, hatte Michael gesagt. Sie musste allein vorausgegangen sein. Und Coltrane …

»Hören Sie, Tom, das erzählen Sie jetzt zunächst dem Officer. Bestimmt gibt es für Sie mildernde Umstände, bestimmt!«

Tom Winslow schüttelte wild den Kopf. »Ich will keine mildernden Umstände!«, sagte er kurz, »will nicht … in den Knast. Nicht noch mal. Vergeben Sie mir bloß, Reverend. Machen Sie, dass der Herr mir vergibt!«

Tom Winslow holte noch einmal tief Luft, dann stieß er zu und ließ sich gleichzeitig nach vorn in das Messer fallen. Dr. Wilmers fing ihn auf, konnte aber nichts mehr tun. Peter sprach ein Gebet. Dr. Wilmers schloss dem Toten die Augen, wandte sich dann aber schnell dem Reverend zu.

»Noch mal«, sagte er dann. »Lassen Sie uns das noch mal durchgehen. Was hat Chris Timlock gesagt, wo diese Lizzie ist? Er hat's doch gewusst, nur den Kerlen hat er es nicht verraten.«

»Ein Dreieck …«, meinte Peter. »… von seinem Haus aus zu einem Bach und Maoridorf …«

Der Arzt schüttelte den Kopf. »Das hilft uns nicht weiter. Aber westwärts, sagte er, von seinem Haus aus westwärts.«

Peter nickte. »Und dann bachaufwärts. Genau … Wo ist Michael? Wo verdammt noch mal ist Michael Drury? Kümmern Sie sich um das hier, Doktor! Ich muss Michael finden, und Lizzie …«

Peter rannte hinaus auf die Straße. Seine Gedanken rasten. Coltrane war gefährlich – und das wusste er nicht erst seit dem Mord an Chris Timlock. Schon Kathleens Reaktion auf das Wiedersehen mit ihrem Mann hatte ihm genug gesagt. Kathleen war vor Angst vor Coltrane fast gestorben. Immer noch, nach so vielen Jahren! Und jetzt war dieser Kerl hinter Lizzie her – die offensichtlich einen spektakulären Goldfund geheim halten wollte. Vielleicht war sie die Einzige, die den Fundort je gesehen hatte! Wenn Coltrane sich ihrer entledigte … Es gab keine Beweise gegen ihn. Die Aussage Winslows konnte als Faselei eines Betrunkenen durchgehen – und vielleicht plante Coltrane ja sowieso, nie zurück nach Tuapeka zu kommen. Colin war allerdings am Morgen in der Schule erschienen. Der zumindest ritt nicht auf Lizzies Spuren in die Berge.

Peter sah Michaels Schimmel vor der Krankenstation. Ein prachtvolles, zweifellos sehr schnelles Pferd, er hatte es oft bewundert. Aber ohne seinen Reiter nutzte es nichts. Es sei denn …

Peter stürzte in die Krankenstation. »Mrs. Jordan«, rief er die Krämersfrau an, die nach wie vor Dienst tat. »Ist Michael Drury aufgetaucht?«

Er ließ die Frau nicht zu Wort kommen, sondern deutete schon ihr Kopfschütteln richtig. »Mrs. Jordan, wenn er kommt: Sagen Sie ihm, ich habe seinen Schimmel genommen. Ich muss Lizzie Portland finden, es geht um Leben und Tod. Er soll sich mein Pferd satteln und mir nachkommen. Haben Sie verstanden?«

Die rundliche kleine Frau machte große Augen, nickte jedoch. Sie war nicht dumm, sie würde es schon richtig ausrichten. Und wenn nicht, gab es auch noch Dr. Wilmers. Peter beschloss, sich darüber weiter keine Gedanken zu machen. Er band den Schimmel los und trabte an.

Kapitel 10

Ian Coltrane konnte sein Glück kaum fassen, als Michael am Morgen nach dem Überfall ins Dorf hinunterging, während Lizzie allein nach Westen in die Berge zog. Es war auch kinderleicht, ihr zu folgen – es wurde auf die Dauer regelrecht langweilig. Lizzie hatte es nicht eilig, sie kam nur quälend langsam voran. Die junge Frau lief neben ihrem Pferd her, sprach mit dem Tier und ließ es immer mal wieder grasen. In der Mittagszeit begann sie, hinter sich zu spähen und auf Hufschläge zu horchen, was Ian zunächst nervös machte. Aber dann merkte er, dass es offensichtlich nicht ihm galt. Lizzie schien eher darauf zu warten, dass Michael Drury sie einholte. Bei einiger Überlegung war das naheliegend und natürlich möglich. Zwar würde die Sache mit Chris Timlocks Tod ihn sicher aufhalten, aber dann konnte er sich durchaus entschließen, seiner Partnerin noch in die Berge zu folgen. Erst recht, wenn er eins und eins zusammenzählte und argwöhnte, dass Chris vor seinem Tod geredet hatte. Ian hoffte, dass wenigstens Winslow, der Säufer, dichtgehalten hatte, aber im Grunde vertraute er auf dessen Selbsterhaltungstrieb. Und auf seine Sucht. Im Gefängnis gab es keinen Whiskey. Winslow würde das Risiko nicht eingehen, eingebuchtet zu werden.

Ian verhielt sich noch vorsichtiger, seit er argwöhnte, dass Michael Lizzie folgen könnte. Aber mit den Stunden wurde er ruhiger. Wenn sein Widersacher wirklich noch hinaufgeritten wäre, hätte er Lizzie inzwischen eingeholt, sein Schimmel war schnell. Aber wahrscheinlich war es ihm gar nicht möglich, an diesem Tag noch zurück in die Berge zu reiten. Zweifellos würde die Polizei aus Dunedin zum Fall Chris Timlock zugezogen werden, und bei einem Mord unter Goldgräbern war der Partner des Opfers stets der erste Verdächtige. Der Officer würde Michael verhören und mit etwas Glück eine Nacht lang einsperren. Womöglich wurde er ja sogar gesucht.

Coltrane machte sich keine großen Sorgen mehr, als Lizzie kurz vor dem Dunkelwerden einen Bach erreichte und dort ihr Lager aufschlug. Er dachte einen Augenblick daran, sie zu überfallen und zu zwingen, ihr Ziel preiszugeben, aber wozu sollte er sich die Nacht unruhig gestalten? Natürlich würde er sich ein bisschen kostenlosen Spaß mit dem Mädchen machen, aber das hatte bis zum anderen Morgen Zeit. Er musste nur höllisch aufpassen, dass seine Beute ihm nicht entwischte. Jetzt wollte er erst mal ruhig schlafen.

Ian verschob die Angelegenheit also auf den nächsten Tag. Lizzie war dann immer noch hübsch, nach der entsprechenden Behandlung bestimmt willig – und wenn er das Gold hatte und mit ihr fertig war, brauchte er sie nicht mehr mit Vorsicht zu behandeln. Es war sogar besser, wenn sie verschwand. Dann hätte er es nur noch mit Michael zu tun, und der sollte ihm erst mal beweisen, dass er Lizzie den Claim gestohlen hatte.

Ian band sein Maultier ein paar hundert Yard unterhalb von Lizzies Schlafplatz an und hoffte, dass sie nicht zu geübt darin war, die Laute der Nacht zu unterscheiden. Er fesselte seiner Stute noch sicherheitshalber zusätzlich die Vorderbeine, aber sie würde natürlich gelegentlich von einem Bein aufs andere treten. Lizzies eigenes Pferd tat das glücklicherweise auch – und wie sich herausstellte, war der lichte Südbuchenwald, in dem sie sich befanden, bevölkert von Nachtvögeln. Die Biester ließen Ian kaum ein Auge zumachen, aber sie boten ihm auch die ideale Tarnung.

Lizzie ahnte nichts, als sie am Morgen aufstand, sich im Bach wusch und Brotfladen zum Frühstück backte. Am Abend zuvor hatte sie Fische gefangen. Ian fand, dass sie sehr klug war, er fragte sich, wo Michael sie herhatte.

Lizzie trödelte offensichtlich herum. Die Sonne stand schon

hoch am Himmel, als sie endlich ihr Lager abbaute, um weiterzuziehen. Sie schien inzwischen auch etwas besorgt, Michael hätte ja wirklich schon eingetroffen sein müssen.

Ian folgte der jungen Frau weiter bachaufwärts bis zu einer seltsamen Steinformation, die wie Nadeln in den Himmel ragte. Dahinter fiel der Bach in einem kleinen Wasserfall zu Tale. Lizzie schien die Landschaft wiederzuerkennen. Mit wachsender Erregung verfolgte Ian, wie sie am Fuß der Felsen ihr Zelt aufbaute und das Pferd grasen ließ. Sie lehnte Schaufeln, Spaten und Hacken ordentlich an den Felsen und kramte die Reuse hervor, mit der sie am Tag zuvor gefischt hatte.

Die Frau hatte Nerven! Ian konnte sich kaum beherrschen, sich auf sie zu stürzen und sie zu nötigen, ihr Geheimnis preiszugeben, aber er zwang sich, ruhig zu bleiben. Lizzie fing ausreichend Fische für zwei – also hoffte sie wohl, dass Michael wenigstens zum Mittagessen auftauchte. Sie horchte jetzt auch immer aufmerksamer auf Hufschläge, aber sie war dem Wasserfall zu nahe, um irgendetwas außer dem rauschenden Bach vernehmen zu können. Nachdem sie ein Feuer entfacht und ihre Beute gebraten hatte – Ian kaute an einer Brotrinde, während ihm das Wasser im Munde zusammenlief –, suchte sie ihre Goldpfanne.

Endlich passierte etwas. Ian beobachtete, wie Lizzie die Böschung hinaufkletterte. Das Goldfeld musste sich also oberhalb des Wasserfalls befinden. Er schlug einen Bogen und folgte ihr in weitem Abstand, sah dann aber, wie sie Schuhe und Strümpfe auszog, in den Bach stieg und mit den Händen im Bachbett grub. Kurze Zeit später begann sie, Gold zu waschen.

Und selbst auf die weite Entfernung sah Ian es gleich beim ersten Versuch in der Pfanne glitzern! Jetzt war es so weit. Ian schob sich lautlos auf den Bach zu, aber Lizzie hätte ihn ohnehin nicht gehört. Sie schrak erst zusammen, als er hinter ihr war, sie packte und ihr die Hand auf den Mund legte.

»Vielen Dank, Miss Lizzie! Es war überaus freundlich von Ihnen, mich zu diesem Goldfeld zu führen!«

Peter Burton stammte aus einer wohlhabenden Familie in Lancashire, England. Schon als Kind hatte er ein Pony besessen und sich als junger Mann bei Reitjagden und Steeplechaise-Rennen einen Namen gemacht. Jetzt kam ihm diese Erfahrung zugute. Michaels kräftiger, hochbeiniger Schimmel lief wie von selbst – zunächst Richtung Heimat, aber dann auch bereitwillig weiter nach Westen. Das Tier schien den wilden Ritt sogar zu genießen, wahrscheinlich ließ Michael es sonst nie so ungezügelt über Stock und Stein jagen.

Auch Peter hätte seinen Spaß gehabt, wäre da nicht die brennende Sorge gewesen, die ihn zwang, den Schimmel auch noch anzutreiben. Selbstzweifel quälten ihn, je länger er unterwegs war. War es richtig gewesen, alles stehen und liegen zu lassen, Michaels Pferd ungefragt auszuleihen und sich auf die unklare Wegbeschreibung eines Sterbenden einzulassen? Womöglich wäre es besser gewesen, auf Michael zu warten – vielleicht auch einen ganzen Suchtrupp auszusenden. Der Reverend besaß nicht einmal eine Feuerwaffe, er würde sich allein auf den Überraschungseffekt und seine Fäuste verlassen müssen, wenn er Coltrane stellte. Da er gerade erst gesehen hatte, was dieser mit seinen Fäusten anstellen konnte, war der Gedanke nicht sehr angenehm! Coltrane war mindestens ebenso groß und deutlich schwerer als Peter. Und trotzdem: Sein Instinkt sagte ihm, dass er nicht anders hätte handeln können. Wenn er Coltrane nicht sehr schnell fand, würde Lizzie den Tag nicht überleben!

Peter Burton schossen viele Fragen durch den Kopf. Wenn der Weg nur richtig war … wenn er sie bloß nicht verfehlte! Nach zwei Stunden Trab und Galopp wurde der Schimmel langsam ruhiger, und Peter stieß zu seiner Erleichterung auf ein Lager. Hier hatte offensichtlich niemand Feuer gemacht, aber die Erde um einen Baum herum war aufgewühlt, man hatte dort wohl ein Pferd angebunden. Peter ritt langsam weiter und meinte, ein weiteres Lager zu erkennen. Viel weniger auffällig, lediglich ein paar abgeknabberte Grasspitzen zeugten vom Aufenthalt eines hungrigen Pferdes. Peter machten die Entdeckungen Mut. Es sah aus, als ob er auf der richtigen Spur war – ebenso wie Coltrane!

Der Reverend trieb sein Pferd an, und der Schimmel trabte munter weiter nach Westen. Die Mittagszeit war längst vorbei, aber Peter war zu erregt, um Hunger zu spüren. Wenn er die Geschwindigkeit seines Pferdes richtig einschätzte, musste er um die zwanzig Meilen geritten sein, seit er Drurys Haus passiert hatte. Und da war ein Bach! Peters Herz raste, als er erneut Spuren eines Lagers entdeckte. Sehr ordentlich verwischt allerdings – es hätten fast Maori sein können, die hier ein Feuer gemacht und genächtigt hatten. Ein zweites Lager fand Peter diesmal nicht, aber er war zweifellos auf dem richtigen Weg. Bachaufwärts. Peter ließ den Schimmel jetzt etwas langsamer traben. Ian Coltrane sollte ihn besser nicht kommen sehen.

Lizzie versuchte, in die Hand zu beißen, die ihr den Mund zuhielt, aber der Griff ihres Peinigers war eisern – er fixierte ihre Oberarme an ihrem Körper. Die Goldpfanne fiel ins Wasser, als sie aus dem Bachbett stolperten. Coltrane sah ihr bedauernd nach.

»Wie schade um das schöne Gold, Lizzie! Aber ich kann mir ja nachher neues waschen. Vorher unterhalten wir uns vielleicht noch ein bisschen, ja, Kleines? Zum Beispiel darüber, wie du das hier gefunden hast! Bist du wirklich allein bis hierhergekommen, oder war dein Michael doch beteiligt?«

Ian nahm seine Hand von Lizzies Mund, griff in einer raschen Bewegung nach ihren Armen und zog sie nach hinten. Lizzie schrie, verstummte aber, als er ihren Kopf gegen eine Südbuche schlug, die am Bachufer stand. Leicht nur, aber die Haut an ihrer Schläfe platzte auf und blutete. Coltrane fesselte ihr rasch die Hände auf dem Rücken, dann warf er sie ins Gras.

»So, Kleine, jetzt können wir reden – aber nicht schreien, sonst muss ich dir leider einen Knebel anlegen.«

»Michael findet mich doch!«, spie ihm Lizzie entgegen. »Und Chris. Sie müssen jeden Moment da sein.« Sie kämpfte gegen ihre

Fesseln, machte sich aber wenig Hoffnung. Dieser Mann war stark wie ein Bär. Und das grausame Blitzen in seinen schwarzen Augen verhieß nichts Gutes.

Coltrane lachte. »Dein Chris mag uns ja vom Himmel aus zusehen«, spottete er, »aber dein Michael ist anderweitig beschäftigt. Nun komm, Miss Lizzie, sag schon: Hast du den Claim allein entdeckt?«

Lizzie wand sich am Boden. Sie tat, als versuche sie immer noch, sich zu befreien, aber vor allem dachte sie fieberhaft nach. Sollte sie von den Maori erzählen? Oder brachte sie den Stamm damit auch in Gefahr? Sie verfluchte ihre Ungeduld. Hätte sie nicht auf Michael warten, mit ihm gemeinsam hinaufreiten und ihn dann erst mal ihren Maori-Freunden vorstellen können? Die Ngai Tahu waren gesellig, vielleicht wären ein paar junge Männer und Mädchen mit ihnen zum Goldwaschen an den Bach gekommen. Aber nein, sie musste ja allein gehen. Natürlich konnte sie Glück haben, und Ian hatte ein paar Maori-Jäger auf sich aufmerksam gemacht, als er sich anschlich. Das hielt sie jedoch für unwahrscheinlich, die Männer wären längst eingeschritten.

»Ich hab's allein gefunden«, stieß Lizzie trotzig aus.

Coltrane nickte zufrieden und strich sich eine dunkle Haarsträhne aus dem schweißnassen Gesicht. »Sehr schön. Aber nun möchtest du es zweifellos mit mir teilen.«

Lizzie antwortete nicht. Es ging alles zu schnell, sie musste die Situation erst mal begreifen. Chris war … tot? Herrgott, wenn dieser Kerl nicht davor zurückschreckte, schon um einer Auskunft willen zu morden – was tat er dann erst, um dieses Gebiet für sich allein zu haben?

Lizzie zwang sich, ein Lächeln aufzusetzen. »Wenn du mir vielleicht erst mal deinen Namen sagst?«, flötete sie. »Wer weiß, vielleicht teil ich ja wirklich gern mit dir!«

Coltrane lachte schallend. »So gefällst du mir schon besser, Süße. Auch wenn ich dir natürlich kein Wort glaube. Aber schön: Mein Name, liebste Lizzie, ist Ian Coltrane. Und von dir wünsche ich mir diesen Claim als Morgengabe.« Er zog sie hoch und drückte sie gegen den Stamm einer Südbuche, um sie zu küssen. Lizzie drehte verzweifelt den Kopf zur Seite.

»Sollen wir nicht hinunter in mein Lager gehen?«, fragte sie mit möglichst aufreizender Stimme. »Ich … ich habe Fische gebraten …«

Vor allem befand sich Michaels Gewehr in ihrem Gepäck. Allerdings wusste sie nicht genau, wie man es abfeuerte.

»Deine Fische lass ich mir dann später schmecken«, beschied sie Coltrane. »Erst ein paar Bissen Lizzie!«

Seine Zunge suchte den Weg in ihren Mund. In diesem Augenblick fiel Lizzie schlagartig ein, wo sie den Namen Coltrane schon mal gehört hatte. Dies war der Mann aus Michaels Heimatdorf! Der Kathleen geheiratet hatte. Womöglich hatte er auch sie getötet. Lizzie hätte über die Ironie des Schicksals beinahe gelacht. Verlor Michael nun die zweite Frau durch die Hand dieses Mistkerls?

Sie selbst jedenfalls machte sich keine Illusionen über ihre Zukunft. Coltrane würde sie nicht leben lassen, er würde sie umbringen und den Claim für sich beanspruchen. Und demnächst würden sich Scharen von Goldgräbern über das Land der Ngai Tahu ergießen, genau das, was der Stamm hatte verhindern wollen. Lizzie würde nicht nur sterben, sie starb obendrein als Verräterin. Die Maori würden nie erfahren, dass sie die Rechte nicht einfach verkauft oder verschenkt hatte. Und wenn es hart auf hart kam, würde hier der Krieg beginnen, von dem Kahu Heke gesprochen hatte. Auf den er hoffte. Und das alles nur, weil sie einen Fehler gemacht hatte.

Lizzies Verzweiflung ließ sie neuen Mut fassen. Coltrane schob ihr Kleid hoch und drang brutal in sie ein. Es war entwürdigend und schmerzhaft, aber sie hatte schon Schlimmeres erlebt. Sie würde sich jetzt nicht schluchzend in sich zurückziehen, sie musste sich wehren! Lizzie tat, als folge sie Coltranes Bewegungen, und rieb dabei ihre Handfesseln gegen die Rinde des Baumes. Sehr fest saßen sie nicht, es musste möglich sein, sie zu lösen. Plötzlich lockerten sie sich, gerade in dem Moment, in dem Ian stöhnend gegen sie fiel.

Lizzies Gedanken überschlugen sich. Sie wusste, dass sie diesen Mann, selbst wenn sie sich jetzt befreite, nicht ohne eine Waffe niederschlagen konnte. Lizzie spähte nach der Goldpfanne aus, aber die lag im Bach. Ihr Messer war unten im Lager.

Ian kam langsam wieder zu sich und richtete sich auf. »Das war gar nicht schlecht, Kleine, sollten wir noch mal wiederholen, bevor … an sich haben wir ja Zeit, nicht, Miss Liz?«

Lizzie versuchte, ihre Rolle weiterzuspielen. »Ich … ich hab viel Zeit, Sir. Ich … wenn Sie mich bloß nicht umbringen, dann … ich kann Ihnen einiges zeigen, Sir … Gehen wir doch ins Zelt.«

Ian grinste. Er würde nicht auf irgendwelche Spiele hereinfallen. Lizzie hielt ihre Hände hinter dem Rücken, aber sie versuchte auch, instinktiv ihren Rock zu glätten, als Ian sie jetzt weiterzog.

»Ich denke, wir gehen lieber ein Stückchen in den Wald, Lizzie. Was meinst du?«

Lizzie wagte kaum zu atmen, als sie über die Tasche ihres Kleides tastete und dabei etwas Hartes erspürte. Ein Stein? Egal was es war, es war besser als ihre Faust. Und dann fiel es ihr ein. Die Kriegskeule aus Jade. Das Geschenk der *tohunga*, geschnitzt für die Hände einer Kriegerin. Lizzie stolperte neben Ian auf den Wasserfall zu. Ob er hier den Abhang hinuntersteigen wollte, oder versuchte er, sie hinunterzustoßen? Unwahrscheinlich, dass sie sich hier das Genick brach, der Teich unterhalb des Wasserfalls war tief genug zum Schwimmen.

Lizzie schöpfte sekundenlang Hoffnung, aber dann erkannte sie, dass Ian nur durstig war. Er ließ sich auf ein Knie nieder und schöpfte Wasser aus dem Bach. Die gefesselte Frau neben sich beachtete er dabei nicht. Was sollte auch geschehen? Die zierliche Lizzie würde ihn nicht mal zu Fall bringen, wenn sie sich mit ihrem ganzen Gewicht auf ihn warf.

Aber Lizzie hatte die Kriegskeule. Und sie spürte ihre Kraft durch den Stoff ihres Kleides hindurch. Was hatte die Priesterin gesagt? Sie war dazu bestimmt, den Stamm zu verteidigen. Den Stamm und das Land der Ngai Tahu. Und genau dazu würde Lizzie sie jetzt einsetzen.

Vorsichtig zog sie ihre rechte Hand aus der gelösten Fessel, griff in die Tasche und spürte die glatte, kühle Keule in ihrer Hand. Wie eine Verlängerung, eine Verstärkung ihrer Faust.

Ian hob den Kopf und schaute über den Wasserfall hinweg ins Tal. Dabei verharrte er wachsam, als hätte er irgendetwas erspäht.

Michael? Es war egal, Lizzie hatte ihren Entschluss gefasst. Sie holte aus, zielte auf Coltranes Schläfe und schlug zu.

Peter Burton hatte die nadelspitzen Felsen schon von weitem erspäht und dann auch Lizzies Pferd neben ihrem Zelt und ihrer Feuerstelle. Das Tier wieherte, als es den Schimmel bemerkte, aber Peter ging davon aus, dass der Wasserfall jedes Geräusch übertönte. Und dann sah er zwei Gestalten oberhalb des Wasserfalls. Ein Mann, der ein Mädchen hinter sich herzerrte. Aber das Mädchen wirkte nicht geschlagen, eher wachsam, angespannt. Und dann ließ sich der Mann nieder, um zu trinken, und die Frau …

Peter sah, wie Lizzie den rechten Arm langsam hinter dem Rücken hervornahm und ausholte. Er kannte diese Bewegung, hatte sie mehrmals bei Maori-Mädchen gesehen, die einen *haka*, den Kriegstanz tanzten. Peter Burton war mit anderen Priestern zu Gast in einem *marae* der Ngai Tahu gewesen, bevor er Christchurch verließ, und erinnerte sich sehr gut an die formelle Begrüßung – die auch eine Art Drohung einschloss. Man hieß die Gäste willkommen, machte ihnen dabei aber sicherheitshalber klar, wie gut man sich wehren konnte, sollten sie sich der Gastfreundschaft nicht als würdig erweisen. Die Männer hatten Speere gehabt, die Frauen kleine Jadekeulen. Und die schwangen sie genauso gelassen, fast elegant und zweifellos treffsicher wie die Frau auf der Böschung.

Peter hielt den Atem an. Er hörte den Aufprall der Keule nicht, aber er sah den Mann fallen, als hätte ihn ein Axthieb getroffen. Und er sah die Frau aufstehen und meinte, sie schreien zu hören.

Nannte man das nicht *karanga*? Den Schrei der Priesterin, der die Götter beschwor? Peter konnte nicht glauben, dass er ihn hier, an diesem Ort, aus dem Mund der couragierten, aber doch sanften und eifrigen Kirchgängerin Lizzie Portland vernahm!

Und dann erkannte Lizzie den Schimmel und rannte den Abhang hinunter.

»Michael! O mein Gott, Michael …«

Peter fing sie auf.

»Reverend?« Lizzies Stimme klang kindlich und verwundert, aber dann loderte Angst in ihren Augen auf, und ihr Gesicht verzerrte sich. »Ist Michael … ist etwas passiert? Mein Gott, er hat gesagt, Chris sei tot. Aber Michael … das können die Götter nicht wollen!«

Peter stützte Lizzie, als sie schwankte, und schüttelte sanft den Kopf. »Nein, Lizzie, obwohl Gottes Wege mitunter schwer zu verstehen sind. Aber Michael Drury ist nicht tot. Er müsste auf dem Weg hierher sein. Und nun erzählen Sie mir, was geschehen ist. Warum haben Sie Coltrane getötet?«

Lizzie begriff nur langsam, was der Reverend sagen wollte. Und was überhaupt geschehen war.

»Ich?«, flüsterte sie. »Ich … irgendwie war ich das nicht. Irgendwie waren es Ingoa und Aputa, und all die Frauen aus ihrem Stamm. Aus meinem Stamm …«

Lizzie holte tief Luft. Dann erst fand sie in die Wirklichkeit zurück, vergegenwärtigte sich, was der Reverend gesehen hatte. Er war kein Zeuge des Überfalls und nicht der Vergewaltigung. Er hatte nur gesehen, wie sie einem Mann von hinten den Schädel einschlug.

»Hören Sie, Reverend, das war Notwehr. Er … er hat mich gezwungen …« Sie spürte jetzt endlich die Tränen, die sie sich zuvor nicht gestattet hatte zu weinen. »Sie dürfen das niemandem erzählen, Reverend. Sie dürfen niemandem von diesem Ort erzählen und diesem Gold.«

Als Michael, gute zwei Stunden später und fast verrückt vor Sorge, im Lager unterhalb des Wasserfalls eintraf, saß Lizzie mit dem Reverend am Feuer. Coltranes Leiche hatten sie mit einer Zeltplane abgedeckt.

Lizzie stürzte ihrem Geliebten entgegen. Sie glaubte wohl erst jetzt, dass er am Leben war, und ihm selbst schien es ähnlich zu gehen. Die beiden klammerten sich aneinander, während Lizzie unter Lachen und Weinen ihre Geschichte erzählte.

Peter Burton entschuldigte sich für den »Diebstahl« des Schimmels. »Ich wollte Ihrer Frau zu Hilfe kommen«, meinte er, »aber sie hat sich ja schon selbst gewehrt.« Er musterte Lizzie mit anerkennenden Blicken.

Michael nickte. »Sie war immer eine kämpferische Lady«, sagte er zärtlich. »Dennoch vielen Dank, Reverend. Das ist schon in Ordnung mit dem Schimmel. Aber was machen wir jetzt mit dem da?« Er wies auf Coltranes Leiche.

Peter Burton zog kurz die Möglichkeiten in Erwägung. »Helfen Sie mir, ihn aufs Pferd zu heben«, meinte er schließlich resigniert. »Wir bringen ihn heute Nacht zu den Klippen oberhalb von Gabriel's Gully und stürzen ihn hinunter. Das kann man dann als Unfall auslegen – oder als Vorhaben, sich selbst zu richten. Winslow hat ihn vor mehreren Leuten beschuldigt, Chris Timlock getötet zu haben. Bei der Untersuchung seines Todes wird man sich nicht überschlagen. Ihre Frau bleibt so unbehelligt – und niemand erfährt von diesem Platz und diesem Gold.«

Alle drei schwiegen, als sie schließlich den Berg hinabritten. Michael führte das Pferd mit dem Toten.

»Warum helfen Sie uns?«, fragte er den Reverend, als Lizzie etwas zurückblieb und die Männer nebeneinandergingen. »Lizzie sagt, Sie hätten nicht mal einen Beweis dafür, dass der Mann sie bedrohte.«

Peter Burton zuckte die Achseln und dachte noch einmal an die Szene oberhalb des Wasserfalls. Lizzies tänzerische Bewegung, ihr Schrei …

»Ich habe etwas Seltsames gesehen«, sagte er leise. »Etwas, das es eigentlich nicht geben dürfte. Sagen wir … ich folge dem Willen der Götter.«

Der Wille der Götter

Tuapeka, Dunedin
1862–1863

Kapitel 1

Nach der Begegnung mit Ian Coltrane war Kathleen die Straße nach Dunedin in halsbrecherischem Tempo heruntergefahren. Erst als die Pferde in einer Biegung strauchelten und der Wagen bedenklich schwankte, nahm sie sich zusammen und zügelte ihre Panik zumindest so lange, bis sie ihre Wohnung in Dunedin erreichte. Claire fand sie dort beim Packen, als sie aus dem Laden nach Hause kam. Hektisch und ohne jeden Plan warf sie Kleidung in Taschen und Koffer.

»Er ist hier«, schluchzte sie hysterisch, als sie Claire bemerkte. »Ian ist wieder da. Ich muss weg, ich muss schnell weg hier.«

Claire brauchte Stunden, um Kathleen wieder halbwegs zu beruhigen und vor allem von dem überstürzten Aufbruch abzuhalten. »Kathleen, ich bezweifle ja nicht, dass du ihn gesehen hast. Aber er ist oben in Tuapeka. Das ist zwanzig Meilen weit weg! Und auch wenn er mal nach Dunedin kommt, verirrt er sich garantiert nicht in ein Geschäft für Damenmode. Wobei er dich hier nicht mal finden würde, du trittst doch offiziell kaum in Erscheinung! Und wenn er mir zu nahe kommt, kriegt er es mit Jimmy Dunloe zu tun! Was sagt denn überhaupt der Reverend?«

Claire schüttelte den Kopf, als Kathleen fahrig von ihrer Flucht berichtete. »Peter Burton muss dich für verrückt halten«, konstatierte sie. »Du hättest wenigstens mit ihm reden können.«

Kathleen hatte inzwischen aufgehört zu packen. Sie saß zusammengekrümmt in einer Sofaecke. »Ich will mit niemandem reden!«, weinte sie. »Ich weiß nicht, ob es richtig ist, hierzubleiben. Was ist, wenn er Sean sieht? Oder Heather? Aber wenn … falls ich nicht weggehe, dann … dann will ich keinen sehen und mit keinem reden. Ich bin unsichtbar, Claire. Ich …«

»Sie ist völlig hysterisch und verängstigt«, erläuterte Claire Peter Burton.

Zwei Tage nach dem Vorfall mit Coltrane schaffte er es endlich, freizunehmen und nach Dunedin zu reiten. Claire bewirtete ihn in ihrem Laden mit Tee und Muffins, Kathleen hatte sich in der Wohnung verschanzt.

»Wobei sie nicht nur um sich selbst fürchtet, sondern auch um Sie, Reverend!«, fuhr Claire fort. »Ins Goldgräberlager will sie jedenfalls nie wieder, und Sie sollen sie auch nicht besuchen oder gar irgendwo mit ihr gesehen werden. Sie fürchtet sich zu Tode, weil die Leute im Lager ihren Namen kennen.«

»Aber doch nur wenige!«, beschwichtigte der Reverend. »Ein paar Frauen, der Doktor, ein paar Leute aus der engeren Gemeinde. Und selbst da haben viele sie einfach ›Miss Kathie‹ genannt. Die Wahrscheinlichkeit, dass einer davon sie Coltrane gegenüber erwähnt, ist minimal.«

»Für Kathie ist es trotzdem unerträglich«, meinte Claire. »Sie hätten sie erleben sollen, bis Sean und Heather endlich zurück waren! Sie hat sich zu Tode gefürchtet, dass die Kinder Coltrane in die Arme laufen könnten.«

Peter Burton nickte. »Sie war im Lager schon völlig verängstigt. Dabei scheint er doch für seine Verhältnisse ein ganz guter Vater zu sein. Sein jüngerer Sohn vergöttert ihn.«

»Der ist auch …« Claire hielt inne. Wenn überhaupt, dann musste Kathleen dem Reverend von ihren Familienverhältnissen erzählen. »… der ist ihm ähnlicher«, schloss sie. »Lassen Sie ihr Zeit, Peter. Sie muss erst mal über den Schock hinwegkommen.«

Peter Burton rieb sich die Schläfe. »Und dabei dachte ich, wir kommen uns endlich näher«, klagte er. »Sie wurde zugänglicher, lebendiger …« Er griff nach seiner Teetasse, fand sie leer und spielte fahrig mit dem Löffel.

Claire goss ihm Tee nach und legte noch einen Muffin auf seinen Teller. »Hier, essen Sie, sonst werden Sie so dünn wie Kathie. Die hat seit dieser Begegnung mit Coltrane bestimmt fünf Pfund verloren. Das alles nimmt sie fürchterlich mit!«

Peter biss gehorsam in den Kuchen. Auch er wirkte mitgenommen. Seine Augen waren rot unterlaufen, er benötigte unbedingt eine Rasur, und auch sein Haar musste dringend geschnitten werden. Claire beschloss, ihn gleich noch zum Barbier zu schicken, bezweifelte aber, dass dies irgendetwas an Kathleens Haltung zu ihm ändern würde.

»Auf jeden Fall wissen Sie jetzt, warum sie all die Jahre so schüchtern und distanziert war!«, sprach sie weiter. »Mit Ihnen hat das nichts zu tun, Peter, das dürfen Sie nicht glauben. Im Gegenteil, Kathleen liebt Sie, da bin ich mir sicher. Aber mit diesem Damokles-Schwert über sich – wie soll sie sich darüber klarwerden?«

Kathleen verbrachte die nächsten Tage völlig abgeschieden in ihrer Wohnung. Sie zeichnete ein wenig, aber sie traute sich nicht einmal, die Näherinnen zu besuchen und den Fortgang ihrer Arbeit zu kontrollieren. Wenn eine von ihnen Fragen hatte, musste sie zu Kathleen kommen – und verdutzt feststellen, dass ihre Chefin die Wohnungstür mit drei Schlössern gesichert hatte. Solange noch Ferien waren, erlaubte sie auch Sean und Heather kaum noch, vor die Tür zu gehen. Besonders Sean ließ sie nicht aus den Augen. Heather, die sich kaum an ihren Vater erinnerte, weil er früher schon so oft unterwegs gewesen war, hatte sich in den letzten Jahren dermaßen verändert, dass Ian sie kaum auf den ersten Blick erkennen würde. Auf den zweiten Blick sah sie Kathleen natürlich sehr ähnlich.

In ihrer Panik bestand Kathleen darauf, dass ihre Tochter Hütchen mit breiter Krempe trug, wenn sie auf die Straße ging, und ihr Haar aufsteckte, statt es offen oder geflochten zu tragen. Heather betrachtete die Veränderung ihrer Mutter mit Befremden, Sean brachte dagegen erstaunliches Verständnis für sie auf. Er war ungewöhnlich reif für sein Alter, einer der besten Schüler der neu eröffneten High School für Jungen. An seinen Vater und seinen Bruder erinnerte er sich gut, und er sah ein, dass Gefahren von ihnen ausgehen mochten. Aber er gab seiner Mutter auch zu bedenken, dass sie sich nicht ihr Leben lang verstecken konnten.

»Gibt es keine Scheidung in Neuseeland, Mom? Es muss doch eine Möglichkeit geben, ihn loszuwerden, ohne … ohne ihm den Kopf einzuschlagen?«

Kathleen stürzte diese Überlegung in neue Ängste. Hegte ihr Sohn womöglich Mordpläne, um ihr beizustehen?

Ihr Herz begann sofort zu rasen, als es zwei Wochen nach ihrer Begegnung mit Ian zu ungewöhnlicher Zeit an der Tür klingelte. Es war gegen neun Uhr am Morgen, Sean und Heather waren wieder in der Schule, aber der Laden war noch nicht geöffnet. Kathleen und Claire hatten sich einen längeren Frühstückstee gegönnt, dann war Claire hinuntergegangen, um im Laden zu dekorieren. Und die Näherinnen meldeten sich auf keinen Fall vor zehn.

Kathleen überlegte, ob sie öffnen sollte oder nicht, suchte dann aber erst einmal hektisch nach der Pistole, die ihr Jimmy Dunloe auf ihr Bitten hin besorgt hatte. Mit Claire hatte es darüber wilde Diskussionen gegeben, die Freundin wollte keine Waffe im Haus. Aber letztlich hatte Kathleen sich durchgesetzt – auch weil Mr. Dunloe Partei für sie ergriff.

»Schau, Claire, Kathie muss sich doch halbwegs sicher fühlen. Es bekommt weder ihr noch eurem Geschäft, wenn sie jetzt nur noch in einer Zimmerecke sitzt und sich eine Decke über den Kopf zieht.«

Kathleen besaß also eine Pistole, und am Wochenende hatte Dunloe mit ihr schießen geübt. Sie ließ die Waffe in einer ihrer Rocktaschen verschwinden, als sie die Tür einen Spalt weit öffnete und durch die drei Ketten eines Police Officers ansichtig wurde. Kathleen kam sich dumm vor, erschrak aber erneut, als sie überlegte, was der Mann wohl von ihr wollte.

»Hat … hat mein Sohn …?«

Der junge Sergeant blickte in ihr kreidebleiches verängstigtes Gesicht und verbeugte sich erst mal höflich.

»Guten Morgen, Madam. Es tut mir leid, wenn ich Sie erschreckt habe. Sie sind es sicher nicht gewohnt, dass die Polizei …«

»Ist etwas mit meinem Sohn?«, schrie Kathleen panisch.

Der Sergeant schüttelte den Kopf. »Meines Wissens nicht, Madam. Mrs. Kathleen Coltrane?«

Kathleen schalt sich ihrer Panik und öffnete dem Mann erst mal die Tür. »Entschuldigen Sie. Ich … ich …«

»Ich bin Sergeant Jim Potter von der Dunedin Police, und ich muss Sie bitten, mich oder einen Kollegen heute oder spätestens morgen nach Tuapeka zu begleiten.«

Kathleen taumelte. Konnte Ian sie von der Polizei zurückholen lassen?

»Es geht um die Identifizierung eines Toten«, führte Potter aus.

Kathleen suchte Halt am Türrahmen. »Der … der Reverend? Peter … Peter Burton?«

Sergeant Potter schüttelte den Kopf. »Nein … nein, es geht um einen Goldgräber. Es … bitte, setzen Sie sich doch, Mrs. Coltrane, Sie wirken sehr angegriffen. Und die Nachricht, die ich für Sie habe, wird Sie noch mehr erschüttern. Es könnte sein … ja, es ist sogar sehr wahrscheinlich, dass es sich bei dem Toten um Ihren Gatten handelt.«

Kathleen verfuhr wie in Trance, als sie den Officer bat, zu warten, bis sie Claire verständigt und sich für die Reise umgezogen hatte. Sie würde vielleicht ein paar Tage in Tuapeka bleiben, beschied sie ihre Freundin. Sean könne hinaufkommen, wenn er wolle, aber es sei ihr eigentlich lieber, wenn er in Dunedin bliebe und sich um seine Schwester kümmere. Kathie packte umsichtig ein paar dunkle Kleider in ihre Reisetasche, dachte auch an Geld und alle Papiere, die sie besaß, und wirkte fast gelassen, als sie Sergeant Potter schließlich folgte.

Claire hätte ihre Freundin am liebsten begleitet. Ihre plötzliche

Ruhe war ihr genauso unheimlich wie die vorhergehende Hysterie. Aber dann sagte sie sich, dass Peter Burton schließlich da sein würde. Und der Reverend war verlässlich. Bevor er erlaubte, dass man Kathleen zur Identifizierung nach Tuapeka beorderte, hatte er sich zweifellos zehnmal davon überzeugt, dass der Tote wirklich Ian Coltrane war.

Ein paar Stunden später stand Kathleen dann vor dem Kühlhaus der Metzgerei von Tuapeka, in dem man ihren Mann vorläufig für sie aufgebahrt hatte. Natürlich stand seine Identität fest, aber Peter Burton hatte darauf bestanden, dass sich auch seine Gattin von seinem Ableben überzeugte. Kathleen musste zweifelsfrei als Witwe anerkannt werden – und zudem sagte ihm sein Gefühl, dass sie die Leiche sehen musste, um wirklich an ihre Freiheit zu glauben.

»Sind Sie bereit, Mrs. Coltrane?«, fragte Sergeant Potter mitfühlend.

Kathleen nickte und folgte dem Officer ins Innere des Blockhauses. Der Sarg mit dem Toten wirkte seltsam deplatziert zwischen all den Rinderhälften und Schweinefüßen, die hier aufbewahrt wurden. Kathleen fröstelte, aber sie betrachtete die Leiche eingehend. Der Mann sei eine Klippe hinuntergefallen, hatte man ihr gesagt. Sie registrierte Hautabschürfungen, die anscheinend kaum geblutet hatten, eine einzige, wirklich ernsthafte Verletzung befand sich an der Schläfe. Es sah eigentlich nicht aus, als sei Ian zu Tode gestürzt, eher, als habe man ihm mit einem extrem harten Gegenstand den Kopf eingeschlagen. Kathleen musste wieder an Sean denken. Aber das war unmöglich, der Junge hatte sich nie länger als sechs Schulstunden von ihrer Wohnung entfernt.

»Da muss er draufgefallen sein«, meinte Sergeant Potter naiv. »Auf einen Felsen vielleicht. Tut mir leid, Mrs.Coltrane, kein schöner Anblick. Ist es nun …?«

Sie nickte. »Es ist Ian Patrick Coltrane«, sagte sie ruhig. »Mein angetrauter Gatte. Und ich … ich würde jetzt gern den Reverend sprechen, bevor ich … bevor ich mich meines Sohnes annehme.«

Peter Burton schloss die Tür seines Büros hinter Kathleen, als

Potter sie zu ihm brachte. Es war eine der Annehmlichkeiten der eben eröffneten neuen Kirche, dass man Türen öffnen und schließen und nicht mehr nur Zeltplanen anheben oder fallen lassen konnte. Der Reverend wollte Kathleen in die Arme nehmen, aber sie wehrte ihn heftig ab.

»Warst … du es?«, fragte sie leise.

Peter Burton sah sie verständnislos an. Dann begriff er. »Nein! Wie kannst du das denken, Kathleen? Ich bin ein Mann Gottes, ich … Himmel, natürlich habe ich daran gedacht, als ich sah, wie sehr du dich vor ihm fürchtest! Aber da gibt es doch andere Möglichkeiten!« Er legte seine Hand auf ihre, aber sie entzog sich ihm erneut.

»Wer war es dann?«, fragte Kathleen. »Erzähl mir nichts von Klippen, Peter, ich bin eine Expertin für Schlägereien. Ian Coltrane hat seine Kampfkunst jahrelang an mir erprobt. Ich weiß, wie es aussieht, wenn einen eine Faust an der Schläfe trifft. Und ich weiß, dass man gewöhnlich nicht auf die Schläfe fällt, wenn man zu Boden geworfen wird. Das wird kaum anders sein, wenn man ausrutscht oder springt. Also – wer war es, Peter?«

Der Reverend blickte zu Boden. »Eine junge Frau, die mit einem der Goldgräber zusammenlebt – angeblich unter Unterstützung des Geistes einer Maori-Kriegerin. Auf jeden Fall mit einer Maori-Kriegskeule, und sie wusste, wie man sie schwingt. Dein … Mann hatte sie vorher überfallen und vergewaltigt.«

Kathleen biss sich auf die Lippen. Sie wusste nicht, ob sie weitere Einzelheiten hören wollte. Peter verstand.

»Obendrein ist ein junger Mann, der Miss Portland sehr nahestand, kurz vorher umgekommen, es ist eine hässliche Geschichte, und es würde niemandem helfen, wenn alles an die Öffentlichkeit käme. Ich kann es dir natürlich erzählen.«

Kathleen winkte ab. »Und dann ist er … dann hat sie ihn die Klippen hinuntergeworfen?«

»Mit meiner Hilfe«, gestand der Reverend. »Es war Notwehr, Kathleen, ich schwöre, ich decke keine Mörderin. Aber es hängt viel daran, dass der Schauplatz der Tat geheim bleibt. Und die Frau …«

»… hat genug erduldet«, sagte Kathleen müde. »Ich verstehe. Vielleicht … versicherst du sie meines Mitgefühls?«

Peter rieb sich die Stirn. »Sie weiß nicht, dass er noch Angehörige hatte – außer Colin natürlich. Und ich denke, das ist besser so. Sie macht sich sonst nur noch mehr Gedanken. Außerdem ist sie nicht hier. Sie wäscht Gold weiter oben in den Bergen. Offiziell hat sie mit der ganzen Sache nichts zu tun.«

Kathleen nickte. »Dann … bin ich jetzt … frei?«, sagte sie tonlos.

Peter nickte. »Du brauchst dich vor nichts mehr zu fürchten. Und ich … Kathleen …« Peter hielt kurz inne und fragte sich, ob er es wagen sollte. Aber was brachte es, die Sache weiter aufzuschieben? Und vielleicht tröstete es sie ja und beruhigte … »Ich habe dich nie gefragt, Kathleen, weil ich nicht in dich dringen wollte. Ich wusste, da war ein Geheimnis. Aber nun, da es nichts mehr zwischen uns gibt … Kathleen, ich liebe dich. Willst du mich heiraten?« Peter Burton sah sie erwartungsvoll an.

Kathleen schwirrte der Kopf. Das alles war zu viel für einen Tag. Und wie konnte er es auch so überstürzen? Sie wich zurück wie ein scheuendes Pferd. »Peter, nicht jetzt!«, flüsterte sie. »Es ist … es ist zu früh … Ich … ich mag dich sehr gern, Peter. Aber du bist Reverend, Anglikaner, und ich bin Katholikin! Und ich habe drei Kinder … O Gott, ich habe wieder drei Kinder!« Kathleen straffte sich. »Peter, ich muss mich um Colin kümmern. Das alles wird ohnehin schwer genug. Gib mir Zeit, Peter. Ich werde Zeit brauchen.«

Peter Burton schalt sich seiner Hast. Er hätte das voraussehen müssen. Natürlich würde sie sich jetzt nicht umgehend in seine Arme werfen. Sie würde wieder das brauchen, was er so lange geduldig gewesen war: ein Freund, ein Vertrauter, ein Vater für ihre Kinder. Resigniert stand er auf.

»Komm«, sagte er. »Wir werden Colin suchen. Er verkriecht

sich in seinem Zelt, seit sein Vater gefunden wurde. Von dir habe ich ihm bislang nichts gesagt. Bestimmt wird er sich freuen!«

Kathleen folgte ihm wortlos, aber Letzteres bezweifelte sie. Colin würde um seinen Vater trauern – und mehr noch um sein freies Leben. Wahrscheinlich würde er nicht erbaut davon sein, in ihre Familie zurückzukehren.

In den nächsten Tagen übernahm Kathleen Ian Coltranes Erbe, bestehend aus einer Unze Gold, zwei Pferden – die laut Colin ein kleines Vermögen wert waren, von Peter aber nur kurz in die Kategorie »Schlachthof oder Gnadenbrot« eingeteilt wurden – und natürlich ihrem Sohn. Wie sie vorausgesehen hatte, erwies sich Colin als schwierig. Er wollte keinesfalls mit seiner Mutter nach Dunedin zurückkehren, sondern auf eigene Faust weiter Gold schürfen und das Geschäft seines Vaters führen. Allerdings war er erst vierzehn Jahre alt – es war ausgeschlossen, ihn einfach sich selbst zu überlassen.

Kathleen verkaufte also das Gold und Ians Planwagen und übergab den Erlös Peter Burton als Spende für das Begräbnis ihres Mannes und die Pflege der alten Pferde, die sich im Umfeld des Pfarrhauses vielleicht noch nützlich machen konnten. Ihren widerstrebenden Sohn nahm sie nach der Trauerfeier mit nach Dunedin. Peter Burton ließ es sich nicht nehmen, sie zu fahren, aber es war eine traurige Reise. Colin schwieg verstockt, was immer man ihn auch fragte, und Kathleen hing ihren eigenen Gedanken nach.

Zu allem Überfluss bedachte Colin Peter mit einem bösen Seitenblick, als er Kathleen schließlich zum Abschied küsste. Der Junge hatte zweifellos ein feines Gespür für Gefühle und Zusammenhänge, er vermutete mehr hinter dem keuschen Kuss auf die Wange, als Kathleen ihn wissen lassen wollte. Peter Burton machte sich Sorgen, als er sein Pferd zurück nach Tuapeka lenkte. Kathleen war frei von Ian Coltrane, aber Colin lauerte nur darauf, dessen Platz einzunehmen. Nicht in ihrem Herzen, aber da, wo ihre Angst saß.

Nun erwies sich das als nicht so einfach – auch deshalb, weil Sean keineswegs gewillt war, seinem wiedergefundenen Bruder irgendwelche Frechheiten durchgehen zu lassen. Er spielte klar den Mann im Haus, was Kathleen und Claire einerseits belustigte, das Zusammenleben mit Colin aber nicht unbedingt einfacher machte. Colin hatte sich in den letzten Jahren daran gewöhnt, mehr oder weniger zu tun, was ihm passte. Das geregelte Familienleben bei Kathleen und Claire, die höflichen Umgangsformen, zu denen die Kinder angehalten wurden, und vor allem der regelmäßige Schulbesuch behagten ihm nicht. Sehr bald hörte Kathleen Klagen der Lehrer: Colin störe, benehme sich anmaßend oder schwänze die Schule gleich ganz.

Sean brachte die Verweise seines Bruders nach Hause und musste sich die Klagen über ihn natürlich ebenfalls anhören. Die Lehrer betonten zwar stets, dass sie ihn selbstverständlich nicht beträfen, aber lästig war es doch. Sean konnte die Bemerkung »Vielleicht kannst du ja mal auf deinen Bruder einwirken?« bald nicht mehr hören, zumal seine diesbezüglichen Versuche nur wilde Prügeleien zur Folge hatten. Colin gewann sie mühelos – er war weitaus geübter im Faustkampf als der Streber Sean.

Auch Peter Burton, der so oft wie möglich vorbeikam und zu Colin ein ebenso vertrautes Verhältnis suchte wie zu Sean und Heather, richtete nichts aus. Colin Coltrane mochte sich nicht unterordnen: nicht den Lehrern, weder dem anglikanischen Reverend noch dem katholischen Priester und erst recht nicht Mutter und Bruder. Schließlich sah Kathleen ein, dass Colin in der Schule nicht zu halten war.

»Versuchen wir's also mit einer Lehrstelle«, seufzte Kathleen und wandte sich mithilfe des Pfarrers an Donny Sullivan, den irischen Mietstallbesitzer.

Auf Pferde verstand Colin sich, Kathleen hoffte, dass ihrem Sohn die Arbeit mit den Tieren behagte. Der kleine dicke Sullivan – vormals eifriger Kirchgänger bei Peter Burton, aber jetzt natürlich Mitglied der neu gegründeten katholischen Gemeinde, war auch willig, den Jungen aufzunehmen. Er konnte im Stall schlafen, ihm bei den Pferden zur Hand gehen und vor allem täglich reiten. Viele Einsteller bei Sullivan hatten Geschäfte in der Stadt und kamen nicht dazu, ihre Pferde regelmäßig zu bewegen. Ein junger geschickter Bereiter war ihnen durchaus willkommen.

Kathleen war zuerst zwar skeptisch, da auch Sullivan nebenbei mit Pferden handelte, aber sowohl Peter als auch Father Parrish, der katholische Priester, beruhigten sie. Donny Sullivan war so ehrlich, wie man es in seinem Gewerbe nur eben sein konnte. Natürlich nahm auch er einem reichen Stadtfrack ohne Pferdeverstand einen höheren Preis ab, als das erworbene Tier wert war, oder er zog zwei Jahre ab, wenn er das Alter eines Maultiers angab. Aber er betrieb keine Rosstäuscherei, und er schwatzte auch niemandem ein zu kleines oder großes, zu feuriges oder zu faules Pferd auf. Sullivan hatte weitestgehend zufriedene Kunden und war stolz darauf.

So lange, bis er Colin Coltrane einstellte. Nach drei Monaten erschien der Mietstallbesitzer in Kathleens Wohnung und erklärte ihr wortreich und unglücklich, warum er den Jungen entlassen wollte.

»Es ist nicht so, als verstünde er nichts von Pferden, Mrs. Coltrane«, seufzte Donny. »Im Gegenteil – der Knabe weiß mehr als ich! Leider jedoch nichts, was man als Ehrenmann wissen sollte. Ich muss ihn ständig daran hindern, an den Zähnen der Verkaufspferde herumzufeilen, um sie jünger wirken zu lassen, und an ihren Hufeisen herumzumachen, damit ihr Gang eleganter wird. Er kennt alle Rosstäuschertricks und versteht nicht, warum ich sie nicht anwende. Als Bereiter ist er in Ordnung – fasst die Pferde etwas hart an, aber das würd ich ihm schon abgewöhnen. Man kann ihn bloß nicht mit den Kunden allein lassen! Kaum spricht er mit ihnen, da macht er ihnen ihre Gäule schlecht. Und er redet mit Engelszungen! Die meisten wollen die Pferde gleich umtauschen, wenn er mit ihnen fertig ist. Meistens gegen irgendwelche halb wilden jungen Hengste, die natürlich schick aussehen, wenn der kleine Coltrane sie vortraben lässt. Aber diese Sonntagsreiter fallen da doch reihenweise runter! Und ich muss nachher damit fertig werden, wenn sich so ein braver Schuhmacher mit dem Gaul den Hals bricht! Es tut mir leid, Mrs. Coltrane, aber der Junge lügt, kaum dass er den Mund aufmacht. Gestern hat er dem alten Monty Robs, Sie wissen schon, diesem Goldgräber, der sich jetzt in Waikouaiti als Farmer versucht, das Pferdchen verkauft, das ich eigentlich für Miss Claires Tochter vorgesehen hatte.«

Kathleen nickte. Chloé sollte ein Pony zum Geburtstag bekommen, und Claire suchte seit Wochen nach dem richtigen Pferd. In Donnys kleinem Fuchs meinte sie, es gefunden zu haben.

»Mit dem Tierchen könnte er seine ganze Farm umpflügen«, hat er Monty erzählt, »und fressen würd's auch fast nichts.«

Kathleen lachte bitter auf. Sie fühlte sich an Matt Edmunds Eselin erinnert. Donny Sullivan schmunzelte ebenfalls. Einer schönen Frau konnte er nicht widerstehen, und Kathleen war hinreißend, wenn sie lächelte. Aber deshalb würde er ihren ungeratenen Sohn trotzdem nicht behalten!

»Das ist natürlich irgendwie lustig, und man könnt auch sagen, Monty der Dummkopf verdient nichts anderes. Aber der Mann hat sich auf unseren Rat verlassen, und er wurde betrogen. Da beißt keine Maus den Faden ab. Wenn er das rumerzählt, ist mein guter Ruf sehr schnell ruiniert. Also werde ich jetzt nach Waikouaiti fahren, dem Mann das Pferd wieder abschwatzen und gegen ein Maultier umtauschen, das eigentlich schon jemand anderem versprochen war. Obendrein wäre es hundert Pfund mehr wert als das Füchschen – aber ich kann Monty natürlich keinen Aufpreis abnehmen, das würde er nicht verstehen. Der Knabe kostet mich also gerade hundert Pfund, einen Arbeitstag und beinahe meinen guten Namen. Das ist zu viel, Madam, geben Sie ihn woanders in die Lehre!«

Colin sah die Gründe Sullivans natürlich nicht ein. Im Gegenteil, er fand unflätige Worte für den alten Mann und dessen Dummheit. Jimmy Dunloe, dem Kathleen ihr Leid klagte, riet zu einer Arbeit, die nichts mit Pferden zu tun hatte.

»Der Junge ist doch sonst ganz anstellig, nur fehlgeleitet, wie ich das sehe. Wenn Sie wollen, Kathleen, nehme ich ihn als Laufburschen. Er kann ein paar Akten hin und her tragen, auch Aufträge außerhalb der Bank erledigen – wenn er merkt, dass man Vertrauen in ihn setzt, wird er sich besser betragen.«

Kathleen war dem Bankier zwar dankbar, glaubte aber nicht so recht an den Erfolg seiner Maßnahmen. Schließlich hatte es stets zu Ians wichtigsten Strategien gehört, Vertrauen zunächst aufzubauen und dann zu missbrauchen.

»Geben Sie Colin bloß kein Geld in die Hand«, warnte sie Claires Freund. »Es tut mir weh, das über meinen eigenen Sohn sagen zu müssen, aber ich traue ihm nicht!«

Sie sollte Recht behalten. Einen Monat später entließ Jimmy Dunloe Colin vorgeblich aufgrund seiner mangelnden Freundlichkeit den Kunden gegenüber und seiner Säumigkeit bei der Erledigung von Aufträgen. Jimmy verriet Claire, dass auch kleine Geldbeträge aus der Kasse verschwunden seien, seit er den Jungen angeheuert habe.

»Aber das müssen wir Kathleen ja nicht erzählen. Sie regt sich sowieso schon genug über ihn auf«, sagte er.

Dunloe hielt sich von dem Tag an zurück, zu Kathleens Erleichterung gab es jedoch noch die katholische Gemeinde und den gestrengen, aber überaus rührigen Father Parrish. Im Laufe des nächsten Jahres brauchte Kathleen immer wieder die Hilfe des kleinen bigotten Priesters, um Colin erst in einem Kolonialwarenladen, dann bei einem Schuster und schließlich bei einem Baustoffhändler in die Lehre zu geben. Sie musste sich dazu zwangsläufig der Katholischen Gemeinde enger anschließen, was weder Claire noch Peter Burton gefiel.

»Herrgott, Kathie, du entwickelst dich zu einer richtigen Betschwester!«, schimpfte Claire, als Kathleen eines Sonntagabends zum zweiten Mal zur Messe ging. »Und dauernd diese Totenmessen für Ian! Wie viele hast du ihm schon lesen lassen? Fünfzig? Wann hast du das letzte Mal mit Peter gesprochen? Du brauchst mal wieder eine Portion Darwin statt Bibel!«

»Father Parrish lehnt Darwin ab«, gab Kathleen zurück, wohl in der Hoffnung, damit das Thema zu wechseln. Sie stand vor dem Spiegel und bemühte sich, auch noch die letzte ihrer goldblonden Locken unter einem unattraktiven dunklen Kapotthut zu verstecken. »Und Ian … er war zweifellos ein Sünder. Father Parrish sagt, seine unsterbliche Seele …«

Claire verdrehte die Augen. Sie bereitete sich auf einen Konzertbesuch mit Jimmy Dunloe vor und trug ein dunkelgrünes, mit Schmucksteinen besetztes Abendkleid. »Du meinst, wenn du Messen lesen lässt, holt ihn das aus der Hölle? Na, das wäre aber ungerecht, wenn man sich da rauskaufen könnte! Kathleen, wach auf! Das dient alles nur der Kasse von diesem Pfaffen, und obendrein macht er dir ein schlechtes Gewissen. Das hat er schon immer versucht, denk dran, wie er dich überreden wollte, reuig zu Ian zurückzugehen!«

Kathleen zuckte die Schultern und warf ein schwarzes Tuch über. Zweifellos war es ungewollt, aber die Trauerfarbe stand ihr hervorragend. Sie hob ihre Alabasterhaut hervor und betonte ihre schlanke Figur. »Er ist der Einzige, der sich noch für Colin einsetzt. Inzwischen will ihn niemand mehr einstellen. Ohne Father Parrish … Und wie sieht denn das aus, wenn ich mich mit einem anglikanischen Reverend treffe? Wenn man mich mit ihm sieht! Es reicht schon, dass Colin meinen Ruf ruiniert!«

Claire schüttelte verständnislos den Kopf. Father Parrish hatte es jedenfalls geschafft, Ians Rolle in Kathleens Kopf zu übernehmen. Er hielt sie in ständig wachsender Furcht, zumal er ihr auch die Schuld daran gab, was aus Colin geworden war. Hätte seine Mutter ihn nicht verlassen, so Parrishs Meinung, wäre seine Erziehung sicher anders verlaufen.

Peter Burton war verständlicherweise verletzt durch Kathleens Verhalten. Sie konnte sich ihm nicht völlig entziehen, da Claire ihn immer wieder in die gemeinsame Wohnung einlud, aber sie zeigte sich ihm gegenüber schüchtern und einsilbig. Wenn der mitgebrachte Wein und die rege Unterhaltung zwischen Jimmy, Claire und Peter ihren Panzer aber doch einmal aufzubrechen schienen, so war gleich Colin da, dessen Seitenblicke Kathleen und Peter zu verbrennen schienen.

Colin erkannte die Befangenheit seiner Mutter genau und scheute nicht davor zurück, sein angebliches Wissen über ihre Beziehung zu dem Anglikaner als Waffe zu benutzen. Schließlich schmähte er sie dafür sogar in aller Öffentlichkeit, nachdem er wieder einmal hinausgeworfen worden war. Sein letzter Lehrherr, ein freundlicher älterer Eisenwarenhändler, versuchte, die Gründe dafür gegenüber Kathleen diplomatisch zu formulieren. Aber er konnte doch nicht umhin, Colins Griff in die Kasse zumindest anzudeuten.

Kathleen nickte und winkte ab. »Mein Sohn ist ein Gauner, Mr. Ritchie, sagen Sie's doch gleich«, meinte sie müde. »Ich kann's bald nicht mehr hören, aber ich verstehe natürlich Ihre Haltung.«

»Und meine Mom treibt's mit einem Protestanten!«, krähte Colin und sah sie hasserfüllt an. »Sonntags geht sie beten, aber montags geht der Reverend bei uns ein und aus – und sie tauschen Küsse!«

Kathleen reagierte darauf instinktiv. Sie holte blitzschnell aus und stoppte den Jungen mit einer Ohrfeige, aber Mr. Ritchie und seine Frau tauschten natürlich peinlich berührte Blicke. Das Ganze würde sich schnell herumsprechen.

Colin trollte sich anschließend zu irgendwelchen Freunden, während Kathleen sich bei Claire und Jimmy Dunloe ausweinte. »Was soll ich bloß mit ihm machen?«, schluchzte sie. »Nach der Sache wird ihn erst recht keiner mehr nehmen. Und das mit Peter … ich hab das nie gebeichtet! Was wird Father Parrish von mir denken? Ich muss …«

»Du willst jetzt nicht wirklich zu diesem Pfaffen laufen und ihm anvertrauen, dass du Peter drei- oder viermal auf die Wange geküsst hast!«, rief Claire entsetzt.

»Es war ja nicht nur auf die Wange, ich …« Kathleen hob zu

einem längeren Geständnis an, aber Jimmy Dunloe stoppte ihren Redefluss.

»Kathleen, ob und was Sie beichten wollen, geht nur Sie etwas an«, sagte er ruhig. »Aber was den Jungen angeht, möchte ich Ihnen einen Rat geben. Schauen Sie, in jeder Familie gibt es schwarze Schafe. In unteren Schichten werden die kriminell, und Ihr Colin ist auf dem besten Weg dahin. Aber in der besseren Gesellschaft gibt es Möglichkeiten – und nach allem, was ich von Ihren Geschäften weiß, können Sie sich das leisten. Schicken Sie den Jungen nach England auf ein gutes College, noch besser eine Militärakademie. Ich werde mich nach den passenden Internaten erkundigen.«

»Aber er will nicht zur Schule!«, wandte Kathleen ein.

Jimmy Dunloe schüttelte gelassen den Kopf. »Kathleen, er hat nichts zu wollen! Und eine Militärlaufbahn wäre ihm vielleicht auch lieber als eine rein akademische Ausbildung. Jedenfalls ist das seine letzte Chance, Kathleen. Hier rutscht er ab, und Sie können ihn nicht hindern.«

»Aber wir sind Iren!«, flüsterte Kathleen. »Ich kann doch meinen Sohn nicht zum englischen Militär schicken. Das … das sind unsere Feinde! Das wäre Verrat, das wäre …«

»Womöglich noch schlimmer als einen anglikanischen Reverend zu küssen?«, warf Claire ein.

»Die nehmen doch auch gar keinen Iren!«, hoffte Kathleen.

Jimmy Dunloe zuckte die Schultern. »Vielleicht findet sich ja eine irische Militärakademie, obwohl ich das nicht glaube. Aber ich könnte Ihnen helfen. Natürlich nur, wenn Sie's wollen. Übrigens – was mich angeht: Ich hab ein dickes Fell. Ich bleibe in Neuseeland, und sobald es möglich ist«, er lächelte Claire zu, »werde ich eine geschiedene Frau heiraten. Da kommt's auf einen sowohl unehelichen als auch ungeratenen Sohn auch nicht mehr an. Wir können Ihr Früchtchen als Colin Dunloe anmelden. Waschechter Brite aus bester Familie. Wenn auch nicht erbberechtigt, das müssen wir vertraglich klären. Sein Vermögen muss er sich schon selbst schaffen!«

Kathleen biss sich auf die Lippen und kämpfte gegen die Tränen. Ein hochherziges Angebot – und der zweite Sohn, der unter einem falschen Namen aufwachsen sollte. »Das … das ist sehr nett«, murmelte sie. »Nur … Die britische Armee! Er bleibt doch Ire.«

Claire verdrehte die Augen. »Kathleen, du willst das nicht wirklich ablehnen! Gerade die britische Armee! Die ist schon mit anderen irischen Dickköpfen fertig geworden!«

Kathleen sah sie böse an. Aber es war nicht zu leugnen. Wenn sie Dunloes Angebot ausschlug, würde Colin irgendwann im Gefängnis landen. Fragte sich bloß, ob das nicht ehrenhafter war als die Royal Army … Michael hätte es zweifellos so gesehen. Und Ian? Nun, der hätte eine Position bei der Army sicher als Sprungbrett genutzt, der Königin ein lahmes Pferd unterzujubeln. Kathleen musste bei diesem Gedanken lächeln.

»Schlafen Sie einfach mal drüber!«, riet Dunloe freundlich. »Aber ich sag's Ihnen gleich, etwas Besseres wird uns nicht einfallen.«

Ein paar Wochen später reiste Colin Dunloe Coltrane mit nagelneuen Papieren als englischer Staatsbürger nach Woolwich, London, um der Royal Military Academy beizutreten. Die Ausbildung reizte ihn wenig, die Stadt London aber umso mehr, und eine künftige Karriere beim Militär erschien ihm auch als annehmbare Option für die Zukunft. Irischer Patriotismus stand ihm dabei nicht im Wege. Sein Vater hatte zwar stets über die Engländer geschimpft, ihnen aber doch einen gewissen Respekt gezollt. Die Engländer waren die Sieger. Sie hatten gewonnen, hatten Irland besetzt. Ihre Königin beherrschte die halbe Welt. Colin reizte ihre Macht, auch er wollte herrschen. Und wenn er dazu Engländer werden und die rote Uniform anziehen musste, so sollte es ihm recht sein.

Kapitel 2

Lizzie verbrachte auf den Goldfeldern der Maori den schönsten Sommer ihres Lebens. Michael und sie hatten ihr Zelt oberhalb des Wasserfalls aufgeschlagen, und morgens berauschten sie sich an der Aussicht über die Berge und kleinen Seen, die Otagos Landschaft prägten. An klaren Tagen konnte man fast bis Tuapeka sehen. Das Leben in der Goldgräberstadt, der Mord an Chris Timlock und Lizzies Rache an Ian Coltrane schienen inzwischen weit entrückt. Lizzie und Michael lebten von der Jagd und vom Fischfang – meistens von Letzterem, schließlich gab es keine Kaninchen oder Hasen. Das eigenartige Verhalten der Vogelwelt Neuseelands blieb Michael ein Rätsel, das erfolgreicher Jagd im Wege stand. Was sie an Getreide und Gemüse benötigten, bezogen sie von den Maori, und das Gold, das sie schürften, horteten sie in einem Versteck unter den Felsen beim Wasserfall. Da niemand außer dem Reverend und den Ngai Tahu ihr Lager kannte, war das kein großes Risiko. Michael brauchte nicht in die Stadt zu reiten, um das Gold zur Bank zu bringen. Damit wären sie auch aufgefallen, denn Lizzies und Michaels Goldvorräte wuchsen in atemberaubender Geschwindigkeit, obwohl er und Lizzie keineswegs so viel arbeiteten wie die Goldgräber in Tuapeka. Meist schliefen sie in aller Ruhe aus, machten sich dann an die Arbeit und nutzten die Mittagszeit erneut für die Liebe und ein anschließendes Nickerchen. Lizzie genoss Michaels Zärtlichkeiten und offensichtliche Zuneigung. Er gehörte nun ganz und gar ihr, Kathleen schien er vergessen zu haben. Dabei hatte Lizzie es sich wirklich nicht leicht gemacht. Ein paar Tage nach Coltranes Tod fragte sie Michael sogar widerstrebend, ob er nicht Colin Coltrane zu sich nehmen wolle.

»Ich hab ein schlechtes Gewissen, weil ich ihm den Vater genommen habe«, gab sie zu. »Und er ist immerhin der Sohn von deiner Kathleen.«

Michael schüttelte energisch den Kopf. »Aber nicht meiner!«, erklärte er fest. »Ian Coltrane hat bekommen, was er verdient hat, das braucht dir nicht leidzutun. Und was Colin angeht: Es tut mir leid, dass er Vater und Mutter verloren hat, aber wir müssen neu anfangen. Und er ist nicht gerade der Sohn, den Kathleen und ich uns gewünscht hatten.«

Lizzie freute sich über diese Entscheidung, erkundigte sich aber dennoch bei Peter Burton nach dem Verbleiben des Jungen. Der Reverend beruhigte sie mit der vagen Auskunft, der Junge habe in einer Familie in Dunedin Aufnahme gefunden. Er vertrat die Ansicht, dass sich Lizzie und Michael mit der Erinnerung an Ian Coltrane so wenig wie möglich belasten sollten, und Michael schien diese Meinung zu teilen. Keiner der Männer brachte je das Gespräch auf die Coltranes, wenn Peter das Paar auf Lizzies Goldfeld besuchte. Das tat er alle paar Wochen. Er betrachtete Lizzie als sein Pfarrkind, und er machte sich Sorgen um ihr Seelenheil.

Tatsächlich widmete Lizzie den Geistern der Maori inzwischen deutlich mehr Zeit als christlichen Gebeten. Sie hielt die Tradition aufrecht, die Erde vor jeder Entnahme von Gold um Verzeihung zu bitten, und in ihrem augenblicklichen Liebestaumel dankte sie Papa und Rangi auch gleich für ihr Glück in Michaels Armen. Michael spielte bereitwillig mit. Spätestens seit dem heiligen Wendelin und seinem Beistand bei der Schafschur war er an solche Allüren gewöhnt.

Allerdings gab es andere Dinge, die sein Glück mit Lizzie trübten – besonders, als die Goldvorräte anwuchsen und Lizzie langsam davon zu reden begann, dass man das Feld verlassen müsse. Sie hatten nun fast ausreichend Gold, um sich eine große Farm in den Plains leisten zu können, außerdem ein Geschäft für Ann Timlock, die mit ihren Kindern auf dem Weg nach Neuseeland war. Chris' Frau war untröstlich über seinen Tod, und sie wollte nun wenigstens sein Grab sehen. Außerdem erhoffte sich sich in dem neuen Land mehr Chancen für ihre Kinder. Wahrscheinlich würde sie sich in Dunedin ansiedeln, irgendein Geschäft eröffnen und die Kinder dort zur Schule schicken.

Michael hätte das Goldfeld gern weiter ausgebeutet, aber Lizzie ermahnte ihn immer wieder, nicht gierig zu sein und den Pakt mit den Maori nicht zu brechen. Nun hätte er damit leben können, die Mine aufzugeben. Was ihm dagegen Schwierigkeiten machte, war seine Position Lizzie gegenüber. Er wollte sie heiraten, er liebte sie zweifellos. Aber war diese Beziehung wirklich seine Idee gewesen? Während Michael auf Lizzies Anweisung hin vorsichtig ihr Goldfeld bearbeitete, bereit, mit seiner Ausbeutung anzufangen und aufzuhören, wenn Lizzie es bestimmte, kam er immer wieder ins Grübeln. Er war ein Mann, Kathleen hatte ihn angebetet. In Irland war er angesehen gewesen, und zweifellos sprach man dort heute noch über sein Husarenstück mit Trevallions Korn. In Amerika, mit Kathleen, hätte er sein Glück machen können. Aber seit er Lizzie kennen gelernt hatte, so schien es ihm, tanzte er nur noch nach ihrer Pfeife!

Natürlich, sie hatte ihm geholfen. Erst auf dem Schiff, dann bei der Flucht, wofür er ihr ewig dankbar sein würde! Obwohl er die Mittel, die sie dazu angewandt hatte, nach wie vor nicht gutheißen konnte. Aber das war Vergangenheit, Michael war entschlossen, Lizzie ihre Hurerei zu vergeben. Dann hatte er sie wiedergetroffen, und sie hatte sich erneut eingemischt. Natürlich waren sie erfolgreich gewesen. Die Whiskeybrennerei hatte deutlich mehr Geld gebracht als das Schafescheren. War das etwas kurzsichtig gewesen? Sein alter Freund, der Maori Tane, leitete inzwischen eine Schererkolonne in den Plains und verdiente sehr gut. Seit es dort immer mehr Schafe gab, verließ man sich nahezu nur auf die professionellen Scherer. Kaum ein Schafbaron setzte noch seine eigenen Viehtreiber für die Schur ein, die hatten genug damit zu tun, den blitzschnell arbeitenden Scherern die Tiere zuzutreiben. Tane und seine Leute arbeiteten drei Monate im Jahr hart, den Rest der Zeit genossen sie ihr Leben. Michael hätte auch hier sein Auskommen finden können.

Und nun die Goldfelder. Er hatte sich bemüht, hatte mit Chris wie ein Verrückter gearbeitet. Aber ohne großen Erfolg – bis Lizzie eingriff! Michael schien jeder nur als ihr Anhängsel zu betrachten. Die Maori nahmen ihn kaum wahr, selbst der Reverend beachtete ihn bei seinen Besuchen nur am Rande. Peter Burton sprach mit Lizzie über die Bibel, über Geister und Dämonen, und sie hatte dazu zweifellos mehr zu sagen als Michael, dessen Religionsunterricht bei Father O'Brien inzwischen ein Vierteljahrhundert zurücklag. Vielleicht ging es Burton auch um ihre Schuld an Ian Coltranes Tod – den Reverend jedenfalls hätte Michael verschmerzen können. Die Sache mit den Maori jedoch kränkte ihn.

Lizzie besuchte ihr *marae* häufig und bestand darauf, dass Michael sie dabei begleitete. Der Stamm müsse ihn kennen lernen und akzeptieren, behauptete sie, aber Michael hatte das Gefühl, dass sich die Leute dort allenfalls über ihn lustig machten. Die Männer pflegten ihn an ihr Feuer zu bitten und waren freundlich zu ihm, aber sie machten sich kaum die Mühe, ihre spärlichen Englischkenntnisse an ihm zu erproben. In ihren Liedern, Geschichten und szenischen Darstellungen meinte Michael dagegen häufig, Parodien auf die Goldgräber, Händler und Liebhaber der *pakeha* zu erkennen, und fühlte sich dadurch getroffen. Den Maori schien das nichts auszumachen. Sie behandelten ihn zuvorkommend. Aber es war nicht wie damals bei Tanes Stamm, in dem man Michaels Kenntnisse bezüglich Schafzucht und Hundeausbildung anerkannte und ihm den Status des *tohunga* zubilligte. Hier war er nur Lizzies Gefährte – allenfalls ausgestattet mit dem *mana* ihres Pferdes oder ihres Hundes.

Lizzie dagegen behandelten die Eingeborenen mit Ehrfurcht. Michael hatte keine Ahnung, ob und woher sie von ihrer Verstrickung in den Tod Ian Coltranes wussten, aber zumindest ihre

Priesterin, Hainga, wurde nicht müde, ihren Einsatz für das Land der Ngai Tahu zu preisen.

Als Michael einmal radebrechend nachfragte, sagte man ihm, Hainga habe an jenem Tag Lizzies *karanga* gehört, worunter man, wie ihm Tonga erklärt hatte, einen Schrei als Anrufung der Götter verstand. Michael konnte sich das nicht vorstellen. Das Maori-Lager lag mehrere Meilen von dem Wasserfall entfernt.

Lizzie jedenfalls hatte sich ungeheures *mana* erworben und wurde entsprechend behandelt. Männer und Frauen bemühten sich um ihre Gunst, man freute sich, wenn sie mit den Kindern des Stammes spielte, und ihre Geschenke, Decken und Kochgerätschaften, die sie damals aus Tuapeka mitgebracht hatte, hielt man in Ehren, als seien sie mit Gold und Diamanten besetzt. Selbst der Häuptling richtete das Wort an Lizzie. Er fragte sie um Rat, wenn es um Verhandlungen mit den *pakeha* ging. Lizzie schuf sich weiteres *mana*, indem sie seine Fragen an den Reverend weitergab, der sie mit einem Advokaten in Tuapeka besprach. Sie konnte also klug und kundig Auskunft geben und half dem Stamm damit oft weiter.

Am schlimmsten fand es Michael, wenn ein befreundeter *hapu*, eine andere Familiengruppe der Ngai Tahu, den Stamm am Tuapeka River besuchte. Dann bat man Lizzie und natürlich auch ihren Mann zum Fest. Michael hatte dabei stets das Gefühl, als wollte man die zwei befreundeten *pakeha* vorführen wie dressierte Pudel. Jetzt war mal wieder so ein Tag.

»Muss ich wirklich mit?«, fragte Michael mürrisch, als Lizzie ihm von der Einladung erzählte.

Lizzie hüllte sich mit sichtlichem Vergnügen in die Maori-Festkleidung, die ihr die Frauen des Stammes geschenkt hatten. Im Winter war *pakeha*-Kleidung dem Klima besser angepasst, aber zum sommerlichen Tanz trugen die Frauen der Eingeborenen Röcke aus gehärteten Flachsblättern, die bei Bewegung ein seltsames Rascheln erzeugten. Dazu gab es knappe, in Stammesmustern gewebte Oberteile.

»Natürlich musst du!«, bestimmte Lizzie. »Es ist eine formelle Sache mit ausführlichem *powhiri*, es wird Stunden dauern, bis sie damit durch sind. Aber dann gibt es Essen, Tanz, ein richtiges Fest eben. Wir nehmen Whiskey mit, ja? Nun mach nicht so ein Gesicht, Liebster, der Reverend wird schon wieder welchen mitbringen, wenn er bei Gelegenheit kommt. Und ich werde meine letzte Flasche Wein opfern. Hainga liebt Wein!«

Seit Lizzie im Gold schwamm, gönnte sie sich so viel Wein aus Dunedin, wie der Reverend bereit war, zu ihnen hinaufzuschleppen. Der brachte zu ihrem Bedauern eher Whiskey mit. Aber Lizzie genoss es so oft es ging, die sündhaft teuren Flaschen, die meist aus Frankreich, Deutschland oder Italien stammten, langsam zu öffnen, zu dekantieren wie damals im Hause Busby und dann mit Michael zu teilen. Der machte sich allerdings nicht viel daraus.

Die letzten beiden Flaschen ihres Whiskeyvorrats sollten zu Michaels Verdruss den trinkfreudigen Ngai Tahu gehören. Michael selbst würde nur ein paar Schlucke abbekommen. Er wappnete sich für einen enervierenden Tag – wurde diesmal aber angenehm überrascht. Seine Whiskeyspende war nicht die einzige, die Besucher hatten auch etliche Flaschen beigesteuert. Und er kannte die meisten Männer des wandernden *hapu*. Der Stamm kam aus Kaikoura, und Tane schloss seinen alten Freund aus Walfangzeiten johlend in die Arme, noch bevor die Stämme mit dem offiziellen Teil des Festes begonnen hatten.

»Wir später reden!«, beschied er Michael, während die Häuptlinge und die Ältesten einander gegenübertraten.

Tane lebte seit Jahrzehnten unter *pakeha* und hätte die Begrüßung sicher gern auf ein kurzes Nasenreiben und ein gemeinsames Glas Whiskey beschränkt. Aber er hatte seine traditionellen Aufgaben beim *haka*. Nachdem man gemeinsam gebetet hatte, griff Tane zu seinem Speer und tanzte den *wero* – durch spezielle Bewegungen gab er damit kund, dass sein Stamm in friedlicher statt kriegerischer Absicht kam. Tane bewies seine Stellung als führender Krieger des Stammes, was Lizzie froh stimmte. Wenn das wirklich

Michaels bester Freund war, so würde Michaels *mana* im Stamm erheblich steigen!

Tatsächlich schien man Michael mit größerer Achtung zu begegnen, als er schließlich beim Festmahl an Tanes Seite Platz nahm. Die beiden tauschten Neuigkeiten aus und tranken miteinander. Am Ende waren sie die Letzten, die noch am Feuer saßen, alle anderen hatten sich schon in ihre Zelte oder Schlafhäuser zurückgezogen. Lizzie schlief in der gesondert stehenden Hütte der *tohunga* Hainga, womit ihr eine große Ehre zuteil wurde. Oder wollte die alte Frau sie nur davon abhalten, vor dem Stamm mit Michael das Lager zu teilen? Lizzie hatte das Gefühl, als ob die Priesterin ihre Verbindung zu ihm nicht guthieß.

»Wolken stehen über dir und über diesem Mann«, sagte sie geheimnisvoll, als Lizzie sie schließlich offen danach fragte. »Die Götter lehnen euch nicht ab, aber ich sehe nicht unbegrenzten Segen. Zwei Mächte kämpfen um dich.«

»Um mich?«, fragte Lizzie verwirrt, aber mehr verriet Hainga ihr nicht.

Michael, mehr im Diesseits verhaftet und die Zunge vom Whiskey gelöst, fand in Tane einen weniger schwierigen Vertrauten.

»Wie macht ihr das, bei den Stämmen?«, wandte er sich um Rat an den Maori-Krieger, während das Feuer langsam verglühte. »Mit den Frauen, meine ich. Ihr lasst sie *tohunga* werden. Nichts geht, wenn nicht wenigstens eine bei euren *powhiri* herumschreit. Ihr gebt ihnen Waffen, aber sie bleiben doch da, wo sie hingehören! Die Männer jagen und fischen, die Weiber kochen und weben, und der Häuptling sagt, wo's langgeht! Warum geht das nicht mit Lizzie? Die macht, was sie will!«

Tane runzelte die Stirn. »Sagt nicht Häuptling, wo geht lang«, korrigierte er. »Sagt *tikanga*, Brauch. Sagt oft auch *tohunga*, mal Mann, mal Frau, kommt an auf *mana*. Und Häuptling hat viel *mana*.«

»Der Trick ist also … mehr … *mana* zu haben als seine Frau?«, fragte Michael.

Tane nickte, allerdings mit geschürzten Lippen. »Schon. Aber auch Frau mit *mana* achtet *tikanga*. Und *tikanga* sagt, Mann Krieger, Frau Kinder. Aber kommt natürlich an auf Zeit. Wenn Zeit schlecht, Frau auch Krieger, auch Fischer, auch Jäger. Aber wenn Zeit gut, alles wie immer.«

So war das also. Zumindest in seinem angetrunkenen Zustand fand Michael die Sache mehr als einleuchtend, und Lizzie müsste es, wie er fand, eigentlich auch verstehen. Michael und Lizzie hatten schlechte Zeiten hinter sich, Lizzie hatte ihr *mana* – was auch immer das genau war – nutzen müssen, um da herauszukommen. Aber jetzt brachen gute Zeiten an, und Michael sollte bestimmen, wo es langging! Wie es der Brauch befahl!

Was Kochen, Weben, Kämpfen und Jagen betraf, waren sich die Bräuche der Maori und *pakeha* schließlich mehr als ähnlich. Michael beschloss, die Sache gleich in der nächsten Woche anzugehen.

Die Gelegenheit dazu bot sich, als Lizzie ihre Ausbeute an Gold wieder einmal abwog und schätzte. Sie befand dabei etwas widerstrebend, dass es nun genug sein sollte. So leid es ihr um ihren traumhaften Sommer in den Bergen tat – es wurde doch Zeit, das Lager abzubrechen.

»Gut, dann werde ich in die Plains reiten und nach Land Ausschau halten!«, erklärte Michael mit klopfendem Herzen. Er hoffte, dass es jetzt nicht zum Streit kam.

»Du allein?«, fragte Lizzie verwundert. »Sollten wir das nicht gemeinsam machen?«

Michael schüttelte den Kopf. »Liebes, bei deinem Reitstil!« Sein nachsichtiges Lächeln nahm den herablassenden Worten, wie er hoffte, die Schärfe. »Da kommen wir doch in drei Monaten nicht in die Plains!«

Lizzie zog die Stirn kraus. »Aber wir können doch unseren Wagen nehmen. Wir reiten nach Tuapeka hinunter und spannen Brownie wieder an. Ich glaub nicht, dass er vergessen hat, wie das geht.«

Michael lachte über diesen Gedankengang. »Natürlich vergisst ein Pferd nicht, im Geschirr zu gehen, Lizzie! Aber auch der Wagen hält uns auf. Allein mit dem Schimmel bin ich schneller.«

Lizzies blieb nachdenklich. »Haben wir es denn eilig?«, wunderte sie sich. »Es ist doch erst Februar, der Herbst fängt gerade erst an. Bis es zu kalt und zu nass wird, um über Land zu fahren, dauert es noch Wochen. Und die Straßen rund um Christchurch sollen jetzt gut ausgebaut sein, da macht ein bisschen Regen sowieso nichts. Na, und was die Farm angeht – da wirst du doch ohnehin jemanden beauftragen.«

In Michael stieg Ärger auf. Gut, er hatte nicht geglaubt, dass sie sein Auftrumpfen völlig widerspruchslos hinnehmen würde. Aber dass sie schon wieder Pläne gemacht hatte, ging zu weit! Er brauchte keine Hilfe, um Land zu kaufen! Vermutlich wusste sie sogar schon, wer da infrage kam!

»Ich dachte, ich verhandle eher direkt mit den Ngai Tahu«, bemerkte Michael.

Lizzie nickte geduldig. »Auch eine Möglichkeit. Aber dann brauchst du mich doch erst recht. Dein Maori …«

»Herrgott, Lizzie, verstehst du nicht, dass ich auch mal etwas allein machen will?«, brach es aus Michael heraus. Seine Augen blitzten vor Zorn. »Wenn du bei den Maori auftauchst, breiten sie dir doch gleich wieder den roten Teppich aus, singen und tanzen, bis sie zusammenbrechen, und dann legen sie dir wahrscheinlich ihr Land zu Füßen!«

Lizzie verstand nicht. »Und?«, fragte sie. »Was ist daran schlecht? Wenn sie uns einen guten Preis machen, weil ich Freunde bei den Stämmen habe, dann ist das doch umso besser. Wir können mehr Schafe kaufen und ein schönes Haus bauen und …«

»Und wenn ich vielleicht gern ein Haus hätte, das schon steht?«, meinte Michael bockig.

»Dann solltest du nicht mit den Maori verhandeln, die haben höchstens ein Versammlungshaus im Angebot!«, lachte Lizzie. »Was ist los, Michael? Hat dich irgendwas verärgert?«

»Verärgert? Mich? So weit lässt du es ja gar nicht kommen, dass ich mich ärgern muss! Bevor ich mich um was kümmern kann, hast du's längst geregelt! Kannst du dich nicht einmal aus was raushalten, Lizzie? Kannst du nicht einmal mich etwas machen lassen?«

Lizzie wirkte verletzt. Sie begriff nicht, worum es ihm ging. »Aber Michael, wir wollen doch beide in dem Haus leben. Und das Land ist für unsere Kinder. Warum willst du denn da allein …«

»Weil das Brauch ist, Lizzie!«, fuhr Michael sie an. »*Tikanga*, wenn dir das lieber ist! Der Mann holt seine Frau in sein Haus! Der Mann baut das Nest, die Frau brütet, verstehst du das?«

Lizzie schüttelte den Kopf. Auf ihrer Stirn standen jetzt steile Falten. »Ich soll … brüten? Aber Michael, wir haben bislang doch alles gemeinsam gemacht.«

Michael sprang auf. Ihre Bemerkung rührte an seine Wunden. »Gemeinsam nennst du das? Wenn du bestimmst und Michael tanzt? Da habe ich andere Vorstellungen von Gemeinsamkeit!« Er begann, seine Sachen zusammenzupacken.

Lizzies Geduld war langsam aufgebraucht. Wenn er unbedingt streiten wollte … »Na, so schlecht waren meine Ideen wohl nicht«, bemerkte sie mit schneidender Stimme. »Wenn du jetzt zum Nestbauen immerhin sechs Pfund reines Gold zur Verfügung hast!«

»Ich wusste, dass du mir das irgendwann unter die Nase reiben würdest!« Michael stopfte ungestüm Kleidung in seine Satteltaschen. »Aber jetzt bin ich dran, Lizzie! Der Schaffarmer, Lizzie, bin ich! Ich finde unser Haus und unser Land, ich kaufe die Tiere ein, ich …«

»Na hoffentlich verstehst du von Wolle mehr als von Gold!«, schleuderte ihm Lizzie entgegen. »Ich hab nämlich keine Lust, den Mist von den Schafen wegzumachen. Reicht schon, dass ich mich dauernd mit deinem Mist herumschlage! Von irgendwelchen verrückten Plänen zur Flucht aus Australien per Ruderboot bis zu all dem Getue um Mary Kathleen!«

Michael blitzte sie wütend an. »Das kannst du immer noch nicht vergessen, Lizzie, ja? Dass ich die Frechheit hatte, vor dir schon mal ein Mädchen anzugucken! Und obendrein noch eins, das dir voraus war. Ein sanftes, schönes, tugendhaftes Mädchen!«

Lizzie richtete sich auf. Bislang hatte sie dem Streit noch nicht allzu viel Bedeutung beigemessen. Aber jetzt begannen ihre sanften blauen Augen Funken zu sprühen.

»Dann kaufst du am besten gar kein Haus, Michael! Dann nimmst du lieber das Geld und stiftest eine Kirche. Für den Geist der wunderbaren Mary Kathleen! Vielleicht lässt du sie noch heilig sprechen! Aber das ist bestimmt teurer als sechs Pfund Gold. Also wirst du wohl noch ein paar Schafe scheren oder Wale ausnehmen oder sonst was tun müssen, mit dem du ja ohne mich mühelos hättest reich werden können! Scher dich zum Teufel, Michael Drury! Und komm erst zurück, wenn du deine Geister endlich da hast, wo sie hingehören!«

Michael biss sich auf die Lippen. Sie hatte natürlich Recht, er war zu weit gegangen. Er hätte sie niemals mit Kathleen vergleichen dürfen. Nicht mehr …

»Lizzie … Lizzie, es tut mir leid. Ich liebe dich doch.« Er wollte sie in den Arm nehmen, aber Lizzie schüttelte ihn ab.

»Das glaub ich dir nicht, Michael!«, sagte sie ruhig. »Du denkst es, aber im Grunde … ich war immer nur ein Lückenbüßer. Und mit einem Geist kann ich nicht konkurrieren. Also hau ab, Michael! Such ein Haus, bau ein Nest oder eine Kirche oder einen Schafstall – du kannst das ganze Geld nehmen, außer dem Anteil von Ann natürlich. Ich kann ja noch ein bisschen schürfen, und dann …«

»Lizzie, geh nicht weg!«, flehte Michael. »So war es nicht gemeint, ich wollte dich nicht verlieren, ich … ich wollte nur selbst etwas schaffen, ich …«

Lizzie spürte die Weisheit der alten Hainga in sich. Sie konnte nicht anders, als Michael noch ein letztes Wort mit auf den Weg zu geben. »So geh und mehre dein *mana*, Michael«, seufzte sie. »Wenn es das ist, was du tun musst. Vielleicht mehrst du es ja im Dienst der Geister, wer weiß? Ich werde noch etwas beim Stamm bleiben. Hainga hat mich darum gebeten, also tue ich ihr den Gefallen. Vielleicht kann ich ja noch etwas lernen. Aber nicht mehr als ein paar Monate, Michael! Vielleicht bis zum Winter. Wenn du bis dahin nicht wieder hier bist – frei von Mary Kathleens Geist! –, dann suche ich mir etwas anderes.«

Lizzie erlaubte ihm nicht, sie zum Abschied zu küssen. Sie blieb wortlos still sitzen, bis er seine Habseligkeiten zusammengesucht und den Schimmel gesattelt hatte. Erst als sie ihn wegreiten hörte, stand sie auf und bereitete sich auf den Aufstieg zum Dorf vor. Sie dachte darüber nach, wie die Geister sie leiteten. Bei den Maori zu leben – das hätte sie auch schon vor über zehn Jahren haben können. Sie dachte an Kahu Heke, für den sie eine Königin gewesen war. Er musste längst Häuptling sein. Und immer noch herrschte kein offener Krieg zwischen den Maori und den *pakeha*.

Kapitel 3

Kahu Heke war noch nicht zum Häuptling gewählt worden. Das lag einmal daran, dass sein Onkel Kuti Haoka den Ngati Pau noch in bestem Gesundheitszustand vorstand. Vor allem jedoch hatte Kahu Heke wechselvolle Jahre hinter sich, die ihn nur selten zu seinem Stamm führten und dort nie zur Ruhe kommen ließen. Der Abschied von Lizzie hatte ihn aufgewühlt. Noch lange nach der Flucht im Häuptlingskanu stand ihm ihr Bild vor Augen – ihr weiches, flirrendes langes Haar. Ihr warmes Lächeln und ihre blauen Augen, die so ganz anders waren als die meist dunklen Augen der Mädchen seines Stammes. Für Kahu spiegelte sich der Himmel darin, der Himmel an einem Frühlingstag. Noch nicht leuchtend blau wie im Sommer, aber doch eine Verheißung. Er hatte ihre wache Art geliebt, ihren Mut und ihre Hingabe. Kahu Heke wusste, dass es einen anderen Mann gab. Kein Mädchen lebte so abgeschieden wie Lizzie in den Jahren bei Busby, wenn es nicht von Träumen zehrte. Schönen oder zerschlagenen Träumen … Kahu hatte den Widerschein von beidem in Lizzies Augen gesehen. Aber sie hatte niemals von diesem Mann gesprochen, und irgendwann musste sie ihn vergessen.

In den ersten Jahren, nachdem Kahu Lizzie auf der Südinsel abgesetzt hatte, wünschte er sich nichts mehr, als den Platz dieses Fremden in ihrem Herzen einzunehmen. Um ihr geistig nahe zu sein, wandte er sich sogar wieder den *pakeha* zu. Er bewarb sich um Arbeit auf ihren Farmen, zunächst sogar im Weinbau, der Lizzie so viel bedeutet hatte. Es war nicht schwer für ihn, eine Anstellung bei James Busby zu finden, aber als er dessen Wein zum ersten Mal kostete, wurde ihm klar, dass er im Weinbau nichts lernen konnte. Dieses saure Zeug konnte auch Lizzie nicht geschmeckt haben, es musste etwas anderes geben. Kahu zog also weiter nach Auckland, wo die *pakeha* bereits ein blühendes Gemeinwesen aufgebaut hatten. Blutenden Herzens investierte er ein halbes Monatsgehalt in eine Flasche wirklich guten französischen Bordeaux – und konnte dann eher nachvollziehen, was Lizzie am Weinbau reizte. Der tiefrote Wein schmeckte erdig, besaß aber auch das Aroma reifer Früchte, Beeren oder Äpfel. Er umschmeichelte die Zunge samtig wie ein Kuss. Vielleicht war es das, was die *pakeha* daran faszinierte.

Kahu jedenfalls sah klare Unterschiede zu Busbys Erzeugnissen, verschaffte sich Einlass in die Bibliothek der neuen Universität und lernte schnell, dass die Qualität des Weines nur zum Teil vom Winzer abhing. Busby mochte beim Keltern seiner Weine alles richtig machen, aber auch die Traube und der Boden, auf dem sie wuchs, spielten eine Rolle. Tatsächlich musste alles zusammenpassen, damit der Wein ein besonderes Aroma entfalten konnte, auch Sonne und Regen mussten das ihre dazutun.

Kahu kam zu dem Ergebnis, dass es jahrzehntelangen Probierens mit verschiedenen Rebsorten und Erntezeiten bedurfte, um dem Boden seiner Heimat und einer passenden Rebe zu einer Verbindung zu verhelfen, die dem Kuss der Götter glich. Busby fehlte es dazu an Geduld und Fantasie. Lizzie mochte die Leidenschaft mitbringen, allerdings nicht die Kenntnisse. Und Kahu selbst fehlte es an allem. Trotz seiner Freude am Kuss der Trauben – wenn er einen Rausch wollte, so taten es auch ein paar Gläser Bier. Und wenn er ein paar mehr davon trank und ein willfähriges Mädchen fand, so konnte er sich auch vorstellen, Lizzie in den Armen zu halten.

Der Umgang mit Tieren behagte Kahu mehr als Weinbau und Feldwirtschaft – Letztere oblag in seinem Volk hauptsächlich den Frauen, während die Männer jagten. Eine Zeitlang verdingte er sich auf einer Schaffarm bei Auckland und kam dort auch gut zurecht, aber letztlich befriedigte ihn die Arbeit für die *pakeha* nicht. Kahu Heke interessierte sich vor allem für die Rechte seines Volkes.

Inzwischen tat es ihm leid, in seiner Jugend ein solcher Heißsporn gewesen zu sein, dass er weitere Ausbildung in den Schulen der Weißen ablehnte. Das Beste wäre zweifellos ein Jura-Studium gewesen, um die *pakeha* mit ihren eigenen Waffen des Gesetzes und des Wortes schlagen zu können.

Kahu war ein Meister des *whaikorero*, der Redekunst. Er konnte sich über die Ungerechtigkeiten empören, die seinem Volk durch die Zuwanderer aus der Alten Welt widerfuhren, allerdings erklang kaum Widerhall bei den Stämmen. Wenn sich Maori und *pakeha* bekämpften, so ging es nur um Einzelprobleme, und die *iwi* und *hapu* beendeten den Streit sofort, wenn es zu einer Einigung kam. Den Eingeborenen war es recht, wenn die Weißen in ihren Städten nach ihrer Fasson regierten. Hauptsache, sie selbst konnten auf dem Lande an ihren Bräuchen festhalten. Kahu Heke, der weitblickender war und die Geschichte Europas studiert hatte, sah eine Katastrophe voraus. Die Weißen nahmen Freundlichkeit stets als Schwäche – das würde in Neuseeland nicht anders sein als in ihrer alten Heimat. Sie ließen die Maori gewähren, solange sie ihr Land nicht brauchten. Würden sie jedoch mehr werden – und Kahu sah die Schiffe in ihren Häfen und die sich ausdehnenden Städte –, so würden sie eines Tages die Hand darauflegen. Kahu hätte sein Volk dafür gern gewappnet, aber niemand hörte ihm zu.

Immerhin erfuhr Kahu gelegentlich etwas von Lizzie. Seine selbst erwählte Aufgabe, Mittler zwischen den Stämmen und Aufklärer über die Machenschaften der *pakeha* zu sein, ließ ihn auch Kontakt mit den Ngai Tahu halten, und so wusste er von Lizzies Pub und Michaels Whiskeybrennerei in Kaikoura. Kahu lachte in sich hinein – Lizzies Anpassungsfähigkeit entzückte ihn. Wenn es schon kein Wein war, so brannte sie eben Whiskey – oder hielt ihren Mann dazu an. Die Maori behaupteten allerdings, es wäre nichts zwischen Lizzie und dem irischen Schafscherer und Whiskeybrenner. Kahu fragte sich, ob das stimmte.

Schließlich erfuhr er, dass beide am Tuapeka River aufgetaucht waren. Aber inzwischen hatte er Lizzies Bild längst nicht mehr so deutlich vor Augen. Er begann, sich mit dem Verzicht auf sie abzufinden – zumal sich ihm andere Ziele auftaten. Kuti Haoka wurde alt. Er würde seine Häuptlingswürde sehr bald abgeben müssen, und dies war Kahus einzige Chance, mehr Einfluss in seinem Volk zu gewinnen. Kahu kehrte folglich zurück zu seinem Stamm, jagte, fischte, beriet die Menschen und erzählte Geschichten. Er mehrte sein *mana*, und sein Herz schlug heftiger, als der Häuptling ihn schließlich zu sich befahl.

»Mein Sohn«, sagte Kuti Haoka. Er hatte seinen Neffen auf eine Ebene oberhalb des *marae* geführt und stand dort hoch aufgerichtet, die Insignien des Häuptlings zu seinen Füßen, verbunden mit dem Land. Kahu hielt sich fern von ihm – der Häuptling der Ngati Pau war *tapu*, nicht einmal sein Schatten durfte auf einen seiner Untertanen fallen. »Ich kenne dich seit deiner Geburt, aber ich weiß nach wie vor nicht, was ich von dir halten soll. Du scheinst dich nicht entscheiden zu können, ob du bei uns oder bei den *pakeha* leben willst, aber die Priester sagen, das sei dein Schicksal, du seiest bestimmt zum Wanderer zwischen den Welten. Nun wird es Zeit, dass du sesshaft wirst. Ich bin alt, ich werde bald nach Hawaiki zurückkehren. Jemand muss nach mir den Stamm führen, und die Reihe wäre an dir. Was ist also mit dir? Und was ist mit der Frau, die du erwählt hast? Die Götter begrüßen deine Wahl, die Priester haben sie mehrmals gefragt. Euer Schicksal liegt im Dunkeln, aber die Verbindung ist gesegnet. Also wo ist sie? Wann bringst du sie her? Wann wirst du mein Amt übernehmen?«

Kahu Heke hatte mit etwas Ähnlichem gerechnet und es auch erhofft – nur die Fragen bezüglich der Frau, die er erwählt haben sollte, irritierten ihn.

Er biss sich auf die Lippen. »*Ariki*, welche Frau?«, fragte er. Kahu kam sich dumm und anmaßend vor.

Der Häuptling hob die Brauen. »Die *pakeha wahine*, wer sonst? Du hast dir viel Zeit gelassen – und ihr. Bald wird sie keine Kinder mehr gebären können.«

Kahu wusste nicht, was er sagen sollte. »*Ariki*«, murmelte er schließlich. »Ich habe sie seit Jahren nicht gesehen. Sie denkt nicht an mich, und sie will mich nicht. Wenn ich Häuptling werde, nehme ich mir ein Mädchen aus dem Stamm.«

Kuti Haoka schüttelte sein würdiges Haupt mit dem langen, zum Kriegerknoten gewundenen Haar. »Das ist nicht im Sinne der Geister. Du hättest meine Tochter nehmen sollen, aber die Götter schenkten mir keine Tochter. Als ich ein Mädchen an Kindesstatt annahm, schickten sie ihr den Tod. Meinem Bruder Hone Heke gewährten sie ebenfalls keine Tochter, also ist es dir auch nicht bestimmt, deine Schwester zur Frau zu nehmen wie in alter Zeit. Dir ist die *pakeha wahine* bestimmt. Also sieh zu, dass du sie findest, wenn du mein Amt willst. Wenn nicht … es wird sich jemand anders finden. *Kia tu tika ai te whare tapu o Ngati Pau.*«

Der Häuptling beendete seine Rede mit den traditionellen Worten: Möge das heilige Haus der Ngati Pau für immer bestehen. Er wandte sich dann um und ging davon, sehr langsam, vorsichtig, immer wachsam. Sein Schatten durfte auf kein Feld fallen, kein Ast eines Baumes durfte sein Haar berühren. Ein *ariki* führte ein einsames Leben.

Aber Kahu dachte darüber nicht nach. Es war seine Pflicht, das Amt des Häuptlings anzustreben. Nicht nur seinem Stamm, sondern seinem ganzen Volk gegenüber. Auf den *ariki* der Ngati Pau würde man hören. In den Dörfern der Maori und in den Städten der *pakeha*. Wieder blitzte der Gedanke in ihm auf, sich zum *kingi* wählen zu lassen – vielleicht sollte er um die Tochter des amtierenden *kingi* freien? Aber das war Zukunftsmusik. Was Kahus erste Frau anging, hatte der Häuptling klare Worte gefunden. Die Geister der Ngati Pau bestanden auf einer Verbindung mit Elizabeth. Jetzt musste es ihm nur noch gelingen, Lizzie von dieser Idee zu überzeugen. Kahu rief sich ihr Gesicht und ihre zarte Gestalt erneut ins Gedächtnis. Während er zurück zum Dorf ging, pfiff er vor sich hin. Es war selten, dass der Wille der Geister und der Wille eines Menschen so genau übereinstimmten.

Kahu Heke nahm diesmal nicht das Häuptlingskanu, um die Nordinsel zu umsegeln, sondern ließ sich von einem Stamm der Ngati Toa auf dem kürzesten Weg auf die Südinsel übersetzen. Vorher durchwanderte er die Nordinsel, sprach dabei mit den Vertretern der verschiedenen Stämme und versicherte sie seiner friedlichen Absichten – als Besucher und später auch als *ariki* seines Stammes. Die *powhiri*, die Zeremonie, die auf der Südinsel mehr ein traditionelles Spiel war, konnte hier bitter ernst werden. Die Stämme auf Te Ika-a-Maui hatten einander immer bekriegt. Kahu war entschlossen, sie jetzt gegen die *pakeha* zu einen. Die Maori mussten ihre Position stärken, im Guten oder im Bösen, im Frieden oder im Krieg! Kahu wusste, dass Kuti Haoka auf Frieden hoffte. Sein ganzes Leben war diesem Frieden geweiht gewesen, obwohl er oft genug hatte kämpfen müssen. Sicher zielte auch der Versuch, weißes Blut in die Häuptlingslinie der Ngati Pau einzubringen, auf eine solche friedliche Lösung. Wobei der *ariki* und seine *tohunga* sicher nicht Kahus Tagträume teilten, durch ein Auftreten gemeinsam mit Lizzie den Weg zu Verhandlungen zu ebnen. Die Ältesten des Stammes dachten eher an weitere Generationen. Kuti Haokas Hinweis auf Lizzies Alter, sie mochte jetzt Anfang dreißig sein, und die Notwendigkeit, möglichst bald mit ihr Kinder zu zeugen, sprach für sich.

Nach der diesmal stürmischen Überfahrt ließ sich Kahu über die Südinsel treiben, besuchte die Ansiedlungen der *pakeha* und fand sie im Großen und Ganzen kleiner und beschaulicher als die Städte im Norden. Natürlich wuchsen Christchurch und Dunedin, aber im Vergleich zu Wellington und Auckland waren es doch noch halbe Dörfer. Streitigkeiten zwischen Maori und *pakeha* gab es kaum. Die Ngai Tahu hielten sich den Städten meist fern, aber sie waren nicht unzufrieden mit dem Preis, den sie für ihr Land erzielt hatten. Die Farmer in den Plains beschäftigten Maori als Viehhüter und achteten ihre *tapu*. Das Land war groß genug, warum sollte man sich darüber streiten, diesen oder jenen Hain oder Berg zu besiedeln, abzuholzen oder abzuweiden?

Die Ngai Tahu wiederum passten sich der Lebensweise der Weißen an. Sie trugen ihre Kleider, schickten ihre Kinder in Missionsschulen und bekehrten sich oft, zumindest halbherzig, zum Christentum. Nur noch wenige Vertreter der jüngeren Generation trugen *moko*, die strengen Gebräuche früherer Zeiten gerieten in Vergessenheit. Niemand scherte sich darum, wohin der Schatten ihres Häuptlings fiel.

Kahu sah schnell ein, dass die Ngai Tahu sicher nicht zu einem Aufstand zu überreden waren. Schließlich erreichte er die Goldfelder in Otago und war empört über die Zerstörung der Landschaft. Er hielt sich kaum auf, sondern zog gleich weiter in die Berge. Irgendwo in dieser Gegend musste der Stamm leben, der Lizzie aufgenommen hatte.

Das Dorf der Ngai Tahu erwies sich allerdings als ziemlich abgelegen. Selbst der erfahrene Maori-Krieger irrte einige Zeit herum, bevor er die Ansiedlung fand. Schließlich traf Kahu ein Maori-Mädchen, das ihn bereitwillig zu seinen Verwandten führte. Haikina, eine Tochter der *tohunga* Hainga, hatte einige Jahre lang in Dunedin gelebt und eine Missionsschule besucht. Nun war sie auf dem Weg zurück in ihr Dorf.

Kahu folgte dem großen schlanken Mädchen über verschlungene Wege an Bächen und am Fluss entlang. Haikina trug die Kleidung der Weißen, hatte die Schuhe jetzt aber ausgezogen und den Rock ohne jede Scham hochgebunden, um sich besser in der Wildnis bewegen zu können. Kahu stellte schnell fest, dass sie zwar von den Weißen gelernt, sich aber nicht von ihnen hatte vereinnahmen lassen. Es war angenehm, mit ihr zu plaudern, die beiden früheren Missionsschüler tauschten sich lachend über die *pakeha*, ihre Lehrer und ihre Priester aus. Auch Haikina hatte sich taufen lassen, stand der Sache mit den Göttern der Weißen jedoch skeptisch gegenüber. Kahu fragte sie schließlich nach Lizzie, aber das Mädchen hatte nur im Goldgräberlager gehört, dass eine Weiße in der Nähe ihres Dorfes Gold schürfen sollte. Mehr wusste sie nicht, sie war fast ein Jahr lang nicht mehr bei ihrem Stamm gewesen.

Entsprechend begeistert fiel Haikinas Begrüßung durch Mutter und Freundinnen aus. Selbst der Häuptling ließ sich zu ein paar Worten an sie herab. Als Tochter der *tohunga* stand sie in hohem Rang, ihr würden wichtige praktische und spirituelle Aufgaben in der Gemeinschaft obliegen. Hainga ließ sie auch kaum zu Atem kommen, sondern wies ihr gleich eine entscheidende Rolle in der *powhiri*-Zeremonie zu, mit der Kahu Heke im Dorf begrüßt wurde. Dem Mädchen war das nicht recht. Sie machte geltend, dass sie den *haka* seit vier Jahren nicht mehr getanzt hatte, aber Hainga duldete keine Widerrede. Der Besucher war ein künftiger Häuptling – er hatte das Recht auf Prinzessinnen in der Begrüßungskommission.

Kahu ließ das Beten, Singen und Tanzen eher unwillig über sich ergehen. Lieber hätte er sich gleich nach der Ankunft im Dorf zu Lizzies Lager führen lassen. Aber das wäre natürlich mehr als unhöflich gewesen, auf der Nordinsel hätte man ihm das als feindlichen Akt auslegen können. Kahu spielte also mit und begann unwillig mit seiner Begrüßungsrede. Beiläufig ließ er den Blick über die Gruppe der tanzenden und musizierenden Mädchen schweifen – und erstarrte. Zwischen den Maori-Mädchen stand eine *pakeha*. Eine zierliche Frau, die kaum jemanden überragte. Kahu sah ihr langes dunkelblondes Haar, seidig, aber leicht kraus. Blassblaue Augen wie der Himmel im Frühjahr oder das Meer an einem bedeckten Tag. Sein Herz klopfte heftig. Lizzie, seine Elizabeth, stand bei den Mädchen und klatschte den Tänzerinnen Beifall. Kahu konnte das Ende der Zeremonie kaum abwarten.

»Wer ist das?«, fragte er fassungslos Mahuika, eine Schülerin Haingas. Sie hatte die Ehre gehabt, den *karanga* ausstoßen zu dürfen, und reichte dem Besucher nun den ersten Happen Essen.

Die junge Priesterin grinste. »Erihapeti«, sagte sie freundlich. Elizabeth. Die Ngai Tahu hatten inzwischen für so ziemlich jeden *pakeha*-Namen ihre eigene Entsprechung. »Und du bist also der, um dessentwillen die Wolken über ihr stehen. Sagt zumindest Hainga …«

»Ich kenne die Frau«, gestand Kahu. »Aber was macht sie hier?«

Kahu hatte bisher nicht daran geglaubt, dass die Geister sich allzu häufig in das Leben der Menschen einmischten, aber so langsam wurde es ihm unheimlich.

»Sie wartet«, beschied ihn Mahuika. »Sie wartet auf einen Mann.«

Kahu fasste sich an die Stirn. Das konnte nicht sein. »Komm, woher sollte sie wissen, dass ich komme?«

Mahuika lachte. »Sie wartet auf einen *pakeha*«, präzisierte sie. »Sie ist mit ihm … wie sagen sie … verlobt.« Mahuika verwandte das englische Wort. In der Sprache der Maori gab es keine Entsprechung.

Kahu schürzte die Lippen. »Ich bin gekommen, um sie zu holen«, sagte er dann. »Die *tohunga* der Ngati Pau sähen sie gern an meiner Seite.«

Die junge *tohunga*-Schülerin zog die Augenbrauen hoch. »Ja? Da sieht sie selbst sich aber anderswo. Und wo ihr Mann sie sieht, weiß keiner. Hainga sagte es … die Wolken. Ihr Schicksal ist unklar. Also kein Grund, dein Glück nicht zu versuchen.«

Kahu hatte kaum zu hoffen gewagt, sich gleich an diesem ersten Abend zu Lizzie gesellen zu können. Ein geehrter Besucher, noch dazu von so hohem Rang wie der zukünftige Häuptling der Ngati Pau, kam mit einfachen Stammesmitgliedern kaum in Berührung. Aber zu seiner Verwunderung zog man auch Lizzie in den Kreis der *tohunga* und Ältesten. Er überlegte, Hainga oder den Häuptling danach zu fragen, aber er sah Lizzie am Gesicht an, wie peinlich es ihr war, einbezogen zu werden. Er hatte ihre Gedanken und Gefühle immer deuten können – viel besser als die der Frauen in seinem eigenen Stamm. Aber wie kam es, dass sie plötzlich einen so hohen Rang einnahm? Und warum war es ihr derart unangenehm? Kahu Heke setzte sich einfach neben sie und reichte ihr etwas von den Speisen, die am Feuer herumgereicht wurden. Bislang hatte sie sich nicht bedient, sie war offensichtlich zu schüchtern. Aber warum auch immer, es war gut, dass der Stamm sie derart hoch achtete. Das vereinfachte Kahus Pläne.

»Elizabeth, du bist noch genauso schön wie damals, als ich dich nach Te Waka-a-Maui brachte«, sprach er sie freundlich in seiner Sprache an. »Und du bist geworden, was ich mir erhofft hatte. Auch wenn du es nicht werden wolltest.«

Lizzie zuckte die Schultern. Sie war nervös, sie mochte nicht neben ihm sitzen. Die anderen Mädchen sahen sie bereits forschend an. Kahu sollte sich um Haikina oder eine der Häuptlingstöchter bemühen, nicht um sie.

»Hainga sieht darin das Wirken der Geister«, beschied sie ihn.

Kahu lachte. »Und die *pakeha* sagen: Der Mensch denkt, und Gott lenkt.«

Lizzie lächelte. Sie hatte vergessen, wie scharfzüngig er sein konnte – und wie unwiderstehlich *pakeha*! In den letzten Wochen hatte sie diese Art von Wortgefechten vermisst. Die Maori als Volk erschienen ihr wenig schlagfertig, ihr Humor war derber und gradliniger als der der Weißen. Allerdings mochte das auch daran liegen, dass sie die Sprache noch immer nicht perfekt beherrschte. Vielleicht entgingen ihr Zwischentöne.

»Seit wann wiederholt Kahu Heke die Worte der *pakeha*?«, neckte sie den designierten Häuptling. »Wolltest du sie nicht immer hinauswerfen aus Aotearoa?«

Kahu zuckte die Schultern. »Es sind nur zu viele«, meinte er dann. »Und mein Volk sieht die Gefahr nicht, die von ihnen ausgeht. Aber nun erzähl mir von dir und den Göttern. Man sagte mir, du habest einen Verlobten?«

Lizzie nickte, aber ihre Augen waren traurig. »Das hoffe ich«, meinte sie dann. »Aber er ist fort.« Warum sollte sie ein Geheimnis daraus machen? Kahu würde sowieso alles über ihre Beziehung zu Michael erfahren, was die Ngai Tahu wussten. »Eigentlich wollte er ein Haus für uns kaufen, aber jetzt …«

»Wird Kupe zurückkommen?«, fragte Kahu mit spöttischem Lächeln.

Das war die Maori-Entsprechung für »Womöglich hast du ihn zum letzten Mal gesehen«. Die Wendung bezog sich auf Kupe, den ersten Siedler Neuseelands. Er hatte seinen Freunden auf Hawaiki versprochen, zurückzukommen – das aber niemals getan.

Lizzie begann zu grübeln. Sie hatte gerade angefangen, sich in Kahus Gesellschaft wohler zu fühlen. Die anderen Stammesmitglieder musizierten und tanzten wieder und schenkten Lizzie und dem künftigen Häuptling, zumindest vorgeblich, weniger Aufmerksamkeit.

»Was soll das?«, fragte sie misstrauisch. »Ständig redest du von diesem Kupe und seiner Kura-maro-tini, wenn es um mich geht!« Anscheinend kannte sie das Sprichwort nicht, obwohl ihr Maori viel besser geworden war.

Kahu lachte. »Weil ich jedes Mal, wenn wir uns sehen, Lust verspüre, dich zu rauben!«, neckte er sie.

Der Legende nach hatte Kura-maro-tini einem anderen gehört, und Kupe hatte ihren Mann getötet und sie entführt. Auf der Flucht entdeckten sie dann Neuseeland – Aotearoa.

»Na, so oft sehen wir uns ja nicht«, bemerkte Lizzie und nahm einen Schluck aus der Flasche, die Kahu ihr reichte.

Er hatte zwei Flaschen mitgebracht, die angeblich Whiskey enthielten, und die Ngai Tahu ließen sie kreisen. Bislang hatte Lizzie sie vorbeigehen lassen – Whiskey erinnerte sie stets an Michael, ihren Pub in Kaikoura und ihren Sommer auf den Goldfeldern. Nun aber lockerte sie der Alkohol. Dieser Whiskey schmeckte anders als Michaels Erzeugnisse. Die Geister mochten wissen, woraus er gebrannt war.

»Erzähl mir, wie es dir ergangen ist, Kahu Heke. Bist du inzwischen Häuptling? Und hast du eine Frau – oder mehrere? Und Kinder?«

Kahu schüttelte den Kopf. »Ich habe bei den *pakeha* gearbeitet. Zunächst sogar bei deinem Mr. Busby.«

Lizzies Augen leuchteten erwartungsgemäß auf, als Kahu über Weinbau sprach. Eine verzauberte Stunde lang hatte er ihre gespannte Aufmerksamkeit – und stellte fest, dass sie sich zum Anbau der Reben ähnliche Gedanken gemacht hatte wie er beim Studium der Bücher in der Universität in Auckland.

»Ich hab mal versucht anzusprechen, ob andere Weinsorten vielleicht besser in diesem Boden gedeihen würden. Aber Mr. Busby war starrköpfig, er sagte, Riesling wachse in Europa unter ganz ähnlichen Bedingungen, und so hätte er das in Neuseeland gefälligst auch zu tun. Aber er meinte natürlich nur das Wetter. Alles andere … Hainga würde sagen, Mr. Busby hört nicht auf das Flüstern der Geister.«

Kahu lächelte – und Lizzie fiel auf, dass seine Tätowierungen sie plötzlich nicht mehr störten. In den letzten Monaten hatte sie sich so daran gewöhnt, dass ihr die Stammeszeichen in den Gesichtern der älteren Maori gar nicht mehr auffielen.

»Ich mag mehr *pakeha* geworden sein in diesen Jahren«, bemerkte Kahu Heke. »Aber du bist deutlich mehr Maori. Das Flüstern der Geister … Ich dachte an einen Kuss, als ich wirklich guten Wein kostete.«

Lizzie zog die Augenbrauen hoch. »Ein Kuss … das muss aber schwerer Wein gewesen sein, Rotwein, nicht? Das stimmt, der Bordeaux legt sich um die Zunge wie … wie eine Liebkosung.« Sie wurde rot. »Ich habe noch eine letzte Flasche in meinem Zelt«, fuhr sie dann sachlicher fort. »Aber es ist ein leichterer weißer Wein, aus Italien. Wir können ihn zusammen trinken. Mal sehen, was du schmeckst, ich schmecke Pfirsich … vielleicht etwas Honig …«

Wieder nahm Lizzies Gesicht diesen schwärmerischen Ausdruck an, den Kahu bislang nur an ihr gesehen hatte, wenn es um Wein ging. Eigentlich sollte der Gedanke an ihren Mann diesen Ausdruck hervorlocken. Aber ihr angeblicher Verlobter schien ihr im Moment eher Sorgen zu bereiten. Kahu war entschlossen, diese Chance zu nutzen.

»Wir werden es sehen. Ich trinke sie gern mit dir … Kannst du übrigens noch Fische fangen, *wahine pakeha*, wie wir es dir gezeigt haben?« Kahu strich leicht, wie zufällig, über ihre Hand.

Lizzie lachte, zog ihre Finger aber weg. Nicht erschrocken, eher unschlüssig. Kein eindeutiges Nein. Kahu wartete auf eine Antwort.

»Das verlernt man doch nicht«, gab sie zurück. »Im Gegenteil. Ich … ich habe jetzt viel mehr Übung.«

Kahu runzelte die Stirn. »Das glaube ich dir erst, wenn ich es gesehen habe!«, neckte er sie. »Willst du es mir morgen zeigen? An deinem Bach, an dem du Gold gewaschen hast?«

Über Lizzies Gesicht flog ein Schatten. Sie hatte dort nicht nur Gold gewaschen, sie war mit Michael glücklich gewesen. Und nun wollte Kahu mit ihr dort hingehen. Kahu, der offensichtlich etwas für sie empfand, schließlich flirtete er mit ihr, seit er sich neben sie gesetzt hatte. Lizzie wusste nicht, ob sie schon so weit war, einem anderen Mann ihr Goldfeld zu zeigen. Aber sie konnte kaum Nein sagen. Kahu Heke war ein alter Freund, und obendrein ein geehrter Gast des Stammes.

»Wir könnten deinen Wein mitnehmen«, lockte Kahu.

Lizzie versteifte sich. »Nicht … dort«, druckste sie. »Der … der Weg da hinauf ist schwierig, wir sollten uns nicht berauschen.«

Kahu glaubte kaum, dass eine halbe Flasche Wein sie völlig berauschen würde, aber immerhin würde sie seinem Wunsch entsprechen und den nächsten Tag mit ihm verbringen. Ob auf dem Goldfeld oder irgendwo sonst war ihm eigentlich gleichgültig. Hauptsache, er hatte sie für sich allein.

»Also kein Wein. Und kein Whiskey«, lächelte er. »Aber wenn die Götter uns berauschen wollen, Elizabeth, dann geht das auch ganz ohne einen Trank.«

Tatsächlich brauchte Kahu am nächsten Tag erst einmal Geduld. Am Tag zuvor, beim Fest, war Lizzie ihm zunächst wie ein Maori-Mädchen erschienen. Aber jetzt, da er mit ihr allein sein würde, hatte sie wieder *pakeha*-Kleidung angelegt, ihr Haar aufgesteckt und unter einem Strohhut verborgen. Statt mit wiegenden Hüften zu tanzen wie die Mädchen der Stämme, bewegte sie sich mit zielstrebigen Schritten erst fluss-, dann bachabwärts. Sie sprach dabei nicht viel, Kahu folgte ihr schweigend.

Nach zweistündigem Marsch erreichten sie die nadelförmigen Felsen, und Kahu ließ sich ins Gras fallen. Lizzie blieb stehen.

»Willst du jetzt fischen?«, fragte sie spröde.

Kahu schüttelte den Kopf. »Erst Gold waschen!«, erklärte er. »Vielleicht finden wir ein riesiges Nugget und werden mit einem Schlag reich!«

Lizzie lächelte. »Ich wusste gar nicht, dass du darauf angewiesen bist. Ist der Häuptling der Ngati Pau mittellos? Ich muss dir übrigens noch das Geld zurückgeben, das du mir damals geliehen hast. Wie viele Zinsen verlangst du?«

Kahu machte eine wegwerfende Handbewegung. »Es war ein Geschenk, denk nicht mehr dran … Und was mein Volk angeht: Die Ngati Pau haben Land verkauft, sie verfügen über alle Mittel, die sie brauchen. Ich halte das allerdings für einen Fehler. Wenn du mich heute reich machst, holen wir uns das Land zurück …«

Kahu schob sich näher an sie heran. Er sprach nicht mehr vom Gold, es gab anderen Reichtum. Lizzie fiel das jedoch nicht auf. Sie hatte in diesem Moment keinen Sinn für Zwischentöne. Die Goldpfanne schien in ihrer Hand zu vibrieren. Wenn sie jetzt schon bei den Felsen war, dann wollte sie auch arbeiten.

»Hast du das denn schon mal gemacht?«, fragte sie Kahu, der ihr daraufhin gestand, noch nie eine Goldpfanne in der Hand gehabt zu haben.

Lizzie seufzte. Also würde sie es ihm zeigen müssen und selbst kaum zum Arbeiten kommen. Aber dann agierte er so ungeschickt mit dem Gerät, dass er beinahe in den Bach gefallen wäre. Lizzie musste lachen. Sie nahm ihm die Pfanne aus der Hand, schüttelte sie mit geübtem Schwung des Handgelenks – und freute sich über sein ungläubiges Gesicht, als tatsächlich Goldspuren sichtbar wurden.

»Ja, so habe ich auch geguckt!«, bemerkte sie. »Gold, gleich beim ersten Versuch! Das ist nicht überall so, Kahu. Im Gegenteil. Für so viel Gold muss man unten oft den ganzen Tag waschen oder graben.«

»Und ihr habt das hier den ganzen vergangenen Sommer betrieben, ja?«, fragte Kahu. »Dann musst du reich sein!«

Lizzie zuckte die Achseln. »Ich hab alles Gold Michael gegeben«, bekannte sie. »Für das Haus – oder für eine Kirche.« Sie seufzte.

»Für eine Kirche?«, erkundigte sich Kahu verständnislos. »Ist er Geistlicher?«

Lizzie lachte bekümmert. »Vergiss, was ich gesagt habe. Jedenfalls hat er das Gold, und ich hoffe, er kommt irgendwann damit wieder – oder mit einem vergleichbaren Gegenwert.«

Kahu lächelte tröstend. »Wenn nicht, kannst du ja Neues waschen«, meinte er leichthin. »Wenn ich dir helfe, geht es schnell.« Er sah sich die Goldspuren, kleine, haarfeine Plättchen, näher an. »Es ist hübsch, euer Gold. Es glänzt. Wie dein Haar in der Sonne.«

Vorsichtig griff Kahu in die Pfanne, nahm einige Plättchen heraus, hob Lizzies Strohhut ab, warf ihn ans Ufer und ließ die Goldplättchen in ihr Haar rieseln.

»Bist du verrückt?«, lachte Lizzie. »Weißt du, was das wert ist?«

»Nicht so viel wie eine Locke deines Haars«, sagte er sanft. »Das Haar ist heilig, Elizabeth. Im Haar des Häuptlings lebt der Gott Rauru.«

»Und?«, neckte sie. »Ist er bei dir schon eingezogen? Du musst aufpassen, dass du ihn nicht auskämmst. Oder kämmt ein Häuptling sich nicht?«

Kahu ließ das offen. »Wenn ich ihn auskämme, muss ich ihn anschließend wieder einatmen«, erläuterte er. »Das geht so!« Er strich ihr über das Haar und schnupperte dann hörbar an seinen Fingern.

Lizzie kicherte. »Willst du weiter Gold waschen oder Fische fangen?«, fragte sie.

»Willst du reich werden oder satt?«, erkundigte sich Kahu.

Sie tat, als überlege sie. »Reich!«, sagte sie dann.

Er verdrehte die Augen. »Eine *pakeha* … eine typische *pakeha*! Was mache ich hier bloß?«

»Fische fangen!«, lachte Lizzie. »Los, du machst uns satt, und ich mache uns reich!«

»Das hat Michael nicht gefallen«, sagte sie später nachdenklich.

Kahu hatte gefischt und den Fang zusammen mit essbaren Wurzeln und mitgebrachtem Gemüse am Feuer geschmort. Er benutzte dazu seine Goldpfanne, was Lizzie erneut erheiterte. Aber jetzt saßen sie satt und müde am Feuer und waren fast so vertraut miteinander wie damals, als sie Tag und Nacht zusammen im Kanu verbracht hatten. Lizzie spürte instinktiv, dass Kahus Versprechen von damals auch heute noch galt. Er würde sie nicht anrühren, solange sie es nicht wollte.

»Was hat ihm nicht gefallen?«, erkundigte sich Kahu. Er sah sie dabei nicht an.

»Dass ich uns reich gemacht habe. Erst mit dem Pub und dann mit dem Gold. Er hätte das lieber selbst geschafft, und ich … ich hätte kochen und das Haus führen sollen. Wir hätten dann bloß kein Haus gehabt. Michael hat … er hat wenig Glück.«

Kahu runzelte die Stirn. »Glück?«, fragte er. »Dazu würde mir wieder so ein Sprichwort der *pakeha* einfallen, aber ich sage es lieber nicht, damit du mir nicht böse bist.«

»Es ist nicht, dass er faul ist!«, verteidigte Lizzie ihren Geliebten. »Nur … er … er ist sehr ehrlich, sehr gradlinig. Ja, das ist es, gradlinig. Und ich … einmal hat er mir gesagt, ich denke immer um die Ecke.«

»Jedenfalls hat er Schwierigkeiten mit einer Frau mit sehr viel *mana*. Das kommt oft vor«, bemerkte Kahu.

»Du meinst, ich hab viel *mana*?«, erkundigte sich Lizzie verwundert. Der Gedanke war ihr noch nie gekommen.

»Wie jede Königin, Elizabeth.« Kahu lachte. »Im Ernst, Erihapeti, es kann dir doch nicht entgangen sein, dass man dich als Kriegerin feiert! Du hast das *mana* einer *tohunga*, was dein Geliebter nicht vertragen kann. Wie so viele Männer – Maori oder *pakeha*, da gibt's kaum Unterschiede.«

Kahu räkelte sich. Er hatte den Rücken gegen einen der Felsen gelehnt und musterte Lizzie mit überlegenem Lächeln.

»Aber dir würde es nichts ausmachen«, stellte Lizzie argwöhnisch fest. »Das willst du doch damit sagen, oder?«

Kahu wurde ernst. »Bei mir …«, sagte er, sich vorsichtig weiter vortastend, »… ist das etwas anderes.«

Lizzie überlegte kurz. »Natürlich«, meinte sie dann. »Weil du Häuptling wirst. Da heiratest du natürlich eine Frau mit viel *mana*.«

Lizzie wusste nichts über dynastische Ehen bei Maori-Stämmen, aber sie ging davon aus, dass der Adel dort ebenso unter sich heiratete wie in England. Und sie erinnerte sich noch gut an das Selbstbewusstsein der reichen Mädchen, die am Piccadilly flanierten oder im Hyde Park spazieren ritten.

»Nicht ganz.« Kahu biss sich auf die Lippen. Er hätte jetzt eigentlich über das Zusammenleben des Häuptlings mit seinen Frauen reden müssen, das im Grunde genommen kaum stattfand. Ein Häuptling der Ngati Pau war immer allein, nur nach besonderen Zeremonien durfte seine Gattin sein Haus betreten. Aber wenn er Lizzie das sagte, würde sie weiterfragen. Und sie würde niemals mit ihm gehen. »Es ist nur, dass sich das Zusammenleben des Häuptlings mit seiner Frau … anders gestaltet.«

Lizzie runzelte die Stirn. Dann lächelte sie. »Du meinst, wer ein größeres Haus teilt und entsprechend viele Dienstboten hat, lässt sich nicht so gehen«, interpretierte sie dann. »Das stimmt, die Busbys haben sich auch nie laut gestritten. Er hatte seine Arbeit, und sie ließ ihr *mana* an den Dienstboten und Kindern aus. So gesehen hast du Recht. Aber dann müsste Michael auch besser damit zurechtkommen, wenn wir eine große Farm hätten. Er darf die Viehtreiber rumkommandieren, und ich beschränke mich auf die Haushaltung.« Sie lachte. »Vielen Dank, Kahu, jetzt geht's mir schon besser. Ich hätte nie gedacht, dass es an meinem *mana* liegt, ich dachte immer, es liegt an Mary Kathleen.«

Dies war zwar nicht gerade die Wendung, die Kahu Heke ihrem

Gespräch gewünscht hätte, aber es lenkte Lizzie doch immerhin davon ab, unbequeme Fragen zu stellen.

Der restliche Tag verlief äußerst harmonisch. Kahu zeigte Lizzie, wie man Vögeln Fallen stellte, und dann wies sie ihn weiter in die Kunst des Goldwaschens ein. Am Abend nahm er seine Jagdbeute aus, sie entzündeten noch einmal ein Feuer und brieten das rot gefiederte Tier, das Kahu Weka nannte. Erst nach Dunkelwerden kamen sie ins Dorf zurück und mussten sich die Neckereien der Männer und Frauen anhören, die ihnen natürlich unterstellten, mehr als nur geredet zu haben.

Kahu war mit dem ersten Tag recht zufrieden, vor allem machte es ihn glücklich, dass Lizzie offensichtlich nicht mehr vor seinem Gesicht zurückschreckte. Wenn sie die *moko* nicht mehr fürchtete, würde es ihm auch gelingen, sie zu erobern. Sofern nur dieser Michael nicht zurückkam.

Kapitel 4

Michael Drury kam nicht zurück nach Otago. Nicht im Herbst und nicht, als der Herbst in den Winter überging. Lizzie tat das weh, aber Kahu Hekes Anwesenheit tröstete sie ein wenig darüber hinweg. Der künftige Häuptling der Ngati Pau umwarb sie jetzt nachdrücklich, und er machte ihr jeden Tag klar, wie sehr er ihr *mana* achtete. Kahu machte ihr Geschenke, und er brachte ihr das Wild, das er jagte, damit sie es für den Stamm zubereitete.

Der Stamm vereinnahmte Lizzie ebenfalls immer mehr. Die Frauen zeigten ihr die traditionellen Arbeiten, aber sie versuchten auch, ihr Singen und Tanzen beizubringen. Lizzie behagte das alles nur begrenzt. Singen und Tanzen hatte ihr schon als Freudenmädchen keinen Spaß gemacht. Vielleicht besaß sie ja *mana*, aber sie hatte keine Freude daran, damit zu protzen. Lieber ließ sie sich von Hainga in die Heilkunde der Eingeborenen einführen, stand den vielfältigen Gebeten und *tapu*, die sich darum herumrankten, aber skeptisch gegenüber. Natürlich bat sie die Geister um Erlaubnis, eine Pflanze zu schneiden, wenn Hainga darauf bestand. Aber warum die Blüten bestimmter Pflanzen nur von den *tohunga* nach ganz speziellen Ritualen geerntet werden sollten, ging ihr nicht auf.

Lizzie empfand all das nur als verlorene Zeit. Sie hatte von jeher ein gottgefälliges Leben führen wollen, aber sie war kein spiritueller Mensch. Versenkung in Gebet und Meditation war ihr fremd. Lizzie suchte auch nicht gern nach der Bedeutung der Geschichten, die ihre eingeborenen Freunde am Feuer erzählten. Sie mochte spannende, packende Abenteuer, denen man mit roten Wangen vor

Erregung folgen konnte, am Ende sollte alles gut ausgehen und die Heldin in die Arme des Helden sinken. Als Dienstmädchen hatte sie Groschenromane gekauft und sie verschlungen. Die weitschweifig und oft etwas leiernd vorgetragenen Märchen der Maori blieben für Lizzie ohne rechten Sinn, da zog sie sogar die Gleichnisse der Bibel vor, die doch immerhin kurz und eingängig daherkamen.

Lizzie vermisste die Gesellschaft des Reverends. Er hatte sie nur einmal im Maori-Dorf besucht, sich dort aber nicht sonderlich wohl gefühlt. Die junge Frau hatte den Verdacht, dass die Geister ihm seit Coltranes Tod ein bisschen Angst machten. Zudem schien der Geistliche Kummer zu haben. Jedenfalls hatte er den Kampf um Lizzies Seelenheil wohl vorläufig aufgegeben.

Umso willkommener war ihr Kahus Gesellschaft. Sie dachte nicht ernsthaft daran, seiner Werbung nachzugeben, aber Kahu war seit Wochen der einzige Mensch, mit dem sie Englisch sprechen konnte, und zudem fand sie mit ihm andere Gesprächsthemen als alltägliche Verrichtungen oder das, was sie im Stillen Haingas spirituellen Tand nannte. Immer wieder brachte sie die Rede auf den Weinbau, auf die Politik James Busbys und das Zusammenleben zwischen Maori und *pakeha*. Kahu ging gern darauf ein – auch er schien sich lieber mit ihr zu unterhalten, als Stammesangelegenheiten mit dem Häuptling und seinen *tohunga* zu diskutieren oder mit den anderen Kriegern über Jagd und Fischfang zu reden.

Lizzie und Kahu verbrachten täglich viele Stunden zusammen, und die junge *pakeha* begann, den jungen Maori immer attraktiver zu finden. Kahu war groß und breitschultrig, sein Haar dicht und dunkel wie Michaels, aber nicht lockig, sondern glatt. Es fiel weit über seine Schultern, wenn er den Kriegerknoten löste, zu dem er es meistens zusammenfasste, mit der martialischen Frisur schien er auch seine Strenge und Spannung abzulegen, wenn er mit Lizzie allein war. Sie mochte es, wenn er für sie sang – nicht die kriegerischen *haka*, sondern dunkle Balladen, die sein Volk wohl schon aus Hawaiki mitgebracht hatte, wo Palmen rauschten und die Nächte auch im Winter warm waren.

Hier in Otago begann es nun zu frieren, Lizzie zitterte nachts in ihrem Zelt, egal wie viele Decken sie über sich häufte.

»Ich sollte nach Dunedin gehen«, seufzte sie eines Morgens, als sie sich völlig verfroren am Feuer wärmte. »Irgendeine Pension mit einem Kamin und einem Badehaus – das muss der Himmel sein!«

»Du kannst doch im Gemeinschaftshaus schlafen«, schlug Haikina, Haingas Tochter, vor.

Lizzie hatte sich in den letzten Wochen mit ihr angefreundet. Auch Haikina sprach Englisch, und sie hatte Lizzie gestanden, dass sie trotz strenger Aufsicht in der Missionsschule mehrere *pakeha*-Liebhaber gehabt hatte. Wie die meisten freimütigen Maori-Mädchen war sie immer gern bereit, sich über die Qualitäten der verschiedenen Männer auszutauschen, und wurde nicht müde, Michaels sonderbares Verhalten mit Lizzie zu diskutieren.

»Du könntest dich von mir wärmen lassen!«, sagte Kahu Heke. Er fand jetzt immer deutlichere Worte, auch vor anderen Mitgliedern des Stammes.

Lizzie errötete, verwundert, dass sie das wirklich noch konnte. Kahus Werbung erhöhte ihr *mana*, und natürlich schmeichelte es ihr, dass ein Häuptling sie offensichtlich zur Frau begehrte. Auch von Kahus Ambitionen, sich zum *kingi* aller Maori wählen zu lassen, hatte sie inzwischen gehört, und manchmal träumte sie vom Leben als seine Königin. Natürlich hatte sie darüber keine genauen Vorstellungen, aber sie stellte es sich doch recht luxuriös vor. Zumindest auf der Nordinsel schien sich das Leben der Häuptlingsfamilie auch abseits des Stammes abzuspielen. Sie hatte das Haus Kuti Haokas nie gesehen, es mochte ein prächtiger Palast sein. Kahu machte darüber keine klaren Angaben, wenn sie vorsichtig Fragen stellte. Aber sie wollte auch kein zu deutliches Interesse zeigen, und achtete darauf, das Thema nicht oft anzuschneiden.

Schließlich ging der Juni, der erste richtige Wintermonat, seinem Ende zu, und das Fest des Jahreswechsels nahte. Die Maori feierten ihr Neujahrsfest – Tou Hou – am ersten Neumond nach Erscheinen Matarikis, des Sternbildes der Plejaden, am Nachthimmel. In diesem Jahr war die Sternenkonstellation spät aufgetaucht, Tou Hou würde erst in den letzten Junitagen stattfinden. Die Ngai Tahu erwarteten dazu wieder mal Gäste – ihre Brüder aus Kaikoura kehrten von ihrer Wanderung in die Berge zurück und würden bei ihnen Station machen. Lizzie dachte mit Wehmut an Chris Timlock, als Kahu ihr das Sternbild zeigte. Sie hatte der kleinen Aputa den Anhänger gegeben, und das Mädchen hatte sich sehr darüber gefreut. Aber Lizzie würden die Plejaden immer an Chris' sinnlosen Tod erinnern, für den sie sich eine Mitschuld gab. Sie hätte voraussehen müssen, wie Neider auf den plötzlichen Goldsegen von Chris und Michael reagieren würden.

»Dafür können die Sterne nichts!«, tröstete Kahu Lizzie, als sie ihm die Geschichte erzählte. »Sieh nur, wie wunderschön sie sind. Hoffentlich strahlen sie in der Neujahrsnacht so hell wie heute.«

Lizzie nickte. Sie hatte längst gelernt, dass eine klare Neujahrsnacht nach dem Glauben der Maori ein warmes Jahr und eine gute Ernte verhieß. Vorerst war es allerdings nur kalt. Lizzie ließ zu, dass Kahu ihr eine Decke umlegte und seinen Arm dabei auf ihren Schultern verweilen ließ. Ermutigt zog er sie etwas näher an sich heran.

»Wir feiern die Neujahrsnacht mit Musik und Tanz – wie ihr«, raunte er ihr zu. »Aber diesmal wünschte ich mir, unsere Tänze wären den euren ähnlich. Dann könnte ich dich an mich ziehen, und wir wären eins.«

Lizzie antwortete nicht, aber sie wehrte ihn auch nicht ab. Es war schön, seine Wärme zu spüren – irgendjemandes Wärme. Unter dem Sternenhimmel sehnte sie sich noch mehr als sonst nach Michael. Im Sommer hatten sie sich so oft im Freien geliebt, und sie hatte seinen Körper im Licht von Mond und Sternen bewundert. Und nun … Immerhin hegte sie in diesen Tagen die vage Hoffnung, wieder einmal von Michael zu hören. Tane, sein alter Freund, kam zum Fest, allerdings war er nicht die ganze Zeit mit seinem Stamm in den Bergen gewesen. Im Herbst wurden die Schafe auf den großen Farmen gesammelt, die den Sommer frei im Hochland verbracht hatten. Tane, der sich inzwischen auch als Viehhüter einen Namen gemacht hatte und die Berge obendrein gut kannte, verdiente dabei viel Geld. Er hatte seinen Stamm also rechtzeitig vor dem Abtrieb der Tiere verlassen und die letzten Wochen in Kaikoura verbracht. Nun kam er nach Otago, um mit seiner Familie zu feiern. Anschließend würde er mit seinem *iwi* ans Meer zurückkehren.

Lizzie konnte die *powhiri*-Zeremonie für den Stamm aus Kaikoura kaum abwarten, in der Tane wieder den Tanz des Kriegers vorführte.

Gleich als die ersten Feuer brannten und die *tohunga* darauf warteten, dass sich der Mond im Licht der Plejaden erneuerte, gesellte sie sich zu den Männern, mit denen Michaels Freund seinen Whiskey teilte.

Tane war schon leicht berauscht und guter Dinge. Er freute sich, mit Neuigkeiten prahlen zu können.

»Michael?«, tönte er laut, um Lizzie zu imponieren. »War kurz in Kaikoura, er reden mit Fyffe. Ganz groß Michael, jetzt er ist reich! Hat ausgegeben Whiskey, wir feiern die ganze Nacht. Claudia aus Green Arrow will heiraten ihn – am liebsten gleich!«

Lizzie biss sich auf die Lippen. Michael feierte also in den Pubs und hielt fremde Mädchen aus. Gerade Claudia! Ob sie ihren Stammfreier hatte befriedigen können? Lizzie wünschte sich, vor Wut rasen zu können, aber tatsächlich empfand sie nur grenzenlose Traurigkeit. All die Zeit, all die Liebe, die sie Michael gewidmet hatte … Und so sollte es jetzt enden.

Aber dann straffte sie sich. Es war Neujahr, sie wollte nicht länger Trübsal blasen. Was Michael recht war, sollte Lizzie billig sein. Sie wollte an diesem Tag ebenfalls feiern!

Trotzig holte Lizzie ihre letzte Flasche Wein aus ihrem Zelt. »Wir werden sie nachher trinken!«, erklärte sie Kahu, der sie überrascht ansah.

Bemerkte er die Tränenspuren auf ihrem Gesicht? Lizzie wischte sie entschlossen weg und lächelte. Kahu reichte ihr die Whiskeyflasche, die Tane gerade kreisen ließ.

»Hier, du siehst aus, als brauchtest du einen Schluck – etwas Schärferes als deinen Wein. Den trinken wir, wenn die Sterne aufgehen.«

Als die Sterne schließlich am Himmel erschienen, gab es Gebete und Tanz, aber Lizzie hatte inzwischen noch ein paar Schlucke Whiskey genommen und konnte den Zeremonien kaum folgen. Immerhin gelangte sie langsam zu einem gewissen Gleichmut.

»Schau, wie klein wir sind, verglichen mit den Sternen!«, sagte Kahu sanft. Lizzie saß immer noch neben ihm, aber bisher hatte er sie nicht angerührt. Jetzt legte er ihr wieder den Arm um die Schulter. »Kannst du da noch Angst empfinden oder Trauer? Lass das Licht in dich einfließen, Elizabeth. Heute Nacht wird alles neu.«

Kahu öffnete die Weinflasche, als die meisten Stammesmitglieder tanzten, um den Mond zu begrüßen.

»Willst du nicht auch neu anfangen, Elizabeth? Auf der Nordinsel? Als meine Frau?«

Lizzie war berauscht vom Whiskey und vom Wein. Aber nicht einmal das konnte ihre Trauer wirklich lindern. Die Musik peitschte ihre Ohren, der Rhythmus des *haka* mochte auf die Tänzer belebend wirken, für Lizzie war das alles nur schmerzhaft. Sie wollte nicht auf Kahus Frage antworten. Aber sie wollte auch nicht allein sein.

»Lass uns weggehen«, sagte sie müde.

Kahu half ihr auf und nahm die Weinflasche mit. Er führte sie fort vom Festplatz an den Fluss, der im Sternenlicht schimmerte wie ein silbernes Band. Die Nacht war tatsächlich klar, unglaublich klar, sicher würde es Frost geben. Und Lizzies Schlafstatt würde kalt sein, würde kalt bleiben. Wenn sie nicht …

Lizzie erlaubte, dass Kahu sie küsste. Er musste das bei den *pakeha* gelernt haben, er konnte es gut … Kahu sprach von einem Kuss wie Wein auf ihren Lippen. Er verstand sich auf schöne

Worte … Fast so gut wie Michael … Lizzie schloss die Augen und schmiegte sich in Kahus Arme. Wenn sie nur ihre Gedanken hätte ausschalten können … Michael und Claudia – wie die blonde Hure sich damals mit ihrem Stammfreier gebrüstet hatte. Nun, so gesehen war Michael treu … Lizzie wollte lachen, aber sie konnte es nicht. Und sie hatte nicht mal den Wunsch, Michael wehzutun. Wenn sie jetzt in Kahus Armen lag, so war es nicht, weil sie sich rächen oder schadlos halten wollte. Sie wollte nur nicht allein sein, nicht so gnadenlos allein. Und sie wollte keine Hure sein! Verrückt, sie dachte daran, sich jemandem hinzugeben, den sie vielleicht nicht wirklich liebte – oder doch? Lizzie lachte trocken auf.

»Was ist, Elizabeth?«

Elizabeth, eine Königin. Das war sie, das wollte sie sein. Michael würde … er würde sich wundern, was aus der kleinen Lizzie geworden war, keine Heilige, nein, keine Mary Kathleen, aber auch keine Claudia! Nein, *mana*, sie hatte *mana* …

Um Lizzie drehte sich alles, die Sterne, der Mond, der Wald und der Fluss. Aber Kahu hielt sie, fest und sicher. Er wollte sie, er war extra von der Nordinsel hergekommen.

»Gehst du mit mir, Elizabeth?«, fragte er.

Lizzie nickte. Aber sie wehrte sich, als er sie zum Versammlunghaus führte.

»Nicht … nicht vor allen anderen … nicht in der ersten Nacht.«

»Aber Elizabeth! Es soll unsere Hochzeitsnacht werden.«

Lizzie lachte bitter. »Ich bin längst keine Jungfrau mehr, Kahu, das erwartest du hoffentlich nicht. Ich hab viele Männer gehabt, mehr als mir lieb waren – du weißt das doch. Aber ich habe keinen gehabt im Angesicht von dreißig anderen. Das ist zu viel, das kann ich nicht!«

»Aber das musst du, wenn wir …«

»Die Mädchen haben mir gesagt, man muss es nicht vor allen tun«, gab Lizzie zurück. »Man muss nur das Lager teilen. Das reicht.«

Kahu zog sie an sich. »Dann machen wir das doch einfach, Elizabeth. Ich kann warten, ich will …«

Lizzie stieß ihn von sich. Sie empfand auf einmal Zorn.

»Du willst mich gar nicht wirklich, oder?«, fragte sie. Es klang schrill, und sie hasste sich für ihre Hysterie. »Du willst nur … was willst du, Kahu Heke?«

Kahu strich beschwichtigend über Lizzies Haar. »Nichts, nichts … beruhige dich, Elizabeth. Natürlich will ich dich. Nur dich, ich wollte … ich wollte es nur richtig machen.«

»Dann mach es richtig!«, rief Lizzie und riss sich von ihm los. »Da drüben ist mein Zelt. Oder nimm mich unter den Sternen wie … wie … Mach, dass ich Michael vergesse, Kahu Heke! Lass mich ihn endlich vergessen!«

Es war nicht der richtige Grund, einen anderen zu lieben, und sie wusste es. Es war Kahu gegenüber nicht richtig – und Lizzie wunderte sich, dass er nicht protestierte. Sie war betrunken, sie nahm ihn als Ersatz für einen anderen … das alles sollte Kahu verletzen, er sollte sie zurückstoßen, sie gehen lassen, er sollte …

Aber Kahu führte sie zu ihrem Zelt, als wären die Worte nicht gefallen. Und er hätte sie auch ins *wharenui* geführt.

Mit ihrem letzten Funken klaren Denkens zweifelte Lizzie noch einmal, fragte sich erneut, welche Absichten wirklich dahintersteckten, wenn der zukünftige Maori-Häuptling sie wie ein *pakeha*-Bräutigam über die Schwelle ihres Zeltes trug. Dann versank sie im Taumel seiner Berührungen und seiner Wärme.

»Du lässt mich nie allein, Kahu, ja?«, fragte sie schwach. »Du versprichst mir das?«

Kahu küsste sie, auch er im Rausch von Whiskey und Wein, Erregung und Enttäuschung. Er hätte sie in dieser Nacht nicht nehmen sollen. Sie brauchte Zeit, um nachzudenken. Aber wenn sie zu viel nachdachte, wenn sie zu viel fragte … es wurde Zeit, zu seinem Stamm zurückzukehren! Die Männer aus Kaikoura hatten am Tag zuvor vom Tod des Häuptlings Kuti Haoka berichtet. Die Ngati Pau würden nicht ewig warten, bevor sie einen anderen wählten. In dieser Nacht ließ er Elizabeth noch ihren Willen, aber am kommenden Tag musste die Ehe offiziell geschlossen werden, und dann konnte er sich auf den Weg machen. Mit der *pakeha wahine*, wie die Priester vorhergesehen hatten.

»Ich lasse dich nie allein«, versprach er und wusste im selben Augenblick, dass er log.

Sie würde darüber hinwegkommen. Sie war ein Spielball der Geister.

Kahu Heke hatte das Zelt bereits verlassen, als Lizzie am Morgen erwachte. Sie hatte Kopfschmerzen und erinnerte sich nur dunkel an das, was in der Nacht zuvor geschehen war. Lizzie schämte sich, aber dann entschied sie, dass dafür kein Grund bestand. Eine Maori-Frau nahm einen Mann, wenn es ihr passte, und Michael hatte ihr erst recht nichts vorzuwerfen.

Lizzie zog sich an, kämmte ihr Haar und ging hinaus zu den Frauen, die Brotfladen backten und Süßkartoffeln rösteten. Wie erwartet neckte und beglückwünschte man sie. Ihre Nacht mit Kahu war zweifellos das Thema aller Frauen. Unerwartet war, dass Hainga sie an sich zog und einen *hongi* mit ihr tauschte.

»Ich wünsche dir, Tochter, dass du dein Schicksal mit Würde trägst!«, sagte die alte *tohunga*. »Mögest du dem *ariki* von Ngati Pau Kinder schenken, so zahlreich wie die Sterne, worunter ihr den Bund geschlossen habt …«

»Bund?«, fragte Lizzie und rieb sich die Stirn.

Hainga lächelte. »Natürlich müsst ihr noch eine Nacht im *wharenui* verbringen – und sie werden mannigfaltige Zeremonien durchführen, wenn ihr erst bei seinem Stamm seid. Bei uns ist das alles einfacher, Mann und Frau lieben sich unter Zeugen, dann sind sie Mann und Frau. Aber da drüben … nun, du wirst es sehen.«

Die anderen Frauen lachten und sprachen über Kleider und Hochzeitstänze, über Geschenke und Bräuche bei verschiedenen Stämmen.

Nur Haikina hielt sich abseits. Lizzie, der das Gerede unangenehm war, schob sich neben sie und nahm sich Wasser und einen Fladen. Er schmeckte wie Pappe. Lizzie versuchte, sich genauer daran zu erinnern, was am Abend zuvor geschehen war. Langsam kehrte ihre Erinnerung zurück. Kahu hatte von einem Eheversprechen geredet, aber das konnte er doch nicht ernst genommen haben. Sie war schließlich vollkommen betrunken gewesen! Andererseits bedrängte er sie schon länger. Und in der Neujahrsnacht sollte etwas Neues beginnen …

Lizzie war bereit, über die Sache nachzudenken. Kahu war zärtlich gewesen, ein wunderbarer Liebhaber. Aber gleich die Ehe schließen …?

Sie erschrak, als Haikina sie plötzlich anstieß. »Lizzie?«, fragte Haingas Tochter leise, aber entschlossen. Sie war die Einzige, die Lizzie noch mit ihrem *pakeha*-Namen rief. »Lizzie, ich weiß, es geht mich nichts an. Aber … ich würde gern mit dir reden.«

Die junge Frau sprach Englisch, was Lizzie wunderte. Aber dann bemerkte sie ihr wachsames, besorgtes Gesicht. Offensichtlich wollte Haikina nicht, dass Hainga und die anderen Frauen mitbekamen, was sie mit Lizzie zu besprechen hatte. Auch Kahu, der eben zu ihnen herüberkam, schien das Mädchen einzuschüchtern. Sie senkte den Kopf und ließ ihr langes schwarzes Haar in ihr Gesicht fallen, als er sich neben Lizzie setzte. Lizzie glaubte zu erkennen, dass ihrer Freundin das Blut ins Gesicht schoss. Ob Haikina in Kahu verliebt war? Vielleicht fühlte sie sich verletzt, weil der vorgesehene Häuptling der Ngati Pau eine Weiße zur Frau wollte und keine Prinzessin der Ngai Tahu.

Kahu schenkte Lizzie ein strahlendes Lächeln. »Elizabeth!«, sagte er mit einer Stimme, so sanft wie ein Streicheln. »Ich hoffe, du hast gut geschlafen. Du hast nicht gefroren in meinen Armen.«

Lizzie nickte. Er hatte sie warmgehalten. Sie schaffte es, ihm zuzulächeln.

»Und du siehst, alle hier freuen sich mit uns! Heute Abend wird es ein Fest geben, uns zu Ehren! Dir zu Ehren, Elizabeth! Ich bin unendlich glücklich, Elizabeth!«

Er küsste sie nicht, sondern legte nur nach Maori-Art seine Nase und seine Stirn gegen ihre. Lizzie erwiderte die Zärtlichkeit. Sie erinnerte sich jetzt an sein Versprechen. *Ich lasse dich nie allein.* Vielleicht war es dumm zu zögern.

Und dennoch – Lizzie musste um Aufschub bitten, am Abend zuvor war einfach alles zu schnell gegangen. Aber dann erkannte sie, dass die Augen des gesamten Stammes auf sie und Kahu gerichtet waren. Dies war keine heimliche Verlobung, hier ging es nicht um ein paar geflüsterte Versprechungen zwischen zwei Menschen. Wie es aussah, hatte Kahu ihre geplante Verbindung am Morgen dem ganzen Stamm verkündet! Lizzie fühlte sich schwindelig. Wie es aussah, konnte sie nicht zurück, zumindest nicht ohne einen Eklat! Sie würde nicht nur den Mann Kahu Heke zutiefst verletzen, sondern auch dem Häuptling der Ngati Pau seine Würde rauben. Lizzie biss sich auf die Lippen. Es half alles nichts, sie musste Kahu heiraten. Oder sich im Fluss ertränken. Die letzte Vorstellung half ihr zu lächeln.

»Ich … ich bin auch glücklich«, behauptete sie.

Vielleicht würde sie es ja wirklich sein. Zumindest würde sie nicht mehr frieren. Und nicht mehr allein sein. Und Michael machte sich ja ohnehin nichts aus ihr. Wenn nur nicht alles so schnell gegangen wäre.

Lizzie rieb sich die Schläfe, ihr Kopf schmerzte immer noch. Und dann hörte sie erneut Haikinas Stimme neben sich.

»Bitte, Lizzie«, sagte das Mädchen, immer noch versteckt hinter ihrem Vorhang aus dunklem Haar. »Bitte rede mit mir. Allein. Vielleicht erzähle ich dir ja gar nichts Neues, aber … Sag den anderen, wir gingen Blumen pflücken. Oder was *pakeha* so machen vor ihrer Hochzeit.«

Lizzie dachte nach. Haikina schien es wirklich wichtig zu sein, sie wirkte nicht verärgert, eher besorgt.

Sie nickte ihrer Freundin zu. »Wir gehen einen Brautkranz winden«, improvisierte sie. »Blumen werden wir ja nicht finden mitten im Winter.«

Tatsächlich lag Raureif auf den Farnen und Südbuchen, die in diesem Teil Neuseelands den Wald bildeten. Sicher würde es auch bald schneien, Pflanzen für einen Kopfschmuck waren kaum noch zu finden. Die Ausrede mit dem Brautkranz konnte nicht sehr überzeugend sein.

Aber weder Hainga noch Kahu stellten Fragen, als Lizzie und Haikina schließlich zusammen das Dorf verließen. Die Frauen waren mit der Vorbereitung des Festes beschäftigt. Die Besucher aus Kaikoura würden noch bleiben. Und da am Tag zuvor schon ein Festmahl stattgefunden hatte, waren die Vorräte aufgebraucht. Die Männer mussten erneut fischen und jagen, die Frauen mahlten Getreide. Niemand murrte über die Arbeit. Ein neues Jahr, das mit einer Hochzeit begann, würde besonders glücklich werden, darüber waren sich alle einig. Und dass Lizzie vor der Nacht der Nächte noch einige *pakeha*-Bräuche pflegen wollte, fanden die Ngai Tahu ganz normal.

Haikina und Lizzie wanderten schweigend bergauf, bis ihnen warm wurde. Dann setzten sie sich auf einen Felsen, von dem aus man das Dorf übersehen konnte. Lizzie war sich nicht sicher, aber Haikina schien Kahu und Hainga wachsam im Auge zu behalten.

»Was ist denn nun?«, brach es schließlich aus Lizzie heraus. »Du … du bist doch nicht böse auf mich, oder? Ich hab Kahu nicht ermutigt … ich wollte eigentlich gar nicht … Es wäre … es wäre bestimmt richtiger gewesen, er hätte dich geheiratet.«

Haikina, ein schönes, für eine Maori sehr schlankes und großes Mädchen, sah Lizzie ungläubig an. »Mich?«, fragte sie. »Wie kommst du denn darauf?«

»Na ja, weil er … weil er doch Häuptling wird, und du bist die Tochter einer *tohunga*. Es … passt so gut …«

Haikina lachte, aber es klang nicht sehr fröhlich. »Du glaubst, es ist wie in einem der Märchen der *pakeha*, ja?«, fragte sie. Es hätte eine Neckerei sein können, aber es klang bitter. »Der Prinz reitet aus, um irgendwo in der Ferne eine Prinzessin zu finden …«

Lizzie nickte.

Haikina verdrehte die Augen und zog ihr Umschlagtuch enger um sich. »Das habe ich mir gedacht«, fuhr sie fort. »Aber so ist es nicht, Lizzie. Bei uns heiratet man selten außerhalb des Stammes, erst recht nicht die Kinder des Häuptlings. Der Prinz, Lizzie, heiratet im Maori-Märchen seine Schwester!«

»Er tut was?«, fragte Lizzie entsetzt. »Aber das …«

»Das ist *tikanga*, Lizzie, seit den Zeiten von Hawaiki. Je nach Stamm wird es mehr oder weniger häufig so gehandhabt, bei den Ngai Tahu eigentlich gar nicht mehr. Dafür haben schon eure Missionare gesorgt. Aber auf der Nordinsel ist es durchaus noch üblich.«

Haikina brach einen Zweig von einem der Farne ab, der ihnen Windschutz bot, und spielte damit.

»Wenn Kahu dir das nicht erzählt hat, so nehme ich an, er hat auch all die anderen *tapu* nicht erwähnt«, sagte sie dann.

Lizzie rieb sich die Stirn. Ihre Kopfschmerzen waren besser geworden, aber dies hier hörte sich an, als hätte sie bald Grund, neue zu entwickeln.

»Kahu hat mir gar nichts erzählt«, sagte sie rau. »Natürlich gibt es in jedem Stamm irgendwelche *tapu*, aber …«

»Es gibt spezielle *tapu*, die sich auf das Leben des Häuptlings beziehen«, erläuterte Haikina. »Genau genommen ist die ganze Person des Häuptlings *tapu*.«

Lizzie runzelte die Stirn. »*Tapu* heißt doch eigentlich unberührbar, oder?«, fragte sie.

Haikina nickte. »Weshalb der Häuptling auch nicht mit seiner Frau zusammenleben kann, wie … wie der *pakeha*-Prinz mit der Prinzessin, wenn du verstehst«, erklärte sie weiter.

Lizzie schüttelte den Kopf. »Nein, ich verstehe nicht. Was soll das, Haikina? Willst du … mich vor irgendwas warnen? Dann sag doch bitte, was du weißt, ich … ich fühl mich nicht gut, und heute Abend …«

Haikina holte tief Luft. »Also gut«, sagte sie. »Ich fühl mich dabei auch nicht gut, verstehst du? Ich hab das Gefühl, meine Leute zu verraten, aber du musst wissen, auf was du dich einlässt, wenn du einen Häuptling der Ngati Pau heiratest. Das … das fängt damit an, dass er nicht mit dir leben kann.«

»Was soll das heißen?«, fragte Lizzie mit trockenem Mund. *Ich lasse dich nie allein* … Sie meinte, Kahus Stimme noch zu hören.

»Der Häuptling lebt abgesondert von allen anderen, Lizzie«, sagte Haikina. »Niemand darf sein Haus betreten, niemand darf Dinge berühren, die er berührt hat. Früher war es bei Todesstrafe verboten, ihn auch nur zu streifen. Selbst wenn sein Schatten auf einen anderen Menschen fällt, ist eine Reinigungszeremonie vonnöten.«

»Aber … aber wie macht er dann Kinder?«, fragte Lizzie nervös.

»Seine Frau darf ihn zu gewissen Zeiten aufsuchen, aber nur nach einer speziellen Zeremonie, man nennt sie *karakia*. Du darfst auch für ihn kochen, aber du selbst darfst davon nichts essen, denn sein Essen ist *tapu*. Er darf kein Ess- oder Trinkgefäß berühren, denn anschließend könnte jemand anders es verwenden, und das wäre ein Unglück. Man füttert ihn deshalb aus speziellen Gerätschaften, einer Kalabasse, aus der man Wasser in seinen Mund rinnen lassen kann, ohne dass sie in Berührung mit ihm kommt, und einem Fütterungshorn.«

»Einem was?« Lizzie konnte all das nicht glauben.

Haikina beschrieb ihr das Gerät. »Und das ist nicht alles, Lizzie. Auch seine Kinder sind *tapu*. Du darfst sie nicht waschen und nicht kämmen, denn dazu müsstest du sie anfassen, und sie sind doch heilig. Häuptlingskinder sind meistens ziemlich ungepflegt, bis sie selbst lernen, sich halbwegs sauberzuhalten. Und man wird dich von ihnen trennen, sobald es eben geht.«

»Aber … aber wie handhaben es denn die anderen … die anderen Frauen der Häuptlinge?« Lizzie war wie erschlagen. Kahu hätte ihr das alles sagen müssen. Oder plante er, es zu ändern?

»Wie gesagt, die meisten heiraten ihre Schwestern. Die sind das gewöhnt – und natürlich so hochrangig von Geburt an, dass sie ein *tapu*-Kind schon eher mal anfassen dürfen. Allerdings nicht kämmen! Im Haar des Häuptlings wohnt der Gott Rauru.«

Das immerhin hatte Kahu erzählt – aber mehr als Anekdote, er schien es nicht sonderlich ernst zu nehmen.

Lizzie atmete tief durch. »Das mag ja alles stimmen, Haikina«, sagte sie dann. »Aber meinst du nicht, dass Kahu es ändert? Er war in der Schule der *pakeha*. Er ist Christ, zumindest …«

Haikina schüttelte den Kopf. »Lizzie, wach auf! Fordert er dich auf, eine christliche Ehe einzugehen, oder will er dir im Versammlungshaus beiliegen?«

»Es … es ginge doch beides«, rief Lizzie verzweifelt. Sie fühlte sich erschöpft und traurig. Der zweite Mann, der zweite Verrat.

Haikina legte ihr den Arm um die Schultern. »Und ob beides geht!«, sagte sie dann hart. »Es würde mich nicht wundern, wenn Kahu dich auch noch kirchlich heiratet. Damit beide, *pakeha* und Maori, die Ehe anerkennen.«

»Dann könnten wir aber auch zusammenleben wie ein christliches Paar!«, beharrte Lizzie.

Haikina seufzte. »Werdet ihr auch. Später. Wenn er erst mal seinen Willen durchgesetzt hat und *kingi* wird. Wenn man euch nach England einlädt und der Königin vorstellt oder was auch immer dem Frieden dienlich ist. Aber du glaubst doch nicht wirklich, dass Kahu die ganzen Stämme der Nordinsel vor den Kopf stößt, indem er mit allen Traditionen rund um die Häuptlingswürde bricht! Er wird seine Söhne in die Schule der *pakeha* schicken. Aber in den ersten Jahren wird er nicht erlauben, dass ihre Mutter ihnen die Läuse auskämmt.«

»Das kann nicht wahr sein«, flüsterte Lizzie – und glaubte doch jedes Wort.

Es hatte immer etwas zwischen ihr und Kahu gestanden, ein Instinkt, der sie am Tag zuvor noch gewarnt und immerhin davor gerettet hatte, ihm gleich ins Versammlungshaus zu folgen.

Haikina zuckte die Schultern. »Dann frag ihn«, sagte sie. »Frag ihn, warum er es so eilig hat, die Ehe offiziell zu machen. Frag ihn, ob seine Verbindung mit dir nicht vielleicht Bedingung dafür ist, dass er den *ariki* beerbt! Da meine ich nämlich auch etwas gehört zu haben. Und glaub vor allem nicht, dass ich dir etwas Böses will! Aus mir spricht keine Eifersucht. Ich würde keinen Häuptling der Ngati Pau nehmen, und wenn er der einzige Mann wäre, mit dem ich jemals das Lager teilen könnte!«

Lizzie legte ihre Stirn und ihre Nase gegen das Gesicht ihrer Freundin. Diese Geste entsprach einer Umarmung bei den *pakeha*.

»Ich bin dir nicht böse, ich danke dir, Haikina«, flüsterte sie. »Aber ich werde Kahu nicht fragen. Weil ich nicht will, dass er weiter lügt. Ich kann keine Ausflüchte mehr hören, ich bin es leid. Gestern schwor er mir, ich würde niemals allein sein.«

Lizzie folgte Haikina wortlos ins Dorf und holte ihr Pferd. Sie nahm ein paar Kleidungsstücke mit und das Gold, das sie in den letzten Wochen gewaschen hatte. Mehr zum Zeitvertreib, als um reich zu werden, aber es war dennoch eine beachtliche Menge. Sie würde eine Zeitlang davon leben können.

Lizzie versuchte, einfach nur zu handeln und nicht zu grübeln. Früher war es ihr manchmal gelungen, ihre Gedanken auszuschalten. Aber an diesem Tag ging das nicht. Aller Erschöpfung und allen Kopfschmerzen zum Trotz kämpfte sie mit dem Widerhall von Haikinas Worten in ihren Gedanken und Gefühlen. Erst jetzt kam ihr zu Bewusstsein, wie oft Kahu sich um Auskünfte und Antworten gedrückt hatte. Er hatte sich damit gebrüstet, eine Frau mit *mana* zu wollen, aber tatsächlich hatte er vorgehabt, sich vor ihrer Kraft unter tausend *tapu* zu verbergen.

Mit jeder Erinnerung an eine Ausflucht oder Lüge schien etwas in Lizzie zu sterben. Kahu mochte glauben, sie zu lieben, aber in Wirklichkeit liebte er nur die *pakeha wahine*, die passende Königin zum *kingi*. Und Michael hatte ihr *mana* genutzt und sie dann weggeworfen. In Wirklichkeit hatte er immer nur Kathleen geliebt. Auf der Reise in die Plains war ihm das nun wohl bewusst geworden … Es hatte keinen Zweck mehr, auf ihn zu warten.

Lizzie weinte nicht, als sie ihr Pferd zum Fluss führte – immer noch unbemerkt von den anderen im Dorf, die aufgeregt ihre Hochzeit vorbereiteten. Sie hatte ihr Zelt stehen lassen, sie brauchte es nicht mehr. Ganz sicher würde sie nie wieder unter den Sternen schlafen! Und vor allem mochte sie nicht mehr reden. Niemand sagte die Wahrheit, selbst die Geister nicht. All das Gerede von *mana*, von Elizabeth, von Verlobung und von Königin. Letztlich blieb sie Lizzie, die Hure. Benutzt von dem einen wie dem anderen. Nicht einmal Hainga, die *tohunga*, hatte ihr die Wahrheit gesagt.

Lizzie hoffte, dass Kahu ihr nicht folgte, sie hatte keine Kraft mehr zum Streiten. In dieser Nacht würde sie in ihrem alten Blockhaus übernachten und am kommenden Tag nach Tuapeka und Dunedin weiterziehen. Irgendwann würde sie vielleicht wieder leben und lieben. Aber jetzt wollte sie nur schweigen und vergessen und schlafen. Sich wegträumen aus dieser Welt.

Kapitel 5

Michael Drury fühlte sich hundeelend, als er nach Otago zurückkehrte. Er konnte seine Reise keineswegs so genießen, wie er gehofft hatte. Tatsächlich hatte er sich eigentlich von Anfang an ziemlich schlecht gefühlt, gleich nachdem seine Wut auf Lizzie verraucht war. Eine Wut, für die es keinen wirklichen Grund gegeben hatte. Gut, Lizzie war ihm mal wieder mit ihren alten Vorwürfen bezüglich Kathleens gekommen, und darauf reagierte er nun mal empfindlich. Aber er hatte sie zweifellos provoziert. Mehr noch, er hatte sich Lizzie gegenüber wie ein Schuft benommen. Und das ließ sich nicht wegtrinken und wegfeiern, so sehr er es auch versuchte. Wobei selbst diese Versuche ziemlich halbherzig ausgefallen waren. Natürlich hatte er eine wilde Nacht mit seinen alten Kumpanen aus Kaikoura verbracht, aber nicht mal das war ohne Lizzie so richtig befriedigend gewesen.

Michael hatte keine Lust mehr, mit Tane zu trinken und mit Claudia zu schlafen. Das blonde Freudenmädchen war ihm kurze Zeit ein Ersatz für Kathleen gewesen. Er hatte sein Gesicht in ihrem hellen Haar vergraben und von seiner ersten Liebe träumen können. Aber ganz sicher war Claudia kein Ersatz für Lizzie, und ein Mädchen mit dunklerer Haarfarbe und weniger Kurven hätte ihn auch nicht glücklicher gemacht. Zu Lizzie gehörte einfach mehr als dunkelblondes Haar, eine vorwitzige Nase und eine zierliche Figur – mit Lizzie wollte er reden, zusammenarbeiten und sich streiten. Er vermisste ihre Plänkeleien, ihren Ehrgeiz und ihre manchmal eigenwilligen Vorstellungen von Moral, Recht und Ordnung.

Michael hatte Kaikoura denn auch bald verlassen, zumal in der Umgebung nur eine Farm zum Verkauf stand, die ihm zu klein erschien, um dort wirtschaftlich zu arbeiten. In den Canterbury Plains gab es zwei, von denen der Makler in Christchurch wusste, und Michael machte sich auf den Weg dorthin, ohne den Ritt über die weite Ebene genießen zu können. Dabei war die Landschaft überwältigend. Grasland, grün und saftig wie in Irland, aber nicht unterbrochen durch Zäune. Die Schafe der großen Viehzüchter weideten frei auf den Wiesen, nur überwacht von Maori-Viehhütern und ihren Hunden.

Michael dachte voller Vergnügen an seinen Coup mit den Hunden für Fyfe. Damals hatte er durchaus selbst etwas zustande gebracht, die Arbeit mit den Schafen hatte ihm gelegen. Er konnte das wieder tun, Lizzie würde sich nicht einmischen, sie machte sich nichts aus Vieh. Aber selbstverständlich hatte sie ihr Haus mit aussuchen wollen, Michael war zu weit gegangen. Es war einfach nur dumm gewesen, den letzten Streit vom Zaun zu brechen. Alle Differenzen würden sich in Luft auflösen, wenn Lizzie ihr Herrenhaus hatte und er seine Schafe.

Michael hatte viel Zeit, nachzudenken. Er verbrachte die meisten Nächte seiner Reise allein an einem einsamen Lagerfeuer. Zu den Maori-Stämmen am Weg zog es ihn nicht, und auch wenn er jetzt eine Farm zu erwerben gedachte, war er doch zu zurückhaltend, um sich einfach in den Herrenhäusern einzuladen. Er vermisste Lizzies Wärme in der Nacht, ihre Gesellschaft am Feuer, ihr Geschick, Fische zu fangen. Nach *pakeha*-Methoden klappte das nicht halb so gut, Michael aß oft nur das Brot und das Trockenfleisch, das er in den kleinen Städten erstand, durch die er kam.

Die Orte zu finden war nicht mehr schwierig, die Straßen in Canterbury waren inzwischen recht gut ausgebaut. Man hätte sie mühelos mit einer kleinen Chaise befahren können. Auch die erste Farm, die Michael anvisierte, war, obwohl hoch in den Bergen gelegen, leicht zu erreichen. Sie lag wunderschön, aber es gehörte kaum befriedigendes Grasland dazu. Man war darauf angewiesen, die

Schafe ins Hochland zu treiben, und wer wusste, wann irgendein beleidigter Maori-Stamm Ansprüche auf die Bergweiden anmeldete! Dazu war sie weit entfernt von jeder *pakeha*-Ansiedlung. Lizzie würde eine solche Einsamkeit nicht behagen.

Zu der zweiten Farm gab es keine so gut ausgebaute Zufahrt. Sie lag mitten in den Plains und war groß und vielversprechend, aber das Haus und die Stallanlagen waren nicht mehr als primitive Bretterverschläge. Der Besitzer hatte sich wohl mit der Landmenge übernommen und dann kein Geld mehr für Vieh und Hausbau gehabt. Bei Michael und Lizzie wäre das Projekt daran nicht gescheitert, sie besaßen ausreichend Mittel für beides. Inzwischen war Michael jedoch unsicher und übervorsichtig geworden, wenn er versuchte, sich Lizzies Wünsche vor Augen zu führen. Lizzie hatte immer von einem Herrenhaus geträumt, aber wollte sie es auch bauen? Hatte sie Lust, noch jahrelang unter primitiven Umständen zu leben, bis endlich alles fertig war? Und er hatte ihr doch ein Nest versprochen … er wollte sie heimführen in ihr Reich wie der Prinz die Prinzessin. Er würde sie nicht auf ein Stück Land bringen, auf das er die Umrisse ihres späteren Hauses bestenfalls zeichnen konnte.

Michael verwarf auch den Kauf dieser Farm und machte sich dann auf den Rückweg nach Otago. Der Makler hatte ihm noch eine Farm avisiert. Sie lag bei Queenstown, einer neuen Ansiedlung von Goldgräbern am Lake Wakatipu. Das Haus sollte sehr schön sein, sicher aber auch recht teuer. Womöglich, so meinte der Makler augenzwinkernd, finde sich ja noch Gold auf dem Land und man kaufe es mit! Letzteres konnte Michael sich zwar nicht vorstellen, aber er hatte nun auch genug davon, allein Entscheidungen zu treffen. Er würde nach Tuapeka zurückkehren, Lizzie bei den Maori abholen und dann gemeinsam mit ihr weiter nach Queenstown fahren. Natürlich musste er vorher Abbitte leisten. Und je näher er Tuapeka kam, desto schwerer und weniger erfolgversprechend erschien ihm dieses Vorhaben. Wenn Lizzie jetzt nichts mehr von ihm wissen wollte? Wenn sie womöglich gar nicht mehr im Dorf war? Er hatte sie länger warten lassen, als er vorgehabt hatte. Allerdings hatte er geschrieben. Ob der Reverend Lizzie die Briefe hochgebracht hatte? Ob sie heruntergeritten war, um nach Post zu sehen? Verdammt, dachte Michael. Er hätte das alles besprechen sollen, bevor er wegritt, er hätte nicht im Streit gehen dürfen! Überhaupt hätte er nicht allein gehen sollen. Michaels Gedanken drehten sich im Kreis.

Als er nun auf das Blockhaus zuritt, das er mit Lizzie und Chris gebaut hatte, verstärkte sich sein Schuldgefühl. Am liebsten hätte er das Treffen mit ihr gleich hinter sich gebracht, im Stillen hatte er gehofft, sie anzutreffen, aber das Haus lag dunkel unter einem eiskalten, wenn auch märchenhaft klaren Sternenhimmel. Michael seufzte. Es würde ihm obliegen, es wieder wohnlich zu machen. Er hoffte, dass noch Holz im Schuppen war.

Zumindest war in der Hütte weder eingebrochen worden, noch hatten Tiere dort Unterkunft gesucht. Die Fauna Neuseelands war überschaubar, es gab keine kleinen Nager, Füchse oder Hasen, die sich irgendwo einnisteten. Lediglich Insekten gab es, darunter riesige Exemplare wie die Weta. Sie tat allerdings niemandem etwas zuleide. Michael fegte ein paar Tiere aus dem Wohnraum ins Freie, darauf achtend, dass sie ihm nicht mit ihren Riesensprüngen entwischten. Dann suchte er Holz und heizte den Kamin an. Er schlug die bunten, nach Maori-Art gewebten Teppiche aus, die Lizzie auf den Boden gelegt hatte und breitete seinen Schlafsack zum Trocknen und Anwärmen vor dem Ofen aus. Trübsinnig suchte er in seinen Satteltaschen nach etwas Essbarem. Es war still, viel zu still in der Hütte. Michael hoffte, sie am nächsten Tag wieder mit Lizzie teilen zu können. Er war des Alleinseins müde, und er wusste, dass sie es schon lange war.

Lizzie glaubte an ein Trugbild, als sie Licht in ihrem alten Haus sah. Sie war lange gewandert, es war dunkel und sie fror, aber sie hatte sich auf ihr Häuschen gefreut. Immerhin ein Dach über dem Kopf, und auch wenn es etwas Arbeit machen würde, den Kamin anzuheizen – er würde das winzige Haus doch in kürzester Zeit mit lauschiger Wärme erfüllen. Jetzt stellte sich heraus, dass sie nicht die Erste war. Zumindest nicht an diesem Tag, aber vielleicht war das Haus ja von anderen Goldsuchern besetzt worden. Lizzie nahm es den Leuten nicht übel. Der Goldrausch brachte es mit sich, dass Leute kamen und gingen – genau wie früher zum Walfang und zur Seehundjagd. Wahrscheinlich waren auch Tuapeka und andere Goldgräberdörfer nicht für die Ewigkeit gegründet worden.

Wenn sie nur nicht so gefroren und wenn es ihr nicht vor dem weiteren Abstieg nach Tuapeka gegraut hätte! Es waren zwar nur noch zwei Meilen, aber wenn es sich vermeiden ließe …

Lizzie beschloss, zumindest einen Blick durchs Fenster zu riskieren. Wenn sich eine Familie angesiedelt hatte, sprach nichts dagegen, anzuklopfen und sich für die Nacht einzuladen. Falls es allerdings nur Männer waren, wollte sie das nicht riskieren.

Langsam und vorsichtig führte sie ihr Pferd näher an die Hütte, dann erklang helles Wiehern aus dem kleinen Stall daneben. Lizzie fühlte sich erneut genarrt von ihren Sinnen. Der Schimmel? Sie hatte diesen Ruf so oft gehört … Aber wer war sie, um die Stimmen von Pferden unterscheiden zu können? Bestimmt bildete sie sich da nur etwas ein!

»Keinen Schritt weiter!«

Aber diese Stimme bildete sie sich nicht ein. Und auch nicht die Silhouette des Mannes, der eben vor das Blockhaus trat und ein Gewehr auf sie richtete.

»Heben Sie die Hände, treten Sie ins Licht und versichern Sie mir, dass Sie in friedlicher Absicht kommen.«

Lizzie erschrak. Aber dann, ganz plötzlich, war ihr leichter ums Herz als in all den Monaten zuvor. Obwohl – gleich würde sie wieder einen Fehler machen. Es wäre besser, jetzt nicht zu antworten, sondern sich abzuwenden und nach Tuapeka zu fliehen. Sie hatte doch abgeschlossen mit dem Kapitel Michael Drury! Sie war entschlossen gewesen, keinem Mann mehr zu trauen. Aber er war zurückgekommen! Trotz aller Streitigkeiten, nach all den Monaten …

Und machte jetzt schon wieder Dummheiten! Lizzie konnte nicht an sich halten.

»Michael!«, rief sie zu ihm hinüber. Sie versuchte, ihre Stimme hart klingen zu lassen. »Wenn ich nicht in friedlicher Absicht käme, hätte ich dich jetzt schon erschossen! Wenn du jemanden stellen willst, solltest du vorher in Deckung gehen!«

Michael warf das Gewehr weg und stieß einen Jubelschrei aus. »Ich treffe doch ohnehin nicht!«, lachte er, rannte ihr entgegen und nahm sie in die Arme, obwohl sie sich wehrte. »Lizzie, ich weiß, dass ich ein Dummkopf bin. Aber musst du es mir immer und immer wieder sagen?«

Lizzie nickte. »Offensichtlich«, bemerkte sie. »Wir hatten uns allerdings darauf geeinigt, dass du dir das nicht bieten lassen musst. Von mir aus kannst du gleich wieder gehen. Gewiss wartet Claudia auf dich in Kaikoura.« Die letzten Worte klangen bitter, aber dann, als sie Michaels ehrlich verwunderten Blick sah, schöpfte sie fast so etwas wie Hoffnung.

»Wer wartet?«, fragte er. »Komm erst mal ins Haus, Liebste, dir ist ja ganz kalt. Aber du bist wirklich eine Hexe, Lizzie. Wie konntest du wissen, dass ich heute zurückkehre? Die Geister?«

Lizzie sog hörbar die Luft ein. Sie sollte Michael weiter tadeln, am besten hinauswerfen. Oder doch erst mal anhören? Auf jeden Fall sollte er in dieser Nacht in Tuapeka schlafen und ihr Zeit zum Nachdenken geben! Aber dann schmolz sie erneut dahin. Sie hatte ihm nie widerstehen können, und er war so ganz der alte Michael. Ehrliche blaue Augen, ein zerknirschtes Lächeln … Und das Haus wirkte so anheimelnd, im Kamin brannte ein Feuer …

»In gewisser Weise«, murmelte sie und folgte ihm in die Hütte. Wohlige Wärme schlug ihr entgegen, alles war sauber, die Schlafstatt vorbereitet.

Lizzies Widerstand schwand. »Ach, Michael, es ist so schön, nach Hause zu kommen.« Sie sah sich wohlgefällig in dem winzigen Raum um, kämpfte dann aber doch um Haltung. »Ich hatte nicht damit gerechnet, dich hier zu sehen! Ich hatte überhaupt nicht mehr damit gerechnet, dich wiederzusehen, Michael Drury! Wo hast du gesteckt? Hast du ein Haus gekauft oder eine Kirche? Oder hast du dich nur mit den Mädchen in Kaikoura vergnügt?«

Lizzie kauerte sich vor den Kamin, zog die Stiefel aus und wärmte ihre eiskalten Füße am Feuer. Michael ergriff seine Chance. Er hockte sich vor sie, nahm ihre Füße, die viel größer und kräftiger waren, als Lizzies zarte Gestalt vermuten ließ, und massierte sie warm.

»Was redest du nur immer von Kaikoura?«, fragte er und schaute ernst in ihr vom Kaminfeuer sanft beleuchtetes und jetzt von der Wärme gerötetes Gesicht. »Egal, welche Geister dir da was geflüstert haben, sie hatten auf jeden Fall keine Ahnung.«

»Der Geist hieß Tane und hat mit dir gefeiert«, erwiderte Lizzie böse. »Er hatte Ahnung – er erzählte mir von Claudia.«

Michael seufzte, aber er fuhr fort, Lizzies Füße zu streicheln. Langsam arbeitete er sich hoch zu ihren Knien. »Ja, ich habe Claudia gesehen. Und auf ein paar Bier eingeladen wie alle anderen auch. Was ist dabei? Sie ist ein gutes Mädchen, sie war meine Freundin – und lange Zeit auch deine, wenn ich mich recht erinnere. Habt ihr euch jemals gestritten?«

Lizzie verzog den Mund und schob Michaels Hände weg. Sie wollte jetzt nicht verführt werden. »Nicht mal um dich, du Schwerenöter. Du willst mir also wirklich sagen, du hättest mich nicht betrogen? In all den Monaten? Und du wärest jetzt reumütig zurückgekommen? Mit dem Schlüssel zu einem Palast?«

Michael setzte Lizzies Füße sanft auf den Boden und ließ sich vor ihr auf die Knie nieder, die Hände über dem Herzen gekreuzt.

»Lizzie, es gibt einiges, für das ich dich um Verzeihung bitten muss. Sagte ich schon, dass ich ein Dummkopf bin?« Sie musste wider Willen lachen. Michael hob den Finger zum Schwur. »Aber ich schwöre dir, solange wir zusammen sind, habe ich dich nie betrogen. Auf dieser ganzen langen Reise nicht, und ganz sicher nicht mit deiner Freundin Claudia. Glaubst du mir?«

Lizzie nickte. Plötzlich fühlte sie sich unendlich müde. All die

Sorgen, all die Wut waren umsonst gewesen. Jetzt konnte sie nur hoffen, dass Michael ihr nicht die Gegenfrage stellte. Die Nacht mit Kahu Heke begann, auf ihrem Gewissen zu lasten.

Michael berichtete von den Farmen bei Kaikoura und in den Plains, während Lizzie ein Essen aus seinem spärlichen Reiseproviant zauberte.

»Du warst doch in Tuapeka«, wunderte sie sich, »konntest du da nichts einkaufen?«

Sie fühlte sich geschmeichelt, als Michael ihr gestand, dass es ihn zu sehr zu ihr gedrängt hatte, um länger im Goldgräberdorf zu verweilen. Er fragte nicht, warum sie so gänzlich ohne Vorräte herunter in ihre Hütte gekommen war. Die Erklärung für ihre Rückkehr, sie habe endlich wieder in einem ordentlich beheizbaren Haus wohnen wollen, nahm er ohne Zweifel an. Lizzie war immer verfroren gewesen, letztlich hatte sie ja gerade deshalb auf dem Bau des Hauses bestanden. An diesem Abend war ihnen beiden sowieso egal, was sie aßen. Sie waren nur glücklich und erleichtert, zusammen zu sein – auch wenn an Lizzie immer noch Zweifel nagten. Es war plötzlich so einfach … vielleicht hätte sie Michael doch nicht so leicht vergeben sollen. Aber andererseits klangen seine Erklärungen einleuchtend. Vielleicht hatte er ja wirklich Briefe geschrieben, wie er versicherte. Sie hätte auf der Poststation nachfragen müssen.

»Und morgen reiten wir gleich weiter nach Queenstown«, verlangte Lizzie schließlich. »Oder willst du erst noch mal nach Tuapeka – um zu heiraten?«

Michael lachte und küsste sie. »Lizzie, zum Heiraten müssen wir nach Dunedin. Jedenfalls wenn dir daran liegt, von deinem Reverend Burton getraut zu werden. Der kriegt nämlich endlich seine Pfarre in der Zivilisation, er kann sich kaum halten vor Freude. Obwohl ihn angeblich seine Liebste verlassen hat, wie sie in Tuapeka erzählen.«

»Zum Klatschen hattest du also Zeit«, neckte ihn Lizzie und zog die Stirn kraus. »So weit her war's also doch nicht mit der Sehnsucht!«

Michael zog sie auf ihre Schlafstatt. »Ich zeig dir gleich, wie weit es mit der Sehnsucht her war!«, drohte er. »Ach, Lizzie, ich hab dich wirklich vermisst. Selbst deine Nörgeleien! Aber nun komm, schau gar nicht erst in den Mond und zähl die Tage, ob es heute sicher ist oder nicht. Wir werden heiraten, Elizabeth, wir wollen Kinder!«

Lizzies Zyklus verlief außergewöhnlich regelmäßig. Sie konnte leicht verhindern, schwanger zu werden, indem sie auf ihre fruchtbaren Tage achtete. Selbst als Freudenmädchen hatte sie nie empfangen, auch wenn es in der Zeit im Green Arrow nicht immer einfach gewesen war, ihre Auszeit beim Wirt durchzusetzen. Die schwierigste Zeit war die mit Martin Smithers gewesen, aber selbst den hatte Lizzie davon überzeugen können, dass ein schwangeres Hausmädchen wohl das Letzte war, was er wollte. Michael war von vornherein einsichtig gewesen – und jetzt …

Lizzie musste sich eingestehen, dass sie im Moment gar nicht wusste, in welcher Zeit des Zyklus sie stand. Michael war schließlich wochenlang weg gewesen. Aber er hatte Recht, es war nun egal. Lizzie schmiegte sich glücklich in seine Arme und genoss eine vollkommene Nacht. Michael schaffte es, jeden Zweifel in ihr auszulöschen. Sie gehörten zusammen, sie waren Mann und Frau.

Als Michael am nächsten Morgen aus der Hütte trat, um die Pferde zu füttern, saß eine alte Maori-Frau auf der Lichtung vor dem Haus und hatte ein Feuer entzündet. Michael erkannte die *tohunga* Hainga. Er grüßte sie ehrerbietig.

»Du möchtest sicher zu Lizzie«, sagte er.

Hainga sah ihn aufmerksam an. »So bist du also wiedergekommen«, sagte sie. »Die Geister führen uns über seltsame Wege.«

Michael verstand nur ungefähr, was die alte Frau meinte.

»Ich rufe dir Lizzie. Du kannst auch gern mit uns frühstücken. Sehr viel haben wir allerdings nicht da.«

Die alte Frau schüttelte den Kopf. Offensichtlich war sie nicht hungrig, sondern hatte nur eine Mission zu erfüllen.

»Lizzie! Hier ist jemand für dich!«

Lizzie, die noch auf der Schlafstatt lag, schreckte auf. Sie hatte befürchtet, dass Kahu herunterkommen und sie zurückfordern würde. Er wusste nicht genau, wo sie wohnte, aber natürlich hätte ihm jemand den Weg weisen können. Lizzie folgte Michaels Ruf mit weichen Knien. Sie hatte gehofft, mit ihm unterwegs zu sein, bevor Kahu sie aufsuchte. Nun würde sie sich rechtfertigen müssen. Mit einem Seufzen kleidete sie sich rasch an – und fühlte sich erleichtert, als sie nur die *tohunga* vor der Hütte warten sah.

Hainga wies Lizzie einen Platz an ihrem Feuer an, als sei sie es, die Gäste empfing.

Lizzie setzte sich. Sie registrierte aufatmend, dass Michael in den Stall ging und sich für das Gespräch der Frauen nicht interessierte.

»Es tut mir leid, dass ich so weggelaufen bin«, entschuldigte sich Lizzie. »Ich … ich hätte mich verabschieden müssen.«

Hainga winkte ab. »Kommen und Gehen, Vergangenes und Kommendes sind eins«, sagte sie.

»Das sagst du, aber ich bin sicher, dass Kahu mir böse ist. Haikina … Haikina hat doch keinen Ärger bekommen, oder?«

Hainga schüttelte den Kopf. »Sie hat nur die Wahrheit gesagt, wo Kahu geschwiegen hat. Die Geister lassen uns kommen und gehen, reden und schweigen … es ist eins. Die Geister, Erihapeti, lassen sich nicht narren. Das habe ich Kahu gesagt, und jetzt bin ich gekommen, um es dir zu sagen.«

Lizzie wusste nicht recht, was sie darauf antworten sollte. »Das ist … freundlich«, murmelte sie schließlich. »Kahu wird also nicht kommen, um … wie sagt man es? … sein Recht zu fordern?«, fragte sie heiser.

»Welches Recht?«, erkundigte sich Hainga gelassen. »Kahu Heke ist auf dem Weg zurück in seine Heimat. Wir haben gestern noch einen Boten empfangen, es gibt dort Unruhen. Der Krieg, von dem Kahu sprach, scheint ausgebrochen zu sein.«

Lizzie fühlte sich schuldig ob der Erleichterung, die sie erfasste. Weil Kahu fort war – aber auch, weil sie sich nun nichts vorzuwerfen hatte. Ob der *ariki* der Ngati Pau eine *pakeha* geheiratet hätte oder nicht – so schnell hätten sich die Streitigkeiten zwischen den Volksgruppen durch diplomatische Bemühungen nicht eindämmen lassen.

»Ich gehe auch weg«, sagte Lizzie dann. »Mit Michael.«

Die alte Frau nickte. »Ich weiß, die Wolken haben sich verzogen. Aber nicht immer gefällt uns, was uns der klare Himmel zeigt. *Haere ra*, Erihapeti. Ich sehe dich wieder, wenn die Zeit kommt.«

Hainga legte ihre Nase und Wange an Lizzies Gesicht. Lizzie erwiderte den Gruß. Sie atmete auf, als die alte Frau ging. Auch das war einfacher gewesen, als sie gedacht hatte. Die Ngai Tahu zumindest schienen ihr nicht übel zu nehmen, dass sie Kahu zurückgewiesen hatte. Und die Götter schienen ausnahmsweise einmal auf Lizzies Seite zu stehen!

Kapitel 6

Reverend Burton war Jimmy Dunloe unendlich dankbar für alles, was der Privatbankier für Kathleen und Colin getan hatte. Nachdem Kathleen Peter in den letzten Monaten immer mehr auf Distanz gehalten hatte, erfuhr er erst nach Colins Abreise von Dunloes Intervention und machte ihm sofort seine Aufwartung.

»Ich hätte dem Jungen natürlich auch meinen Namen geliehen«, erklärte er fast etwas schuldbewusst. »Sogar ganz offiziell, ich hätte die Kinder sofort adoptiert, wenn Kathleen es … wenn Kathleen mich … gewollt hätte. Aber ich hätte natürlich niemals diese Beziehungen gehabt.«

Peter Burton stammte aus guter Familie, aber nicht aus den gleichen Kreisen wie der Londoner Bankier. Und um einen unehelichen Sohn aus Übersee – ohne Referenzen und ohne englischen Schulabschluss – in der renommiertesten Militärakademie des Landes unterzubringen, bedurfte es ziemlich guter Beziehungen zur besten Gesellschaft bis hin zum Königshaus.

Dunloe winkte ab. »Ach, lassen Sie mal, Reverend«, meinte er gelassen. »Sie als Geistlicher – wie hätte das ausgesehen? Bei mir dagegen schert es keinen, jede Familie hat ihre schwarzen Schafe. Und der junge Colin wäre nicht der erste Gauner, der in der Royal Army Karriere macht. Sollte Ihre Majestät zum Beispiel mal einen Piraten brauchen …« Die Männer lachten, aber Dunloe wurde schnell wieder ernst. »Ich hätte mir bloß gewünscht, dass es Kathleen mehr geholfen hätte. Sie ist immer noch ein Schatten ihrer selbst, Claire ist ganz unglücklich deswegen.«

Tatsächlich blieben auch Peter Burtons Hoffnungen unerfüllt.

Kathleen wandte sich ihm nach Colins Weggang nicht wieder zu, und sie fand auch nicht zurück in ihr früheres Leben in der Gesellschaft von Dunedin. Natürlich hatte sie sich immer mehr zurückgehalten als die lebenslustige Claire, aber seit Coltranes Tod und Colins Abreise verließ sie das Haus nur noch zum Kirchgang. Sie steckte in einer tiefen Depression, haderte mit ihrem Schicksal und versuchte, sich durch unendliche Totenmessen für Ian und tägliche Besuche der Messe von ihrer vermeintlichen Schuld reinzuwaschen.

»Wenn ich Ian nicht verlassen hätte, wäre Colin vielleicht nicht so geworden«, sagte sie immer wieder, wenn Claire sie erst traurig, aber auf die Dauer immer ärgerlicher und drängender auf ihre zunehmende Abhängigkeit von Father Parrish ansprach.

»Natürlich wäre er so geworden!«, gab Claire wütend zurück. »Er war doch damals schon ganz das Abbild seines Vaters, auf dich hat er längst nicht mehr gehört. Und Sean wäre womöglich genauso geworden! Schon um zu überleben – er bekam doch bei Ian kein Bein auf die Erde. Und Heather? Sollte die sich weiterhin anschauen, wie ihr Vater ihre Mutter verprügelt und vergewaltigt? Was wäre aus den dreien geworden, hätte er dich letztlich totgeschlagen?«

Kathleen konnte nichts dagegen sagen, aber sie nahm es auch nicht an, sondern weinte nur stumm in sich hinein. Für ihre Kinder war das eine große Belastung. Sean, der froh war, Colin los zu sein, brachte zum ersten Mal in seinem Leben kein Verständnis für seine Mutter auf. Er rebellierte, indem er sich weigerte, auch nur eine weitere Totenmesse für Ian Coltrane zu besuchen. Father Parrish konnte er ohnehin nicht leiden, er war mit Peter Burtons verständnisvoller Religiosität aufgewachsen, die auch die Galgenvögel und Freudenmädchen aus Gabriel's Gully willkommen hieß. Father Parrishs düstere Visionen der Hölle und seine drakonischen Bußauflagen, wenn man ihm auch nur die kleinste Sünde beichtete, gefielen ihm nicht. Sean drückte sich also um den Kirchenbesuch, sooft es eben ging, und Father Parrish schalt Kathleen dafür aus.

Heather, inzwischen fast vierzehn Jahre alt und ein außerordentlich hübsches und lebensfrohes Mädchen, schien sich vor dem zu fürchten, was aus ihrer Mutter geworden war. Sie besuchte Freundinnen, wann immer es ging, und schloss sich noch enger an Claire und Chloé an. Am liebsten entfloh sie zu den Pferden. Die Mädchen waren dank Claire hervorragende Reiterinnen, auch Heather wünschte sich ein eigenes Reitpferd. Sie haderte wie ihr Bruder endgültig mit der irisch-katholischen Kirche, als Kathleen ihr diesen Wunsch abschlug. Nach Father Parrishs Meinung gehörten Mädchen nicht in den Sattel, sondern an den Herd.

»Warum versuchst du nicht lieber, deine weiblichen Tugenden wiederzubeleben?«, fragte Claire Kathleen sarkastisch, nachdem Heather sich wieder mal bitter über den Priester und seinen Einfluss auf ihre Mutter beklagt hatte. »Ich denke da an die Beschäftigung mit Nadel und Faden. Es wird Zeit für die neue Frühjahrskollektion, Mary Kathleen! Dringend! Die Modehefte aus England und Frankreich sind seit zwei Wochen da, aber du hast noch keinen Blick hineingeworfen.«

»Die Hoffart ist eine Sünde«, sagte Kathleen teilnahmslos.

Claire verdrehte die Augen. Sie hätte ihre Freundin am liebsten geschüttelt. Was war nur aus der Frau geworden, die umsichtig über Jahre hinweg einen Fluchtplan gehegt hatte? Die alle guten und schlechten Jahre ihres gemeinsamen Geschäfts mit Mut und Durchhaltewillen gemeistert hatte? Mit Coltranes Tod und dem Debakel mit Colin schien alle Kraft von Kathleen gewichen zu sein. Sie war nur noch Wachs in den Händen des bigotten Father Parrish.

»Und wenn du mal selbst mit dem Mann sprichst?«, fragte Claire Peter Burton verzweifelt, als Kathleen weiterhin keine Anstalten machte, ihre Arbeit wiederaufzunehmen. Neuerdings war der Reverend ihr immer vertrauter, sie hatten sich zu oft gegenseitig ihr Leid geklagt. »Von Pfarrer zu Pfarrer? Der sollte doch größtes Interesse daran haben, dass Kathie Geld verdient. Schließlich geht alles in seine Kollekte! Und so langsam wird es wirklich ernst, Peter, wir brauchen die neuen Entwürfe, sonst werden die Sachen bis zum Frühjahr nicht fertig.«

Claire und Kathleen hatten sich zur Gewohnheit gemacht, je eines der Kleider in einer gängigen Größe im Voraus nähen zu lassen und in ihrem Laden auszustellen. Die Kundinnen sahen es dann vor sich und konnten sich das Modell anschließend in dem Stoff und der Qualität ihrer Wahl auf den Leib schneidern lassen.

Peter Burton lachte bitter. »Wie stellst du dir das vor, Claire? Soll ich Father Parrish sozusagen um ihre Hand bitten? Der merkt doch, wie viel mir an ihr liegt, sobald ich nur anfange. Wenn sie ihre furchtbaren Verfehlungen im Umgang mit mir nicht sowieso schon gebeichtet hat! Dann bin ich natürlich Luzifer persönlich!«

»Aber irgendwas muss passieren!«, seufzte Claire.

Der Reverend hob die Brauen. »Wenn du mich fragst, hast du da noch die besten Karten. Prügele energisch auf sie ein, halte ihr vor Augen, dass sie bald das Schulgeld für die Kinder nicht mehr bezahlen kann – erpress sie mit diesem Geheimnis, das ihr immer noch keinem verraten habt.«

Claire hob die Brauen. »Mit welchem Geheimnis?«, fragte sie.

Peter zuckte die Schultern. Dann grinste er. »Wenn ich das wüsste, könnte ich sie selbst erpressen«, bemerkte er. »Aber verkauf mich nicht für dumm, Claire, da ist noch etwas. Irgendetwas, das zwischen Kathleen und Coltrane stand. Warum hat sie den Kerl überhaupt geheiratet, Claire? Erzähl mir nicht, dass er erst nach der Eheschließung zum Rosstäuscher wurde, mit ehrlicher Arbeit hat er doch nie und nimmer die Überfahrt nach Neuseeland bezahlt!«

»Die Überfahrt hat Kathleen bezahlt«, rutschte es Claire heraus.

Peter sah sie vielsagend an. »Ich frag jetzt nicht, woher sie das Geld hatte. Aber irgendetwas ist da. Und wenn du auch nur die geringste Möglichkeit siehst, sie damit unter Druck zu setzen oder an den Haaren aus ihrer Verzweiflung zu reißen, dann tu's! Und ich versuche es ebenso. Ich will euch nämlich einladen, Claire. Dich, Mr. Dunloe und natürlich Kathleen. Zu meinem Einführungsgottesdienst in der neuen Pfarre! Sie lassen mich endlich zurück nach Dunedin, wenn auch nur in einen Vorort. Anscheinend hat sich herumgesprochen, dass ich in den letzten Jahren kein einziges Mal ein Wort über Darwin verloren habe. Zumindest nicht von der Kanzel.«

»Hat dich der Mut verlassen, Reverend?«, neckte ihn Claire.

Peter lachte. »Nein, ich hab nur andere Sorgen. Die Kerle in den Goldfeldern interessiert es absolut nicht, ob sie von Gott direkt geschaffen wurden oder vom Affen abstammen. Und ich denke, Dunedin hat im Moment auch andere Probleme, so schnell wie es wächst durch all die Leute, die der Goldrausch in die Stadt spült. Jedenfalls werde ich euch wieder näher sein, Claire – und Kathleen hoffentlich nicht nur in Bezug auf räumliche Nähe. Um meinen Eröffnungsgottesdienst kann sie sich nicht herumdrücken. Nicht nach all dem, was wir zusammen erlebt haben!«

Kathleen konnte wirklich nicht Nein sagen, erschien aber nur widerstrebend und in einem schwarzen Kleid aus der letztjährigen Kollektion. Doch trotz oder gerade wegen der tristen Farbe an diesem Freudenfest zogen ihre schlanke Gestalt, ihr heller Teint und ihr glänzendes Haar unter dem schlichten schwarzen Hut alle Blicke auf sich. Besonders die Frauen tuschelten über Claires Geschäftspartnerin, die offensichtlich Trauer trug. Die Männer hatten genug damit zu tun, sie lüstern anzustarren. Peter Burton musste aufpassen, dass es ihm nicht genauso ging. Er hatte Mühe, sich auf seine Predigt zu konzentrieren. Dabei schaute Kathleen nicht ein einziges Mal auch nur zu ihm auf. Am anschließenden Picknick im Garten der etwas außerhalb Dunedins gelegenen kleinen Kirche wollte sie überhaupt nicht teilnehmen. Das führte beinahe zu einem ernsten Zerwürfnis zwischen ihr und Sean. Der Junge bestand darauf, seinem alten Freund und Ersatzvater zu gratulieren, und er hatte zudem ernste Fragen zu seiner Predigt, die etliche soziale Probleme im modernen Dunedin angesprochen hatte. Sean übersprang auch an der High School eine Klasse. Für ihn würde bald ein Studium anstehen, und er konnte sich absolut noch nicht für ein Fach entscheiden. Peter Burton hoffte, dass es letztlich nicht die

Theologie sein würde. Er konnte sich Sean nicht als katholischen Geistlichen vorstellen, und so wie es zurzeit aussah, würde er seiner Mutter das Herz brechen, wenn er zu irgendeiner Form des Protestantismus konvertierte.

Auch Heather wollte mitfeiern. Sie sonnte sich in Peters Komplimenten darüber, wie hübsch sie geworden war, und diskutierte ausführlich mit Chloé und anderen Freundinnen, welches der Mädchen Rufus Cooper während der Messe am häufigsten angesehen hatte.

Schließlich mussten Claire, Jimmy Dunloe und Sean Kathleen geradezu in den Pfarrgarten zerren, damit sie Peter wenigstens begrüßte.

»Eine schöne Predigt, Reverend«, sagte sie mit gesenkten Augen, als Peter ihre Hand nahm. Eine kleine, kalte Hand. Peter meinte, dass Kathleen in den letzten Wochen an Gewicht verloren hatte. Energisch hielt er ihre Finger zwischen den seinen fest.

»Kathleen, was ist los? Warum willst du nicht mit mir reden? Herrgott, Kathleen, wir waren uns doch nahe. Ich hatte gehofft … Kathleen, was ist nur mit dir?«

Er legte ihr leicht den Arm um die Schulter, obwohl sie sich unter ihm wegduckte, als wollte er sie verbrennen. Peter sah kurz um sich und gab dann den Coopers und Claire ein Zeichen, ihn vorerst zu entschuldigen. Mit sanftem Druck führte er die widerstrebende Kathleen in sein winziges neues Pfarrhaus. Es war sehr hübsch, eines der Cottages, wie Kathleen sie aus Irland kannte. Kathleen fühlte sich vage an das kleine, mit Efeu und Blumen umwachsene Haus des Verwalters von Lord Wetherby erinnert. Trevallion – sie hatte den Mann gehasst, aber das Haus hatte sie geliebt.

»Ein schönes Haus«, sagte sie leise und trat ans Fenster des heimeligen Wohnzimmers, in dem Peter Burtons englische Möbel nun endlich einen festen Platz gefunden hatten. »Du musst nur noch einen Garten anlegen. Gemüse und Blumen …«

Peter ging nicht darauf ein. »Lenk nicht ab, Kathleen«, sagte er streng. »Wir müssen reden, und hier hört und sieht uns keiner.

Niemand kann dem gestrengen Father Parrish verraten, dass du mit dem Antichristen Händchen gehalten hast. Und nun rede endlich. Was ist los? Warum wagst du mich nicht mehr anzusehen? Mein Gott, Kathleen, ich habe geglaubt, dass du mich … dass du mich wenigstens ein bisschen liebst.«

Kathleen schüttelte heftig den Kopf. »Natürlich liebe ich dich nicht. Da … da hast du etwas falsch verstanden. Das … das darf ich gar nicht … Father Parrish …«

»Father Parrish bestimmt nicht, wen du liebst!«, sagte Peter fest. »Wen du liebst und mit wem er dich zusammenführt, das bestimmt nur Gott allein. Und wenn du mich nicht liebst, Kathleen, wenn du mir ehrlich sagen kannst, dass du mich nicht liebst, dann schau mir dabei wenigstens in die Augen!«

»Vielleicht … vielleicht bestimmt es auch der Teufel«, flüsterte Kathleen. Aber dann sah sie immerhin zu ihm auf. Er blickte in ein zerquältes, abgehärmtes Gesicht. »Ich bin verdammt, Peter«, sagte Kathleen tonlos. »Ich bin sündig. Und dafür habe ich zu büßen. Ian … Ian war … meine Buße … und ich hab sie nicht angenommen. Und jetzt … jetzt versucht mich der Teufel schon wieder … Bitte lass mich los, Peter! Bitte, lass mir meinen Frieden!« Kathleen riss sich los.

»Ich bin also eine Versuchung des Teufels?« Peter wusste nicht, ob er lachen oder weinen sollte.

Kathleen antwortete nicht. Sie floh aus dem Haus und dann so schnell es ging aus dem Garten. War sie verrückt geworden? Kathleen verstand sich selbst nicht mehr. Sie hatte jahrelang nicht mehr so gedacht wie die Sonntagsschülerin aus jenem namenlosen Dorf am Vartry River. Aber jetzt – alles schien wiederzukommen. Ihre Sünde, Michaels Verlust, die glücklose Ehe mit Ian, Colin … es war zu viel. Kathleen wusste nicht, wie sie über all das hinwegkommen sollte.

Peter gesellte sich wieder zu den Gästen, aber er konnte sich über seinen großen Tag nicht wirklich freuen. Kathleen liebte ihn noch immer, das hatte nur zu genau in ihren Augen gestanden.

Aber wenn kein Wunder geschah, würde sie sich ihm niemals zuwenden. Sie würde sich quälen bis ans Ende ihrer Tage – und einer der Gründe dafür war diese Geschichte rund um die Ehe mit Ian, die sie immer noch vor ihm verbarg. Ian sollte ihre Strafe gewesen sein?

Peter ließ den Blick über die Kinder seiner Gemeinde gleiten und blieb an Heather und Sean hängen, die offensichtlich lautstark etwas miteinander besprachen. Anscheinend erregten sie sich über das Verhhalten ihrer Mutter. Und plötzlich schwante Peter etwas. Die blonde Heather, der dunkelhaarige Sean – auch Colin hatte blondes Haar. Ian war natürlich dunkel gewesen. Aber dennoch … Peter hätte nie gedacht, dass es ihn so bald zu den Goldgräbern zurückziehen würde, aber jetzt dachte er nur noch über den geeigneten Zeitpunkt nach, in Tuapeka die Kirchenbücher einzusehen. Bei Ian Coltranes Tod hatte er Kathleen nach dem Datum ihrer Eheschließung gefragt und es notiert. Damals war er noch nicht auf den Einfall gekommen, es mit Seans Geburtsdatum abzugleichen …

Voerst war aber Claire entschlossen, für ein Wunder zu sorgen, indem sie Kathleen ernsthaft ins Gebet nahm.

»Kathie, es geht mich ja nichts an, wenn du deinen Ian jetzt im Nachhinein heilig sprichst!«, fuhr sie ihre Freundin an, als die erneut, schwarz gekleidet, von einer der unzähligen Totenmessen heimkehrte. »Wenn du dich unbedingt kaputtmachen und in eine der schwarzen Krähen verwandeln willst, über die wir früher gemeinsam gespottet haben, dann bitte, tu es! Aber ich lasse nicht zu, dass du dabei auch unser Geschäft ruinierst. Dafür haben wir hier zu hart gearbeitet. Wenn du dich also nicht bald daranmachst, eine neue Kollektion zu entwerfen, dann mache ich das mit Lauren Moriarty.« Lauren war eine der Frauen, die für Kathleen und Claire nähte.

»Lauren?«, fragte Kathleen. Sie sah Claire an, als tauche sie eben aus einem Weiher auf, in dem sie wie eine Seejungfrau geschlafen hatte. »Die kann doch nicht zeichnen!«

»Aber Kleider aus Modemagazinen nachschneidern und ein bisschen verändern kann sie. Das ist einfach, Kathleen, das kriege ich auch hin: Man kombiniert das eine Kleid mit dem Kragen des anderen und fügt den Gürtel des dritten hinzu. Nicht übermäßig originell, aber das hier ist Dunedin, nicht Paris. Kein Mensch wird merken, dass die Entwürfe nicht von dir sind.«

»Aber ich … ich werd's merken«, rief Kathleen ungläubig.

Langsam entfernte sie die Hutnadeln aus ihrem Haar und nahm das schwarze Hütchen ab. Claire riss es ihr aus der Hand und schleuderte es auf den Boden.

»Du, Kathleen«, sagte sie unerbittlich, »wirst andere Sorgen haben. Denn wenn du dich nicht an der Arbeit beteiligst, gebe ich dir auch kein Geld! Du wirst zusehen müssen, wie du das Schulgeld für Sean und Heather zusammenkriegst. Vielleicht sammelt ja dein Priester für dich!«

»Aber … aber das kannst du nicht machen! Das Geschäft gehört uns doch beiden. Mir steht die Hälfte zu.«

»Dann klag sie doch ein, Kathleen!«, schrie Claire. »Mal sehen, wie weit du kommst!«

Kathleen sah sie aus riesigen Augen an. »Aber wir sind Freundinnen …«

Claire atmete tief durch. »Kathleen Coltrane war meine Freundin«, sagte sie dann. »Aber die scheint gestorben zu sein. Jetzt lebe ich mit Mary Kathleen Betschwester zusammen, und mit der habe ich wenig gemeinsam. Aber ich würde Kathleen gern wieder zum Leben erwecken! Und wenn ich diese Heulsuse Mary treten und schlagen und ihr das Geld sperren und sie auf die Straße setzen muss, dann werde ich das tun. Ob sie dann hinterher noch meine Freundin ist oder nicht!«

Kathleen biss sich auf die Lippen. »Ich geh mich umziehen«, sagte sie leise. »Und die Kohle holen. Dann … dann mache ich eben ein paar Zeichnungen.«

Claire war so glücklich, dass sie ihre widerstrebende Freundin an sich zog und mit ihr durchs Zimmer wirbelte.

»Na, endlich! Und, Kathleen, diesmal machen wir eine große Kollektion! Wie die berühmten Häuser in Paris und London. Mit Hauskleidern und Nachmittagskleidern und Abendroben. Und als Abschluss ein Brautkleid! Mach dir keine Gedanken um die Kosten, irgendjemand wird es schon kaufen, und wenn es gar nicht weggeht, dann war es die Werbung auch wert.«

Bisher gab es unter den Frauen, die sich Kathleens und Claires Mode leisten konnten, noch wenig Bräute. Die meisten Ehepaare, die in Dunedin die vermögende Schicht bildeten, waren schon gemeinsam nach Neuseeland gekommen, oder ein erfolgreicher Firmengründer hatte seine Frau nachgeholt. Ihre Kinder wuchsen nun in Neuseeland heran und würden unzweifelhaft irgendwann untereinander heiraten. Aber so weit war es noch lange nicht.

»Ich will ein Brautkleid im Schaufenster!«, beharrte Claire, als Kathleen versuchte zu widersprechen. »Weil's einfach dazugehört!«

Im Schaufenster von Lady's Goldmine hing ein Traum aus cremefarbener Spitze, als Michael Drury und Lizzie Owens-Portland nach Dunedin zurückkehrten.

Die Farm in Queenstown schien vielversprechend. Ihre Lage auf einer kleinen Anhöhe mit Blick auf den Lake Wakatipu gefiel Lizzie sofort. Ein Herrenhaus gehörte nicht dazu, allerdings ein geräumiges, anheimelndes Farmhaus, solide gebaut und in gutem Zustand. Dazu konnte ein ordentlicher Zuchtstamm gepflegter Schafe mit übernommen werden. Die Besitzer hatten ihre einzige Tochter eben nach Blenheim verheiratet und planten nun, als Gefolge in den Norden zu ziehen.

»Was sollen wir hier weitermachen, ohne Erben?«, fragte der Farmer, ein rotgesichtiger, praktisch orientierter Schotte. »Es soll ja Leute geben, die Schafe lieben, aber ich kann mich ganz gut davon trennen.«

Die MacDuffs hatten ein Maori-Hausmädchen, das gern bleiben wollte, dazu ein paar Viehhüter, die sie tageweise beschäftigten. Lizzie verstand sich gleich mit dem Mädchen, und Michael würde sich auch mit den Männern einig werden. Laut McDuff sprachen sie alle Englisch.

»Ich konnt deren Kauderwelsch nicht lernen«, gestand der Farmer freimütig. »Und für die ist es gut, wenn sie sich anpassen.«

Lizzie fand diese Haltung zwar ein bisschen anmaßend, mochte aber nicht widersprechen. Michael jedenfalls war Feuer und Flamme für die Farm, und auch sie hatte nichts dagegen einzuwenden. Natürlich war das Anwesen recht weit von der nächsten Stadt entfernt, und im Stillen bedauerte Lizzie auch, dass sich zumindest auf den ersten Blick keine Südhänge zum Weinanbau anboten, aber damit wollte sie auf keinen Fall argumentieren. Michael würde sie für verrückt erklären – oder erneut befürchten, sie wollte ihn bevormunden. Die Idee, mit Reben zu experimentieren, musste ein Traum bleiben.

Lizzie und Michael versprachen also, in Dunedin eine Anzahlung für die Farm auf das Konto der MacDuffs zu überweisen und den Hof zu übernehmen, wenn die Schotten ihre letzten Angelegenheiten in Otago abgewickelt hatten. MacDuff wollte den endgültigen Verkauf erst nach der Schafschur vollziehen, was Michael verständlich fand.

»Sonst hätte er ja praktisch das ganze letzte Jahr umsonst gearbeitet«, erklärte er Lizzie, die gern früher umgezogen wäre.

»Und was machen wir so lange?«, fragte sie schlecht gelaunt. »Ich hab ehrlich gesagt keine Lust auf ein weiteres Frühjahr in Tuapeka.«

Michael lachte und wirbelte sie herum. »Wir, meine Liebste, verbringen die nächsten Wochen in Dunedin, ohne zu arbeiten! Wir werden einen Teil unseres mühsam erarbeiteten Geldes sinnlos verprassen! Wir mieten uns in einem Hotel ein, du kannst Wein trinken, so viel du möchtest – und natürlich werden wir heiraten. In der Kirche deines Reverends. Hoffentlich ist es nicht wieder ein Zelt!«

Lizzie ließ sich herumschwenken, obwohl ihr dabei schwindelig wurde. In der letzten Zeit wurde ihr häufig schwindelig, und sie hatte auch schon einen Verdacht, woher das kommen konnte.

»Ich würde dich auch unter freiem Himmel heiraten!«, erklärte sie lächelnd. »Allerdings hätte ich gern ein Brautkleid. Glaubst du, dafür haben wir Geld?«

Michael machte eine wegwerfende Handbewegung. »Wir haben Geld für zwei Brautkleider, Liebste, und ein Taufkleid gleich mit!«

Lizzie drohte ihm lächelnd mit dem Finger. »Du willst nicht wirklich zwei Frauen freien, Michael Drury! Aber das mit dem Taufkleid könnte eine recht gute Idee sein …«

Lizzie entdeckte den Traum aus cremefarbener Spitze schon bei ihrem ersten Streifzug durch Dunedin. Sie fand die Stadt aufregend – seit sie London verlassen hatte, war sie dem Puls einer Großstadt nie so nahe gewesen. Die wichtigsten Steinhäuser in Dunedins Innenstadt waren inzwischen vollendet, die Kirche St. Paul's fasste tatsächlich fünfhundert Gläubige, und das Octagon ließ künftige Pracht erkennen. Vor allem aber gab es Geschäfte und Märkte im Überfluss und in jeder Preiskategorie. Denn auch darin glich Dunedin London: Es gab reiche Bürger, die in den Straßen und Parks flanierten und die neueste Mode, schöne Equipagen und Pferde zur Schau stellten. Daneben jedoch vegetierten gänzlich mittellose Neuzuwanderer, die rund um die Stadt in Behelfshäusern oder in Zelten hausten.

Außerhalb der Innenstadt waren die Straßen oft schlammig, niemand holte den Müll ab, und an sanitären Anlagen mangelte es. Reverend Peter Burton, der sich der Armen gleich wieder angenommen hatte, fand hier ein reiches Betätigungsfeld. Erneut organisierte er Suppenküchen und eine Mindestversorgung der Kranken. Lizzie unterstützte ihn mit Spenden, sie war glücklich, einmal zu den begüterten Bürgern zu zählen. Michael hatte eine Suite in einem der besten Hotels der Stadt gemietet und machte sein Versprechen wahr: Sie aßen in den besten Restaurants, besuchten Theater und Varietees – und sie planten ihre Hochzeit.

Michael wollte in einem Anflug von Größenwahn gleich in St. Paul's heiraten, aber Lizzie gefiel Reverend Burtons Kirche in der Vorstadt sehr viel besser.

»Ich möchte, dass Reverend Burton uns traut!«, erklärte sie. »Und was willst du auch mit einer Kirche mit fünfhundert Plätzen? Wir kennen hier doch sowieso niemanden!«

Lizzie setzte sich schließlich durch, und der Termin wurde auf den 2. November festgesetzt. Lizzie würde eine Frühlingsbraut werden.

»Und du wirst ein Herbstkind«, flüsterte Lizzie ihrem Baby zu.

Sie war sich inzwischen sicher, dass sie schwanger war, und sie freute sich darüber. Michael hatte sie es allerdings bislang nicht gesagt, und sie hoffte auch, dass es bis zur Hochzeit noch nicht zu sehen sein würde. In ihrem Hochzeitskleid wollte sie schlank und strahlend schön aussehen – wobei sie bislang nur nebelhafte Vorstellungen darüber hatte, wie das Kleid aussehen sollte. Bis zu diesem Tag, als sie über die George Street schlenderte, eine der mondänsten Einkaufsstraßen der jungen Stadt.

Der Laden war klein, aber sehr exklusiv, er lag neben einer Bank, und im Schaufenster war das schönste Kleid ausgestellt, das Lizzie sich nur vorstellen konnte! Lady's Goldmine – Damenmoden. Lizzie musste sich zwingen, sich die Nase nicht am Schaufenster plattzudrücken wie ein Kind. Aber sie brauchte ja nicht mehr zu träumen! Sie hatte Geld, sie konnte sich dieses Kleid kaufen!

Kurz entschlossen betrat Lizzie das feudale Geschäft. Sie war nie in einem vergleichbaren Laden gewesen, die junge Frau, die sie in Empfang nahm, wirkte jedoch nicht beängstigend, sondern höchstens etwas einschüchternd. Sie trug ein nüchternes, äußerst elegant geschnittenes Geschäftskostüm. Die hellbraune Farbe des Rocks und des Jacketts passte zu ihren nussbraunen Augen. Eine blassgrüne Bluse und ein lässig um den Hals geschlagener, dunkelgrüner Schal lockerte das Ensemble auf und ließ es fast mondän wirken. Die kleine, zierliche Frau trug ihr dunkles Haar aufgesteckt und lächelte Lizzie gewinnend zu.

»Guten Morgen, ich bin Miss Claire. Was kann ich für Sie tun?«

Lizzie holte tief Luft. »Das Hochzeitskleid …«, flüsterte sie.

Miss Claire strahlte. »Sie wollen heiraten? Sehen Sie, ich wusste, dass jemand nur darauf wartet, in diesem Kleid zu heiraten! Meine Geschäftspartnerin hat mit mir geschimpft, weil ich unbedingt ein Brautkleid in der Kollektion wollte. Aber irgendwie hatte ich eine Ahnung … Kommen Sie, probieren Sie es an! Das wollten Sie doch, oder?«

Lizzie trat schüchtern von einem Fuß auf den anderen. Mit einer so herzlichen Begrüßung hatte sie nicht gerechnet. Claire Edmunds deutete ihre Zurückhaltung falsch.

»Machen Sie sich keine Sorgen wegen des Preises, wir werden uns da schon einig. Wenn Ihnen dieses Modell passt, heißt es. Nachschneidern ist natürlich teuer. Aber dieses Kleid war ja als Blickfang gedacht, und …«

Lizzie errötete und schüttelte den Kopf. »Nein … nein … ich … wir … wir haben Geld. Es ist nur, dass ich noch nie so etwas Schönes getragen habe.«

Claire hatte das Kleid inzwischen aus dem Schaufenster geholt, und Lizzie fuhr bewundernd über die glänzende Seide und die zarten Spitzen.

Claire strahlte. »Ja, nicht wahr? Hier gibt es nichts Vergleichbares. Dunedin ist zwar auf dem Weg zur Stadt, aber von London und Paris doch noch weit entfernt – oder von Liverpool. Da komme ich her. Und Sie?«

»London«, erwiderte Lizzie und versuchte, ihren Cheapside-Dialekt nicht durchhören zu lassen.

»Oh, London, da saßen Sie ja an der Quelle! Warten Sie, ich helfe Ihnen – um die Robe anzuziehen, braucht man glatt eine Zofe!«

Claire plauderte vergnügt, während sie Lizzie aus ihrem einfachen Nachmittagskleid in den Traum aus Spitze und Seide half. Kathleen hatte das Kleid einem englischen Entwurf nachgeschneidert, der für eine Frau aus dem Hochadel gemacht worden war. Ihr persönlich gefiel es gar nicht so sehr, sie fand es überladen. Und tatsächlich hatte es weder an Claire noch Kathleen selbst besonders gut ausgesehen. Beide hatten das Kleid probiert.

Jimmy Dunloe hatte nur den Kopf geschüttelt, als Claire es ihm vorführte. »Zwischen all den Rüschen und Spitzen muss man dich ja suchen, Claire!«, lachte der Bankier. »Entschieden zu viel für dich, und die Farbe macht dich blass.«

Auch Kathleens Schönheit wurde durch die aufwändige Robe nicht unterstrichen, sondern eher unterschlagen. Die vielen Volants und Schärpen ließen ihre schlanke, aber frauliche Figur füllig wirken. Die klassische Schönheit verlangte nach schlichten, eher gerade geschnittenen Kleidern.

Als Claire nun aber Lizzie in dem Kleid ansah, stockte ihr fast der Atem. Die eigentlich eher unscheinbare, knabenhaft schlanke junge Frau hatte plötzlich rundere Körperformen. Die Volants und Spitzen betonten ihre Brüste, und der Cremeton kontrastierte mit Lizzies nach der herrschenden Mode zu dunklem Teint. Lizzies feines Haar fiel über filigrane Spitze, die es voller wirken ließ. Die dazugehörigen, langen weißen Spitzenhandschuhe kaschierten ihre abgearbeiteten Hände.

Lizzie schaute sprachlos in den Spiegel. Das war nicht mehr Lizzie Owens oder Lizzie Portland, das war eine Prinzessin!

»Es ist unglaublich schön!«, hauchte Lizzie, als Claire ihr Haar fast andächtig um den weiten Ausschnitt drapierte.

»Warten Sie, ich hole noch den Schleier. Sie können ihn kurz oder lang haben, meine Freundin hat ihn kurz entworfen, aber das ist sehr modern, nur wenige Frauen würden sich das trauen. Schauen Sie, der Kranz ist künstlich, aus Draht und grünem Krepp und Spitze, aber er ist Orangenblüten nachempfunden und …«

Claire und Lizzie schwiegen beide, als sie Lizzie in vollem Brautstaat vor dem Spiegel sahen.

»Es ist vollkommen!«, sagte Claire schließlich. »Oder jedenfalls fast. Hier müssen wir noch einen kleinen Abnäher machen, und hier, und den Ausschnitt würde ich etwas höher setzen.«

Sie hantierte rasch mit Stecknadeln und Heftgarn, aber Lizzie sah nur minimale Unterschiede. Für sie war das Kleid perfekt, so wie es war.

»Wir machen Ihnen das bis übermorgen fertig, dann können Sie es abholen«, schlug Claire vor. »Das reicht doch, nicht wahr? Sie heiraten nicht gleich heute? Und wenn es denn möglich wäre: Würden Sie eine Fotografie von sich anfertigen lassen und uns einen Abzug davon zukommen lassen? Eine so schöne Braut … Kathie muss Sie auch unbedingt in ihrem Kleid sehen, bevor Sie es mitnehmen! Lassen Sie uns eine Zeit ausmachen, in der Sie zur Anprobe kommen.«

Lizzie lachte. »Das reicht völlig«, meinte sie glücklich. »Aber wenn Sie … wenn Sie sowieso noch etwas ändern … die Hochzeit ist in vier Wochen, und es könnte sein …« Sie errötete, aber vor dieser Frau hatte sie erstaunlicherweise keine Hemmungen. In einem guten Modehaus, so hatte sie eben entdeckt, waren weibliche Geheimnisse sicher verwahrt. »Es könnte sein, dass ich dann etwas fülliger sein werde.«

Claire strahlte. »Wie schön! Herzlichen Glückwunsch! Aber das ist gar kein Problem, hier ist ja sowieso diese Schärpe. Darunter schaffen wir mühelos Platz für den Nachwuchs. Oh, ich freue mich für Sie! Wo werden Sie heiraten? Vielleicht komme ich in die Kirche. Es ist unser erstes Brautkleid, wissen Sie …«

»Die Frau ist unglaublich freundlich!«, berichtete Lizzie aufgeregt, als sie Michael abends zum Essen im Hotel traf. Sie hatte zur Feier des Tages Champagner bestellt. »Und stell dir vor, sie entwerfen diese Kleider selbst! Miss Claire oder ihre Freundin, Miss Kate oder so. Natürlich ist es teuer, aber ich kriege einen Sonderpreis. Weil Miss Claire meint, das Kleid und ich … wir wären sozusagen füreinander bestimmt.«

Michael runzelte die Stirn, stieß aber bereitwillig mit ihr an. »Liebste, du und ich sind füreinander bestimmt. Von mir aus könntest du auch in Sackleinen heiraten! Aber schön, ich schaue mir das Wunderkleid übermorgen mal an. Mal sehen, ob ich dich darin wiedererkenne. Nach dem, was du erzählst, verwandelt es dich wohl in einen Engel – oder sollte ich besser sagen, eine Sahnetorte?«

Lizzie schüttelte heftig den Kopf und ließ dabei fast ihr Glas fallen. »Bist du verrückt, Michael? Du darfst doch mein Hochzeitskleid nicht sehen! Das bringt Unglück, Michael, bestimmt.« Ihre Stimme klang beschwörend und ehrlich besorgt.

Michael lachte. »Meine liebe Lizzie, nun bist du schon so eine erwachsene reiche Frau, aber du benimmst dich wie ein abergläubisches Kind!« Er nahm ihre Hand und küsste sie. »Als ob es irgendeinen Unterschied macht, ob ich ein paar Bahnen Stoff zu Gesicht bekomme oder nicht. Was sollen deine Maori-Freunde sagen? Die tragen gar keine Brautkleider, oder? Beim einander Beiliegen im Gemeinschaftshaus wären die jedenfalls ziemlich hinderlich!«

Lizzie runzelte die Stirn. »Auch erwachsene reiche Frauen können vom Pech verfolgt sein«, erklärte sie. »Und die Maori haben bestimmt ihre eigenen Rituale.« Sie dachte an die Zeremonie, die eine Häuptlingsfrau jedes Mal über sich ergehen lassen musste, wenn sie ihren Mann nur besuchen wollte. »Untersteh dich, zu spionieren, Michael! Mein Kleid siehst du erst in der Kirche.«

Michael nickte unbedarft. Er würde trotzdem am nächsten Morgen in der George Street vorbeireiten und einen Blick auf das sagenhafte Kleid werfen! Was sollte Lizzie und ihm schließlich jetzt noch Unglück bringen können?

Lizzie konnte die nächste Anprobe kaum abwarten. Sie war schon eine Viertelstunde zu früh in der George Street. Diesmal erwarteten sie dort nicht nur Miss Claire, sondern zwei weitere Frauen. Die Näherin Mrs. Moriarty und Miss Kathie, die zweite Inhaberin von Lady's Goldmine. Mrs. Moriarty wirkte freundlich und mütterlich in ihrem schlichten Musselinkleid. Sie war wohl direkt aus ihrer Nähstube gekommen. Aber Miss Kathie … Lizzie war schon von Claire Edmunds Schönheit und Eleganz eingeschüchtert worden, aber Miss Kathie erst! Sie trug zwar nur ein äußerst schlichtes schwarzes Kleid ohne jeglichen Zierrat, aber sie war sicher die schönste Frau, die Lizzie je gesehen hatte.

Miss Kathie trug ihr Haar aufgesteckt wie Miss Claire, aber ein paar Locken umschmeichelten doch ihr Gesicht wie ein Heiligenschein. Solchen Glanz hatte Lizzie das letzte Mal auf den Goldfeldern gesehen – goldblondes Haar hatte Miss Kathie. Ihr Teint war hell und glatt wie Marmor, nicht einmal die steile Falte auf ihrer Stirn, die auf Konzentration oder auch auf Sorge oder Kummer hindeutete, konnte den vollkommenen Ausdruck dieses Gesichtes beeinträchtigen. All das wurde aber noch übertroffen von ihren leuchtend grünen Augen, einer so intensiven Farbe, wie Lizzie sie vorher nie gesehen hatte. Miss Kathie trug sich aufrecht. Sie war zuvorkommend, aber doch achtunggebietend.

»Meine Freundin hat mir von Ihnen vorgeschwärmt«, begrüßte sie Lizzie freundlich. Eine klare, ausdrucksvolle Stimme, bestimmt auch eine gute Singstimme. Lizzie hätte beinahe mit ihren Geistern gehadert. An der Wiege dieser Frau hatten zweifellos alle Feen gestanden, die an ihrer eigenen gefehlt hatten. »Ich sollte unbedingt zu Ihrer Anprobe kommen.«

»Miss Kathie lebt sonst eher zurückgezogen«, bemerkte Claire. »Aber es wird Zeit, dass sie sich wieder öfter herauswagt. Wir könnten zu Miss Portlands Hochzeit gehen, Kathie, und ihre Brautjungfern spielen. Haben Sie schon Brautjungfern, Miss Portland? Na ja, Kathie und ich sind ja schon ein bisschen zu alt dafür, aber unsere Töchter wären ganz wild darauf.«

Miss Claire plauderte vergnügt, während Mrs. Moriarty und Miss Kathie Lizzie in das geänderte Kleid halfen. Und wieder vollzog sich die Verwandlung. Die Frau im Spiegel war vorher Lizzie gewesen, aber jetzt sah sie wie eine Märchenprinzessin aus, die fast an Miss Kathies Schönheit heranreichte. Mit den wenigen neuen Abnähern saß das Kleid perfekt. Lizzie konnte sich nicht sattsehen an ihrem eigenen Anblick.

»Es ist in der Tat fantastisch!« Auch Miss Kathies Augen leuchteten jetzt vor Begeisterung. »Meine Freundin hat Recht, man muss Sie in dem Kleid fotografieren – oder besser noch malen! Es gibt recht gute Kunstmaler in Dunedin. Sollen wir uns nach einem umhören?«

Lizzie fühlte sich schwindelig. Malen! Jemand sollte sie malen! Sie dachte an die Familienporträts im Hause Busby. Und an die Wand im Wohnzimmer ihrer neuen Farm bei Queenstown.

Sie nickte. »Das wäre wundervoll!«, sgte sie träumerisch. »Das wäre ein Traum. Ich hätte nie gedacht …«

Lizzie drehte sich vor dem Spiegel. Aber dann warf sie einen Blick durchs Schaufenster, und ihr Ausdruck verdüsterte sich.

»Ist das zu glauben!«, schimpfte sie. »Ich muss ganz schnell das Kleid ausziehen, Miss Claire, sonst gibt es ein Unglück! Da drüben auf der anderen Straßenseite steht mein Mann!«

Miss Claire war sofort bereit, ihre Besorgnis zu teilen. »Der wagt sich hierher?«, fragte sie lachend. »Also manchmal müssen die Jungs das Schicksal versuchen! Kommen Sie rasch, Miss Portland, in die Umkleide wird er sich ja nicht trauen. Wir schlagen ihm ein Schnippchen. Bis er hier ist, tragen Sie längst wieder ihre alten Sachen.«

Miss Kathie und Mrs. Moriarty begleiteten Lizzie ins Ankleidezimmer nebenan. Während sie ihr vorsichtig aus der cremeweißen Robe halfen, hörten sie, wie Miss Claire nach draußen lief und mit Michael schimpfte. Er gab launige Worte zurück.

Beim Klang der Stimme, die zu ihnen in den Laden drang, hielt Miss Kathie abrupt inne und erstarrte. Lizzie, die eben in ihren alten Rock schlüpfen wollte, bemerkte zunächst nichts, nur Mrs. Moriarty schaute verblüfft, als ihrer Chefin die Seide aus der Hand floss.

»Ist was, Miss Kathie?«, fragte sie.

Kathleen griff sich an die Stirn. »Nein, ich … ich bin nur …«

Mrs. Moriarty lachte. »Bei uns zu Hause würden sie sagen: Einer ist wohl über Ihr Grab gelaufen …«

Lizzie hatte jetzt Rock und Bluse übergestreift, schloss die Knöpfe und fuhr rasch über ihr Haar. Dann stieß sie die Tür auf. Ihr Gesicht strahlte, wie immer, wenn sie Michael sah. Natürlich war es frech von ihm, herzukommen, aber doch irgendwie nett … Sie lachte ihm entgegen, sah das mutwillige Grinsen in seinem Gesicht – und dann das ungläubige Erbleichen. Michael lächelte nicht mehr, es stand nur noch Verblüffung, Verwirrung in seinem Gesicht geschrieben – und er starrte wie hypnotisiert auf etwas hinter Lizzie.

Lizzie wandte sich um – und erkannte den gleichen Ausdruck auf den schönen Zügen Miss Kathies, die in der Ladentür stand.

Kathleen fing sich zuerst. »Michael …«, stieß sie tonlos aus.

Michael trat ihr einen Schritt entgegen. Er sah Lizzie nicht mehr, nahm Claire nicht wahr und erst recht nicht Mrs. Moriarty.

Michael Drury war in einer anderen Welt. Allein mit ihr …

»Ich dachte, du seist tot.« Er hörte seine Stimme, als käme sie von weit her.

Kathleen kam ebenfalls näher. »Warum ich?«, fragte sie unvermittelt. »Du … du warst in Australien …«

»Aber nicht lange.« Michael konnte nicht glauben, dass er hier stand und mit Kathleen redete. »Ich bin geflohen. Aber du … Ian sagte, du seist im Kindbett gestorben.«

Kathleen lächelte nicht, ihr Gesicht war ausdruckslos, eine Maske der Verwirrung. »Ich bin hier …«, sagte sie. »Fass mich an.«

Sie reichte ihm die Hand. Michael ergriff sie, sie war warm und feucht von Schweiß. Die seine sicher auch. Er umfasste ihre Finger mit beiden Händen.

»Siehst du, dass ich am Leben bin?« Kathleen reichte ihm ihre zweite Hand. Sie standen bewegungslos da, sie hatten es nicht eilig. Ein Kreis schien sich zu schließen.

»Was ist das?«, fragte Lizzie. »Wer ist das?« Sie hätte nicht fragen müssen. Sie wusste es. »Kathleen? Mary Kathleen?«

Claire verstand nicht, was vorging, aber dass diese Szene Lizzie ins Herz schneiden musste, war nicht schwer zu erahnen.

»Meine Liebe …« Sie versuchte, Lizzie den Arm um die Schulter zu legen, aber die schüttelte Claire ab.

»Mary Kathleen … ? Was machen Sie hier? Sie sollten tot sein!« Lizzie schob Michael und Kathleen auseinander. Entschlossen drängte sie sich zwischen die beiden. Kathleen sah sie verständnislos an.

»Sie waren tot! Konnten Sie nicht einfach tot bleiben?«

»Michael, was hat sie?«, fragte Kathleen.

Sie schien gänzlich vergessen zu haben, dass Lizzie eben noch von ihrem Verlobten gesprochen, dass Claire Michael mit seiner Neugier auf das Hochzeitskleid geneckt hatte.

Michael schien Lizzie kaum wahrzunehmen. »Tut mir leid, Lizzie«, flüsterte er. »Aber jetzt … du siehst doch, sie ist nicht tot … Lass uns … lass uns … Was tun wir jetzt, Kathleen?« Er wandte sich wieder jener Erscheinung aus der Vergangenheit zu, an die er langsam zu glauben begann. Kathleen bewegte sich wie in einem Tanz um Lizzie herum. Unversehens stand sie Michael wieder gegenüber. Und Lizzie …

»Kommen Sie, Miss Portland!« Claire ergriff jetzt energisch die Initiative. »Die zwei sind ja nicht mehr sie selbst, ich denke, sie kennen sich von früher …«

»Dies ist Michael, Claire …« Kathleens Stimme fehlte immer noch jede Modulation, aber sie meinte wohl, Claire und Michael jetzt förmlich vorstellen zu müssen. Sie funktionierte, aber sie wusste nicht, warum und wie es geschah. »Claire Edmunds … Michael Drury.«

»Der Vater von Sean?«, rutschte es Claire heraus.

Lizzie verspürte Übelkeit. Das Kind war also auch nicht gestorben. Kathleen und ihr Sohn hatten hier auf Michael gewartet. Sie schob sich wieder näher, suchte nach Worten …

Claire Edmunds fing sie auf. »Miss Portland, tun Sie sich das doch nicht an!«, sagte sie sanft. »Kommen Sie, wir trinken einen Tee zusammen, und danach wird alles wieder gut. Die zwei fangen sich schon wieder. Aber ich denke, sie haben sich viel zu erzählen. Mrs. Moriarty, räumen Sie hier bitte noch auf, und schließen Sie den Laden, falls …«

Falls meine Partnerin es vergessen sollte? Oder kopflos wegläuft? Claire wusste nicht recht, was sie befürchtete, aber Mrs. Moriarty nickte freundlich.

»Gehen Sie nur, ich mache das schon.«

Lizzie folgte Claire Edmunds willenlos die Treppe hinauf in ein geschmackvoll eingerichtetes Wohnzimmer. Aber sie wusste jetzt schon, dass nichts wieder so sein würde wie früher. Von gut ganz zu schweigen. Sie hatte Michaels Ausdruck gesehen. Für ihn gab es von jetzt an nur noch Kathleen. Wie es immer nur Kathleen gegeben hatte. Der Tod hatte sie getrennt. Aber Lizzie hätte es wissen müssen. Nicht auf Gott, nicht auf die Geister – nicht mal auf den Tod konnte man sich verlassen.

Kapitel 8

»Er lebt? Mein Sohn lebt?« Michael hatte lange gebraucht, um sich zu fassen.

Kathleen kam etwas schneller über ihr Wiedertreffen hinweg. Schließlich hatte sie ihn nur in Tasmanien, dem früheren Van-Diemens-Land, und nicht gleich im Jenseits gewähnt.

Aber auch sie hatte minutenlang dastehen müssen, ihre Hand in der seinen, bis Mrs. Moriarty schließlich mit einer Teekanne aus dem Ankleidezimmer kam und sie hereinbat.

»Vielleicht möchten Sie einen Schluck?«, fragte sie schüchtern.

Michael erwachte aus seiner Starre. »Darauf brauchte ich eigentlich einen Whiskey!«, murmelte er.

Kathleen lächelte. »Handelst du immer noch damit?«

»Was? Ach … nein, nein, natürlich nicht. Ich bin … ich bin … Schafzüchter, ich habe eine Farm westlich von Queenstown. Jedenfalls angezahlt …«

Kathleen nickte. »Ich hatte auch eine Farm«, sagte sie, immer noch halb in Trance. Sie fanden beide nur langsam in die Wirklichkeit zurück.

»Ich habe mit Ian bei Christchurch gelebt. Aber dein Sohn ist in Lyttelton geboren. Oder Port Cooper, wie es damals hieß. Fast noch auf dem Schiff.«

Kathleen begann zu erzählen, aber Michael unterbrach sie. Sein Sohn lebte … Michael befand sich in einem Taumel zwischen Unglauben und übergroßer Freude.

»Aber ja. Er ist ein guter Junge. Und klug. Er besucht die High School, wird bald aufs College gehen. Ian … Ian ist übrigens tot …«

Michael nickte, ohne auf Lizzies Beteiligung an der Sache weiter einzugehen. Immerhin fiel ihm dabei Lizzie wieder ein. Dies musste ein Schock für sie sein. Aber was für eine seltsame Fügung! Lizzie hatte Ian getötet. Hatte ihm den Weg freigemacht zu Kathleen. Lizzie hatte ihm immer die Wege geebnet. Michael dachte mit einer Art Wehmut und Dankbarkeit an die Frau, die er Augenblicke zuvor noch hatte heiraten wollen. Aber Lizzie musste verstehen …

»Und du? Hast du keine Frau? Keine Kinder?«

Kathleen trank einen Schluck Tee. So langsam kam wieder Farbe in ihr Gesicht. Ihr wunderschönes Gesicht. Auf den ersten Blick hatte Michael gemeint, sie habe sich kaum verändert, aber jetzt sah er, dass ihre Augen von winzigen Fältchen umspielt wurden. Sie war ernster geworden, hatte Kummer und Sorgen kennen gelernt – aber Michael erschien sie dadurch nur noch schöner.

»Du solltest dein Haar lösen«, sagte er, erneut wie in Trance.

Kathleen wiederholte ihre Frage.

»Ich? Nein … nein, natürlich nicht. Kathleen, ich … ich habe immer nur an dich gedacht.«

Kathleen runzelte die Stirn. Auch bei ihr kehrte die Erinnerung an Michaels Verlobte langsam zurück. »Und diese Frau?«, fragte sie. »Miss Portland?«

Michael machte eine wegwerfende Handbewegung. »Eine alte Freundin. Wir … wir haben viel zusammen erlebt. Wir wollten die Farm gemeinsam führen. Nun, da ich dich tot wähnte …«

»Mehr war da nicht?«, wunderte sich Kathleen.

»Nichts, was dich bekümmern muss. Kathleen, Mary Kathleen! Es ist ein Wunder! Wirklich, es ist ein Wunder. Und unser Sohn – wie heißt er, Sean? Nach meinem Urgroßvater? Du bist wundervoll, Kathleen, wundervoll. Wann kann ich ihn sehen?«

Kathleen hatte nicht gewusst, dass Michaels Urgroßvater so hieß. Sie sah auf die große Standuhr in der Ecke des Raumes.

»Er hat gleich Schulschluss«, sagte sie. »Wir können ihn abholen. Ich … ich könnte sowieso etwas frische Luft vertragen.«

Michael nickte. »Wenn du ein Geist bist, wird die Sonne dich jetzt verbrennen«, neckte er sie.

Kathleen strich sich eine Haarsträhne aus dem Gesicht, bevor sie ihren Hut ergriff. Es war ein kleiner schwarzer Hut. Sie betrachtete ihn kurz, verwarf aber dann das Vorhaben, ihn aufzusetzen. Unter den Accessoires, die sie verkauften, war eine elegante kleine Kreation in dunklem Rot. Kathleen nahm sie vom Ständer.

»Nur wenn ich ein Vampir bin«, präzisierte sie dann. Mehr als zehn Jahre mit Claire hatte sie über die Geisterwelt in Büchern und Theaterstücken gründlich aufgeklärt. »Aber ich kann dir versichern, ich bin keiner. Was ist mit Miss Portland?«

Michael zuckte die Schultern. »Die findet schon nach Hause«, meinte er. »Es tut mir natürlich leid für sie … wir werden sehen, was wir machen können, wegen der Farm … aber jetzt … das klären wir alles später, Kathleen. Jetzt will ich Sean sehen! Meinen Sohn!«

Sean war mehr als verwundert, seine Mutter vor dem Schulportal warten zu sehen. Und der Mann neben ihr – zuerst dachte er an Peter Burton und wollte sich bereits freuen, aber dann sah er, dass dieser hier größer war als der Reverend. Ihm fiel kein braunes Haar ins Gesicht, sondern seine kantigen Züge wurden von schwarzen, üppigen Locken eingerahmt. Sean erinnerte er an jemanden … oder etwas … Er verabschiedete sich rasch von Rufus Cooper und ging auf seine Mutter und den Mann zu.

»Sean!« Kathleen strahlte ihren Jungen an.

Sean betrachtete sie misstrauisch. Irgendeine Veränderung war mit ihr vorgegangen, und sie bezog sich nicht nur auf das hübsche dunkelrote Hütchen, das sie endlich gegen die schwarze Krähenhaube eingetauscht hatte. Da war auch ein Leuchten in ihren Augen, das er zum letzten Mal gesehen hatte, als sie noch mit Peter Burton zusammen gewesen war. Bevor sein Vater starb. Sein Vater? Sean war nicht dumm. Als Kind hatte Ians Ablehnung, seine deutliche Bevorzugung Colins ihn verletzt, aber inzwischen war er längst über Coltrane hinweg. Er trug ihm nichts mehr nach, aber er fühlte auch nichts für ihn. Dieses völlige Fehlen von Zuneigung und Bindung hatte ihn schließlich neugierig gemacht. Und Kathleens Heiratsurkunde war nicht schwer zu finden.

Sean ging langsam auf seine Mutter zu und begrüßte sie mit einem Kuss auf die Wange.

»Sean!«, sagte Kathleen, und in ihrer Stimme war ein Überschwang, den er nie darin vernommen hatte. »Dies ist Michael Drury!«

Sean gab brav die Hand. »Habe ich Sie nicht in Tuapeka gesehen, Mr. Drury?«, fragte er artig. Er erinnerte sich jetzt genauer. Mr. Drury war mit Miss Portland zusammen gewesen – und Mr. Timlock. Sie waren manchmal am Sonntag in Peter Burtons Messe gekommen. »Wie geht es Miss Portland?«

Sean sah, dass sich die Züge seiner Mutter verfinsterten. Über Michael Drurys Gesicht zog sogar eine leichte Röte.

»Gut …«, murmelte er. »Sehr gut, soweit ich weiß …«

»Mr. Drury und ich kennen einander aus Irland«, sagte Kathleen. »Wir … kommen aus dem gleichen Dorf. Und jetzt … ja, jetzt wollte er dich kennen lernen.«

Michael stand vor seinem Sohn und sah in ein schmales Gesicht, in dem er neben Kathleens gerader Nase und ihren hohen Wangenknochen auch seine eigenen Züge oder eher die seines Bruders Brian erkannte. Seans Augen waren von hellem Grün, und sie blickten forschend zu ihm auf.

Sein Sohn! Michaels Herz floss über vor Ergriffenheit und Liebe, aber er wusste nicht, was er zu ihm sagen sollte.

»Du … du bist jetzt sechzehn, Sean?«, stammelte er. »Und … und du … du gehst noch zur Schule?«

Sean würdigte ihn keiner Antwort. Das war schließlich offensichtlich.

»Du … bist ein guter Schüler?«

»Ein sehr guter Schüler!«, antwortete Kathleen stolz. »Sean wird nächstes Jahr aufs College gehen.«

Michael versuchte ein Lächeln. »Man … wenn man überlegt,

dass wir damals nur ein paar Stunden bei Father O'Brien hatten … ich hab Stunden gebraucht, Kathleen, um dir diesen Brief zu schreiben … Hast du ihn wenigstens bekommen?«

Kathleen nickte und sah ihn an. »Ich hab ihn noch immer«, gestand sie. »Aber ich konnte doch nichts tun …«

Sean sah das Leuchten in ihren und Michaels Augen, das ihn genauso ausschloss wie Lizzie und Claire zuvor.

»Du hast es schon richtig gemacht, Kathleen. Du hast es für ihn getan. Und es hat sich gelohnt. Ein … ein wohlgeratener Junge …«

Sean spürte Ärger in sich aufsteigen. Was sollte das? Seine Mutter neigte sonst nicht dazu, ihn irgendwelchen Bekannten vorzuführen wie einen dressierten Seehund. Das alles hier konnte eigentlich nur eines bedeuten. Und dann waren ihm die beiden eine Erklärung schuldig.

Sean wartete, bis er endlich wieder Michaels Blick erhaschen konnte. Dann hielt er ihn fest.

»Mr. Drury, Sir«, sagte er mit klarer Stimme. »Sie … Sie sind nicht zufällig mein Vater?«

»Es tut mir furchtbar leid, Lizzie.«

Michael versuchte, zerknirscht zu wirken, aber er sah nicht wirklich aus, als bereue er irgendetwas. Ganz im Gegenteil, Lizzie hatte ihn selten so von innen heraus strahlen sehen.

»Aber du musst doch einsehen …«

»Was?«, fragte Lizzie. »Was muss ich einsehen? Dass eine Verlobung nichts mehr gilt, dass alle Pläne umgeworfen werden, dass deine Liebe zu mir von einem Moment zum anderen versiegt – nur weil da eine Frau auftaucht, die du seit siebzehn Jahren nicht gesehen hast? Mit der du nichts gemein hast, außer einer gemeinsamen Herkunft und einer unrühmlichen Vergangenheit?«

Lizzie versuchte, Wut zu empfinden oder wenigstens zu zeigen. Sie musste kämpfen, sie konnte nicht einfach den Kopf in den Sand stecken und aufgeben, auch wenn sie sich im Augenblick nichts anderes wünschte. Aber Claire hatte Recht: Irgendwann mussten Michael und Kathleen von ihrer rosaroten Wolke herunterkommen und wieder anfangen zu denken. Dann musste sie da sein, und sie durfte nicht verhärmt und verweint und verzweifelt aussehen. Bis zu diesem Morgen hatte Michael sie geliebt. Seine Liebe konnte nicht gänzlich verloren sein!

»Lizzie, es ist Kathleen!«, sagte Michael verklärt. »Du weißt doch …«

»Ja, ich weiß, sie war deine Jugendliebe, und du wolltest dich sogar den Haien zum Fraß vorwerfen, nur um sie wiederzusehen. Aber das ist ein halbes Leben her, Michael!«

Lizzie legte ihre Hand auf die seine. Sie saßen in ihrem Hotelzimmer – ihrem bisher gemeinsamen Hotelzimmer. Für die nächsten Nächte hatte sich Michael ein anderes genommen. Eines der Dinge, für die er jetzt Lizzies Verständnis forderte.

Michael entzog ihr die Hand behutsam. »Für mich ist es wie gestern«, bekannte er. »Und sie … sie ist die Mutter meines Sohnes!«

»Ich bin auch die Mutter deines Sohnes!«, platzte Lizzie heraus. »Das heißt, es kann natürlich auch eine Tochter werden.« Sie legte die von ihm verschmähte Hand auf ihren Leib.

»Du bist schwanger?« Michaels Frage klang eher ungläubig als erfreut.

Lizzie nickte. »Ändert das etwas?«, fragte sie.

Michael biss auf seinen Lippen herum wie ein Schuljunge. »Lizzie … Das ist alles … das ist alles zu viel auf einmal. Ich muss damit erst fertig werden. Mit der einen Sache und mit der anderen. Ich …«

»Es ändert also nichts«, sagte Lizzie müde. »Und wie stellst du dir das jetzt vor, Michael? Du willst nicht heiraten – zumindest nicht mich. So viel habe ich verstanden. Aber was ist mit der Farm? Mit all unseren Zukunftsplänen?«

Michael zuckte die Schultern. »Wir müssen darüber nachdenken«, erwiderte er ausweichend.

»Wir?«, fragte Lizzie schroff. »Heißt ›wir‹ du und ich oder du und Kathleen?«

Michael wirkte nun tatsächlich gequält. »Beides. Ich ... wir ... warum schlafen wir nicht erst mal drüber, Lizzie? Vielleicht ...«

»Vielleicht verschwinde ich ja, wie ein böser Traum?«, fragte sie. »Das Kind natürlich gleich mit. Vielleicht ist da ja nur noch Mary Kathleen, wenn du aufwachst?«

»Lizzie ... Lizzie, du musst doch verstehen. Ich bin dir sehr dankbar. Für ... für alles. Und ich mag dich wirklich gern. Sehr gern, ich ... in gewisser Weise liebe ich dich. Aber Kathleen ...«

»Heute Morgen hast du mich noch anders geliebt als ›in gewisser Weise‹«, sagte Lizzie bitter. »Aber gut, schlaf darüber und sprich morgen mit Kathleen. Vielleicht fällt ihr ja etwas ein. Sicher wollte sie schon immer eine hübsche kleine Farm in Otago.«

Über Michaels Gesicht zog ein Leuchten. Den Sarkasmus ihrer Worte schien er nicht wahrzunehmen. »Wirklich, Lizzie? Es würde dir nichts ausmachen? Also wenn ich die Farm behielte, meine ich ... Obwohl die Hälfte des Geldes selbstverständlich dir gehört, das steht ja außer Frage! Ich müsste dann nur sehen, ob sich die MacDuffs ... ob sie sich vielleicht auf Ratenzahlung einlassen.«

Lizzie konnte es kaum glauben. War er wirklich so naiv? Hatte er sie wirklich so verstanden? Oder verstand er einfach alles nur so, wie es ihm gerade passte? Tat er das erst seit diesem Morgen, oder war er immer schon so gewesen? Lizzie hatte plötzlich den Wunsch zu weinen, aber sie beherrschte sich. Weinen konnte sie, wenn Michael fort war.

»Nun, ein bisschen wird deine Mary Kathleen doch wohl auch beizusteuern haben, oder?«, fragte sie eisig. »Schließlich ist sie sehr erfolgreich im Ausstatten von Bräuten – wenn sie nicht gerade selbst den Bräutigam begehrt!«

Michael schüttelte den Kopf. »Lizzie, unterstell ihr doch nichts! Sie will niemandem etwas wegnehmen. Es ist nur ... es ist einfach Schicksal ...«

Lizzie verdrehte die Augen.

»Aber du hast Recht, Lizzie, wenn Kathleen ihren Anteil an diesem Geschäft verkauft, können wir uns die Farm leisten!« Michael lachte. »Siehst du, daran hätte ich jetzt wieder gar nicht gedacht! Es tut mir wirklich leid, Lizzie. Wir … wir waren schon ein gutes Team. Aber mit Kathleen … das musst du verstehen …«

»Und was ist mit seiner Braut?«, fragte Claire etwa zur selben Zeit. Wie fast jeden Abend trafen sich die Freundinnen mit ihren Kindern zu einem gemeinsamen Essen, das Kathleen meist am Nachmittag zubereitete. An diesem Tag hatte sie das nicht getan, es gab nur Brot, kaltes Fleisch und Käse. Heather und Chloé zeigten sich darüber nicht begeistert, aber Claire und Kathleen waren beide nicht hungrig. Und auch Sean schob die Speisen nur auf dem Teller herum und beobachtete seine Mutter.

»Mit wem?«, erkundigte sich Kathleen.

Sie hatte immer noch dieses überirdische Leuchten in den Augen. Es war unfassbar, was geschehen war! Dass sie Michael wiedergetroffen hatte … dass Sean seinen Vater erkannt hatte … Vater und Sohn hätten sich jetzt eigentlich nur noch in die Arme fallen müssen, um das Märchen vollständig wahrzumachen. Aber sie hatten einander lediglich angestarrt, und Michael war errötet. Schließlich hatten sie versucht, Sean alles zu erklären. Ihre Liebe, Michaels Versuch, das Geld für die Auswanderung zusammenzubekommen … Sean hatte schweigend zugehört, aber selbst für Kathleen hatte die Geschichte reichlich wirr geklungen.

»Wir reden irgendwann in Ruhe darüber!«, hatte Michael schließlich gesagt.

Sean hatte sich unter gemurmelten Begründungen zu seinem Freund Rufus verdrückt, und Michael und Kathleen waren ein paar verzauberte Stunden lang durch die Straßen von Dunedin gelaufen. Sie hatten sich ein bisschen aus ihrem Leben erzählt, doch vor allem die Wärme des anderen gespürt und das Wunder, wieder beisammen zu sein. Michael hatte dann irgendwann gehen müssen.

Er schuldete Lizzie eine Erklärung, das sah Kathleen ein. Sie war taumelnd vor Glück nach Hause zurückgekehrt.

Aber jetzt schien ihr Claire mit Vorwürfen kommen zu wollen.

»Miss Portland«, präzisierte Claire. »Die Dame, mit der dein Michael verlobt ist.«

Kathleen machte eine wegwerfende Handbewegung. »Oh, sie wird das verstehen«, bemerkte sie. »Die zwei sind wohl mehr ... gute Freunde.«

»So?«, fragte Claire. »Danach sah es mir aber nicht aus. Ich fand, Miss Portland wirkte sehr verliebt – und Mr. Drury konnte es kaum abwarten, sie vor der Zeit in ihrem Brautkleid zu sehen. Was Unglück bringt, wie wir gerade mal wieder feststellen.«

»Unglück?«, fragte Kathleen verblüfft. »Aber Michael und ich sind glücklich! Ich kann's noch gar nicht fassen, dass er wieder da ist.«

Kathleen lächelte in die Runde, sie sah wunderschön aus. Als sie von ihrem Spaziergang mit Michael zurückgekommen war, hatte sie sich umgezogen. Zum ersten Mal seit Monaten trug sie kein Schwarz mehr, sondern einen meerblauen Rock und eine helle Bluse. Niemand erwiderte das Lächeln.

»Du magst ja sehr glücklich sein, aber du bist nicht die Einzige auf der großen, weiten Welt, Mom«, bemerkte Sean trocken. Er hatte seiner Mutter immer Verständnis entgegengebracht, aber die Begebenheiten dieses Tages sprengten sein Begriffsvermögen. »Ich zumindest bin gar nicht so glücklich. Und diese Miss Portland ...«

»Aber du hast deinen Vater gefunden!«, wunderte sich Kathleen. »Das ist doch etwas Schönes! Oder ... oder gefällt er dir nicht?« Kathleens Ausdruck wandelte sich von Verzückung zur Sorge.

Sean zuckte die Achseln. »Ich kenne ihn doch gar nicht«, meinte er dann. »Ich habe ihn jetzt drei Minuten gesehen, soweit man davon überhaupt reden kann, er hatte ja nur Augen für dich. Vielleicht ist er ja sehr nett ...«

»Oh, das ist er bestimmt, er ...«

»... aber sicher nicht so nett wie Peter Burton!«

Kathleen runzelte die Stirn. »Wie kannst du das vergleichen? Peter …«

Claire stand auf und räumte ihren Teller weg. Sie hatte genug von der Angelegenheit. Wenn sie blieb, würde sie Kathleen anschreien und schütteln. Einen letzten Versuch machte sie allerdings noch, sie hatte das Gefühl, es dem Reverend schuldig zu sein.

»Kathleen, ich kann dir zugestehen, dass du im Moment in einem – na, sagen wir geistigen Ausnahmezustand bist. Aber Peter Burton ist ein guter Mann, und er hat Jahre und Jahre um dich geworben. Du bist ihm nahegekommen, ihr habt geredet, gelacht – euch auch mal geküsst –, und er hat deine Kinder mit aufgezogen. Seit ein paar Monaten habt ihr beide wie die Hunde gelitten, weil dieser fürchterliche Pfaffe Father Parrish dir einredet, an allen Schlechtigkeiten der Welt schuld zu sein. Aber nun, von einem Moment zum anderen, ist er … ja, was denn, Kathleen? Nur ein ›guter Freund‹? Wie Miss Portland für Mr. Drury?«

Kathleen sah ihre Freundin verständnislos an. Sie schien etwas erwidern zu wollen, aber Claire ließ sie nicht zu Wort kommen.

»Wie ist das denn jetzt überhaupt mit Mr. Drury, Kathleen? Wird Father Parrish dir den wenigstens zugestehen? Oder findet sich da auch wieder ein Teufel im Detail?«

»Father Parrish?« Kathleen hatte offenbar auch ihn vergessen.

Claire griff sich an die Stirn. »Du redest wie ein verliebter Backfisch, Kathleen, aber du bist dreiunddreißig Jahre alt!«, warf sie ihrer Freundin vor. »Vielleicht solltest du erst mal darüber schlafen. Komm mit, Chloé, wir gehen rüber zu Jimmy. Von mir aus du auch, Heather. Deine Mutter braucht Ruhe.«

»Ich geh noch mal zu Coopers«, brummte Sean und griff nach seiner Jacke.

Kathleen nickte. Als alle gegangen waren, suchte sie Michaels alten Brief aus seinem Versteck. Zum ersten Mal seit so langer Zeit empfand sie beim Lesen keinen Verlust und keine Trauer, sondern nur Freude, übergroße Freude! Claire hatte Recht, sie fühlte sich wie ein verliebtes Kind. Und wie ein verliebtes Kind drückte sie jetzt das brüchige, zerlesene Papier an sich, tanzte durch die Wohnung und schlief schließlich ein, Michaels Brief an ihrem Herzen.

Lizzie konnte nicht schlafen. Das alles war zu plötzlich gekommen, zu grausam. Sie konnte nicht allein damit fertig werden. Schließlich stand sie auf, zog sich an und bat an der Rezeption des Hotels, ihr eine Droschke kommen zu lassen. Vielleicht würde der Reverend ja schon schlafen, aber dann würde sie ihn wecken. Sie brauchte einen Seelsorger. Mehr als jemals zuvor.

Lizzie atmete auf, als aus dem kleinen Pfarrhaus noch Licht drang. Peter Burton hatte den Kamin angezündet, obwohl man an diesem warmen Frühlingstag eigentlich keine Heizung benötigte. Aber nach all den Jahren im Zelt genoss der Reverend den Luxus eines warmen Hauses und einer Gaslampe. Lizzie blickte kurz durchs Fenster, bevor sie klopfte. Der Reverend saß am Feuer und las.

Peter Burton öffnete sofort. In seinem Gesicht stand Besorgnis. »Miss Portland! Ist etwas passiert?«

Lizzie nickte und konnte plötzlich nicht mehr reden. Sie trat einfach ein und begann zu weinen. Sie weinte und weinte und weinte, sie konnte sich nicht erinnern, jemals zuvor so viele Tränen vergossen zu haben.

»Ist etwas mit Michael, Lizzie?« Peter Burton schob ihr einen Sessel hin und sah hilflos zu, wie sie sich darauf fallen ließ. »Lizzie, so reden Sie doch! Ein Unfall? Ist er … ist er tot?«

Peter konnte sich das nicht vorstellen. Auf einen Todesfall hätte Lizzie gefasster reagiert. Dies hier war – etwas anderes. Etwas, das nie hätte geschehen dürfen. Lizzies Welt lag in Trümmern.

Lizzie schüttelte nur den Kopf. Peter ließ sie schließlich weinen und machte sich auf in die Küche, um Tee zu kochen. Aber dann überlegte er es sich anders und entkorkte eine Flasche Bordeaux. Lizzie konnte eine Stärkung brauchen, und vielleicht lenkte der Wein sie ja ab. Peter hatte immer gern und belustigt zugehört, wie sie alle möglichen Düfte und Geschmacksvarianten im Wein auszumachen versuchte.

»Hier … probieren Sie mal …«, sagte der Reverend, nachdem er ihnen eingeschenkt hatte.

Lizzie nahm tatsächlich einen tiefen Schluck.

Peter kostete langsam. »Cranberries, finden Sie nicht?«, fragte er. »Sehr fruchtig, aber nicht so voll wie Brombeere.«

»Ein Kuss«, flüsterte Lizzie. »Ein samtiger Geschmack, der sich um die Zunge schmiegt wie ein Kuss …« Sie richtete sich auf. »War nicht meine Idee, Reverend, nur die von einem anderen Lügner …« Sie trank noch einmal. »Oder Seide … eher Seide … leichter als Samt … Ich hab heut Morgen ein Seidenkleid getragen, Reverend, aber es hat Unglück gebracht …«

Lizzie weinte wieder, und Peter trank seinen Wein. Er konnte warten. Schließlich begann sie zu erzählen, und der Reverend lauschte in seiner gewohnt ruhigen Beichtvaterhaltung. Lizzie wusste, dass man ihm alles sagen konnte. Die Mädchen im Goldgräberlager hatten fast darum gewetteifert, von Peter Burton verdammt zu werden, aber der Reverend diente einem freundlichen Gott. Er schien allerdings aufzumerken, als sie Lady's Goldmine erwähnte.

»Ja, ich habe das Kleid gesehen …«, bemerkte er. »Sehr hübsch, ein bisschen überladen für … für … Aber Sie, Lizzie, müssen ganz wunderschön darin ausgesehen haben!«

Lizzie nickte. Sie mochte daran nicht mehr denken. Mit gesenktem Kopf berichtete sie von Claire und Kathie – von Michaels Auftauchen auf der anderen Straßenseite, schließlich von ihrer lachenden Flucht ins Ankleidezimmer.

Lizzie konnte den Ausdruck in Peter Burtons Gesicht nicht deuten, als sie von Kathleens und Michaels Wiedertreffen erzählte – aber es war unübersehbar, dass Gefühle in ihm aufwallten. Der Reverend schien sich zwingen zu müssen, nicht aufzuspringen. Seine Finger verkrampften sich um die Lehne seines Sessels.

»Und dann?«, fragte er tonlos.

»Nun, sie vergaßen alles um sich herum. Miss Claire meinte, das würde sich bestimmt geben. Sie hat mir Tee gegeben … sie ist eine gute Seele … Aber dann waren sie weg. Ich hab Michael erst abends wiedergesehen, und da war für ihn wohl schon alles klar. Sogar seinen Sohn hat er bereits kennen gelernt, offenbar genau so ein perfektes Kind, wie die Mutter eine perfekte Frau ist.«

»Sean Coltrane …«, meinte Peter Burton abwesend, »… ist wirklich ein sehr guter Junge.«

»Wie könnte es anders sein«, bemerkte Lizzie sarkastisch. »Schließlich stammt er von einem untadeligen Engel … Jedenfalls hat er Michael gleich als seinen Vater erkannt, muss so eine Art Wunder gewesen sein … und nun wird eben alles gut. Eine kleine, glückliche Familie …«

»Es gehört noch ein Mädchen dazu«, murmelte Peter. »Heather …«

»Ja?«, fragte Lizzie desinteressiert. »Die scheinen sie vergessen zu haben. Aber sie haben ja alles vergessen, außer ihrem wundervollen Sommer in den Feldern am Fluss.«

Peter trank seinen Wein. Eigentlich hätte er etwas Stärkeres gebraucht.

Lizzie ließ ihn eine Weile sinnieren. »Was ist denn nun, Reverend?«, fragte sie schließlich. »Vielleicht … vielleicht sagen Sie mal was. Erklären mir das. Was … was denkt sich Gott dabei?«

Peter schüttelte den Kopf. »Das weiß ich nicht, Lizzie«, sagte er müde. »Und ich bin … ich bin auch nicht der Richtige, um dazu etwas zu sagen. In diesem Fall … in diesem Fall eigne ich mich nicht zum Seelsorger.«

»Jetzt sagen Sie mir nur noch, dass Sie den beiden von ganzem Herzen Glück wünschen«, höhnte Lizzie. »Weil sie doch zweifellos füreinander bestimmt sind, und weil es göttliche Fügung war, dass sie sich wiedergetroffen haben!«

»Das sage ich bestimmt nicht«, unterbrach sie Peter, fast wütend. Er raufte sein ohnehin wirres Haar. Wenn er jemals mit seinem Gott gehadert hatte, dann in dieser Nacht.

»Dann sagen Sie sonst was!«, rief Lizzie. »Vielleicht geben Sie mir einen Rat. Ich weiß, dass sie schön ist, ich weiß, dass er sie nie vergessen hat. Aber verdammt noch mal! Ich bin schwanger, und ich liebe Michael Drury!«

Peter sah sie an, und ihr Schmerz spiegelte sich in seinen Augen wider. »Und ich«, sagte er, »liebe Kathleen Coltrane.«

Mana

Dunedin, Queenstown, Otago
1863–1864

KAPITEL 1

Kathleen und Michael trieben wie in einem Rausch durch einen Wirbel von Erinnerungen und neuen Erfahrungen. Michael kam gleich am nächsten Morgen wieder, Kathleen lud ihn zum Frühstück ein. Heather und Chloé, die ihn zum ersten Mal sahen, beäugten ihn misstrauisch, aber zu Michaels Verwunderung fand er zu den Mädchen sehr viel leichter Kontakt als zu Sean. Sein Sohn ignorierte ihn. Michael hatte befürchtet, Heather könnte Ian ähnlich sehen, aber dann erwies sie sich als Kathleens Ebenbild, was ihn erfreute und erleichterte. Er machte den Mädchen Komplimente – auch Claire taute ein wenig auf, als er ihr hübsches Kleid lobte und begann, mit ihr über Pferde zu reden. Kathleen hatte erwähnt, dass Claire und die Mädchen begeisterte Reiterinnen waren, und als Michael von seinem Schimmel erzählte, wollte auch Chloé von ihrem Pony reden, und Heather von ihrem Traumpferd.

»Aber ich hab's nicht zum Geburtstag gekriegt«, erklärte sie und sah Kathleen anklagend an. »Weil das Hoffart wäre oder so …«

Michael lachte. »Aber nein, Hübsche, ein Pferd ist doch hier kein Luxus. Stell dir nur vor, irgendein Schafbaron weit draußen in den Plains wirbt demnächst um dich. Dann musst du schon reiten können, um nur auf seine Farm zu kommen! Und wenn du ihm erst helfen willst, seine Schafe zu zählen und all das …«

Die Mädchen kicherten. »Aber ich zähl doch keine Schafe!«, quietschte Heather.

»Höchstens, wenn sie nicht einschlafen kann!«, ergänzte Chloé und kicherte.

Die Mädchen erinnerten sich kaum noch an ihr Leben auf den

Farmen bei Christchurch. Sie waren als Stadtkinder aufgewachsen und konnten sich nichts anderes vorstellen.

»Oh, da warte mal ab, bis du meine Farm in Otago siehst!«, lachte Michael. »Sie steht auf einem Berg, Heather, man kann weit hinunter auf den Lake Wakatipu sehen. Und wir werden tausende von Schafen haben!«

»Vielleicht möchte Heather ja gar keine Schafe«, bemerkte Sean, ohne von seinem Teller aufzusehen. »Mir jedenfalls können Schafe gestohlen bleiben …«

Kathleen wollte etwas Scharfes erwidern, aber Michael legte ihr die Hand auf den Arm. »Nicht«, flüsterte er ihr zu. »Er muss sich erst gewöhnen …«

»Warte ab, bis du sie siehst!«, wandte er sich dann betont fröhlich an seinen spröden Sohn. »Ich kann dir zeigen, wie man sie schert. Kannst du dir vorstellen, dass ich mal der schnellste Schafscherer nördlich Otagos war?«

Sean zuckte geringschätzig die Achseln. Er hätte es mit Worten nicht deutlicher sagen können: Wie schnell jemand Schafen die Wolle schnitt, war ihm ziemlich gleichgültig.

»Ich muss jetzt zur Schule«, sagte er kurz und griff nach seiner Tasche.

Claire scheuchte auch Chloé und Heather hinaus, die gern noch ein bisschen mit Michael geflirtet hätten. »Sie wollen Kathleen also mit auf Ihre Farm nehmen?«, erkundigte sie sich dann. »Zu einem Besuch oder für immer?«

Michael versank schon wieder in Kathleens Augen. »Ganz wie sie möchte …«, bemerkte er ohne großes Interesse an weiterer Kommunikation mit Kathleens offenbar etwas sauertöpfischer Freundin.

»Die Farm ist wunderschön, Kathleen, und die Landschaft! Die Stadt ist ganz in der Nähe.«

Kathleen lächelte, aber sie schien gar nicht zu wissen, worum es ging. Sie hörte kaum auf Michaels Worte, es genügte ihr, seine Stimme zu hören und sein Gesicht zu sehen. Diese geliebten, etwas kantigen Züge, das mutwillige Grinsen … Kathleen geriet ins Träumen, wenn seine fröhlichen blauen Augen sie nur anblitzten.

Claire gab schließlich auf. Kathleen würde gehen, wohin Michael ging. Zumindest vorerst. Eine kleine Spitze konnte sie sich jedoch nicht verkneifen.

»Gehört das Anwesen nicht zur Hälfte Miss Portland?«

Michael lächelte überirdisch, überging Claire aber erneut. »Oh, Lizzie ist großartig!«, sagte er, an Kathleen gewandt. »Immer gewesen, es wäre schön, wenn ihr Freundinnen werden könntet, Kathleen. Sie ist ein wunderbarer Mensch! Auf die Farm hat sie gleich verzichtet, damit fehlt uns natürlich ein Teil des Geldes. Aber du bist ja auch nicht mittellos, oder, Kathleen? Wenn wir zusammen etwas aufbauen …«

Kathleen nickte benommen. Eine Farm? Eigentlich wollte sie keine Farm. Aber sie wollte natürlich mit Michael zusammen sein.

»Ich dachte, wir fahren einmal hin, Kathleen. In der nächsten Woche. Die Kinder können wir mitnehmen, wenn du möchtest. Wir tun alles, was du möchtest, Kathleen …«

Kathleen zog seine Hand an ihre Wange. »Ich möchte gern mit dir allein sein!«, sagte sie. Es klang, als redete sie im Traum.

Claire verdrehte die Augen. »Die Wohnung gehört euch«, bemerkte sie eisig. »Ich gehe in den Laden. Irgendjemand muss ja hier das Geld verdienen. Zumal das letzte Geschäft geplatzt ist. Die nächsten Brautkleider, Kathie, verkaufe ich ohne dich.« Claire zog sich zurück.

»Was hat sie denn?«, fragte Michael.

Kathleen zuckte die Achseln. »Ich möchte nicht hier mit dir allein sein, Michael«, sprach sie weiter. »Nicht, wenn Claire jeden Moment hereinkommen kann oder irgendwelche Näherinnen stören. Ich brauche Zeit für dich, Michael, nur für dich, nur für uns. Können wir nicht irgendwo hinreiten? An … an den Fluss?«

Michael holte sein Pferd, begleitete Kathleen zum Mietstall und bestand darauf, Seans kleinen Rappen für sie zu satteln.

»Das ist aber kein Pferd für eine Dame!«, meinte er stirnrunzelnd, worüber Kathleen lachte.

»Ich bin ja auch keine Dame, Michael. Und ein Pferd ist schon ein Aufstieg, früher habe ich ein Maultier geritten.«

Michael hörte nicht hin. Er war ganz Fürsorglichkeit, am liebsten hätte er Kathleen in eine mit Samt und Seide ausgeschlagene Equipage geholfen und sich von einem diskreten Kutscher fahren lassen wie damals Lord und Lady Wetherby. »Wir hätten auch anspannen können«, meinte er. »Lizzie hat einen Buggy. Wenn ich vorbereitet gewesen wäre …«

Kathleen küsste ihn auf die Wange.

Donny Sullivan, in dessen Stall Claires und Kathleens Tiere immer noch standen, grinste gutmütig.

»Na, Mrs. Coltrane, weiß das denn unser Father Parrish?«, neckte er sie. »Und krieg ich eine Einladung zur Hochzeit?«

Kathleen wurde rot und Michael ebenfalls. Aber Donny erwartete keine Antwort. Dem gestrengen Father Parrish würde er auch nichts sagen. In Wahrheit fürchtete Sullivan sich genauso vor dem bärbeißigen Priester wie der Rest der Gemeinde. Wohingegen er Kathleen ausgesprochen gern mochte. Er war froh, sie wieder lachen zu sehen!

Michael führte Kathleen zur Mündung des Tuapeka River und war überrascht, wie souverän sie den sehr lebhaften Rappen auch im Trab und Galopp beherrschte. Damals in Irland hatte sie höchstens auf einem Esel gesessen, den sie im Schritt ritt, aber jetzt schien ihr der Ausritt sogar Spaß zu machen. Ihre Augen blitzten, und Michael fühlte sich an die junge Lady Wetherby auf der Fuchsjagd in County Wicklow erinnert. Schade, dass es hier nichts Vergleichbares gab – schließlich würde er bald ein Country Gentleman sein und Kathleen seine Lady.

Schließlich verbrachten die beiden den Tag am Fluss, ganz wie die verträumten Sonntage damals in Irland. Lizzie hätte den idyllischen Platz, an dem sie lagerten, wohl zunächst auf Goldspuren hin abgesucht, aber Kathleen saß nur am Ufer und schaute verzückt in das fließende Wasser, das mit den Sonnenstrahlen zu tanzen schien. Sie richtete das mitgebrachte Picknick, überließ es aber Michael, Fische zu fangen und zu braten. Er tat es nach *pakeha*-Art, sodass die Ausbeute nicht groß war, aber Kathleen war dennoch bereit, ihn dafür zu bewundern. Schließlich liebte er sie im klaren Nachmittagslicht, unter einem Farnbaum, dessen Schatten sie mit sanften Schleiern zuzudecken schien. Michael brauchte nur die Augen zu schließen, um sich zurück unter die Weiden am Ufer des Vartry zu träumen. Kathleen war noch ebenso zärtlich und anschmiegsam wie damals. Sie gab sich ihm bereitwillig hin, legte die Arme um ihn, streichelte ihn – sie wiegte ihn in ihrer Liebe. Michael verlor sich in ihrem leisen Lachen, ihrer Zärtlichkeit und bewunderte ihr verklärtes Madonnengesicht im Moment der Ekstase. Beide waren unendlich glücklich, als sie nach Dunedin zurückritten.

»Kommst du nächste Woche mit nach Queenstown?«, fragte Michael, nachdem er Kathleen mit einem Kuss vor ihrer Haustür verabschiedet hatte. »Die Farm anschauen?«

Kathleen nickte. Sie wäre Michael bis ans Ende der Welt gefolgt.

Als Michael zurück ins Hotel kam, war Lizzie ausgezogen.

»Tun Sie sich das nicht weiter an!«, hatte ihr Peter Burton geraten. Der Reverend hatte in der Nacht genauso blass, hoffnungslos und verlassen ausgesehen, wie Lizzie sich fühlte. »Sie können heute hier im Pfarrhaus schlafen, morgen bringe ich Sie bei meiner Haushälterin unter, die vermietet schon mal Zimmer. Sie sollten Ihr Geld sparen, Lizzie. Denken Sie daran, dass Sie nur noch die Hälfte zur Verfügung haben, wenn Michael nicht noch zur Vernunft kommt. Sie wollen davon nicht wirklich eine Farm kaufen?«

Lizzie wusste es nicht. So weit konnte sie jetzt noch nicht denken. Aber er hatte Recht, sie war keine Bäuerin. Nicht wie Kathleen.

»Kathleen Coltrane stammt von einer Farm, nicht wahr?«, fragte sie den Reverend.

Peter schürzte die Lippen. »Schon«, meinte er dann. »Aber ich hatte nicht den Eindruck, als ob sie sich danach zurücksehnte.«

Sean Coltrane sehnte sich ganz sicher nicht zurück aufs Land. Das machte er Kathleen sehr deutlich klar, als sie das Thema Queenstown bei den Kindern anschnitt. Heather wollte die Gelegenheit zum Schuleschwänzen eigentlich gern nutzen, wurde aber auch skeptisch, als Sean seine Argumente vortrug.

»Eine Farm mitten im Nichts, Mom – das hatten wir doch schon mal! Wo soll Heather zur Schule gehen, wo soll ich studieren?«

»Queenstown ist nicht weit weg«, wiederholte Kathleen Michaels Beteuerungen.

Sean fasste sich respektlos an die Stirn. »Und was ist Queenstown?«, fragte er. »Ein besseres Goldgräberlager!«

»Es gibt dort eine Schule!«, behauptete Kathleen.

Sean verdrehte die Augen. »Klar. Eine Grundschule, in der die Goldgräberkinder lesen und schreiben lernen. Großartig. Aber ich besuche die High School. Um nicht zu sagen: Ich bin fast schon auf dem College. Und Heather ist in der High School für Mädchen. Mom, Heather hat jetzt wahrscheinlich schon mehr Schuljahre auf dem Buckel als das Mädchen, das die Kinder in Queenstown unterrichtet!«

Letzteres war sicher übertrieben, aber Kathleen konnte nicht umhin, ihrem Sohn zumindest teilweise Recht zu geben. Sean konnte in Queenstown tatsächlich nichts mehr lernen, und auch Heather würde der Schulwechsel nicht bekommen.

»Du kannst ja hier aufs College gehen«, kam sie ihrem Sohn schließlich entgegen. »Claire lässt dich sicher weiter bei sich wohnen, und das Schulgeld kann Michael leicht zahlen.«

Sean warf hochmütig den Kopf zurück. »Danke, ich verzichte. Ich bewerbe mich um ein Stipendium, das kriege ich bestimmt. Und ich wohne bei Reverend Peter. Mein so genannter Vater hat sich sechzehn Jahre nicht um mich gekümmert, da braucht er nun auch nicht mehr anzufangen.«

Kathleen seufzte. Zwischen Sean und Michael lief es längst nicht so gut, wie sie gehofft hatte. Dabei hatte Michael wirklich versucht, seinem Sohn die damalige Lage in Irland verständlich zu machen und sein Handeln zu erklären. Aber Sean konnte einfach nichts als gegeben hinnehmen. Vielleicht war es der Einfluss des leidenschaftlichen Skeptikers Peter Burton, oder die Schule erzog ihn dazu, Fragen zu stellen. Tatsache war jedenfalls, dass Sean entweder nicht verstand oder nicht verstehen wollte. Natürlich beschönigte Michael die Dinge, aber er konnte Sean kaum von der Whiskeybrennerei seines Vaters erzählen. Stattdessen betonte er den irischen Freiheitskampf und nutzte seine gottgegebene Beredsamkeit, um alles zu einem Epos rund um Vaterlandsliebe und Heldenmut zu verweben. Leider war Sean längst aus dem Alter heraus, in dem man Märchen mit offenem Mund lauschte, und er war dank Claire Edmunds mit ausreichend Geschichten groß geworden, um Lüge und Wahrheit zu erkennen. Jetzt schien es ihm geradezu Spaß zu machen, im Gespräch mit seinem Vater den Großinquisitor zu spielen.

»Du hast also Trevallians Korn gestohlen«, bemerkte er, als Michael ihm die Geschichte seiner Gefangennahme erzählte. »Um mit Mom nach Amerika reisen zu können. Aber es war doch trotzdem Unrecht, oder?«

Michael zuckte die Achseln. »Trevallion war ein Verräter. Er machte gemeinsame Sache mit den Engländern. Und das Volk hungerte.«

»Du hast also Hunger gehabt?«, insistierte Sean.

»Also ich nicht direkt«, murmelte Michael. »Es war mehr … nun, es ging um prinzipielle Fragen … Irland gehört uns, den Iren! Seine Flüsse, seine Felder, das Korn, das darauf wächst!«

Sean runzelte die Stirn. »Du meinst, es ging um … politische Gründe?«

Michael nickte erleichtert. »In gewisser Weise, Sean«, erklärte er wichtig.

Sean rieb sich die Schläfen. »Also ging es doch nicht um Mom …?«

Michael sog scharf die Luft ein. Er musste sich beherrschen. Sean war … nun, Sean hatte einfach der Vater gefehlt, der ihm die Liebe zu Irland nahebrachte – bei aller Entfernung.

»Natürlich ging es um deine Mutter! Und um dich. Aber …«

»Was hast du denn dann gemacht, mit Trevallions Korn?«, erkundigte sich Sean, immer noch ganz gelassen und mit klarer Stimme. »Ich verstehe das nicht recht: Wenn du es aus Patriotismus gestohlen hättest, durftest du es doch nicht verkaufen. Also Reverand Burton, der hätte … der hätte es in der Kirche verteilt oder so.«

Michael knirschte mit den Zähnen.

»Aber wenn du es verkauft hast … dann hast du dich doch im Grunde dran bereichert … an der Hungersnot!«

Kathleen beschloss, Michael und Sean vorsichtig aneinander vorbeizulavieren. Es war sicher die bessere Lösung, wenn der Junge in Dunedin blieb, falls sie Michael wirklich nach Queenstown folgte. Kathleen zog den Umzug auf die Farm immer noch in Zweifel, wenn sie gerade nicht mit Michael zusammen war. Im Grunde gefiel es ihr in Dunedin, gerade jetzt, da sie endlich aus der Starre erwacht war, in die sie nach Ians Tod gefallen war.

Was Ian anging, so betrachtete sie ihre Geschichte inzwischen aus einem anderen Blickwinkel. Father Parrish hatte ihr erfolgreich eingeredet, Gott wolle sie strafen, aber jetzt hatte Gott ihr Michael zurückgebracht! Es war völlig unmöglich, dass der Herr ihr zürnte, ihr übel nahm, dass sie Ian und Colin zunächst verlassen und dann Colin nach England geschickt hatte! Egal, was der bärbeißige Priester sagte: Kathleen sah Ians Tod jetzt als glückliche Fügung – der Weg zu Michael war frei. Die Ehe mit Ian hatte zweifellos nur dazu gedient, sie in das gleiche Land zu verschlagen, in das Gott auch Michael geführt hatte. Gott liebte offensichtlich verschlungene Wege – das hatte Reverend Burton ja schon immer gesagt, man musste nur an die Sache mit der Evolution denken! Und Colin schrieb aus England begeisterte Briefe – zwar voller Rechtschreibfehler, aber als Scharfschütze schien er sich auszuzeichnen, und er entpuppte sich wohl auch als begabter Nautiker.

Kathleen jedenfalls fühlte sich so frei und glücklich wie nie zuvor, und sie hätte das gern mit der ganzen Stadt gefeiert. Hier allerdings fiel ein Wermutstropfen in ihre Seligkeit. Michael zeigte wenig Lust, sie auf die Bälle und zu den Vernissagen, in die Konzerte und Theaterstücke zu begleiten, in die Jimmy Dunloe Claire führte. Kathleen versuchte ein- oder zweimal, ihn dazu zu bringen, aber er bewegte sich linkisch in der feinen Gesellschaft Dunedins, und die Leute tuschelten über ihn.

»Goldgräber …«, hörte Kathleen hinter ihrem Rücken, und »Glücksritter«.

Ja, selbst Claire und ihr Jimmy schienen Michael nicht gern um sich zu haben. Michael sprach immer noch mit deutlichem irischem Akzent – was Kathleen sich längst abgewöhnt hatte. Er wusste nicht, welche Gabel bei einem großen Dinner für welche Speise bestimmt war, und er zeigte auch kein besonderes Interesse daran, es zu lernen. Natürlich konnte er keinen Walzer tanzen und verstand sich nicht auf Kommunikation über die weltpolitische Lage. Nicht einmal wenn ein freundlicher Bankier oder Geschäftsmann ihn auf die Fenier und die Irische Frage ansprach, wusste er etwas Kluges zu erwidern. Michael hatte in den letzten Jahren genug mit dem Überleben zu tun gehabt. Er hatte nicht auch noch Zeitung lesen oder gar Bücher studieren können.

»Aber er könnte es jetzt!«, gab Claire zu bedenken, als Kathleen ihren Geliebten mal wieder verteidigte. »Er hat doch den ganzen Tag nichts zu tun, außer dich anzuschwärmen. Aber er interessiert sich nicht dafür. Nicht für Irland, nicht für Dunedin – ich hoffe, er versteht sich wenigstens auf Landwirtschaft, sonst wirst du am Ende doch noch verhungern. Und was die Sache mit dem Schafbaron angeht, Kathleen: Schaf reicht da nicht! Die Betonung liegt auf Baron, und der muss ein paar Umgangsformen beherrschen.«

Claire wusste, wovon sie sprach. Jimmy und sie waren gern gesehene Gäste auf den Bällen der Viehzüchtervereinigung. Und wie auch immer die reichen Schafzüchter ihr ursprüngliches Vermögen gemacht hatten – ganz sicher waren etliche Walfänger, Goldgräber, Seehundjäger und professionelle Spieler unter ihnen –, jetzt bemühten sie sich erfolgreich um Haltung.

»Das wird schon alles«, beschwichtigte Kathleen. »Michael muss … er wird da hineinwachsen. Er ist klug. Wenn er sich ein bisschen bemüht …«

»Eben daran scheint es zu hapern«, grummelte Claire. »Wenn ich mir angucke, wie er durchs Leben taumelt, dann frage ich mich, wie er es bisher überhaupt so weit gebracht hat!«

Kathleen und Michael fuhren schließlich allein nach Queenstown, auch Heather blieb lieber bei Claire und ging zur Schule. Das Mädchen hatte inzwischen über einen Umzug nachgedacht und war genauso vehement dagegen wie Sean. Natürlich hatte sie weniger vernünftige Gründe. Über die Universität zum Beispiel dachte sie vorerst nicht nach, obwohl Claire die Mädchen ermutigte. Es hieß, Dunedin gedenke, Frauen von Anfang an in allen Studiengängen zuzulassen! Heather ging es aber vor allem um Chloé, von der sie sich unter keinen Umständen trennen wollte. Die Mädchen steckten seit ihrer Geburt ständig zusammen, seit der Flucht ihrer Mütter schliefen sie in einem Zimmer, verkrochen sich bei Albträumen gemeinsam in einem Bett und tauschten jeden Gedanken und jede Schwärmerei. Claire witzelte, dass man die beiden wohl nur würde verheiraten können, wenn sich Zwillingssöhne fänden. Auf jeden Fall wollte Heather nicht allein nach Queenstown. Da zog nicht mal Michaels Versprechen, ihr umgehend ein eigenes Pferd zu kaufen, sobald sie auf die Farm übersiedelten.

Kathleen wusste nicht, wie all das werden sollte, aber vorerst freute sie sich auf die Reise mit Michael. Sie lieh sich Seans Pferd dafür aus, was dieser ungern hinnahm. Michael hatte zwar vorgeschlagen, sich für die Reise einen Wagen zu leihen, aber das Angebot erfolgte eher halbherzig. Lizzies Buggy zumindest schien nicht mehr zur Verfügung zu stehen, wie Michael Lizzie überhaupt nicht mehr erwähnte. Kathleen war das recht, nur Claire machte sie immer wieder ärgerlich, indem sie bohrende Fragen nach dem

Verbleib von Miss Portland stellte. In Kathleens Augen benahm Claire sich ohnehin ziemlich merkwürdig, Kathleen spürte, dass ihre Freundschaft Risse bekam. Auch in dieser Beziehung war es gut, mal ein paar Tage aus dem Geschäft und der gemeinsamen Wohnung herauszukommen. Aber gleich für immer? Kathleen mochte noch nicht daran denken. Das neue Leben mit Michael hatte sie kreativ beflügelt. Ihre Entwürfe für die Herbstkollektion waren gewagt und farbenfroh, üppig und figurbetont. Claire und die Näherinnen waren schlichtweg hingerissen, die ersten Kundinnen bestellten schon, als Claire nur die flüchtig hingeworfenen Kohlezeichnungen wie zufällig im Laden herumliegen ließ. Kathleen konnte sich nicht wirklich vorstellen, wieder Kühe zu melken statt zu zeichnen, aber das würde sich alles ergeben. Vielleicht gab es ja in Queenstown einen vergleichbaren Laden wie Lady's Goldmine, oder sie konnte einen aufbauen. Ein Zweigbetrieb, das wäre gar nicht so schlecht! Kathleen konnte ihn führen, und ihre Entwürfe schickte sie Claire einfach per Post. Wenn sie sich dann noch ein- oder zweimal im Jahr trafen …

Beim Ritt nach Otago wurde Kathleen allerdings schnell klar, dass schon ein solches Treffen nicht einfach werden würde. Bereits am zweiten Tag wurde der Weg nach Queenstown steiler, schmaler und in jeder Beziehung schwieriger. Die Straße war befahrbar, Michael berichtete, dass er sie mit Lizzie im Einspänner bewältigt hatte. Man brauchte jedoch einen halbwegs geschickten Kutscher. Kathleen hätte sich die Strecke nicht zugetraut. Claire, die gern mit Pferden umging, würde nicht solche Schwierigkeiten haben, allerdings war man tagelang unterwegs, und Kathleen konnte sich nicht mehr vorstellen, dass Claire im Zelt oder im Wagen schlief. Ihre verwöhnte Freundin würde auf Übernachtungen in Gästehäusern bestehen, und dafür hätte man weite Umwege fahren müssen.

Kathleen schlief gern mit Michael unter den Sternen. Der Frühling war jetzt einem warmen, für die Region Otago äußerst trockenen Sommer gewichen, und Kathleen genoss die Nächte in Michaels Armen. Lächelnd benannte sie ihm ein paar der Sterne in der Sprache der Maori, hatte aber das Gefühl, als ob Michael das nicht gern hörte. Überhaupt begann ihr am zweiten Tag der Reise langsam der Gesprächsstoff auszugehen. Inzwischen kannten sie ihre Lebensgeschichten – zumindest so weit, wie sie bereit waren, sie vor dem jeweils anderen auszubreiten. Und sehr viele weitere Themen zwischen ihnen gab es nicht – zumindest nicht ohne die Gefahr anzuecken.

Die Kinder waren kein Thema – natürlich gefiel es Michael, von Seans Klugheit und seinen Studien zu hören. Aber er nahm Kathleen offensichtlich übel, dass sie ihm die Geschichte seiner Heimat weitgehend vorenthalten hatte. Sean war nicht mit Berichten über die englische Besatzung, über Hungersnot und Heldenmut seiner Vorväter aufgewachsen, sondern eher mit griechischen und römischen Sagen. Und nun auch noch die Sache mit Colin! Michael hatte Kathleen heftigste Vorwürfe dafür gemacht, ihren jüngeren Sohn ausgerechnet auf eine englische Militärakademie geschickt zu haben.

»Was sollte ich denn sonst machen?«, fragte Kathleen hilflos.

Natürlich fiel Michael auch nicht mehr ein, als den Jungen öfter mal übers Knie zu legen. Dazu, wie Kathleen das hätte anstellen sollen, und ob es vor dem Hintergrund von Ians Erziehung zu Betrug, Diebstahl und Aufmüpfigkeit auch nur die geringste Erfolgsaussicht gehabt hätte, äußerte Michael sich nicht.

Und selbst die oberflächliche Salonkommunikation versagte, mit der auch Kathleen längst von Theaterabenden, Wohltätigkeitsdinners und Vernissagen her vertraut war. Michael verstummte, wenn Kathleen irgendwelche Scherze machte, die sich auf Kunst und Literatur bezogen, er hatte zu ihrer übergroßen Verwunderung noch nie etwas von Darwin und seinen revolutionären Thesen gehört. Kathleen verbrachte zwei Stunden der Reise damit, ihn über die wichtigsten Inhalte der *Entstehung der Arten* zu informieren, aber es interessierte ihn wenig. Lediglich Peter Burtons Versetzung auf die Goldfelder als Folge seiner »Ketzerei« entlockte ihm eine Reaktion.

»Deshalb haben sie den armen Reverend also verbannt!«, meinte er. »Und ich hab mich schon gefragt, warum der sich jahrelang mit den Gaunern in Tuapeka herumschlug, wo er doch sicher bessere Zeiten gesehen hat.«

»Er war da bestimmt nicht sehr glücklich«, gab Kathleen vorsichtig zu. Sie wollte nicht zu viel über ihre Beziehung zu Peter Burton verraten. »Er hätte sehr viel lieber gleich eine Pfarre in der Stadt übernommen.«

»Warum hat er dann nicht die Klappe gehalten?«, fragte Michael. »Er konnte doch über was anderes predigen. Die Bibel ist dick genug, und uns hat's auch nicht geschadet, von Adam und Eva zu hören und vom Paradies … Was mich übrigens auf einen Gedanken bringt: Schau mal da drüben, der Platz unter den Südbuchen! Wirkt der auf dich nicht paradiesisch? Wie wär's, sollen wir dort ein paar Äpfel essen?«

Kathleen lachte verschämt, aber so glücklich Michael sie in der nächsten Stunde auch machte – es blieb ein Stachel in ihrem Herzen. Für Peter Burton war es eben nicht egal, was er predigte. Der Reverend fühlte sich der Wahrhaftigkeit verpflichtet, er wollte, dass seine Schäfchen lernten nachzudenken. Und so war denn auch nicht Darwins Lehre als solche schockierend, sondern ihre Konsequenzen, die Folgerungen, die man daraus zog. Über Leben und Tod, über Gott und das Schicksal … All die Dinge, über die Michael sich keine Gedanken machte – und nie gemacht hatte, wie Kathleen sich widerstrebend eingestehen musste. Schon Father O'Brien hatte über Michaels Oberflächlichkeit geschimpft. Kathleen erinnerte sich noch gut, wie er ihn nach Dublin in die Klosterschule schicken wollte. Natürlich wäre die weitere vorgesehene Laufbahn das Priesterseminar gewesen, und das hatte Michael von vornherein deutlich von sich gewiesen. Lieber war er in Wicklow geblieben und hatte die Felder von Lord Wetherby bestellt.

Kathleen überlegte nun, ob man mit etwas Nachdenken, mit Fleiß und Einsatz nicht Alternativen hätte finden können. Die Kirche zwang schließlich niemanden in den Priesterrock, der sich nicht berufen fühlte. Aber Michael hatte sich gar nicht erst damit beschäftigt. Er liebte das einfache Leben, er plante von einem Tag zum anderen. Kathleen dachte lächelnd an das Feuerwerk aus Melodien, das er seiner Fiedel entlockt hatte. Sie musste ihm unbedingt eine schenken, er konnte für sie spielen, und vielleicht fand sich in Queenstown ja ein Pub, in dem er abends aufspielen konnte. Kathleen berauschte sich kurz an diesem Traum, aber dann rief sie sich zur Ordnung. Sie verfiel schon in die gleichen kindischen Gedankengänge wie Michael! Als ob ein Schafbaron nach der Tagesarbeit noch Zeit und Lust hatte zu fiedeln, und als ob die Landarbeiter auch noch am Abend nach der Musik ihres Patrons tanzen wollten!

Nach dreitägigem Ritt erreichten die beiden schließlich die Farm der MacDuffs, und wenn Mr. MacDuff sich wunderte, dass Michael diesmal mit einer anderen Frau auftauchte, so ließ er sich das zumindest nicht anmerken. Die MacDuffs waren strenggläubige Anhänger der Church of Scotland und hielten irische Katholiken wohl von vornherein für verdammt. Wie viele Sünden Michael da vor dem Tod noch auf sich nahm, schien ihnen ziemlich egal zu sein. Hauptsache, er konnte die Farm bezahlen.

Allerdings verlief die Führung durch Ställe und Scherschuppen längst nicht so reibungslos wie ein paar Wochen zuvor mit Lizzie. Kathleen entpuppte sich als äußerst scharfe Beobachterin, ohne Hemmung zu kritisieren.

»Die Ställe sind aber reichlich zugig, Mr. MacDuff«, bemerkte sie, als sie die Schafställe inspizierten. »Kein Wunder, dass Sie da mit Rindern keinen Erfolg hatten – das haben Sie doch versucht, oder? Kommen Sie, Mr. MacDuff, ich sehe da noch Rinderkot, natürlich hatten Sie hier Großvieh drin.«

MacDuff druckste etwas herum, bis er zugab, das Klima sei für Rinder zu rau gewesen.

»Was natürlich auch auf die Rasse ankommt«, meinte Kathleen. »Wenn Sie sich zum Beispiel für Angus-Rinder entschieden hätten … Aber, wie gesagt, hier musst du renovieren, Michael, auch für die Schafe!«

»Wir hatten nie große Verluste bei den Schafen!«, erklärte MacDuff beleidigt. »Nur diese Merinos, also schöne Wolle geben sie ja, aber sie sind so empfindlich!«

Kathleen runzelte die Stirn. Merinos, das war mit das Erste, was sie von Ian über Schafe in Neuseeland gelernt hatte, eigneten sich überhaupt nicht für die Haltung in diesem Land! Konnte es sein, dass dieser Schotte immer noch mit ihrer Einkreuzung herumexperimentierte? Kathleen verlangte energisch, MacDuffs Zuchttiere zu sehen, aber die meisten Mutterschafe und Lämmer waren in den Bergen. Nur ein paar junge Widder standen in einem Pferch auf dem Hof. Kathleen betrachtete sie kritisch.

»Haben Sie die als Fleischschafe ausgesondert, oder sind sie typisch für Ihre Zucht?«, erkundigte sie sich.

MacDuff verzog das Gesicht. »Die sind zum Verkauf«, gab er zu – wieder etwas, das er offensichtlich ungern eingestand, schließlich hatte er Michael zugesichert, ihm die Farm mit dem gesamten Viehbestand zu übergeben. »Aber sie sind sonst untadelig.«

Kathleen sagte weiter nichts. Dafür bestand sie darauf, dass MacDuff sie und Michael auf die Bergweiden führte, um die Mutterschafe zu begutachten.

»Aber das ist doch viel zu beschwerlich für ein Mädchen wie Sie!«, wandte Mrs. MacDuff ein, als sie die Satteltaschen für ihre Besucher mit Proviant füllte.

MacDuff hatte sich widerstrebend bereiterklärt, ihnen einen jungen Maori als Führer zu stellen. Er selbst hatte keine Lust, ins Hochland zu reiten.

»Wenn er das die ganzen Jahre seinen Viehhütern überlassen hat, erklärt das den Schwund bei den Mutterschafen«, bemerkte Kathleen, als sie die Farm am nächsten Morgen verließen. »Ich wette, dass sämtliche Maori-Dörfer in der Gegend über einen sehr, sehr ordentlichen Zuchtstamm für Schafe verfügen.«

»Welchen Schwund?«, fragte Michael unwillig.

»Die Verluste«, meinte Kathleen. »Ich hab mir gestern die Bücher mal angesehen, während du mit Mr. MacDuff schottischen und irischen Whiskey verglichen hast. Sie haben erschreckend hohe Verluste – und das liegt nicht nur an den planlosen Merino-Einkreuzungen …«

»Merino gibt wunderschöne Wolle!«, gab Michael kund.

Kathleen nickte. »Fine Wool. Verwenden wir für unsere Winterstoffe, teilweise in Spanien gewebt, kostet ein Vermögen. Dafür ziemlich ergiebig, sechzig bis siebzig Stränge aus einem Pfund Rohwolle. Aber die Tiere sind leider sehr empfindlich. Man kann sie nicht einfach ins Hochland treiben, sie lammen manchmal etwas schwer ab, vermehren sich nicht so schnell … sie sind ganz sensibel. Für die Farmen hier ungeeignet. Trotzdem werden sie immer mal wieder eingekreuzt, aber das Ergebnis …«

»Mr. MacDuff hat sehr schöne Schafe!«, beeilte sich Michael zu versichern.

Kathleen zuckte die Schultern. »Mag sein. Hab ich bis jetzt nur noch nicht gesehen! Die kleinen Widder waren Durchschnitt. Nicht ganz schlecht, so was lässt sich durchaus verkaufen, aber …«

»Kathleen, in Irland hatten wir auch keine besseren Schafe!«, beschwerte sich Michael.

»Und? Nur weil Lord Wetherby nichts von Schafen verstand, sollen wir hier ebenfalls minderwertige Wolle produzieren? Michael, über die Einkreuzung von Merinos ist man in den Plains seit Jahren weg! Wir hatten mal eine wirklich hübsche Herde von Kreuzungen auf der Farm, aber Ian kriegte sie kaum noch los, weil die Zuchtergebnisse einfach so schwanken.«

Michael grinste und versuchte, die Sache ins Lächerliche zu ziehen. »Kommst du mir wieder mit Mr. Darwin?«, fragte er.

Kathleen zog die Augenbrauen hoch. Sie sah sehr hübsch aus, wenn sie so ernsthaft die Stirn runzelte, aber zum ersten Mal registrierte Michael weniger Schönheit als Eigensinn.

»Nein«, antwortete sie schließlich. »Aber mit Kiward Station, Barrington Station, Lionel Station … denen willst du doch Konkurrenz machen, wenn ich das richtig verstanden habe. Und die haben inzwischen exzellente Zuchten. Cheviot, Welsh Mountain, Romneys, Corriedales ... das ist eine neue Züchtung, hab ich selbst noch nicht gesehen, aber die Webwaren sind überzeugend, und ...«

Michael fiel ihr ins Wort. »Hör mal, ich war Vormann in Mount Fyffe Run, ich weiß ...«

Kathleen dachte kurz nach. »Das ist diese Farm bei Kaikoura, nicht? Ich glaub, dem hat sogar Ian die erste Herde verkauft! Ordentliche Schafe, vergleichbar mit diesen hier.« Im Vorgebirge kamen jetzt die ersten Mutterschafe mit ihren flauschigen Lämmern in Sicht.

»Können Sie die mal zusammentreiben?« Kathleen wandte sich an den Maori-Viehhüter, der ihr sehr ungeschickt vorkam.

Gewöhnlich waren MacDuffs Männer wohl nicht beritten, was den Viehtrieb im Frühjahr und Herbst sicher erschwerte. Die Bemühungen des Mannes waren denn auch nicht sehr befriedigend. Kathleen setzte ihr Pferd schließlich selbst in Bewegung und brachte rasch ein Dutzend Schafe zusammen. Michael blieb vor Überraschung der Mund offen stehen.

»Woher kannst du das alles?«, fragte er verblüfft, während Kathleen schon abstieg und sich den ersten Tieren näherte.

Kathleen blickte irritiert zu ihm auf. »Ich hab dir doch erzählt, Ian und ich hatten eine Farm. Wobei Ian nur alle paar Tage mal da war, er fuhr herum und verkaufte Tiere – bis nach Kaikoura, wie gesagt. Das Vieh auf der Farm versorgte ich. Zunächst allein, später mit Sean und Colin. Sean hat das nie viel Spaß gemacht ... Und jetzt guck dir die Wolle mal an – siehst du die Unterschiede zwischen den einzelnen Tieren? Selbst farblich ...«

Michael hörte kaum zu. Es war viel zu schwer zu erfassen, was in den letzten zwei Tagen aus seiner zarten Göttin Kathleen geworden war. Sie ritt stundenlang, trieb Vieh ein – und warf jetzt auch noch ein Schaf geschickt auf den Rücken, um ihn auf irgendwelche Besonderheiten seines Wollkleids aufmerksam zu machen. Dabei verglich sie die Menge der Stränge, die man aus Rohwolle spinnen konnte. Michael hatte von all dem noch nie gehört. Aber wahrscheinlich hätte sein neunmalkluger Sohn das genau so herunterbeten können. Es war offensichtlich kein reiner Trotz, wenn Sean behauptete, fürs Leben genug von Schafen zu haben.

»Wenn du also mich fragst«, erklärte Kathleen eben mit klarer, geschäftsmäßiger Stimme – wo waren der Gesang darin geblieben und die Verheißung?, »ich würde diesem MacDuff seine Schafe nicht abkaufen – schon deshalb nicht, weil du die Katze im Sack kaufst, er hat die Tiere ja wohl nicht mal gezählt. Und vor allem, weil sie von der Wollqualität her nicht einheitlich sind. Ach ja, und das Land hier ist überweidet. Wahrscheinlich haben die Tiere Parasiten. Ist die Farm so klein, Michael, oder nutzt man sie nur nicht? Die Arbeiter scheinen mir nicht die Fleißigsten …«

Michael schwirrte der Kopf, als sie sich schließlich Richtung Queenstown wandten. Kathleen hatte die Stadt in Augenschein nehmen wollen und ließ sich jetzt kritisch darüber aus, dass sie ganze zehn Meilen weit entfernt war.

Dem Maori-Arbeiter schien es mit seiner möglichen neuen Herrin auch nicht so gut zu gehen, aber er schaute eher ehrfürchtig als verärgert. »Deine Lady viel *mana*«, bemerkte er, als die Männer kurz nebeneinanderritten.

Michael seufzte. Das war das Letzte, was er hatte hören wollen.

Kapitel 2

»Verzeihen Sie, Sir … Reverend …« Das Maori-Mädchen sah Peters Priesterkragen und verbesserte sich sofort. Sie sprach perfektes, fast akzentfreies Englisch und beherrschte auch einen artigen Knicks. »Aber man sagte uns, Sie wüssten vielleicht, wo wir Elizabeth Portland finden.«

Das Mädchen war vielleicht siebzehn oder achtzehn Jahre alt, groß und schlank für eine Maori und recht hübsch. Ihr Gesicht war großflächig, ihre Figur üppig wie bei vielen Eingeborenen, und sie hatte hüftlanges glattes Haar. Tiefschwarz war es und sicher dicht wie ein Vorhang, wenn sie es offen trug. Jetzt aber hatte sie die ganze Pracht in einem Netz im Nacken zusammengefasst, passend zu dem adretten dunklen Schulkleid, das sie trug. Eine Missionsschülerin aus Waikouaiti, die sich recht sicher und angepasst in der Stadt der Weißen bewegte.

Auf ihre beiden Begleiter traf das nicht zu. Der Mann – noch jung und mit Stammestätowierungen versehen, was in seiner Generation schon selten war – wirkte nervös, fast aggressiv. Er schaute sich in Peter Burtons gemütlichem Wohnzimmer um wie ein Tier in der Falle. Die ältere Frau schien mehr in sich ruhend, war aber sichtlich am falschen Platz. Auch sie trug westliche Kleidung, aber ihr Kleid war zu groß. Der kräftige, gedrungene Mann dagegen schien Hemd und Hose zu sprengen. Er trug einen Speer und hatte irgendwelche Dinge aus Jade dabei, die Peter nicht identifizieren konnte. Er tippte auf Ritualwaffen, kannte sich aber mit den Bräuchen der Maori nicht gut genug aus. Zweifellos stellte der Mann einen Krieger dar, auch wenn Peter ihn wenig Angst einflößend fand.

Das Mädchen stellte ihn nun auch so formvollendet vor, dass mit plötzlichen Ausbrüchen von Aggression kaum zu rechnen war. »Ach ja, verzeihen Sie. Ich bin Haikina Hata vom Stamm der Ngai Tahu, mein *iwi* lebt oberhalb von Tuapeka. Dies ist meine Mutter Hainga, *kaumatua* und *tohunga* unseres Dorfes, und das ist Kuri Koua, der Sohn unseres Häuptlings. Kuri spricht nur unvollkommen Englisch, aber er kann seinen Namen schreiben.«

Peter fragte sich, warum sie das betonte.

»Bitte entschuldigen Sie, wenn wir Sie stören, aber wir müssen Lizzie sprechen.«

Der Reverend nickte. »Wie kommen Sie darauf, sie hier zu suchen?«, erkundigte er sich.

Haikina zuckte die Achseln. »Ich habe in allen Hotels gefragt, und so erfuhr ich von Michael … Und meine Mutter wusste, dass Lizzie mit Ihnen befreundet ist.«

Haikina selbst hatte den Reverend nie gesehen, sie war nach Waikouaiti geschickt worden, bevor er die Seelsorge im Goldgräberlager übernahm.

»Miss Portland wohnt bei meiner Haushälterin«, erklärte Peter jetzt. »Aber um diese Zeit ist sie wahrscheinlich in der Kirche. Sie hilft meist beim Ausgeben der Armenspeisung. Wir haben hier viele Bedürftige.«

Was dies anging, so war Peter mit seiner neuen Pfarrstelle fast vom Regen in die Traufe gekommen. In den Hügeln nah bei seiner Kirche pflegten die Neuankömmlinge für die Goldfelder zu hausen, bevor sie sich auf den Weg in die Berge machten. Ein zusammengewürfelter Haufen von Männern aus Australien und Familien aus England, oft völlig mittellos. Einige stellten Zelte auf, andere schienen sich mit dem Wetter in Neuseeland völlig verschätzt zu haben und versuchten, ohne Unterstand draußen zu nächtigen. Jetzt im Sommer ging das einigermaßen, aber im Winter würden Peter und seine wenigen Helfer aus der im Entstehen begriffenen Gemeinde Zelte aufstellen müssen, um wenigstens Frauen und Kindern ein Dach über dem Kopf anbieten zu können. Die meisten der Familien kamen mit der Vorstellung, das Gold liege schon in Dunedin auf der Straße. Die Erkenntnis, dass sie erst mal Geld brauchten, um eine Ausrüstung zusammenzukaufen und dann meilenweit weiter nach Otago hineinwandern mussten, brachte manche an den Rand der Verzweiflung. Peter verteilte Notrationen, sammelte Kleidung und fragte sich, wann er jemals ein Leben führen würde, in dem Zelte und Notunterkünfte keine Rolle mehr spielten.

Die ältere Frau sagte irgendetwas. Haikina wurde rot, übersetzte aber brav, als Peter sie fragend ansah.

»Sie meint, die Menschen sollten der Erfüllung nicht nachlaufen, sondern das Gold in ihrem eigenen Stamm suchen … oder mit ihrem Stamm. Sie können nicht erwarten, dass etwas wächst, was sie nicht gepflanzt haben.«

Peter machte eine Geste der Zustimmung, breitete dabei aber hilflos die Arme aus. »Ich kann nichts daran ändern«, sagte er.

Haikina nickte. Der Häuptlingssohn gab jetzt auch etwas von sich, aber sie verzichtete auf eine Übersetzung. »Sagen Sie mir nur, wo ich Miss Portland finde, dann suchen wir sie«, meinte das Mädchen. »Wir wollen nicht lästig sein.«

Peter dachte kurz nach und griff dann nach seiner Jacke. In Dunedin sah man kaum je einen Eingeborenen, und die Neueinwanderer hatten erst recht noch nie einen zu Gesicht bekommen. Wenn er diese drei jetzt in die Kirche schickte – vor allem den martialisch wirkenden Häuptlingssohn mit seinem Speer –, würde er ein Chaos entfesseln.

»Wenn es Ihnen nichts ausmacht, können Sie gern hier warten, während ich sie hole«, schlug er vor. »Das ist doch bequemer für Ihre Mutter, und Sie können dann auch in Ruhe mit ihr reden.«

Haikina übersetzte, und die anderen stimmten offensichtlich zu. Die alte Frau wie selbstverständlich, der junge Mann im Vollgefühl seiner Wichtigkeit.

Peter setzte Tee auf, bevor er sich auf den Weg über den Hof machte, und zeigte Haikina, die ihm in die Küche folgte, Tassen und Kanne.

Sie lächelte ihm zu.

»Ist Lizzie sehr traurig?«, fragte sie leise.

Peter nickte. »Ich hoffe, Sie haben jetzt nicht auch noch schlechte Nachrichten.«

Haikina schüttelte den Kopf. »Wir wollen sie nur um etwas bitten«, sagte sie.

Peter sah ein, dass ihm die Maori kaum mehr verraten würden, aber er brauchte seine Neugier nicht allzu lange im Zaum zu halten. Schließlich war Lizzie tatsächlich in der Sakristei, wo sie gerade Suppe austeilte. Als Peter ihr winkte, fand sie rasch eine Ablösung und kam zu ihm. Noch auf dem Weg nahm sie in einer fließenden Bewegung die Schürze ab. Peter bemerkte nicht zum ersten Mal, wie leicht ihr jede Hausarbeit von der Hand ging. Die Mithilfe in der Küche bereitete ihr offensichtlich Freude, und Peters Möbel wirkten sehr viel wertvoller und gepflegter, seit Lizzie darauf bestand, sie jede Woche zu polieren und zu wachsen. Seine Haushälterin hatte sie immer nur abgestaubt.

Lizzie liebte es, schöne Dinge zu pflegen, und sie schien sich damit von ihrem Kummer abzulenken. Peter beneidete sie manchmal fast um diese Fähigkeit. Er selbst dachte immer an Kathleen, womit auch immer er sich beschäftigte. Er betete und er arbeitete bis zum Umfallen, aber er kam nicht über die Enttäuschung und vor allem die heftige Eifersucht hinweg. Dabei sollte ein Priester nun wirklich keine Mordpläne hegen! Peter Burton war zutiefst verunsichert. Er zweifelte an seinem Glauben und am Sinn seines Lebens.

»Sie haben Besuch, Lizzie, Maori aus dem Hochland.«

Lizzie begrüßte Haikina mit einer herzlichen Umarmung, die *tohunga* mit einem förmlichen, aber durchaus innigen *hongi* und den Häuptlingssohn mit einer knappen Verbeugung. Die Ngai Tahu hatten die Unberührbarkeit ihrer Häuptlingskinder zwar längst aufgegeben, aber man erwies ihnen doch noch Respekt.

Haikina reichte Lizzie und dem Reverend jeweils eine Tasse Tee. Peter nahm das als Zeichen, in diesem Kreis willkommen zu sein. Auch Lizzie machte schließlich keine Anstalten, ihn wegzuschicken, als Hainga jetzt das Wort an sie richtete. Nur schade, dass er kein Maori verstand!

Dann unterbrach Haikina den Redefluss der *tohunga*, woraufhin Hainga nickte und ein paar Worte in Richtung des Reverends sprach.

»Sie hat nichts dagegen, dass ich für Sie übersetze«, meinte das Mädchen. »Sie kennen das Land beim Wasserfall und den fünf Speeren.«

»Sie meint die nadelartigen Felsen«, warf Lizzie ein. »Und eigentlich meint sie nicht das Land, sondern das Goldfeld.«

Peter nickte.

»Es ist so«, begann Haikina zu erklären, während Hainga Lizzie wohl das Gleiche in ihrer Sprache vortrug. »Dass der Stamm äußerst beunruhigt ist. Die Goldfelder am Tuapeka River scheinen zu versiegen, und es kommen immer mehr Männer höher hinauf, um neue Claims auszumachen. Unsere Krieger haben schon dreimal welche auf unserem Land gesehen. Männer, die Proben nehmen, die mit ihren Goldpfannen in den Bächen herumsuchen. Bislang haben sie den Wasserfall noch nicht gefunden. Aber wenn es so weit ist …«

»Wenn sie auf Gold stoßen, werden sie euer Land überrennen«, meinte Peter.

Haikina nickte. »Dem möchten wir zuvorkommen«, bemerkte sie, »indem wir Elizabeth Portland anbieten, ihr das Land zu schenken.«

»Wie viel Land?«, fragte Lizzie verblüfft. »Doch nicht das ganze Land des Stammes!«

Der Häuptlingssohn gestikulierte heftig.

»Wir dachten an das Land zwischen dem Wasserfall und dem alten Drury-Timlock-Claim«, präzisierte Haikina.

»Aber das sind … das sind bestimmt fünfzig Hektar!« Lizzie verschluckte sich fast an ihrem Tee. »Ich wusste auch gar nicht … ich wusste nicht, dass unser Claim dem Stamm gehört. Ihr habt nie etwas davon gesagt.«

Haikina zuckte die Schultern. Die Ngai Tahu waren traditionell großzügig. Wenn kein *tapu* auf dem Land lag und wenn man es nicht in eine Wüste verwandelte wie Gabriel's Gully, so hinderten sie niemanden daran, dort ein Zelt aufzubauen.

»Warum wollen Sie Ihr Land denn überhaupt verschenken?«, fragte der Reverend. »Wenn es doch eindeutig dem Stamm gehört?«

Haikina machte eine resignierende Handbewegung. »Solange es nur Land ist, gehört es eindeutig uns. Die *pakeha* wollen ja keinen Ärger, sie sehen wohl ein, dass jemand für das Land bezahlen muss, auf dem er siedeln will. Aber die Goldfelder? Die gelten doch als Niemandsland, man würde unseren Anspruch anfechten.«

»Und Lizzies nicht?«, fragte Peter.

Haikina warf ihm einen vielsagenden Blick zu. Sie hielt ihn offensichtlich für naiv.

»Reverend«, sagte sie geduldig. »Wenn Lizzie Portland Grenzsteine setzt und jedem ein Gewehr vor die Nase hält, der auch nur einen Fuß auf ihr Land setzt, so verteidigt sie ihr Eigentum, und jeder klatscht ihr Beifall. Wenn wir das Gleiche tun, ist das ein Maori-Aufstand, und sie schicken das Militär.«

Peter biss sich auf die Lippen. »Tut mir leid«, sagte er.

Haikina zuckte die Schultern. »Ist nicht Ihre Schuld. Und was Lizzie angeht: Hainga hat sie ohnehin ungern gehen sehen. Also sind die Ältesten übereingekommen, ihr genug Land für eine Farm zu geben. Das war schließlich ihr Plan. Michael wollte Schafe züchten. Wie es jetzt aussieht …«

Lizzie wirkte völlig erschlagen von diesem großzügigen Angebot. »Ich … ich nehme natürlich gern an«, murmelte sie. »Zumindest pro forma, damit das Land einen *pakeha*-Besitzer hat.«

»Es wäre sicherer, du würdest auch dort wohnen«, meinte Haikina.

Lizzie kaute nachdenklich auf ihrer Unterlippe. »Ich weiß nicht … allein?«

»Wenn Sie Ihr Haus unten bauen, Lizzie, wo jetzt die Blockhütte steht, dann sind Sie nur drei Meilen entfernt von Lawrence«, meinte Peter. Lawrence war der neue und jetzt wohl bleibende Name des wachsenden Goldgräberstädtchens rund um die Poststation Tuapeka. »Noch zentraler wohnen Sie nur in der Stadt.«

Hainga erhob die Stimme. »Du nicht allein«, sagte sie in gebrochenem Englisch. »Kind bei dir, Kind willkommen in Stamm.«

Lizzie starrte die alte Frau fassungslos an. Der Reverend und Haikina schauten nicht minder verdutzt.

»Woher … woher weiß sie von dem Kind?«, brach es aus Lizzie an Haikina gewandt heraus. Sie hatte versucht, durch weite Kleidung zu kaschieren, dass sie schwanger war. Bis jetzt war es ihr meist gelungen, aber die weise *tohunga* … »Ich hab's bisher nur Michael erzählt!«, fügte sie hinzu.

Haikina zuckte die Schultern. »Es sind wohl die Geister«, meinte sie. »Oder der Blick der geübten Hebamme …«

Hainga sah Lizzie an. »Es entstand unter dem Leuchten von Matariki«, sagte sie auf Maori. »Ein von Rangi gesegnetes Kind.«

Lizzie spürte, wie sie errötete. Was sagte sie da? Das Kind sei in der Neujahrsnacht gezeugt worden? Sie dachte an Kahu. Aber dann beruhigte sie sich. Hainga hatte das Fest Tou Hou nicht erwähnt, nur die Plejaden. Und die standen immer noch am Himmel.

»Es ist Michaels Kind!«, sagte sie trotzig zu Hainga.

Hainga machte eine wegwerfende Handbewegung. »Es ist dein Kind«, gab sie nur zurück.

»Es hat dein *mana*!«, fügte Haikina hinzu. »Bis es sich eigenes erwirbt. Bist du nun einverstanden? Möchtest du eine Farm am Tuapeka River?«

Lizzie nickte. Sie war auf dem Land am Fluss glücklich gewesen. In der Blockhütte wie auch oben im Zelt bei den Goldfeldern. Es war nur richtig, wenn ihr Kind dort aufwuchs. Und was die Farm anging – wenn sie für das Land nichts zahlen musste und in der Blockhütte wohnte, dann hatte sie ausreichend Geld zum Leben. Jahrelang, mit Schafen brauchte sie sich da gar nicht herumzuärgern. Und was ihre Beschäftigung anging, so hatte sie auch schon eine Idee!

Haikina bat den Reverend artig um die Adresse eines geeigneten Advokaten, der den Verkauf von fünfzig Hektar Farmland aus dem Besitz der Ngai Tahu an Elizabeth Portland schriftlich festsetzen konnte. Peter zog außerdem den Friedensrichter hinzu. Alles sollte so offiziell wie möglich vorgehen. Zwei Tage später setzten dann Kuri Koua, der Sohn des Häuptlings, und die Stammesälteste Hainga Hata sehr sorgfältig ihre Unterschriften unter ein in Englisch und Maori ausgeführtes Dokument.

Die Maori machten sich anschließend sofort auf den Weg, dem Stamm die Botschaft zu bringen. Lizzie versprach, ihre Farm baldmöglichst aufzusuchen.

»Ich kann nicht gleich mitkommen, ich muss noch ein paar Dinge regeln«, beschied sie Haikina.

»Mit Michael reden?«, fragte das Mädchen.

Lizzie seufzte. »Michael und seine Kathleen werden eine Farm in Otago haben. Ich glaube nicht, dass es darüber noch viel zu reden gibt. Es geht mehr um die Bank, die das Geld verwalten soll – und um ein paar Bestellungen.«

»Bestellungen?«, erkundigte sich Haikina neugierig.

Lizzie lächelte. »So was wie … Saatgut«, sagte sie dann.

Peter Burton öffnete eine Flasche Champagner, als Lizzie am Abend, nach endlosem Studium von Katalogen und Diskussionen mit einer Spedition, zu ihm ins Pfarrhaus kam. Er hatte seine Haushälterin gebeten, zu kochen, Lizzie, so dachte er, musste zu müde sein.

Sie fiel auch gleich erschöpft in einen Sessel. »Wer wird bloß Ihre Möbel polieren, wenn ich nicht mehr da bin!«, seufzte sie.

Peter lachte. »Ich würde sagen, Sie bestellen sich selbst Möbel aus England und pflegen zur Abwechslung mal Ihr eigenes Hab und Gut!«, meinte er. »Geld genug haben Sie ja, Sie können sich ein schönes Haus bauen.«

Lizzie zuckte die Achseln. »Wozu brauch ich ein großes Haus? Für das Kind und mich reicht die Blockhütte. Und ich werde draußen viel zu tun haben. Es gibt keinen Haushalt mit Zofen und Zimmermädchen.« Sie lächelte müde. »Kathleen hat sicher mehr Begabung zur Schafbaronin als ich. Allein, wie schön sie ist …«

Peter setzte sich neben Lizzie. »Es geht mich ja nichts an, Lizzie, und ich verstehe auch, dass Sie nicht mehr mit Michael reden wollen. Aber haben Sie mal daran gedacht, sich an Kathleen zu wenden?«

Lizzie fuhr auf. »Wozu? Um mich auslachen zu lassen? Wenn Kathleen mich hätte schützen wollen – wenn ich Kathleen auch nur einen Deut interessiert hätte –, dann hätte sie Michael nicht ermutigt. Sie wusste doch von mir. Sie wusste von unserer geplanten Hochzeit. Herrgott, sie hatte mein Kleid geschneidert!«

Lizzie nahm einen so hastigen Schluck aus ihrem Glas, dass sie husten musste.

»Sie war überrascht«, meinte Peter. »Lizzie, ich will sie nicht entschuldigen. Aber sie war sicher bis ins Innerste aufgewühlt – sie hat doch gedacht, sie sieht ihn niemals wieder …«

Lizzie schnaubte. »Das ist inzwischen aber einige Wochen her, Reverend! Sie sollte mal runterkommen von ihrer Wolke!«

Peter zuckte die Achseln. »Wie dem auch sei«, sagte er dann. »Sie sollten ihr von dem Kind erzählen!«

Kapitel 3

»Also: Wenn du diese Farm wirklich kaufen willst, Michael, dann solltest du Mr. MacDuff zumindest nicht die Schafe abnehmen. Schau dich nach einem gut durchgezüchteten Stamm um – die großen Farmen verkaufen doch Zuchttiere.«

Kathleens kleiner Rappe tänzelte munter. Sie näherten sich langsam Dunedin und damit seinem Heimatstall. Und Kathleen fasste die Ergebnisse der Reise noch einmal für Michael zusammen. Zum etwa zwanzigsten Mal – zumindest kam es ihm so vor! Während des gesamten Heimrittes hatten sie praktisch von nichts anderem gesprochen als von ihren Vorschlägen zum Erwerb und zur Führung einer Schaffarm.

Michaels Geduld neigte sich ihrem Ende zu. Egal wie wunderschön Kathleen aussah, wie sie da so gelassen neben ihm ritt und die Seitensprünge des Rappen geschmeidig aussaß. Wenn er ehrlich sein sollte, so fiel ihm selbst das auf die Nerven. Er hätte Kathleen lieber in einem Wagen neben sich gehabt, an ihn geschmiegt und zärtlich wie damals. Wehmütig dachte er an ihre seltenen, gemeinsamen Ritte auf O'Rearkes Esel. Sie hatte ihren Kopf an seine Schulter gelegt, sich an ihn geklammert und ihm die Zügel überlassen. Und jetzt redete sie, als wollte sie die Schafzucht ganz allein in die Hand nehmen.

»Dafür reicht aber das Geld nicht!«, bemerkte er verärgert. Auch das hatte er nun schon mehrmals gesagt. Aber Kathleen ging einfach darüber hinweg.

»Dann fang doch mit Rindern an, bis du genug verdient hast!«, meinte sie unbeeindruckt. »Rinder sind ein sicheres Geschäft, gerade in Otago seit dem Goldrausch. Tausende von Goldgräbern, Schwerstarbeiter, die nach der Schufterei nur so brennen auf ein dickes Steak. Dafür musst du natürlich die Ställe befestigen, aber das solltest du sowieso tun. Du wirst ja später Schererkolonnen beschäftigen, und die wollen heute stabile Scherschuppen.«

Michael seufzte. Am besten ließ er sie einfach reden. Vielleicht würde sie ja wieder zu sich selbst finden, wenn sie Dunedin erreichten.

Kathleen war allerdings nicht zu bremsen. »Wenn du die Farm überhaupt kaufst, heißt es. Das solltest du dir nämlich auch noch mal überlegen. Mehr als zehn Meilen Entfernung vom nächsten Ort, Michael! Und dieses Queenstown ist zurzeit nur ein besseres Goldgräberlager. Vielleicht wird das mal eine Stadt, vielleicht auch nicht. Es geht mich ja nichts an, aber …«

Michael horchte auf. »Kathleen, natürlich geht es dich etwas an!«

Er lenkte seinen Schimmel näher an den kleinen Rappen, der prompt nach ihm biss. Lizzie wäre dabei wahrscheinlich vor Schreck heruntergefallen. Kathleen ahndete das mit einem kurzen Gertenklapps und vergaß es.

»Es soll doch auch deine Farm werden, wir wollen schließlich zusammen dort leben.«

Über Kathleens Gesicht zog ein Schatten. Sie schien kurz mit sich zu ringen, aber dann hielt sie doch ihr Pferd an und wandte sich ihm sehr ernsthaft zu.

»Michael«, sagte sie leise, aber nichtsdestotrotz entschlossen. »Ich liebe dich. Aber ich will keine Farm. Ich will keine Schafe mehr zusammentreiben und in eiskalten Nächten beim Ablammen helfen, und auf keinen Fall will ich noch mal Meilen und Meilen entfernt von der nächsten Stadt wohnen. Du weißt nicht, Michael, wie einsam das ist!«

»Aber wir wären doch zusammen!«, wandte Michael ein. »Wie kannst du einsam sein mit mir? Wir … wir haben immer von einer Farm geträumt. Schon damals in Irland!«

Kathleen stieg ab und ließ den Rappen hinter sich herlaufen. Die ersten Häuser von Dunedin waren inzwischen in Sicht, sie hätten Sullivans Mietstall in wenigen Minuten erreichen können. Offensichtlich wollte sie das hinauszögern. Zunächst musste gesagt werden, was zu sagen war.

Michael verhielt den Schimmel und tat es ihr nach. Ein paar Schritte gingen sie schweigend nebeneinander her. Dann hob Kathleen die Stimme.

»Michael … Irland … das ist siebzehn Jahre her! Unser halbes Leben, Michael. In der Zeit ist so viel passiert, mir das eine, dir das andere – ich weiß nicht, ob wir das aufholen können. Aber ich weiß sicher, dass ich nicht mehr auf einer Farm leben will. Ebensowenig wie meine Kinder.«

»Sean ist mein Sohn!«, trumpfte Michael auf.

»Sean ist fast erwachsen, Michael. Er weiß, was er will. Viel besser als wir es damals wussten. Er ist ein kluges Kind, und ich danke dir für diesen wunderbaren Sohn. Sean war das alles wert, Michael, auch wenn ich manchmal daran gezweifelt habe. Aber du kannst die Jahre mit ihm nicht zurückholen. Er …«

»Er trauert diesem Reverend nach!«, brach es aus Michael heraus. »Ich hab dich noch nie gefragt, Kathleen, aber war etwas zwischen dir und Peter Burton?« Er blitzte sie an.

»Und wenn da etwas war …«, meinte Kathleen ausweichend. »Es war doch auch etwas zwischen dir und Elizabeth Portland!«

»Das ist etwas anderes!«, behauptete Michael. »Wir beide sind zwei Teile eines Ganzen. Zwischen uns ist etwas Heiliges! Lizzie ist … Lizzie war eine …«

Kathleen gebot ihm mit einer Handbewegung Schweigen. »Ich will nicht wissen, was Lizzie ist und war. Deine Vergangenheit interessiert mich nicht und ihre erst recht nicht. Mich interessiert die Zukunft. Und was das angeht: Du hast mein Leben bestimmt, Michael, seit siebzehn Jahren! Deinetwegen habe ich Ian geheiratet, deinetwegen habe ich Irland verlassen. Du hast das alles nicht geplant, aber es war deinetwegen. Ich habe getan, was du wolltest, ich zog dein Kind in Würde auf. Aber wenn wir wirklich zusammengehören, unwiderruflich, weil Gott es so gewollt hat, dann musst du dein Leben jetzt nach mir richten! Bau dir irgendwas auf in Dunedin. Ein Geschäft oder was auch immer. Ich will gern mit dir leben, Michael, aber ich will auch meine Kinder, Claire, mein Geschäft ...«

»Und deinen Reverend?«, fragte er böse.

Kathleen holte aus und schlug Michael ins Gesicht. Es geschah fast reflexhaft, wie so oft bei Colin und sehr selten bei Sean und Heather. Sprachlos starrte sie ihn an. Sie konnte kaum glauben, was ihr durch den Kopf schoss: Michael, ihr wunderbarer Geliebter, der immer einen Ausweg gewusst hatte, der sie immer zum Lachen gebracht hatte, der ihr stark und gut erschienen war – er benahm sich wie ein unartiger Junge!

Kathleen setzte einen Fuß in den Steigbügel und schwang sich auf den kleinen Rappen. Allein, ohne Hilfe.

»Denk darüber nach, Michael!«, sagte sie ruhig. Dann galoppierte sie an.

Es war ihr egal, ob er ihr folgte.

Kathleen fühlte sich müde und schmutzig, als sie ihr Pferd endlich wieder im Mietstall abgeliefert und ihr Stadthaus in der George Street erreicht hatte. Sie wünschte sich nur noch, das durchgeschwitzte Reitkleid abstreifen zu können, ein warmes Bad zu nehmen und dann in ein richtiges Bett zu fallen. Kathleen war es jetzt auch leid, über Michael und seine Farm nachzugrübeln. Er war an der Reihe. Wenn er mit ihr leben wollte, musste er ihr ein anderes Angebot machen.

Trotzig schlug Kathleen die Tür hinter sich zu und löste das Band, das ihren Hut hielt. Aus dem Salon waren Stimmen und Gelächter zu hören. Claire hatte offensichtlich Besuch – aber war das nicht Sean, der da mit dem Stimmbruch kämpfte?

Claire öffnete die Tür zur Küche und kam mit einem Tablett mit Tee und Kuchen heraus.

»Kathleen!« Sie wirkte überrascht, und zu Kathleens Verwunderung errötete sie. »Ich hatte noch gar nicht mit dir gerechnet. Aber gut, dass du schon da bist. Du … hast einen Gast!« Claire wies auf den Salon. »Wenn ich es mir allerdings recht überlege«, fügte sie hinzu, als weiteres Kichern vernehmlich wurde. »Solltest du da vielleicht noch gar nicht zwischenplatzen. Sean … ach, hör einfach selbst mal zu!«

Sie schob Kathleen in ihr Arbeitszimmer neben dem Salon. Es war hübsch und wohnlich eingerichtet, Kathleen pflegte hier die Näherinnen zu empfangen und Besprechungen mit ihnen abzuhalten. Modezeitschriften lagen herum, Stoffproben und Garne, in einer Ecke stand eine Ankleidepuppe. Claire öffnete leise die Verbindungstür zum Salon und ließ Kathleen einen Blick hineinwerfen. Sie legte den Finger auf die Lippen – und tatsächlich konnte Kathleen kaum einen Ausruf der Überraschung unterdrücken. Auf dem Divan im Salon saß Lizzie Owens – oder Elizabeth Portland? – und unterhielt sich angeregt mit ihrem Sohn. Lizzie erzählte Anekdoten aus Michaels Leben, und erstmalig brachte Sean seinem Vater Interesse entgegen.

»Er wollte mit einem Ruderboot von Australien nach Neuseeland?«, lachte der Junge. »Über die Tasmansee? Ja, wusste er denn nicht, wie weit das ist?«

»Mit einem Einmastsegler«, korrigierte Lizzie. »Und drei Kumpanen. Einer von ihnen war mal zur See gefahren.«

»Aber er hätte sich umgebracht!«, rief Sean. »Wie kann man nur so dumm sein!«

Kathleen runzelte die Stirn. »Dein Vater ist nicht dumm!«, sagte Lizzie bestimmt. »Nur … manchmal etwas unbedacht. Und er wollte eben unbedingt nach Irland zurück. Zu deiner Mutter, Sean. Und zu dir!«

»Er kannte mich doch gar nicht!«, wandte Sean ein.

»Aber er sprach dauernd von dir. Er hatte deiner Mutter versprochen, zu ihr zurückzukommen. Und das wollte er unbedingt schaffen. Mit dem Kopf durch die Wand.«

Sean lachte. »Und wie hat er es dann tatsächlich hierher geschafft? Ist er geschwommen?«

»Hat er das erzählt?«, erkundigte sich Lizzie mit echtem Interesse. Sie hätte zu gern gewusst, wie Michael die Überfahrt dargestellt hatte.

»Er hat da nicht viel erzählt. Nur, dass … na ja, es sei ein Glücksfall gewesen, er hätte mit einem großen Segler reisen können.«

Lizzie schnaubte. Dann erzählte sie von David Parsley. Eine etwas entschärfte Version für den Jungen, aber Kathleen und Claire konnten sich den Rest zusammenreimen.

»Dein Vater war deshalb sehr böse mit mir«, gestand Lizzie am Schluss. »Er mag niemanden betrügen. Aber Mr. Parsley ist sicher nichts passiert – außer dass alle ihn ausgelacht haben. Er musste die Reise nicht mal selbst bezahlen, das tat seine Firma für ihn oder seine Auftraggeber. Und ich konnte Michael doch nicht ertrinken lassen.«

»Ich finde das sehr nobel von Ihnen!«, erklärte Sean. »Dass Sie ihn mitgenommen haben, meine ich. Die Passage für David Parsleys Ehefrau war ja ein Risiko. Wenn jetzt kein Platz mehr auf dem Schiff gewesen wäre, hätten Sie dableiben müssen, und man hätte Sie geschnappt!«

»Das Billet war auf Parsleys Namen ausgestellt«, erklärte Lizzie.

Sean nickte. »Aber Sie hätten es umschreiben lassen können.«

Daran hatte Lizzie noch gar nicht gedacht. Aber es stimmte. Sie war keinesfalls auf ein Entgegenkommen Michaels angewiesen gewesen. Gegenseitige Dankbarkeit war überflüssig! Die Heldin dieser Geschichte war allein Lizzie! Sie fühlte das *mana* in sich wachsen.

»Ich wollte einfach nicht ohne ihn fahren«, gab sie schließlich zu.

Claire und Kathleen hinter der Tür sahen einander an. Claire sprach es nicht aus, aber Kathleen meinte fast, die Bemerkung »Nur eine alte Freundin« hören zu können.

Sean grinste. »Ganz schön verliebt!«, sagte er frech.

Lizzie errötete.

»Und wie war das damals in Irland?«, fragte der Junge. »Die Sache, wegen der man meinen Vater nach Van-Diemens-Land schickte? Trevallions Korn?«

Lizzie zuckte die Achseln. »Da musst du deine Mutter fragen. Ich hab ihn erst auf dem Schiff kennen gelernt.«

»Aber Mom erzählt mir nichts«, beschwerte sich Sean. »Jedenfalls nichts, was einen Sinn ergibt. Ebensowenig wie mein Vater. Hat er das Korn denn nun verteilt oder verkauft oder …«

»Also, wenn ich es richtig verstanden haben, diente es zum Whiskeybrennen«, antwortete Lizzie mit Gemütsruhe. »Illegal natürlich. Für ein paar Säcke Korn kriegt man keine Passage nach Amerika.«

Kathleen und Claire schnappten nach Luft. Für Claire war die Geschichte neu, Kathleen war tief beschämt. Sie hätte Sean das nie erzählt. Was sollte er von seinem Vater denken? Aber zu ihrer Überraschung begann Sean zu lachen. So sehr, dass seine neue, tiefe Stimme dem Heiterkeitsanfall nicht standhielt, sondern das sonst fast schon sonore Lachen zu einem hohen Kieksen wurde.

»Mein Vater, der irische Freiheitsheld, hat während der Hungersnot Whiskey gebrannt? Das muss ich Reverend Peter erzählen! Das ist die beste Geschichte, die ich je gehört hab!«

Kathleen dachte überrascht und dankbar an all die Stunden, die ihr Sohn mit Peter Burton verbracht hatte und in denen er ihm nicht nur ein tiefes Gefühl für Gerechtigkeit, sondern auch Sinn für Humor und Respekt vor echten Husarenstücken vermittelt hatte. Es stimmte, Peter würde sich über Michaels »Freiheitskampf« köstlich amüsieren.

»Gebrannt«, korrigierte Lizzie, »hat Michael den Whiskey erst später. In Irland machte das seine Familie. Aber in Kaikoura hatten wir einen Pub.«

Kathleen fand, dass die Zeit nun reif war, dazuzustoßen. Sie lächelte und öffnete die Tür zum Salon. »Entschuldigen Sie, dass ich so hereinplatze, Miss Portland. Ich bin eben nach Hause gekommen. Und das würde ich auch gern hören!«

Michael dachte nicht ernstlich an ein Geschäft in Dunedin. Natürlich ließ er sich die Möglichkeiten kurz durch den Kopf gehen, während er in langsamem Tempo zurück in die Stadt und dann in sein Hotel ritt. Aber im Grunde graute es ihm schon vor einem Handel oder einem Lokal, wenn er sich nur den Papierkram vor Augen hielt. Natürlich hatte er in Mount Fyffe Run mit Kauf und Verkauf von Schafen zu tun gehabt, aber die Bücher hatte George immer selbst geführt. In ihrem Pub in Kaikoura hatte das Lizzie getan. Michael war nur für die praktischen Dinge zuständig gewesen, und er hatte auch nicht vor, sich da zu ändern. Natürlich: Das mit den verschiedenen Wollqualitäten bei Schafen und ihre Wichtigkeit fürs Verspinnen der Vliese sah er ein, und er war bereit zu lernen. Er konnte Ställe bauen und abdichten, und er traute sich zu, mit Rindern umzugehen. Aber ein Geschäft? Vielleicht ein Holzhandel oder andere Baustoffe. Aber viel verstand er nicht von Hölzern und erst recht nicht von Steinen. Dazu der Umgang mit Zulieferern, Händlern, Kunden – womöglich Bankiers, wie dieser grenzenlos arrogante Mr. Dunloe? Nein, das war nicht seine Welt. Nicht einmal Kathleen zuliebe! Überhaupt Kathleen. Sie war undankbar! Da tat er alles, um den Traum ihres Lebens zu erfüllen. Er legte ihr eine eigene Farm praktisch zu Füßen. Und was tat sie? Hatte nichts Besseres zu tun, als die Haare aus der Suppe zu lesen!

Michael stellte sein Pferd in den Stall des Hotels und begab sich in den Pub auf der anderen Seite der Straße. Die Situation verlangte nach einem Whiskey, möglichst einem irischen! Michael rief nach dem Barkeeper und orderte einen Bushmills.

Ein paar Stunden später saß er im dritten Pub, diesmal weiter in der Innenstadt am Octodon. Er blickte auf die neu erbaute St. Paul's Kirche und bemitleidete sich. Aber dann tat sich auf der Straße vor ihm plötzlich eine Art Erscheinung auf. Von der George Street in Richtung Kirche flanierte Lizzie Owens-Portland! Wobei flanieren das falsche Wort war. Lizzie bewegte sich behände und zielstrebig voran, wie sie es immer tat. Sie hielt sich aufrecht, sodass sie etwas größer wirkte – auch das tat sie immer. Warum war ihm das bisher bloß nie aufgefallen? Sie schien gelassen und in sich ruhend. Ganz anders als er …

Michael warf ein Geldstück auf den Tisch, ließ sein Bier stehen und rannte hinaus.

»Lizzie?«

Sie wandte sich um, und es sah fast so aus, als würde sie lächeln. So, wie sie es immer tat, wenn sie ihn sah. Dann runzelte sie jedoch die Stirn und verzog den Mund.

»Michael?«, fragte sie tadelnd. »Vertrinkst du das Geld für deine Farm?«

Michael holte sie ein. Auf einmal wünschte er sich nichts mehr, als ihr sein Herz auszuschütten.

»Es gibt keine Farm!«, sagte er atemlos. »Sie … sie … Lizzie, Lizzie, ich … ich würd gern mit dir reden. Ich muss mit dir reden!«

Lizzie drehte sich weg. »Ich wüsste nicht, was wir noch zu bereden hätten«, meinte sie. »Du hast jetzt ein anderes Leben, dein ›richtiges Leben‹. Hast du dich nicht mal so ausgedrückt? Also weiterhin viel Glück mit Mary Kathleen. Wenn es was zu bereden gibt, rede mit ihr.«

Sie setzte sich erneut in Bewegung.

»Hab ich eben nicht!«, rief Michael und schnitt ihr den Weg ab. »Ich hab eben kein anderes Leben. Sie will mich nicht! Kathleen – nach all dem will sie mich nicht mehr!« Die Worte brachen aus Michael heraus, als wollten sie ihn zerreißen.

Lizzie bezwang den Drang, ihn in die Arme zu nehmen. Diesmal nicht. Diesmal würde sie es ihm nicht so leicht machen! Sie trat näher an ihn heran, berührte ihn aber nicht.

»Nach all dem?«, fragte sie streng. »Wonach denn? Hattest du irgendetwas gemeinsam mit Kathleen all diese Jahre lang?«

»Du weißt genau, dass ich an sie gedacht habe!«, fuhr Michael auf. »Jeden verdammten Tag, seit ich Irland verlassen habe!«

Lizzie nickte und sah sich unglücklich um. Es war nicht gut, sich auf der Straße zu streiten. Schließlich zog sie Michael in den kühlen Vorraum von St. Paul's. Sie hatte Reverend Peter in der Kirche abholen wollen, aber seine Unterredung mit dem designierten Bischof war anscheinend noch nicht beendet.

»O ja, ich weiß«, sagte sie bitter. »Du hast mich täglich mit ihr verglichen – oder besser mit der Erinnerung, die du an sie hattest. Kathleen, die Schöne, die Reine, die Jungfrau – ›Mary‹ Kathleen. Und dagegen Lizzie, die Hure.«

»Lizzie, ich wollte nie … Ich hab das nicht so gemeint …«

Michael legte die Stirn reumütig in Falten, eine Geste, der Lizzie nie hatte widerstehen können. Jetzt sah sie gar nicht hin, sondern sprach entschlossen und aufgebracht weiter. »Und ob du das so gemeint hast, Michael!«, sagte sie unerbittlich. »Aber nun ist es Zeit aufzuwachen. Deine Kathleen hat die Jungfrau abgestreift und die ›Mary‹ dazu! Und dabei hat sie sich genauso verkauft wie ich. Weil einem manchmal einfach nichts anderes übrig bleibt. Und dabei ist es ganz egal, ob die eine mit einem Mistkerl vor den Altar tritt, damit sie ihr Kind in Würde aufziehen kann, oder die andere lieber mit einem zahlenden Kunden ins Bett geht, bevor sie verhungert. Oder zusieht, wie der Mann zu Grunde geht, den sie liebt! Ohne mich, Michael, hätte man dich als Ausbrecher zu Tode geprügelt, oder du wärst in der Tasmansee ertrunken, oder du hättest dich zu Tode gesoffen, weil dein Leben zwischen Walfang und Schafe scheren keinen Sinn hatte! Dafür brauchte ich natürlich *mana*, Michael, auch wenn's dir nicht gefällt. Genau wie es dir jetzt bei Kathleen nicht gefällt. Kathleen ist genau wie ich, Michael! Mit dem einzigen Unterschied, dass ich dich liebe. Und sie nicht!«

Michael, dessen Blicke während ihres Ausbruchs ziellos über die Kerzen und Heiligenbilder in der Eingangskapelle geschweift waren, fuhr herum. »Natürlich liebt sie mich! Wie kannst du so was sagen. Kathleen hat mich immer geliebt, sie …«

»Sie hat den Jungen geliebt, der sie auf den Feldern am Vartry River geküsst hat. Vielleicht auch ein bisschen den Abenteurer, der gegen die Obrigkeit rebellierte. Aber kannst du dir Kathleen auf den Goldfeldern vorstellen? Und du hast sie gehört: Sie hat nicht die Absicht, ihren hübschen Laden aufzugeben und mit dir in Otago Schafe zu züchten!«

Michael fragte nicht, woher sie das wusste. Dafür war er zu wütend und zu betrunken.

»Das glaubt sie jetzt!«, stieß er trotzig aus. »Aber schließlich wird sie sich fügen. ›Wo du hingehst, da will auch ich hingehen!‹ Kennst du das Lizzie?«

Lizzie konnte nicht an sich halten. Sie schlug ihm ins Gesicht. Eher ungeschickt, ihr fehlte Kathleens Übung.

»Ich lebe das, Michael. Seit unzähligen Jahren lebe ich das! Aber jetzt reicht es mir. Ich mache es wie Kathleen, Michael. Ich tue, was ich will!« Sie wandte sich zum Gehen, drehte sich dann aber noch mal um. »Im Übrigen hast du einen reizenden Sohn, Michael. Ich durfte ihn vorhin kennen lernen, und es war mir eine Freude. Ich hoffe, unser Kind wird genauso klug und vernünftig. Und da die notwendigen finanziellen Bedingungen diesmal ja gegeben sind, brauchst du dir keine Sorgen zu machen: Ich zieh es in Würde auf!«

»Du hast mit Lizzie gesprochen?«, fragte Michael.

Er war befangen, es war seltsam, Kathleen so formell gegenüberzusitzen wie an diesem Tag. Er hatte sie sehen wollen, aber sie hatte ihn nicht eingeladen. Stattdessen trafen sie sich im Café seines Hotels. Kathleen balancierte graziös eine winzige Teetasse zwischen zwei Fingern und biss ab und zu geziert ein Stück Teekuchen ab. Es war die Art Küchlein, die sie vor so vielen Jahren in der Küche des großen Hauses gestohlen und großzügig mit ihm geteilt hatte. Hatte er selbst eigentlich je etwas mit ihr geteilt? Außer Liebe und Sorgen?

Michael konnte die Felder am Fluss nicht vergessen. Damals hatten sie die Teekuchen hungrig heruntergeschlungen. Jetzt waren sie für ihn nur ein süßes Nichts auf einem zu feinen Teller und für sie eine alltägliche Leckerei, an der man beiläufig knabberte.

Kathleen nickte. »Ja. Und du hast mir nicht die Wahrheit gesagt.

Sie ist keine alte Freundin. Sie ist … sie ist der zweite Teil von dir. Genau das, was ich niemals war.«

»Was du nicht werden konntest!«, rief Michael. »Die Umstände waren gegen uns. Aber wenn es geklappt hätte, wenn wir nach Amerika gegangen wären …«

»… dann säßen wir jetzt irgendwo in einem Loch in New York. Du und Sean, ihr würdet in einer Fabrik schuften und ich in einer Näherei. Um unsere Kinder großzuziehen und irgendwie am Leben zu bleiben. Michael, ohne Lizzie hättest du es nie geschafft! Wir hätten keine Farm in Wyoming oder eine Fabrik in Boston oder was weiß ich! Ich hätte es nämlich auch nicht geschafft. Unser Geschäft war Claire's Idee, nicht meine. Wir beide zusammen hätten überlebt, Michael, aber nicht mehr! Weil wir eben nicht zwei Teile eines Ganzen sind. Dein zweiter Teil ist Lizzie Portland. Und meiner …«

»Du willst zurück zu deinem Reverend?«, fragte Michael.

»Von ›zurück‹ kann keine Rede sein, ich war ja niemals da. Aber es ist Zeit, dass ich vorankomme. Mein zweiter Teil war bislang Claire. Aber die wird Jimmy Dunloe heiraten, sobald es hier endlich mal ein Scheidungsrecht gibt. Und ich werde … ich kann nur hoffen, dass Peter mir verzeiht. Peter ist nicht meine Vergangenheit, Michael. Er ist meine Zukunft.« Kathleen sah ihn fast trotzig an.

Michael senkte den Kopf. »Lizzie sagt, das ist gleich … Vergangenheit und Zukunft«, sagte er nachdenklich. Zum ersten Mal empfand er keine Eifersucht, wenn von Peter Burton die Rede war. »Zumindest meinen das die Maori: Wir brauchen immer einen Berg, der uns im Hier und Jetzt verankert. *Maunga* – sie nennen das *maunga*.«

Kathleen lächelte. »Da siehst du's. Lizzie ist dein *maunga*. Falls ein Mensch das sein kann. Aber ich bin's nicht. Ich bin nicht stark genug, um dich zu verankern, ich brauche selbst einen Anker. Mal sehen, ob Peter das sein kann.« Sie lachte. »Petrus, der Fels. Der Gedanke dürfte ihm eigentlich nicht neu sein!«

»Aber …« Michael mochte immer noch nicht aufgeben. »Was

ist mit unserer Liebe, Kathleen? Die war doch da … die ist doch da.«

Kathleen umarmte ihn. »Die wird auch bleiben. Oder doch ein Schatten von ihr. Aber du brauchst mich nicht, um glücklich zu sein. Dazu brauchst du Lizzie – wenn sie dich noch will.«

»Du bist nicht böse?«, fragte Michael. Kathleen verdrehte die Augen.

»Ich bin nicht böse, aber das ist auch gleichgültig! Frag dich lieber, ob Lizzie dich noch will.«

Michael biss sich auf die Lippen.

»Bei unserem letzten Treffen sah's nicht so aus«, gab er zu. »Dabei … dabei wusste ich es da eigentlich schon. Weißt du … weißt du, dass sie schwanger ist?«

Über sein Gesicht zog das Leuchten, an das Kathleen sich ihr Leben lang erinnert hatte. Der gleiche Ausdruck wie damals, als sie ihm von Sean erzählt hatte – nachdem er endlich bereit gewesen war, sich mit dem Gedanken an ein Kind auseinanderzusetzen. Vielleicht brauchte Michael einfach für alles etwas länger.

Kathleen nickte. »Also sieh zu, dass du sie findest!«, riet sie ihm.

Michael straffte sich in altem Selbstvertrauen. »Das werde ich. Und wenn ich auf dieser Insel das Unterste zuoberst kehre, ich …«

Kathleen legte beschwichtigend ihre Hand auf seine. »Michael, denk einfach mal nach, bevor du Neuseeland umgräbst! Oder mit einem Einhandsegler über die Tasmansee reisen willst. Es muss auch für Lizzie einen *maunga* geben.«

Kapitel 4

Es war wie immer. Lizzie konnte sich nicht sattsehen an der Aussicht von ihrem Land oberhalb des Wasserfalls. Die bewaldeten Hügel, die wie Wellen zu Tal zu fließen schienen – jetzt, da in Lawrence mehr gebaut wurde, war die wachsende Stadt gut zu erkennen. Jedenfalls an so klaren Herbsttagen wie diesen. Die Felsen, die prahlerisch in den Himmel ragten, der lebhafte Bach, der zum Fluss strebte und schließlich das leuchtende Band des Tuapeka River.

Lizzie war noch immer unentschlossen, ob sie an dieser Stelle siedeln sollte oder in ihrem früheren Lager. Den Maori wäre es zweifellos lieber, sie würde am Wasserfall ihr Haus bauen. Sie hatten sie gebeten, das Land dort in Besitz zu nehmen.

»Leg einen Acker an oder treib Schafe drauf oder was auch immer«, meinte Haikina.

Lizzie aber hatte andere Pläne mit den sanften Hügeln an diesem nach Süden ausgerichteten Platz. Sonne gab es hier genug, Wasser auch. Die Winter waren härter als auf der Nordinsel – aber sicher nicht härter als in Deutschland, und da wuchs eine Menge Wein. Ein paar der Rebstöcke, die Lizzie vorsichtig herauftransportiert und in den letzten Tagen in die feuchte, spätsommerwarme Erde gepflanzt hatte, kamen aus Deutschland, andere aus Frankreich. Man musste sehen, wie sie sich auf der Südinsel Neuseelands einlebten. Sie würde es einfach probieren.

Lizzie lachte in sich hinein. Vielleicht mochten die Rebstöcke ja Gold, und sie schrieb hier ein ganz neues Kapitel in der Geschichte des Weinbaus. Zu lesen hatte sie jedenfalls genug für die nächsten Jahre. Seit Kahu Heke ihr von seinen Studien in der Aucklander

Bibliothek erzählt hatte, brannte sie darauf, mehr über Weinbau zu lernen. Auch ohne James Busby! Was der konnte, gelang ihr schon lange! Jedenfalls hatte sie Bücher über Bücher bestellt, und bei ihrem langsamen Lesetempo würde sie endlos beschäftigt sein. Und das Kind würde dabei lesen lernen – wenn es nicht gerade bei seinen Maori-Freunden zu Füßen einer *tohunga* saß und sich Geschichten von Papa und Rangi und ihren Götterkindern erzählen ließ. Lizzie überlegte, dass die Nähe zum Maori-Dorf am Anfang vielleicht wichtiger war als die Nähe zu Lawrence. Sie summte vor sich hin, während sie fast zärtlich den nächsten Steckling eingrub.

Aber dann bannte eine Bewegung am Fluss ihre Aufmerksamkeit. Zwei Maultiere, die am Ufer fraßen – und zwei Männer, die eben ihre Satteltaschen auspackten. Lizzie sah sich um, allerdings ohne große Hoffnung. Früher am Tag hatten ihr ein paar Maori-Frauen beim Umgraben geholfen, und ein paar Männer hatten Gold gewaschen – der Stamm brauchte Wintervorräte an Korn und Kleidung. Aber die Maori waren vor mehr als einer Stunde nach Hause gegangen. Lizzie selbst wohnte in diesen Tagen mal wieder im Zelt. Allerdings hatte sie das modernste und komfortabelste Zelt gekauft, das in Dunedin zu bekommen war.

Lizzie griff nach Michaels altem Gewehr, das sie in der Nähe niedergelegt hatte. Sie hatte es im Blockhaus gefunden und mitgenommen, hauptsächlich, um es den Kriegern zu zeigen. Die Ngai Tahu besaßen, wie die meisten Maori-Stämme, längst genug Feuerwaffen zur Selbstverteidigung. Die Männer hatten Lizzies Gewehr fachkundig begutachtet, gereinigt und ausprobiert. Dann hatten sie es ihr zurückgegeben.

»Es funktioniert«, meinte Haikina. »Also pass auf, dass du dich nicht selbst damit umbringst.«

Lizzie hatte ihr versprochen, sich von den Kriegern in den Gebrauch der Waffe einweisen zu lassen, sie hatte es immer wieder aufgeschoben. Im Grunde war ihr das Gewehr unheimlich. Jetzt bereute sie ihre Nachlässigkeit. Aber sie wollte ja ohnehin niemanden erschießen, nur abschrecken.

Ihr Kind regte sich, als wollte es Protest erheben. Lizzie versuchte es zu ignorieren. Geschickt schob sie sich die Waffe unter den Arm. Dann ging sie zum Fluss hinunter und grüßte höflich. Die beiden Männer hatten eben ihre Zelte abgeladen, der eine griff nach einer Goldpfanne.

Lizzie ging auf sie zu. »Es tut mir leid, meine Herren, aber hier dürfen Sie nicht schürfen. Das Land ist Privatbesitz, und der Bach gehört dazu.«

Sie bemühte sich, ihre Stimme fest klingen zu lassen. Die Männer, beide groß und bärtig, schauten sie zunächst so verblüfft an, als hielten sie Lizzie für eine Erscheinung.

»Seit wann ist das denn Privatbesitz?«, brummte der erste.

Der zweite lachte. »Hey, dich kenn ich doch! Bist du nicht die Frau von Michael Drury? Der soll ja richtig reich geworden sein, der alte Mike! Wo hat er das Gold gefunden? Hier?« Er wies auf den Bach.

Lizzie schüttelte den Kopf. »Michael hat hier und dort geschürft, er hatte einen Claim zusammen mit Chris Timlock. Aber der war dann ausgebeutet. Jetzt …« Sie hasste sich für das, was sie tun musste, aber wenn sie zugab, dass sie hier ganz auf sich gestellt war … »… jetzt werden wir eine Farm betreiben. Das Land von unserer alten Hütte bis hier hinauf gehört uns, ganz legal erworben von den Ngai Tahu.«

Gelächter erklang.

»Wenn's denen mal gehört hat!«, meinte der ältere der Männer.

Lizzie zuckte die Schultern. »Der Gouverneur hat's anerkannt. Der Friedensrichter … etliche Advokaten … Ich zeig Ihnen gern die Urkunden. Hier jedenfalls werden demnächst meine Schafe weiden. Und was Sie angeht: Das nächste Goldgräberlager finden Sie bei Lawrence, neue Funde gibt's, soweit ich weiß, bei Queenstown, da müssen Sie weiter nach Otago rein. Hier haben Sie nichts zu suchen. Im wahrsten Sinne des Wortes! Also gehen Sie jetzt bitte.«

Lizzie stützte sich auf ihr Gewehr in der Hoffnung, dass die

Geste martialisch wirkte. Ihre Freunde unter den Maori-Kriegern erzielten jedenfalls einen entsprechenden Effekt, wenn sie sich auf ihre Speere stützten. Aber sie war natürlich nicht so riesig und tätowiert!

Die Männer wichen auch nicht zurück. Im Gegenteil. Der jüngere, der sie vorhin erkannt hatte, stiefelte auf Lizzie zu.

»Warum sind wir denn so unfreundlich?«, fragte er grinsend. Lizzie sah jetzt erst, wie groß, kräftig und entschlossen er war. »Was ist mit der vielbesungenen Höflichkeit der Country Gentlemen und ihrer Frauen? Denn das wollen wir doch jetzt werden, als frischgebackene Schafbaronin, oder? Komm, kleine Lady, lad uns ein, lass uns eine gemütliche Nacht haben, und wenn wir uns dann morgen überzeugt haben, dass hier kein Gold ist …« Dass Lizzie hochschwanger war, schienen sie völlig zu ignorieren.

»Sie können sich höchstens durch Einsehen der Urkunden davon überzeugen, dass dies hier Privatbesitz ist!«, sagte Lizzie mit schneidender Stimme und hob das Gewehr.

Sie richtete es auf die Männer – und hätte sich deutlich besser gefühlt, wenn sie gewusst hätte, ob es entsichert war und wie man damit zielte. Obwohl es eigentlich egal war, ob sie traf. Ein Schuss war im Dorf zu hören. Wenn sie feuerte, würde in absehbarer Zeit eine Abordnung von Kriegern eintreffen.

»Nun sei doch mal nett, Lizzie!«

»Für Sie immer noch Miss Portland!«, gab Lizzie zurück.

»Noch nicht Mrs. Drury?«

Der Mann kam näher. Lizzie holte tief Luft und drückte ab. Nichts passierte – sie musste also noch entsichern! Lizzie zog an sämtlichen Hebeln der Waffe und drückte nochmals ab, diesmal erfolgreich. Zu ihrem grenzenlosen Schrecken schien das Gewehr in ihrer Hand eine Art Eigenleben zu entwickeln. Es brach nach oben aus, als der Schuss sich löste.

Lizzie musste sich zwingen, die Waffe nicht fallenzulassen. Entsetzt schaute sie zu ihrem Widersacher hinüber, gefasst darauf, den Mann sterbend am Boden zu sehen. Er stand aber nur da, wo er eben schon gestanden hatte. Immerhin verblüfft, ein bisschen Angst eingejagt hatte sie ihm schon.

»Nun machen Sie aber mal halblang, Miss Portland!«, meinte der andere; es klang fast beleidigt. »Wir kommen hier ganz harmlos vorbei …«

»Vielleicht reiten Sie dann einfach ganz harmlos weiter!«, spie Lizzie aus.

Langsam bewegte sie sich ein Stück rückwärts. Sie registrierte, dass auch die Männer sich bewegten. Fast unmerklich, aber sie schienen zu versuchen, sie in die Zange zu nehmen. Sie musste einem fast den Rücken zudrehen, wenn sie auf den anderen zielte.

Lizzie feuerte noch einmal, was offensichtlich keine gute Idee war. Die Männer merkten, dass sie das Gewehr nicht beherrschte. Sie näherten sich forscher.

»Wir wollen doch keinen Streit, Miss Portland!«, meinte der ältere. »Geben Sie uns das Gewehr und lassen Sie uns einfach eine kleine Probebohrung auf Ihrem Land machen. Ist doch auch für Sie eine gute Sache, wenn wir wirklich Gold finden … Was ist denn übrigens das da?«

Er wies auf die Reben und lenkte Lizzie damit einen Herzschlag lang ab. Sein Begleiter sprang im selben Augenblick auf sie zu. Lizzie schlug mit dem Gewehr nach ihm, traf auch, aber nicht hart genug. Sie stolperte. Der Mann würde ihr die Waffe gleich entreißen, und dann …

»Was soll das denn da?« Lizzie vernahm eine laute, gebieterische Stimme, die sie kannte. »Rusty Hamilton? Und Johnboy Simmons? Lange nicht gesehen!« Michael Drury galoppierte auf sie zu. »Könnt ihr mir bitte mal verraten, was ihr hier mit meiner Frau anstellt?«

Der jüngere Mann – Johnboy Simmons – ließ Lizzie los und murmelte eine Entschuldigung.

»Nichts für ungut, Michael!«, bemerkte der ältere. »Aber die Lady hat uns mit einem Gewehr bedroht und …«

»Die Lady hat euch vorher zweifellos glaubhaft versichert, dass ihr euch auf ihrem Grund und Boden befindet!«, sagte Michael. »Dies ist Elizabeth Station, das ganze Land, von unserem alten Claim unten bis hier hinauf. Also packt eure Goldpfannen wieder ein und verschwindet!«

Michael stieg von seinem Schimmel, ging auf Lizzie zu und gab ihr einen flüchtigen Kuss. Er zwinkerte ihr unauffällig zu. Lizzie schwieg verwirrt.

Rusty Hamilton näherte sich ihm mit halb erhobenen Händen. »Aber Michael, der Bach könnte Gold führen … Wenn ihr hier auf einem Goldfeld sitzt!«

Michael lachte schallend. »Das wäre ja mal ein Traum, Rusty, wenn wir hier auf einem Goldfeld säßen! Aber glaub mir, so dumm sind die Maori auch nicht, dass sie uns Goldfelder als Weideland verkaufen. Und für wie dämlich hältst du mich eigentlich? Glaubst du im Ernst, ich hätt's im Bach noch nicht versucht?«

»Und?«, fragte der Mann begierig.

Michael schüttelte den Kopf. »Führt natürlich ein bisschen Gold«, meinte er. »Das tun sie doch alle, selbst unser alter Claim unten.«

Rusty und Johnboy lachten verächtlich.

»Aber das hier ist nicht Gabriel's Gully.« Er lächelte. »Das schwör ich euch, Jungs, bei meiner Ehre!«

Lizzie sah zu Boden.

»Tja …« Rusty Hamilton wirkte enttäuscht, schien aber keine weiteren Vorstöße zu planen. »Und du wirst uns auch nicht verraten, wo du all das Gold gefunden hast, mit dem du das kleine Widerkäuer-Paradies hier gekauft hast? Elizabeth Station. Hübsch! Herzlichen Glückwunsch, kleine Lady!«

Lizzie lächelte. Sie wunderte sich, dass es herzerwärmend geriet. Manchmal hatte sie die Wirkung dieses Lächelns so dringend gebraucht, aber ihr gelang nur ein Verziehen des Mundes. Und jetzt – sie strahlte diese Gauner an, als wären sie die Antwort auf ihre Gebete.

Michael grinste. »Aber klar sag ich euch das: von hier aus nach

Osten, auf meinen alten Claim zu. Dann von dort aus südwärts, bis ihr an einen See kommt, der … der einen Umriss hat, wie … wie ein toter Hund. So nennen ihn auch die Maori, wie heißt er noch, Lizzie?«

Lizzie musste sich beherrschen, um nicht zu lachen. Sie hatte nie von einem solchen See gehört.

»Kuritemato«, improvisierte sie.

»Da hört ihr's!«, sagte Michael ernst. »An der linken Vorderpfote wendet ihr euch westwärts. Und dann sind es nur noch ein paar Meilen bis zu einem Bach, ein bisschen versteckt, viele Farne drumrum – vielleicht findet ihr ja unsere alte Waschrinne. Ich muss euch nur warnen, Leute! Die Vorkommen sind erschöpft!«

Rusty und Johnboy grinsten wie beschenkte Kinder.

»Das seh ich noch nicht!«, meinte Rusty. »Wenn du mich fragst, warst du nur zu satt, um richtig zu suchen. Wir gucken's uns jedenfalls an. Also, Lady, dann … Wie weit ist das, Michael?«

Michael überlegte. »Weit«, meinte er dann. »Um die acht Tagesmärsche. Und man kann sich leicht verlaufen. Es … gibt da viele Seen …«

»Wird schon!«, meinte Johnboy und tippte gegen die Krempe seines Hutes. »Und noch mal – nichts für ungut, Lady!«

Michael und Lizzie warteten schweigend, bis die beiden ihre Maultiere wieder beladen hatten. Michael unterbrach die Stille nur durch eine kurze Frage.

»Was ist das?«, fragte auch er leise, auf die Weinreben weisend.

»Wein«, sagte Lizzie. »Das hier ist ein Weinberg!«

Michael runzelte die Stirn. »Wir werden einen Zaun drum herumziehen müssen, damit die Schafe die Reben nicht zertrampeln.«

»Wir?«, fragte Lizzie.

»Lass uns später davon sprechen. Wir sollten nicht streiten, bevor die Kerle weg sind.« Michael winkte den Goldgräbern nach.

»Wer will sich denn streiten?«, erkundigte sich Lizzie.

Sie wandte sich ab und ging ein Stück den Hügel hinauf, zurück zu ihren Reben. Eine letzte musste noch an ihren Platz gebracht werden. Vorsichtig setzte sie sie ein.

»Gib zu, dass du mich brauchst«, sagte Michael, als die Männer endlich davongeritten waren. Er ließ seinen Blick über den Weinberg schweifen und hinunter nach Lawrence. Die Aussicht war atemberaubend.

Lizzie zog die Augenbrauen hoch. »Wegen dieser Lumpen? Die Ngai Tahu sind schon verständigt, bald wimmelt es hier vor Kriegern. Und ich werde lernen, wie man damit zielt.« Sie zeigte auf das Gewehr. »Du hättest es im Übrigen auch nicht gekonnt. Oder warum sonst die Schau mit dem ›See des toten Hundes‹?«

Michael lachte. »Ich mehre mein *mana*!«, erklärte er. »*Whaikorero*, die Kunst der schönen Rede.«

»Ich würd mich mal eher im Speerwurf vervollkommnen«, bemerkte Lizzie und häufte Erde um ihren letzten Setzling. »Die Kerle werden nicht so gut gelaunt sein, wenn sie zurückkommen.«

Michael machte eine wegwerfende Handbewegung. »Ach, die kommen nicht wieder. Mit ein bisschen Glück finden sie unterwegs irgendwo Gold. Und wenn nicht: Ich hab sie Richtung Queenstown geschickt. Wäre Blödsinn, wieder umzukehren, statt da auf die neuen Felder zu ziehen.«

»Und was war das mit dem Schwur ›bei meiner Ehre‹?«

Es gab nun wirklich nichts mehr, was Lizzie an ihrem Weinberg tun konnte. Sie setzte sich neben ihre Reben ins Gras.

»Na ja, viel ist da ja nicht zu verpfänden«, sagte Michael sichtlich unbehaglich und ließ sich neben ihr nieder. »Wenn ich euch beide richtig verstanden habe, Kathleen und dich. Mit meinem *mana* ist es offensichtlich nicht weit her …«

Lizzie grinste. »Aber du kannst immer noch gottesfürchtig leben«, sagte sie. »Und dein Kind in Würde aufziehen.«

»Willst du mich denn noch haben?«, fragte er leise.

Lizzie seufzte. »Woher wusstest du, dass ich hier bin?«, wechselte sie das Thema.

Michael wies auf das Land um sich herum. »Dein Berg, Lizzie. Dein *maunga.*«

Sie lächelte. »Und darauf möchtest du Schafe weiden lassen?«

Michael biss sich auf die Lippen. »Es geht nicht um Schafe, Lizzie. Von mir aus können wir auch Wein pflanzen – oder Whiskey brennen. Ich möchte nur bei dir sein, Lizzie. Weil du und das Kind – ihr seid mein *maunga.*«

Lizzie nahm eine Handvoll Erde und ließ sie durch ihre Finger rieseln. »Was ist mit Kathleens Kind?«, fragte sie.

»Sean ist fast erwachsen. Er braucht mich nicht mehr. Und er hat den Reverend.«

Letzteres klang fast ein bisschen verbittert. Michael sah ein, dass Peter Burton ihn würdig vertreten hatte. Aber es schmerzte ihn, dass Sean seine irischen Wurzeln kaum kannte. Kathleen hatte nur zu bereitwillig zugelassen, dass Claire und Peter die Märchen und Legenden aus Wicklow durch römische und griechische Sagen sowie Erkenntnisse des Mr. Darwin ersetzten.

»Sagt das Kathleen?« Lizzie lächelte. »Peter wird sich freuen. Fragt sich nur, wer die beiden jetzt traut – der künftige anglikanische Bischof oder der schreckliche Father Parrish.«

»Lenk nicht ab, Lizzie!«, bat Michael. »Es geht nicht um Kathleen.«

Lizzie wandte ihr Gesicht in einer Geste der Dankbarkeit in Richtung Himmel. »Dass ich diesen Tag noch erleben darf!«, rief sie theatralisch.

Michael zwang sich zur Geduld. »Es geht um uns, Lizzie! Und um ihn hier!« Er legte schüchtern seine Hand auf ihren Leib.

»Es könnte ein Mädchen sein!« Lizzie schob seine Hand fort. »Eins wie ich.«

»Umso besser!«, sagte Michael. »Wobei es mir eigentlich egal ist. Ich nehme einen Jungen oder ein Mädchen oder beides. Hauptsache, es kommt von dir.«

Lizzie dachte vage an Kahu Heke und verscheuchte den Gedanken dann schnell.

»Und ich möchte es aufwachsen sehen. Ich möchte mit euch beiden zusammen sein. Ein Haus für euch bauen …«, nahm sie Michaels flehend klingende Stimme wahr.

Lizzie schaffte es nicht, hart zu bleiben. »… und ihm von Irland erzählen«, neckte sie ihn. »Von seinem Grandpa, der Whiskey brannte, und seiner Grandma, die darum betete, dass Grandpa nicht erwischt wurde … Und davon, wie man Daddy nach Australien schickte. Wegen der Sache mit Trevallions Korn …«

Michael nickte ernst. »Genau!«, sagte er dann. »Ist es nicht das, was die Maori *pepeha* nennen?«

Lizzie lachte. »Eher *whakapapa* – Abstammung. Aber so wie du es erzählst, sind es mehr *moteatea* – Märchen.«

Michael verzog das Gesicht zu einem schuldbewussten Grinsen. »Also erlaubst du es mir?«, fragte er mit wachsender Hoffnung. »Darf ich bei dir bleiben? Darf ich dich lieben? Darf ich das Kind mit gutem, altem, irischem *whaikorero* in den Schlaf singen?«

Lizzie wandte sich ihm zu und kapitulierte wie schon so oft vor seinen leuchtend blauen Augen. »Wenn es ein Mädchen ist, darfst du es sogar Mary nennen«, sagte sie großzügig. »Solange du ihm nie vorwirfst, was seine Mutter war – und ist.«

Michael zog sie in die Arme. »Seine Mutter war und ist eine Frau mit sehr viel *mana*«, flüsterte er ihr zu. »Das wird es sehr bald selbst merken.« Er küsste sie, und sie erwiderte seinen Kuss, sehr langsam, sehr zärtlich, ein Siegel auf ein Versprechen.

»Dann … mache ich mich mal an den Zaun …«, meinte Michael verlegen, als sie sich voneinander lösten. »Wegen … wegen der Schafe …«

Lizzie rieb sich die Schläfe und lächelte nachsichtig.

»Zuerst das Haus, Michael«, sagte sie sanft.

Wie eigentlich immer habe ich mich auch in diesem Roman um größtmögliche historische Authentizität bemüht. Die Verhältnisse im Irland der Hungersnot, die Zustände im Wicklow Gaol und auf britischen Gefängnisschiffen dürfen meine Leser sich getrost so vorstellen, wie ich sie geschildert habe. Die *Asia V.* segelte tatsächlich in der angegebenen Zeit mit einhundertneunundsechzig weiblichen Sträflingen an Bord von Woolwich nach Van-Diemens-Land, dem heutigen Tasmanien. Die zwölf Männer habe ich allerdings hinzugeschmuggelt, und auch in anderer Hinsicht ist meine Schilderung nicht ganz historisch korrekt: Es gab keine Todesfälle an Bord – die Sterberate auf Deportationsschiffen war erheblich geringer, als man oft lesen kann. Statistisch gesehen reiste man sogar deutlich sicherer mit einem Convict Ship nach Australien als mittels regulärer Auswandererschiffe nach Neuseeland oder gar Amerika. Natürlich deportierte die britische Krone nur gesunde, meist junge Männer und Frauen, während ansonsten auch Alte, Kranke und sehr viele Kinder befördert wurden. Eine medizinische Voruntersuchung fand zwar statt, war aber mehr als flüchtig, und die Hygiene an Bord kontrollierte niemand. Klar, dass die Schwachen schnell Seuchen zum Opfer fielen. Gefangenenschiffe waren dagegen deutlich besser überwacht, Krankheiten kamen schneller unter Kontrolle.

Historisch korrekt sind auch meine Schilderungen der Zustände in australischen Gefängnissen, vor allem den Female Factorys. Hier gab es tatsächlich die geschilderten skurrilen Heiratsmärkte für weibliche Häftlinge. Und wirklich versuchte einmal ein Sträfling, dem Gefängnis von Hobart in der Verkleidung eines Kängurus zu entfliehen! Er wurde gefasst, aber ob es tatsächlich stimmt, dass nie jemand je aus dem damaligen Van-Diemens-Land entkam, darf wohl bezweifelt werden. An Neuseelands Westküste gab es jedenfalls so viele Flüchtlinge aus dem Nachbarland, dass zwischen Neuseeland und Australien über Auslieferungen verhandelt wurde.

In Neuseeland spielen einige historische Persönlichkeiten eine Rolle in diesem Buch, allen voran James Busby, Robert Fyfe und sein Vetter George mit dem dreifachen F. Die Geschichte der Walfangstation Waiopuka bei Kaikoura ist ebenso authentisch wie die der Ansiedlungen Port Cooper, das spätere Lyttelton, und Tuapeka, nahe der heutigen Stadt Lawrence. Der alte Walfänger Johnny Jones stiftete tatsächlich den Bauplatz für die anglikanische Kirche in Dunedin und siedelte von Australien enttäuschte Auswanderer in Waikouaiti, Neuseeland, an.

Mein Reverend Burton mit seiner fatalen Neigung zum Darwinismus ist allerdings Fiktion, ebenso wie alle anderen Hauptfiguren. Das trifft auch für die Namen und Daten der Einwandererschiffe und Fähren zwischen Neuseeland und Australien zu.

Schwieriger wird es mit der Authentizität aller Angaben über Maori-Bräuche und Überlieferungen. Die Maori-Kultur ist der unseren sehr unähnlich. Es fällt schwer, sich hier einzuarbeiten, zumal sie auch nicht mehr in dem Sinne lebt. Die Maori pflegen ihre Traditionen und erhalten in den letzten Jahrzehnten mehr und mehr Unterstützung durch die neuseeländische Regierung und das Fremdenverkehrsamt, die Weißen, ihre Kultur und ihre Seuchen waren jedoch gründlich: Von der ursprünglichen Maori-Bevölkerung überlebte vor allem auf der Nordinsel nur ein Bruchteil, und deren Lebensweise war mit der *pakeha*-Kultur so wenig kompatibel, dass sie letztlich unter mehr oder weniger Druck weitgehend verschwand. Die Ngai Tahu auf der Südinsel trennten sich recht bereitwillig von ihren ohnehin nie so strikt gehandhabten Traditionen und *tapu*. Für sie bot der Lebensstil der Weißen ein derartiges Mehr an Lebensqualität, dass sie sich ihm sehr schnell anpassten.

Eine Aussage meines Kahu Heke in diesem Buch ist schließlich nicht zu leugnen: Das Klima auf Neuseelands Südinsel hat mehr mit Schottland und Wales gemeinsam als mit Hawaiki in Polynesien. Die von den britischen Einwanderern mitgebrachten Pflanzen und Tiere gediehen besser, Kleidung, Hausbau und Lebensweise der *pakeha* war besser kompatibel mit dem Land als die Kultur der früheren Einwanderer aus Polynesien. Meines Erachtens spricht es für die Vernunft und Flexibilität der Ngai Tahu, sich anzupassen, statt die Neuankömmlinge zu bekämpfen. Dass man sie dabei oft übers Ohr haute, steht auf einem anderen Blatt. Zum Teil beschäftigen die Ansprüche der Stämme auf Wiedergutmachung für Betrügereien beim Landkauf noch heute die Gerichte.

Will man nun das Leben der Maori-Stämme vor hundertfünfzig Jahren rekonstruieren, so stehen einem dazu zwei Wege offen:

Einmal der Weg über Veröffentlichungen der Maori selbst, der mir im Grunde der liebste ist. Ich beziehe viele Informationen aus offiziellen Maori-Quellen. Allerdings sind auch Maori Menschen – sie neigen dazu, sich möglichst positiv darzustellen. Über skurrile Bräuche wie etwa die *tapu* rund um die Häuptlinge und ihre Familien informieren Maori-Vertretungen deshalb eher ungern, während man ihnen sehr genaue Angaben über harmlose Aktivitäten wie Begrüßungsrituale, Tänze, Fischfang usw. entnehmen kann.

Der zweite Weg ist das Studium der Veröffentlichungen weißer zeitgenössischer Völkerkundler. Diese Quellen bieten oft mehr Informationen, haben dafür aber andere Tücken. Die moderne Geschichts- und Sozialwissenschaft steckte im 19. Jahrhundert noch in den Kinderschuhen, und gerade im Bereich Ethnologie lag die Forschung und Datenerhebung oft in den Händen interessierter Laien. Die machten zwar häufig detaillierte Angaben, aber dafür entgingen ihnen grundlegende Erkenntnisse. So etwa die, dass es die Maori-Kultur in dem Sinne nicht gab. Heute betont man zwar die Gemeinsamkeiten zwischen den Stämmen, aber damals hatte jeder *iwi* und *hapu* seine eigenen Bräuche, Gebote und *tapu*. Zeitgenössische *pakeha*-Forscher neigen fälschlicherweise zur Verallgemeinerung, sodass ich zur historischen Korrektheit meiner Recherchen nur Folgendes sagen kann:

Zweifellos hat es alle in diesem Buch vorkommenden *tikanga* und *tapu* gegeben – es weiß nur niemand mehr genau bei welchem Stamm, in welcher Gegend und in genau welcher Ausprägung. Andererseits lässt es sich zuverlässig sagen, welcher Stamm wann in welcher Gegend lebte. Oft sind auch die Namen der Häuptlinge überliefert.

Für mich als Autorin ergab sich daraus ein Dilemma. Kahu Hekes Stamm musste ein *iwi* der Nga Puhi gewesen sein, deren großer Häuptling Hongi Hika den Vertrag von Waitangi mit unterschrieb. Aber konnte ich den Nga Puhi einfach irgendwelche Bräuche und *tapu* aufdrücken, nur weil sie gerade so schön in Lizzies und Kahus Geschichte passten? Ich habe mich nach längerer Überlegung dagegen entschieden und die Nga Puhi durch den fiktiven Stamm Ngati Pau ersetzt. Ich hoffe, sie nehmen es mir nicht übel, falls es mal bis zu ihnen durchdringt. Es geschah ausschließlich aus Respekt vor ihrer tatsächlichen Geschichte, die ich nicht verfälschen wollte: *Kia tu tika ai te whare tapu o Nga Puhi* – Möge das heilige Haus der Nga Puhi für immer bestehen.

Zuletzt noch eine Anmerkung für Puristen, die gern jedes kleinste Detail in historischen Romanen überprüfen – und damit meines Erachtens durchaus segensreich tätig sind, da sie die Autoren zu sorgfältigen Recherchen anhalten: Claire bezieht sich bei der Benennung ihrer Farm in Canterbury mehrmals auf Stratford upon Avon, sie ist überzeugt davon, der Avon River sei nach Shakespeares Geburtsstadt benannt. Das stimmt allerdings nicht. Der Fluss erhielt seinen Namen durch John Deans, einen Schotten, der damit an den Avon River in Falkirk, Schottland, erinnern wollte.

Liebe Leserin, lieber Leser,

wenn Sie mehr von dieser wunderbaren Autorin lesen möchten, empfehlen wir Ihnen folgende Leseprobe aus dem historischen Roman *Die Pestärztin*. Unter dem Autorennamen Ricarda Jordan entführt uns Sarah Lark ins farbenprächtige Mittelalter.

Der Regenvorhang tat sich wie eine Wand vor Rachel auf, als sie das Haus der Familie von Metz verließ. Müde und mutlos zog sie die Kapuze ihres wollenen Mantels über den Kopf. Lange würde er sie nicht vor den Fluten schützen, die sich an diesem Herbstabend über das Mainzer Judenviertel ergossen. Rachel machte den ersten Schritt in die Nässe und Dunkelheit und dachte sehnsüchtig an das warme, vom offenen Feuer erleuchtete Zimmer der Wöchnerin, das sie soeben verlassen hatte. Doch ein ruhiger, trockener Abend in einem der ersten Bürgerhäuser der Stadt sollte ihr heute nicht vergönnt sein. Gleich nachdem sie den neugeborenen Ezekiel gebadet und in seine Wiege gebettet hatte, war ein verhuschtes und völlig durchnässtes Küchenmädchen im Hause Metz erschienen.

»Die Hebamme, ist sie noch hier? Es ist dringend, meine Herrin liegt in den Wehen! Und wir haben große Angst, dass sie stirbt, der Herr und die Köchin. Obwohl die Maurin sagt, sie stirbt nicht, aber die meint ja immer, alles zu wissen …« Das Mädchen sprudelte die Worte nur so hervor und vermochte zwischendurch kaum Luft zu holen.

»Nun mal langsam.« Judith, die Amme, reichte der Kleinen ein Tuch, sodass sie sich ein wenig abtrocknen konnte. Das Mädchen musste völlig kopflos und ohne Regenschutz aus dem Haus gestürmt sein. Seine Haube hing schlaff und traurig wie ein nasser Vogel auf seinem krausen braunen Haar. »So schnell stirbt man nicht. Erzähl uns jetzt ganz ruhig, was geschehen ist und wer dich überhaupt schickt.«

Dabei wusste Rachel es längst. Schon als die Kleine die »Maurin« erwähnt hatte, war ihr klar gewesen, dass es Sarah von Speyer sein musste, die in den Wehen lag. Schließlich hatte nur eine einzige jüdische Familie in Mainz eine arabische Dienerin: Benjamin ben Juda von Speyer, ein Fernhandelskaufmann, hatte die maurische Sklavin vor einigen Jahren im spanischen Toledo gekauft – eine Transaktion, der ein größerer Skandal in der Bischofsstadt vorausgegangen war. Rachel wusste nicht genau, worum es ging, aber die Maurin, Al Shifa mit Namen, war offenbar knapp dem Scheiterhaufen entgangen. Seitdem diente sie im Hause der Speyers. Sie hatte sich Rachels größte Hochachtung erworben, indem sie Sarah bei deren letzter Entbindung äußerst kundig beigestanden hatte. Rachel selbst war damals bei einer anderen Wöchnerin aufgehalten worden und kam gerade noch zurecht, um Al Shifa bei der Arbeit zu beobachten. Während die anderen Frauen des Haushalts hilflos um das erstickende Kind herumstanden, hatte die Maurin seinen Hals kundig vom Schleim befreit, ihm Luft in die Lungen geblasen und es schließlich zum Atmen gebracht.

Rachel hatte sich seitdem oft gefragt, ob das auch mit den Mitteln möglich gewesen wäre, die sie selbst anwandte. Auf jeden Fall traute sie Al Shifas Urteil vorbehaltlos. Ihre Einschätzung von Sarah Speyers jetzigem Zustand war zweifellos richtig. Doch auch wenn die Speyerin sich nicht in Lebensgefahr befand – für Rachel bedeutete die Nachricht weitere Stunden harter Arbeit. Sie würde Sarah selbstverständlich beistehen und deshalb ihr eigenes Bett in dieser Nacht kaum zu sehen bekommen. Und wenn es weiter so regnete, würde sie obendrein bis auf die Haut durchnässt sein, ehe sie bei den Speyers ankam.

Rachel seufzte tief, als sie sich durch Kälte und Nässe kämpfte. Nach kurzer Überlegung wählte sie den kürzesten, wenn auch gefährlicheren Weg zum Stadthaus der Speyers in der Schulgasse. Bei Nacht bevorzugte sie größere und belebtere Straßen, denn sie fürchtete die verschlungenen Gassen im Viertel um die Synagoge. Zwischen den kleinen Geschäften und Wohnhäusern, in denen sowohl jüdische Familien als auch ein paar ärmere christliche Bürger lebten, befanden sich zwei berüchtigte Schenken. Sie zogen oft übelsten Abschaum an. Wahrscheinlich hätten die Stadtbüttel diese Spelunken schärfer überwacht, hätten sie sich nicht gerade im Judenviertel angesiedelt. Die Sicherheit der jüdischen Bürger kümmerte die Stadtwache allerdings kaum. Selbst schuld, wenn ein Mann mit gefüllter Börse oder gar eine schutzlose Frau sich zur Unzeit im Umkreis des »Blauen Bären« oder des »Güldenen Rads« aufhielt!

Rachel, die ihr Beruf zwangsläufig auch nachts auf die Straßen zwang, fragte sich zum wiederholten Mal, warum Mainz nicht über ein abgeschlossenes Judenviertel verfügte, wie die meisten anderen Städte. Manchmal wünschte sie sich schützende Mauern um sich – obwohl sie natürlich wusste, dass es im Zweifelsfall für Menschen ihres Glaubens keinen Schutz gab. Wenn eine Seuche ausbrach, wenn Missernten sich häuften oder ein Feuer wütete, suchte man die Schuld gern bei den Juden. Und brach der christliche Mob erst einmal ins Ghetto ein, waren die Mauern dem Überleben eher hinderlich, da sie jede Flucht unmöglich machten.

Rachel wappnete sich gegen den Gestank von billigem Bier und Spanferkel am Spieß, der um diese Zeit meist aus dem »Güldenen Rad« drang und die Nasen der umwohnenden Gläubigen beleidigte. Nun sollte in einer so kalten, nassen Nacht zumindest nicht allzu viel Betrieb herrschen. Selbst das lichtscheue Gesindel, das sich sonst hier herumtrieb, drängte sich heute in den dunklen Ecken schäbiger Kaschemmen. Dennoch hatte Rachel ihren Lohn sicherheitshalber bei den Metzens gelassen. Um ihr Leben und ihre Ehre fürchtete sie nicht so sehr. Schließlich war sie nicht mehr jung, und schön war sie nie gewesen. Und Fleisch war billig in der Gegend um das »Güldene Rad«! Der Wirt verschacherte junge Huren für wenig Geld; obendrein lungerten meist ein paar verzweifelte Mädchen in den Gassen rund um die Schenke und versuchten, auf eigene Rechnung ein paar Kupferpfennige zu verdienen.

Tatsächlich waren die Gassen vor der Wirtschaft in dieser Nacht menschenleer, auch wenn drinnen reger Betrieb herrschte. Man hörte Gläserklirren und obszöne Lieder. Angewidert zog Rachel ihren Umhang straffer um den Körper und mühte sich, rasch vorbei zu kommen. Aber dann vernahm ihr geübtes Ohr Frauenschreie. In dem Grölen und Lärmen, das aus der Kneipe drang, waren die Schreie kaum zu vernehmen. Ob die Kerle da drinnen ein Mädchen schändeten? Rachel zwang sich, weiterzugehen. Sollte ihre Befürchtung zutreffen, konnte sie dem armen Ding ohnehin nicht helfen. Sie murmelte rasch ein Gebet.

Doch als sie den Durchgang zum Innenhof der Schenke erreichte, wurden die Schreie lauter. Und sie kamen nicht aus der Schenke, sondern vom Hof dahinter. Rachel packte das kleine Messer, das sie immer bei sich trug, wenn sie diesen Teil des Viertels durchquerte. Sie war eine couragierte Frau, und selbst wenn sie am Galgen enden sollte, falls sie tatsächlich einmal einen christlichen Gauner vor seinen himmlischen Richter befördern sollte: Kampflos ergeben würde sie sich nicht! Und dieses Mädchen konnte sie nicht ihrem Schicksal überlassen, ohne sich wenigstens davon zu überzeugen, was vor sich ging. Vielleicht schrie ja bloß eine Hure in Ausübung ihrer Profession. Aber das arme Ding konnte durchaus auch Jüdin sein! Für die Kerle wäre das eine zusätzliche Verlockung, denn in diesem Fall wäre das Mädchen sicher noch Jungfrau – und ihre Schändung würde von den Stadtbütteln kaum geahndet werden. Sicher, die Juden standen auf dem Papier unter dem Schutz des Bischofs, doch bis eine Klage zu diesem hohen Herrn durchdrang, war die Untat wohl schon verjährt.

Beherzt betrat Rachel den Hof hinter der Schenke. Hier befand sich der Abtritt, der bestialisch stank, wobei er mit dem Abfallhaufen in einer anderen Ecke des Gelasses konkurrierte. Ein paar streunende Katzen, die sich an halb verfaulten Innereien gütlich getan hatten, stoben auseinander. Es gab allerdings auch einen Pferdestall, und Rachel fand schnell heraus, dass die Schreie des Mädchens aus diesem Verschlag drangen. Sie wurden nun schwächer, jedoch lang gezogener, kläglicher, und in Rachel, der erfahrenen Hebamme, keimte ein Verdacht: Diese Frau wehrte sich nicht gegen männliche Angreifer. Wenn Vergewaltigung die Ursache ihrer Schmerzensschreie war, so lag die Untat neun Monate zurück.

Rachel folgte den Schreien, die von Wimmern und Weinen unterbrochen wurden, und hörte bald weitere Frauenstimmen.

»So viel Blut! Das darf nicht sein, Annchen, da stimmt was nicht … und das Kind sollte auch mal zu sehen sein. Aber sie presst nur und presst, und da kommt nichts!«

»Was verstehst du schon davon, Lene! Die einzigen Kinder, die aus dir rausgekommen sind, hat doch der Engelmacher rausgekratzt.« Die Angst in der noch jungen Stimme strafte die harte Wortwahl Lüge.

Rachel sah die Sprecherinnen nun vor sich: zwei Mädchen, die eine schmutzige Tranlampe in der äußersten Ecke des zurzeit leeren Stalles entzündet hatten und sich nun in deren trübem Funzellicht über ein wimmerndes, zartes Frauenzimmer beugten, das offensichtlich in den Wehen lag. Eine der besorgten Helferinnen war rotblond und lang aufgeschossen, die andere drall und dunkelhaarig.

»Sie stirbt, Annchen!«, flüsterte die Blonde. »Gott sei ihrer Seele gnädig. Meiner Treu, kann nicht ein Priester …«

»Ein Priester kommt nicht in ein Hurenhaus, dummes Lenchen.« Annas Stimme klang jetzt nachsichtig. Sie schien als Hübschlerin erfahrener zu sein als die lange Lene.

»Vielleicht reicht ja auch eine Hebamme!«, bemerkte Rachel und erschreckte die Mädchen damit beinahe zu Tode. Beide fuhren zu ihr herum und erschauerten beim Anblick der schwarz gekleideten, dick in ihre Schals und Umhänge vermummten Frau, die sich plötzlich aus dem Dunkel schälte. »Der Tod …!«, wimmerte Lene.

Das beherztere Annchen schüttelte den Kopf. »Das wär's erste Mal, dass der Sensenmann sein Weib schickt«, spottete sie. »Nein, die da kenn ich. Ist bloß ,ne alte Jüdin, die schleicht hier öfter rum. Auch nachts … wer weiß, vielleicht treiben's die Hebräer ja lieber mit alten Vetteln.«

Rachel schlug verärgert ihren Kopfschutz zurück und enthüllte ihre Haube, die sie als ehrbare Frau auswies. »Die Hebräer liegen am liebsten den eigenen Frauen bei und wachsen und mehren sich, wie der Ewige befiehlt!«, gab sie streng zurück. »Und wenn er ihre Verbindung segnet, kommt das Kind meist nicht im Stall zur Welt, sondern im Haus und unter den Händen einer alten Vettel wie mir. Und jetzt lass mich vorbei, Dirne, ich will sehen, ob ich deiner Freundin noch helfen kann!«

Lene lamentierte, dass Rachel ihrer Ansicht nach lästerliche Reden über Christi Geburt geführt habe, doch Anna – offenbar praktischer veranlagt als ihre Freundin – gab rasch den Weg frei. Rachel machte sich auch keine Sorgen, obwohl ihr die Anspielung auf eine andere Geburt im Stall entschlüpft war. Wenn es jemanden gab, dem man noch weniger Glauben schenkte als einer Jüdin, so war es eine Hure. Und diese Mädchen drückten sich auch bestimmt nicht mit Billigung ihres Hurenwirtes im Stall herum. Der duldete keine schwangeren Hübschlerinnen in seiner Schenke. Lene und Anna mussten ihre Freundin also hier versteckt haben. Ihre Furcht vor Entdeckung war gewiss größer als ihr Glaubenseifer.

Rachel stellte ihre Tasche ins Stroh und warf einen ersten aufmerksamen Blick auf die junge Frau, die hier auf ein paar stinkenden Decken lag und vergeblich versuchte, ihr Kind herauszupressen. Einen Herzschlag lang stockte Rachel fast der Atem, als sie das Gesicht des Mädchens sah. Natürlich war es jetzt verschwollen und verweint, die Lippen zerbissen vor Qual. Doch es war immer noch zu erkennen, wie engelhaft schön dieses junge Ding gewesen sein mochte, als es das unselige Kind empfing. Es hatte zarte, elfenbeinfarbene Haut und goldbraunes, gelocktes Haar. Der Gesichtsschnitt war nicht grob wie die Züge von Anna und Lene, sondern so fein, dass sie einem Madonnenmaler hätte Modell stehen können. Schmale, zarte Hände krampften sich um die groben Decken, als ihr graziler Körper von einer neuerlichen Wehe erfasst wurde.

»Oh Maria, oh Jungfrau, oh heilige Mutter Gottes!«, Das Mädchen stieß die Worte aus. Es war also noch bei Bewusstsein, auch wenn es eben keinen Ton von sich gegeben hatte, während Anna und Lene den Blutstrom kommentierten, der anstelle des Kinderkopfes zwischen den Beinen des Mädchens hervorschoss.

Rachel untersuchte es rasch.

»An eurer Mutter Gottes hättest du dir früher ein Beispiel nehmen sollen«, brummte sie dabei. »Jungfrauen passiert so was nur selten …«

Das Mädchen wimmerte, als die Wehe verebbte, schien dann aber seine ganze Kraft zusammenzunehmen und wandte sich mit klarer Stimme an Rachel.

»Es ist kein Hurenkind!«

Die Kleine schien noch etwas sagen zu wollen; dann aber erfasste sie die nächste Wehe. Sie folgten jetzt rasch aufeinander, doch die Hübsche konnte das Kind nicht herauspressen. Rachel hatte längst erkannt, woran es lag.

»Das Kind liegt falsch«, erklärte sie den Mädchen und der jungen werdenden Mutter, sofern diese überhaupt noch imstande war, die Worte aufzunehmen. Nach der letzten Wehe wimmerte sie nur noch. »Mal sehen, ob ich es drehen kann. Aber es ist spät, sie ist schon sehr geschwächt. Obendrein ist irgendwas in ihr zerrissen, sie verliert zu viel Blut. Wie heißt sie denn? Wie heißt du, Mädchen?«

Rachel wandte sich hoffnungsvoll an die Wöchnerin, doch es war Anna, die schließlich antwortete.

»Beatrix heißt sie. Aber woher sie kommt, wissen wir nicht. Tauchte vor ein paar Monaten hier auf, zusammen mit ihrem Stecher. Den Kerl hat's dann bald erwischt. Ließ sich vom Roten Hans für seine Bande anwerben, Leuten aufzulauern und ihnen die Börsen zu stehlen. War aber zu dumm dazu. Sie haben ihn aufgeknüpft, auf dem Platz vor der Stadt …«

»Nur wegen einer gestohlenen Börse?«, fragte Rachel erstaunt. Sie tastete Beatrix' Leib ab und suchte nach einem Ansatzpunkt für den Griff, der das Kind durch eine geschickte Bewegung in die richtige Lage für die Geburt befördern sollte. Das gelang nicht immer, doch bei diesem zarten, dünnen Persönchen war Rachel guten Mutes. Die Lage des Kindes war leicht von außen zu ertasten. Wenn sie nur zwei Stunden früher gekommen wäre …

»Nein, nicht nur wegen der Börse«, sagte Anna. »Der Rote Hans hatte vorher noch einen Kerl abgestochen. Das hat Beas Stecher wohl arg verwirrt. Konnte offenbar kein Blut sehen. Als die Büttel kamen, ist die ganze Bande weggerannt. Nur er stand noch da und starrte auf die Leiche wie ,n Hase ins Licht, das blutige Messer in der Hand, das der Rote Hans ihm rasch zwischen die Finger gedrückt hatte. Da war jedes Leugnen zwecklos.« Anna zuckte bedauernd die Schultern.

Beatrix stöhnte unter der nächsten Wehe. Dann aber schien sie das Bewusstsein endgültig zu verlieren. Viel zu viel Blut war geflossen. Rachel glaubte nicht daran, das Mädchen noch retten zu können. Aber das Kind rutschte jetzt mit einem Ruck in die richtige Lage. Rachel richtete sich aufatmend auf – und musste dann auch schon neben der Wöchnerin niederknien, um das Kind in Empfang zu nehmen. Das Köpfchen, das sich nun endlich in die Welt schob, war winzig. Das Mädchen hätte eine leichte Geburt gehabt, wäre da nicht diese Querlage gewesen. Rachel seufzte. Wer kannte die Wege des Ewigen?

Sanft zog sie am Kopf des neuen Erdenbürgers und beförderte so auch die Schultern des Kindes zu Tage. Mit einem letzten Schwall Blut und Fruchtwasser glitt das Kind ins Freie.

»Ein Mädchen«, sagte Rachel.

»Lebt es?«, fragte Anna beinahe verwundert.

»Aber ja!« Rachel hob das zerknitterte, blutige kleine Wesen an den Füßen hoch, klopfte ihm energisch auf den Rücken und löste damit einen kräftigen Protestschrei aus. »Da hört ihr's!«

Selbst Beatrix in ihrer barmherzigen Ohnmacht schien das Kind gehört zu haben. Noch einmal schlug sie die Augen auf. Rachel sah ein beinahe irritierend dunkles Blau, in dem helle Lichter blitzten, als die junge Mutter ihr Kind erkannte.

Beatrix schien etwas sagen zu wollen, brachte aber kein Wort mehr hervor. Ihre Hände machten eine fahrige Bewegung, die an einen Segen erinnerte. Dann sank ihr Kopf zur Seite. Die junge Mutter war tot.

Rachel schloss ihr bedauernd die Augen.

»Es war zu viel für sie«, sagte sie leise. »Armes kleines Ding.«

Die Hebamme ließ offen, ob sie damit Beatrix oder deren neugeborene Tochter meinte. Mitleid empfand sie für beide. Was würde nun aus dem kleinen Mädchen werden, das im Stall eines Hurenhauses das Licht der Welt erblickt hatte? Sofern man die trübe Tranfunzel überhaupt als Licht bezeichnen konnte.

Rachel suchte ein paar Tücher aus ihrer Tasche zusammen und säuberte das Kind notdürftig. Dann wand sie den trockensten ihrer Schals um den winzigen Körper.

»Wer von euch wird sich des Kindes annehmen?«, fragte sie Anna und Lene, die fassungslos auf die Leiche ihrer Freundin blickten. Lene hatte sich bei Beatrix' Tod immerhin bekreuzigt. Anna hingegen schien sich eher um die Folgen ihres Tuns zu sorgen. Der Hurenwirt würde nach Mitwisserinnen suchen, wenn er am Morgen die Tote fand.

»Von uns?«, fragte sie dann entsetzt. »Ihr glaubt doch nicht etwa, wir könnten hier ein Kind aufziehen? Meiner Treu, dann hätt ich auch meine eigenen drei Bälger zur Welt bringen können, aber ich war nicht so dumm wie die da! Es wäre noch Zeit gewesen, meinte der Engelmacher. Aber nein, sie wollt's ja haben. In Teufels Namen. Das hat sie nun davon. Und das Mädchen …«

»Können wir's nicht ersäufen?«, schlug Lene vor. »Wie die kleinen Katzen? Mein Alter hat immer gesagt, die merken da nichts von. Und wenn wir's vorher taufen, kommt's geradewegs in den Himmel.«

»Und du endest in der Hölle, weil du einen Christenmenschen vom Leben zum Tode gebracht hast!« Anna verdrehte die Augen vor so viel Dummheit. »Wir setzen es aus. Am Dom, da kommt vor morgen früh keiner hin. Dann ist es auch tot.«

»Die Jüdin könnt's ertränken«, bemerkte Lene. »Bei der kommt's nicht drauf an. Vor dem Dom aussetzen ist grausam. Da erfriert's doch!«

Rachel wiegte das winzige Neugeborene, das jetzt traurig vor sich hin wimmerte, als verstünde es die Worte der Dirnen. Es brauchte Wärme und Milch – und die einzigen Menschen, denen seine Mutter sich hatte anvertrauen können, dachten nur darüber nach, wie man es ohne größere Auswirkung auf ihr eigenes Seelenheil möglichst schnell loswurde.

»Ich hab's nicht zur Welt gebracht, um es zu ertränken!«, herrschte Rachel die Mädchen an. »Die Mutter sagte, es sei kein Hurenkind. Was kann sie damit gemeint haben? Gibt es irgendwelche Verwandten?«

Anna zuckte die Schultern. »Sie sagte, sie wär verheiratet gewesen mit ihrem Stecher. Geglaubt haben wir's nicht. Aber dem Hurenwirt verdingt hat sie sich erst, als der Kerl am Galgen baumelte. Noch ehe er kalt war, sonst hätt sie raus gemusst aus der Stube bei der Schenke. Konnt ja die Miete nicht mehr zahlen,und da kennt er keine Gnade, unser Herr Heinrich. Jedenfalls war sie dann allein mit ihrem Balg im Bauch …« Sie zeigte auf das Mädchen in Rachels Armen.

Rachel seufzte. Wie es aussah, blieb die Sache an ihr hängen. Wenn sie Anna und Lene das Kind überließ, würde es die Nacht nicht überleben.

Lene beugte sich jetzt immerhin über das Neugeborene und schaute in sein zartes Gesichtchen.

»Ein Jammer«, murmelte sie. »Aber Ihr müsst es einsehen! Wenn wir's behalten, fliegen wir raus … der Herr Heinrich setzt uns schon vor die Tür, wenn er nur mitkriegt, dass wir Bea versteckt haben. Und dann stehen wir mit dem Balg auf der Straße. Da ist keinem mit geholfen. Und davon kriegt's auch keine Milch.«

Letzteres war nicht von der Hand zu weisen. Diese Mädchen waren nicht böse. Grausam war nur das Leben, das sie führten. Rachel urteilte jetzt ein wenig milder über sie, nur half das auch nicht weiter.

»Also schön, ich nehm's mit«, fügte sie sich schließlich in ihr Schicksal. »Vielleicht werde ich's in einem Kloster los.«

Sehr viel Hoffnung machte sie sich allerdings nicht. Die Nonnen hätten ihr die Geschichte erst einmal glauben müssen. Eine jüdische Hebamme, die nachts in einem dunklen Stall ein christliches Kind entband – wer konnte sagen, welche Folgen das für sie selbst haben mochte? Rachel stand nur Jüdinnen bei; die Christen hatten ihre eigenen Geburtshelferinnen, und die verteidigten ihre Pfründe. Natürlich hätte sich keine von ihnen dazu herabgelassen, einer kreißenden Dirne zu helfen, egal ob Christin oder nicht. Aber wenn Rachel sich hier einmischte und obendrein eine tote Mutter zurückließ … Sie hatte keine Lust, dieses Abenteuer womöglich auf einem Scheiterhaufen zu beschließen!

Anna und Lene wirkten deutlich erleichtert, als Rachel schließlich mit dem Neugeborenen abzog. Es regnete immer noch, und Rachel musste das Kind unter all ihren Tüchern und Umhängen verstecken, damit es nicht nass wurde und womöglich doch noch erfror.

Aus den Wohnvierteln der Christen erscholl jetzt der Ruf des Nachtwächters. Die elfte Stunde hatte geschlagen. Rachel überkam ein Anflug von Schuldgefühl: Über Beatrix' Entbindung hatte sie Sarah von Speyer fast vergessen! Die Wöchnerin und ihr Gemahl würden bereits ungeduldig warten. Hoffentlich war es nicht wieder eine so schwere Geburt wie damals bei David! Und dem Ewigen sei Dank, dass Sarah immerhin Al Shifa an ihrer Seite hatte.

Kapitel 2

Rachel kam jetzt schnell vorwärts und erreichte bald das wuchtige steinerne Stadthaus in der Schulstraße, das Benjamin von Speyer mit seiner Familie bewohnte.

Der Hausherr selbst öffnete so schnell auf ihr Klopfen, als hätte er hinter der Tür auf sie gewartet. Zweifellos stand ihm Davids knappes Überleben noch zu deutlich vor Augen, als dass er der Sache gelassen gegenübertreten konnte. Vielleicht hatte er sich in dem kleinen Kontor im Vorderhaus mit Arbeit abgelenkt.

»Da seid Ihr ja endlich, Frau Rachel!«, bemerkte er erleichtert. Benjamin von Speyer war ein hochgewachsener Mann in mittleren Jahren, der erst spät eine Familie gegründet hatte. Als Fernhandelskaufmann hatten seine Reisen ihn um die halbe Welt geführt. Seiner jungen Frau war er nun aber herzlich zugetan, wie Rachel schon bei früheren Besuchen bemerkt hatte. Seine beiden Söhne, Esra und David, vergötterte er. »Wo habt Ihr denn bloß gesteckt? Ich habe schon vor Stunden nach Euch schicken lassen!«

Von Speyer ließ Rachel ein, und das zittrige Küchenmädchen von vorhin machte Anstalten, ihr die Umhänge und Schals abzunehmen.

»Ich wurde aufgehalten, Reb Speyer.« Rachel wählte eine ehrfurchtsvolle Anrede. »Wobei mir dies hier in die Hände fiel.«

Sie wickelte das Neugeborene aus dem Schal und hielt es dem Hausherrn entgegen. Die Kleine wimmerte, als sie sich dem Schutz und der Wärme der Wolle beraubt fühlte. »Würdet Ihr wohl veranlassen, dass man dem armen Wurm etwas Milch gibt und ihn wärmt und wickelt?«

Benjamin von Speyer musterte das Kind mit einem Blick, der zwischen Verwunderung und Abscheu schwankte. »Das ist ein Neugeborenes! Habt Ihr es … gefunden, Frau Rachel?«

Rachel vernahm die vorwurfsvolle, unausgesprochene Frage »Und dafür habt Ihr uns warten lassen?« hinter seinen höflichen Worten.

»In gewisser Weise, ja«, sagte sie ungeduldig. »Kann es mir nun einer abnehmen, sodass ich Eurer Frau zu Hilfe eilen kann?«

»Aber es ist ein Christenkind, nicht wahr? Oder glaubt Ihr …?«

Benjamin von Speyer gehörte zu den Vorstehern der Jüdischen Gemeinde. In Gedanken ließ er alle heiratsfähigen Mädchen vor dem inneren Auge vorüberziehen. Nein, von denen konnte keine schwanger gewesen sein.

»Es ist ein Christenkind, aber kein Hurenkind, wie man mir sagte«, bemerkte Rachel. »Vor allem ist es ein Kind und hat Hunger. Ein Mädchen übrigens. Hier, nimm es, aber lass es nicht fallen!« Sie drückte der kleinen Küchenmagd das Bündel in die Hand und steuerte dann energisch die Wochenstube an.

»Ich werde es nehmen«, sagte eine dunkle Stimme mit seltsam singendem Akzent. Al Shifa, die Maurin, hatte das Lager ihrer Herrin verlassen. Dabei konnte sie die Stimmen Rachels und Benjamins im oberen Stockwerk kaum gehört haben. Aber vielleicht war Sarah auch nur ungeduldig geworden und hatte nach ihrem Gatten verlangt. Das Küchenmädchen betrachtete Al Shifa dennoch mit Argwohn; es schien der Frau aus dem Morgenland magische Fähigkeiten zuzutrauen.

Rachel teilte diesen Glauben nicht, fühlte sich aber dennoch seltsam berührt von Al Shifas Anblick. Von der Maurin ging eine Würde aus, die keiner anderen Frau gleichkam, mit der die alte Hebamme je zu tun gehabt hatte. Die Sklavin bewegte sich mit tänzerischer Anmut, und jede ihrer Gesten schien eine seltsame Geschichte zu erzählen. Man konnte den Blick kaum von ihr wenden; sie beherrschte unweigerlich den Raum. Al Shifa war nicht mehr jung, musste aber eine außergewöhnliche Schönheit gewesen sein. Ihre Haut war dunkler als die der meisten Jüdinnen, aber nicht schwarz oder olivfarben, sondern eher, als habe man Sahne mit dunkler Erde vermischt. Al Shifas Züge waren edel, die Wangenknochen hoch, die Lippen fein und klar geschnitten. Ihre Augen leuchteten in hellem Braun, fast golden, eine seltsame, betörende Farbe, und ihr Haar musste tiefschwarz gewesen sein, ehe sich erste graue Fäden darin gezeigt hatten. Als artige Dienerin trug sie ihre Haarpracht aufgesteckt unter einer Haube, doch die Flechten waren so üppig, dass es kaum möglich war, sie gänzlich zu verbergen. Hätte Al Shifa sie offen gelassen, hätte das Haar ihren Körper wie ein Mantel umweht. Was nun diesen Körper anging, gab die Maurin sich alle Mühe, ihn unter der schlichten Kleidung einer Magd zu verstecken, doch war nicht zu übersehen, dass Al Shifas Körper vollkommen war. Rachel fragte sich, ob Sarah nicht manchmal um die Treue ihres Gatten fürchtete. Doch Benjamin von Speyer hatte wohl keine Augen für Al Shifas Reize, und die Maurin selbst ermutigte keinen Mann. Zumindest wurde nicht über sie getratscht, was das betraf.

Jetzt näherte sie sich der Hebamme und verbeugte sich.

»Ihr seid nicht zu spät, das Kind liegt richtig, und es ist nicht groß. Die Herrin leidet nicht schlimmer, als Gott es jeder Frau auferlegt, doch eine oder zwei Stunden wird es wohl noch dauern. Die Pforte öffnet sich langsam. Wenn Ihr gestattet, werde ich mich um Euer Findelkind kümmern, während Ihr nach der Herrin seht. Ruft mich, falls Ihr mich braucht.«

Al Shifa wartete nicht ab, ob Rachel irgendetwas gestattete. Sie nahm dem Küchenmädchen ganz selbstverständlich das Kind aus dem Arm und legte sein Gesichtchen frei – und dann sah Rachel die Maurin zum ersten Mal lächeln. Ihre langen, schlanken Finger streichelten die zarten Züge des kleinen Mädchens.

»Das Licht der Sonne hat dich geküsst«, sagte sie selbstvergessen und strich über den goldenen Flaum auf dem Köpfchen der Kleinen. »Mögen alle Küsse, die du je empfangen wirst, so warm und süß sein!«

Rachel ließ Al Shifa mit dem Kind allein. Sie hatte jetzt anderes zu tun, und bei der Maurin war das Mädchen offensichtlich in guten Händen.

Sarah von Speyer erwartete sie ungehalten. Die junge Frau war schön und verwöhnt. Sie schien die Schmerzen einer Geburt als persönliche Beleidigung zu betrachten und ließ ihren Zorn an jedem aus, der ihr am Wochenbett beistand. Rachel ließ ihre Vorwürfe für ihr Ausbleiben geduldig über sich ergehen, während sie die Gebärende untersuchte. Al Shifa hatte recht gehabt. Alles ging gut, nur ein wenig langsam. Rachel gab dem Küchenmädchen ein paar Kräuter, um einen Tee aufzubrühen. Vielleicht ließ die Sache sich ja etwas beschleunigen. Vor allem musste Sarah wissen, dass man sich um sie kümmerte. Rachel bemühte sich, sie bequemer zu betten, und unterhielt sie mit der Nachricht von der Geburt des kleinen Ezekiel ben Salomon von Metz, dem sie vorhin auf die Welt geholfen hatte.

»Ach, das freut mich für die Metzens, dass es ein Junge ist!« Sarah war gleich besserer Laune, war sie doch mit Ruth von Metz eng befreundet. »Ich dagegen würde mich nicht ärgern, wenn es diesmal eine Tochter würde. Ich glaube, Benjamin auch nicht, obwohl er natürlich sagt, ein Mann könne nicht genug Söhne haben. Und wenn nun Ruths Ezekiel und mein Mädchen am gleichen Tag geboren werden … Vielleicht ist das ja ein Zeichen! Wir mögen sie miteinander verheiraten, wenn sie erwachsen sind!«

Rachel hielt die Bemerkung zurück, dass man das Kind doch besser erst mal zur Welt brächte, bevor man es verkuppelte.

Dieser Roman ist bereits im Buchhandel erhältlich.

ISBN 978-3-404-15990-1

Grandios und unvergleichlich – das neue Neuseelandepos von Bestsellerautorin Sarah Lark

Sarah Lark
DIE ZEIT DER FEUERBLÜTEN
Roman
912 Seiten
ISBN 978-3-7857-6071-0

Mecklenburg, 1837: Der Traum von einem besseren Leben lässt Idas Familie die Auswanderung nach Neuseeland wagen. Auch Karl, der seit Langem für Ida schwärmt, will sein Glück dort machen. Doch als das Schiff *Sankt Pauli* endlich die Südinsel erreicht, erwartet die Siedler eine böse Überraschung. Das zugesagte Land steht nicht zur Verfügung …
Idas Schicksal nimmt einen Lauf, den sie nicht erwartet hat, und ihre heimliche Liebe Karl wird für sie unerreichbar. Einzig bei der exotischen Außenseiterin Cat, die bei den Maori aufwuchs, findet sie Freundschaft und Unterstützung – bis die Nacht der großen Flut kommt …

Bastei Lübbe

Große Geschichte und große Gefühle in der Karibik:
hochdramatisch, spannend, farbenprächtig

Sarah Lark
DIE INSEL DER ROTEN MANGROVEN
Roman
672 Seiten
ISBN 978-3-404-16976-4

Jamaika, 1753: Deirdre, die Tochter der Engländerin Nora Fortnam und des Sklaven Akwasi, lebt behütet auf der Plantage ihrer Mutter und ihres Stiefvaters. Die jungen Männer der Insel umschwärmen sie trotz ihrer anrüchigen Herkunft. Doch Deirdre zeigt kein Interesse, bis der junge Arzt Victor Dufresne um ihre Hand anhält. Nach einer prunkvollen Hochzeitsfeier schiffen sich Victor und Deirdre ein nach Saint-Domingue auf der Insel Hispaniola. Und was dort geschehen wird, soll alles verändern … Fesselnder Roman vor historischem Hintergrund. Bewegende Geschichte in grandioser Landschaft von der internationalen Bestsellerautorin Sarah Lark.

Bastei Lübbe

BASTEI
LÜBBE
www.luebbe.de